천사의 게임

EL JUEGO DEL ÁNGEL
by Carlos Ruiz Zafón

천사의 게임

카를로스 루이스 사폰
장편소설
송병선 옮김

EL JUEGO DEL ÁNGEL

Carlos Ruiz Zafón

문학동네

일러두기

1. 본문 중 주석은 모두 옮긴이주다.
2. 고딕체는 원서에서 이탤릭체로 강조한 부분이다.

잊힌 책들의 묘지

이 책은 서로 밀접하게 이어지는 ‘잊힌 책들의 묘지 4부작’의 일부이다. 이 시리즈의 이야기들은 작중인물, 그리고 줄거리의 가교가 되는 단서들을 통해 서로 연결되지만 각각은 완전히 독립적이며 그 자체로 하나의 완결된 이야기를 보여준다. ‘잊힌 책들의 묘지’를 구성하는 소설들은 정해진 순서 없이 읽어도, 혹은 단독으로 읽어도 좋으며 그렇게 독자는 다양한 문과 길을 통해 이야기의 미로를 탐험하고 그것에 다가갈 수 있다. 그렇게 4부작을 모두 읽으면 독자는 이 이야기의 핵심으로 나아가게 될 것이다.

마리카르멘에게

“우리 둘만의 나라”

차례

1부

저주받은 자들의 도시

1

작가는 자기가 만들어낸 이야기의 대가로 처음 돈을 받거나 칭찬을 받은 순간을 결코 잊지 못한다. 자기 핏속에서 허영이라는 달콤한 독을 처음으로 느낀 순간을 결코 잊지 못한다. 재능이 부족하다는 사실을 누구에게도 들키지 않는다면 문학의 꿈이 거처할 집과 따뜻한 음식을 얻으리라 믿은 순간을, 그리고 틀림없이 자기보다 오래 살아남을 허름한 종잇조각에 제 이름이 인쇄되는 가장 큰 꿈을 이룰 수 있으리라 믿은 순간을 결코 잊지 못한다. 작가는 그런 순간을 떠올리도록 선고받은 사람이다. 그때부터 이미 패배한 존재이며, 그의 영혼은 이미 값이 매겨지기 때문이다.

내가 처음으로 그런 느낌을 받았던 것은 아득한 1917년 12월의 어느 날이었다. 당시 나는 열일곱 살이었고, 이제는 사라지고 없는 〈기업의 소리〉 신문사에서 일하고 있었다. 그 몰락한 신문사는 과거에 황산공장이었던 휑뎅그렁한 건물에서 겨우 명맥을 이어가고 있었고, 벽에서는 아직도 가구와 옷, 사람의 기운과 심지어 신발 밑창까지 좀먹는 황산의 냄새가 배어나오고 있었다. 신문사 건물은 푸에블로누에보 공동묘지의 수많은 천사상과 십자가로 가득한 숲 뒤로 솟아 있었다. 수백 개의 굴뚝과 공장이 바르셀로나 위로 시뻘건 색과 시커먼 색으로 영원한 석양을 만들며 지평선을 마구 찔러댔다. 멀리서 보면 신문사 건물의 윤곽은 그 지평선 위로 모습을 드러낸 공동묘지의 가족 봉안당과 뒤섞여 분간이 되지 않았다.

내 인생의 방향이 바뀐 그 밤, 부주간 바실리오 모라가스 씨가 퇴근시간을 앞두고 편집부 안쪽에 처박힌 어두운 칸막이방에서 나를 보자고 했다. 그곳은 그의 사무실이자 종종 흡연실로도 사용되는 장소였다. 바실리오 씨는 콧수염이 무성하고 인상이 험상궂은 사람으로, 멍청한 말을 참고 들어주지 않았고 형용사와 부사의 과도한 사용은 변태나 비타민이 부족한 자의 짓거리라는 의견에 동조했다. 화려한 문장에 물든 기자가 눈에 띄면 삼 주 동안 부고 기사를 작성하는 곳으로 보내버렸고, 그런 징계를 받은 후에도 다시 똑같은 실수를 저지르면 가정생활면 담당으로 영원히 지내게 했다. 그는 모든 사람에게 공포의 대상이었고, 그도 그런 사실을 익히 알고 있었다.

"바실리오 씨, 저를 부르셨습니까?" 나는 잔뜩 겁을 집어먹고서 물었다.

부주간은 나를 흘낏 보았다. 그의 사무실로 들어가니 땀내와 담배 냄새가 차례로 났다. 바실리오 씨는 내가 들어오거나 말거나 손에 빨간 색연필을 들고서 책상 위에 놓인 기사 하나를 계속해서 살펴보았다. 이 분가량 부주간은 기관총을 쏘듯이 내용을 수정하거나 삭제하며 내가 그곳에 없는 것처럼 신랄한 평을 혼잣말로 중얼거렸다. 나는 어찌할 바 몰라하다가 벽에 붙어 있는 의자를 보고 거기에 앉으려 했다.

"누가 거기 앉으라고 했나?" 바실리오 씨는 글에서 눈을 들지도 않은 채 중얼댔다.

나는 숨도 제대로 쉬지 못하고 급히 일어났다. 부주간은 한숨을 내쉬더니 빨간 색연필을 내려놓았고, 팔걸이의자에 등을 기대더니 고개를 들어 마치 내가 쓸모없는 쓰레기라도 되는 것처럼 나를 자세히 살펴보았다.

"마르틴, 듣자하니 자네가 글을 쓴다면서."

나는 침을 꿀꺽 삼켰다. 입을 열었을 때는 우스꽝스럽기 그지없이 힘없는 목소리가 흘러나오고 있었다.

"조금 씁니다. 아니, 아니, 잘 모르겠습니다. 그러니까 제 말은, 그게, 그렇습니다, 글을 쓴다는……"

"자네 글은 그 말재주보다 더 나았으면 좋겠군. 그런데 무엇을 쓰지? 너무 개인적인 것을 묻는 것은 아닌지 모르겠지만."

"탐정 이야기를 씁니다. 그러니까……"

"무슨 말인지 알겠네."

바실리오 씨는 전혀 가치 없는 인간을 쳐다보듯이 나를 무심하게 바라보았다. 만일 내가 방금 싸질러놓은 똥으로 성탄 구유를 만든다고 말했다면 오히려 세 배는 더 관심을 끌었을지 모른다.

그는 다시 한숨을 내쉬고서 어깨를 으쓱했다.

"비달은 자네 글이 아주 형편없지는 않다고 하던데. 아니, 훌륭하다고 말하더군. 물론 이런 허접한 분야에도 경쟁은 있겠지만, 그리 열심히 할 필요는 없을 걸세. 어쨌든 비달은 자네가 훌륭하다고 말했어."

페드로 비달은 〈기업의 소리〉의 스타 필자였다. 그는 사건사고를 다루는 주간칼럼을 쓰는데, 그것이 그 신문 전체에서 유일하게 읽을 만한 코너였다. 상류사회의 귀부인들과 음모의 정사를 일삼는 라발 지구의 갱 단원에 관한 열두 편의 탐정소설 시리즈로 얼마간 명성을 얻기도 했다. 항상 말끔한 실크정장을 입고 번쩍거리는 이탈리아제 단화를 신는 비달은 오후공연의 인기배우 같은 자태와 표정이었고, 늘 잘 빗은 금발과 뾰족한 콧수염, 주어진 삶과 세상에 만족하는 사람 특유의 가볍고 인자한 미소의 소유자이기도 했다. 그는 설탕사업으로 아메리카 대륙에서 엄청난 돈을 벌고 귀국해서는 도시 전력화라는 알짜배기 사업에서 단물을 빨아먹은 유력가의 일원이었다. 가문의 수장인 아버지는 신문사 대주주 중 하나였고, 페드로 씨는 편집실을 지루함을 떨쳐버리는 놀이터로 이용하고 있었다. 그는 평생 단 하루도 돈이 필요해 일해본 적이 없는 사람이었다. 바르셀로나의 거리를 누비고 다니기 시작한 새 자동차들이 얼마나 기름을 잡아먹는지는 관심이 없는 것과 마찬가지로, 신문에 얼마나 많은 돈이 들어가는지 따위는 전혀 개의치 않았다. 수많은 작위를 누리며 비달 왕조는 이제 엔산체 지구에서 은행들과 조그만 공작령 규모에 맞먹는 부지들을 손에 넣는

데 전력을 다하고 있었다.

페드로 비달은 내가 편집실에서 커피와 담배 심부름을 하던 풋내기일 때 처음으로 초고를 보여준 사람이었고, 항상 시간을 내서 내 글을 읽고 좋은 충고를 아끼지 않았다. 시간이 흐르면서 나는 그의 조수가 되어 그의 글을 타이핑하곤 했다. 만일 내가 문학이라는 러시안룰렛에 목숨을 걸고 싶다면 나를 도와주고 초기단계에서 이끌어주겠다고 말한 사람도 바로 그였다. 그가 자신의 말을 지키기 위해 지금 나를 신문사의 케르베로스인 바실리오 씨의 손아귀에 내던진 것이었다.

"비달은 감상적인 사람이라서 능력주의, 그러니까 사사로운 정이 아니라 자격에 따라 기회를 준다는 식의 반反스페인적인 신화를 아직도 깊이 신봉하고 있어. 엄청나게 돈이 많아서 서정시인 행세를 하며 이 세상을 살아갈 수 있는 거지. 만일 그에게 남아도는 돈의 100분의 1이라도 있다면 나는 소네트를 쓰는 데 전념했을 것이네. 그랬다면 새들이 내 부드러운 성품과 훌륭한 마법에 홀딱 반해 내 손에서 나오는 시들을 먹으려고 날아왔을 거야."

"비달 선생님은 훌륭하신 분입니다." 나는 이의를 제기했다.

"그 이상이지. 그는 성인이야. 자네가 행색은 다 굶어죽게 생긴 사람 같지만, 그리고 편집실의 막내지만 아주 재능이 뛰어나고 열심히 일한다면서 벌써 여러 주 동안 내 머리를 혼미하게 만들고 있네. 그는 내가 근본적으로 마음이 약한 사람이라는 걸 알고 있고, 심지어 자네에게 기회를 주면 시가 한 상자를 선물하겠다는 약속까지 했지. 비달의 그런 말은 내게 모세가 돌판과 성막에서 드러난 진실을 손에 들고 내려오는 것이나 마찬가지야. 그러니까 결론을 짓자면, 지금은 크리스마스 시즌이고 자네 친구가 이제는 그만 입을 다물도록 해야겠으니 자네에게 악조건 속에서도 데뷔할 기회를 주겠네."

"정말 고맙습니다, 바실리오 씨. 자신 있게 말하는데, 절대로 후회하지 않으실 거라고……"

"흥분하지 말게. 그런데 자네는 형용사와 부사를 아끼지 않고 무차별적으로 사용하는 걸 어떻게 생각하나?"

"그야말로 수치이며, 형법조항으로 금지해야 합니다." 나는 개종한 투사처럼 신념에 차 대답했다.

바실리오 씨는 고개를 끄덕이며 내 의견에 동의했다.

"잘하고 있네, 마르틴. 우선순위를 명확히 알고 있군. 이 일에서 살아남는 사람들은 원칙이 아니라 우선순위를 잘 따지는 사람들이지. 이게 바로 계획이야. 앉아서 잘 듣게. 난 두 번 반복해서 이야기하는 사람이 아니니."

계획은 다음과 같았다. 일요일자 신문의 마지막 페이지에는 전통적으로 단편소설이나 여행담이 게재되는데, 바실리오 씨가 구체적으로 밝히지 않기로 한 어떤 이유 때문에 마감 직전에 펑크가 나고 말았다. 원래 예정되어 있던 것은 알모가바르*의 영웅적 행위를 서정적으로 강렬하게 묘사해 애국심을 불타오르게 하는 이야기, 즉 이스라엘 성지에서 시작하여 요브레가트 삼각주에 이르

* 이베리아반도 기독교 왕국의 용병집단.

기까지 기독교세계와 하늘 아래 모든 점잖고 품위 있는 것을 구해내는 내용이었다. 그러나 유감스럽게도 그 작품은 제때 도착하지 않았거나, 내가 추측하는 바로는 도착했지만 바실리오 씨가 정말로 신문에 실을 마음이 없었던 것 같다. 그때가 바로 마감 여섯 시간 전이었지만, 꿈에 그리는 엉덩이를 약속하고 파스타로 찐 살을 완벽히 감춰줄 고래뼈 코르셋 전면광고 이외에는 그 이야기를 대체할 다른 후보가 없었다. 궁지에 몰리자 간부회의는 편집부 전체에서 고동치는 기자들의 문학적 재능에 의지해 이 문제와 의연하게 맞서기로 결정했다. 목표는 상황을 수습하고, 충실하고 열렬한 우리 독자들이 즐거움을 만끽할 수 있도록 인간적인 관심을 끄는 4단짜리 글을 싣는 것이었다. 신문사가 도움을 청할 만큼 재능이 검증된 사람의 목록에는 열 명의 이름이 올라가 있었다. 물론 내 이름은 없었다.

"이보게 마르틴, 우리 명단의 열 사람 중에서 현재 사내에 있거나 마감시간 안에 소재 확인이 가능한 사람은 한 명도 없네. 지금 상황이 이래. 그래서 곧 닥칠 재앙에 맞서, 나는 자네를 대안으로 삼기로 했네."

"저를 믿어주십시오."

"이보게, 에드거 앨런 포 씨, 여섯 시간 내로 줄 간격을 두 배로 넓혀서 다섯 장을 써오게. 연설문이 아니라 재미있는 이야기를 가져와. 내가 만일 설교를 원했다면 자정미사에 갔겠지. 내가 한 번도 읽지 않았을 이야기를 가져오게. 만일 언젠가 읽은 느낌이 들 작품이라면, 내가 눈치채지 못하도록 아주 잘 꾸미고 풀어내."

나는 황급히 나갈 준비를 했다. 바로 그때 바실리오 씨가 자리에서 일어나 책상을 돌아나오더니, 모루만한 크기와 무게의 커다란 손을 내 어깨에 올려놓았다. 가까이서 보고서야 비로소 그의 눈에 미소가 서려 있다는 사실을 알았다.

"이야기가 볼꼴 사납지 않다면 10페세타를 지급하겠네. 볼꼴 사납지 않은 것 이상이고 우리 독자들 마음에 든다면 더 많은 글을 실어주지."

"특별히 지시하실 것은 없습니까, 바실리오 씨?" 나는 물었다.

"한 가지 있어. 절대 나를 실망시키지 말게."

이후 여섯 시간은 정신없이 보냈다. 나는 편집실 한가운데 있는 책상에 자리를 잡았다. 비달이 신문사에 얼굴을 비칠 마음이 생길 날을 위해 준비해놓은 책상이었다. 편집실은 아무도 없어 황량하기 그지없었고, 만 개비의 담배연기로 짜인 안개에 묻혀 있었다. 나는 잠시 눈을 감고 하나의 이미지를 떠올렸다. 망토처럼 도시를 뒤덮고는 비를 퍼붓는 검은 구름, 손에 피를 묻히고서 비밀이 깃든 시선으로 어둠을 헤치고 다니는 사람. 그가 누구인지, 무엇으로부터 도망치는지는 알지 못했지만, 이후 여섯 시간 동안 그는 나의 최고의 친구가 될 것이었다. 나는 타자기에 종이 한 장을 끼운 뒤 일 초도 쉬지 않고 머릿속에 담긴 모든 것을 짜내기 시작했다. 지금 쓰는 글이 마지막인 것처럼 각각의 단어, 각각의 구절, 각각의 장면, 각각의 이미지, 각각의 글자와 혼신의 힘을 다해 싸웠다. 나는 한 줄 한 줄을 쓰고 또 썼고, 그런 다음 또다시 썼다.

마치 그것이 내 인생의 전부를 좌우하는 것처럼. 나와 함께 있어 준 동반자는 어둠에 싸인 편집실에서 끊임없이 울려퍼지는 타자기 자판의 메아리와 새벽까지 남아 있는 몇 분마저 써버리는 커다란 벽시계뿐이었다.

새벽 여섯시가 되기 조금 전에 나는 타자기에서 마지막 종이를 꺼냈고, 머리가 꽉 막힌 느낌으로 좌절의 한숨을 내쉬었다. 바실리오 씨의 무겁고도 느린 발소리가 들렸다. 적당한 수면에서 깨어난 그가 차분하게 다가와 모습을 드러냈다. 나는 그를 제대로 쳐다볼 엄두도 내지 못한 채 종이를 건넸다. 바실리오는 옆 책상에 있는 의자에 앉아서 스탠드를 켰다. 그는 어떤 표정도 드러내지 않는 눈으로 내 글을 아래위로 훑었다. 그러다 담배를 책상 끝에 잠시 놔두더니 나를 바라보면서 큰 소리로 시작 부분을 읽었다.

"도시 위로 밤이 드리우고, 거리는 저주의 숨결처럼 화약냄새를 풍긴다."

바실리오 씨가 곁눈질로 나를 보았고, 나는 치아 하나 보이지 않는 미소를 지으면서 자신을 꿋꿋이 지켰다. 그는 아무 말도 없이 자리에서 일어나 내 작품을 들고 자기 사무실을 향해 멀어져가더니 이내 등을 보이며 문을 닫았다. 나는 줄행랑을 쳐야 할지, 아니면 사형판결을 기다려야 할지 모른 채 그곳에 멍하니 서 있었다. 내게는 십 년과도 같은 십 분이 지나자 부주간 사무실의 문이 열렸고, 화통을 삶아먹은 것 같은 바실리오 씨의 우렁찬 목소리가 편집실 전체에 울려퍼졌다.

"마르틴, 이리 좀 와보게."

나는 최대한 천천히 기어가듯 걸어갔다. 한 발짝 옮길 때마다 남은 거리는 고작 몇 센티미터씩 줄어들었다. 그렇게 나는 눈을 들어 얼굴을 내밀지 않을 수 없을 때까지 다가갔다. 손에 무시무시한 빨간 색연필을 들고서 바실리오 씨는 나를 차가운 시선으로 쳐다보았다. 침을 꿀꺽 삼키고 싶었지만 입안은 메말라 있었다. 바실리오 씨는 원고를 집어들어 내게 되돌려주었다. 나는 원고를 받아들고 뒤돌아 가능한 한 빨리 문으로 향했다. 그러면서 마음속으로 콜론호텔의 로비에 구두닦이 자리가 하나 정도는 항상 남아 있으리라 생각했다.

"그걸 인쇄소로 가져가 인쇄판에 넣어달라고 하게." 그가 내 뒤에서 말했다.

나는 내가 잔인한 농담의 대상이라고 믿으면서 뒤를 돌아보았다. 바실리오 씨는 책상 서랍을 열더니 10페세타를 세고서 책상 위에 올려놓았다.

"이건 자네 몫이네. 한 가지 제안을 하자면, 이 돈으로 새 옷을 한 벌 사도록 하게. 자네는 사 년 전부터 항상 똑같은 옷만 입고 다니고 심지어 너무 커서 헐렁하니. 괜찮다면 에스쿠데예르스 거리에 있는 판탈레오니 씨 양복점으로 가서 내가 보냈다고 해. 아마 잘해줄 걸세."

"정말 고맙습니다, 바실리오 씨. 그렇게 하겠습니다."

"이런 종류로 다른 이야기를 준비하게. 일주일을 줄 테니. 하지만 날 안절부절못하게 만들지는 말게. 그리고 이번 작품에는 죽음이 조금 덜 나오면 좋겠군. 오늘날의 독자는 위대한 인간정신이 승리하는 행복한 결말을 비롯해 그런 모든 바보 같은 내용을 좋아하니까."

"알겠습니다, 바실리오 씨."

부주간이 고개를 끄덕이면서 내게 손을 내밀었다. 나는 그와 악수했다.

"마르틴, 아주 멋진 이야기를 썼네. 월요일에 책상에서 일하는 자네 모습을 보고 싶어. 훈세다가 사용했던 책상을 써. 이제부터 그 책상은 자네 것이네. 일단 사회면을 맡아봐."

"기대에 어긋나지 않도록 하겠습니다, 바실리오 씨."

"절대 내 기대에 어긋나지 않을 걸세. 아니, 머잖아 자네는 날 거들떠보지도 않게 될 거야. 응당 그렇게 되는 게 옳지. 자네는 기자가 아니고 앞으로도 절대로 그럴 일은 없을 테니까. 하지만 자네가 자신을 탐정소설 작가라고 믿고 있더라도 아직은 그렇다고 할 수 없네. 몇 달 동안 이곳에 붙어 있게. 그러면 언제든 자네가 유용하게 써먹을 수 있는 몇 가지 요령을 배울 수 있을 걸세."

바로 그 순간 긴장이 풀렸고, 고마움의 감정이 갑작스레 용솟음쳐서 그 거구의 남자를 껴안고 싶어졌다. 다시 본모습으로 돌아온 강인한 강철가면 바실리오 씨는 날카로운 시선을 내게 고정하고서 문을 가리켰다.

"연극하지 말게. 나가면서 문 잘 닫고. 자, 이제 가봐. 메리 크리스마스."

"즐거운 크리스마스 보내십시오."

다음주 월요일, 처음으로 내 책상에 앉을 준비를 하고서 편집실에 도착하자 리본이 매여 있는 갈색 종이봉투가 보였다. 봉투에는 내가 오랫동안 타자기로 쳤던 바로 그 글자체로 내 이름이 적혀 있었다. 봉투를 열었다. 그 안에서 나는 내 이야기에 따로 테두리를 쳐놓은 일요일 신문의 마지막 페이지를 보았다. 봉투 안에는 이런 쪽지도 있었다.

"이건 단지 시작일 뿐일세. 십 년 내로 나는 제자가 될 것이고, 자네는 스승이 될 거야. 자네의 친구이자 동료, 페드로 비달."

2

그렇게 나는 혹독한 신고식을 견디며 작가로 데뷔했고, 바실리오 씨는 자신의 약속을 굳게 지켜 내게 비슷한 분량의 이야기를 두어 편 더 발표할 기회를 주었다. 이내 경영진은 만일 내가 계속해서 똑같은 보수로 편집실에서 정확하게 업무를 해준다면 매주 정기적으로 지면을 내주어 눈부신 경력을 쌓게 해주겠다고 약속했다. 나는 낮이면 허영심과 피로에 취한 채 동료들의 글을 수정하고 수많은 놀라운 사건에 대한 기사를 급히 작성했고, 밤에는 편집실에 혼자 남아 상상 속에서 오랫동안 만지작거리던 비잔티움 스타일의 멜로드라마 연재소설을 쓰는 데 전념했다. 제목은 '바르셀로나의 미스터리'라고 달고서 알렉상드르 뒤마로 시작해 외젠 쉬와 폴 페발을 거쳐 브램 스토커까지 뻔뻔스럽게 차용해 뒤섞곤 했다. 매일 세 시간가량 잠을 잤고, 관에서 밤을 지새운 듯한 행색으로 다녔다. 위장과는 무관한 배고픔, 몸속을 갉아먹는 배고픔을 한 번도 겪어보지 못했던 비달은 내가 머리를 너무 쓰고 있다는 의견을 내며 그런 기세로 계속하다가는 스무 살도 되기 전에 장례식을 치를 것이라고 말했다. 한편 나의 근면함을 대수롭지 않게 여겼던 바실리오 씨는 다른 측면에서 유감을 표시했다. 그는 내가 과도하게 병적이라고 여겼고, 싸구려 취향의 이야기를 구성하는 바람에 불행하게도 재능을 제대로 발휘하지 못하고 있다고 잔소리를 늘어놓으며 마지못해 내 작품의 각 장을 실어주었다.

『바르셀로나의 미스터리』는 이내 연재소설계의 조그만 스타를 탄생시켰다. 바로 내가 만들어낸 주인공, 열일곱 살의 나이에만 상상할 수 있는 팜파탈이었다. 클로에 페르마네르는 음흉하기 그지없는 요부의 전형이었다. 너무 똑똑하고 그 이상으로 비뚤어진 그녀는 항상 고급 코르셋 중에서도 가장 도발적인 신제품만을 입었으며, 수수께끼 같은 발타사르 모렐의 애인이자 사악한 협력자였다. 발타사르는 자동인형과 섬뜩한 유물로 가득한 지하저택에 사는 지하세계의 우두머리였고, 그 저택의 비밀입구는 고딕 지구 지하묘지의 감춰진 통로 아래 있었다. 자신의 희생물을 죽이기 위해 클로에가 가장 즐겨 쓰는 방법은 옷을 하나씩 벗는 유혹적인 춤으로 최면을 걸고, 독을 묻힌 입술로 키스해 육체의 모든 근육을 마비시킨 뒤 아무 말도 못한 채 질식사하게 하는 것이었다. 그 사이 그녀는 고급 돔페리뇽 샴페인에 녹여놓은 해독제를 먼저 마신 후 상대의 눈을 뚫어지게 바라보았다. 클로에와 발타사르에게는 자신들만의 규칙이 있었다. 오로지 찌꺼기들만 제거한다는 것,

살인자와 벌레 같은 인간, 위선적인 신자와 광신도, 교조적인 고집불통을 포함해 모든 종류의 바보를 청소한다는 것이었다. 다시 말하면 국가나 신, 언어, 인종, 혹은 그 어떤 쓰레기 같은 것의 이름을 앞세우고 자신의 탐욕과 인색은 숨긴 채 이 세상을 필요 이상으로 끔찍하게 만드는 자들을 제거한다는 것. 모든 진정한 영웅처럼 그들은 내게 이단의 주인공이었다. 반면 스페인 시詩의 황금시대에 머문 문학적 취향을 자랑하는 바실리오 씨에게 그것은 너무나 황당하고 말도 안 되는 이야기였다. 하지만 내 이야기가 좋은 반응을 얻는데다, 작품에 대한 자신의 평가와 별개로 나를 인간적으로 좋아했기 때문에 그는 나의 터무니없는 상상을 젊은 시절의 과도한 혈기 탓으로 돌리며 참고 받아주었다.

"자네는 취향이 훌륭하다기보다 요령을 터득했을 뿐이네. 지금 자네를 괴롭히는 병적 증상에는 이름이 있는데, 바로 그랑기뇰*이라는 거지. 그건 성기로 치자면 매독과 같은 질병이야. 그 병에 걸리기까지는 아마도 매우 기쁘고 즐거울지 모르네. 하지만 그 이후부터는 모든 게 내리막길이라는 걸 명심해야 하네. 자네는 고전을 읽어야 해. 적어도 자네 갈망처럼 문학적 수준을 높이기 위해서는 베니토 페레스갈도스**를 읽어야지."

"하지만 독자들은 제 이야기를 좋아합니다." 나는 그렇게 반론하곤 했다.

---

* 살인이나 강간, 유령 등으로 공포와 전율을 느끼게 하는 연극의 한 장르.

** 19세기 스페인의 사실주의를 대표하는 소설가이자 극작가.

"그건 자네가 잘났기 때문이 아니야. 경쟁자들의 글이 너무 형편없고 현학적이라 한 단락도 지나기 전에 멍청한 당나귀조차 긴장상태로 몰아넣기 때문이지. 금단의 열매가 일단 무르익으면 곧 나무에서 떨어질 걸세. 한번 두고 보게나."

나는 뉘우치는 시늉을 하며 동의했지만, 마음속으로는 '그랑기뇰'이라는 금지된 말을 어루만지고 있었다. 그리고 아무리 경박하고 천박할지라도 모든 대의는 그 명예를 지켜줄 수호자를 필요로 하는 법이라고 마음속으로 되뇌었다.

나는 신문사의 몇몇 동료가 몹시 불편해하고 있다는 사실을 깨닫고 내가 이 세상에서 가장 큰 행운을 거머쥔 인간처럼 느껴지기 시작했다. 자신들의 문학적 야망과 갈망은 몇 년 전부터 비참한 회색 주변부에서 사그라져가는 반면에, 편집부의 막내이자 공식 애완동물이 문학세계에 첫발을 내디뎠기 때문이었다. 독자들이 최근 이십 년 동안 신문윤전기로 인쇄한 그 어떤 내용보다도 나의 하찮은 이야기를 더욱 애독하고 높이 평가한다는 사실은 상황을 악화시켰다. 불과 몇 주도 안 되는 사이 나는 얼마 전까지만 해도 유일한 가족이라고 여겼던 사람들이 자존심에 상처를 입고는 냉담하고 적개심에 불타는 재판관으로 변하는 모습을 지켜보았다. 그들은 내게 인사를 건네지 않고 말도 섞지 않았으며, 내 뒤에서 비꼬고 경멸조로 비난하면서 독설의 능력을 갈고닦으며 스스로를 위로했다. 그들은 나의 불가해한 행운이 페드로 비달의 도움과 우리 구독자들의 무지와 어리석음 덕분이라고 말했는데, 그런 몰이해는 어떤 직업세계에서나 어느 정도 성공을 거두는 행위는 무능력과 무자격의 부인할 수 없는 증거라고 가차없이 규정하는 인식, 온 나라에 널리 퍼진 인식 때문이었다.

상황이 뜻밖에도 좋지 않은 방향으로 흘러가자 비달은 기운을 북돋아주었지만 나는 편집부에서 보낼 날이 얼마 남지 않았을지 모른다고 생각하기 시작했다.

"질투는 평범한 이류 인간의 종교야. 질투는 그들에게 기운을 주고, 마음속을 갉아먹는 불안에 화답하고, 무엇보다 영혼을 썩게 해 천한 행위와 탐욕을 합리화하게 해주지. 그래서 심지어 그들은 탐욕과 천한 행위가 미덕이라고, 천국의 문이 자기처럼 불행한 사람들에게만 열릴 것이라고 믿지. 타인을 업신여기고 소외시키며 파괴하려는 추잡한 시도 이외에는 그 어떤 흔적도 남기지 않고 평생을 보내는 인간들, 자기보다 나은 사람이 존재한다는 이유만으로, 누군가가 정말 자기보다 낫다는 이유만으로 질투를 일삼으면서 자신의 천박한 영혼과 마음과 기운을 드러내는 인간들, 그 멍청한 작자들이 짖어대는 사람에게 축복을 내려주소서. 그의 영혼은 절대로 그 바보들과는 같지 않다네."

"아멘." 바실리오 씨도 동의했다. "자네가 부자로 태어나지 않았더라면 아마도 신부가 되었을 걸세. 아니면 혁명가가 되었겠지. 그런 설교를 들으면 주교조차 그 자리에 주저앉아 회개할 거야."

"네, 두 분은 웃음이 나오시겠죠." 나는 투덜댔다. "하지만 그들이 꼴도 보기 싫어하는 인간은 바로 저라고요."

내가 열심히 글을 쓸수록 동료들의 적대감과 불신은 커져만 갔다. 나는 인기작가라는 자부심을 느꼈지만 현실은 서글펐다. 내 월급은 간신히 먹고살 정도에 불과했던 것이다. 기껏해야 남는 시간에 읽을 수 있는 것보다 더 많은 책을 구매하고, 프린세사 거리 옆의 구석진 골목길에 숨은 어느 하숙집에 허름한 방 하나를 빌려 세를 낼 수 있을 정도였다. 하숙집의 관리인은 카르멘 부인이라는 독실한 갈리시아 사람으로 하숙생들에게 얌전하게 행동할 것을 요구하며 매달 딱 한 번 침대시트를 갈아주었고, 그래서 하숙생들은 자위행위의 유혹에 빠지거나 더러운 옷을 입은 채 침대에 들어가지 않도록 자제해야만 했다. 하지만 방안에 여자와 함께 있으면 안 된다는 제약은 없었다. 살인위협을 받더라도 그 궁색한 소굴에 들어올 여자는 바르셀로나에 단 한 명도 없기 때문이었다. 나는 그곳에서 풍기는 냄새를 비롯해 거의 모든 것은 살아가면서 잊힌다는 사실을, 그리고 이 세상에서 바라는 것이 있다면 그런 장소에서 죽지 않는 것이라는 사실을 깨달았다. 대부분의 시간을 힘들게 보내며 나는 항상 폐렴이 생기기 전에 나를 이곳에서 꺼내줄 수 있는 게 있다면 바로 문학이라고 마음속으로 되뇌었다. 그게 누군가의 영혼이나 은밀한 곳을 찌르며 자극한다면, 내게는 그것이 벽돌로 그 부위를 긁는 일이나 마찬가지였다.

일요일 미사시간이 되면 카르멘 부인은 매주 하느님과의 약속을 지키기 위해 성당으로 갔다. 그러면 하숙생들은 그 틈을 타 우리 중에서 가장 노련하고 경험이 풍부한 사람의 방에 모였다. 그 불쌍한 사람의 이름은 엘리오도로였는데, 젊었을 때는 투우사가 되고자 했지만 결국 투우경기에 관해 이러쿵저러쿵 떠드는 삼류 해설자가 되었고 이제는 모누멘탈 투우장의 솔 구역*에서 화장실 청소를 맡고 있었다.

"예술로서의 투우는 이미 죽었어." 그는 이렇게 선포했다. "이제 모든 게 탐욕스러운 목축업자와 영혼 없는 투우사의 장사로 전락하고 말았지. 관객들은 무지한 대중을 위한 투우와 전문가만이 감상할 수 있는 예술적 투우를 구별할 줄 몰라."

"엘리오도로 씨, 만일 당신이 투우사가 되었다면 상황이 지금과 아주 달랐을 거예요."

"젠장, 이 나라에서는 무능한 작자만 성공해."

"참으로 맞는 말씀입니다."

엘리오도로 씨의 장황한 설교가 끝난 후에는 축제가 시작되곤 했다. 하숙생들은 그 방의 작은 창문 옆에 소시지처럼 빼곡하게 뒤엉켜서 채광창을 통해 옆집 여자가 헐떡거리는 것을 보고 들을 수 있었다. 마루히타라는 그 여자는 워낙 외설스럽기 그지없고 파프리카처럼 몸매가 펑퍼짐한 탓에 별명이 '통통한 고추'였다. 마루히타는 허름한 가게들을 청소해주면서 푼돈을 벌었지만, 일요일과 공휴일에는 만레사에서 아무도 모르게 바르셀로나로 기차를 타고 내려와 죄악이 되는 지식을 의욕적이고 집요하게 실천하

* 좌석에 햇빛이 들어 입장권이 저렴한 구역.

던 늠름한 신학생 애인을 위해 모든 시간을 할애했다. 우리 하숙생들은 마루히타의 거대한 엉덩이를 잠시나마 포착하기 위해 창가에 빼곡하게 모였다. 그녀가 엉덩이를 위아래로 흔들며 사순절 도넛 반죽을 펄썩거려 펴듯 환기창 창틀에 몸을 대고서 방아를 찧고 있을 때였다. 하필 그 순간 하숙집 초인종이 울렸다. 아무도 문을 열어주러 가려는 사람이 없었다. 그 멋진 장면이 잘 보이는 자리를 빼앗기고 싶지 않았던 것이다. 나는 무리와 함께 있고 싶다는 욕망을 억누르고 현관으로 갔다. 문을 열자 그토록 허름한 문틀에 도무지 어울리지 않는 엉뚱한 장면과 마주쳤다. 페드로 비달 씨가 이탈리아제 실크옷을 입은 채 타고난 맵시를 뽐내며 층계참에서 웃고 있었던 것이다.

"빛이 생겼네." 내가 들어오라는 말을 하기도 전에 그는 들어서며 말했다.

비달은 걸음을 멈추더니 누추한 그 집의 식당이자 모임 장소로 사용되는 거실을 바라보고서 마음에 들지 않는다는 듯 한숨을 내쉬었다.

"제 방으로 가는 게 좋겠습니다." 나는 제안했다.

나는 내 방으로 그를 안내했다. 마루히타의 섹스 묘기에 기뻐하는 동료 하숙생들의 환호성과 만세가 벽을 뒤흔들었다.

"정말 활기찬 장소군." 비달이 말했다.

"페드로 씨, 대통령 전용 스위트룸으로 어서 오십시오." 나는 그를 안내했다.

나는 함께 안으로 들어가 문을 닫았다. 즉시 내 방을 흘낏 둘러

본 그는 그곳에 있던 유일한 의자에 앉아서 내키지 않는다는 표정으로 무뚝뚝하게 나를 쳐다보았다. 나의 허름한 집이 어떤 충격을 주었는지 익히 상상할 수 있었다.

“어떻습니까? 마음에 드십니까?”

“넋을 빼앗길 정도네. 나도 이곳으로 이사를 와야겠다고 생각하고 있어.”

페드로 비달은 엘리우스 저택에 살고 있었다. 아바데사올세트 거리와 파나마 거리가 만나는 교차로에서 페드랄베스로 올라가는 비탈길에 자리한 그 3층짜리 최신식 저택은 작은 탑까지 딸려 있었는데, 그의 아버지가 아들이 정신을 차리고 가정을 이루길 바라며 십 년 전에 준 집이었다. 사실 비달은 이미 그 일을 수십 년간 미루고 있었다. 페드로 비달 씨는 수많은 재능을 선사받았는데 그 중 하나는 몸을 움직일 때마다, 발을 내디딜 때마다 아버지를 실망시키고 화나게 만드는 것이었다. 나처럼 달갑지 않은 사람들과 친하게 지내는 것도 그에게는 전혀 도움이 되지 않았다. 언젠가 신문의 몇몇 기사를 전하기 위해 스승을 찾아갔던 일이 기억난다. 그때 나는 엘리우스 저택의 어느 거실에서 비달 가문의 수장과 마주쳤는데, 나를 본 페드로 씨의 아버지는 옷깃의 얼룩을 지워야 하니 어서 탄산수 한 잔과 깨끗한 천을 가져오라고 지시했다.

“선생님, 사람을 혼동하셨나봅니다. 저는 하인이 아니라……”

그는 내게 미소를 지었다. 말 한마디 입 밖에 내지 않고 이 세상의 질서를 분명하게 밝히는 미소였다.

“젊은이, 혼동하는 사람은 바로 자네일세. 자네는 하인이야. 그걸 알든 모르든 상관없네. 이름이 뭔가?"

"다비드 마르틴입니다, 선생님."

수장은 내 이름을 중얼거렸다.

"다비드 마르틴, 내 충고를 따르게. 지금 당장 이 집에서 나가 자네가 있어야 할 곳으로 돌아가게. 그러면 수많은 말썽을 피할 것이고, 내게도 말썽을 일으키지 않겠지."

페드로 씨에게는 그 일을 털어놓지 않았지만, 나는 탄산수와 천을 가지러 급히 주방으로 달려갔고 조금 뒤에는 그 위대한 사람의 재킷에 묻은 얼룩을 닦으면서 십오 분을 보냈다. 가문이 드리운 그림자는 길었고, 페드로 씨가 아무리 보헤미안인 척 행동해도 그의 삶은 가문의 연장선에 있었다. 엘리우스 저택은 페아르손 대로 위쪽에 우뚝 솟은 아버지의 커다란 저택과 오 분 거리여서 수시로 오갈 수 있었다. 아버지의 저택은 어린아이가 널브러져 있는 장난감을 바라보듯이 멀리서 바르셀로나 전역을 굽어보는 난간과 계단과 다락방으로 이루어진 성당처럼 복잡한 구조의 건물이었다. 두 명의 하인과 한 명의 요리사로 이루어진 파견대가 큰집에서 매일 엘리우스 저택으로 가서 청소하고 윤을 내고 다림질하고 요리를 했다. 비달 가문이라는 무대에서 큰집이란 아버지의 거주지를 일컫는 말이었다. 그렇게 나의 돈 많은 보호자는 편안함의 침상에서 일상생활의 골치 아픈 일들을 영원히 잊었다. 페드로 비달 씨는 가족의 운전기사인 마누엘 사니에르가 모는 이스파노수이사의 신형 자동차를 타고 도시를 돌아다녔다. 아마 전차는 평생 한 번도 타보지 않았을 것이다. 상류계층의 저택에서 착한 아이로 자란 비달로서는 당대 바르셀로나의 싸구려 하숙집이 지닌 그 음산하고도 섬뜩한 매력을 알 리가 없었다.

"참지 말고 말하십시오, 페드로 선생님."

"이곳은 마치 지하감옥 같네." 마침내 그가 말했다. "이런 데서 어떻게 살 수 있는지 모르겠군."

"제 월급으로 근근이 살아가고 있습니다."

"필요하다면 내가 부족분을 채워줄 테니 유황냄새나 구린내가 풍기지 않는 장소로 가서 살게."

"그건 꿈도 못 꿀 일입니다."

비달은 한숨을 내쉬었다.

"그는 자존심 때문에 절대적인 질식 속에서 세상을 떠났다. 자, 자네에게 이 묘비명을 공짜로 주지."

잠시 비달은 잠자코 내 침실을 돌아다니는 데 시간을 할애했다. 발길을 멈춰 조그만 옷장을 자세히 살펴보고 역겹다는 얼굴로 창문을 내다보았으며, 녹색 페인트를 칠한 벽을 만져보았고, 천장에 덩그렇게 걸린 전등을 집게손가락으로 툭툭 치기도 했다. 마치 그곳의 모든 것이 싸구려임을 확인하려는 듯했다.

"무슨 이유로 이곳까지 행차하셨습니까, 페드로 선생님? 페드랄베스의 공기가 지나치게 깨끗했습니까?"

"집이 아니라 신문사에서 오는 걸세."

"신문사에서요?"

"자네가 어디에 사는지 알고 싶었네. 가져다줄 것도 있고."

그는 재킷에서 흰 양피지 봉투를 꺼내 내게 내밀었다.

"자네 이름 앞으로 오늘 편집실에 도착했네."

나는 그 봉투를 받아 면밀하게 살펴보았다. 뚜껑을 봉한 밀랍에는 펼쳐진 날개의 실루엣이 찍혀 있었다. 천사였다. 그것 말고 확인되는 것이라고는 훌륭한 필체의 주홍색 글씨로 깔끔하게 적힌 내 이름뿐이었다.

"누가 보냈죠?" 나는 궁금증을 참지 못하고 물었다.

비달은 어깨를 으쓱했다.

"자네의 팬이겠지. 여자인지도 몰라. 나도 모르겠네. 열어봐."

나는 궁금한 표정을 지으며 봉투를 열었고, 접혀 있는 종이 하나를 꺼냈다. 거기에는 봉투에 쓰인 이름과 똑같은 필체로 다음처럼 적혀 있었다.

친구에게

최근 〈기업의 소리〉 지면을 통해 당신의 작품 『바르셀로나의 미스터리』가 성공을 거둔 것을 축하하면서, 내가 얼마나 당신을 존경하는지 전하고자 이 편지를 씁니다. 훌륭한 문학을 사랑하는 독자로서 재능과 젊음이 넘치는 전도유망한 새로운 목소리를 발견해 큰 기쁨을 느낍니다. 당신의 작품을 읽으면서 즐거웠기에, 감사의 뜻으로 조촐한 깜짝파티에 초대하고 싶습니다. 틀림없이 좋아할 겁니다. 파티는 라발 지구의 '몽상'에서 오늘밤 열두시에 열릴 예정입니다. 당신을 기다리고 있겠습니다.

그럼 이만.

A.C.

내 어깨 너머로 편지를 읽던 비달은 궁금하다는 듯이 미간을 찌푸렸다.

"흥미롭군." 그는 중얼거렸다.

"뭐가 흥미롭다는 말씀입니까?" 내가 물었다. "그리고 '몽상'은 도대체 뭐하는 곳이죠?"

비달은 백금 케이스에서 담배 하나를 꺼냈다.

"카르멘 부인은 하숙집에서 담배 피우는 걸 허락하지 않습니다." 내가 그에게 알려주었다.

"이유가 뭐지? 담배연기가 시궁창냄새를 탁하게 만드나?"

비달은 담배에 불을 붙이고서, 모든 금지된 것을 즐기는 사람처럼 두 배의 기쁨을 느끼며 담배를 맛보았다.

"여자는 좀 아나, 다비드?"

"그럼 물론이죠. 수도 없이 압니다."

"내 말은 성경적 의미로 알고 있느냐는 뜻이네."

"미사에서 알고 지내는 여자가 있느냐고요?"

"아니. 침대에서."

"아."

"그럼 대답해보게."

확실한 것은 비달 같은 사람에게 깊은 인상을 줄 대단한 이야기가 없다는 사실이었다. 사춘기 시절의 내 모험과 사랑은 그때까지 보잘것없었고 독창성이라곤 찾아볼 수 없었다. 뺨을 살며시 꼬집거나 어리광을 부리거나 어둠에 잠긴 대문 앞 혹은 영화관에서 몰래 키스했던 여자들의 목록은 얼마 되지 않았으며, 그중 어느 것도 '백작의 도시' 바르셀로나에서 벌어지는 침실 놀이의 기술과 과학에 정통한 스승의 고려대상이 되기에는 턱없이 부족했다.

"그건 이번 일과 아무런 상관도 없지 않나요?" 나는 따졌다.

비달은 선생 같은 자세를 취하더니 이야기를 시작했다.

"내가 어렸을 때는 적어도 나와 같은 귀공자들은 전문가의 도움을 받아 그런 경험을 시작하는 게 일반적이었다네. 내가 자네 나이였을 때, 그때나 지금이나 이 도시에서 가장 세련된 업소의 고객인 우리 아버지가 나를 '몽상'으로 데려갔지. 우리의 사랑하는 구엘 백작이 고집을 부려 가우디에게 람블라스 거리 옆에 짓도록 했던 그 음침한 저택에서 몇 미터 떨어지지 않은 곳이야. 한 번도 들어보지 못했다고는 말하지 말게."

"백작을요, 아니면 그 매음굴을요?"

"아주 재치 있는 대답이군. '몽상'은 아주 특별한 기준으로 선택된 소수의 고객을 위한 우아한 업소야. 사실 나는 오래전에 문을 닫았다고 생각했는데 아닌 모양이군. 문학과 달리 몇몇 사업은 항상 인기가도를 달리고 있지."

"알겠습니다. 그런데 이건 선생님 생각인가요? 일종의 장난인가요?"

비달은 고개를 가로저었다.

"그렇다면 편집실의 어느 못된 기자 소행입니까?"

"자네 말에서 일종의 적대감이 느껴지는군. 하지만 신문을 발간하는 고귀한 일에 종사하며 평기자 직위에 있는 사람은 그 누구도 '몽상' 같은 곳에 갈 보수는 받지 못하네. 그곳이 내가 기억하는 바로 그 업소라면 말이야."

나는 한숨을 내쉬었다.

"가지 않을 생각이니 그런 것에는 관심 없습니다."

비달은 눈을 치켜떴다.

"자네가 나와는 달리 무신론자가 아니며, 티 없이 맑은 마음으로 한 점의 부끄러움도 없이 부부의 침대에 가고자 한다는 말 따위는 하지 말게. 진정한 사랑으로 성령의 축복을 받으면서 육체와 영혼의 환희를 동시에 발견할 그 마술적인 순간을 기다리고자 갈망하는 순수한 영혼이며, 그렇게 자네의 성姓과 어머니의 눈을 이어받은, 그러니까 미덕과 신중함의 본보기인 성스러운 여인의 눈을 물려받은 아이들로 세상을 채울 것이고, 그녀의 손을 잡고 아기 예수의 인자한 시선 아래 천국의 문으로 들어가겠다는 말 따위는 하지 말게나."

"그런 말 할 생각 없었습니다."

"그럼 다행이네. 그런 순간은 영원히 오지 않을 수도 있으니. 여기서 나는 그걸 강조하고 싶네. 다시 말하면 자네가 누구와도 사랑에 빠지지 않을 수 있고, 그 누구에게도 인생을 바치고 싶지 않거나 바치지 못할 수도 있으며, 나처럼 어느 날 마흔다섯 살이 되어 이제 더는 젊지 않고 리라를 연주하면서 합창하는 연애의 신들도, 제단을 향해 펼쳐진 백장미의 침대도 없다는 사실을 깨닫게 될 수도 있네. 그러면 자네가 할 수 있는 유일한 복수는 인생에서 탱탱하고 뜨거운 육체의 기쁨을 도둑질하는 것이지. 그런 육체의 기쁨은 좋은 의도보다 더 빨리 허공으로 증발해버리지만, 아름다움으로 시작해 기억으로 끝나버리면서 모든 것이 썩어 문드러지는 이 더럽고 추잡한 세상에서 그게 자네가 발견할 수 있는 천국과 가장 흡사한 것임을 깨닫게 될 걸세."

나는 조용히 환호하는 것처럼 잠시 침묵을 지켰다. 비달은 오페라의 열렬한 팬이었고, 위대한 아리아의 리듬과 표현 방식이 몸에 배어 있었다. 그는 푸치니의 오페라가 상연될 때면 한 번도 빠지지 않고 오페라하우스의 가족 박스석에 앉아 있었다. 꼭대기층 구석구석에 다닥다닥 모여 있는 불쌍한 사람들을 제외하면 그는 오페라하우스로 달려가 너무나 사랑하는 음악을 듣는 몇 안 되는 사람 중 하나였고, 그런 오페라로부터 천국과 인간세계에 관해 많은 가르침을 받기도 했다. 그리고 그날처럼 가끔 내게 그런 연설을 했다.

"왜 그러나?" 비달이 시비를 걸듯 물었다.

"마지막 부분이 귀에 익습니다."

딱 걸려 놀란 그는 한숨을 내쉬고는 고개를 끄덕였다.

"『오페라하우스 살인사건』의 한 대목이네." 비달이 인정했다. "미란다 라플뢰르가 그녀의 마음을 갈가리 찢어놓았던 못된 후작에게 총을 쏘는 마지막 장면이지. 후작은 차르의 첩자 스베틀라나 이바노바의 품에 안겨 콜론호텔의 스위트룸에서 열정적인 밤을 보내며 미란다를 배신했어."

"그럴 거라고 짐작했습니다. 그보다 더 나은 작품은 고를 수 없었을 겁니다. 그건 선생님의 최고 작품이지요."

비달은 내 찬사를 듣더니 미소를 짓고서, 다음 담배에 불을 붙일지 말지 고민했다.

"그렇다고 내가 한 말에 진실이 하나도 없다는 뜻은 아니지."
그가 논쟁에 종지부를 찍었다.

비달은 고급 브랜드의 바지가 더러워지지 않도록 손수건을 깔고서 창턱에 걸터앉았다. 나는 이스파노수이사 자동차가 프린세사 거리 모퉁이에 주차되어 있는 걸 보았다. 운전사 마누엘이 마치 로댕의 조각품을 다루듯이 조심스럽게 모직천으로 크롬 도금된 자동차를 번쩍번쩍 빛나게 닦고 있었다. 마누엘을 보면 나는 항상 우리 아버지가 떠올랐다. 두 사람은 너무나 많은 불행의 시절을 보낸 세대였으며, 그런 기억을 얼굴에 새기고 다니는 사람들이었다. 엘리우스 저택의 하인들에게 듣기로 마누엘 사니에르는 감옥에서 오랜 시간을 보냈고 출옥한 뒤에는 궁핍한 세월을 보내야만 했다. 그에게 제공된 일자리는 항구에서 상자나 포대를 하역하는 노동뿐이었는데, 그런 일을 감당할 만큼 젊지도 건강하지도 않았기에 배고픈 시절을 보내야 했다. 소문에 따르면 어느 날 전차에 치여 죽을 뻔한 비달을 마누엘이 목숨을 걸고 구해주었다. 페드로 비달은 그 가난한 사람이 매우 힘든 상황이라는 사실을 알게 되자 감사의 의미로 일자리를 주고 아내와 딸과 함께 엘리우스 저택의 차고 위 조그만 집에서 살 수 있도록 해주었다. 어린 크리스티나는 페아르손 대로의 아버지 집으로 매일 와서 비달 왕조의 아이들을 가르치는 가정교사들에게 수업을 받을 것이며, 마누엘의 아내는 비달 가문의 재봉사로 일하게 해주겠다고도 약속했다. 비달은 바르셀로나에서 유통되기 시작할 최초의 자동차 중 한 대를 살 생각을 하고 있었다. 만일 마누엘이 운전기술을 배우고 커다란 짐마차와 이륜마차는 그만 몰겠다고 결정한다면 비달은 그를 운전사로 채용할 작정이었다. 사실 비달은 운전사가 필요한 상황이었다. 당시에 상류층 젊은이들은 내연기관 기계장치나 배기가스가 나오는 설비에는 손을 대지 않았기 때문이다. 물론 마누엘은 제안을 수락했다. 풍문에 따르면 마누엘 사니에르와 그의 가족은 가난에서 구조되자 불우한 사람들의 영원한 수호자인 비달을 무조건적으로 공경했다. 나는 그 이야기를 있는 그대로 믿어야 할지, 아니면 그것이 비달이 추구하던 인자한 귀족이라는 이미지에 맞게 만들어진 기나긴 일련의 전설에 불과한 것인지 제대로 판단할 수 없었다. 그가 화려한 후광에 둘러싸인 모습으로 어느 고아 소녀 앞에 나타나는 장면만 더하면 완벽할 것 같은 순간도 때때로 있었다.

"자네가 못된 생각을 할 때면 그런 악동 같은 표정이 나오곤 하지." 비달이 지적했다. "도대체 무슨 생각을 하는 건가?"

"아닙니다. 저는 선생님이 인자하고 다정하다는 생각을 하고 있었습니다."

"지금 자네의 나이와 지위에서는 비꼬는 버릇으로 득 볼 것이 없네."

"그 말이 모든 걸 설명해주는군요."

"자, 항상 자네 안부를 묻는 마누엘에게 인사하게나."

창밖을 내려다보자 촌놈인 나를 항상 양갓집 자제로 대해주던 운전사가 멀리서 인사를 건넸다. 나는 그 인사에 화답했다. 조수석에는 그의 딸 크리스티나가 앉아 있었다. 창백한 피부에 붓으로 그린 것 같은 입술을 지닌 여자였다. 비달의 초대로 방문한 엘리우스 저택에서 나보다 두 살 많은 그녀를 처음 보았을 때 나는 제대로 숨도 쉴 수 없었고, 그 이후 그녀를 볼 때마다 같은 증상이 반복되었다.

"너무 보지 말게. 그러다 저애가 뚫어지겠어." 비달이 내 뒤에서 중얼거렸다.

나는 뒤로 돌아 권모술수에 능한 표정과 마주쳤다. 비달은 사랑 문제나 다른 고귀한 신체부위와 관련된 문제를 다룰 때는 항상 그런 표정을 지었다.

"선생님 말씀이 이해되지 않습니다."

"언제나 그게 진실이지." 비달이 대답했다. "그건 그렇고 오늘 밤 초대는 어떻게 할 건가?"

나는 편지를 다시 읽고서 머뭇거렸다.

"페드로 선생님, 그런 장소에 자주 가시나요?"

"나는 열다섯 살 이후 여자한테 돈을 치러본 적이 없네. 그래, 엄밀히 말하자면 아버지가 치렀지." 비달은 으스대는 기색 없이 대답했다. "하지만 선물받은 말의 이빨은 들여다보지 말라는 속담처럼……"

"잘 모르겠습니다, 페드로 선생님……"

"아니야, 자네는 잘 알고 있네."

비달은 방문으로 가면서 내 어깨를 손바닥으로 탁 쳤다.

"밤 열두시까지는 일곱 시간이 남았네." 비달이 말했다. "잠깐

눈 좀 붙이고 기운을 내라고 알려주는 걸세."

나는 창문 밖으로 그가 차를 향해 가는 걸 내다보았다. 마누엘이 문을 열어주자 비달은 느긋한 자세로 뒷좌석에 앉았다. 이스파노수이사 자동차 엔진이 피스톤과 마개의 심포니를 연주하는 소리가 들렸다. 바로 그 순간 운전사의 딸 크리스티나가 눈을 들어 내가 있는 창문 쪽을 바라보았다. 나는 그녀에게 미소를 보냈지만, 그녀가 날 기억하지 못한다는 사실을 깨달았다. 잠시 후 그녀는 시선을 돌렸고 비달의 커다란 자동차가 멀어지면서 그의 세상으로 돌아갔다.

3

그즈음 노우 데라 람블라스 거리는 가로등과 반짝이는 네온광고판으로 가득한 긴 회랑처럼 펼쳐져 라발 지구의 어둠을 가로지르고 있었다. 카바레와 무도장, 그리고 딱히 뭐라고 규정할 수 없는 가게들이 보도 양편으로 빼곡하게 들어차 있었다. 비너스의 질병*과 콘돔, 성기 세척을 전문으로 하는 집들도 거리를 장식하고 있었다. 그 가게들은 새벽녘까지 문을 열었고, 그동안 나름대로 뽐낼 만한 집안의 자제부터 항구에 정박한 선박 승무원에 이르기까지 온갖 사람이 날이 어두워질 무렵에야 비로소 삶을 되찾는 갖가지 기상천외한 사람들과 뒤섞이곤 했다. 거리 양쪽으로는 좁은 골목길들이 밤안개에 파묻혀 있었는데, 거기에는 몰락해가는 매음굴들이 자리잡고 있었다.

* 성병을 완곡히 이르는 말.

'몽상'은 건물의 2층을 차지하고 있었다. 아래층에는 뮤직홀이 있었는데, 커다란 광고판에 아무런 무늬 없이 투명하고 긴 가운을 두른 무희의 연기가 예고되어 있었다. 팔에 검은 뱀을 두른 그녀의 매력이 숨김없이 드러났고, 두 개로 갈라진 뱀의 혓바닥은 마치 그녀의 입술에 키스하는 것처럼 보였다.

"에바 몬테네그로와 죽음의 탱고." 광고판은 인쇄체로 적혀 있었다. "밤의 여왕, 6일간 본 업소 독점 출연. 연장 공연 절대 없음. 여러분의 가장 은밀한 비밀을 파헤칠 독심술사 메스메로의 특별 찬조 출연."

업소 입구 옆에 좁은 문이 있고 그 뒤로 붉게 칠한 벽을 따라 긴 돌계단이 이어졌다. 나는 그 계단을 올라가 커다란 오크문 앞에 섰다. 세공된 그 문의 청동노커는 조그만 클로버 잎사귀로 음부를 가린 님프의 모습이었다. 나는 두어 번 문을 두드린 후 기다렸다. 불에 그슬린 커다란 거울이 벽의 상당 부분을 덮고 있었는데, 나는 그 거울에 비친 내 모습을 애써 외면했다. 어떻게 전속력으로 그곳을 빠져나갈 수 있을지 궁리하던 그때 문이 열렸고, 새하얀 머리카락을 아주 단정하게 틀어올린 중년의 여자가 내게 차분한 미소를 지었다.

"다비드 마르틴 선생님이시죠?"

평생 내 이름 뒤에 '선생님'을 붙인 사람은 없었다. 나는 너무도 예의바른 그 태도에 흠칫 놀랐다.

"그렇습니다."

"이리로 들어와 저를 따라오시면 고맙겠습니다."

그녀를 따라 그리 길지 않은 복도를 지나자 원형의 커다란 응접실이 나타났다. 은은한 조명이 비쳤고 벽은 빨간 벨벳으로 덮여 있었다. 스테인드글라스로 장식된 둥근 천장에는 크리스털 샹들리에가 달려 있었다. 샹들리에 아래 놓인 마호가니 테이블의 거대한 축음기에서 오페라 아리아가 흘러나왔다.

"선생님, 마실 것을 드릴까요?"

"물 한 컵 주시면 고맙겠습니다."

백발의 여인은 눈도 깜박거리지 않고 미소를 지었다. 다정하고 침착하며 느긋한 자세였다.

"샴페인 한 잔이나 그보다 좀더 독한 술을 원하실 것 같습니다만. 헤레스산産 백포도주가 좋을지도 모르겠습니다."

내 미각은 오래된 수돗물과 방금 받은 수돗물 중 무엇이 괜찮은지만 구별할 정도였기에 어깨만 으쓱했다.

"알아서 선택해주세요."

여인은 미소를 잃지 않은 채 고개를 끄덕였고, 응접실을 점점이 수놓은 화려한 안락의자 중 하나를 가리켰다.

"저기 앉아 계시면 클로에가 즉시 선생님과 함께할 겁니다."

숨이 턱 막히는 기분이었다.

"클로에라고요?"

나의 당황함은 아랑곳하지 않은 채 그녀는 검은 주렴 너머 보이는 문으로 사라졌다. 혼자 남게 되자 초조해졌고, 말할 수 없는 갈망이 느껴졌다. 방안을 어슬렁거리면서 나를 사로잡은 전율을 떨치려고 했다. 은은하게 울리는 음악과 관자놀이에서 느껴지는 내 심장의 고동소리를 제외하면 그곳은 무덤처럼 고요했다. 그 응접실로부터 여섯 개의 복도가 나 있고 각각의 벽은 파란 커튼으로 덮여 있으며 복도 끝에는 흰 쌍여닫이문이 있었다. 나는 한 안락의자에 털썩 주저앉았다. 쿠데타로 다소 기운이 빠진 섭정왕자와 장군 들이 앉아 엉덩이를 흔들 수 있도록 만들어진 안락의자였다. 잠시 후 백발의 여인이 은쟁반에 샴페인 한 잔을 들고 돌아왔다. 나는 그 술을 받았고, 이번에도 똑같은 문으로 그녀가 사라지는 것을 보았다. 그리고 단숨에 잔을 비운 다음 셔츠 옷깃을 약간 느슨하게 풀었다. 이 모든 게 나를 희생양으로 비달이 꾸민 장난에 불과할지도 모른다는 의심이 들기 시작했다. 바로 그 순간 누군가가 한 복도에서 나를 향해 다가오는 모습이 보였다. 소녀인가 싶었는데, 실제로 소녀였다. 고개를 숙인 채 걸어오고 있었기에 눈은 보이지 않았다. 나는 자리에서 일어났다.

소녀는 무릎을 구부려서 내게 정중하게 인사한 다음, 자기를 따라오라고 손짓했다. 그제야 비로소 나는 그녀의 한 손이 마네킹처럼 의수라는 걸 알았다. 복도 끝까지 안내한 소녀는 목에 건 열쇠로 문을 열고서 나에게 들어가라고 했다. 방은 사실상 어둠에 잠겨 있었다. 나는 몇 발짝 앞으로 내디디면서 앞을 보려고 애썼다. 그 순간 뒤에서 문 닫히는 소리가 들렸고, 내가 뒤로 돌았을 때 소녀는 이미 사라지고 없었다. 열쇠가 돌아가는 소리를 듣고 나는 그곳에 갇혔다는 것을 알았다. 거의 일 분 동안 나는 그대로 꼼짝도 하지 않았다. 천천히 눈이 어둠에 익숙해져 주변의 윤곽을 알아볼 수 있었다. 방은 바닥부터 천장까지 온통 검은 천으로 뒤덮여 있었다. 벽 한쪽으로는 이제껏 한 번도 보지 못했던 일련의 기묘한 기구가 있다는 것을 짐작할 수 있었다. 그것들이 불길해 보이는지, 아니면 매혹적으로 보이는지조차 판단할 수 없었다. 널찍한 원형 침대 끄트머리에는 커다란 거미줄처럼 생긴 머리판이 있고, 그곳에 걸린 두 개의 촛대에서 검은 초 두 자루가 타오르면서 예배당과 장례식장에서 흔히 풍기는 밀랍냄새를 내뿜었다. 침대 한쪽에는 구불구불한 물결 문양이 새겨진 격자 칸막이가 있었다. 나는 오한을 느꼈다. 그 장소는 『바르셀로나의 미스터리』에서 온갖 모험을 겪는 영묘한 흡혈귀 클로에를 위해 내가 만들어낸 소설 속 침실과 똑같았다. 탄내가 풍기는 그 공간에는 무언가가 있었다. 억지로 문을 열려는 찰나, 나 혼자가 아니라는 사실을 알았다. 나는 온몸이 얼어붙어 그대로 있었다. 격자 칸막이 너머로 희미한 윤곽이 드러났다. 두 개의 반짝이는 눈이 나를 지켜보고 있었고, 긴 손톱을 검게 칠한 희고 가냘픈 손가락이 격자 칸막이 틈으로 나타나는 모습이 보였다. 나는 침을 꿀꺽 삼켰다.

"클로에?" 나는 중얼거렸다.

그녀였다. 나의 클로에. 내 이야기에 등장하는 오페라풍의 훌륭한 팜파탈이 란제리 차림으로 실제로 살아 움직이고 있었던 것이다. 피부는 이제껏 한 번도 본 적 없는 너무도 창백한 색이었고 반짝이는 검은 머리카락은 직각으로 커트되어 얼굴을 액자에 넣은 것처럼 보였다. 입술은 신선한 피인 듯한 것으로 칠했고 그림자 같은 검은 기운이 푸른 눈 주위를 에워쌌다. 클로에는 고양이처럼 움직였다. 비늘처럼 반짝거리는 코르셋으로 꽉 졸라맨 몸은 물로 만들어진 것 같았고, 중력을 비웃는 법을 배운 것만 같았다. 가냘프고 무한하게 긴 목에는 자줏빛 벨벳리본을 둘렀고 리본에는 십자가가 거꾸로 달려 있었다. 나는 그녀가 천천히 다가오는 모습을 지켜보았다. 숨조차 제대로 쉬지 못한 채 내 눈은 존재하지 않을 법한 곡선을 그리는 다리를 뚫어져라 바라보았다. 아마도 내가 일 년 동안 버는 돈보다 더 값이 나갈 실크스타킹과 끝이 뾰족한 신발을 신었고 발목에는 실크리본을 맸다. 평생 그토록 아름다운 것은 한 번도 보지 못했고, 그토록 나를 두렵게 만든 것도 없었다.

나는 그녀의 손에 이끌려 침대까지 따라가 엉덩방아를 찧듯이 주저앉았다. 촛불이 너울거리면서 그녀 육체의 윤곽을 어루만지고 있었다. 내 얼굴과 입술은 맨살이 훤히 드러난 그녀의 배와 같은 높이에 있었다. 나는 도대체 내가 무슨 짓을 하는지도 모르는 채 배꼽 아래 키스했고 뺨으로 그녀의 피부를 쓸었다. 그 순간 나는 이미 내가 누구이며 어디에 있는지조차 잊어버린 상태였다. 그녀는 내 앞에 무릎을 꿇더니 내 오른손을 잡았다. 그리고 고양이처럼 나른하게 내 손가락을 하나씩 핥고서 나를 뚫어지게 바라보았다. 그러더니 내 옷을 벗기기 시작했다. 내가 거들려고 하자, 그녀는 웃으면서 내 손을 살며시 뿌리쳤다.

"가만히 있어요."

내 옷을 모두 벗긴 그녀는 몸을 숙이고서 내 입술을 핥았다.

"이제 당신 차례예요. 내 옷을 벗겨요. 천천히. 아주 천천히."

그 순간 나는 병약하고 처참한 어린 시절을 이겨내고 살아남은 것이 바로 그 순간을 위해서였음을 깨달았다. 나는 목에 두른 벨벳리본과 검은 스타킹만 남을 때까지 피부를 한 꺼풀 벗기듯 천천히 그녀의 옷을 하나씩 벗겨갔다. 나처럼 비참한 인간은 그 검은 스타킹에 대한 기억만으로도 족히 백 년은 살 수 있을 터였다.

"애무해줘요." 그녀가 내 귀에 대고 속삭였다. "함께 놀아요."

나는 애무했고 평생 그녀의 몸을 기억하려는 듯이 피부에 1센티미터마다 키스했다. 클로에는 서두르지 않았고 내 손과 입술이 닿을 때마다 부드러운 신음으로 화답하면서 나를 이끌었다. 그러다 나를 침대에 눕히고서 내 몸을 자기 몸으로 덮었다. 내 땀구멍 하나하나가 활활 타오르는 것 같았다. 나는 손을 그녀의 등에 올려놓고서 척추를 따라 이어지는 기적의 선을 더듬었다. 그녀의 불가사의한 시선이 내 얼굴로부터 불과 몇 센티미터 떨어지지 않은 곳에서 나를 응시하고 있었다. 나는 무슨 말이라도 해야겠다고 느꼈다.

"내 이름은……"

"쉬잇."

내가 더 바보 같은 말을 하기 전에 클로에는 자기 입술을 내 입술 위에 포갰다. 그리고 한 시간 동안 나를 이 세상에서 사라지게 했다. 내가 서툴다는 것을 알면서도 그런 사실을 눈치채지 못한 것처럼 행동했고, 내 움직임 하나하나를 예측하여 서둘지도, 부끄럽지도 않도록 내 손을 자기 몸으로 안내했다. 눈에는 지루하거나 멍한 기색이 하나도 없었다. 그녀는 무한한 인내심과 애정으로 내가 어쩌다 그곳에 이르게 되었는지도 잊은 채 그녀의 몸을 마음껏 음미하도록 해주었다. 그날 밤의 그 짧은 한 시간 동안, 다른 사람들이 기도문이나 판결문을 달달 외우듯이 나는 그녀 피부의 모든 선을 머릿속에 새겼다. 나중에, 그러니까 내가 숨도 쉬지 못할 지경이 되자 클로에는 자기 가슴에 내 머리를 기대놓고 한참 동안 아무 말 없이 머리카락을 쓰다듬어주었다. 그사이 나는 그녀의 허벅지에 한 손을 놓은 채 그 품에 안겨 잠들었다.

눈을 떴을 때, 방안은 어둠에 잠겨 있고 클로에는 이미 떠난 후였다. 손에서 더는 그녀의 피부가 느껴지지 않았다. 대신 나를 그곳에 초대했던 봉투와 똑같은 흰 양피지에 인쇄된 명함이 놓여 있었다. 천사 모양 문양 아래에는 다음 내용이 프랑스어로 적혀 있었다.

안드레아스 코렐리

발행인

뤼미에르출판사

생제르맹 대로 69번지, 파리

뒷면에는 손으로 적은 메모가 있었다.

친애하는 다비드, 인생이란 위대한 희망으로 이루어져 있지요. 당신의 희망을 현실로 만들겠다는 각오가 서면, 주저하지 말고 나에게 연락하십시오. 기다리겠습니다. 당신의 친구이자 독자.

A.C.

나는 바닥에서 옷을 주섬주섬 주워서 입었다. 문은 이제 닫혀 있지 않았다. 나는 복도를 따라 응접실로 나갔다. 이미 축음기는 잠잠해져 있었다. 소녀의 흔적도, 나를 맞았던 백발 여인의 흔적도 없었다. 절대적인 침묵만이 흐르고 있었다. 출구로 나가는 사이 내 뒤에서 조명이 희미해지고 복도와 방은 천천히 어두워지고 있는 듯했다. 나는 층계참으로 나갔고, 세상으로 돌아가는 계단을 내키지 않는 마음으로 내려갔다. 거리로 나서서는 야간업소들의 시끌벅적한 소리와 사람들을 뒤로한 채 람블라스 거리로 향했다. 항구에서 올라온 따스하고 은은한 안개가 오리엔테호텔의 커다란 창문들이 번쩍거리는 빛에 먼지투성이의 더러운 누런색으로 물들어 있었다. 그리고 그런 안개 속에서 행인들은 한줄기 수증기처럼 사라지고 있었다. 걸음을 옮기자 클로에의 체취가 머릿속에서 사라지기 시작했다. 그리고 비달의 운전사 딸인 크리스티나 사니에르의 입술도 똑같은 맛일까 궁금해졌다.

4

우리는 처음으로 물을 마실 때야 비로소 갈증이 무엇인지 깨닫는다. '몽상'을 찾아간 지 사흘째 되던 날, 클로에의 피부를 떠올리기만 해도 나는 마음마저 훨훨 타는 것 같았다. 그 누구에게도 말하지 않은 채—특히 비달에게는 더욱 말할 수 없었다—나는 수중에 남은 몇 푼을 긁어모아 그날 밤 그곳으로 가기로 했다. 그 정도 돈이면 일순간이나마 그녀의 품에 충분히 안길 수 있으리라는 희망을 품었다. '몽상'으로 올라가는 붉은 벽의 계단에 도착한 것은 열두시가 지나서였다. 계단의 불은 꺼져 있었다. 나는 유럽에서 대전쟁*이 벌어지는 동안 노우 데라 람블라스 거리에 흩뿌려진 카바레와 술집, 뮤직홀과 딱히 뭐라고 규정할 수 없는 업소로 가득한 시끌벅적한 동네를 뒤로하고서 천천히 올라갔다. 출입구

---

* 1차세계대전.

에서 새어든 불빛이 너울거리며 계단의 윤곽을 희미하게 밝혀주었다. 층계참에 이르러 걸음을 멈추고 문에 달려 있던 노커를 더듬더듬 찾았다. 손가락이 묵직한 금속의 노커를 스쳤고, 문은 잠겨 있지 않았는지 노커를 들자 몇 센티미터 열렸다. 부드럽게 문을 밀어보았다. 절대적인 침묵이 얼굴을 어루만졌다. 내 앞에는 푸른 어둠이 펼쳐져 있었다. 나는 당황하여 몇 발짝을 내디뎠다. 거리의 불빛이 메아리를 울리듯이 허공에서 깜박거리며 헐벗은 벽과 망가진 마룻바닥을 잠깐씩 밝혀주었다. 응접실에 도착해보니 벨벳과 사치스러운 가구로 장식되었다고 기억하는 그곳이 지금은 텅 비어 있었다. 바닥을 담요처럼 뒤덮은 먼지가 거리에서 반짝거리는 네온사인의 불빛을 받아 모래처럼 빛났다. 나는 먼지에 발자국을 남기면서 앞으로 나아갔다. 눈을 씻고 찾아봐도 축음기나 안락의자, 그림의 흔적은 없었다. 갈라진 천장 사이로 검어진 나무대들보가 엿보였다. 벽에는 뱀가죽처럼 벗겨진 페인트가 간신히 붙어 있었다. 나는 클로에를 만났던 방으로 통하는 복도로 향했다. 그리고 어둠에 잠긴 통로를 지나 쌍여닫이문에 도착했다. 이제 더는 하얗지 않았다. 손잡이도 없었다. 마치 단숨에 뽑힌 것처럼 나무문에 구멍 하나가 덩그렇게 뚫려 있을 뿐이었다. 나는 문을 열고 안으로 들어갔다.

클로에의 침실은 칠흑처럼 어두운 골방이었다. 벽은 온통 시커멓게 그을렸고 천장 대부분이 무너져 있었다. 하늘을 가로지르는 검은 구름과 전에는 침대였던 금속의 뼈대 위로 은빛 후광을 비추는 달이 보였다. 바로 그때 뒤에서 바닥이 삐걱거리는 소리가 들려와 그곳에 나 혼자가 아니라는 사실을 깨달았다. 재빨리 뒤를 돌아보니 어둡고 홀쭉한 남자의 실루엣이 복도로 향하는 입구에서 또렷이 드러났다. 그의 얼굴을 제대로 알아볼 수는 없었지만 나를 지켜보고 있는 것이 확실했다. 그는 몇 초 동안 움직이지 않은 채 거미처럼 그곳에 머물러 있었다. 그사이 나는 그에게 반응해 한 발짝 다가갔다. 즉시 그 실루엣은 어둠 속으로 물러났고, 내가 응접실에 도착했을 때는 아무도 없었다. 거리 반대편에 걸린 네온사인의 빛이 한순간 응접실에 넘쳐흐르면서 벽에 기대어 쌓인 조그만 잿더미를 드러냈다. 나는 화염에 잠식당한 찌꺼기 앞으로 다가가서 무릎을 꿇었다. 잿더미 사이로 무언가가 보였다. 손가락이었다. 그 위에 덮인 재를 떨어내니 서서히 손의 윤곽이 드러났다. 그 손을 움켜잡고 잡아빼려는 순간 손목 부위가 잘려 있다는 사실을 깨달았다. 나는 즉시 그 손을 알아보았다. 소녀의 손, 그러니까 나무로 만들어진 줄 알았지만 이제 보니 도자기로 만들어진 소녀의 손이었다. 나는 다시 잿더미 위에 그 손을 떨어뜨린 후 그곳에서 나왔다.

나는 그 낯선 사람이 내 상상의 산물은 아닌지 생각했다. 먼지에 그의 발자국이 하나도 없었기 때문이다. 나는 다시 거리로 나가 건물 아래서 걸음을 멈추고 보도에서 2층 창문을 자세히 바라보았다. 완전히 혼란스러웠다. 행인들은 내 모습에 아랑곳하지 않은 채 웃으면서 옆을 지나갔다. 나는 사람들 속에서 그 낯선 사람의 모습을 찾아보았다. 그가 그곳에 있다는 사실을 알았다. 어쩌면 몇 미터 떨어진 곳에서 나를 지켜보고 있을지도 몰랐다. 잠시 후 길을 건너 사람들이 가득한 비좁은 카페로 들어갔다. 그리고 바에 자리 하나를 겨우 차지한 다음 종업원에게 신호를 보냈다.

"뭘 주문하시겠습니까?"

입이 마르고 모래가 들어간 것처럼 깔깔했다.

"맥주 한 잔 주세요." 나는 즉흥적으로 대답했다.

종업원이 맥주를 잔에 따르는 동안, 나는 앞으로 몸을 내밀었다.

"저기요, 혹시 건너편에 있는 가게 '몽상', 닫았나요?"

종업원은 잔을 바에 내려놓고서 나를 마치 바보를 보듯 쳐다보았다.

"십오 년 전에 닫았지요." 그가 말했다.

"틀림없어요?"

"물론이죠. 화재 이후 다시 연 적이 없어요. 더 필요하신 게 있습니까?"

나는 없다고 했다.

"그럼 4센티모입니다."

나는 맥줏값을 치르고 잔은 건드리지도 않은 채 그곳을 나왔다.

다음날 나는 출근시간이 되기도 전에 신문사 편집실에 도착해 지하실의 문서보관소로 곧장 갔다. 그곳 책임자인 마티아스의 도움을 받아, 그리고 카페 종업원이 말했던 내용을 따라서 십오 년 전 〈기업의 소리〉 1면 기사들을 살펴보기 시작했다. 사십 분을 찾아본 끝에 그 이야기를 발견했다. 대수롭지 않은 단신이었다. 화재는 1903년 성체 성혈 대축일 새벽에 일어났고, 여섯 명이 화마에 목숨을 잃었다. 손님 한 명과 직원 여자 네 명, 그곳에서 일하던 여자아이 하나였다. 경찰과 소방 당국은 석유램프 과열이 그런 비극을 야기했다고 추정했지만, 지역 교구의 신도회는 하느님의 천벌과 성령의 개입을 결정적인 요인으로 언급했다.

하숙집으로 돌아와 내 방 침대에 누워 잠을 청하려고 애썼지만 아무 소용이 없었다. 나는 정체를 알 수 없는 후원자의 명함을, 클로에의 침대에서 깨어나 발견했던 그 명함을 주머니에서 꺼냈고 뒷면에 적힌 "위대한 희망"이라는 말을 어둠 속에서 읽고 또 읽었다.

5

나의 세계에서 위대한 것이건 보잘것없는 것이건 희망이 현실이 되는 경우는 극히 드물었다. 불과 몇 달 전까지만 해도 매일 밤 잠자리에 들 때마다 내가 간절히 바란 것은 오직 스승의 운전사 딸인 크리스티나에게 말을 건넬 충분한 용기를 갖는 것, 새벽까지 시간이 빨리 지나가서 〈기업의 소리〉 편집부로 돌아가는 것뿐이었다. 그런데 이제는 그곳마저 안식처가 되지 못했다. 내 작업이 처절하게 실패하면 아마도 동료들의 애정을 되찾을 수 있을 거라고 나는 생각했다. 그 어떤 독자라도 첫 단락을 넘어갈 수 없을 만큼 형편없고 천박한 글을 쓴다면 아마도 내 청춘의 죄는 용서받을 수 있을지 몰랐다. 다시 편집실에서 편안함을 느낄 수만 있다면 아마도 그리 커다란 대가는 아닐 것이라고 생각했다. 아마도.

내가 아버지 손에 이끌려 〈기업의 소리〉에 간 것은 오래전 일이었다. 아버지는 삶이 고통으로 점철된 불행하고 가난한 사람이었다. 필리핀의 전장에서 돌아오자 그는 바르셀로나가 그를 반기지 않는다는 사실을 알았다. 이미 그를 잊은 아내는 결국 그가 귀국한 지 이 년 후에 그를 버리기로 했고, 갈가리 찢긴 영혼과 아들만을 남겨두고 떠났다. 그는 그 아들을 절대로 원하지 않았고 도대체 어떻게 해야 할지도 몰랐다. 겨우 자기 이름만 읽고 쓸 줄 알았던 아버지는 일자리도 없고 뚜렷한 소득원도 없었다. 전쟁에서 배웠던 것은 남이 자신을 죽이기 전에 그들을 죽이라는 것이 전부였다. 항상 거창하고도 공허한 명분에 따라 그렇게 했지만, 그런 명분도 전투가 임박할수록 더욱 터무니없고 비열한 것으로 드러났다.

전쟁에서 돌아온 아버지는 떠날 때보다 스무 살은 더 늙어 보였다. 그는 푸에블로누에보와 상마르티 지구의 여러 공장에서 일자리를 찾았지만 며칠을 견디지 못했다. 나는 아버지가 직장을 구한 지 얼마 되지 않아 원한으로 얼룩진 비열한 시선으로 집에 돌아오는 모습을 보았다. 시간이 흐르면서 다른 대안이 없자 그는 〈기업의 소리〉 신문사의 야간경비원 자리를 받아들였다. 보수는 형편없었지만, 전쟁터에서 돌아온 이후 처음으로 아무런 말썽에도 휘말리지 않은 채 몇 달을 보냈다. 그러나 평화의 시기는 그리 오래 가지 않았다. 이내 옛 전우들, 그러니까 육체와 영혼이 망가져 돌아왔지만 하느님과 조국의 이름으로 그들을 사지로 내몰았던 자들이 이제 그들의 얼굴에 침을 뱉는다는 사실을 깨달은 살아 있는 시체들이 아버지를 수상쩍은 사건에 연루시켰던 것이다. 아버지는 그런 일들을 버거워했고 결코 제대로 이해하지도 못했다.

종종 아버지는 이틀가량 모습을 감추곤 했다. 집에 돌아올 때면 손과 옷에서 화약냄새가 풍겼고, 주머니에는 돈이 가득했다. 그러면 그는 방에 처박혀 내가 눈치채지 못했다고 믿으면서 많건 적건 손에 넣을 수 있던 것을 자기 몸에 주사했다. 처음에는 문을 닫은 적이 없었지만, 어느 날 내가 몰래 살펴보고 있다는 것을 깨닫고서 따귀를 한 대 후려갈겨 내 입술을 찢어놓았다. 그런 다음 팔힘이 다하도록 나를 껴안고는 바닥에 드러누웠다. 그때도 주삿바늘은 살갗에 꽂혀 있었다. 나는 주삿바늘을 뽑은 다음 담요로 그를 덮어주었다. 그 사건 이후, 그는 열쇠로 문을 잠그고서 방에 틀어박히기 시작했다.

우리는 오르페우스 카탈루냐 음악당의 신축 공사장이 코앞에 보이는 조그만 다락에 살고 있었다. 그곳은 바람과 습기가 벽을 마음껏 비웃는 것처럼 춥고 좁은 장소였다. 나는 작은 발코니에 앉아 다리를 밖으로 내놓은 채 사람들이 지나가는 모습을 바라보고 거리 반대편에서 점차로 커지던 어마어마한 기둥과 벽을 장식하는 조각품을 구경하곤 했다. 그것들은 가끔 손가락에 닿을 듯하기도 했지만 대부분은 달처럼 멀리 느껴졌다. 나는 병약한 아이여서 걸핏하면 고열에 시달리고 병에 걸려 무덤 언저리까지 가기도 했다. 하지만 그때마다 마지막 순간에 고열과 질병이 제 잘못을 뉘우치고 보다 훌륭한 희생자를 찾아 떠나곤 했다. 내가 병에 걸리면 아버지는 인내심을 잃었고, 이틀 밤을 꼬박 새운 후에는 이웃집 여자에게 맡겨놓고 며칠간 집을 떠나 자취를 감추었다. 시간이 흐르면서 나는 그가 집에 돌아올 때마다 그사이 내가 죽었으리라고 확신한 건 아닌지 의문을 품게 되었다. 그러면 몸이 허약해 아무짝에도 쓸모없는 어린아이를 떠맡아야 하는 짐에서 해방될 것이었기 때문이다.

몇 번이고 나는 그렇게 되기를 바랐다. 하지만 아버지는 항상 돌아올 때마다 멀쩡하게 살아서 움직이며 키가 조금 더 자란 나를 발견했다. 이 세상의 어머니라는 자연은 온갖 질병과 가난이라는 형벌로 나를 즐겁게 만들어주는 데 거리낌이 없었지만, 중력의 법칙을 내게 철저히 적용하는 방법은 찾아내지 못한 것이다. 모든 예상과 달리, 페니실린이 발견되기 전이었는데도 나는 어린 시절의 위험한 줄타기에서 그 몇 년을 살아남는 데 성공했다. 그 당시만 해도 죽음은 보기 드문 일이 아니었다. 아직 죄를 지을 틈도 없었던 영혼을 마구 먹어치우는 죽음의 모습과 냄새가 어디서나 흔했다.

이미 그 당시에 내 유일한 친구는 종이와 잉크로 만들어진 것들이었다. 학교에서 나는 동네의 다른 아이들보다 훨씬 먼저 읽고 쓰는 법을 배웠다. 같은 반 아이들이 종이에서 이해할 수 없는 잉크 자국을 보고 있을 때 나는 빛과 거리와 사람을 보았다. 나는 말을 비롯하여 말에 숨겨진 지식의 신비에 매료되었고, 그것이야말로 무한한 세상을 열어줄 열쇠라고 생각했다. 집과 거리들에서, 그리고 내게는 행운 따위가 기다리지 않는다는 걸 직감적으로 알 수 있었던 그 어지럽고 혼탁한 시절에서 벗어나 다른 세상으로 갈 수 있는 열쇠라고. 아버지는 집에 책이 있는 것을 탐탁지 않아했다. 책에는 그가 이해할 수 없는 글자뿐만 아니라 그의 기분을 상하게 하는 무언가가 있었다. 그래서 항상 내가 열 살이 되면 일을 시키겠다고, 머릿속에 있는 그 위험하고 빌어먹을 생각은 싹 지워버리는 편이 나을 거라고 말하곤 했다. 그러지 않으면 배를 곯는 비참한 사람이 될 거라고. 나는 내 침대 매트리스 아래에 책을 숨기고 그가 집밖으로 나가거나 잠에 들 때까지 기다렸다가 읽곤 했다. 한번은 밤에 책을 읽고 있는데, 아버지가 들이닥쳐서는 불같이 화를 냈다. 그리고 내 손에서 책을 빼앗아 창문 밖으로 던져버렸다.

"다시 한번 그런 바보 같은 걸 읽는다고 전기를 낭비하다 들키면 깊이 후회하게 될 거다."

아버지는 구두쇠가 아니었다. 생활이 궁핍해도 여유가 있을 때는 내가 동네의 다른 아이들처럼 사탕을 사먹을 수 있도록 동전을 몇 푼 주기도 했다. 그는 내가 그 돈으로 막대사탕이나 해바라기씨, 캐러멜을 샀을 것이라고 생각했지만 나는 침대 밑에 있는 커피 깡통에 동전을 모아두었다가 4, 5레알 정도가 되면 아버지 모르게 책을 사러 달려갔다.

도시 전체에서 내가 가장 좋아하는 장소는 산타아나 거리에 있는 '셈페레와 아들' 서점이었다. 오래된 종이와 먼지 냄새가 풍기는 그 장소는 내 성전이자 피난처였다. 서점 주인은 내가 한쪽 구석에 있는 의자에 앉아서 원하는 책을 마음껏 읽도록 해주었다. 셈페레 씨는 내가 고른 책을 돈 받고 파는 법이 거의 없었지만, 그가 눈치채지 못할 때면 나는 그동안 모아놓았던 동전을 계산대에 올려놓고서 서점을 나오곤 했다. 그건 푼돈에 불과했고, 얼마 되지도 않는 그 돈으로 살 수 있는 것이라야 담배를 말 종이 한 장뿐이었을 것이다. 떠나야 할 시간이 되면 나는 마지못해 다리를 질질 끌면서 그곳을 나섰다. 만일 내키는 대로 할 수만 있다면 그곳에 눌러앉아 살고 싶었기 때문이다.

어느 크리스마스 때, 셈페레 씨는 내가 평생 받아본 것 중에서 최고의 선물을 주었다. 종이가 닳도록 반복해 읽은 흔적이 남아 있는 책이었다.

"찰스 디킨스의 『위대한 유산』이네요……"* 나는 표지를 읽었다.

셈페레 씨는 서점을 자주 찾는 몇몇 작가와 잘 알고 지내는 듯했고, 그래서 그가 그 책을 애지중지 다루는 모습에 나는 아마 찰스도 그 친구 중 하나겠거니 생각했다.

"친구분이에요?"

"내 평생의 친구지. 그리고 오늘부터는 네 친구이기도 해."

그날 오후 나는 아버지가 보지 못하도록 내 새로운 친구를 옷 속에 숨겨 집에 데려갔다. 비가 추적추적 내리는 가을이었다. 무거운 비구름이 낮게 깔린 그날 나는 아홉 번 내리 『위대한 유산』을 읽었다. 읽을 책이 달리 없어서이기도 했지만, 그보다 더 훌륭한 책은 존재할 수 없으리라 생각했기 때문이다. 나는 찰스라는

* 『위대한 유산』의 원문은 앞서 언급된 '위대한 희망'과 같다.

사람이 오직 나만을 위해서 그 책을 쓴 게 아닐까 의심했다. 이내 나는 그 디킨스라는 사람이 했던 것을 그대로 하는 법을 배우는 것 이외에 다른 것은 평생 원치 않는다고 결론지었다.

어느 날 새벽이었다. 나를 마구 흔들어대는 아버지의 손길에 난데없이 잠을 깼다. 퇴근시간도 되기 전에 돌아온 아버지는 핏발이 선 눈으로 술냄새를 풍기고 있었다. 나는 겁에 질려 그를 바라보았고, 그는 전깃줄에 대롱대롱 매달린 알전구를 만지작거렸다.

"따뜻하군."

그는 나를 뚫어지게 쳐다보더니 화를 참지 못한 채 전구를 벽에 던져버렸다. 전구는 박살나서 내 얼굴에 파편이 떨어졌다. 하지만 나는 유릿조각을 떼어낼 엄두도 내지 못했다.

"어디 있어?" 아버지가 차갑고 차분한 목소리로 물었다.

나는 벌벌 떨면서 무슨 소린지 모르겠다고 대답했다.

"그 빌어먹을 책 어디 있느냐고."

나는 다시 한번 부인했다. 어둠 속에서 날아드는 아버지의 주먹이 간신히 보였다. 그러더니 눈앞이 캄캄해졌고, 입에서는 피를 흘리고 입술 안쪽으로 시뻘겋게 타오르는 불길처럼 극심한 통증을 느끼며 침대에서 떨어졌다. 고개를 한쪽으로 돌리자 부러진 치아인 듯한 것 두어 개가 바닥에 보였다. 아버지의 손이 목을 붙잡고서 나를 일으켜세웠다.

"어디 있어?"

"아버지, 제발……"

그는 있는 힘을 다해 내 얼굴을 벽에다 박아버렸다. 머리에 충격을 받은 나는 균형감각을 잃고 허수아비처럼 바닥에 풀썩 쓰러졌다. 나는 한구석까지 기어가 그곳에서 실꾸리처럼 몸을 웅크린 채 아버지가 옷장을 열고 내가 가진 옷 네 벌을 꺼내 바닥으로 던지는 모습을 지켜보았다. 그는 서랍과 트렁크도 샅샅이 뒤졌지만, 끝내 책을 찾지 못하고 지친 기색으로 나에게 돌아왔다. 나는 눈을 감고 벽에 기대 몸을 웅크린 채 주먹이나 발이 날아들길 기다렸다. 하지만 잠잠했다. 눈을 떠보니 아버지가 침대에 앉아 수치심에 사로잡혀 제대로 소리도 내지 못한 채 울고 있었다. 내 시선을 느낀 그는 급히 계단으로 달려가 아래층으로 내려갔다. 새벽의 고요 속에서 아버지의 발소리가 멀어지며 메아리쳤다. 그가 떠났다는 확신이 든 뒤에야 나는 침대로 기어가 매트리스 아래 몰래 숨겨놓았던 책을 꺼냈다. 그리고 옷을 입고 소설을 옆구리에 낀 채 거리로 나갔다.

서점 입구에 도착했을 때는 한 폭의 그림 같은 안개가 산타아나 거리 위로 내리고 있었다. 서점 주인과 그의 아들은 서점 건물 위층에 살고 있었다. 새벽 여섯시는 어느 누구의 집도 찾아가서 문을 두드릴 시간이 아니라는 사실을 알고 있었지만, 그 순간 나는 그 책을 구해야만 한다는 생각에 사로잡혀 있었다. 그리고 아버지가 집으로 돌아와 책을 발견하면 핏속에 흐르는 모든 분노를 발산해 갈가리 찢어버릴 것이라고 확신했다. 나는 초인종을 누르고서 기다렸다. 두세 번 누른 후에야 비로소 위쪽에서 발코니 문 열리는 소리가 들렸고, 가운을 걸치고 실내화를 신은 늙은 셈페레 씨가 밖을 내다보고는 나를 발견하자 너무나 놀란 표정을 지었다.

일 분도 채 안 되어 그가 내려와 현관문을 열어주었다. 내 얼굴을 보자마자 셈페레 씨의 얼굴에서 짜증스러운 기색이 씻은듯이 사라졌다. 그는 내 앞에 무릎을 굽히고서 나를 부축했다.

"맙소사! 괜찮니? 도대체 누가 이런 짓을 했어?"

"누가 그런 거 아니에요. 그냥 넘어졌어요."

나는 그에게 책을 내밀었다.

"돌려드리려고 왔어요. 이 책이 무슨 일을 겪지 않도록……"

셈페레 씨는 아무 말도 하지 않고 나를 보았다. 그리고 나를 안아들더니 집으로 올라갔다. 그의 아들은 열두 살 먹은 아이였는데, 너무나 소심해서 목소리를 들어본 적이 한 번도 없을 정도였다. 그 아들이 아버지가 나가는 기척에 잠에서 깨어나 층계참에서 기다리고 있다가 내 얼굴의 피를 보자 놀란 표정으로 자기 아버지를 쳐다보았다.

"캄포스 박사에게 전화해라."

아이는 고개를 끄덕이더니 전화기가 있는 곳으로 달려갔다. 목소리가 들려와 나는 그애가 말을 못하는 것이 아님을 알 수 있었다. 두 사람은 나를 부엌에 있는 안락의자에 앉히고는 의사가 오기를 기다리면서 상처에서 흘러나온 피를 닦아주었다.

"누가 이랬는지 말 안 할 거야?"

나는 입을 열지 않았다. 셈페레 씨는 내가 어디에 사는지 몰랐고, 나도 그에게 알려주지 않을 작정이었다.

"아버지가 그랬니?"

나는 눈을 다른 곳으로 돌렸다.

"아니에요. 넘어진 거예요."

네댓 집 떨어진 곳에 살던 캄포스 박사는 오 분도 안 되어 도착했다. 그는 머리끝부터 발끝까지 나를 샅샅이 살피며 멍든 부위를 손으로 만져보았다. 그러면서 최선을 다해 자상하게 찢어진 부위를 치료했다. 눈에서는 명백히 분노의 불길이 이글거렸지만 그는 아무 말도 하지 않았다.

"부러진 곳은 없지만, 멍은 며칠간 지워지지 않고 아플 겁니다. 그 치아 두 개는 뽑아야 할 것 같습니다. 이미 제 기능을 상실했고, 곪을 위험도 있으니까요."

의사가 떠나자 셈페레 씨는 코코아를 탄 따스한 우유 한 잔을 주고 미소를 띠면서 내가 마시는 모습을 지켜보았다.

"이 모든 게 『위대한 유산』을 지키기 위해서였구나, 그렇지?"

나는 어깨를 으쓱했다. 아버지와 아들은 공모의 미소를 지으면서 서로 얼굴을 쳐다보았다.

"다음번에 혹시라도 책을 지키고 싶다면, 정말로 지키고 싶다면 목숨을 걸어서는 안 돼. 내게 말해주면 아무도 모르는 비밀의 장소로 데려다주마. 책들이 절대로 죽지 않고 아무도 책을 망가뜨릴 수 없는 곳이야."

나는 궁금한 눈으로 두 사람을 바라보았다.

"그게 어떤 곳이지요?"

셈페레 씨는 내게 윙크를 하고서 알 수 없는 미소를 보냈다. 알렉상드르 뒤마의 연재소설에서 훔친 듯한 미소, 그 가족의 트레이드마크라고들 하는 그 미소였다.

"때가 되면 다 알게 될 거다. 때가 되면 다 알게 돼."

아버지는 양심의 가책에 사로잡혀 그 주 내내 바닥에서 눈을 떼지 못했다. 새 전등을 사와서는 불을 켜고 싶다면 그렇게 하라고, 전기료가 아주 비싸니 너무 오래만 켜지 말라는 말까지 했다. 하지만 나는 그런 불장난은 하지 않기로 했다. 그 주 토요일에 아버지는 내게 책을 사주기 위해 옛 로마 성벽 맞은편에 있는 파야 거리의 어느 서점으로 갔다. 아버지로서는 처음이자 마지막으로 서점이라는 곳에 발을 들여놓은 것이었다. 하지만 그곳에 진열된 수백 권의 책등에 있는 제목을 읽을 수 없어서 빈손으로 나와야 했다. 그런 다음 평소보다 더 많은 돈을 주며 내가 원하는 것을 사라고 말했다. 나는 바로 그 순간이 오래전부터 적절한 기회를 찾지 못해 입에 올릴 수 없던 말을 할 최고의 때라고 생각했다.

"마리아나 선생님이 아버지와 상의할 게 있으니 학교에 한번 들러달라고 하셨어요." 나는 슬쩍 말을 던졌다.

"뭘 상의해? 무슨 잘못을 저지른 거냐?"

"아무 잘못도 안 했어요. 마리아나 선생님이 내 미래의 교육에 관해 상의하고 싶대요. 나한테 가능성이 있다고, 장학금을 받아 자선학교에 들어가도록 도와줄 수 있을 거래요……"

"도대체 그 여자가 뭐라고, 네 머리를 허튼 생각으로 가득 채운 것도 모자라서 이제는 그런 학교에까지 집어넣겠다고 떠드는 거냐? 넌 그 패거리가 어떤 작자들인지 알아? 네가 어디 사는지 알면 그 인간들이 너를 어떻게 보고 어떻게 대할지 상상이나 돼?"

나는 시선을 떨어뜨렸다.

"마리아나 선생님은 그냥 도와주고 싶으신 것뿐이에요. 다른 뜻은 없어요. 그러니 화내지 마세요. 못 가신다고 말할게요. 그럼 돼요."

아버지는 화난 얼굴로 나를 보았지만 애써 분노를 억누르며 눈을 감은 채 몇 번이나 깊은 한숨을 내쉬었다. 그러다 입을 열었다.

"우리는 이 가난을 이겨낼 수 있다. 알아듣겠어? 너와 나 둘이서. 그 빌어먹을 개자식들 동냥을 받지 않고도. 떳떳하게 고개를 들고서 말이다."

"알았어요, 아버지."

아버지는 내 어깨 위에 한 손을 올려놓았다. 우리가 너무나 다를지라도, 내가 그는 읽을 수 없는 책을 좋아할지라도, 선생님이 우리 두 사람을 떨어뜨려놓았을지라도 내가 자랑스럽다는 듯이 잠시 나를 바라보았다. 그런 순간은 이후 다시 없을 것이었다. 하지만 그 순간 나는 우리 아버지가 이 세상에서 가장 다정한 사람이라고, 인생이 그에게 좋은 패만 쥐여준다면 누구나 그런 사실을 깨달을 것이라고 믿었다.

"다비드, 살아서 나쁜 짓을 하면 반드시 그 대가를 받는 법이다. 나는 나쁜 짓을 많이 했지만 대가를 치렀지. 이제 우리 운명은 바뀔 거다. 넌 곧 그걸 보게 될 거다. 곧 알게 될 거야……"

똑똑하고 빈틈없는 마리아나 선생님은 결과를 이미 짐작하고 있었다. 다시 아버지에게 말해보라고 선생님이 끈질기게 권유했지만, 나는 내 교육 문제를 두 번 다시 아버지 앞에서 입에 올리지 않았다. 더는 가망이 없다는 것을 깨닫자 선생님은 매일 방과후 나만을 위해 한 시간을 할애해서 책이나 역사, 아버지가 너무나 두려워하던 것들에 관해 가르쳐주겠다고 했다.

"우리 두 사람만의 비밀이야." 선생님은 말했다.

이미 그때 나는 아버지가 사람들이 자기를 무식한 전쟁 쓰레기로 여긴다는 사실에 수치스러워한다는 것을 깨닫기 시작했다. 거의 모든 전쟁이 그렇듯 하느님과 조국의 이름으로 싸웠지만, 결국 애초부터 너무나 강력한 힘을 발휘하던 사람들만 더욱 강하게 만들어주었을 뿐인 전쟁 쓰레기. 그 당시에 나는 야간근무를 나가는 아버지와 함께 다니기 시작했다. 우리는 트라팔가르 거리에서 전차를 타고 공동묘지 앞에서 내렸다. 나는 경비실에서 날짜가 지난 신문을 읽었고, 종종 아버지와 대화를 해보려고도 했지만 그건 정말로 힘든 일이었다. 아버지는 식민지에서의 전쟁이든, 그를 버렸던 여자에 관해서든 거의 말을 하지 않았다. 언젠가 나는 어머니가 왜 우리를 떠났느냐고 물었다. 나는 나 때문에, 그러니까 내가 뭘 잘못해서 그랬던 것이 아닐까 생각하고 있었다. 그 잘못이 단지 이 세상에 태어난 것일 뿐일지라도.

"네 어머니는 내가 전선으로 떠나기 전에 이미 나를 버렸다. 내가 바보였지, 전쟁에서 돌아와서야 그런 사실을 알았으니까. 인생이란 그런 거야, 다비드. 언젠가는 모두가, 모든 게 떠난다."

"아버지, 난 아버지를 절대로 버리지 않을 거예요."

아버지가 울음을 터뜨릴 것 같아서 나는 그런 얼굴을 보지 않도록 아버지를 껴안았다.

다음날 아무런 예고도 없이 아버지는 나를 카르멘 거리에 있는 엘인디오 포목점으로 데려갔다. 우리는 가게 안으로 들어가지 않았지만, 입구의 진열창에서 아버지가 생글거리는 젊은 여자를 가리켰다. 그녀는 고객을 응대하며 고급 천과 모직을 보여주고 있었다.

"저 여자가 네 어머니다." 아버지가 말했다. "며칠 내로 이곳으로 돌아와 죽여버릴 거야."

"아버지, 그런 말은 하지 마세요."

아버지가 충혈된 눈으로 나를 보자 아직도 아버지가 어머니를 사랑하고 있다는 것을, 그래서 나는 결코 어머니를 용서하지 못할 것을 알았다. 우리가 그곳에 있다는 것을 눈치채지 못하도록 몰래 그녀를 지켜본 것이 기억난다. 아버지가 어느 서랍에 군에서 쓰던 권총 옆에 간직한 사진, 오직 그것 덕분에 그녀를 알아볼 수 있었다. 아버지는 내가 잠들었다고 생각하면 매일 밤 그 사진을 꺼내 마치 그 안에 모든 해답이, 적어도 충분한 해답이 담긴 것처럼 하염없이 바라보곤 했다.

몇 년 동안 나는 포목점으로 가서 아무도 모르게 어머니를 지켜보게 되었다. 차마 가게 안으로 들어가지 못했고 그녀가 가게를 나와 람블라스 거리 아래로 멀어져갈 때 가까이 다가가 말을 건넬 용기를 내지도 못했다. 내 상상 속에서 그녀는 그녀를 행복하게 해줄 가족과 나보다 더 사랑하고 어루만져줄 아들이 있는 곳으로 돌아갔다. 아버지는 내가 가끔 집에서 도망쳐나와 어머니를 지켜본다는 사실을 결코 알지 못했다. 심지어 아주 가까이에서 따라간 날도 여러 번이었고 그녀의 손을 잡고 함께 나란히 걷고 싶은 마음도 굴뚝같았지만, 항상 마지막 순간에 도망쳤다. 내 세상에서 위대한 희망은 책 속에만 존재했다.

아버지가 그토록 갈망하던 행운은 절대로 오지 않았다. 인생이 그에게 베푼 호의는 그런 행운을 너무 오래 기다리지 않도록 해준 것뿐이었다. 어느 날 밤 우리가 야간근무를 시작하기 위해 신문사에 도착했을 때였다. 총잡이 셋이 어둠 속에서 뛰쳐나와 내가 보는 앞에서 아버지에게 총을 난사했다. 총알이 아버지의 외투를 뚫고 지나간 구멍에서 희미하게 솟아오르던 연기와 유황냄새를 기억한다. 총잡이 한 명이 머리에 총을 쏴서 확인사살을 하려는 순간, 내가 아버지 위로 뛰어들자 다른 한 명이 그를 붙잡았다. 내 눈을 바라보며 나 역시 죽여야 하는지 생각하면서 머뭇거리던 총잡이의 눈을 기억한다. 더이상의 행동은 하지 않은 채 그들은 재빨리 멀어져 푸에블로누에보의 공장 사이에 파묻힌 좁은 골목길로 자취를 감추었다.

그날 밤 살인자들은 아버지가 내 품에서 피를 흘리도록 두었고, 나를 이 세상에 혼자 남게 했다. 나는 신문사 인쇄실의 거대한 강철 거미처럼 생긴 자동식자기 사이에 숨어 잠을 자며 보름 가까이 보냈다. 그렇게 저물녘만 되면 고막을 파고들던 미친듯이 윙윙거리는 소리를 잠재우려 애썼다. 내가 발견되었을 때 아직도 내 손과 옷에는 마른 핏자국이 그대로였다. 처음에는 아무도 내가 누구인지 몰랐다. 거의 일주일 동안 아무 말도 하지 않았기 때문이다. 마침내 입을 열었을 때 나는 목이 쉬도록 아버지 이름을 외쳤다. 어머니는 어디 있느냐는 질문에는 죽었다고, 나는 이 세상에 그 어떤 가족도 없다고 대답했다. 내 이야기는 신문사의 스타 필자이자 발행인의 친한 친구인 페드로 비달의 귀에까지 들어갔다. 비달의 요청에 따라 발행인은 나를 신문사 사환으로 채용했고 새로운 통보가 있을 때까지 지하실의 조그만 수위실에서 살도록 했다.

바르셀로나 거리에서 피와 폭력이 매일의 일용할 양식이 되기 시작하던 시절이었다. 정치선전 전단이 날아다니고, 폭탄으로 인해 갈가리 찢긴 채 연기가 피어오르던 떨리는 몸뚱이들이 라발 지구의 거리를 메우던 시절. 검은 옷을 입은 무리가 밤을 피로 물들이며 활개를 치고, 죽음과 기만의 냄새가 풍기는 성인과 장군을 앞세워 행렬과 행진이 이어지고, 모두가 거짓을 말하고 모두가 옳음을 주장하는 선동적인 연설이 난무하는 시절이기도 했다. 독기가 스민 공기에서는 그로부터 몇 년 후 장황한 구호와 색색의 깃발 아래 서로가 서로를 죽음으로 몰아갈 분노와 증오의 기운이 이미 진동하고 있었다. 공장에서 쉴새없이 내뿜는 연기는 항상 도시를 뿌옇게 뒤덮으면서 전차와 마차로 골이 팬 포장도로를 가려주었다. 밤에는 가스등이 환하게 켜졌고, 어두운 골목길은 총이 내뿜는 섬광과 타버린 화약에서 솟아오르는 푸른 연기로 가득했다. 모든 게 너무도 빠르게 자라는 시절이었다. 그래서 유년기가 끝날 때면 아이들 눈에는 이미 노인의 눈빛이 깃들어 있었다.

이제 어두운 바르셀로나 이외에 그 어떤 가족도 없는 내게 신문사는 나의 피난처이자 세상이었다. 열네 살이 되자 내 월급으로 카르멘 부인의 하숙집에서 방을 빌릴 수 있었다. 그곳에서 산 지 불과 일주일이 안 되었을 때, 주인이 내 방으로 와서는 어느 신사가 현관에서 나에 대해 물어보았다고 알려주었다. 층계참에서 나는 잿빛 옷을 입고 잿빛 눈을 지닌 사람과 마주했다. 그가 잿빛 목소리로 다비드 마르틴이냐고 물었다. 내가 고개를 끄덕이자 그는 갈색 종이로 포장한 꾸러미를 내민 뒤 계단 아래로 떠났다. 그가 사라진 뒤에도 내가 속해 있던 가난의 세계는 잿빛으로 흐려져 있었다. 나는 그 꾸러미를 방으로 가져가 문을 닫았다. 신문사의 두세 명을 제외하고는 내가 그곳에 산다는 사실을 아는 사람은 없었다. 나는 궁금한 마음으로 포장을 뜯었다. 평생 처음으로 받아보는 선물이었다. 포장지 안에서 오래된 나무상자가 모습을 드러냈다. 어딘지 모르게 눈에 익었다. 나는 상자를 침대에 올려놓고 열어보았다. 아버지의 낡은 권총이 들어 있었다. 군에서 받은 것으로, 비참하고 이른 죽음을 위해 필리핀에서 챙겨온 권총이었다. 옆에는 총알 몇 개가 든 조그만 종이상자가 있었다. 나는 권총을 손에 들고 무게를 가늠해보았다. 화약과 기름 냄새가 풍겼다. 아버지가 그 권총으로 몇 사람이나 죽였을까. 틀림없이 그것으로 자신의 목숨을 마감할 작정이었지만 남들이 그 순간을 앞당겨주었을 것이다. 나는 그 무기를 제자리에 돌려놓고 상자를 닫아버렸다. 쓰레기통에 버려야겠다는 충동을 느꼈지만, 그 권총이 아버지가 내게 남긴 전부라는 사실을 깨달았다. 아버지가 죽자 고리대금업자가 빚을 돌려받겠다고 음악당 지붕이 코앞에 보이는 맞은편의 낡고 오래된 아파트에 들이닥쳐 우리가 가진 얼마 안 되는 살림살이를 압류했다. 아마도 그 업자가 내가 어른이 된 것을 축하하기 위해 그 섬뜩한 독촉장을 보내기로 마음먹은 듯했다. 나는 옷장 위에 그 상자를 숨겼다. 때가 잔뜩 낀 벽에 붙여놓았는데, 카르멘 부인이 막대기를 휘저어도 닿지 못할 곳이었다. 그리고 몇 년 동안 그 상자를 건드리지도 않았다.

그날 오후 나는 다시 '셈페레와 아들' 서점을 찾았다. 이제 세상물정도 알고 돈도 어느 정도 있다고 느낀 나는 수년 전 하는 수 없이 되돌려주어야만 했던 그 오래된 『위대한 유산』을 사고 싶다는 의사를 밝혔다.

"값은 원하는 대로 받으세요." 내가 그에게 말했다. "지난 십 년 동안 제가 내지 않았던 돈을 전부 계산해서 그 책값으로 정하세요."

셈페레가 내게 슬픈 미소를 지어 보이고는 한쪽 손을 어깨에 올려놓았던 기억이 난다.

"오늘 아침에 팔았어." 그는 맥빠진 모습으로 털어놓았다.

6

〈기업의 소리〉에 첫 작품을 쓴 지 정확하게 삼백육십오 일이 지난 후, 평소처럼 신문사 편집실에 도착했는데 거의 텅 비어 있었다. 몇 달 전만 해도 내게 다정한 별명을 붙여주고 응원의 말까지 해주었던 몇몇 편집기자가 남아 있었지만, 그날은 내가 들어오는 것을 보고도 내 인사에 답하지 않고 모여서 수군거리기만 했다. 그리고 일 분도 안 되어 외투를 챙겨서 전염병이 두려운 사람처럼 모두 사라져버렸다. 나는 도대체 무슨 일인지 헤아리지 못한 채 그 휑한 편집실에 혼자 남아 수십 개의 책상이 텅 빈 이상한 광경을 응시하고 있었다. 그때 느리고도 단호한 발소리가 뒤에서 들렸다. 바실리오 씨가 다가오고 있음을 알려주는 소리였다.

"안녕하세요, 바실리오 씨. 오늘 무슨 일이 있어서 다들 가버린 겁니까?"

바실리오 씨는 슬픈 눈으로 나를 보면서 옆에 있는 책상에 앉았다.

"편집실 직원 모두 크리스마스 저녁 회식을 하네. 세트 포르테스 식당에서." 그가 조용한 목소리로 말했다. "아무도 자네에게는 말해주지 않은 모양이군."

나는 억지로 괜찮다는 미소를 지으면서 그렇다고 인정했다.

"안 가세요?" 내가 물었다.

바실리오 씨는 그렇다고 고개를 끄덕였다.

"가고 싶은 마음이 싹 사라졌어."

우리는 아무 말 없이 서로를 쳐다보았다.

"제가 초대하면 가시겠어요?" 내가 말했다. "원하시는 곳으로 모시겠습니다. 칸 솔레는 어떠신가요? 부주간님과 저, 단둘이 『바르셀로나의 미스터리』의 성공을 축하해요."

바실리오 씨는 천천히 고개를 끄덕이면서 웃었다.

"마르틴." 그가 마침내 입을 열었다. "어떻게 말해야 할지 모르겠는데."

"무슨 말씀을 하시려는 건데요?"

바실리오 씨가 목청을 가다듬었다.

"이제 더는 『바르셀로나의 미스터리』가 연재되지 않을 걸세."

나는 그 말뜻을 이해하지 못한 채 그를 쳐다보았다. 바실리오 씨는 내 시선을 피했다.

"제가 다른 걸 쓰길 원하시는 겁니까? 페레스갈도스처럼 우리나라의 민족적 주제를 더 많이 담은 작품을 원하십니까?"

"마르틴, 자네도 사람들이 어떤지 익히 알고 있겠지. 불평이 많았어. 이 문제를 매듭지으려고 노력해봤지만, 주간님은 소심한 분이라 불필요한 문제를 원하지 않는다네."

"무슨 소린지 모르겠습니다, 바실리오 씨."

"마르틴, 자네에게 이 말을 전하라는 부탁을 받았네."

마침내 그는 나를 쳐다보고서 어깨를 으쓱했다.

"그러니까, 해고된 거군요." 나는 중얼거렸다.

바실리오 씨는 고개를 끄덕였다.

내 의지와는 달리 눈에 눈물이 가득 고이는 것이 느껴졌다.

"지금은 세상이 끝난 것 같겠지. 하지만 실제로는 자네에게 오히려 더 잘된 일이라고 말하고 싶네. 내 말을 믿어주게. 여기는 자네가 일할 곳이 아니야."

"그럼 제가 일할 곳은 어디입니까?" 내가 물었다.

"미안하네, 마르틴. 정말 미안해."

바실리오 씨는 자리에서 일어나더니 다정하게 내 어깨에 손을 올려놓았다.

"메리 크리스마스, 마르틴."

그날 밤 나는 내 책상을 정리한 후 집과도 같았던 곳을 영원히 떠나 바르셀로나의 어둡고 황량한 거리로 하염없는 발길을 내디뎠다. 하숙집으로 돌아가는 길에 시프레 건물의 아치 아래 있는 세트 포르테스 식당으로 갔다. 유리창 밖에서 나는 동료들이 웃고 건배하는 모습을 지켜보았다. 그리고 내가 없어서 그들이 행복해하는 것이라고, 적어도 그들이 지금 행복하지 않으며 절대로 행복하지 않을 것이라는 사실을 잊은 거라고 굳게 믿었다.

나는 정처 없이 돌아다니며 그 주의 나머지를 보냈다. 매일 아테네오도서관으로 숨어들었고 하숙집에 돌아가면 다시 편집실로 합류하기를 요청하는 주간의 쪽지가 와 있을 것이라고 믿었다. 열람실에 틀어박혀서 나는 '몽상'에서 깨어났을 때 손에서 발견했던 그 명함을 꺼내 그 낯모르는 후원자 안드레아스 코렐리에게 편지를 쓰기 시작했다. 하지만 항상 마치지 못한 채 찢어버리고 다음 날 다시 쓰곤 했다. 칠 일째 되던 날, 스스로를 불쌍히 여기는 것도 지친 나머지 나를 여기까지 오게 한 사람의 집으로 찾아가는 불가피한 길을 떠나기로 마음먹었다.

나는 펠라요 거리에서 당시에는 아직 지상으로 다니던 사리아행 기차를 탔다. 맨 앞에 앉아서 도시와 거리를 바라보았다. 도심에서 멀어질수록 거리는 점점 넓어지고 고급스러워졌다. 나는 사리아역에서 내린 뒤 전차를 타고 페드랄베스 수도원 입구에서 내렸다. 겨울치고 이상하게 더운 날이었고, 산들바람 속에서 산기슭 곳곳에 있는 소나무와 금작화의 향내가 풍겼다. 이미 개발이 시작된 페아르손 대로 초입으로 향하니 이내 누구라도 알 수 있는 엘리우스 저택의 윤곽이 보였다. 경사로를 올라 가까이 가자 비달이 저택의 탑 창가에 셔츠 바람으로 앉아서 담배를 맛보는 모습이 보였다. 떠다니는 음악소리가 들려왔고, 나는 비달이 라디오를 가진 몇 안 되는 특권층 중 한 사람이라는 사실을 떠올렸다. 저 위에서 바라보는 삶은 얼마나 멋질 것이며, 나는 얼마나 하찮게 보일까?

내가 손을 흔들어 인사하자 그 역시 손을 흔들며 화답했다. 저택에 도착해 가장 먼저 마주친 사람은 운전사 마누엘이었다. 그는 손걸레 몇 개와 김이 무럭무럭 나는 물통을 들고 차고로 가고 있었다.

"다비드, 여기서 만나다니 반갑구나." 그가 말했다. "요즘 어떻게 지내? 계속 반응 좋지?"

"최선을 다하고 있어요." 나는 대답했다.

"너무 겸손한 것 같군. 내 딸도 자네가 신문에 연재하는 그 모험담을 읽고 있어."

운전사의 딸이 나라는 존재를 알 뿐만 아니라 내가 쓴 그 엉터리 작품을 읽었다는 사실에 놀란 나머지, 나는 침을 꿀꺽 삼켰다.

"크리스티나가요?"

"다른 딸은 없는걸." 마누엘이 대답했다. "선생님은 저 위쪽 서재에 계시니까, 올라가보렴."

나는 고맙다는 의미로 고개를 끄덕이고서 저택 안으로 들어가 4층의 탑으로 올라갔다. 탑은 색색의 기와가 물결 모양을 이루는 지붕 위로 우뚝 솟아 있었고, 비달은 저멀리 도시 전역과 바다가 내려다보이는 그곳의 서재에 있었다. 비달이 라디오를 껐다. 조그만 운석 크기의 기계로, 몇 달 전 콜론호텔의 둥근 지붕 아래 은밀히 숨겨진 스튜디오에서 라디오 바르셀로나가 첫 방송을 송출했다는 소식이 들리자 산 것이었다.

"거의 200페세타나 주고 샀는데, 알고 보니 바보 같은 소리만 늘어놓고 있다네."

우리는 마주보는 두 의자에 앉았다. 산들바람이 들어오도록 모든 창문을 열어놓았는데 어두운 구도시에 사는 내게는 딴 세상의 냄새가 풍겨왔다. 사방이 더할 나위 없이 조용했다. 마치 기적과 같았다. 정원에서 날아다니는 벌레 소리와 바람에 흔들리는 나뭇잎 소리까지도 들을 수 있었다.

"꼭 한여름 같습니다." 나는 용기를 내어 말했다.

"날씨 이야기로 본심을 숨기지 말게. 자네에게 무슨 일이 있었는지 이미 들어서 알고 있어." 비달이 말했다.

나는 어깨를 으쓱하고 그의 책상을 흘낏 보았다. 나는 내 스승이 몇 달, 아니 몇 년을 '진지한' 소설을 쓰며 보내고 있다는 걸 잘 알았다. 본인의 말을 빌리자면 그것은 도서관의 가장 유서 깊은 구역에 자기 이름을 새겨넣기 위한 것으로, 이제껏 쓴 탐정소설 같은 가벼운 이야기와는 상당히 거리가 있는 작품이었다. 눈에 띈 종이는 그리 많지 않았다.

"불후의 명작은 어떻게 되어가고 있습니까?"

비달은 담배꽁초를 창밖으로 던지고서 먼 곳을 바라보았다.

"다비드, 이제 더는 쓸 게 없어."

"공연한 말씀을 하시네요."

"이 세상 모든 게 공연한 일이지. 단지 관점의 문제일 뿐이야."

"그 말을 책에 쓰시죠. '언덕 위의 허무주의자'라고 제목을 붙이면 베스트셀러는 보장된 거나 마찬가집니다."

"곧 베스트셀러가 필요할 사람은 바로 자네겠지. 내가 잘못 아는 게 아니라면 금세 돈이 궁해지기 시작할 테니."

"저는 항상 선생님의 어진 사랑을 받아들일 준비가 되어 있습니다."

"모든 일에는 시작이 있기 마련이네. 지금은 세상이 끝난 것 같겠지만……"

"……오히려 더 잘된 일이라는 걸 곧 깨닫게 되겠죠." 내가 그의 말을 끝맺었다. "이제는 바실리오 씨가 선생님 글을 써주고 있다고는 말하지 마세요."

비달이 웃었다.

"무슨 일을 할 생각인가?" 그가 물었다.

"혹시 비서가 필요하지 않으십니까?"

"이미 내가 데리고 있을 수 있는 최고의 비서가 있다네. 나보다 똑똑하고 너무도 열심히 일하는 여자야. 그 아이가 웃을 때면 이 더러운 세상에도 미래라는 게 있다는 생각까지 하게 된다니까."

"그토록 훌륭한 비서가 누구입니까?"

"마누엘의 딸."

"크리스티나 말이군요."

"마침내 자네 입에서 그 아이 이름을 듣게 되는군."

"페드로 선생님, 저를 비웃기에 그리 좋지 않은 때를 택하셨습니다."

"목 잘린 어린양 같은 얼굴로 보지 말게. 형편없이 인색하고 질투심만 많은 자들이 자네를 내모는 걸 이 페드로 비달이 두 손 놓고 보고만 있으리라 생각하나?"

"선생님이 주간님에게 한말씀만 해주셨더라도 사정이 바뀌었을 겁니다."

"나도 알고 있네. 그래서 자네를 해고하라고 제안했던 거지." 비달이 말했다.

나는 따귀를 맞은 것 같았다.

"내쫓아주셔서 정말 감사합니다." 나는 엉겁결에 말했다.

"자네에게 훨씬 더 좋은 일이 있기에 해고하라고 했던 걸세."

"구걸하며 사는 건가요?"

"내 말을 믿지 않는군. 바로 어제였네. 얼마 전에 출판사를 개업한 사장 두 명과 자네 이야기를 했지. 그들은 시장을 개척하고 쥐어짜고 착취할 신선한 피를 찾고 있네."

"굉장한 소식이네요."

"이미 그들은 『바르셀로나의 미스터리』를 잘 알고 있고, 자네를 명실상부한 작가로 만들어줄 제안을 할 것이네."

"진담이십니까?"

"물론 진담이지. 그들은 자네가 가장 화려하고 가장 잔혹하며 가장 자극적인 그랑기뇰의 전통을 따르는 시리즈를 연재해주길 바라고 있네. 『바르셀로나의 미스터리』를 박살낼 만한 작품. 나는 이게 자네가 기다리던 기회라고 생각해. 그들에게는 자네가 만나러 갈 것이고, 즉시 작업에 착수할 수 있다고 말해뒀어."

나는 깊은 안도의 한숨을 내쉬었다. 비달은 한쪽 눈을 깜박이고는 나를 껴안았다.

7

그렇게 해서 나는 스무 살이 된 지 몇 달 후 이그나티우스 B. 삼손이라는 필명으로 원고료를 받고 연재용 소설을 써달라는 제안을 수락했다. 계약조건은 매달 타이핑한 원고 이백 장을 제출하되 음모, 상류사회의 살인, 암흑가의 전례없는 공포, 턱이 뾰족하고 잔인한 농장주와 말할 수 없는 욕망을 품은 여자의 불륜, 항구의 물보다 더 혼탁하고 진한 배경을 지닌 가족의 온갖 일그러진 대하서사를 이야기하는 것이었다. 내가 '저주받은 자들의 도시'라고 이름 붙이기로 마음먹은 그 시리즈는 풀컬러 일러스트가 수록된 하드커버로 매달 한 권씩 출간될 것이었다. 그 대가로 나는 내가 존경받는 일을 하면서 벌 것이라고는 전혀 기대하지도 못한 금액 이상을 받을 것이며, 독자들의 관심만 모은다면 그 어떤 간섭도 받지 않을 것이었다. 어떻게 해야 독자의 관심을 받을 수 있는지는 익히 알고 있었다. 계약조건에 따라 황당한 필명 뒤에 정체를 숨기고 글을 써야 했지만, 그때는 내가 항상 꿈꿔왔던 일을 하면서 돈을 벌 수만 있다면 그리 큰 문제가 되지 않는다고 생각했다. 작품에 내 이름이 찍히는 것을 보는 허영심은 포기해야 했지만, 그것이 나 자신을, 내가 누구였는지를 포기한다는 것은 아니었다.

내 발행인들은 활력이 넘치는 두 시민으로 이름은 바리도와 에스코비야스였다. 작고 뚱뚱한 체구에 항상 알 수 없는 능글능글한 미소를 띠고 있는 바리도는 이 작전의 브레인이었다. 소시지 사업을 하던 그는 교리문답서와 전화번호부를 포함하여 책이라고는 평생 세 권 이상 읽지 않았지만 회계장부가 흑자를 기록하도록 조작할 만큼 대담하고 뻔뻔하기로 유명했다. 어떤 작가라도 시기할 재능으로 훌륭한 이야기를 꾸며내 투자자들을 구워삶는 데도 일가견이 있었다. 비달이 미리 경고했듯이 그는 거짓말을 밥먹듯이 하면서 작가들을 실컷 이용하다가 마지막 순간에, 그러니까 역풍이 불어올 때면 언제 그랬느냐는 듯이 과감하게 하수구에 던져버리는 사람이었고, 실상 늦건 이르건 그런 일은 항상 일어났다.

에스코비야스는 그를 보완하는 역할이었다. 키가 크고 삐쩍 말랐으며 어딘지 모르게 위협적인 분위기를 풍기는 그는 장의사 사업에서 잔뼈가 굵은 사람으로, 건달들이 쓰는 싸구려 향수로 자신의 치부를 덮었지만 머리카락을 쭈뼛 서게 만드는 포르말린냄새가 항상 어렴풋이 풍겨나왔다. 그의 일은 기본적으로 손에 채찍을 든 사악한 감독 역할이었다. 그는 성격이 보다 쾌활했고, 그리 건장하지 않은 바리도로서는 해내기 힘든 더러운 일을 맡았다. 경영

진의 비서 에르미니아가 더해지면 삼총사가 되었다. 두 사람이 어디를 가든지 충견처럼 쫓아다니는 그녀는 모두에게 '독물'이라는 별명으로 불렸다. 죽은 모기처럼 무해해 보이지만 발정기의 방울뱀처럼 확실한 사람이었기 때문이다.

예의상 필요한 경우가 아니라면 나는 가급적 그들을 만나지 않으려고 애썼다. 우리는 철저히 상업적 관계였고 양측 다 기존의 관계를 변경해야겠다는 강한 의지가 없었다. 나는 그 기회를 최대한 이용해 열심히 해보기로, 그래서 내가 비달의 도움과 믿음을 저버리지 않도록 노력하고 있다는 사실을 비달과 나 자신에게 증명하기로 마음먹었다. 어느 정도 돈을 손에 쥐자 나는 카르멘 부인의 하숙집을 떠나 보다 편안한 곳을 찾아가기로 했다. 이미 오래전부터 보른 대로에서 엎어지면 코 닿을 플라사데르스 거리 30번지에 자리잡은 커다란 기념물 분위기의 저택을 눈여겨본 터였다. 신문사에서 하숙집으로 출퇴근하던 시절 내내 그 앞을 지나다녔다. 부조와 이무깃돌로 장식한 정면에서 조그만 탑이 솟아난 그 집은 대문이 쇠사슬과 듬성듬성 녹이 슨 자물쇠로 굳게 채워져 오랫동안 닫혀 있었다. 음산하고 너무 커서 황량한 분위기를 풍겼지만, 오히려 그래서 그곳에 살아야겠다는 지각없고 방종한 생각이 머릿속에 생겨났을 것이다. 다른 상황이었다면 그런 집은 나의 얼마 안 되는 예산을 훨씬 초과한다는 사실을 쉽게 예상할 수 있었다. 하지만 그 집은 오랫동안 버려져 잊혀버린 것 같았고, 아무도 그곳을 원하지 않는다면 집주인은 내가 제안하는 액수를 받아들일지도 모른다는 희망을 품었다.

동네에 수소문을 하자 그 집은 아무도 살지 않은 지 오래되었고, 빈센스 클라베라는 부동산 관리업자가 그곳을 책임지고 있다는 것을 확인할 수 있었다. 시장 앞 코메르시오 거리에 사무실이 있는 클라베는 시우다델라공원 입구에서 볼 수 있는 조국의 아버지와 시장의 동상처럼 옷 입기를 좋아하는 구세대 신사였다. 그리고 상대가 잠시라도 틈을 보이면 신성한 주제와 세속의 주제를 가릴 것 없이 온갖 미사여구를 동원해 잡설을 쏟아내곤 했다.

"그러니까, 작가시라고요. 그렇다면 내가 이야기를 들려주지요. 훌륭한 책이 될 소재일 겁니다."

"여부가 있겠습니까. 플라사데르스 30번지에 있는 집 이야기부터 시작하는 게 어떻습니까?"

클라베는 그리스 가면 같은 표정을 지었다.

"탑의 집을 말하는 건가요?"

"바로 그 집입니다."

"이보시오, 젊은이. 설마 그곳에 살려는 건 아니겠죠?"

"살지 못할 이유라도 있습니까?"

클라베는 목소리를 낮추었다. 마치 벽이 우리 대화를 들을까봐 두려워하는 것처럼 웅얼거리며 음산한 투로 자기 생각을 말했다.

"그 집은 재수가 없어요. 공증인과 함께 그 집을 폐쇄하러 갔는데, 장담하지만 몬주익 공동묘지에서 가장 오래된 구역도 그 집보다는 밝을 겁니다. 그때 이후로 쭉 비어 있지요. 그곳에는 나쁜 기억이 서려 있어요. 아무도 거기에 살려고 하지 않습니다."

"그 집에 깃든 기억이 내 기억보다 나쁠 수는 없을 겁니다. 그리고 어쨌든 그런 기억들이 집주인이 부르는 값을 깎는 데 분명 도움이 될 테고요."

"종종 돈으로는 값을 치를 수 없는 것도 있지요."

"그 집을 볼 수 있습니까?"

나는 3월의 어느 아침 부동산 관리업자와 그 비서, 그리고 그곳의 소유권을 갖고 있다는 은행의 감사관과 함께 처음으로 탑의 집을 방문했다. 보아하니 저택은 법적 분쟁이라는 복잡한 미로에 갇혀 오랜 세월을 보낸 것 같았고, 마침내 마지막 소유자에게 보증을 서주었던 신용기관의 소유가 되었다. 만일 클라베가 거짓말을 하지 않았다면, 적어도 지난 이십 년 동안 그 집에 발을 들여놓은 사람은 아무도 없었다.

8

몇 년 후, 미로와 저주로 가득한 수천 년 된 이집트 무덤의 어둠 속으로 들어가는 영국 탐험가들에 관한 연대기를 읽으며 나는 플라사데르스 거리의 탑의 집을 처음으로 방문했던 때를 떠올렸다. 그 집에는 한 번도 전기가 설치된 적이 없기에 비서가 기름램프를 준비해왔다. 감사관은 열쇠 열다섯 개가 달린 꾸러미를 들고 와서 쇠사슬로 고정된 수많은 자물쇠를 열었다. 대문을 열자 집은 썩은 냄새와 습한 무덤의 냄새를 내뿜었다. 감사관은 콜록거리기 시작했고, 가장 회의적이고 못마땅한 표정을 짓고 있던 부동산 관리인은 입에 손수건을 갖다댔다.

"먼저 들어가시죠." 그가 내게 권했다.

들어가보니 그 지역의 옛 저택 스타일을 따라 일종의 정원이 나왔고 커다란 반석이 깔린 돌길과 건물 현관으로 이어지는 돌계단이 있었다. 높은 곳에서 비둘기와 갈매기 똥으로 완전히 뒤덮인 유리채광창이 반짝였다.

"쥐는 없습니다." 나는 저택 안으로 들어가면서 알려주었다.

"누군가가 상식과 멋진 취향이 있나보군요." 내 뒤에서 관리인이 말했다.

우리는 돌계단을 올라가 1층 현관 앞 층계참에 도착했다. 그곳에서 은행 감사관은 자물쇠에 맞는 열쇠를 찾느라 십 분이 걸렸다. 자물쇠는 우리를 환영하지 않는 쇳소리를 내며 열렸다. 현관문이 열렸고, 어둠 속에서 끝이 보이지 않는 복도 이곳저곳에 거미줄이 너울거렸다.

"맙소사." 관리인이 중얼거렸다.

아무도 첫발을 내디디려고 하지 않아 다시 한번 내가 그 탐험대를 이끌어야만 했다. 비서는 램프를 높이 든 채 괴로운 표정으로 모든 것을 살펴보았다.

관리인과 감사관은 속내를 알 수 없는 표정으로 서로를 보았다. 내가 그들을 지켜보고 있다는 것을 깨닫고 감사관이 잔잔한 미소를 지었다.

"먼지를 떨어내고 조금만 수리하면 멋진 저택이 될 겁니다." 그가 말했다.

"푸른 수염*의 궁전이겠지요." 관리인이 평했다.

"긍정적으로 생각합시다." 감사관이 관리인의 말을 정정했다.

* 샤를 페로의 동화 속 주인공으로, 여자들이 그의 비밀스러운 성에 들어가 하나씩 죽어간다.

"오랫동안 비어 있었으니 사소한 흠이 있을 것이라고는 당연히 짐작할 수 있죠."

나는 그들의 말에 별 관심을 기울이지 않았다. 그 저택의 대문 앞을 지나며 너무나 많이 그 장소를 꿈꾼 나머지 집에 깃든 어둡고 음침한 기운은 거의 눈에 들어오지도 않았다. 나는 중앙복도를 걸어가면서 방과 침실을 살펴보았다. 오래된 가구들이 버려진 채 두껍게 쌓인 먼지 아래 묻혀 있었다. 식탁 위에는 실밥이 풀린 식탁보와 식기, 돌처럼 굳어버린 과일과 꽃이 아직도 있었다. 그곳에 살던 사람들이 식사 도중에 자리를 뜨기라도 한 것처럼 잔과 나이프와 포크도 그대로였다.

옷장은 해진 옷과 빛바랜 침구, 신발이 가득했다. 사진과 안경, 펜, 시계가 가득한 서랍도 있었다. 서랍장 위에서 먼지를 뒤집어쓴 사진들이 우리를 뚫어지게 바라보고 있었다. 침대는 정리되어 있었고, 하얀 면시트가 어둠 속에서 환하게 빛났다. 마호가니 탁자 위에는 거대한 축음기가 있었는데 레코드가 걸려 있고 바늘은 끝까지 움직여 있었다. 내가 음반을 뒤덮은 먼지를 세게 훅 불자 비로소 제목이 눈앞에 나타났다. 볼프강 아마데우스 모차르트의 〈눈물의 날〉이었다.

"집에 교향악단이 있다니." 감사관이 말했다. "뭐가 더 필요하겠습니까. 여기서 왕처럼 살 겁니다."

관리인은 궁얼거리며 그를 쏘아보았다. 1층을 살펴보던 우리는 집 안쪽에 있는 별실로 갔다. 커피세트가 탁자에 놓여 있고 책 한 권이 펼쳐진 채 누군가가 안락의자에 앉아 페이지를 넘겨줄 것을 기다리고 있었다.

"뭐 하나 챙길 시간도 없이 급하게 떠난 모양입니다." 내가 말했다.

감사관은 헛기침을 하며 목청을 가다듬었다.

"혹시 서재를 보고 싶지 않습니까?"

서재는 뾰족한 탑의 꼭대기에 있었다. 탑은 아주 특이한 구조로, 내부에는 저택의 중앙복도와 연결된 나선형 계단이 있었고 외부의 정면에서는 도시가 기억하는 수많은 세대의 흔적을 읽을 수 있었다. 탑은 리베라 지구의 지붕들 위로 솟아오른 망루처럼 보였는데, 꼭대기에는 쇠와 색유리로 된 좁은 돔지붕이 있어서 종종 채광창 역할을 했고 그 위로는 용 모양의 풍향계가 고개를 내밀고 있었다.

계단을 올라 거실에 도착하자 감사관이 서둘러 창문을 열어 공기와 햇볕을 안으로 들였다. 직사각형의 거실은 천장이 높고 바닥에 어두운색 나무가 깔려 있었고, 사방으로 커다란 아치형 창문 네 개가 나 있었다. 남쪽으로는 산타마리아 델 마르 성당, 북쪽으로는 보른 시장이, 동쪽으로는 오래된 프란시아역이 보였다. 서쪽으로는 티비다보산 방향으로 크고 작은 길이 뒤엉켜 만든 무한한 미로를 볼 수 있었다.

"자, 어떻습니까? 정말 훌륭합니다." 은행 감사관이 감격스럽다는 말투로 주장했다.

관리인은 아무 말 없이 못마땅한 얼굴로 공간을 샅샅이 살펴보았고, 그의 비서는 이제 전혀 필요 없는 램프를 높이 들고 있었다.

나는 커다란 창문으로 다가가서 황홀경에 빠진 채 하늘을 쳐다보았다.

바르셀로나 전체가 내 발밑에 펼쳐져 있었다. 이곳으로 이사와 창문을 열면 저물녘에 거리들이 제 이야기와 비밀을 내 귀에 속삭여줄 거라고, 그러면 나는 그것들을 종이에 받아적어 원하는 사람들에게 들려줄 수 있을 거라고 믿고 싶었다. 비달은 산과 나무와 꿈같은 하늘에 둘러싸인 페드랄베스의 가장 우아한 언덕에 화려하고 당당한 상아탑을 가지고 있었다. 나는 도시에서 가장 오래되고 어두운 거리 위로 우뚝 솟은 음산한 탑을 가질 것이다. 시인과 살인자 들이 '불꽃의 장미'*라고 불렀던 그 거대한 공동묘지의 독기와 어둠에 둘러싸인 탑을.

내가 마음을 굳히게 한 것은 서재 한가운데 있는 책상이었다. 그 위에는 쇠와 빛으로 만든 위대한 조각품처럼 진정으로 훌륭한 언더우드 타자기가 놓여 있었다. 그 타자기만으로도 기꺼이 임대료를 지불할 마음이 들었다. 나는 책상 앞에 있는 의자에 앉았다. 장군이나 앉을 법한 안락의자였다. 그리고 타자기의 자판을 어루만지면서 미소 지었다.

"계약하겠습니다." 나는 말했다.

은행 감사관은 안도의 한숨을 내쉬었고 관리인은 눈을 굴리며 십자성호를 그었다. 그날 오후 나는 십 년간의 임대계약에 서명했다. 전기회사 기술자들이 전기선을 설치하는 동안 나는 저택 내부

* 20세기 초 노동자 및 민중 투쟁이 벌어지던 바르셀로나를 부르던 별칭.

를 청소하고 정리하며 품위 있게 만드는 데 온 힘을 쏟았다. 일손은 필요 없는지 묻지도 않고 비달이 보내준 하인 세 명의 도움을 받았다. 이내 나는 전기 기술자들의 작업이 우선 아무렇게나 벽에 구멍을 뚫고 보는 식이라는 것을 깨달았다. 그들이 온 지 사흘째가 되었을 때 집에는 제대로 작동하는 전구 하나 없었지만, 누가 봐도 회반죽과 고급 광물을 먹어치우는 나무좀이 떼지어 살고 있다고 생각할 지경이 되었다.

"그러니까 이걸 해결할 방법이 달리 없다는 말입니까?" 나는 모든 걸 망치로 처리하는 기술팀장에게 물었다.

그 뛰어난 기술자의 이름은 오틸리오였다. 그는 관리인이 열쇠와 함께 넘긴 집안의 도면을 보여주면서 자기는 잘못이 없다고, 잘못 건축된 집 때문이라고 설명했다.

"이걸 보십시오." 그는 말했다. "잘못 만들어졌다면, 잘못될 수밖에 없습니다. 여기를 보시죠. 옥상에 물탱크가 있다고 표시되어 있지요. 하지만 아니에요. 그건 뒤뜰에 있습니다."

"그런데 그게 무슨 상관이죠? 물탱크는 당신과 아무런 관계가 없어요, 오틸리오. 전기만 신경쓰세요. 전기만요. 수도관이나 수도꼭지는 상관 말아요. 전기, 난 전기가 필요해요."

"하지만 모든 게 연결되어 있습니다. 별실은 어떤 것 같습니까?"

"전기가 들어오지 않죠."

"이 도면에 따르면 이건 내력벽이어야 합니다. 우리 동료 레미히오가 살짝 두드리기만 했는데 반 이상 허물어지고 말았습니다. 방은 말할 것도 없습니다. 도면에 따르면 복도 끝에 있는 방은 40평방미터입니다. 하지만 어림도 없어요. 20평방미터만 되었어도 저는 손뼉을 치며 환호했을 겁니다. 있어서는 안 될 곳에 벽이 있어요. 배수관은 말을 아끼는 편이 낫겠습니다. 있어야 할 곳에 있는 게 단 하나도 없습니다."

"도면을 제대로 읽을 수는 있는 겁니까?"

"이봐요, 나는 전문 기술자입니다. 내 말을 들으십시오. 이 집은 정말 골칫덩어리입니다. 온갖 어중이떠중이가 다 손을 댄 것 같아요."

"그렇다면 주어진 상황에 따라야겠지요. 기적을 행하든 당신 마음대로 뭘 하든 금요일까지는 벽에 난 구멍을 모두 메워서 칠하고 전기가 들어오도록 해주세요."

"서두른다고 될 일이 아닙니다. 이건 정확해야 하는 문제입니다. 전략을 세워 행동해야 합니다."

"그럼 어떻게 할 생각이지요?"

"우선 아침을 먹으러 가야겠습니다."

"하지만 도착한 지 삼십 분밖에 되지 않았잖아요."

"마르틴 씨, 그런 태도로 나오시면 우리는 아무 일도 할 수 없습니다."

어설픈 솜씨로 인한 작업의 고통과 수난은 예상보다 일주일이나 더 길어졌다. 오틸리오와 경이로운 그의 인부들은 뚫지 말아야 할 곳에 구멍을 뚫으면서 두 시간 반 동안 아침식사를 즐기곤 했다. 그토록 오랫동안 꿈꾸었던 저택에 살게 되었지만, 여차하면 램프와 촛불을 밝힌 채 몇 년을 지내야 할 지경이었다. 다행히 도 리베라 지구는 온갖 장인의 정신적, 물질적 집합소였고, 내 새로운 거주지에서 엎어지면 코 닿을 거리에 바스티유 감옥에서 훔친 것 같지 않은 새 자물쇠와 20세기에 걸맞은 벽걸이형 조명, 수도꼭지를 설치해줄 사람을 찾아냈다. 전화를 놓는 것은 그리 탐탁지 않았다. 비달의 라디오에서 들은 바에 따르면, 당시 언론이 새로운 대중 통신매체라고 부르던 그것은 고객으로 나 같은 사람을 염두에 두지 않았기 때문이다. 나는 오직 책과 침묵으로 둘러싸인 삶을 살겠다고 마음먹었다. 살던 하숙집에서는 갈아입을 옷 한 벌과 아버지의 유일한 유품인 권총이 든 상자만 가져왔다. 나머지 옷과 개인 물품은 그곳의 오래된 하숙생들에게 나눠주었다. 만일 내 피부와 기억까지도 놓고 올 수 있었더라면, 기꺼이 그렇게 했을 것이다.

나는 탑의 집에서 전깃불을 밝힌 채 공식적인 첫날밤을 보냈다. 바로 『저주받은 자들의 도시』 1권이 출판되어 나온 날이었다. 소설은 1903년 '몽상'의 화재와 그때부터 라발 지구의 거리를 골탕 먹이면서 요술을 부리던 소녀를 중심으로 전개되는 상상의 이야기였다. 초판의 잉크가 마르기도 전에 나는 시리즈의 두번째 소설을 쓰기 시작했다. 내 계산으로는, 매달 삼십 일을 쉬지 않고 작업한다는 가정하에 이그나티우스 B. 삼손은 계약조건을 지키기 위해 매일 평균 6.66장의 원고를 써야만 했다. 한마디로 미친 짓이었지만, 그 사실을 인식할 여유조차 없다는 이점은 있었다.

나도 모르는 사이 시간이 흐를수록 나는 더 많은 커피를 마시고 산소보다 더 많은 담배연기를 들이마시고 있었다. 그런 것에 중독되면서 내 머리는 절대로 식지 않는 증기기관이 되어가고 있는 것만 같았다. 이그나티우스 B. 삼손은 젊고 참을성이 있었다. 그는 밤새워 일하고 새벽녘에 피로에 지쳐 쓰러져 이상한 꿈을 꾸곤 했다. 꿈에서는 서재의 타자기에 꽂혀 있는 원고 위의 글자들이 종이에서 떨어져나와 잉크로 만든 거미처럼 그의 손과 얼굴을 기어다니면서 피부를 뚫고 들어가 혈관 속에 둥지를 틀곤 했다. 그렇게 그의 심장은 검은색으로 뒤덮이고 어둠의 웅덩이에서 그의 눈동자는 흐려졌다. 나는 집밖으로 한 걸음도 나가지 않은 채 몇 주를 보냈고, 심지어 무슨 요일인지, 혹은 무슨 달인지도 잊곤 했다. 종종 두통이 엄습할 때면 송곳이 두개골에 구멍을 뚫는 것 같고 눈은 하얀 섬광에 불타는 것 같았지만, 그런 통증에는 관심을 두지 않았다. 점차 윙 하는 휘파람소리를 귀에 달고 사는 데 익숙해졌고, 오로지 속삭이는 바람소리나 빗소리만이 그 소리를 잠재울 수 있었다. 가끔 식은땀이 얼굴을 뒤덮고 언더우드 타자기의 자판 위에서 손이 덜덜 떨린다고 느낄 때면 내일은 꼭 의사에게 달려가겠다고 결심했다. 하지만 다음날이 되면 어김없이 또다른 무대와 이야기가 떠올랐다.

이그나티우스 B. 삼손으로 살아간 지 일 년이 되던 날이었다. 나는 그날을 축하하기 위해 작업을 쉬고서 태양과 산들바람을, 단지 머릿속으로만 상상했을 뿐 발을 들여놓지 않았던 바르셀로나의 거리와 다시 만나기로 마음먹었다. 나는 면도를 하고 몸을 씻고서 내가 가진 옷 중 가장 좋고 가장 내놓을 만한 것을 입었다. 그리고 환기를 위해 서재와 별실의 창문을 열어두자 그 집의 독특한 향내가 되어버린 자욱한 연무가 사방에서 불어오는 바람에 흩어졌다. 거리로 내려왔을 때 나는 편지통 투입구 밑에서 커다란 봉투를 발견했다. 천사가 찍힌 밀랍으로 봉인된 봉투 안에는 아주 훌륭한 글씨체로 이렇게 적힌 양피지 한 장이 있었다.

다비드에게

나는 그 누구보다도 먼저 당신이 새로운 단계의 경력을 쌓고 있는 것을 축하하고 싶습니다. 『저주받은 자들의 도시』 시리즈의 처음 몇 권을 읽으며 너무나 즐거웠습니다. 이 조그만 선물이 당신의 마음에 들길 바랍니다.

다시 한번 감탄하고 칭찬하며, 언젠가 우리의 운명이 서로 만나기를 바란다는 내 소망을 재차 말씀드립니다. 틀림없이 그런 날이 올 거라고 굳게 믿습니다. 당신의 독자이자 친구가 다정한 인사를 보냅니다.

안드레아스 코렐리

선물은 내가 어렸을 때 셈페레 씨가 선물했던 『위대한 유산』이었다. 아버지가 발견하기 전에 되돌려주었고, 그 몇 년 후에 값이 얼마가 되더라도 치르고 되찾으려 했을 때는 이미 모르는 사람의 손으로 몇 시간 전 사라졌던 바로 그 책. 나는 그리 멀지 않은 과거에 세상의 모든 마술과 빛이 깃든 것 같던 그 종이들을 뚫어지게 바라보았다. 표지에는 피 묻은 내 어린 시절의 손가락 지문이 아직도 남아 있었다.

"고마워요." 나는 중얼거렸다.

9

셈페레 씨는 책을 살펴보기 위해 돋보기안경을 끼고, 점포 안쪽 방에 있는 책상에 모직천을 펼쳐놓은 다음 책을 올려놓고서 스탠드를 구부려 빛이 모이도록 했다. 그의 감정과 분석이 몇 분 동안 이어졌고, 그사이 나는 성당에 있는 것처럼 침묵을 지켰다. 그는 내가 지켜보는 가운데 페이지를 넘기고 냄새를 맡으며 종이와 책등을 어루만졌다. 그런 다음 한 손으로 책의 무게를 가늠하고서 다른 손으로 다시 가늠해보았고, 마침내 표지를 덮으면서 십이 년이나 십삼 년 전 내 손가락이 남겨놓은 마른 핏자국의 지문을 돋보기로 자세히 살폈다.

"믿을 수 없는 일이야." 그는 안경을 벗으면서 중얼거렸다. "바로 그 책이야. 어떻게 되찾은 거지?"

"저도 몰라요, 셈페레 씨. 혹시 프랑스의 발행인 중에 안드레아스 코렐리라는 사람을 아시나요?"

"프랑스 사람이라기보다는 이탈리아 사람 같은데…… 안드레아스는 그리스 성 같고……"

"출판사가 파리에 있대요. 이름은 뤼미에르고요."

셈페레는 잠시 머뭇거리면서 생각에 잠겼다.

"별로 들어보지 못한 이름 같아. 바르셀로에게 물어봐야겠어. 그런 것이라면 뭐든 아는 사람이니, 뭐라고 하는지 한번 보자고."

구스타보 바르셀로는 바르셀로나의 중고 서적상 조합의 최고참자 중 한 명으로, 그의 백과사전적인 지식은 깐깐하고 잘난 체하는 기질에 못지않게 전설적이었다. 그 업계에서는 미심쩍은 게 있으면 바르셀로에게 물어보라는 말이 있을 정도였다. 바로 그 순간 셈페레 씨의 아들이 나타났다. 그는 나보다 두세 살 위였지만, 너무나 소심한 나머지 가끔은 모습을 보이지 않고 숨어버렸다. 그가 자기 아버지에게 손짓을 했다.

"아버지, 주문한 걸 찾으러 손님이 왔어요. 아마도 아버지가 받은 주문 같은데요."

서점 주인은 고개를 끄덕였고, 내게 속까지 너덜너덜한 두꺼운 책을 한 권 내밀었다.

"이게 유럽의 출판사 발행인들을 모아놓은 최근 카탈로그야. 거기서 무언가 발견할지도 모르니 원한다면 한번 살펴보게나. 그동안 나는 손님을 맞을 테니."

셈페레 씨가 계산대로 돌아가 있는 동안, 나는 서점 안쪽 방에 혼자 남아 뤼미에르출판사를 찾아보았지만 허사였다. 그렇게 카탈로그를 뒤적이고 있는데 셈페레 씨가 어느 여자와 대화하는 소리가 들렸다. 어딘지 모르게 귀에 익은 목소리였다. 그들이 페드로 비달의 이름을 입에 올리자 나는 궁금한 나머지 서점을 내다보았다.

운전사의 딸이자 내 스승의 비서인 크리스티나 사니에르가 수북이 쌓인 책들을 살펴보고 있었고, 셈페레 씨는 판매장부에 그 제목들을 적고 있었다. 나를 향해 그녀는 예의바르게 미소를 지었지만, 보아하니 내가 누군지 모르는 것 같았다. 셈페레 씨는 시선을 들어 멍해진 내 눈을 보고 즉시 어떤 상황인지 눈치챘다.

"서로들 이미 알고 있지요?" 그가 말했다.

크리스티나는 놀라서 눈썹을 치켜올리고 다시 나를 바라보았지만, 여전히 내가 누구인지 알아채지 못했다.

"다비드 마르틴이에요. 페드로 씨의 지인입니다." 나는 나 자신을 소개했다.

"아, 맞아요." 그녀가 말했다. "안녕하세요?"

"아버지는 잘 계세요?" 나는 즉흥적으로 생각나는 걸 물었다.

"아주 잘 지내세요. 지금 저 모퉁이에 있는 차에서 기다리고 있어요."

무엇 하나 소홀히 지나치는 법이 없는 셈페레 씨가 우리 대화에 끼어들었다.

"사니에르 양은 비달이 부탁한 책을 찾으러 왔어. 그런데 너무 무거우니까, 자네가 사니에르 양을 도와서 차가 있는 곳까지 갖다주면 좋겠는데……"

"신경 안 쓰셔도 되는데……" 크리스티나가 대답했다.

"괜찮아요." 나는 한걸음에 달려갔다. 하지만 책더미는 부록까지 포함된 브리태니커 백과사전 초호화 장정처럼 무거웠다.

내 윗등에서 삐걱거리는 소리가 들렸고, 크리스티나는 난처한 표정을 지으며 나를 쳐다보았다.

"괜찮아요?"

"걱정하지 말아요, 아가씨. 마르틴이라는 이 친구는 문학을 하는 사람이지만 황소처럼 튼튼하답니다." 셈페레 씨가 말했다. "그렇지, 마르틴?"

크리스티나는 믿지 못하겠다는 눈으로 나를 지켜보았다. 나는 불굴의 사내와 같은 미소를 지었다.

"순 근육뿐이지요." 내가 말했다. "이건 준비운동에 불과해요."

아들 셈페레가 책의 반을 들어다주려고 했지만 그의 아버지가 눈치 빠르게 팔을 붙잡았다. 크리스티나가 서점 문을 열어주었고, 나는 포르탈 델 앙헬 거리의 모퉁이에 주차된 이스파노수이사 차량까지 15미터에서 20미터는 되는 길을 가는 모험을 감행했다. 힘들게 그곳에 도착했을 때는 팔에서 불이 나는 것 같았다. 운전사 마누엘이 나를 도와 책을 내려놓고는 뜨겁게 인사했다.

"여기서 자네를 만나다니! 생각지도 못했네, 마르틴."

"세상 참 좁네요."

크리스티나는 감사의 표시로 내게 가벼운 미소를 짓고는 차에 올라탔다.

"책 때문에 공연한 수고를 끼쳐드렸네요."

"괜찮아요. 운동을 약간 하는 게 정신에도 좋답니다." 나는 등

근육이 뭉친 걸 애써 무시하면서 덧붙였다. "페드로 선생님께 안부 전해주세요."

그들이 카탈루냐광장으로 출발하는 것을 보고 서점으로 다시 가기 위해 뒤돌아보니 셈페레 씨가 서점 입구에서 고양이 같은 미소를 띠고 나를 보며 침을 닦으라는 손짓을 했다. 그가 있는 곳으로 가면서 나는 스스로의 모습에 웃지 않을 수 없었다.

"이제 자네의 비밀을 알았군, 마르틴. 난 자네가 이런 문제에 도가 튼 줄 알았어."

"모든 건 녹스는 법입니다."

"딱 봐도 알겠군. 그런데 내가 며칠 동안 그 책을 가지고 있어도 될까?"

나는 고개를 끄덕거렸다.

"조심해서 다뤄주세요."

10

몇 달 후 페드로 비달과 함께 있는 그녀를 다시 보았다. 그의 테이블이 항상 예약되어 있는 메종 도레 식당에서였다. 비달이 합석하자고 했지만, 나는 그녀와 한 번 눈길을 주고받은 후 그 제안을 거절해야 한다는 것을 알았다.

"소설은 어떻게 되고 있습니까, 페드로 선생님?"

"순풍에 돛을 단 것처럼 순조롭게 진행되고 있네."

"그 말을 들으니 정말 기쁩니다. 그럼 맛있게 식사하십시오."

우리의 만남은 늘 우연히 이루어졌다. 종종 나는 '셈페레와 아들' 서점에 페드로 씨의 책을 찾으러 오는 그녀와 마주쳤다. 셈페레 씨는 적당한 기회를 노려 내가 그녀와 단둘이 있게 해주었지만, 이내 크리스티나는 그 책략을 간파하고서 페드로 씨가 주문한 책을 찾으러 엘리우스 저택의 하인을 보내기 시작했다.

"내가 상관할 문제는 아니라는 걸 알고 있지만." 셈페레 씨가 말했다. "그녀는 잊는 게 좋을 것 같아."

"지금 무슨 말씀을 하시는지 모르겠어요, 셈페레 씨."

"마르틴, 우리는 오래전부터 알고 지낸 사이 아닌가……"

전깃불 아래에서 나도 모르는 사이 몇 달이 지나갔다. 나는 해질녘부터 새벽녘까지 글을 쓰면서 지냈고, 낮에는 잠을 잤다. 바리도와 에스코비야스는 쉬지 않고 『저주받은 자들의 도시』의 성공을 축하했다. 그리고 기운을 잃고 쓰러지기 일보 직전인 내 모습을 보자, 소설을 두 편만 더 써주면 안식년을 주겠다고 다짐했다. 그동안 쉬어도 좋고, 아니면 내가 개인적으로 원하는 작품을 쓰는 데 보내라면서 그 경우 표지에 커다란 대문자로 내 진짜 이름을 찍어서 멋진 책을 출판해주고 대대적으로 광고도 해주겠다고 약속했다. 하지만 매번 그들은 앞으로 딱 두 편만 더 쓰고 안식년을 가지라고 요구했다. 욱신거리면서 무언가가 찌르는 듯한 아픔과 두통과 현기증은 갈수록 잦아졌고 갈수록 강도가 심해졌다. 하지만 피로 때문이라 생각하고서 카페인을 마시고 담배를 피우고 알약을 먹어가며 그 고통을 잠재웠다. 아르헨테리아 거리의 약사가 은밀하게 처방해준 그 알약은 코데인*과 다른 정체 모를 성분들이 함유되어 있었고, 화약맛이 났다. 나는 격주로 목요일마다 바르셀로네타에 있는 식당 테라스석에서 바실리오 씨와 함께 점심을 먹었는데, 그때마다 그는 내게 의사를 찾아가보라고 다그쳤다. 나는 항상 그렇게 하겠다고, 바로 그 주에 진료를 예약해두었

* 마약성 진통제의 일종.

다고 말했다.

옛 상사와 셈페레 씨의 가족을 제외한 다른 사람에게 할애할 시간이 없었지만 비달은 예외였다. 내가 그를 찾아가는 일보다 그가 몸소 나를 찾아오는 경우가 훨씬 많았다. 탑의 집을 마뜩잖아 하는 그는 항상 산책을 나가자고 권했고, 우리의 산책은 호아킴 코스타 거리에 있는 알미랄 바에서 끝나곤 했다. 그는 그곳 단골손님으로 매주 금요일 밤 거기서 문학모임을 열었지만 나를 초대하는 일은 없었다. 그것은 모임에 참석하는 자들이 하나같이 실패한 엉터리 시인이나 아부꾼이며 그들의 목적은 동냥을 받거나 출판사 발행인에게 보낼 추천서를 받기 위해서, 혹은 허영의 상처를 덮을 수 있는 찬사의 말을 듣기 위해서 그에게 상냥하고 부드럽게 미소 짓는 것이라는 사실을 그가 알고 있기 때문이었다. 또한 그들은 끈질기고 확고하게, 고집스럽게 나를 혐오했지만 정작 그들의 문학작품에서는 그런 끈기와 확고함, 고집을 찾아볼 수 없었으며 그래서 변덕스러운 독자들에게 계속 외면당하고 있었다. 그곳에서 독주와 카리브산 시가에 취해 그는 절대로 끝나지 않을 자기 소설에 대해 말했다. 또 퇴직자의 생활을 청산하겠다는 계획과 그의 사랑놀이에 대해서도 털어놓곤 했는데, 사실 나이를 먹으면서 그는 갈수록 더욱더 젊고 매력적인 여자들과 사귀고 있었다.

"크리스티나에 관해서 묻지 않는군." 그는 가끔 짓궂은 표정으로 말했다.

"제가 무슨 질문을 하길 바라십니까?"

"그녀가 자네에 관해 물어보았는지."

"그녀가 저에 관해 물어보았나요, 페드로 선생님?"

"아니."

"그럴 줄 알았습니다."

"사실은 언젠가 자네 이름을 언급했다네."

나는 그의 눈을 바라보면서, 나를 놀리는 게 아닌지 확인하려고 했다.

"뭐라고 하던가요?"

"별로 마음에 들지 않을 텐데."

"자, 어서 말해주세요."

"정확하게 이런 말을 한 건 아니지만, 내가 보기에는 자네가 왜 그 두 도둑놈을 위해 싸구려 연재소설을 쓰면서 망가지고 있는지, 왜 자네의 재주와 청춘을 허비하는지 이해 못하는 눈치였네."

창자에 차가운 비수가 꽂히는 것 같았다.

"그렇게 생각하고 있단 말인가요?"

비달은 어깨를 으쓱했다.

"앞으로는 나에 대한 허튼소리는 집어치우라고 하십시오."

나는 일요일을 제외하곤 매일 일했다. 일요일이면 거리를 쏘다니면서 시간을 보냈고, 거의 항상 파랄렐로 지구의 술집에서 하루를 마무리했다. 그곳에서는 나처럼 외롭고 누군가를 기다리는 또 다른 영혼을 찾아 그 품에서 찰나의 애정을 그리 어렵지 않게 구할 수 있었다. 그런데 어느 날 아침 그런 영혼의 곁에서 눈을 떴을 때 나는 그 여자들 사이에서 아주 이상한 점을 발견했다. 피부색이나 걷는 모습, 그리고 제스처나 시선이 하나같이 그녀와 똑같다는 사실이었다. 그저 하룻밤을 위한 그 여자들은 이별의 고통스러운 침묵을 잠재울 생각으로 내게 어떻게 생활비를 버느냐고 물었고, 나는 허영심을 이기지 못하고 작가라고 설명했다. 하지만 여자들은 그런 나를 거짓말쟁이라고 여겼다. 아무도 다비드 마르틴이라는 작가에 관해 들어본 적이 없었기 때문이다. 하지만 몇몇 여자들은 이그나티우스 B. 삼손을 알고 있었고 『저주받은 자들의 도시』에 관해서도 들어보았다고 했다. 시간이 흐르면서 나는 내가 아타라사나스의 항구 세관에서 일하고 있다거나 사이라치, 문타네르와 크루엘스 합동법률사무소에서 실습을 하고 있다고 말하기 시작했다.

오페라 카페에서 알리시아라는 음악교사와 함께 앉아 있었던 어느 날 오후를 기억한다. 나는 잊을 수 없는 누군가를 잊도록 그녀가 도와주고 있다고 생각했다. 그런데 그녀에게 키스하려는 순간, 창문 밖으로 크리스티나의 얼굴이 보였다. 거리로 뛰쳐나갔지만 이미 그녀는 람블라스 거리의 인파 속으로 사라져버리고 없었다. 이 주 후에 비달이 나를 오페라하우스에서 열리는 〈나비부인〉 초연에 초대했다. 비달의 가족은 2층에 있는 칸막이 관람석의 소유주였고, 비달은 공연 시즌 내내 매주 정기적으로 그곳에 가길 좋아했다. 로비에서 그를 만났을 때 나는 그가 크리스티나도 데려왔다는 것을 알았다. 그녀는 차가운 미소로 내게 인사를 건넬 뿐 공연 도중에 내게 한마디도 하지 않았으며 나를 보지도 않았다. 2막 중간에 비달이 사촌에게 인사를 해야겠다면서 원형 관람석으로 내려가는 바람에 우리는 단둘이 덩그렇게 남겨졌다. 우리 두 사람의 방패는 푸치니와 오페라하우스의 어둠에 잠겨 있는 수백 명의 얼굴뿐이었다. 나는 십 분 동안 기다리다가 고개를 돌려 그녀의 눈을 바라보았다.

"내가 기분 상하게 한 게 있나요?" 내가 물었다.

"아니에요."

"그럼 최소한 이런 경우만이라도 친구인 척하는 게 어떨까요?"

"다비드, 나는 당신 친구가 되고 싶지 않아요."

"왜요?"

"당신 역시 나와 친구가 되고 싶어하지 않으니까요."

그녀의 말은 일리가 있었다. 나 역시 그녀와 친구가 될 생각은 없었다.

"당신은 내가 타락한 글을 쓰고 있다고 생각한다는데, 사실인가요?"

"내 생각은 중요하지 않아요. 중요한 것은 당신이 어떻게 생각하느냐지요."

나는 그곳에 오 분을 더 머물다가 자리에서 일어나 아무 말도 하지 않고 떠났다. 오페라하우스의 커다란 계단에 도착했을 때 이미 나는 두 번 다시 그녀를 생각하지 않을 것이고 그녀를 쳐다보거나 다정한 말도 건네지 않겠다고 작정하고 있었다.

다음날 성당 앞에서 그녀를 마주쳤다. 피하려는 순간, 그녀가 손을 흔들면서 인사를 하고 미소 지었다. 나는 멍하니 서서 그녀가 다가오는 걸 바라보았다.

"간식 먹으러 가자고 하지 않을 거예요?"

"나는 지금 매춘 상대를 찾고 있어요. 그래서 두 시간 내로는 짬이 날 것 같지 않네요."

"그러면 내가 초대하게 해줘요. 한 시간 동안 여자와 함께 있으면 얼마를 주죠?"

나는 마지못해 페트리촐 거리에 있는 초콜릿 전문점으로 따라갔다. 우리는 핫초코 두 잔을 주문하고서 마주앉아 누가 먼저 입을 여는지 보았다. 내가 이겼다.

"어제 당신 기분을 상하게 하고 싶지는 않았어요. 페드로 씨가 당신에게 뭐라고 전했는지는 모르겠지만, 내가 결코 한 적이 없는 말일 거예요."

"속으로 생각은 하고 있는지도 모르지요. 페드로 선생님이 그런 소리까지 한 걸 보면."

"당신은 내가 무슨 생각을 하고 있는지 전혀 몰라요." 그녀는 단호하게 대답했다. "페드로 씨도 마찬가지고요."

나는 어깨를 으쓱했다.

"그래요."

"내가 한 건 아주 다른 말이었어요. 당신이 하고자 하는 걸 하고 있지 않는 것 같다고요."

나는 고개를 끄덕이면서 미소 지었다. 그 순간 내 마음속에 있는 것은 오직 그녀에게 키스하고 싶다는 욕망뿐이었다. 크리스티나는 거의 도전적으로 내 눈을 뚫어지게 쳐다보고 있었다. 내가 손을 내밀어 그녀의 입술을 쓰다듬고 턱과 목으로 손가락을 살며시 미끄러뜨렸을 때도 그녀는 내게서 눈을 떼지 않았다.

"이러지 말아요." 마침내 그녀가 말했다.

종업원이 우리에게 김이 모락모락 나는 잔 두 개를 가져왔을 때, 그녀는 이미 그 자리를 떠나고 없었다. 이후 그녀의 이름을 듣지 못한 채 몇 달을 보냈다.

『저주받은 자들의 도시』의 새 원고를 마친 9월 말의 어느 날, 나는 그 밤을 자유롭게 보내기로 마음먹었다. 나는 머리가 깨질 것 같은 통증과 구토의 폭풍이 다가오고 있음을 직감했다. 그래서 코데인을 한 움큼 삼키고서 식은땀과 손의 떨림이 사라지기를 기다리며 침대에 누웠다. 막 잠이 들려는 찰나, 문을 두드리는 소리가 들렸다. 나는 발을 질질 끌면서 응접실로 나가 문을 열었다. 비달이었다. 하나의 흠도 없는 이탈리아제 실크양복을 입고서 한줄기 빛 아래 담배에 불을 붙이고 있었다. 마치 요하네스 페르메이르*의 그림과 같은 모습이었다.

"살아 있는 건가, 아니면 지금 내가 유령에게 말하고 있는 건가?" 그가 물었다.

"그런 말씀을 하려고 엘리우스 저택에서 여기까지 오신 건 아니겠지요."

"그렇다네. 몇 달째 자네 소식을 듣지 못해 걱정되어 찾아온 거야. 정상적인 사람들처럼 이 무덤 같은 집에 전화를 좀 놓는 게 어

---

* 17세기 네덜란드 화가. 대표작으로 〈진주귀걸이를 한 소녀〉가 있다.

던가?"

"저는 전화를 좋아하지 않습니다. 저는 사람들과 직접 얼굴을 맞대고 이야기하는 게 좋고, 상대도 제 얼굴을 보면서 말하는 게 좋습니다."

"자네의 경우에는 그게 좋은 생각인지 잘 모르겠네. 최근에 거울은 본 적 있나?"

"거울을 보는 건 선생님 전공인데요, 페드로 선생님."

"병원 시체보관소에 있는 시체도 자네 얼굴보다는 나을 걸세. 자, 어서 옷을 입게."

"왜요?"

"내가 입으라고 하면 입는 거야. 자, 산책이나 하세."

비달은 내가 싫다고 하건 투덜대건 개의치 않았다. 그는 나를 보른 대로에 있는 자동차까지 끌고 가더니 마누엘에게 시동을 걸어 출발하라고 지시했다.

"어디로 가는 거죠?" 내가 물었다.

"가보면 알아."

우리는 바르셀로나 시내를 온통 가로질러 페드랄베스 대로에 도착했고, 언덕 기슭으로 올라가기 시작했다. 몇 분 뒤에 엘리우스 저택이 멀리서 눈에 들어왔다. 창문은 모두 불이 환하게 켜져 있었고 석양 위로 뜨거운 황금빛 거품을 투사하고 있었다. 비달은 자신의 의도를 털어놓지 않고서 이상야릇한 미소만 지었다. 저택에 도착하자 그는 따라오라는 손짓을 하더니 나를 커다란 응접실로 데려갔다. 그곳에 사람들이 모여 기다리고 있다가 나를 보자 손뼉을 쳤다. 바실리오 씨와 크리스티나, 셈페레 씨와 그의 아들, 내 선생님이었던 마리아나 부인, 그리고 나와 함께 바리도와 에스코비야스 출판사에서 책을 출판하고 우정을 나누었던 몇몇 작가들이었다. 마누엘도 무리에 합류했고, 비달의 정복 대상이었던 몇몇 여자들도 있었다. 페드로 씨가 내게 샴페인잔을 내밀면서 미소지었다.

"스물여덟번째 생일을 축하하네, 다비드."

나는 내 생일조차 기억 못하고 있었다.

저녁식사가 끝나자, 나는 잠시 핑계를 대고 정원으로 나와 공기를 들이마셨다. 별이 총총히 박힌 하늘이 나무 위로 은색의 베일을 펼치고 있었다. 채 일 분도 안 되었을 때 가까이 다가오는 발소리가 들려 고개를 돌렸다. 그 순간 보게 되리라고는 전혀 예상할 수 없는 사람이 그곳에 있었다. 크리스티나 사니에르는 내 고독을 깨뜨린 것이 미안하다는 듯 살포시 미소를 지었다.

"페드로는 내가 당신과 얘기하러 나온 거 몰라요." 그녀가 말했다.

그녀는 그를 지칭하며 '씨'를 생략했지만, 나는 눈치채지 못한 척했다.

"다비드, 당신과 할 이야기가 있어요." 그녀가 말했다. "하지만 지금 여기서 하고 싶지는 않아요."

정원의 어둠조차 내 당황한 표정을 숨기지 못했다.

"내일 어때요? 어디에서 만날까요?" 그녀가 물었다. "약속해요, 시간 많이 빼앗지 않을게요."

"한 가지 조건이 있어요." 내가 말했다. "나한테 거리를 두지 않고 말한다면 그렇게 하지요. 스물여덟번째 생일을 맞은 것만으로도 충분히 나이를 먹은 것 같은데, 당신이 나에게 존대를 하면 더 늙은 기분이거든요."

크리스티나는 미소 지었다.

"좋아요. 당신이 반말을 하면, 나도 당신에게 반말로 이야기할게요."

"반말을 하는 건 내 전공이야. 그런데 어디서 만나고 싶어?"

"당신 집 어때? 아무에게도 우리가 만나는 모습을 들키고 싶지 않아. 내가 당신과 이야기했다는 걸 페드로도 몰랐으면 좋겠어."

"그럼 그렇게 하지……"

크리스티나는 안심이 되었다는 표정으로 살며시 웃었다.

"고마워. 그럼 내일이지? 오후에 만날까?"

"당신이 원하는 시간에 와. 내가 어디에 사는지는 알아?"

"우리 아버지가 알고 있어."

그녀는 가볍게 고개를 숙이고 내 뺨에 입을 맞춰주었다.

"생일 축하해, 다비드."

내가 뭐라고 하기도 전에 그녀는 정원 속으로 모습을 감추었다. 응접실에 도착했을 때 그녀는 이미 떠나고 없었다. 비달은 응접실 건너편에서 내게 차가운 눈길을 던졌고, 내가 자기를 본다는 걸 알고서야 비로소 미소 지었다.

한 시간 후, 비달의 허락을 얻어 마누엘은 이스파노수이사 자동차로 나를 집까지 바래다주었다. 그와 단둘이 그 차를 탈 때마다 그랬던 것처럼 나는 조수석에 앉았다. 그럴 때면 운전사는 그 기회를 이용해 운전하는 요령을 설명해주었고, 심지어 비달 몰래 내게 잠시 운전대를 맡기기도 했었다. 하지만 그날 밤 운전사는 평소보다 더욱 말이 없었고, 우리가 시내 중심가에 도착할 때까지 입을 열지도 않았다. 아마도 노화 현상이 서서히 나타나기 시작하는지 내가 그를 마지막으로 보았을 때보다 훨씬 야윈 모습이었다.

"마누엘 씨, 무슨 일 있어요?" 내가 물었다.

운전사는 어깨를 으쓱했다.

"아무 일도 아니네, 마르틴."

"혹시 걱정이 있다면……"

"건강 때문에 쓸데없는 생각이 들어서 그래. 잘 알겠지만 나이가 들면 항상 잔걱정뿐이야. 하지만 난 어떻게 되든 더는 상관없어. 중요한 건 내 딸이거든."

나는 어떻게 대답해야 할지 몰라서 고개만 끄덕였다.

"자네가 내 딸에게 애정을 느끼고 있다는 걸 알아. 크리스티나에게. 아버지가 되면 이런 것들은 말하지 않아도 알게 되거든."

나는 다시 아무 말 없이 고개를 끄덕였다. 마누엘이 플라사데르스 거리의 모퉁이에 차를 세울 때까지 우리는 한마디도 주고받지 않았다. 그는 내게 악수를 청하고는 다시 한번 생일을 축하했다.

"혹시 내게 무슨 일이 생기면……" 그가 말했다. "자네가 내 딸아이를 도와주게나. 그렇게 할 거지? 날 위해서라도 그렇게 할 거지?"

"물론입니다. 하지만 무슨 일이 생기겠어요?"

운전사는 미소를 짓고는 나와 작별인사를 나누었다. 나는 그가 차에 올라타 천천히 멀어져가는 모습을 바라보았다. 절대적으로 확신하지는 못했지만, 오는 도중에 한마디도 하지 않았던 그가 이제는 혼잣말을 중얼거리고 있을 것이라고 어느 정도 자신할 수 있었다.

11

나는 아침나절 내내 이리저리 돌아다니면서 집안을 치장하고 물건을 정리하며 창문을 열어 환기했고, 그동안 있는지조차 기억하지 못하던 물건들을 치우고 구석구석을 청소하면서 시간을 보냈다. 시장의 꽃집으로 뛰어내려가 꽃을 한아름 사들고 오면서는 그걸 꽂을 화병들을 어디에 처박아놨는지 모른다는 사실을 깨달았다. 마치 일자리를 구하러 나가는 사람처럼 옷을 입고 인사말과 그녀와 나눌 말 몇 마디를 연습했지만, 어딘지 모르게 우스꽝스러워 보였다. 거울을 보고야 비달의 말이 옳았다는 사실을 깨달았다. 흡혈귀 같은 몰골이었다. 마침내 나는 별실에 놓인 의자에 앉아 손에 책을 들고 기다렸지만, 두 시간이 지나도록 한 페이지도 제대로 읽지 못했다. 드디어 오후 네시 정각 계단을 올라오는 크리스티나의 발소리가 들려와 자리에서 벌떡 일어났다. 현관문을 두드리는 소리가 들렸을 때 나는 이미 그 앞에 서서 그녀를 기다리는 중이었다. 몇 초 안 되는 그 시간이 영원과도 같았다.

"안녕, 다비드. 바쁜데 온 건 아니야?"

"아니야, 아니야. 정반대야. 자, 어서 들어와."

크리스티나는 예의바르게 웃고는 복도로 들어왔다. 나는 별실 서재로 그녀를 안내해 의자에 앉으라고 권했다. 그녀는 모든 걸 찬찬하게 살펴보았다.

"아주 특별한 장소네." 그녀가 말했다. "페드로가 당신이 아주 멋진 저택에서 살고 있다고 이미 말해주었어."

"그는 '을씨년스러운'이라고 말하길 더 좋아해. 하지만 모든 건 정도의 문제라고 생각해."

"왜 이 집에 살기로 마음먹었는지 물어봐도 돼? 혼자 사는 사람에게는 너무 커 보여."

혼자 사는 사람, 이라고 나는 생각했다. 사람은 결국 자기가 사랑하는 사람의 눈에 보이는 모습대로 되기 마련이다.

"사실이 궁금해?" 나는 물었다. "사실대로 말하자면, 오랫동안 신문사를 오가면서 거의 매일 이 집을 보았거든. 항상 문이 굳게 닫혀 있는데, 급기야 이 집이 나를 기다리고 있다고 생각하게 되었지. 나는 언젠가 이 집에서 살 거라고 말 그대로 꿈을 꾸었어. 그리고 실제로 내 집이 된 거야."

"당신의 꿈은 모두 현실이 되나봐, 다비드?"

그 냉소적인 말투를 듣자 여지없이 비달이 떠올랐다.

"아니." 나는 대답했다. "이 꿈만 유일하게 현실이 되었어. 그런데 할 이야기가 있다고 여기까지 왔는데, 내가 영 딴소리만 하는 것 같네. 당신은 틀림없이 관심도 없을 얘기나 늘어놓으면서."

내 목소리는 내가 원했던 것 이상으로 방어적이었다. 너무나 갈망한 순간이 찾아오자 그날 아침 꽃을 샀을 때와 똑같은 상황이 벌어졌다. 즉, 손에 들어오자 도대체 어디에 두어야 할지를 몰랐던 것이다.

"페드로 이야기를 하고 싶었어." 크리스티나가 시작했다.

"아, 그래?"

"당신은 그가 가장 사랑하는 사람이야. 그리고 당신은 그를 잘 알고 있어. 그는 당신을 아들처럼 생각해. 그 누구보다도 당신을 사랑하고. 그건 당신도 알 거야."

"그래, 페드로 씨는 나를 아들처럼 대해." 내가 말했다. "그분과 셈페레 씨가 아니었다면, 나는 지금쯤 어떻게 되었을지 몰라."

"당신과 이야기를 하러 온 이유는, 그가 몹시 걱정되어서야."

"왜 걱정되는 거지?"

"당신도 알다시피 몇 년 전부터 나는 그의 비서로 일하기 시작했어. 사실 페드로는 아주 다정하고 친절한 사람이고, 우리는 훌륭한 친구 같은 관계가 되었어. 우리 아버지와 나를 아주 잘 대해 주었지. 그래서 그런 모습을 보는 게 가슴 아파."

"도대체 무슨 일인데 그래?"

"그 빌어먹을 책, 그가 쓰겠다는 소설 때문이야."

"몇 년 동안 쓰고 계시지."

"정확히 말하자면 몇 년 동안 그 작품을 찢어버리고 있지. 나는 그가 쓴 글을 교정해서 모두 타이핑해. 내가 비서로 일하는 몇 년 동안 그가 찢어버린 게 적어도 이천 장은 될 거야. 그러면서 자기는 재능이 없대. 엉터리 작가라고. 계속 술을 마셔대. 종종 나는 위층 서재에서 그가 술에 취해 어린아이처럼 우는 모습을 보는데……"

나는 침을 삼켰다.

"……그러면서 당신이 부럽다고, 당신 같은 사람이 되고 싶다고 말해. 사람들은 자기를 속이며 치켜세우는데, 그건 자기한테 무언가를, 그러니까 돈이나 도움을 바라기 때문이래. 하지만 그는 자기 작품이 형편없다는 걸 알고 있대. 다른 사람들 앞에서는 언제나처럼 정장 차림에 말끔한 얼굴을 하고 흐트러진 모습을 보이지 않지만, 매일 보는 나는 그가 망가져가고 있다는 걸 알아. 가끔 그가 어리석은 짓을 저지르지나 않을까 두려워. 이미 그런 지 꽤 되었어. 그래도 입다물고 있었어. 이런 사실을 누구에게 말해야 할지 몰라서. 내가 당신을 만나러 왔다는 사실을 알면, 틀림없이 그는 화를 낼 거야. 항상 내게 자기 일로 다비드를 귀찮게 하지 말라고 하거든. 당신은 앞으로 살날이 창창하지만, 자기는 이제 아무것도 아니라는 말을 항상 해. 이런 얘기를 다 당신에게 해서 미안해. 하지만 도움을 청할 사람이 없어서……"

우리는 긴 침묵 속에 잠겼다. 엄청나게 차가운 기운이 나를 엄습하는 걸 느꼈다. 내 삶을 빚진 사람이 절망의 나락으로 빠지는 동안, 나는 내 세계에 유폐되어 그가 어떻게 지내고 있는지 알려고 일 초도 쓰지 않았다는 사실을 깨달았다.

"오지 말 걸 그랬나봐."

"아니야." 내가 말했다. "아주 잘 왔어."

크리스티나는 따스한 미소를 지으며 나를 바라보았다. 처음으로 나는 나 자신이 그녀에게 남이 아니라는 인상을 받았다.

"그럼 이제 어떻게 할까?" 그녀가 물었다.

"우리가 도와야지." 내가 말했다.

"도움을 받지 않으려고 하면 어떻게 하지?"

"그러면 그가 눈치채지 못하도록 해야지."

12

내가 그 일을 한 것이 스스로에게 되뇐 것처럼 비달을 돕기 위해서였는지, 아니면 단지 크리스티나와 시간을 보낼 핑계를 찾기 위해서였는지는 알 수 없다. 우리는 거의 매일 오후 탑의 집에서 만났다. 크리스티나는 비달이 전날 손으로 쓴 원고를 가져왔는데, 원고는 항상 지운 부분으로 가득했고 통째로 줄을 그은 대목이 허다했으며 온갖 곳에 메모가 되어 있어 구제불능의 것을 구제하려는 노력이 곳곳에서 엿보였다. 함께 서재로 올라가서 바닥에 주저앉은 채 크리스티나가 먼저 큰 소리로 원고를 읽으면 그것에 관해 오랫동안 토론했다. 내 스승은 비달 가문과 그리 다르지 않은 바르셀로나 귀족 가문의 세 세대를 아우르는 대하소설을 쓰려고 애쓰는 중이었다. 산업혁명이 일어나기 몇 년 전 고아가 된 두 형제가 도시에 도착하는 장면으로 시작한 이야기는 성경에 나오는 카인과 아벨 스타일의 우화로 전개되었다. 형제 중 한 사람은 당대의 가장 부유하고 가장 막강한 힘을 자랑하는 부호가 되었고, 다른 한 사람은 교회와 가난한 사람을 돕는 데 온몸을 바쳤으며, 사제이자 시인인 하신토 베르다게르*의 불행한 삶에서 그대로 따온 듯한 어느 사건으로 인해 비극적으로 생을 마감했다. 살아가면서 두 형제는 반목했고, 격렬한 멜로드라마와 스캔들, 살인, 불륜, 비극을 비롯해 대하소설 장르에 빠지지 않는 소재들을 중심으로 수없이 많은 인물이 줄줄이 등장했다. 이 모든 것의 배경에는 근대 대도시와 산업과 금융계의 탄생이 있었다. 소설의 화자는 형제 중 한 사람의 손자로, 1909년 비극의 주** 동안 페드랄베스 대로의 저택에서 불타는 도시를 지켜보며 과거를 재구성하고 있었다.

가장 먼저 내가 놀랐던 것은 그 이야기의 줄거리가 비달이 언젠가 쓰고야 말겠다고 몇 번이나 말한 위대한 작품에 착수하도록 내가 약 이 년 전 제안의 방식으로 밑그림을 그려준 것이라는 사실이었다. 두번째로 나를 놀라게 했던 것은, 그가 그걸 사용하기로 하고 그 이야기에 몇 년이라는 세월을 투자하고 있다는 걸 이제껏 여러 번 기회가 있었음에도 결코 내게 밝히지 않았다는 사실이었다. 세번째 놀라움은 당시 소설의 상태가 완벽하게 거대한 실패작이라는 사실이었다. 작중인물과 구조부터 분위기와 각색을 포함하여 언어와 문체에 이르기까지 단 하나도 제대로인 게 없었

* 19세기 말 카탈루냐 지방의 시인이자 사제. '카탈루냐 시의 왕자'라는 평가를 받는다.

** 1909년 7월 25일부터 8월 2일에 걸쳐 처우에 불만을 품고 교회와 수도원에 불을 질렀던 카탈루냐 노동자들과 정부군의 유혈 충돌.

다. 시간이 남아돌아 너무나 큰 야심을 품게 된 아마추어가 쥐어짜낸 결과물에 불과하다는 생각이 들 정도였다.

"어때?" 크리스티나가 물었다. "해결할 수 있을 것 같아?"

나는 비달이 내가 제안한 줄거리로 작업했다는 사실을 말하지 않았다. 그저 당시의 상황에서 더는 그녀를 걱정시키지 않기 위해 미소를 지으며 고개를 끄덕였다.

"약간만 작업하면 되겠어. 그러면 충분해."

해가 지기 시작할 무렵, 크리스티나가 타자기 앞에 앉았고 우리 두 사람은 비달의 책을 한 글자 한 글자씩, 한 문장 한 문장씩, 한 장면 한 장면씩 다시 썼다.

비달이 조립해놓은 줄거리는 너무나 모호하고 재미없어서 나는 그에게 아이디어를 제안할 당시 고안했던 줄거리를 다시 채택했다. 천천히 우리는 작중인물들을 완전히 부숴버리고 머리끝에서 발끝까지 다시 만들어 부활시키기 시작했다. 그 과정에서 그가 썼던 단 하나의 장면이나 단 하나의 순간도, 단 한 줄이나 단 한 단어도 살아남지 못했다. 하지만 일이 진척되면서 나는 비달이 마음속에 품고 있었으며 그걸 쓰겠다고 계획했지만 어떻게 써야 할지 몰랐던 소설이 합당한 자리를 찾아가고 있다는 느낌을 받았다.

크리스티나의 말에 따르면 비달은 몇 주가 지난 다음에야 자기가 한 장면을 썼다는 걸 기억해내고는 타이핑된 마지막 수정본을 다시 읽었다. 그러면 이미 사라졌다고 믿었던 자신의 세련된 필치와 탁월한 재능이 고스란히 담겨 있는 것을 보고 종종 놀란다고 했다. 크리스티나는 우리가 하는 일이 발각될지 모른다는 사실에 두려워하며 가능하면 원본에 충실해야만 한다고 말했다.

"작가의 허영심, 특히 형편없는 작가의 허영심을 절대 과소평가하지 마." 나는 그렇게 대답했다.

"페드로를 그런 식으로 말하는 건 마음에 들지 않아."

"미안해. 나 역시 내 말이 마음에 안 들어."

"아무래도 작업 속도를 약간 늦추는 편이 좋겠어. 당신 얼굴이 말이 아니야. 이제는 페드로가 아니라 당신이 걱정돼."

"이렇게 열심히 일해서 좋은 결과가 나온 거야."

시간이 흐르면서 그녀와 함께 보낸 순간들을 음미하기 위해 사는 데 익숙해졌고, 정작 내가 써야 할 이야기는 곧 묽어지고 희미해졌다. 내 작업을 할 시간이 그리 많지 않았다. 하지만 하루에 겨우 세 시간만 자면서 최대한 머리를 쥐어짜 『저주받은 자들의 도시』에 매달렸고, 그렇게 계약을 지켰다. 바리도와 에스코비야스는 한 가지 철칙이 있었는데, 바로 그 어떤 책도 읽지 않는다는 것이었다. 자신들이 출판하는 책은 물론이고 경쟁 출판사의 책도 읽지 않았다. 하지만 '독물'은 그 책들을 읽었고, 이내 내게 이상한 일이 벌어지고 있을지도 모른다고 의심하기 시작했다.

"이건 당신 작품이 아니에요." 그녀는 가끔 말했다.

"물론 아니지요, 에르미니아. 그건 이그나티우스 B. 삼손의 작품이에요."

나는 위험을 감수하고 있다는 걸 알고 있었다. 하지만 상관없었다. 매일 식은땀으로 범벅된 채 갈비뼈를 부러뜨리려는 듯이 고동치는 심장을 부여잡고 일어나는 데는 관심이 없었다. 의도와 달리 우리를 천천히 공범자로 만들어버린 그 비밀스러운 만남을 포기하지 않기 위해서라면 그보다 더한 대가도 감수할 수 있었다. 나는 크리스티나가 매일 우리집에 올 때마다 내 눈에서 그런 속마음을 읽는다는 것을 완벽하게 알고 있었다. 또 그녀가 내 손짓에 절대로 화답하지 않을 것도 잘 알고 있었다. 어딘지도 모르는 곳을 향해 달리는 그 경주에는 미래도 없고 위대한 희망도 없었다. 그리고 두 사람 다 그런 사실을 알고 있었다.

사방에서 물이 스며드는 그 배를 다시 띄우기 위해 노력하느라 종종 너무 지친 나머지 우리는 비달의 원고를 두고 다른 이야기를 하기도 했지만, 너무 숨기는 바람에 마음을 짓누르기 시작한 우리의 친밀감은 결코 입 밖에 내지 않았다. 몇 번은 용기를 내서 그녀의 손을 잡았다. 그녀는 가만히 손을 내맡기고 있었지만, 나는 그녀가 불편해한다는 걸 알았다. 우리의 그런 행동이 옳지 못하다는 것도, 우리가 비달에게 진 감사의 빚이 우리 두 사람을 묶어주는 동시에 멀어지게 한다는 것도 알았다. 어느 날 밤, 그녀가 집에서 떠나기 조금 전에 나는 그녀의 얼굴을 감싸쥐고 키스를 하려고 했다. 그녀는 꼼짝도 하지 않고 그대로 있었다. 그런데 그녀의 눈망울에서 내 모습을 보자, 나는 아무 말도 할 수 없었다. 그녀는 자리에서 일어나 한마디도 하지 않고 가버렸다. 나는 이 주 동안 그녀를 만날 수 없었다. 그리고 우리집에 다시 돌아왔을 때, 그녀는 내게 절대로 다시는 그런 일을 하지 않겠다고 약속하라고 했다.

"다비드, 페드로의 책 작업이 끝나면 지금처럼 만나는 일은 없을 거야. 그걸 이해해주었으면 좋겠어."

"왜 못 만난다는 거지?"

"당신은 이미 그 이유를 알고 있어."

크리스티나가 곱지 않은 눈으로 본 것은 진도를 나가려는 내 행동만이 아니었다. 그녀는 비록 입을 다물고 있었지만, 내가 바리도와 에스코비야스 출판사에 써주는 책이 그녀 마음에 들지 않는다는 비달의 말이 옳을지도 모른다는 의심이 들기 시작했다. 그녀가 내 작업을 영혼 없이 돈만 추구하는 일이라 생각하고 있다는 건 어렵지 않게 상상할 수 있었다. 또 내가 하수구에 사는 두 마리 쥐새끼의 배를 불려주기 위해 내 본모습을 헐값에 팔고 있는데, 그것은 바로 내가 내 감정과 내 마음으로, 그리고 내 이름으로 글을 쓸 용기가 없기 때문이라고 생각하고 있다는 것 역시 마찬가지였다. 하지만 가장 가슴 아팠던 것은 그 생각이 엄밀히 말해 옳다는 사실이었다. 나는 계약을 파기하고 그녀만을 위한 책을 써서 그녀의 존경을 한몸에 받겠다는 헛된 공상을 했다. 내가 할 줄 아는 유일한 일을 그녀가 그다지 마음에 들어하지 않는다면 신문사에 있을 때처럼 가난하고 어두운 시절로 돌아가는 게 더 나을지도 몰랐다. 그래도 나는 항상 비달의 동정과 호의에 기대 살아갈 수 있을 것이었다.

작업을 하며 기나긴 밤을 보낸 어느 날, 잠을 이룰 수 없어 나는 집밖으로 나와 걷고 있었다. 정해진 방향도 없이 헤매던 발걸음은 도시 위쪽, 그러니까 성가족성당이 건설되고 있는 곳까지 나를 이끌었다. 어렸을 때 아버지가 자주 데려가서 조각품과 주랑현관으로 이루어진 고층 건축물을 보여주던 곳이었다. 그 건축물은 저주를 받은 것처럼 절대로 하늘 높이 올라가지 않을 것만 같았다. 그곳을 다시 찾은 나는 그때와 달라진 것이 전혀 없다는 것을, 주변의 도시가 쉬지 않고 성장할 동안 성가족성당은 건설 첫날부터 지금까지 망가져 황폐한 상태라는 것을 확인하자 즐거웠다.

내가 도착했을 때 푸른 새벽을 가르기 시작한 붉은빛이 '예수 탄생 파사드'를 이루는 탑들을 희미하게 비추고 있었다. 상마르티 지구의 경계를 둘러싼 공장에서 시큼한 냄새를 실어온 동풍이 포장되지 않은 도로의 먼지를 휩쓸었다. 마요르카 거리를 지날 때 여명의 안개 속에서 다가오는 전차의 불빛이 보였다. 철길 위를 덜컹거리면서 지나가는 쇠바퀴 소리가 들렸고, 전차가 어둠 속으로 지나간다는 것을 알리기 위해 기관사가 내는 종소리도 들렸다. 달려서 피하고 싶었지만, 그럴 수가 없었다. 나는 무언가에 홀린 것처럼, 철길 위에 못박힌 사람처럼 꼼짝도 하지 않고 서서 전차의 불빛이 돌진해오는 것을 지켜보고 있었다. 기관사의 고함이 들렸고, 그가 급제동을 하면서 바퀴에서 튀는 불꽃이 보였다. 죽음을 불과 몇 미터 앞둔 그런 상태에서도 나는 근육 하나 움직일 수 없었다. 내 눈에 비친 하얀 불빛에서 전기 냄새가 느껴졌다. 전차의 헤드라이트가 희미해질 때까지 그랬다. 그러다가 나는 인형처럼 비틀거리며 쓰러졌고, 겨우 몇 초 더 의식을 붙들고 있었다. 하지만 그 짧은 순간 김이 무럭무럭 나는 전차의 바퀴가 내 얼굴에서 불과 20센티미터 떨어진 곳에 멈추는 걸 볼 수 있었다. 그다음은 모든 게 암흑이었다.

13

나는 눈을 떴다. 나무처럼 굵은 돌기둥들이 어둠 속에서 아무 장식도 없는 둥근 천장을 향해 올라가고 있었다. 먼지투성이의 빛줄기가 사선으로 내려오면서, 끝없이 줄지어 있는 잠자리를 비추었다. 높은 곳에서 조그만 물방울들이 검은 눈물처럼 바닥으로 떨어지면서 메아리가 울렸다. 어둠은 습기와 곰팡내를 뿜어냈다.

"연옥에 온 걸 축하합니다."

몸을 일으켜 뒤돌아보니 누더기를 걸친 사람이 전등 불빛에 의지해 신문을 읽고 있었다. 환한 미소를 짓는 그는 치아의 반이 빠지고 없었다. 그가 손에 들고 있던 신문 1면은 프리모 데 리베라 장군*이 국가의 모든 권력을 잡았으며, 코앞으로 닥쳐온 재난에서 국가를 구하기 위해 비폭력적 독재를 시작한다고 알리고 있었다.

* 1923년부터 1930년까지 스페인을 통치한 군사독재자.

그 신문은 적어도 육 년이 지난 것이었다.

"여기가 어디죠?"

남자는 호기심어린 표정을 지으며 신문 너머로 나를 보았다.

"리츠호텔입니다. 호텔냄새 안 나요?"

"내가 여기에 어떻게 온 거죠?"

"죽은 거나 다름없는 상태로 왔습니다. 오늘 아침 들것에 실려 왔을 때부터 쭉 잠에 빠져 있더군요."

내 재킷을 손으로 더듬어보니 그 안에 있던 돈이 모조리 사라지고 없었다.

"도대체 세상이 어떻게 돌아가는 건지!" 남자는 신문의 뉴스를 읽으면서 소리쳤다. "무지몽매함이 심각 단계에 이르면 이해의 부족을 과한 이데올로기로 보완하는 법이죠."

"그런데 여기서 나가려면 어떻게 해야죠?"

"그렇게 급하다면…… 두 가지 방법이 있습니다. 하나는 영구적이고, 다른 하나는 일시적인 겁니다. 영구적인 방법은 옥상에서 나가는 것이지요. 아주 멋지게 뛰어내리면, 이 세상의 더러운 쓰레기에서 영원히 해방됩니다. 일시적인 출구는 저기 안쪽에 있습니다. 거기 바짓자락을 질질 끌면서 바보처럼 주먹을 높이 쳐들고 다니는 사람이 있는데, 근처를 지나가는 모든 사람에게 혁명군처럼 인사합니다. 그런데 그곳으로 나가면 조만간 다시 이곳으로 돌아오게 될 겁니다."

신문을 읽던 남자는 재미있다는 표정으로 나를 지켜보고 있었다. 미친 사람들에게서만 종종 나타나는 광채가 빛나고 있었다.

"당신이 내 돈을 훔쳐갔나요?"

"나를 의심하다니 몹시 기분이 나쁘군요. 이곳에 왔을 때 당신은 이미 성반처럼 먼지 하나 없었고, 나는 오로지 주식시장에서 거래할 수 있는 증권만 받는 사람입니다."

나는 그 미친 사람이 그의 잠자리에서 오래된 신문을 읽고 비판적 의견을 늘어놓도록 그냥 놔두었다. 머리가 아직도 빙빙 돌아서 똑바로 내디딜 수 있는 것은 겨우 네 발짝이었지만 있는 힘을 다해 원형 천장 한쪽 가장자리에 있는 문까지 갔다. 그 문은 계단으로 이어졌고, 계단 위쪽에서 은은한 빛이 스며드는 것 같았다. 네댓 층을 올라가니 계단 끝 문을 통해 들어오는 시원한 공기가 느껴졌다. 나는 밖으로 나갔고, 마침내 그곳이 어디인지 깨달았다.

내 앞에는 시우다델라공원의 숲을 내려다보는 호수가 펼쳐져 있었다. 태양이 도시 위로 지고 있었고, 수초로 뒤덮인 물은 마치 흘러내린 포도주처럼 너울거리고 있었다. 저수장 건물은 조잡하고 엉성한 성, 혹은 감옥 같은 모양새였다. 1888년 만국박람회의 전시장에 물을 공급하기 위해 만들어졌지만, 시간이 흐르면서 내부는 평신도 성당처럼 밤과 추위가 엄습할 때면 몸을 둘 곳이 없는 가난한 사람들이나 죽어가는 사람들의 은신처로 사용되었다. 옥상에 있는 커다란 저수조는 이제 진흙탕의 혼탁한 호수가 되어 천천히 건물 틈으로 물이 흘러내리고 있었다.

바로 그때 옥상 한쪽 끝에 누군가 서 있는 것을 알아차렸다. 내 눈길이 스치는 것만으로도 인기척을 느꼈는지 그도 갑자기 뒤돌아 나를 쳐다보았다. 여전히 나는 멍한 상태였고 제대로 앞도 볼 수 없었지만, 그 사람이 다가오고 있는 것을 느낄 수 있었다. 그는 매우 빠른 속도로 오고 있었다. 발이 바닥에 닿지도 않는 것처럼, 육안으로 포착하지도 못할 만큼 너무나 날렵하게 움직이는 것 같았다. 역광 때문에 얼굴은 제대로 보이지 않았지만, 검고 반짝이는 눈이 얼굴에 비해 지나치게 커다란 신사라는 것은 알 수 있었다. 가까이 다가올수록 실루엣이 더욱 길어져 그의 키가 커지고 있다는 인상이 강하게 들었다. 거리를 좁혀오는 그의 움직임에 온몸이 떨렸고, 호수 가장자리로 가까워지고 있다는 것도 의식하지 못한 채 몇 발짝 뒤로 물러섰다. 발이 바닥에서 떨어지고 등이 저수조의 어두운 물을 향해 떨어지기 시작한다고 느낀 그 순간, 그 낯선 사람이 내 팔을 붙잡았다. 그리고 다시 단단한 바닥으로 되돌아오도록 아주 조심스럽게 끌어당겼다. 나는 저수조 주변에 있는 벤치에 앉아서 깊은 안도의 숨을 내쉬었다. 그리고 눈을 들어 처음으로 분명하게 그를 보았다. 그의 눈은 보통 크기였고 키는 나와 비슷했으며, 발걸음이나 제스처도 다른 신사와 똑같았다. 그는 다정하고 차분한 표정을 띠고 있었다.

"고맙습니다." 내가 말했다.

"괜찮습니까?"

"예, 약간 현기증만 날 뿐입니다."

낯선 사람은 내 옆에 앉았다. 그는 더할 나위 없이 훌륭한 스리피스의 검은 양복 차림이었고, 재킷 옷깃에 은으로 만든 조그만 브로치를 달고 있었다. 날개를 활짝 펼친 천사의 모습이 이상하게 눈에 익었다. 그러나 그 옥상에 그토록 멋진 고급 옷을 입은 신사가 있다는 사실은 매우 이상했다. 내 생각을 읽기라도 한 듯이 그 낯선 사람은 미소를 지었다.

"나 때문에 놀라지 않았길 바랍니다." 그가 미안한 얼굴로 말했다. "이 위에서 누굴 만나리라고는 생각하지 못했을 텐데."

나는 당황한 표정으로 그를 쳐다보았다. 내 얼굴이 비치는 그의 검은 눈동자가 종이 위에 번지는 잉크 방울처럼 조금씩 커지는 듯했다.

"무슨 일로 여기 계시는지 물어봐도 될까요?"

"당신과 똑같은 이유입니다. 위대한 희망 때문이지요."

"안드레아스 코렐리." 나는 중얼거렸다.

그러자 그의 얼굴이 환하게 빛났다.

"마침내 직접 인사를 하게 되어 기쁩니다, 친구."

그의 말투에서는 어렴풋이 다른 지역의 억양이 느껴졌지만, 정확히 어딘지는 알 수 없었다. 내 본능은 어서 자리에서 일어나 그 낯선 사람이 한 마디라도 더 하기 전에 전속력으로 그곳에서 벗어나라고 말하고 있었다. 하지만 그의 목소리와 시선에는 평온함과 믿음을 주는 무언가가 서려 있었다. 나조차도 내가 있는 곳이 어디인지 모르는데, 거기서 나를 만날 수 있으리라는 것을 그는 어떻게 알았을까 하는 의문은 품지 않기로 했다. 그가 손을 내밀었고, 나는 그 손을 잡았다. 그는 잃어버린 천국을 약속하는 미소를 지어 보였다.

"아무래도 지난 세월 동안 제게 베풀어주신 친절에 감사해야겠네요, 코렐리 씨. 당신에게 빚을 진 것 같습니다."

"절대로 그렇지 않았습니다. 오히려 빚을 진 사람은 나입니다. 너무도 부적절한 장소와 시간에 이렇게 불쑥 찾아온 걸 용서해 주기 바랍니다. 하지만 솔직히 말하자면, 이미 오래전부터 당신과 이야기를 하고 싶었는데 그 기회를 어떻게 찾아야 할지 몰랐습니다."

"당신을 위해 내가 뭘 할 수 있을까요?" 내가 물었다.

"나를 위해 일을 해주면 좋겠습니다."

"뭐라고요?"

"나를 위해 글을 써주길 바랍니다."

"아, 당연히 그렇겠지요. 당신이 출판사 발행인이라는 사실을 잊고 있었습니다."

그 낯선 사람은 웃었다. 한 번도 그릇을 깨본 적이 없는 아이처럼 달콤한 미소였다.

"그 누구보다도 훌륭한 발행인입니다. 당신이 평생 기다려온 발행인이죠. 당신의 이름을 불멸로 만들어줄 발행인요."

그 낯선 사람은 내게 명함을 내밀었다. 클로에와의 꿈에서 깨어났을 때 내 손에서 발견했으며 아직 보관하고 있던 것과 똑같은 명함이었다.

안드레아스 코렐리

발행인

뤼미에르출판사

생제르맹 대로 69번지, 파리

"그런 말씀을 해주시다니 영광입니다, 코렐리 씨. 하지만 청탁은 받아들일 수 없을 것 같습니다. 이미 계약된 책들이 있어서……"

"바리도와 에스코비야스 출판사와 계약된 것이지요. 나도 알고 있습니다. 실례가 되는 말일지 모르겠지만, 그런 치들과는 얽히지 않는 편이 좋습니다."

"다들 그렇게 생각하더군요."

"혹시 사니에르 양 말씀입니까?"

"그녀를 알고 있습니까?"

"들어서 알고 있을 뿐입니다. 어쨌든 그녀의 존경과 칭찬을 받기 위해서라면 어떤 남자라도 기꺼이 무슨 일이든 하겠더군요. 그렇지 않습니까? 그녀가 그 기생충 같은 두 작자를 버리고 당신 자신에게 충실하라고 말하지 않던가요?"

"그게 그리 간단하지 않습니다. 나는 그들만을 위해 앞으로도 육 년을 더 글을 쓰기로 계약을 맺었습니다."

"나도 압니다. 하지만 그건 그리 걱정할 필요 없습니다. 내 변호사들이 그 문제를 검토중이고, 당신이 내 제안을 받아들이기로 마음먹기만 한다면 어떤 법적인 속박도 확실하게 파기할 방법이 틀림없이 여럿 있을 겁니다."

"그럼 당신 제안은 뭡니까?"

코렐리는 비밀을 털어놓는 학생처럼 짓궂고 장난 섞인 미소를 지었다.

"일 년간 나만을 위해 시간을 할애하여 내가 부탁하는 책을 작업해달라는 것입니다. 책의 주제는 계약서에 서명할 때 논의합시다. 그리고 서명을 마치면 십만 프랑을 선지급하겠습니다."

나는 놀란 눈으로 그를 바라보았다.

"그 액수가 적절하지 않다면, 당신이 적절하다고 생각하는 액수를 기꺼이 고려할 준비도 되어 있습니다. 마르틴 씨, 솔직하게 말하겠습니다. 돈 때문에 당신과 실랑이하고 싶지 않습니다. 나는 당신을 믿습니다. 그리고 터놓고 말하면 당신 역시 그런 실랑이는 원하지 않으리라고 생각합니다. 나를 위해 써달라는 책이 어떤 종류인지 설명을 들으면 돈이야 완전히 부차적인 문제가 되리란 걸 알고 있습니다."

나는 한숨을 내쉬고서 마음속으로 미소를 지었다.

"내 말을 믿지 않는 것 같군요."

"코렐리 씨. 나는 내 이름도 제대로 책에 올리지 못하는 모험소설 작가입니다. 보아하니 이미 내 발행인들을 아는 것 같은데, 그들은 짐승의 똥만도 못한 사기꾼이고 내 독자들은 나라는 사람이 존재하는지조차 모릅니다. 나는 이런 일을 하면서 몇 년간 생계를 꾸려나가고 있고, 마음에 드는 글은 아직 한 페이지도 쓰지 못했습니다. 사랑하는 여자는 내가 인생을 허비한다는데, 그건 일리 있는 말입니다. 게다가 그녀는 내가 그녀를 원할 권리가 없고, 우리는 아무런 의미도 없는 두 영혼이고, 우리의 유일한 존재 이유는 우리를 가난에서 구해준 사람에 대한 감사의 빚 때문이라고 생각합니다. 그 역시 맞는 말일 수 있습니다. 전혀 생각지도 못했던 어느 날 나는 서른 살이 될 테고, 내가 열다섯 살 때 꿈꿨던 사람과는 갈수록 멀어진다는 것을 깨닫겠지요. 물론 서른 살까지 살아 있다면 말입니다. 그건 최근 내 건강이 내 창작활동 못지않게 견실하기 때문입니다. 요즘은 시간당 한두 개의 명료한 구절만 쓸 수 있으면 만족합니다. 나는 바로 그런 사람이고, 그런 부류의 작가입니다. 자신의 인생을 바꾸고 자신의 모든 희망을 현실로 만들 수 있는 그런 책을 써달라고 파리에서부터 백지수표를 가지고 찾아올 정도의 사람이 아닙니다."

코렐리는 아주 심각한 표정으로 나를 뚫어지게 바라보면서 내 말을 곱씹었다.

"내가 보기에 당신은 자기 자신을 너무 엄하게 판단합니다. 바로 그게 진정으로 가치 있는 사람들의 공통된 특징이죠. 나는 이 일을 하면서 수없이 많은 사람을 만났어요. 당신이 침을 뱉을 가치조차 없는데도 스스로를 높이 평가하는 치들이었죠. 내 말을 믿지 않을지 모르지만, 나는 당신이 어떤 사람이며 어떤 부류의 작가인지 정확하게 알고 있다는 사실을 알아주기 바랍니다. 당신도 알다시피 나는 몇 년 전부터 당신 뒤를 밟고 있습니다. 나는 당신이 〈기업의 소리〉에 발표한 첫번째 이야기부터 『바르셀로나의 미스터리』 시리즈를 모두 읽었습니다. 그리고 이제는 이그나티우스 B. 삼손의 이름으로 출판하는 연재물도 모두 읽고 있습니다. 감히 말하자면, 나는 당신을 당신 자신보다 더 잘 알고 있습니다. 그래서 결국 당신이 내 제안을 받아들이리란 것도 알고 있지요."

"그리고 또 무엇을 더 알고 있습니까?"

"우리에게 어떤 공통점이, 어쩌면 많은 공통점이 있다는 걸 알고 있습니다. 나는 당신이 아버지를 잃어버렸다는 걸 알고 있습니다. 나도 마찬가지입니다. 당신 아버지는 비극적인 상황에서 숨을 거두었습니다. 반면에 우리 아버지는 전혀 문제삼을 것이 못 되는 이유로 나를 버렸고 집에서 내쫓았습니다. 그게 더 고통스러울 수 있다고 감히 말하고 싶군요. 나는 당신이 외로워한다는 것을 알고 있습니다. 그건 나 역시 너무나 잘 알고 있는 감정이라고 말하고 싶습니다. 나는 당신의 마음속에 위대한 희망이 자리잡고 있지만, 그 어떤 것도 현실이 되지 않았다는 걸 알고 있습니다. 그리고 당신이 눈치채지 못하는 사이에 갈수록 그게 당신을 죽이고 있다는 사실도 알고 있습니다."

그는 말을 멈추었고, 이후 긴 침묵이 흘렀다.

"많은 걸 알고 계시는군요, 코렐리 씨."

"당신을 더욱 잘 알고 싶고 당신과 친구가 되고 싶다고 생각하기에 충분할 정도로 알고 있습니다. 당신에게는 친구가 많지 않다는 것도 알고 있습니다. 나 역시 그렇습니다. 나는 친구가 많다고 생각하는 사람들을 믿지 않습니다. 그건 다른 사람들을 모른다는 증거니까요."

"하지만 당신은 친구가 아니라 당신을 위해 일할 사람을 찾고 있잖아요."

"나는 일시적인 동료를 찾고 있습니다. 내가 찾고 있는 건 당신입니다."

"자기 자신을 굳게 믿는군요." 나는 용기를 내서 말했다.

"선천적인 결점입니다." 코렐리는 자리에서 일어나면서 대답했다. "다른 결점은 통찰력이지요. 그래서 아마도 당신이 내 제안을 받아들이기는 아직 이를 수 있다는 걸, 내 입에서 진실을 듣는 것만으로는 부족하다는 걸 충분히 이해합니다. 당신은 자신의 눈으로 봐야 직성이 풀립니다. 몸으로 직접 느껴야만 하는 사람입니다. 아마도 곧 느끼게 될 겁니다. 내 말을 믿으십시오."

그는 내게 손을 내밀었고, 내가 그 손을 맞잡을 때까지 거두지 않았다.

"당신은 내 제안을 다시 떠올릴 것이고, 우리는 곧 다시 대화할 기회를 얻을 겁니다. 적어도 그렇게 여기면서 마음 편히 있어도 되겠죠?" 그가 물었다.

"뭐라고 해야 할지 모르겠습니다, 코렐리 씨."

"지금은 아무 말 하지 않아도 됩니다. 약속하건대, 다음번 만날 때는 더 분명하게 이 일을 보게 될 것입니다."

이렇게 말하며 그는 예의바르게 웃고 계단을 향해 멀어져갔다.

"다음이라는 게 있을까요?" 내가 물었다.

코렐리는 걸음을 멈추고서 뒤로 돌았다.

"다음은 항상 있습니다."

"어디에 있죠?"

그날의 마지막 햇빛이 도시 위로 저물고 있었고, 그의 눈은 두 개의 불덩이처럼 빛나고 있었다.

나는 그가 계단과 연결된 문으로 사라지는 걸 보았다. 그제야 비로소 나는 대화 내내 그가 단 한 번도 눈을 깜박거리지 않았다는 것을 깨달았다.

14

진료소가 있는 꼭대기층에서는 저멀리 반짝거리는 바다와 문타네르 거리의 비탈길이 보였다. 그 거리는 커다란 저택들과 웅장한 건물들 사이로 엔산체 지구까지 미끄러지듯이 운행하는 전차들로 점점이 뒤덮여 있었다. 깨끗한 냄새가 풍기는 진료소 대기실은 훌륭한 취향으로 꾸며져 있었다. 장식된 그림들은 희망과 평화를 담은 풍경으로 가득해 환자들을 안정시키기에 적당했고, 책장은 권위가 배어나는 위압적인 책들로 빼곡했다. 간호사들은 발레리나처럼 움직이며 지나갈 때면 항상 웃음을 띠었다. 그곳은 돈 많은 사람을 위한 연옥이었다.

"이제 진료받으실 차례입니다, 마르틴 씨."

명문가 출신의 분위기를 풍기는 트리아스 박사는 흠잡을 데 없이 깔끔한 외모에, 모든 동작에서 자신감과 침착함을 엿볼 수 있었다. 무테안경 뒤의 회색 눈은 예리해 보였고, 미소는 점잖고 다정했지만 절대로 경망스럽지는 않았다. 트리아스 박사는 죽음과 싸우는 데 익숙한 사람이기에 웃으면 웃을수록 더 무서웠다. 며칠 전 검진을 받으러 왔던 날, 증상을 설명하는 내게 최근의 과학과 의학은 그에 맞서 싸울 만큼 발전했다고 말해주었다. 그런데 이날 진료실로 들어와 앉으라는 그의 태도로 보아 더는 의심의 여지가 없었다.

"어떻습니까?" 의사는 이렇게 물으면서 나와 책상에 놓인 차트를 번갈아 바라보았다.

"선생님이 말해주십시오."

그는 내게 가벼운 미소를 띠었다. 멋진 도박사의 미소 같았다.

"간호사가 그러는데 작가시라고요. 그런데 문진표에는 하청업자라고 적으셨군요."

"내 경우에는 하등의 차이가 없습니다."

"내 환자 중에 당신 독자가 있을 겁니다."

"제 책 때문에 생긴 신경 손상은 일시적인 것이면 좋겠군요."

의사는 내 의견이 재미있다는 듯 웃으면서, 상투적이고 다정한 대화의 서론은 이것으로 끝났다는 것을 알리듯이 보다 진지한 표정을 지었다.

"마르틴 씨, 혼자 온 것 같군요. 가까운 가족이나 친척은 없습니까? 아내는 없나요? 형제들은요? 아직 살아 계신 부모님은 없습니까?"

"꼭 내가 죽을병에 걸렸다는 소리처럼 들리는군요." 나는 과감하게 말했다.

"마르틴 씨, 거짓말은 하지 않겠어요. 첫번째 검사 결과는 우리 기대와 달리 그리 낙관적이 아닙니다."

나는 아무 말 없이 그를 쳐다보았다. 두렵지도, 걱정스럽지도 않았다. 그저 아무 느낌이 없었다.

"모든 결과가 당신의 좌뇌엽에 종양이 있다는 것을 보여줍니다. 당신이 설명한 증상으로 우려한 바가 사실로 확인되었어요. 모든 게 악성종양 때문일 수 있다는 사실로 귀결되고 있습니다."

몇 초 동안 나는 아무 말도 할 수 없었다. 놀란 척조차 할 수 없었다.

"언제부터 종양이 있었던 건가요?"

"정확하게 알기란 불가능합니다. 그러나 상당히 오래전부터 진행되고 있었다는 것은 추정할 수 있어요. 이것이 바로 당신이 설명했던 증상을 비롯해 최근 작업 도중에 경험했던 어려움의 이유입니다."

나는 고개를 끄덕이면서 깊은 한숨을 내쉬었다. 의사는 차분하고 친절한 자세로 나를 응시하면서 정신을 가다듬을 틈을 주었다. 나는 한두 마디 해보려고 했지만 아무 말도 나오지 않았다. 마침내 우리의 시선이 마주쳤다.

"선생님, 나는 당신 손안에 있습니다. 어떤 치료를 해야 하는지 말해주십시오."

나는 그의 눈이 절망감으로 가득차는 것을 보고 그의 말을 내가 제대로 이해하지 못했음을 깨달았다. 다시 나는 고개를 끄덕이면서 목으로 스멀스멀 기어올라오는 구토증세와 싸웠다. 의사가 주전자로 컵에 물을 따라서 내밀었다. 나는 단숨에 받아 마셨다.

"치료할 방법이 없군요." 내가 말했다.

"있습니다. 통증을 완화하고, 최대한 편안하고 안정된 상태를 보장해줄 조치가 많은데……"

"그래도 난 죽겠지요."

"그래요."

"곧이요."

"아마도요."

나는 마음속으로 웃었다. 알고 싶지 않지만 이미 알고 있는 사실을 확인하는 순간에는, 그것이 심지어 최악의 소식이라도 한숨을 돌릴 수 있다.

"난 스물여덟 살입니다." 어째서 그런 소리를 하는지도 모르는 채 나는 말했다.

"미안합니다, 마르틴 씨. 다른 소식을 전해주었으면 좋았을 텐데요."

나는 의사가 마침내 거짓말이나 가벼운 죄를 털어놓고서 돌덩이처럼 짓누르던 마음의 짐을 금세 내려놓은 것 같은 느낌을 받았다.

"얼마나 남았습니까?"

"정확한 기간을 말하기는 힘듭니다. 일 년, 아니면 최대한 일 년 반이라고 할 수 있을 겁니다."

그의 말투는 그것이 최대한 낙관적인 예측이라는 것을 분명하게 이해시키고 있었다.

"그 일 년, 아무튼 그 기간에 내가 남의 도움을 빌리지 않고 작업할 수 있는 시간이 얼마나 될까요?"

"당신은 작가이기에 머리로 작업합니다. 유감스럽게도 문제가 있는 부분이 바로 거깁니다. 그곳이 바로 우리가 한계에 부딪힐 부분이죠."

"한계라는 건 의학용어가 아닌데요, 박사님."

"병이 통상적인 속도로 진행된다면, 지금 경험하는 증상은 더 높은 강도로 더 자주 나타날 겁니다. 그리고 어느 순간부터는 입원해서 우리의 보살핌을 받아야 합니다."

"글을 쓸 수 없겠군요."

"글을 쓰겠다는 생각조차 할 수 없을 겁니다."

"얼마나요?"

"나도 모르겠어요. 아홉 달이나 열 달 정도. 어쩌면 그보다 더 길 수도, 어쩌면 더 짧을 수도 있습니다. 정말 유감입니다, 마르틴 씨."

나는 알았다고 고개를 끄덕이면서 일어났다. 손이 떨렸고, 숨도 제대로 쉴 수 없었다.

"마르틴 씨, 방금 내가 말한 모든 걸 생각해보려면 시간이 필요하겠죠. 하지만 가능한 한 빨리 손을 쓰는 게 중요합니다……"

"난 아직 죽을 수 없습니다, 박사님. 아직 안 돼요. 해야 할 일이 있어요. 그런 다음에 죽는다면 여한이 없을 겁니다."

15

바로 그날 밤 나는 탑의 집 서재로 올라갔고, 멍한 상태라는 것을 알면서도 타자기 앞에 앉았다. 창문이 활짝 열려 있었지만 바르셀로나는 이제 내게 어떤 이야기도 들려주려 하지 않았고, 나는 단 한 페이지도 완성할 수 없었다. 그나마 생각해낸 것은 전부 진부하고 공허해 보였다. 그 글을 읽으면서 나는 내가 타자기로 쓴 말들이 잉크값도 못 된다는 사실을 알았다. 이미 나는 품위 있는 산문이 발산하는 음악도 들을 수 없었다. 느리고 편안한 독약처럼 안드레아스 코렐리의 말이 머릿속으로 천천히 한 방울씩 떨어지고 있었다.

바리도와 에스코비야스의 주머니를 너무도 두툼하게 불려주었던 기상천외한 모험의 몇번째인지도 모를 원고를 완성해 건네려면 적어도 백 페이지를 더 써야 했다. 하지만 바로 그 순간 내가 그걸 끝내지 못할 것임을 알았다. 이그나티우스 B. 삼손은 그 전차 앞 철길에 기운을 잃은 채 쓰러져 있으며, 그의 영혼은 결코 세상에 나와서는 안 될 너무 많은 페이지에 탕진되었다. 하지만 그는 세상을 떠나기 전 내게 마지막 소망을 남겼다. 그것은 그 어떤 의식도 치르지 말고 자기를 매장하고, 평생에 단 한 번만이라도 나 자신의 목소리를 낼 용기를 가지라는 것이었다. 그는 내게 연기와 거울로 이루어진 상당한 양의 작품을 남겼다. 그리고 자기는 잊히기 위해 태어난 몸이니 제발 떠나게 해달라고 내게 부탁했다.

나는 그가 마지막으로 썼던 소설 원고들을 집어 불태웠고, 한 장 한 장 불길에 던질 때마다 나를 짓누르는 마음의 짐이 사라지는 것만 같았다. 그날 밤 지붕 위로 축축하고 후텁지근한 미풍이 불었고, 내 창문으로 스며든 바람은 이그나티우스 B. 삼손의 재를 실어가 오래된 구도시의 골목길 사이로 흩뿌렸다. 그가 쓴 말들이 영영 사라지고 그의 이름이 가장 충실한 독자들의 기억에서 지워져버리더라도 그는 결코 그곳을 떠나지 않을 것이었다.

다음날 나는 바리도와 에스코비야스 출판사 사무실로 갔다. 새 창구직원이 앉아 있었다. 아주 앳된 그녀는 나를 알아보지 못했다.

"이름이 뭐죠?"

"빅토르 위고."

창구직원은 웃더니 교환대를 통해 에르미니아에게 알렸다.

"에르미니아 씨, 빅토르 위고 씨가 바리도 씨를 만나러 왔습니다."

나는 그녀가 고개를 끄덕이며 교환대 접속을 끊는 것을 보았다.

"지금 나오신다고 합니다."

"여기서 일한 지 오래되었나요?" 내가 물었다.

"일주일 되었어요." 그 아가씨는 상냥하게 대답했다.

내 계산이 틀리지 않는다면 그 여자는 그해의 여덟번째 바리도와 에스코비야스 출판사 창구직원이었다. 교활한 에르미니아 아래에서 출판사 직원들은 오래 견디지 못했다. 직원에게서 자기보다 더 똑똑하고 나은 점이 보이면 '독물'은 자기가 빛을 보지 못할까봐 두려워했고, 실제로 열에 아홉은 부하직원이 그녀보다 더 뛰어났다. 그러면 그녀는 그 직원들이 뭘 훔치거나 황당한 실수를 저질렀다면서 없는 죄를 뒤집어씌웠고, 결국 에스코비야스가 그들을 거리로 내쫓으면서 혹시라도 쓸데없는 소리를 했다간 쥐도 새도 모르게 죽여버리겠다고 협박하게 했다.

"다비드, 만나서 반가워요." '독물'이 말했다. "훨씬 더 멋있어졌네요. 아주 근사해 보여요."

"전차에 치였기 때문이겠지요. 바리도 씨 계세요?"

"무슨 그런 걸 물어보세요? 당신이 찾으면 언제든지 만나야지요. 당신이 찾아왔다고 전하면 몹시 기뻐할 거예요."

"아무렴, 당연히 그러시겠죠."

'독물'은 나를 바리도의 사무실로 안내했다. 사무실은 희가극에 나오는 대법관의 방처럼 꾸며져 있었다. 푹신푹신한 카펫이 깔려 있고 제왕들의 흉상이 진열되어 있었으며, 벽에는 정물화가 걸려 있고 책장에는 대량으로 사들인 가죽장정의 책들이 꽂혀 있었다. 아마 그 책들은 백지 묶음일 것이었다. 바리도가 내게 가장 사근사근한 미소를 지으면서 악수를 청했다.

"우리 모두 이미 당신의 새 원고를 기다리고 있어요. 당신도 알겠지만, 최근에 출간한 당신의 두 책을 다시 찍고 있는데, 판매 실적이 좋아요. 오천 부를 더 찍을 거예요. 어때요?"

적어도 오만 부 이상임이 틀림없었지만, 나는 그다지 큰 관심을 보이지 않은 채 고개만 끄덕였다. 바리도와 에스코비야스는 바르셀로나 출판업자들 사이에서 이중 출판으로 알려진 것을 꽃꽂이를 하듯 정교하게 행하는 작자들이었다. 이것은 하나의 출판물을 공식적으로는 몇천 권 발행했다고 밝히며 그 대가로 작가들에게 형편없는 인세를 지급하는 관행이었다. 그리고 책이 잘 팔리면 몰래 수만 권을 더 찍어내면서 결코 작가에게는 알리지 않았고, 따라서 작가는 한 푼도 받지 못했다. 그렇게 찍어낸 책은 앞서 출판한 책들과 달라서 쉽게 구별할 수 있었다. 바리도는 산타페르페투아 데 모고다에 위치한 오래된 소시지공장에서 비밀리에 중쇄를 찍어냈고, 그래서 책을 펼치기만 해도 아주 잘 숙성된 소시지 향내가 풍겼다.

"나쁜 소식을 전하러 왔습니다."

바리도와 '독물'은 여전히 웃는 얼굴로 서로 시선을 교환했다. 바로 그때 에스코비야스가 문가에 나타나더니 쌀쌀맞고 인정미 없는 표정으로 나를 바라보았다. 마치 상대방의 체격에 적당한 관의 크기를 가늠하는 것 같은 눈빛이었다.

"누가 찾아왔는지 보게. 정말 기분좋은 뜻밖의 방문 아닌가?" 바리도가 묻자 그 동업자는 고개만 끄덕였다.

"그 나쁜 소식이 뭐지요?" 에스코비야스가 물었다.

"마르틴, 원고가 늦어지는 건가요?" 바리도가 다정하게 덧붙였다. "일정은 조정할 수도……"

"아니, 아닙니다. 늦어지는 게 아닙니다. 간단하게 말하자면, 다음 책은 없을 겁니다."

에스코비야스는 앞으로 한 발짝 나서서 이맛살을 찌푸렸다. 바리도는 피식 웃었다.

"다음 책이 없을 거라니, 그게 무슨 소리입니까?" 에스코비야스가 물었다.

"어제 원고를 불태워서 이제 단 한 장도 남아 있지 않습니다."

무거운 침묵이 흘렀다. 바리도는 화해의 제스처를 보이며 손님용 의자로 통하는 안락의자를 가리켰다. 그 움푹 꺼진 검은색 옥좌에 앉는 작가와 납품업자는 바리도와 눈높이가 같아져 구석에 몰린 느낌을 받곤 했다.

"마르틴, 앉아서 이야기해봐요. 무언가 걱정이 있는 것 같군요. 우리한테는 마음 편히 이야기해도 괜찮아요. 당신 가족이나 마찬가지니까."

'독물'과 에스코비야스는 확신에 찬 모습으로 고개를 끄덕이면서 나를 전적으로 신뢰하고 존중한다는 시선을 보냈다. 나는 자리에 앉지 않고 서 있는 편을 택했다. 모두가 나와 마찬가지로 서서 당장이라도 말을 시작할 것만 같은 소금기둥을 보는 것처럼 나를 뚫어지게 응시했다. 바리도는 계속 미소를 짓고 있느라 얼굴이 아픈 것 같았다.

"그래서요?"

"이그나티우스 B. 삼손은 스스로 목숨을 끊었습니다. 발표하지 않고 묻어두기로 한 이십 페이지 분량의 이야기에서 그는 클로에 페르마네르와 독약을 먹은 뒤 서로 끌어안고 죽습니다."

"작가가 자기 소설 속에서 죽는다는 말인가요?" 에르미니아가 헷갈린다는 표정으로 물었다.

"연재소설계와의 전위적 작별이라고 할 수 있죠. 당신들 마음에 꼭 드는 설정일 줄 알았는데요."

"해독제가 있을 수는 없나요? 아니면……" '독물'이 물었다.

"마르틴, 상기시켜줄 필요는 없다고 생각하지만, 계약서에 서명한 사람은 이그나티우스라는 죽은 사람이 아니라 당신입니다……" 에스코비야스가 말했다.

그러자 바리도가 손을 들어 동료의 말을 막았다.

"마르틴, 무슨 상황인지 알 것 같군요. 당신은 지금 무척 지쳐 있어요. 벌써 수년 동안 쉬지도 못한 채 머리를 혹사하고 있으니 그럴 만도 하지요. 우리 출판사는 그런 당신의 노력에 감사하고 있고 그걸 높이 평가해요. 잠시 숨을 돌려야 할 겁니다. 이해해요. 우리 모두 이해합니다, 그렇죠?"

바리도가 에스코비야스와 '독물'을 쳐다보자 둘은 이내 상황에 걸맞게 진지한 표정을 지으며 동의했다.

"당신은 예술가이고, 그래서 예술을 하고 싶어하지요. 고급 문학작품을 쓰고 싶은 거예요. 당신의 가슴에서 솟아나온 작품, 세계문학사의 계단에 황금으로 당신의 이름을 새길 수 있을 그런 작품 말이죠."

"그런 식으로 표현하니 조금 우습군요." 내가 말했다.

"우스운 말이니까요." 에스코비야스가 덧붙였다.

"아니, 그건 아니지." 바리도가 동업자의 말을 반박했다. "그게 인간적인 마음이지요. 그리고 우리 모두 인간적입니다. 나, 내 동업자, 그리고 에르미니아 모두요. 특히 에르미니아는 감성이 섬세한 여자라 우리 중에서 가장 인간적이지요. 그렇지 않아요, 에르미니아?"

"아주 인간적이에요." '독물'이 기꺼이 동의했다.

"우리는 인간적이기 때문에 당신을 이해하고 돕고 싶어요. 우리는 당신이 자랑스럽고, 당신의 성공이 곧 우리의 성공이라고 굳게 믿고 있어요. 어쨌든 우리 출판사는 숫자가 아니라 사람을 중시하니까요."

여기까지 말하고 바리도는 연극을 하듯이 잠시 멈추었다. 아마도 우레와 같은 박수를 기다렸던 것 같다. 하지만 내가 가만히 있는 것을 보자 바로 다시 말을 이었다.

"그래서 다음과 같이 제안하고자 해요. 여섯 달, 아니 필요하다면 아홉 달 정도 시간을 가져요. 어쨌든 소설을 쓴다는 건 아이를 낳는 일이나 비슷하니 말입니다. 그리고 서재에 틀어박혀 당신이 쓸 수 있는 가장 위대한 소설을 쓰세요. 작품이 완성되면 우리에게 가져와요. 당신 이름으로 그 책을 출판하겠습니다. 모든 수단을 동원하죠. 모든 걸 걸고서 그 책을 출판하겠어요. 우리가 당신 편이기 때문입니다."

나는 바리도를 쳐다보았고, 그런 다음 에스코비야스를 바라보았다. '독물'은 그의 말에 너무나 감격한 나머지 울음을 터뜨릴 지경이었다.

"물론 좋지요. 하지만 선금은 없습니다." 에스코비야스가 조건을 말했다.

바리도는 도취된 듯 허공에서 손뼉을 쳤다.

"자, 당신 생각은 어때요?"

나는 바로 그날부터 작업을 시작했다. 내 계획은 터무니없을 정도로 단순했다. 낮에는 비달의 책을 다시 쓰고, 밤에는 내 책을 작업할 작정이었다. 나는 이그나티우스 B. 삼손이 가르쳐주었던 모든 조악한 기술에 광채를 내서 아직 내 가슴속에 남아 있을지 모르는 품위와 체면을 위해 이용할 작정이었다. 나는 감사하는 마음으로, 그리고 절망과 허영에 사로잡혀 글을 쓸 것이었다. 다른 무엇보다 크리스티나를 위해 쓸 것이었다. 그녀에게 다비드 마르틴 역시 비달에게 진 빚을 갚을 능력이 있다는 사실을, 그리고 비록 죽기 직전이지만 자신의 우스꽝스러운 희망을 부끄러워하지 않고 그녀의 눈을 바라볼 자격을 손에 넣었다는 사실을 보여주고 싶었다.

트리아스 박사에게는 다시 찾아가지 않았다. 그럴 필요를 느끼지 못했다. 내가 한 단어도 더는 쓸 수 없고 떠올릴 수도 없는 날이 되면 누구보다 내가 먼저 알아차릴 것이기 때문이었다. 믿을 만하지만 그다지 양심적이지 않은 내 약사는 아무것도 묻지 않고 내가 요구하는 만큼의 달콤한 코데인을 주었다. 그리고 가끔은 내 핏줄에 불을 붙이고 고통뿐 아니라 의식까지 전멸시켜버리는 또 다른 기쁨의 알약을 주기도 했다. 의사를 찾아갔다는 것과 검사 결과가 어땠는지에 대해서는 아무에게도 말하지 않았다.

기본적인 필수품은 칸 히스페르트 상점에서 매주 배달시키는 것으로 충분했다. 그곳은 산타마리아 델 마르 성당 뒤의 미라예르스 거리에 있는 훌륭한 식료품점이었다. 주문 내용은 항상 똑같았고 주인의 딸이 그것들을 가져오곤 했다. 내가 현관 안으로 들어오라고 한 다음 물건값을 찾는 동안 기다려달라고 하면 그 아이는 놀란 새끼사슴처럼 나를 쳐다보았다.

"이건 네 아버지에게 주는 돈이고, 이건 네게 주는 거야."

항상 나는 10센티모를 팁으로 주었고, 아이는 아무 말 없이 그걸 받곤 했다. 매주 그 아이는 내가 주문한 것을 들고 우리집 문을 두드렸으며, 매주 나는 물건값과 함께 10센티모의 팁을 주었다. 구 개월 하고도 하루 동안, 그러니까 내 이름으로 출판된 유일한 책을 쓰게 될 기간 동안 그 아이는 내가 가장 자주 본 사람이었지만 나는 이름도 알지 못했고, 얼굴도 잊었다가 매주 현관 입구에서 다시 만날 때야 비로소 기억해내곤 했다.

크리스티나는 매일 오후에 만나기로 했던 우리의 약속을 아무런 통고도 없이 지키지 않았다. 나는 우리의 술책을 비달이 알아챈 것은 아닐까 두려워지기 시작했다. 그녀가 거의 일주일째 모습을 보이지 않던 어느 날 오후, 누군가가 문을 두드려 나는 크리스티나라 생각하고 열어주었다. 하지만 찾아온 사람은 엘리우스 저택의 하인 펩이었다. 펩은 크리스티나가 정성스럽게 포장한 꾸러미 하나를 들고 있었는데, 거기에는 비달의 원고 전체가 들어 있었다. 그러면서 크리스티나의 아버지가 뇌동맥류 때문에 실질적으로 마비된 상태이며, 그녀가 그를 푸이그세르다에 있는 피레네 산맥 근처의 요양원으로 데려갔는데, 그곳에 그런 질병 치료에 경험이 많은 젊은 의사가 있는 것 같다고 말해주었다.

"비달 씨가 모든 걸 책임졌어요." 펩이 설명했다. "비용은 상관하지 않고요."

비달은 자신을 위해 봉사한 사람을 결코 잊는 법이 없지, 라고 나는 약간의 씁쓸함을 느끼며 생각했다.

"이걸 직접 전해주라고 부탁했어요. 아무에게도 이런 사실을 말하지 말라고도 당부했습니다."

비달의 하인은 그 꾸러미를 내게 건네더니 알 수 없는 물건에서 해방되어 안심이라는 표정을 지었다.

"필요할 경우 만날 수 있는 주소는 남겨놓지 않았어?"

"예, 마르틴 씨. 제가 알고 있는 건 단지 크리스티나 양의 아버지가 산안토니오 별장이라는 곳에 입원했다는 사실뿐이에요."

며칠 후 비달은 평소처럼 불쑥 나를 찾아왔다. 그리고 그날 오후 내내 우리집에 머무르며 내 아니스술을 마시고 내 담배를 피우면서 자기 운전사에게 일어났던 불행에 관해 이야기했다.

"거짓말 같네. 떡갈나무처럼 튼튼했던 사람이 갑자기 쓰러져서 이제는 자기가 누군지도 몰라."

"크리스티나는 어떻습니까?"

"자네도 익히 짐작할 수 있을 거야. 어머니가 몇 년 전에 돌아가셨으니 마누엘이 그녀에게 남은 유일한 가족이지. 가족사진 앨범을 그곳으로 가져가서 매일 불쌍한 아버지에게 사진을 보여주고 무언가를 기억하게 만들려고 애쓰고 있다네."

비달이 말하는 동안 그의 소설, 아니 어쩌면 내 소설이라고 할 그 작품은 별실 책상 위에 얹어놓은 종이 더미 사이에 있었다. 그의 손에서 불과 0.5미터도 떨어지지 않은 곳에 있었던 셈이다. 그는 마누엘이 없는 지금, 훌륭한 기수처럼 보였던 펩에게 운전을 배우는 데 전념하라고 부탁했지만 그때까지만 해도 그 젊은이의 운전실력은 형편없었다.

"시간을 주세요. 자동차는 말이 아닙니다. 비결은 연습에 있습니다."

"기왕 이야기가 나왔으니 말인데, 마누엘이 자네에게 운전 가르쳐주었지?"

"약간이요." 나는 인정했다. "생각처럼 쉬운 게 아닙니다."

"지금 자네가 쓰는 소설이 팔리지 않는다면 언제든지 내 운전사가 되어도 좋네."

"페드로 선생님, 아직 마누엘 씨가 죽은 게 아닙니다."

"내가 말을 잘못했군." 비달이 인정했다. "미안하네."

"선생님 소설은 어떻게 되어가고 있지요?"

"아주 잘되어가고 있네. 크리스티나가 마지막 원고를 푸이그세르다로 가져갔어. 아버지와 함께 있는 동안 타이핑을 하고 깔끔히 정리하겠다면서."

"흡족하신 모습을 보니 저도 기쁩니다."

비달은 몹시 기뻐하며 웃었다.

"아마도 훌륭한 작품이 될 걸세." 그가 말했다. "몇 달을 헛되이 보냈다고 생각했는데, 크리스티나가 타자기로 옮겨서 정리한 첫 오십 페이지를 다시 읽어보고 나 자신도 놀랐어. 아마 자네도 놀랄 거야. 아직도 내가 자네에게 가르쳐줄 기술이 있다는 걸 알게 될 걸세."

"저는 그러리라는 걸 항상 확신했습니다, 페드로 선생님."

그날 오후 비달은 평소보다 술을 많이 마셨다. 세월은 내게 그의 걱정과 내면에 감추어진 생각이 무엇인지 읽을 수 있는 능력을 주었고, 나는 그날 그가 단지 안부를 묻기 위해 찾아온 것이 아니리라고 짐작했다. 아니스술이 떨어지자 나는 그에게 브랜디를 넘치도록 따라주고서 기다렸다.

"다비드, 자네와 내가 한 번도 말하지 않은 것들이 있지……"

"가령 축구가 그렇지요."

"난 지금 진지하게 이야기하는 걸세."

"그럼 말씀해보십시오, 페드로 선생님."

그는 머뭇거리면서 한참 동안 나를 쳐다보았다.

"다비드, 나는 항상 자네에게 좋은 친구가 되려고 노력했어. 자네도 알겠지만."

"친구 이상이셨습니다, 페드로 선생님. 그건 저도 알고 선생님도 아는 사실이죠."

"가끔 내가 자네에게 더 솔직해야 할 필요가 있지 않을까 하는 생각이 들어."

"뭐에 관해서 말입니까?"

비달은 브랜디잔에 시선을 고정했다.

"다비드, 내가 자네에게 한 번도 이야기하지 않은 것들이 있어. 어쩌면 수년 전에 이미 말했어야만 했는데……"

나는 영원처럼 느껴지는 잠시 동안 시간이 흐르도록 가만히 기다렸다. 아무리 털어놓고 싶은 마음이 크다고 할지라도, 이 세상의 모든 브랜디를 마신다고 하더라도 비달은 그 이야기를 꺼내지 못할 게 분명했다.

"걱정하지 마십시오, 페드로 선생님. 그토록 오래 기다렸으니 내일까지 기다려도 괜찮을 겁니다."

"내일이 되면, 아마도 나는 그 이야기를 할 용기를 내지 못할 걸세."

그가 그토록 겁에 질려 있는 모습은 한 번도 본 적이 없었다. 그의 가슴속에는 말 못할 무언가가 맺혀 있었고, 그런 그를 보기가 몹시 안쓰러웠다.

"페드로 선생님, 이렇게 하지요. 선생님 책과 제 책이 출판되면, 그걸 축하할 겸 만나도록 해요. 제게 하고 싶었던 말씀을 그때 하세요. 선생님과 함께가 아니면 입장을 허락하지 않는 비싼 고급 술집에 저를 데려가주세요. 그리고 모든 비밀을 마음껏 털어놓으세요. 괜찮은 생각이지요?"

날이 어둑어둑해질 무렵, 나는 보른 대로까지 그를 배웅했다. 그곳에 펩이 마누엘의 제복을 입고 이스파노수이사 차 옆에 서 있었다. 자동차뿐만 아니라 제복도 그에게는 엄청나게 커 보였다. 차체는 여기저기 긁힌 자국투성이였고 무언가와 충돌한 흔적도 보였다. 모두 최근 생긴 듯했고, 나는 보고 있기가 괴로웠다.

"천천히 몰아, 알았지 펩?" 나는 충고했다. "빠르게 달리지 마. 천천히, 하지만 안전하게 다뤄. 짐마차를 끄는 말처럼 말이야."

"알겠습니다, 마르틴 씨. 천천히, 하지만 안전하게 몰게요."

헤어지면서 비달은 나를 힘껏 껴안았고, 차에 오르는 그를 보며 나는 그가 어깨에 이 세상의 모든 짐을 짊어지고 있다는 생각이 들었다.

16

두 편의 소설, 그러니까 비달의 소설과 내 소설에 마침표를 찍은 며칠 후 펩이 아무런 예고도 없이 우리집에 모습을 드러냈다. 마누엘에게 물려받은 제복을 입은 그는 야전장교로 변장한 아이와 같은 모습이었다. 처음에 나는 비달의 메시지나 어쩌면 크리스티나의 편지를 가져오지 않았을까 추측했다. 하지만 그의 어두운 표정을 보니 터무니없는 억측에 지나지 않았고, 그와 시선을 마주치자마자 그 가능성을 머릿속에서 떨쳐버렸다.

"나쁜 소식입니다, 마르틴 씨."

"무슨 일이야?"

"마누엘 씨 소식이에요."

그동안 일어났던 일을 설명하는 내내 그는 목소리가 잠겨 제대로 말을 잇지 못했다. 내가 물 한잔 마시겠느냐고 묻자 그는 거의 울음을 터뜨릴 뻔했다. 마누엘 사니에르가 오랜 고통 끝에 푸이그세르다의 요양원에서 사흘 전에 사망했던 것이다. 딸의 결정으로 그는 전날 피레네산맥 기슭의 조그만 공동묘지에 안장되었다.

"맙소사." 나는 중얼거렸다.

물 대신 나는 펩에게 아주 진한 브랜디 한 잔을 주고서 별실에 있는 안락의자에 그를 앉혔다. 마음이 진정되자 펩은 비달에게서 크리스티나를 데려오라는 지시를 받았다고 설명했다. 그녀는 그날 오후 다섯시에 도착 예정인 기차로 돌아오고 있었다.

"크리스티나 양이 어떤 상태일지 생각해보세요……" 그는 이렇게 중얼거리면서, 자기가 그녀를 맞이하여 그녀가 어렸을 때부터 아버지와 함께 살았던 엘리우스 저택의 차고 위 조그만 집으로 가는 내내 그녀를 위로해야 한다는 생각에 괴로워했다.

"펩, 네가 사니에르 양을 마중나가는 건 그리 좋은 생각 같지 않아."

"하지만 페드로 씨의 지시라……"

"내가 책임지고 알아서 할 거라고 페드로 선생님께 말씀드려."

술과 그럴싸한 언변을 이용해 나는 그에게 역으로 마중나가지 말고 그 문제는 내 손에 맡기라고 설득했다. 내가 직접 마중나가서 택시로 엘리우스 저택까지 그녀를 데려갈 생각이었다.

"고맙습니다, 마르틴 씨. 당신은 문학을 하는 사람이니, 불쌍한 그녀에게 무슨 말을 해야 할지 훨씬 더 잘 알 겁니다."

다섯시 십오 분 전에 나는 지어진 지 얼마 안 되는 프란시아역으로 향했다. 그해의 만국박람회는 도시를 일대 장관으로 만들어 놓았지만, 나는 그 가운데서도 특히 성당 스타일을 모방하여 강철과 유리로 만든 기차역의 둥근 지붕이 마음에 들었다. 그건 우리 집이 바로 옆이라 탑의 서재에서 그 모습을 볼 수 있기 때문이기도 했다. 그날 오후에는 바다에서 밀려온 검은 구름이 도시 위를 미친듯이 날아다니며 하늘에 번지고 있었다. 수평선 너머로는 번갯불의 메아리가 들렸고, 흙먼지와 전기 냄새를 풍기는 후텁지근한 바람이 불어오면서 상당한 규모의 여름 폭풍이 다가오고 있음을 알려주었다. 내가 기차역에 도착했을 때 하늘에서 동전처럼 반짝거리고 무거운 빗방울이 떨어지기 시작했다. 기차가 도착하는 것을 기다리기 위해 플랫폼에 들어갔을 때는 이미 비가 기차역의 둥근 지붕을 세차게 때리고 있었다. 갑자기 밤이 되어버린 것 같았다. 번갯불이 도시를 강타하며 분노와 굉음의 흔적을 남길 때만 순간적으로 환해지곤 했다.

기차는 예정보다 한 시간 늦게 폭풍 아래로 몸을 질질 끄는 증기 뱀처럼 도착했다. 나는 내리는 승객들 사이에서 크리스티나를 찾기 위해 기관차 아래에서 기다렸다. 십 분 후 모든 승객이 내렸지만 그때까지 그녀의 모습은 보이지 않았다. 나는 크리스티나가 그 기차를 타지 않은 게 분명하다고 생각하면서 집으로 돌아가려고 했다. 그러다 마지막으로 한 번만 더 확인해보자는 마음에 플랫폼을 따라 첫번째 객차부터 마지막 객차까지 창문을 주의깊게 살펴보았다. 끝에서 두번째 객차에 그녀가 있었다. 머리를 창문에 기댄 채 멍하니 앞을 바라보고 있었다. 나는 그 객차로 올라가 칸막이 객실 입구에 섰다. 내 발소리에 그녀는 뒤돌아 나를 바라보았지만, 전혀 놀라는 기색도 없이 희미하게 미소 지었다. 그러더니 자리에서 일어나 아무 말 없이 나를 껴안았다.

"돌아온 걸 환영해." 내가 말했다.

크리스티나의 짐은 조그만 가방이 전부였다. 나는 그녀의 가방을 들고 크리스티나와 함께 플랫폼에 내렸다. 이미 사람들은 거의 없었다. 우리는 대합실까지 향하는 내내 입술을 떼지 않았고, 기차역 출구에 도착해 발길을 멈추었다. 소나기가 거세게 퍼붓고 있었고 내가 역 앞에 도착했을 때 줄지어 있던 택시들은 모두 사라지고 없었다.

"오늘밤 엘리우스 저택으로 가고 싶지 않아, 다비드. 아직은 그곳에 가고 싶지 않아."

"원한다면 우리집에 머무르도록 해. 아니면 호텔에 빈방이 있는지 찾아볼게."

"혼자 있고 싶지 않아."

"그럼 우리집에 가자. 빈방이 넘쳐나니까."

멀리서 짐꾼이 보였다. 폭풍을 바라보기 위해 밖으로 나온 그는 손에 커다란 우산을 들고 있었다. 나는 그에게 다가가서 본래 가격보다 다섯 배를 더 줄 테니 우산을 팔지 않겠느냐고 물었다. 그러자 그는 친절한 미소를 지으며 내게 우산을 건네주었다.

그 우산의 도움을 받아 우리는 억수처럼 쏟아지는 폭우 속에서 탑의 집으로 가는 모험을 감행했다. 갑작스러운 돌풍과 물웅덩이 때문에 십 분 후 집에 도착했을 때 우리는 비에 완전히 젖어 있었다. 폭풍으로 전기가 나가서 거리는 축축한 어둠 속에 파묻혀 있었다. 다른 집 발코니나 현관에서 불 켜진 램프나 촛불만 간간이 보일 뿐이었다. 나는 가장 먼저 단전된 것 중 우리집의 환상적인 전기장치가 틀림없이 있을 거라고 확신했다. 우리는 별수없이 손으로 더듬어가며 계단을 올라갔다. 그리고 현관문을 여는 순간 번개가 내리쳐서 평소에 비할 바 없이 음산하고 을씨년스러운 집안의 모습이 드러나고 말았다.

"지금이라도 호텔을 찾는 게 낫겠다 싶으면……"

"아니, 괜찮아. 걱정하지 마."

나는 크리스티나의 가방을 현관 안쪽에 들여놓고 부엌 선반에서 커다란 초 몇 자루가 든 상자를 찾았다. 나는 초 하나하나마다 불을 붙이고서 그것들을 접시와 컵과 잔에 고정했다. 크리스티나는 문가에서 나를 지켜보고 있었다.

"조금만 기다려." 나는 자신 있게 말했다. "이미 여러 번 연습해봤거든."

방과 복도, 구석구석에 초들을 갖다놓자 온 집안에 은은한 황금빛이 내려앉았다.

"성당 같아." 크리스티나가 말했다.

나는 침실로 그녀를 데려다주었다. 내가 한 번도 사용한 적은 없지만, 언젠가 저택으로 돌아갈 수 없을 만큼 잔뜩 취한 비달이 밤을 보낸 뒤 깔끔하게 정리해둔 방이었다.

"깨끗한 수건을 가져올게. 갈아입을 옷이 없으면, 옛 집주인들이 옷장에 두고 간 벨 에포크풍의 펑퍼짐하고 흉측한 옷이 잔뜩 있으니 마음껏 골라봐."

어쭙지않게도 유머를 던져보았지만 그녀는 희미하게 미소를 지으며 고개만 끄덕거렸다. 나는 그녀를 침대에 앉혀두고 수건을 찾으러 갔다. 돌아왔을 때도 그녀는 그곳에 꼼짝도 하지 않은 채 그대로 있었다. 나는 그녀 옆 침대 위에 수건을 놓고 촛불 두 개를 그녀 가까이 가져다주었다. 불빛이 필요한 경우를 대비해 방 입구에 놓아두었던 것들이었다.

"고마워." 그녀는 속삭였다.

"옷 갈아입는 동안 따뜻한 수프 만들어놓을게."

"먹고 싶은 생각이 없어."

"먹으면 기분이 나아질 거야. 필요한 게 있으면 알려줘."

나는 그녀를 혼자 놔두고서 젖은 신발을 벗어버리기 위해 내 방으로 향했다. 그리고 불에 물을 올려놓고 데우는 동안 별실에 앉아 기다렸다. 비는 계속해서 억세게 퍼부으며 성난 듯이 창문을 두들겼고 순식간에 탑과 평지붕의 배수구에 물이 흘러 누군가가 지붕 위를 걷는 듯한 소리가 울려댔다. 저멀리 리베라 지구는 거의 칠흑 같은 어둠 속에 잠겨 있었다.

잠시 후 크리스티나가 있던 방의 문이 열리는 소리에 이어 그녀가 가까이 다가오는 소리가 들렸다. 그녀는 하얀 가운을 걸치고 전혀 어울리지 않는 양모숄을 어깨에 두른 모습이었다.

"허락도 받지 않고 옷장에서 꺼냈어." 그녀가 말했다. "그래도 괜찮은지 모르겠지만."

"원한다면 그냥 가져도 돼."

그녀는 안락의자에 앉아 거실을 둘러보더니 책상 위에 수북이 쌓인 종이 더미에서 눈길을 멈추었다. 그러더니 나를 쳐다보았고,

나는 고개를 끄덕였다.

"며칠 전에 끝냈어." 내가 말했다.

"당신 소설은?"

사실 내가 느끼기에는 두 원고 다 내 것이었지만, 나는 고개만 끄덕였다.

"봐도 돼?" 그녀는 이렇게 물으면서, 종이 한 장을 들더니 촛불이 있는 곳으로 다가갔다.

"물론이지."

나는 그녀가 입술에 희미한 미소를 띤 채 아무 말 없이 읽는 모습을 지켜보았다.

"페드로는 자기가 이걸 썼다고는 절대로 생각하지 않을 거야." 크리스티나가 말했다.

"날 믿어." 내가 대답했다.

크리스티나는 원고를 도로 종이 더미에 올려놓고서 한참 동안 날 쳐다보았다.

"보고 싶었어." 그녀가 말했다. "보고 싶다고 생각하지 않으려고 했지만, 그럴 수밖에 없었어."

"나도 마찬가지야."

"요양원으로 가는 길에 몇 번 기차역에 들렀어. 플랫폼에 앉아 바르셀로나에서 오는 기차를 기다리면서, 혹시 당신이 그 기차를 타고 오지 않을까 생각했어."

나는 침을 삼켰다.

"당신이 날 보고 싶어하지 않는다고 생각했어." 내가 말했다.

"나도 그렇게 생각했어. 아버지가 종종 당신에 관해 물었어. 당신을 잘 보살피라고 당부했지."

"당신 아버지는 좋은 분이셨어." 내가 말했다. "좋은 친구이기도 했고."

크리스티나는 미소 지으며 고개를 끄덕였지만, 나는 그녀의 눈에 눈물이 괴고 있다는 것을 알았다.

"종국에는 거의 아무것도 기억하지 못했어. 종종 나를 우리 어머니와 혼동하기도 했고, 자기가 감옥에서 보낸 세월을 용서해달라고 내게 빌기도 했어. 그러다 결국 내가 그곳에 있다는 사실도 거의 알지 못한 채 몇 주를 보냈어. 고독이란 시간이 흐르면서 마음속 깊이 파고들어 떠나지 않는 법이지."

"정말 유감이야, 크리스티나."

"돌아가시기 전 며칠 동안, 나는 아버지가 조금 나아졌다고 생각했어. 기억을 되찾기 시작했거든. 아버지가 집에 간직하고 있던 앨범을 가져가 보여주면서 누가 누구인지 가르쳐주곤 했어. 몇 년 전에 엘리우스 저택에서 찍은 사진도 있었는데, 거기에는 당신과 아버지가 함께 차에 타고 있었어. 당신은 운전대를 잡고 있고 아버지가 운전을 가르쳐주고 있었지. 두 사람은 웃고 있었어. 그 사진 보지 않을래?"

나는 잠시 머뭇거렸지만 그 순간을 망치고 싶지 않았다.

"물론……"

크리스티나는 가방에 든 앨범을 찾으러 가더니, 가죽으로 장정된 조그만 책을 들고 돌아왔다. 그리고 내 옆에 앉아서 오래된 사진과 스크랩과 엽서로 가득한 페이지들을 넘기기 시작했다. 마누엘도 내 아버지처럼 읽고 쓰는 게 서툴렀고, 그의 기억은 오로지 이미지들로 이루어져 있었다.

"이것 봐, 여기에 당신이 있어."

사진을 살펴보니, 마누엘이 나에게 비달의 첫 자동차에 태워 운전의 기초지식을 가르쳐주었던 어느 여름날이 선명하게 떠올랐다. 우리는 시속 5킬로미터로 자동차를 몰아 파나마 거리까지 나갔었다. 당시 나는 그 속도에도 현기증이 날 지경이었다. 그런 다음 우리는 페아르손 대로까지 갔고, 거기서 내가 자동차를 몰아 되돌아왔었다.

"자네는 최고의 운전사가 되었어." 마누엘이 자기 생각을 말했다. "언젠가 작가로서 앞날이 막막해지면 자동차경주에 자네 미래를 거는 것도 고려해보게."

나는 미소를 띠면서 이미 잊어버린 줄 알았던 그 순간을 떠올렸다. 크리스티나는 앨범을 내게 내밀었다.

"줄게. 당신이 이 앨범을 갖고 있으면 돌아가신 아버지도 좋아할 거야."

"이건 당신 거야, 크리스티나. 난 받을 수 없어."

"나도 당신이 간직해줬으면 좋겠어."

"좋아, 그럼 당신이 앨범을 찾아야겠다는 생각이 들 때까지 내가 보관할게."

나는 앨범을 한 장 한 장 넘겨보면서 기억나는 얼굴들을 다시 보고 내가 한 번도 보지 못했던 다른 얼굴들도 살펴보았다. 그곳에는 마누엘 사니에르와, 크리스티나와 상당히 닮은 그의 아내 마르타의 결혼사진이 있었다. 스튜디오에서 찍은 크리스티나의 삼촌들과 조부모의 사진, 행렬이 지나가는 라발 지구의 어느 거리 사진도 있었으며, 바르셀로네타 해변의 산세바스티안 해수욕장 사진도 있었다. 마누엘은 바르셀로나의 옛 엽서들을 수집하고 신문을 스크랩했다. 신문 스크랩에는 젊디젊은 비달이 티비다보산 꼭대기에 있는 플로리다호텔의 문에 기대서 있는 모습과 라바사다 카지노의 홀에서 심장이 멎을 만큼 아리따운 여자의 품에 안겨 있는 사진이 실려 있었다.

"당신 아버지는 페드로 선생님을 존경했지."

"항상 그에게 모든 걸 빚지고 있다고 말했어." 크리스티나가 대답했다.

나는 불쌍한 마누엘의 기억을 따라 여행을 계속했다. 그러다가 나머지 사진들과 전혀 어울리지 않는 사진 한 장을 발견했다. 찬란하게 반짝이는 잔잔한 바다로 뻗은 조그만 나무잔교에서 여덟아홉 살 정도 되는 여자아이가 걷고 있는 사진이었다. 아이의 손을 잡고 함께 걷는 흰옷 차림의 어른은 테두리에서 잘려 있었다. 잔교 너머로는 조그만 돛단배와 석양이 지고 있는 무한한 수평선이 보였다. 등을 보이고 있는 여자아이는 크리스티나였다.

"내가 가장 좋아하는 사진이야." 크리스티나가 속삭였다.

"어디서 찍은 거야?"

"나도 모르겠어. 장소도 기억나지 않고 언제 찍었는지도 모르겠어. 그 남자가 아버지인지도 확실하게 알 수 없어. 꼭 그 순간이 영원히 존재하지 않았던 것 같아. 오래전에 아버지 앨범에서 발견한 건데, 그 사진이 뭘 의미하는지는 전혀 알 수 없었어. 내게 무슨 말을 하려는 것 같다는 느낌만 있을 뿐이야."

나는 이어서 앨범을 넘겼다. 크리스티나는 누가 누구인지 계속 설명해주었다.

"이것 좀 봐, 바로 내가 열네 살 때야."

"나도 알아."

그러자 크리스티나는 슬픈 표정을 지으면서 나를 바라보았다.

"난 미처 몰랐어, 그렇지?" 그녀가 물었다.

나는 어깨를 으쓱했다.

"당신은 날 절대로 용서하지 않겠지."

나는 그녀의 눈을 보는 대신 계속해서 앨범을 넘겼다.

"당신은 용서받아야 할 게 하나도 없어."

"날 봐, 다비드."

나는 앨범을 덮고 그녀가 시키는 대로 했다.

"그건 거짓말이야." 그녀가 말했다. "난 알고 있었어. 하루도 빠짐없이 알고 있었어. 하지만 그럴 권리가 없다고 생각했어."

"왜?"

"우리 삶은 우리 것이 아니기 때문이야. 내 삶도, 우리 아버지의 삶도, 그리고 당신의 삶도……"

"다 비달 선생님의 것이지." 나는 씁쓸하게 말했다.

그녀는 천천히 내 손을 잡더니 자기 입술로 가져갔다.

"오늘은 아니야." 그녀가 속삭였다.

나는 그날 밤이 지나면 그녀를 잃어버릴 것임을, 그녀의 마음을 갉아먹고 있던 고통과 고독이 가라앉을 것임을 알았다. 그녀의 말이 옳다는 것도 알았다. 그녀의 말이 틀림없는 진실이기 때문이 아니라, 우리 두 사람이 마음속으로 그렇게 믿고 있고 영원히 믿을 것이기 때문이었다. 우리는 두 도둑처럼 촛불 하나 켤 엄두도 내지 못하고 심지어 말할 용기도 내지 못한 채 방으로 숨어들었다. 나는 천천히 그녀의 옷을 벗기고 입술로 그녀의 피부를 훑으며 앞으로 다시는 없을 일이라는 것을 의식했다. 크리스티나는 분노와 자포자기에 휩싸인 채 내게 몸을 맡겼다. 우리가 피로로 기진맥진해지자 그녀는 내 품안에서 잠들었다. 서로 아무런 말도 할 필요가 없었다. 나는 졸음을 이겨내려고 애쓰면서 그녀 육체의 열기를 맛보았고, 이튿날 죽음의 신이 나를 데려가러 오더라도 마음 편하게 맞이할 수 있을 것 같았다. 나는 어둠 속에서 크리스티나를 애무했고, 폭풍이 도시의 성벽 너머로 물러가는 소리를 들었다. 그러면서 나는 그녀를 잃어버릴 테지만 잠시나마 우리가 그 누구도 아닌 서로에게 속해 있다는 사실을 생각했다.

여명의 첫 숨결이 창문을 스쳤을 때, 나는 눈을 떴다. 침대는 비어 있었다. 나는 복도로 나가 별실로 갔다. 크리스티나는 앨범을 두고 비달의 소설을 챙겨 이미 떠난 후였다. 나는 벌써부터 그녀의 부재가 느껴지는 집안을 돌아다니며 전날 밤 켜놓았던 촛불을 하나씩 차례로 껐다.

17

구 주가 지난 후 나는 카탈루냐광장의 17번지 앞에 있었다. 이 년 전 문을 연 카탈로니아 서점으로, 나는 무한히 큰 진열창을 넋을 놓고 바라보고 있었다. '잿더미의 집'이라는 제목을 단 비달의 소설이 진열창을 가득 메우고 있었다. 나는 마음속으로 빙긋이 웃었다. 내 스승은 내가 오래전에 이야기의 줄거리를 설명하면서 제안했던 제목까지 그대로 쓴 것이었다. 나는 마음을 굳게 먹고 서점에 들어가 그 책을 한 권 달라고 했다. 그리고 아무데나 펼쳐서 머릿속으로 달달 외우던 장면을 다시 읽기 시작했다. 불과 두어 달 전에 다듬었던 부분이었다. 책 전체를 통틀어 내가 쓰지 않은 단어는 거의 하나도 없었다. 내가 쓰지 않은 것은 "크리스티나 사니에르에게, 그녀가 없었다면……"이라는 헌사뿐이었다.

책을 돌려주자 서점 직원은 내게 고민할 필요가 없다고 했다.

"이틀 전에 우리 서점에 들어온 책이에요. 저도 이미 읽었죠."

직원이 덧붙였다. “위대한 소설입니다. 제 말을 믿고 사보세요. 벌써 모든 신문이 호들갑을 떨고 있어요. 그건 대부분 좋지 않은 신호라는 걸 저도 알지만, 이 경우에는 모든 게 예외가 있다는 법칙과 딱 맞아떨어져요. 마음에 들지 않으면 다시 가져오세요. 환불해드릴 테니까.”

“고마워요.” 나는 그의 추천에 나만이 아는 다른 이유로 이렇게 대답했다. “하지만 나 역시 이미 그 소설을 읽었어요.”

“그럼 관심 있는 다른 작품은 없으세요?”

“『천국의 계단』이라는 소설은 없나요?”

서점 직원은 잠시 생각에 잠겼다.

“그건 마르틴의 소설이죠? ‘저주받은’ 어쩌고 하는 소설을 쓴 작가……”

나는 고개를 끄덕였다.

“주문했는데, 출판사에서 보내주지 않았어요. 하지만 혹시 들어왔을지도 모르니 다시 한번 찾아보지요.”

나는 계산대까지 그를 따라갔고, 그는 그곳에서 다른 동료에게 물어보았지만 동료도 고개를 가로저었다.

“어제 들어왔어야 하는데 출판사에 남아 있는 책이 없다고 하네요. 미안합니다. 원하신다면 예약해놓았다가 들어오면……”

“괜찮습니다. 다시 들르지요. 고맙습니다.”

“죄송합니다. 무슨 일인지 모르겠네요. 벌써 도착했어야 하는데……”

서점을 나와 나는 람블라스 거리 입구에 있는 신문 가판대로 가서 〈라방과르디아〉부터 〈기업의 소리〉에 이르기까지 그날의 거의 모든 신문을 샀다. 그리고 카날레타스 카페에 앉아 신문을 훑어보기 시작했다. 신문마다 전면을 할애해 내가 비달에게 써주었던 소설을 소개하고 있었다. 커다란 제목과 함께 이상야릇한 모습으로 생각에 잠긴 페드로의 사진도 실려 있었다. 그는 새 양복을 뽐내면서 짐짓 무심한 듯이 파이프 담배를 맛보고 있었다. 나는 여러 소개 기사의 표제와 첫 단락, 마지막 단락을 읽기 시작했다.

가장 처음으로 본 기사는 다음과 같이 시작했다. "『잿더미의 집』은 성숙하며 풍요로운 최상의 작품이다. 현대문학이 제공할 수 있는 최고의 수준을 선사하는 이 작품은 우리 모두의 존경을 받아 마땅하다." 또다른 신문은 다음과 같이 전했다. "스페인에서 페드로 비달보다 잘 쓰는 작가는 아무도 없다. 그는 가장 존경받고 가장 인정받는 소설가다." 그리고 세번째 신문은 그것이 "대가의 솜씨가 유감없이 발휘된 더할 나위 없이 훌륭한 소설"이라고 단언했다. 네번째 신문은 비달과 그의 작품이 세계적인 베스트셀러의 반열에 올랐다면서 "유럽이 대가를 기리다"라는 제목을 달고 있었다(그러나 이 소설은 스페인에서 출간된 지 겨우 이틀이 지났을 뿐이며, 다른 나라에서 번역되어 출간되려면 적어도 일 년은 필요했다). 그 기사는 "가장 유명한 세계적인 전문가들" 사이에서 비달이라는 이름이 완전히 인정과 존경을 받고 있다는 장황한 평을 늘어놓았지만 내가 아는 한 그의 책 중 외국어로 번역된 것은 프랑스어판 소설 한 편뿐이었다. 그것도 페드로가 모든 비용을 댔기 때문이었고 그나마 팔린 것은 126부에 불과했다. 그런 기적 같은 일은 차치하고라도 언론은 "불후의 명작이 탄생"했으며, 그 소설은 "위대한 작가의 귀환이고 우리 시대 최고의 작가인 비달은 의심의 여지 없는 대가"라고 입을 모았다.

몇몇 신문의 뒷면에서는 1단이나 2단으로 된 보다 초라한 공간에서 다비드 마르틴의 소설을 소개하는 기사도 찾을 수 있었다. 가장 호의적인 기사는 이렇게 시작했다. "새내기 작가 다비드 마르틴이 단조로운 문체로 쓴 미숙한 작품 『천국의 계단』은 첫 페이지부터 작가에게 역량과 재능이 부족하다는 것을 여실히 보여준다." 다음 신문의 기사는 "초보자 마르틴은 대가 페드로 비달을 모방하려고 노력하지만 실패한다"라고 평했다. 내가 읽을 수 있었던 마지막 기사는 〈기업의 소리〉에 실린 것으로, 볼드체의 활자를 통해 이렇게 단도직입적으로 시작했다. "전혀 알려지지 않은 작가이자 카피라이터 편집자인 다비드 마르틴은 아마도 올해 문학계에서 최악으로 꼽힐 데뷔작을 통해 충격을 안긴다."

나는 주문했던 커피와 읽은 신문들을 테이블에 두고서 바리도와 에스코비야스 출판사 사무실을 향해 람블라스 거리로 걸어내려갔다. 가는 도중에 서점을 네댓 군데 지났는데, 모두 산처럼 쌓인 비달의 소설로 장식되어 있었고 내 소설은 어디서도 찾아볼 수 없었다. 그리고 모든 서점이 내가 카탈로니아 서점에서 들은 것과 똑같은 이야기를 했다.

"나도 무슨 일인지 잘 모르겠어요. 그저께 들어왔어야 하거든요. 그런데 출판사 말이 재고가 바닥났고 언제 다시 인쇄할지도 모른대요. 이름과 전화번호를 남겨놓으시면 책이 들어오는 대로 연락드릴게요…… 카탈로니아 서점에는 물어보셨나요? 거기에도 없다면……"

두 동업자는 불만족스럽고 음침한 표정으로 나를 맞이했다. 바리도는 책상 뒤에서 만년필을 만지작거리고 있었고, 에스코비야스는 그의 뒤에 서서 눈으로 뚫어버릴 듯이 나를 노려보았다. '독물'은 내 옆의 의자에 앉아 초조한 표정으로 입술을 핥고 있었다.

"얼마나 유감인지 모르겠군요, 마르틴." 바리도가 설명했다. "문제는 이거예요. 서점은 일간신문에 실리는 서평을 근거로 주문을 하지요. 이유는 내게 물을 필요도 없을 겁니다. 옆에 있는 창고에 가면 당신 소설 삼천 부가 고스란히 썩어가고 있다는 걸 알게 될 거예요."

"그로 인한 비용과 손실은 이루 말할 수 없습니다." 에스코비야스가 너무나 적대적인 어조로 덧붙였다.

"이곳에 오기 전에 창고에 들러 확인했는데, 삼백 부뿐이던걸요. 창고 책임자는 더 인쇄하지 않았다고 했고요."

"거짓말입니다." 에스코비야스가 큰 소리로 외쳤다.

바리도가 달래듯이 그의 말을 가로막았다.

"내 동업자를 용서해주세요, 마르틴. 우리는 지역 언론이 우리 출판사의 모든 직원이 너무나 사랑하는 이 작품을 부끄럽게 다룬 데 몹시 화가 나 있습니다. 어쩌면 당신보다 우리가 더 분노하고 있을 거예요. 하지만 부탁건대, 우리가 당신의 재능을 굳게 믿는 것과 별개로, 이 경우에는 너무나 악의적인 언론의 평가에 우리도 당황스러워서 어찌할 바를 모르고 있다는 사실을 알아주었으면 좋겠어요. 그래도 낙담하지 마세요. 로마는 하루이틀 사이에 만들어진 게 아니니까요. 우리는 있는 힘을 다해 당신 작품의 높은 문학적 가치를 알리기 위해 그에 걸맞은 판촉 공세를 대대적으로……"

"겨우 삼백 부 인쇄해놓고요?"

바리도는 내가 그들의 말을 믿지 않자 짐짓 가슴이 아픈 것처럼 한숨을 내쉬었다.

"오백 부 인쇄했습니다." 에스코비야스가 정확하게 숫자를 말했다. "나머지 이백 부는 바르셀로와 셈페레가 어제 직접 찾아와 가져갔어요. 나머지는 다음번에 출고될 겁니다. 신간이 너무 많아서 이번에는 출고할 수 없었습니다. 제발 우리의 문제를 이해해주고, 너무 자기중심적으로 생각하지 마세요. 그러면 상황을 완벽하게 이해할 수 있을 겁니다."

나는 믿지 못하겠다는 눈으로 세 사람을 쳐다보았다.

"더이상 다른 조치를 취하지 않겠다는 소리는 아니지요?"

바리도는 슬픔에 잠긴 눈으로 나를 쳐다보았다.

"친구 마르틴, 우리가 어떻게 했으면 좋겠어요? 우리는 당신을 위해 전심전력을 다하고 있어요. 그러니 우리를 조금만 도와주세요."

"적어도 당신 친구 비달 같은 책을 썼다면 이런 일은 없었을 텐데 말입니다." 에스코비야스가 말했다.

"그렇습니다, 그건 정말 훌륭한 소설이지요." 바리도가 동의했다. "심지어 〈기업의 소리〉까지 그렇게 말하더군요."

"이런 일이 일어날 줄 진작 알고 있었습니다." 에스코비야스가 말을 계속했다. "당신은 배은망덕한 사람입니다."

내 옆에서 '독물'은 가슴 아프다는 표정으로 나를 쳐다보았다. 그녀가 위로한답시고 손을 잡을 듯해 나는 급히 손을 치웠다. 바리도는 능글능글한 미소를 지었다.

"마르틴, 어떻게 보면 오히려 잘된 일인지도 모릅니다. 어쩌면 우리 주님의 뜻일 겁니다. 무한한 지혜를 지니신 그분은 『저주받은 자들의 도시』의 독자들에게 너무나 큰 기쁨을 선사한 작업으로 당신을 돌려보내려고 했던 것 같네요."

나는 웃음을 터뜨렸다. 그러자 바리도가 내 웃음에 가세했고, 그것을 신호로 에스코비야스와 '독물'도 함께 웃었다. 나는 그 하이에나들의 합창을 지켜보면서, 다른 상황이었다면 더할 나위 없는 비꼬기처럼 보였을 것이라고 생각했다.

"그런 모습이 마음에 드는군요. 긍정적으로 생각하는 모습이 보기 좋아요." 바리도가 나를 칭찬했다. "자, 그럼 말해봐요. 언제 이그나티우스 B. 삼손의 다음 원고를 볼 수 있을까요?"

세 사람은 기대감에 부풀어 상냥하게 나를 쳐다보았다. 나는 정확하게 말하기 위해 목청을 가다듬고 그들에게 미소를 지어 보였다.

"개소리는 그만하시죠."

18

그곳에서 나와 나는 몇 시간 동안 바르셀로나의 거리를 정처 없이 걸어다녔다. 숨을 쉬기도 힘들었고 무언가가 가슴을 짓누르고 있는 것만 같았다. 식은땀으로 이마와 손이 축축했다. 해질녘이 되자 어디에 숨어야 할지도 모른 채 집으로 돌아가는 길을 택했다. '셈페레와 아들' 서점 앞을 지나면서 서점 주인이 내 소설로 진열창을 가득 메운 걸 보았다. 이미 너무 늦은 시간이라 문은 닫았지만 아직도 안에는 불이 켜져 있었다. 발길을 재촉하려는 순간, 셈페레 씨가 그곳에 있는 나를 보고서 슬픈 미소를 보내고 있다는 것을 알아차렸다. 그를 알고 지낸 기나긴 세월 동안 한 번도 보지 못했던 미소였다. 그가 다가와 문을 열었다.

"잠시 들어오게, 마르틴."

"다음이 좋을 것 같습니다, 셈페레 씨."

"날 위해서 들어와주게나."

그는 내 팔을 끌고 서점 안으로 들어갔다. 안쪽 방으로 따라가자 그가 앉을 의자를 내주고는 두 개의 잔에 무언가를 따랐다. 타르보다 더 진해 보이는 액체였다. 그는 단숨에 마시라는 제스처를 하고는 자기도 단숨에 잔을 비웠다.

"비달의 책을 살펴보고 있었어." 그가 말했다.

"요즘 최고의 베스트셀러지요." 내가 지적했다.

"자네가 썼다는 사실을 그도 알고 있어?"

나는 어깨를 으쓱했다.

"알건 모르건 무슨 상관이겠습니까."

셈페레 씨는 머나먼 어느 날 얼굴에 멍이 들고 이가 부러진 채 자기 집을 찾아왔던 여덟 살짜리 어린아이를 맞이했던 것과 똑같은 눈으로 나를 쳐다보았다.

"괜찮아, 마르틴?"

"예, 너무도 괜찮습니다."

셈페레 씨는 희미하게 고개를 가로젓더니, 자리에서 일어나 책장으로 가 무언가를 집었다. 나는 그게 내 소설이라는 걸 알았다. 그는 내게 펜과 함께 책을 내밀더니 미소 지었다.

"사인해줄 수 있어?"

감사의 말을 쓰고 사인을 하자, 셈페레 씨는 내 손에서 책을 가져가 계산대 뒤 명예의 진열창에 놓았다. 초판본만 보관하는 곳으로, 그곳에 있는 책은 판매하지 않았다. 그것은 셈페레 씨의 개인적인 성역이었다.

"그렇게까지 하실 필요는 없습니다, 셈페레 씨." 내가 중얼거렸다.

"내가 원해서 하는 일이네. 그리고 이 책은 여기에 있을 자격이 충분해. 이건 자네 마음의 일부야, 마르틴. 그리고 내게도 해당하는 부분이 있기에 내 마음의 일부이기도 하지. 『고리오 영감』과 『감정교육』 사이에 놓겠네."

"그건 신성모독입니다."

"바보 같은 소리는 그만해. 나는 많은 책을 팔았지만, 최근 십 년 동안 판 것 중에서도 가장 훌륭한 책 중 하나야." 셈페레 씨가 내게 말했다.

셈페레 씨의 다정한 말도 나를 엄습하기 시작한 차갑고 완고한 정적에 살짝 금을 낼 뿐이었다. 나는 서두르지 않고 도시를 어슬렁어슬렁 걸어 집으로 돌아갔다. 탑의 집에 도착하자 물 한 컵을 따라 어두운 부엌에서 마시며 웃음을 터뜨리고 말았다.

다음날 아침 두 차례의 정중한 방문을 받았다. 하나는 비달의 새로운 운전사 펩이었다. 그는 주인의 메시지를 가져왔는데, 메종도레 식당에서 점심을 먹자면서 나를 초대하는 내용이었다. 의심할 여지 없이 우리가 오래전 약속했던 축하의 자리였다. 펩은 가능한 한 빨리 떠나고 싶어 안달하는 것처럼 보였다. 항상 나와 함께 무언가를 공모하는 듯한 분위기는 찾아볼 수 없었고, 집안으로 들어오려 하지 않고 층계참에서 기다리는 편을 택했다. 그는 내 눈을 거의 쳐다보지도 않고 비달의 메시지를 건네주더니 약속장소로 가겠다는 내 말을 듣자마자 작별인사도 없이 떠나버렸다.

두번째 방문은 그로부터 삼십 분 후였다. 내 두 발행인이 무뚝뚝한 태도와 날카로운 눈빛의 신사와 함께 우리집 현관문을 두드렸다. 신사는 자기가 변호사라고 밝혔다. 그 무시무시한 삼인조는 비통함과 공격성이 뒤섞인 표정을 짓고 있었다. 그 방문이 어떤 성격의 것인지는 의심의 여지가 없었다. 나는 그들을 별실로 들어오라고 권했고, 그곳에서 그들은 키 순서에 따라 소파 왼쪽에서 오른쪽으로 줄지어 자리를 잡았다.

"마실 것 좀 드릴까요? 청산가리 한 잔씩 어떠세요?"

나는 그들에게서 미소를 기대하지 않았고, 그런 미소를 얻을 수도 없었다. 바리도가 엄청난 손실에 관해 간단하게 말문을 열면서 『천국의 계단』의 실패로 출판사가 도산할 수도 있다고 말했다. 그러자 변호사가 대략적인 설명을 했다. 명쾌하고 알기 쉽게 하자면, 내가 이그나티우스 B. 삼손의 화신으로 다시 일을 시작해 앞으로 한 달 반 내로 『저주받은 자들의 도시』 시리즈 원고를 인도하지 않을 경우 계약 불이행과 출판사에 끼친 막대한 피해와 손실에 대해 소송을 제기하겠다는 것이었다. 이외에도 대여섯 개의 세세한 조항이 더 있었지만, 그 당시 별 관심을 기울이지 않았기 때문에 생각이 잘 나지 않는다. 전부 나쁜 소식은 아니었다. 나로 인해 몹시 불쾌한 상태였음에도 바리도와 에스코비야스는 마음속에서 친절이라는 진주를 발견했고, 그것으로 까칠까칠한 부분을 다듬어 우정과 이익의 새로운 협력과 제휴를 맺고자 했다.

"아직 배포되지 않은 『천국의 계단』의 모든 부수를 당신이 판매가의 70퍼센트라는 좋은 가격으로 사들일 수 있게 해주겠습니다. 우리는 이 책의 수요가 없으며, 따라서 다음번 출고에 포함시킬 수 없다는 사실을 확인했습니다." 에스코비야스가 설명했다.

"저작권을 돌려주는 게 어때요? 어쨌거나 당신들은 그 책의 인세를 한푼도 지급하지 않았고, 그 책을 단 한 권이라도 팔 의지가 없으니까 말입니다."

"그렇게는 할 수 없어요." 바리도가 목소리를 바꾸었다. "비록 당사자에게 물질적인 선금은 전혀 지급되지 않았지만, 출판사는 출판 비용을 부담함으로써 매우 중요한 투자를 한 겁니다. 그리고 당신이 서명한 계약서에는 이십 년간 저작권이 출판사에 귀속되며, 출판사가 합법적인 권리를 행사하려는 경우 자동으로 그 권리는 갱신된다고 명기되어 있어요. 우리 역시 받을 게 있다는 사실을 이해해주었으면 좋겠습니다. 모든 게 저자에게 유리하도록 할 수는 없어요."

그의 장광설이 끝나자, 나는 세 신사에게 이 집에서 나가달라고 말했다. 스스로 걸어나갈지, 아니면 발로 걷어차이며 쫓겨나갈지 선택하라고. 그들의 면전에서 문을 닫기 전에 에스코비야스가 재수없는 눈길을 내게 던졌다.

"일주일 내로 답해주기 바랍니다. 아니면 당신과는 끝입니다." 그는 중얼거렸다.

"일주일 내로 당신과 저 바보 같은 당신 동업자가 끝장날 겁니다." 어쩌자고 그런 소리를 하는지 스스로도 알지 못한 채 나는 차분하게 대답했다.

나는 나머지 아침시간을 벽을 바라보며 보냈다. 산타마리아 델 마르 성당의 종소리가 들려오자, 페드로 비달 씨와의 약속시간이 다가오고 있음이 떠올랐다.

그는 홀의 가장 좋은 테이블에서 나를 기다리고 있었다. 백포도주가 담긴 잔을 손에 쥐고 만지작거리면서, 엔리케 그라나도스*의 곡을 벨벳 같은 손길로 애무하는 피아니스트의 연주를 듣고 있었다. 나를 보자 그는 자리에서 일어나 손을 내밀었다.

"축하합니다." 나는 말했다.

비달은 침착하게 미소 지었고, 내가 자리에 앉을 때까지 기다렸다가 따라 앉았다. 우리는 음악을 듣고 훌륭한 요람에서 태어난 사람들의 시선을 한몸에 받으며 잠시 침묵을 지켰다. 그들은 멀리서 눈으로 비달에게 인사하거나, 테이블로 가까이 와서 그의 책이 성공을 거둔 것을 축하했다. 그의 책이 거둔 성공은 모든 시민의 입에 오르내리고 있었다.

"다비드, 자네 책이 그렇게 되어 몹시 유감이네." 그가 입을 열었다.

"그런 생각 말고 즐기세요."

"자네는 이게 내게 무슨 의미라고 생각하는가? 몇몇 한심한 작자들의 입에 발린 칭찬? 나의 가장 큰 꿈은 자네가 성공하는 걸 보는 걸세."

"다시 한번 실망시켜드려서 죄송합니다, 비달 선생님."

비달은 한숨을 내쉬었다.

---

* 19세기 말부터 20세기 초 활동한 스페인의 대표 작곡가.

"다비드, 자네에게 일어난 일에 난 아무런 잘못도 없네. 잘못은 자네에게 있어. 자네가 자초한 일 아닌가. 이제 다 큰 어른이니, 세상이 어떻게 돌아가는지 알아야지."

"선생님이 알려주시죠."

비달은 나의 천진함에 기분이 상했다는 듯이 혀를 찼다.

"뭘 바랐던 건가? 자네는 사람들 무리에 섞이질 않아. 앞으로도 절대 섞이지 못할 걸세. 섞이려는 마음 자체가 애초에 없어. 그런데도 사람들이 자네를 품어주리라 생각해. 자네는 청년 성가대에 동참하지도 않고 제복도 입지 않은 채 그 커다란 집에 틀어박혀 살아남을 수 있다고 믿고 있어. 다비드, 하지만 그건 잘못된 생각이야. 자네는 항상 잘못 생각하고 있던 거야. 게임은 그렇게 돌아가는 게 아니야. 혼자서 게임을 하고 싶다면, 가방을 싸서 자네 운명의 주인이 될 수 있는 곳으로 떠나게. 물론 그런 곳이 있는지는 모르겠지만. 하지만 이곳에 남아 있겠다면, 교구활동에 참여하는 게 좋을 거야. 그게 어떤 교구건 말이네. 이렇게 아주 간단한 이치야."

"그게 바로 선생님이 하고 계신 겁니까? 교구활동에 참여하는 것 말입니다."

"난 그럴 필요가 없네. 난 사람들에게 먹을 것을 주는 사람이니까. 자네는 그것 역시 결코 깨닫지 못했어."

"제가 얼마나 빨리 이 상황에 적응하는지 보면 놀라실 겁니다. 그러니 걱정하지 마십시오. 신문 서평은 전혀 중요하지 않습니다. 어쨌거나 내일이면 아무도 그런 소개 기사를 기억 못할 겁니다.

제 책에 관한 것뿐만 아니라 선생님 책에 관한 기사도 말입니다."

"그렇다면 뭐가 문제인가?"

"그냥 신경쓰지 마십시오."

"그 빌어먹을 두 놈 때문인가? 바리도와 시체 도둑놈?"

"잊어버리십시오, 페드로 선생님. 선생님 말씀처럼 제 잘못입니다. 다른 사람 때문이 아닙니다."

식당 지배인이 호기심에 찬 시선으로 다가왔다. 나는 그때까지 메뉴판을 보지도 않았고, 그럴 생각도 없었다.

"우리 둘 다 내가 평소에 먹는 것으로 주게." 페드로 씨가 주문했다.

지배인은 인사를 하고 테이블을 떠났다. 비달은 우리에 갇힌 위험한 맹수를 보듯이 나를 쳐다보았다.

"크리스티나는 못 왔어." 그가 말했다. "이걸 가져왔으니 그녀에게 사인을 좀 해주지."

그는 테이블 위에 '셈페레와 아들' 서점의 이름이 새겨진 자줏빛 종이로 포장된 『천국의 계단』을 올려놓고서 내게 밀었다. 나는 집지 않았다. 비달은 창백해져 있었다. 이제 열정적인 연설과 방어적인 말투가 앞다투어 뒤로 물러나고 있었다. 곧 최후의 일격이 오겠군, 나는 생각했다.

"페드로 선생님. 하시고 싶다던 말을 지금 해주십시오. 비난하지 않겠습니다."

비달은 단숨에 포도주를 마셨다.

"자네에게 하고 싶은 말은 두 가지인데, 아마 마음에 들지 않을 걸세."

"그런 일이라면 이미 익숙합니다."

"하나는 자네 아버지와 관련된 일이야."

내 입술에서 씁쓸한 미소가 싹 녹아 없어지는 느낌이 들었다.

"오랫동안 그 이야기를 해주고 싶었지만, 자네에게 하나도 도움이 되지 않으리라 생각했네. 자네는 아마 내가 비겁해서 그런 사실을 이야기하지 않았다고 생각할 걸세. 하지만 맹세컨대, 정말로 모든 걸 걸고서 맹세컨대……"

"맹세컨대 뭐요?" 나는 그의 말을 잘랐다.

비달은 한숨을 내쉬었다.

"자네 아버지가 돌아가신 날 밤……"

"……살해된 날 밤이죠." 나는 싸늘한 말투로 그의 말을 정정했다.

"그건 착오였어. 자네 아버지의 죽음은 착오였어."

나는 이해하지 못한 채 그를 바라보았다.

"그들은 자네 아버지를 찾으러 간 게 아니야. 착각했던 거야."

안개 속에서 보았던 세 살인범의 눈이 떠올랐다. 그리고 화약냄새와 내 양손 사이로 검게 뿜어져나오던 아버지의 피가 떠올랐다.

"그들이 죽이려던 사람은 바로 나였네." 비달이 가느다란 목소리로 말했다. "내 아버지의 옛 동업자가 자기 아내와 내가……"

나는 눈을 감았고, 내 안에서 생겨나는 어두운 웃음소리를 들었다. 아버지는 위대한 페드로 비달의 여자 문제 때문에 총을 맞아 벌집이 되어버렸던 것이다.

"한마디라도 좋으니 뭐라고 해보게." 비달은 애원했다.

나는 눈을 떴다.

"제게 해주어야 한다는 두번째 이야기는 무엇인가요?"

그토록 겁에 질린 비달은 본 적이 없었다. 그에게 잘 어울리는 모습이었다.

"크리스티나에게 결혼해달라고 청했네."

오랫동안 침묵이 흘렀다.

"좋다는 대답을 들었어."

비달의 시선이 아래를 향했다. 종업원이 전채요리를 가지고 다가와 "맛있게 드십시오" 하면서 테이블 위에 올려놓았다. 비달은 차마 다시 나를 쳐다보지 못했다. 음식이 그릇에서 식어가고 있었다. 잠시 후 나는 『천국의 계단』을 들고 그곳에서 나와버렸다.

그날 오후 메종 도레에서 나온 뒤 어느덧 정신을 차려보니 나는 비달이 내민 『천국의 계단』을 들고 람블라스 거리를 내려가고 있었다. 카르멘 거리가 시작되는 길모퉁이에 다다랐을 때는 손이 덜덜 떨리기 시작했다. 나는 바게스 보석상 앞에 걸음을 멈추고서 루비가 점점이 박힌 요정과 꽃 모양의 황금 펜던트를 보는 척했다. 전면에 엘인디오가 있는 화려한 바로크풍 건물이 그곳에서 불과 몇 미터 떨어져 있었다. 누구라도 그곳이 직물과 포목을 파는 상점이라기보다는 불가사의하고 상상도 못한 경이로운 물건을 취급하는 커다란 잡화점이라고 생각할 것이었다. 나는 천천히 그곳으로 다가가 매장 입구로 통하는 건물 정문으로 들어갔다. 나는 그녀가 나를 알아보지 못할 것이며, 어쩌면 나 자신도 이미 그녀를 알아볼 수 없을지 모른다는 사실을 알고 있었다. 하지만 오 분을 머뭇거리다가 용기를 내 안으로 들어갔다. 심장이 두근두근 뛰고 손에서는 식은땀이 났다.

벽을 뒤덮은 선반에는 커다랗게 둘둘 말린 온갖 직물이 가득했으며, 테이블에서는 허리에 줄자와 특수 가위를 매단 점원들이 하녀와 재봉사를 거느린 상류층 귀부인들에게 보석을 다루듯이 조심스럽게 값비싼 천을 보여주고 있었다.

"필요한 것 있으세요?"

건장한 체격에 딱따구리 같은 목소리로 말하는 남자였다. 플란넬 양복을 입고 있는데, 언제라도 그 옷이 터져서 갈가리 찢겨 휘날리는 천조각을 가게에 흩뿌릴 것만 같았다. 그는 나를 맞아주는 듯했지만 경계하는 표정으로 억지 미소를 짓고 있었다.

"아닙니다." 내가 조그만 소리로 대답했다.

그때 나는 그녀를 보았다. 어머니는 한 움큼의 자투리천을 손에 들고 계단을 내려오고 있었다. 흰색 블라우스를 입은 그녀를 나는 한눈에 알아보았다. 몸에는 약간 살집이 붙었고, 예전보다 얼굴 윤곽이 날렵하지 않았고, 틀에 박힌 일상과 삶에 대한 환멸에서 비롯된 약간의 패배감이 표정에서 묻어났다. 남자 판매원이 화를 내듯이 계속 말하고 있었지만, 나는 그 목소리가 거의 귀에 들어오지 않았다. 단지 그녀가 다가와 내 앞을 지나가는 모습만이 보였다. 순간적으로 나를 본 그녀는 내가 자기를 쳐다보고 있다는 사실을 깨닫자 손님이나 주인을 대하듯 유순하게 미소 지었다. 그러고는 자기가 일하는 자리로 돌아갔다. 나는 울컥 목이 메었고, 간신히 입술을 떼 판매원을 조용히 시켰다. 그런 뒤 눈에 눈물을 머금고서 급히 출구로 나와 길 건너 카페로 들어갔다. 그리고 엘 인디오가 내다보이는 창문 옆 테이블에 앉아서 기다렸다.

거의 한 시간 반이 지났을 무렵, 내게 말을 건넸던 판매원이 가게에서 나와 입구의 셔터를 내리는 게 보였다. 얼마 후 불이 꺼지기 시작했고 그곳에서 일하던 몇몇 판매원들이 밖으로 나왔다. 나는 자리에서 일어나 거리로 나갔다. 열 살 정도 먹은 아이 하나가 옆 건물 입구에 앉아 나를 쳐다보고 있었다. 나는 가까이 오라는 신호를 보냈다. 다가온 아이는 내가 동전 하나를 보여주자 몇 군데 빠진 치아를 드러내며 귀가 찢어질 것처럼 환하게 웃었다.

"이거 보이지? 이걸 조금 뒤에 나오는 여자분에게 드려. 그리고 어느 남자가 준 거라고만 해줘. 내가 그랬다고는 말하지 말고. 알았지?"

아이는 고개를 끄덕였다. 나는 동전과 함께 책을 아이에게 주었다.

"그럼 기다리자꾸나."

오래 기다릴 필요는 없었다. 삼 분 후, 그녀가 나오는 걸 보았다. 그녀는 람블라스 거리를 향해 걸어가고 있었다.

"저 여자분이야, 알겠지?"

어머니는 베틀렘성당 정문 앞에서 잠시 발길을 멈추었고, 내가 신호를 보내자 아이는 그녀를 향해 뛰어갔다. 나는 그녀의 목소리를 들을 수 없었지만 멀리서 그 장면을 지켜보았다. 아이가 그녀에게 물건을 내밀었고, 그녀는 받아야 할지 말아야 할지 망설이면서 당황한 표정으로 아이를 쳐다보았다. 아이는 빨리 받으라고 재촉했고, 마침내 그녀는 손에 그 물건을 들고서 아이가 마구 뛰어가는 모습을 지켜보았다. 멍한 표정으로 그녀는 이리저리 고개를 돌려가며 주위를 살폈다. 그리고 자줏빛 포장지를 자세히 살펴보면서 손으로 무게를 가늠해보았다. 그러고는 마침내 호기심을 이기지 못해 포장지를 뜯었다.

나는 그녀가 책을 꺼내는 걸 보았다. 그녀는 양손으로 책을 들고서 표지를 바라보더니, 그대로 뒤집어 뒤표지도 자세히 살펴보았다. 가슴이 벅차오른 나머지 그녀에게 다가가서 무슨 말이라도 하고 싶었지만, 그럴 수는 없었다. 그저 어머니와 불과 몇 미터 떨어진 곳에 그대로 서서 그녀가 내 존재를 알아채지 못하도록 몰래 살펴보았다. 얼마 후 그녀는 책을 손에 들고서 콜론 대로를 향해 다시 발걸음을 재촉했다. 비레이나 저택 앞을 지나가면서 그녀는 휴지통으로 다가가더니 책을 던져버렸다. 나는 그녀가 람블라스 거리를 향해 내려가다가 마치 그곳에 존재한 적이 없었던 사람처럼 행인들 틈에 뒤섞여 사라지는 것을 보았다.

19

서점을 혼자 지키던 아버지 셈페레는 조각조각 떨어지는 베니토 페레스갈도스의 『포르투나타와 하신타』의 책등에 아교풀을 칠하다 눈을 들어 문 너머 나를 보았다. 내 상태가 어떤지 알아차리는 데는 불과 몇 초도 걸리지 않았다. 그가 내게 들어오라는 손짓을 했다. 내가 안으로 들어가자 서점 주인은 의자를 꺼내주었다.

"얼굴이 영 좋지 않네, 마르틴. 병원에 가봐야 할 것 같아. 병원에 가는 게 두렵다면 내가 함께 가줄게. 나도 의사들만 보면 소름이 끼쳐. 흰 가운을 입고 손에 뾰족한 걸 들고 있는 사람들은 다 두렵다네. 하지만 가끔은 원하지 않아도 해야 하는 일이 있지."

"머리가 아파서 그런 겁니다, 셈페레 씨. 이제는 괜찮아지고 있어요."

셈페레는 내게 비치 상표의 생수 한 컵을 따라주었다.

"자, 마시게. 이걸 마시면 모든 게 치료돼. 그래도 바보 같은 생각, 그러니까 갈수록 전국을 휩쓰는 그 전염병만은 치료하지 못하겠지만."

나는 셈페레 씨의 농담에 마지못해 웃고서 급히 물을 마시고 한숨을 내쉬었다. 입술에서 욕지기를 느꼈고, 안압이 오르며 왼쪽 눈 뒤가 팔딱이고 있음을 알았다. 순간 그대로 쓰러질 것만 같아 눈을 감았다. 깊이 숨을 들이마시며 그곳에서 쓰러지지는 않게 해 달라고 기도했다. 셈페레 씨의 서점까지 와서 그동안 내게 베풀어 주었던 모든 것에 대한 감사의 의미로 그에게 시체를 선사할 수는 없는 일이었다. 그보다 더 짓궂은 유머감각을 지닌 운명은 있을 수 없었다. 나는 이마를 짚는 자상한 손길을 느꼈다. 셈페레 씨의 손이었다. 눈을 떠보니 서점 주인과 어느샌가 나타난 주인의 아들이 보였다. 두 사람은 장례식에 참석한 사람 같은 표정으로 나를 쳐다보고 있었다.

"의사 선생님을 부를까요?" 아들 셈페레가 물었다.

"이제 괜찮아요. 훨씬 나아졌습니다."

"당신은 나아졌다지만 우리는 머리카락이 쭈뼛 서는걸요. 지금 당신 얼굴은 거의 납빛이에요."

"물을 조금 더 마셔도 될까요?"

아들 셈페레는 급히 달려가 컵에 다시 물을 채워서 가져왔다.

"이런 꼴을 보여 죄송합니다." 내가 말했다. "분명히 말씀드리지만 이러려고 미리 연습한 건 아니에요."

"바보 같은 소리는 그만하게."

"사탕이나 단것을 먹는 게 더 좋을 것 같아요. 당이 떨어져서 그럴 수도……" 아들이 지적했다.

"길모퉁이에 있는 제과점에 가서 단것을 좀 사오렴." 서점 주인도 그 생각에 동의했다.

우리 두 사람만 남게 되자, 셈페레 씨는 나를 뚫어지게 바라보았다.

"약속하는데, 틀림없이 의사를 찾아가겠어요." 나는 말했다.

이 분 후 서점 주인의 아들이 그 동네 빵집에서 가장 훌륭한 빵이 든 종이봉투를 들고 돌아왔다. 그가 봉지를 내밀었고 나는 브리오슈를 골랐다. 다른 때 같았으면 어느 합창대원 여자의 엉덩이처럼 너무나 매혹적으로 보였을 빵이었다.

"먹게." 셈페레 씨가 명령했다.

순순히 브리오슈를 먹자 조금씩 나아지는 느낌이 들었다.

"혈색이 돌아오는 것 같아요." 아들이 나를 관찰하면서 입을 열었다.

"길모퉁이 빵집의 빵이 치료할 수 없는 건……"

바로 그 순간 문에서 종소리가 들렸다. 손님이 서점에 들어와 있었고, 아버지의 승낙을 얻어 아들 셈페레가 손님을 맞이하기 위해 우리를 두고 자리를 떴다. 서점 주인은 내 옆에 남아서 집게손가락으로 내 손목을 눌러 혈압을 쟀다.

"셈페레 씨, 아주 오래전에 언젠가 책을 지켜야 한다면, 정말로 지켜야 한다면 셈페레 씨를 찾아오라고 하셨는데, 그 말을 기억하십니까?"

셈페레 씨는 어머니가 버린 휴지통에서 구해내 아직도 내가 손에 들고 있던 책을 바라보았다.
"오 분만 시간을 주게."

저물녘이 되어 우리는 람블라스 거리로 내려가고 있었다. 거리는 후텁지근한 오후에 산책하러 나온 사람들로 북적댔고 산들바람조차 거의 불어오지 않았다. 사람들은 활짝 열린 발코니와 창문으로 고개를 내밀고 호박색으로 물든 하늘 아래 줄지어 가는 실루엣을 바라보고 있었다. 셈페레 씨는 날렵하게 걸음을 옮기며 아르코 델 테아트로 거리 초입에 펼쳐진 아치의 그림자가 보일 때까지 속도를 줄이지 않았다. 그 아치를 지나기 전에 그는 나를 쳐다보고서 아주 진지하고 근엄하게 말했다.

"마르틴, 지금 자네가 보게 될 것에 관해서는 그 누구에게도 말해서는 안 되네. 비달뿐만 아니라, 그 누구에게도 말이야."

나는 고개를 끄덕이면서 왜 서점 주인이 그토록 진지하고 비밀스러운 분위기를 풍기는지 궁금했다. 나는 셈페레 씨를 따라 좁은 거리를 지났다. 허물어져가는 건물들 사이로 난 어두운 틈새에 불과한 길이었다. 건물들은 돌로 만든 수양버들처럼 고개를 숙인 채 테라스의 윤곽을 드러내는 하늘을 가리고 있었다. 잠시 후 우리는 커다란 나무대문에 도착했다. 마치 늪지 밑바닥에 백 년간 머물러 있는 오래된 바실리카성당의 굳게 닫힌 문처럼 보였다. 셈페레 씨는 계단 두 개를 올라가 대문 앞에 섰고, 미소 짓는 악마 모양의 노커를 들었다. 그리고 세 번 문을 두드리더니 다시 내려와 나와 함께 기다렸다.

"지금 자네가 보게 될 것에 관해서는 절대 말해선 안 돼……"

"……그 누구에게도요. 비달뿐만 아니라, 그 누구에게도 말하지 않겠습니다."

셈페레 씨는 아주 진중한 태도로 고개를 끄덕였다. 우리는 약 이 분간 기다렸다. 마침내 백 개의 자물쇠가 동시에 열리는 것 같은 소리가 들렸다. 대문이 삐걱거리며 반쯤 열리더니 머리숱이 적은 중년의 남자가 고개를 빠끔 내밀었다. 탐욕스러운 표정에 눈은 예리하고 날카로웠다.

"우리는 몇 안 되어도 충분한데, 셈페레가 또 신입을 모셔왔군." 그가 불쑥 말했다. "오늘은 뭘 가져왔나요? 어머니와 사는 게 좋아서 애인에게는 눈을 돌리지 않는 또다른 상처입은 작가인가요?"

셈페레 씨는 그런 빈정대는 환영인사에 개의치 않았다.

"마르틴, 이 사람은 이사크 몽포르트라네. 이곳의 관리인이자 이 세상에 둘도 없이 다정한 사람이야. 이 사람이 말하는 대로만 하게. 이사크, 이 사람은 다비드 마르틴이네. 내 친구이자 작가이며 내가 절대적으로 신임하는 사람이지."

이사크라는 사람은 별다른 관심 없이 나를 아래위로 훑어보고서 셈페레 씨와 시선을 교환했다.

"작가란 결코 믿을 만한 종이 아니지요. 자, 셈페레가 이곳 규칙은 설명해줬나요?"

"이곳에서 보게 될 것을 그 누구에게도 말해서는 안 된다는 말만 하셨습니다."

"그게 첫번째이자 가장 중요한 규칙이지요. 그 규칙을 지키지 않으면, 내가 직접 가서 목을 비틀어버릴 겁니다. 이해하나요?"

"100퍼센트 이해합니다."

"그럼 갑시다." 이사크가 내게 말하면서 안으로 들어오라는 손짓을 했다.

"마르틴, 그럼 난 여기서 물러나고, 나머지는 두 사람에게 맡겨두겠네. 여기에서는 안전할 걸세."

나는 셈페레 씨가 안전할 거라고 한 것이 내가 아니라 책이라는 사실을 알았다. 그는 나를 힘껏 포옹하고는 밤 속으로 사라졌다. 내가 대문을 지나 안으로 들어가자 이사크라는 사람이 대문 안쪽에서 빗장을 걸었다. 얽히고설킨 가로대와 도르래를 연결한 수많은 기계장치들이 문을 굳게 잠갔다. 이사크는 바닥의 램프를 내 얼굴 높이로 들었다.

"얼굴이 영 좋지 않군요." 그가 말했다.

"하도 질려서 그렇습니다." 내가 대답했다.

"무엇에 그토록 질렸나요?"

"현실입니다."

"그럼 당신도 우리 일원이군요." 그가 앞장섰다.

우리는 긴 복도를 통해 나아갔다. 어슴푸레한 빛에 잠긴 복도 양쪽으로 프레스코와 대리석 계단이 있는 것을 알 수 있었다. 궁전과 같은 그 공간으로 들어가니 잠시 후 커다란 홀로 통하는 듯한 입구가 눈에 들어왔다.

"뭘 가져왔나요?" 이사크가 물었다.

“『천국의 계단』입니다. 소설이지요.”

“저속하고 유치한 제목이군요. 설마 당신이 그 소설 작가입니까?”

“유감스럽게도 맞습니다.”

이사크는 희미하게 고개를 가로저으며 한숨을 내쉬었다.

“그것 말고 또 무엇을 썼습니까?”

“여러 작품이 있지만, 하나 꼽아보자면 『저주받은 자들의 도시』를 1권부터 27권까지 썼습니다.”

이사크는 고개를 뒤로 돌리더니 기분좋게 미소 지었다.

“이그나티우스 B. 삼손인가요?”

“그 이름이 이제는 하느님의 품안에서 편히 쉬길 바랍니다. 어쨌든 잘 부탁드립니다.”

바로 그 순간 수수께끼 같은 관리인은 걸음을 멈추고 커다란 원형 지붕을 향해 뻗어 있는 난간 같은 곳에 램프를 올려놓았다. 나는 눈을 들었다. 한마디도 할 수가 없었다. 다리와 통로와 수십만 권의 책이 가득한 선반의 거대한 미로가 상상을 초월할 만큼 커다란 도서관을 이루어 눈앞에 펼쳐져 있었다. 실타래처럼 꼬인 터널들이 거대한 구조물을 가로질렀고, 그 구조물은 빛과 어둠이 스며드는 듯한 커다란 원형 유리천장을 향해 나선형으로 올라가는 것 같았다. 몇몇 사람들의 실루엣이 눈에 들어왔다. 그들은 각각 다리를 지나거나 계단을 오르내리며 책과 말로 이루어진 그 성당의 통로를 자세히 살펴보고 있었다. 나는 내 눈을 믿을 수 없었고, 그래서 놀란 표정으로 이사크 몽포르트를 쳐다보았다. 그는 자기가 가장 좋아하는 속임수를 음미하는 늙은 여우처럼 미소를 짓고 있었다.

"이그나티우스 B. 삼손. '잊힌 책들의 묘지'에 온 걸 환영합니다."

20

나는 미로가 있는 커다란 홀의 가장 안쪽까지 관리인을 따라갔다. 발밑의 바닥은 묘석과 비석이었고, 비명이나 십자가, 혹은 얼굴이 돌에 희미하게 새겨져 있었다. 관리인은 걸음을 멈추고서 내가 그것들을 살펴볼 수 있도록 가스램프를 그 섬뜩한 수수께끼 같은 몇몇 돌 위로 슬쩍 갖다댔다.

"고대 묘지의 잔해예요." 그가 설명했다. "그렇다고 여기서 죽겠다는 결심은 하지도 말길 바랍니다."

우리는 일종의 입구로 사용되는 것 같은 중앙 구조물 바로 앞까지 계속 걸어갔다. 그동안 이사크는 규칙과 의무를 읊었고, 종종 나를 뚫어지게 쳐다보았다. 나는 유순하게 고개를 끄덕이면서 그의 예리한 눈길을 잠재웠다.

"제1조. 이곳에 처음으로 오는 사람은 책을 선택할 자격이 있다. 이곳에 있는 모든 책 중에서 그가 원하는 책을 선택할 수 있다. 제2조. 책을 선택하면 절대로 잃어버리지 않도록 최선을 다해 지킬 의무가 있다. 그 기간은 평생이다. 지금까지 설명한 것 중에서 의문사항이 있나요?"

나는 거대한 미로를 향해 눈을 들었다.

"이토록 많은 책 중에서 어떻게 한 권을 고릅니까?"

이사크는 어깨를 으쓱했다.

"책이 자기를 선택하는 것이라고 믿는 사람도 있지요…… 말하자면 운명이 그를 선택한다고 믿는 겁니다. 이곳에서 당신이 보는 것은 수 세기에 걸쳐 분실되었거나 잊힌 책들이에요. 영원히 파괴되거나 침묵을 지키도록 선고받은 책들, 이제는 아무도 기억하지 못하는 경이로운 시대들의 기억과 영혼을 보존하는 책들이지요. 우리 중 그 누구도, 아무리 나이가 많더라도 이것이 언제 만들어졌고, 누구에 의해 만들어졌는지 정확하게 아는 사람은 없답니다. 아마도 이 도시만큼이나 오래되었고, 이 도시의 어둠 속에서 이 도시와 함께 성장했을 겁니다. 언젠가 이곳에 있었을 궁궐이나 교회, 혹은 감옥이나 병원의 잔해로 만들어졌다는 것은 알고 있지요. 중앙 구조물이 세워진 건 18세기로 거슬러올라가는데, 그때부터 계속해서 바뀌어왔어요. 그 이전에 '잊힌 책들의 묘지'는 중세 도시의 지하도에 숨겨져 있었고요. 종교재판소 시절 자유사상과 지식을 추구했던 사람들이 금서들을 석관 안에 숨겨놓았고, 미래 세대들이 발굴해주리라 확신하며 그것을 도시 전체에 흩어져 있던 봉안당에 묻어 보관했다고 말하는 사람들도 있지요. 지난 세기 중반에는 미로의 중심에서 어느 오래된 도서관의 지하실로 연결되는 긴 터널이 발견되기도 했어요. 하지만 오늘날 그 도서관은 폐관되어 칼 지구의 고대 유대교회의 폐허 속에 숨겨져 있지요. 옛 도시의 마지막 성벽이 무너지면서 토사가 유출되었고, 그 터널은 거세게 뿜어나오는 지하수에 잠기고 말았습니다. 오늘날 우리가 '람블라스'라고 부르는 곳 아래로 수 세기 전부터 흐르던 지하수요. 이제는 다닐 수 없지만, 그 터널은 오랫동안 이곳으로 접근할 수 있는 주요 통로 중 하나였다고 추측하고 있어요. 지금 당신이 보는 건물 대부분은 19세기에 지어졌어요. 이곳을 아는 사람은 도시 전체를 통틀어 백 명이 채 되지 않습니다. 셈페레가 당신을 그중의 한 사람으로 포함한 게 실수가 아니었기를 바랍니다……"

나는 절대로 실수가 아닐 거라고 강하게 고개를 저었지만, 이사크는 회의적인 시선으로 나를 뚫어지게 바라보았다.

"제3조. 당신이 원하는 곳에 당신의 책을 묻을 수 있다."

"그런데 길을 잃으면요?"

"내가 만들어낸 추가조항. 길을 잃지 않도록 노력한다."

"누군가 길을 잃은 적이 있습니까?"

이사크는 한숨을 내쉬었다.

"아주 오래전 내가 이곳에서 일을 시작할 무렵부터 다리오 알베르티 데 시메르만에 대한 이야기가 사람들 입에 오르내렸지요. 아마도 셈페레가 그 얘기는 하지 않았을 겁니다, 물론……"

"시메르만이라고요? 역사가입니까?"

"아니요, 그는 물개 조련사였지요. 당신은 다리오 알베르티 데 시메르만이라는 이름을 가진 사람을 몇 명이나 아는 건가요? 그 일은 1889년 겨울에 일어났어요. 시메르만이 미로로 들어와 일주일 동안 자취를 감추었어요. 어느 터널에 숨어 있다가 발견되었는데, 거의 공포에 질려 초주검 상태였어요. 눈에 띄지 않도록 성스러운 작품들이 죽 들어선 곳 뒤에 숨어 있었습니다."

"누구 눈에 띌 걸 걱정한 건가요?"

이사크는 한참 동안 나를 쳐다봤다.

"검은 옷의 남자입니다. 셈페레가 정말 이 얘기를 해주지 않았나보군요."

"그렇습니다, 전혀요."

이사크는 소리를 낮추고 비밀을 털어놓는 사람 같은 투로 말했다.

"오랜 세월에 걸쳐 몇몇 우리 회원이 미로의 터널에서 종종 검은 옷의 남자를 보았지요. 하지만 모두 설명하는 게 달라요. 어떤 사람은 심지어 그와 대화까지 나누었다고도 합니다. 또 언젠가 그 검은 옷의 남자는 그의 책 하나를 가져간 우리 회원이 약속을 지키지 않는 바람에 배신을 당했던 저주받은 작가의 영혼이라는 소문이 떠돌기도 했지요. 책은 영원히 분실되었고, 죽은 작가는 복수하기 위해 복도를 영원히 방황하고 있다는 거예요. 당신도 알겠지만, 많이들 좋아하는 헨리 제임스* 스타일의 이야기지요."

---

* 19세기 말 20세기 초 미국의 소설가. 작중인물의 심리 묘사로 유명하며, 대표작으로 『나사의 회전』 등이 있다.

"그 소문을 믿으시는 건 아니겠지요?"

"물론 믿지 않아요. 내 생각은 달라요. 시메르만 사건의 생각과 비슷하죠……"

"그 생각이 무엇이죠?"

"검은 옷의 남자가 이 장소의 주인이라는 것이지요. 모든 비밀과 금지된 지식의 아버지, 모든 기억과 지혜의 아버지이고, 기억할 수 없을 만큼 오래전부터 이야기꾼들과 작가들에게 빛을 가져다주는 보호자이고…… 우리의 수호천사이며, 거짓말과 밤의 천사라는 생각입니다."

"지금 저를 놀리고 있군요."

"모든 미로에는 미노타우로스가 있는 법이랍니다." 관리인이 지적했다.

이사크는 알 수 없는 미소를 짓고서 미로의 입구를 가리켰다.

"저 모든 미로가 당신 것입니다."

나는 수많은 입구 중 하나로 이어지는 다리를 지나 천천히 책들로 가득한 긴 복도로 들어갔다. 그 복도는 곡선을 그리며 위로 올라가고 있었다. 굽은 부분의 끝에 이르자 터널은 네 개의 통로로 갈라지면서 조그만 원을 이루었고, 그곳에서 나선형의 계단이 저 높은 곳까지 뻗어 있었다. 나는 계단을 올라 층계참에 이르렀다. 그곳에서 다시 세 개의 터널이 시작되었다. 나는 그 건물의 심장부까지 인도해줄 것으로 생각되는 터널 하나를 선택해 모험을 감행했다. 지나가면서 손가락으로 수백 권의 책등을 어루만졌다. 나는 나무건물의 냄새에 흠뻑 젖었고, 틈 사이로 새어들어와 어둠과 거울 속을 떠다니는 햇빛과 구멍 뚫린 유리랜턴의 불빛도 가득 받았다. 나는 거의 삼십 분 동안 정해진 방향도 없이 무작정 걷다가 테이블 하나와 의자 하나가 놓인 일종의 밀실 같은 곳에 다다랐다. 벽은 책으로 뒤덮여 있었다. 처음에는 책이 빈틈없이 차 있는 것 같았지만, 한 곳에 조그만 틈이 있어 누가 거기 있던 책을 가져갔다는 인상을 풍겼다. 나는 그곳을 『천국의 계단』의 새로운 보금자리로 삼겠다고 결심했다. 마지막으로 겉표지를 응시하고 첫 문단을 읽어보았다. 그러면서 만일 행운이 따른다면, 내가 죽고 잊힌 지 오랜 세월이 흐른 후에 누군가가 바로 나와 똑같은 길을 걸어 그 방에 도착한 다음, 내가 쏟아부을 수 있는 모든 것을 바쳤지만 잘 알려지지 않은 그 책을 발견할 것이라고 상상했다. 나는 그곳에 책을 꽂으면서 그 책장에 남는 게 바로 나 자신이라는 느낌을 받았다. 바로 그때 내 뒤에 누군가가 있는 것을 알았다. 고개를 돌리자 검은 옷의 남자가 보였다. 그는 내 눈을 뚫어지게 바라보고 있었다.

21

처음에는 거울 속에 비친 나 자신의 시선을 알아보지 못했다. 그것은 미로의 복도를 따라 은은한 빛을 비추는 수많은 거울 중 하나로, 거울 속에 보이는 것은 내 얼굴이며 내 피부였다. 하지만 눈은 낯선 사람의 눈이었다. 혼탁하고 어두웠으며 악의가 넘쳐흘렀다. 나는 거울에서 시선을 떼고 다시 구역질할 것 같은 느낌에 사로잡혔다. 그래서 테이블 앞에 있던 의자에 앉아 심호흡을 했다. 심지어 트리아스 박사조차 내 뇌의 임차인, 즉 그가 보통 종양 증식이라고 부르는 것이 이곳에서 내게 최후의 일격을 가해 '잊힌 소설가들의 묘지'의 최초 영주 시민이 될 영광을 선사할 수도 있다는 생각을 매우 즐길지 모른다는 상상까지 했다. 그렇게 나는 최후의 작품이자 유감스러운 작품, 즉 나를 무덤으로 이끈 작품과 함께 묻히는 장면을 머릿속으로 그렸다. 나는 십 개월, 어쩌면 십 년이 지난 후 그곳에서 발견될 수도 있었다. 아니, 어쩌면 영원히 발견되지 않을 수도 있었다. 『저주받은 자들의 도시』에 걸맞은 위대한 결말이었다.

나는 씁쓸한 미소가 나를 구해냈다고 믿는다. 그 미소는 내 머리를 맑게 했고, 지금 내가 어디에 있으며 왜 그곳에 왔는지를 다시 일깨워주었다. 의자에서 일어나려는 찰나 그것을 보았다. 책등에 아무런 제목도 적히지 않은 투박하고 거무죽죽한 책. 그것은 테이블 한쪽 끝에 쌓여 있던 네 권의 책 중 맨 위의 것이었다. 표지는 가죽이 아니면 무두질한 날가죽으로 장정되어 있는 것 같았다. 어두운색이었는데, 염색을 했다기보다는 손때가 묻어서 그렇게 된 것 같았다. 표지에 낙인을 찍은 것처럼 새겨진 제목의 글자들은 거의 지워졌지만, 네번째 페이지에서 분명하게 그 제목을 읽을 수 있었다.

영원의 빛

D.M.

내 이름인 다비드 마르틴David Martín과 일치하는 머리글자는 작가의 이름인 듯했지만, 책 속에는 그걸 확인해줄 만한 어떤 실마리도 없었다. 급히 여러 페이지를 살펴보니 본문에는 적어도 다섯 개의 언어가 번갈아 나왔다. 스페인어, 독일어, 라틴어, 프랑스어, 그리고 히브리어였다. 나는 가장 먼저 눈에 들어온 단락을 읽었다. 전통적인 전례의식의 어느 기도문이 떠올랐지만, 제대로 기억이 나지는 않았다. 나는 그게 일종의 미사전서나 기도서가 아닐까 했다. 본문은 숫자로 구분한 절 단위로 나뉘어 있고, 각 절의 첫 단어에 밑줄이 쳐져 있었다. 아마도 일화나 주제 분류를 알려주는 것 같았다. 자세히 검토할수록 그 책이 학교 다닐 때 배웠던 복음서나 교리문답서를 떠올리게 한다는 것이 점점 더 분명해졌다.

나는 수십만 권의 책 중에서 아무것이나 골라 그곳을 나올 수도 있었다. 그렇게 그 장소를 떠나 평생 되돌아가지 않을 수도 있었다. 거의 그러고 있다고 생각했다. 그런데 정신을 차려보니 내 피부에 거머리처럼 달라붙은 책을 손에 들고 미로의 터널과 복도를 계속 빙빙 돌고 있었다. 순간적으로 그 책이 나보다 더욱 그 장소를 나가고자 하며, 어떤 식으로든 내 발길을 이끌고 있을지도 모른다는 생각이 머리를 스쳤다. 몇 번을 빙빙 돌며 르 파뉴 전집의 4권 앞을 두어 번 지나친 끝에 나선형으로 내려가는 계단 앞에 섰다. 어떻게 거기까지 왔는지는 나 자신도 알 수 없었지만, 그곳에서 미로의 출구로 나가는 길을 정확하게 찾을 수 있었다. 이사크가 기다리고 있으리라는 예상과 달리 그런 낌새는 전혀 없었지만, 그럼에도 누군가가 어둠 속에서 날 지켜보고 있다는 확신이 들었다. '잊힌 책들의 무덤'의 커다란 원형 지붕은 깊은 침묵 속에 빠져 있었다.

"이사크?" 나는 그를 불렀다.

내 목소리의 메아리가 어둠 속으로 사라졌다. 나는 헛되이 몇 초를 기다리고서 출구를 향해 걷기 시작했다. 둥근 지붕으로 스며들던 푸른 안개가 점점 희미해지더니, 마침내 주변은 거의 절대적이라고 할 만큼 껌껌해졌다. 몇 발짝을 더 걷자 복도 끝에서 깜박거리는 불빛이 보였고, 그것이 관리인이 입구 앞에 내려놓은 등불이라는 것을 확인할 수 있었다. 나는 마지막으로 뒤돌아 복도의 어둠을 자세히 들여다보았다. 그리고 손잡이를 잡아당기자 얽히고설킨 수많은 가로대와 도르래를 연결한 기계장치가 움직였다. 굳게 잠겨 있던 자물쇠들이 하나씩 열렸고, 문은 몇 센티미터의 공간을 내게 선사했다. 나는 지나가기에 충분할 정도로 문을 밀고서 밖으로 나왔다. 몇 초 후, 문은 다시 움직이기 시작하더니 이내 거대한 메아리를 울리면서 한 치의 틈도 없이 굳게 닫혔다.

22

그 장소에서 멀어지면서 나는 그곳의 마법이 나를 떠나고 있으며 다시 구토증세와 두통이 엄습하고 있다는 것을 알았다. 나는 두 번이나 자빠지고 말았다. 한 번은 람블라스 거리에서, 또 한번은 라에타나 도로를 건너려고 할 때였다. 라에타나에서는 어린아이가 일으켜주지 않았더라면 아마도 전차에 치여 목숨을 잃었을 것이다. 나는 어렵사리 우리집 대문 앞까지 오는 데 성공했다. 온종일 굳게 닫혀 있던 집안에는 매일 도시를 조금씩 더 숨막히게 만드는 습하고 해로운 더위가 먼지투성이의 햇빛처럼 떠돌아다니고 있었다. 나는 탑에 있는 서재로 올라가 창문을 활짝 열었다. 바르셀로나 위에서 검은 구름이 원을 그리며 천천히 움직이고 있었다. 그 구름의 돌팔매질을 받는 하늘 아래로는 거의 바람이 불지 않았다. 나는 책을 책상 위에 놔두고서 앞으로 그걸 자세히 살펴볼 시간이 있으리라 생각했다. 아니, 그렇지 않을지도 몰랐다.

내가 이 세상에서 살아갈 시간은 이미 끝났는지도 몰랐다. 하지만 그건 이미 중요하지 않았다.

그 순간 나는 두 다리로 서 있기조차 힘겨웠다. 어둠 속에 드러누워야 했다. 나는 서랍에서 약병을 꺼내 코데인 서너 알을 단숨에 삼킨 뒤 병을 주머니에 넣고 계단을 내려갔다. 침실까지 갈 수 있을지조차 확신이 없었다. 복도에 이르렀을 때 현관문 아래로 들어오는 밝은 햇빛 아래서 무언가가 반짝거리는 것을 보았다. 문 반대편에 누군가가 있는 것 같았다. 나는 벽에 몸을 기대고서 천천히 문으로 다가갔다.

"누구세요?" 내가 물었다.

아무 대답도 없었고, 아무 소리도 나지 않았다. 나는 잠시 머뭇거리다가 문을 열고 층계참을 내다보았다. 그리고 고개를 숙여 계단 아래를 바라보았다. 계단은 나선형으로 내려가면서 어둠 속에서 희미해지고 있었다. 아무도 없었다. 문을 향해 고개를 돌려보니 층계참을 비추는 조그만 가로등이 깜빡거리고 있었다. 나는 다시 집으로 들어와 열쇠로 문을 잠갔다. 내가 좀처럼 하지 않는 일이었다. 바로 그때 그걸 보았다. 가장자리가 톱니무늬로 잘린 베이지색 봉투. 누군가가 문 밑으로 밀어넣은 것이었다. 나는 무릎을 굽혀 봉투를 집어들었다. 무게감 있고 흡수성이 좋은 종이였다. 날개를 펼친 천사의 실루엣이 찍힌 밀랍으로 봉해져 있고 내 이름이 적혀 있었다.

나는 봉투를 열었다.

존경하는 마르틴 씨

나는 당분간 이 도시에서 지낼 예정입니다. 당신을 만나 내가 제안한 사안에 관해 다시 이야기할 기회가 있다면 무척 좋겠습니다. 바르셀로나에 머무르기 위해 조그만 주택을 임대했는데, 만일 선약이 없다면 이달 13일 금요일 밤 10시에 이곳에 와서 함께 식사하며 시간을 보내준다면 몹시 감사하겠습니다. 저택은 올로트 거리와 산호세 데라 몬타냐 거리가 만나는 모퉁이에 있습니다. 바로 구엘공원 입구 옆입니다. 나는 당신이 초대를 수락하리라 믿으며, 모쪼록 와주기를 희망합니다.

당신의 친구.

안드레아스 코렐리

나는 편지를 바닥에 떨어뜨리고 말았다. 그리고 별실까지 거의 기다시피 가서 어스레한 빛에 감싸인 채 소파에 몸을 묻었다. 그 날짜가 되려면 아직 일주일이나 남아 있었다. 나는 속으로 빙긋 웃었다. 앞으로 일주일을 더 살 것 같지가 않았기 때문이다. 눈을 감고 잠을 청했다. 귀에서 계속 윙윙거리던 소리가 이제는 전에 없이 더 시끄럽게 들려왔다. 심장이 고동칠 때마다 찌르는 듯 아픈 하얀빛이 마음속에서 켜지고 있었다.

글을 쓰겠다는 생각조차 할 수 없을 겁니다.

나는 다시 눈을 떠 별실을 뒤덮은 파란 어둠을 자세히 살폈다. 내 옆 책상에는 크리스티나가 두고 간 낡은 앨범이 아직 놓여 있었다. 그간 차마 버릴 용기가 나지 않았고, 건드릴 생각도 하지 못했다. 하지만 그 순간 나는 손을 뻗어 그 앨범을 펼쳤다. 페이지를 넘기다 마침내 내가 찾는 사진이 나왔을 때 그 사진을 앨범에서 떼어내 자세히 살펴보았다. 어린 크리스티나가 어느 낯선 이의 손을 잡고 바다 쪽으로 뻗은 잔교를 걷고 있었다. 나는 가슴에 사진을 갖다댄 채 꽉 누르고서 피로에 몸을 맡겼다. 그날과 그 몇 년 동안의 씁쓸함과 분노가 천천히 누그러졌고, 나를 기다리던 목소리와 손길로 가득한 따스한 어둠이 나를 감쌌다. 나는 평생 다른 어떤 것도 바라지 않았던 사람처럼 어둠 속에서 소멸하고 싶었다. 하지만 무언가가 나를 끌어당겼고, 빛과 고통이 나를 찔러 끝없는 평온을 약속하던 꿈에서 깨어나게 했다.

아직은 아니야. 마음속의 목소리가 속삭였다. 아직은 아니야.

나는 시간이 흐르고 있다는 걸 알았다. 가끔 눈을 떠보면 얇은 덧창문을 통과하는 햇빛이 보이는 것 같았기 때문이다. 문을 두드리는 소리와 내 이름을 외치다가 잠시 후 그치는 목소리도 여러 번 들은 것 같았다. 몇 시간, 혹은 며칠 후 자리에서 일어나 손을 얼굴로 가져갔다가 입술에 피가 묻어 있다는 걸 알았다. 내가 거리로 내려간 것인지, 아니면 그런 꿈을 꾸었던 것인지는 알 수 없다. 그러나 어떻게 그곳에 도착했는지도 알지 못한 채 나는 보른 대로를 지나 산타마리아 델 마르 성당을 향해 걷고 있었다. 수은 색깔의 달빛 아래 거리는 텅 비어 있었다. 나는 눈을 들었고, 거대한 검은 폭풍의 유령이 도시 위로 날개를 펼친 모습을 보았다고 믿었다. 한줄기의 하얀빛이 하늘을 갈랐고, 빗방울로 엮인 망토가 유리칼처럼 빗발치며 떨어졌다. 첫번째 빗방울이 바닥을 스치기 직전에 시간은 멈추었고, 수십만 개의 반짝이는 눈물방울이 먼지와 티끌처럼 허공에 머물러 있었다. 나는 누군가가, 혹은 무언가가 내 뒤에서 걸어오고 있다는 걸 알았고, 목덜미에서 그 숨결을 느낄 수 있었다. 썩은 고기와 불의 악취로 가득한 차가운 숨결이었다. 길고 날카로운 그 손가락이 내 피부를 덮쳐오는 순간, 가슴에 갖다댄 사진 속에서만 살아 있는 여자아이가 허공에 멈춘 빗방울 사이를 헤치면서 나타났다. 아이는 내 손을 잡고 끌어당기더니 내 등을 기어오르던 차가운 존재로부터 멀어져 다시 탑의 집으로 나를 이끌었다. 의식을 다시 회복했을 때는 일주일이 지난 뒤였다.

7월 13일 금요일이 밝아오고 있었다.

23

페드로 비달과 크리스티나 사니에르는 그날 오후 결혼했다. 예식은 다섯시에 페드랄베스 수도원의 예배당에서 거행되었고 참석자는 비달 가문의 몇 사람뿐이었다. 신랑의 아버지를 비롯해 그의 가족 중 가장 훌륭한 사람들은 불길하게도 참석하지 않았다. 입이 싼 사람들이 있었다면 비달 가문의 귀염둥이 막내가 운전사의 딸과 결혼하는 사건이 비달 왕조의 군단에게는 찬물을 끼얹은 것과 같다는 말이 돌 법도 했다. 하지만 그런 말은 없었다. 침묵이라는 은밀한 계약 속에서 이 사회의 기록자들은 그날 오후에 다른 일정이 있었고, 따라서 그 행사에 관한 이야기는 단 한 마디도 나오지 않았다. 예배당 문 앞에 모여든 페드로 씨의 옛 애인들이 남은 마지막 희망을 잃어버렸다는 슬픔에 시들어버린 과부 결사단체처럼 조용히 눈물을 흘렸다고 말하거나 기사를 쓸 사람은 그곳에 아무도 없었다. 크리스티나가 벌거벗었다고 착각할 만큼 피부와 똑같은 색깔의 아이보리 웨딩드레스를 입은 채 백장미 부케를 들고 제단으로 향했으며, 장식이라고는 얼굴을 덮은 흰 베일과 종탑의 피뢰침 위로 구름이 소용돌이치며 모여드는 것 같던 호박색 하늘밖에 없었다고 말할 사람은 아무도 없었다.

차에서 내린 신부가 순간적으로 걸음을 멈춰 눈을 들고는 예배당 입구 맞은편에 있는 광장을 바라보았으며, 그녀의 눈이 거의 죽어가고 있던 한 남자를 발견했다는 것을 기억할 사람은 그곳에 아무도 없었다. 그 임종 직전의 남자는 손을 떨면서 본인 말고는 그 누구도 듣지 못한 채 무덤으로 가져갈 말을 속삭였다.

"빌어먹을 인간들. 둘 다 저주받아라."

두 시간 후 나는 서재의 안락의자에 앉아서 수년 전 내 손에 들어온, 아버지의 유일한 유품이 간직되어 있는 상자를 열었다. 나는 모직으로 감싸놓았던 권총을 꺼내 탄창을 열고 여섯 발의 총알을 장전한 뒤 다시 닫았다. 그리고 총구를 이마에 갖다대고 공이치기를 당긴 다음 눈을 감았다. 그 순간 갑작스럽게 불어온 돌풍이 탑을 강타하고 창문이 활짝 열리면서 있는 힘껏 벽을 때렸다. 차가운 산들바람이 내 피부를 어루만지며 위대한 희망의 잃어버린 숨결을 실어오고 있었다.

24

택시는 그라시아 지구 경계까지 천천히 올라가 구엘공원의 외지고 어두운 곳으로 향했다. 언덕에는 드문드문 흩어진 커다란 저택들이 검은 물처럼 바람에 살랑거리는 나무들 사이로 힐끗 모습을 드러내면서 이미 최고의 시절은 지나갔음을 보여주고 있었다. 저멀리 언덕 꼭대기에 울타리가 쳐진 땅의 커다란 문이 보였다. 삼 년 전에 가우디가 죽자 구엘 백작의 상속인들은 그 황량한 택지를 시청에 헐값으로 팔아버렸고, 그 집을 지은 건축가 이외에는 누구도 그곳에 거주한 적이 없었다. 세상 사람들에게 잊히고 관심에서 사라진 그 기둥과 탑의 정원은 이제 저주받은 에덴을 떠올리게 했다. 나는 운전사에게 울타리의 입구 앞에 세워달라고 부탁하고서 택시비를 냈다.

"손님, 여기서 내리는 게 맞습니까?" 운전사가 의아하다는 얼굴로 물었다. "원하시면, 몇 분 정도 이곳에서 기다릴 수도……"

"그럴 필요 없을 겁니다."

택시의 엔진소리가 언덕 아래로 사라졌고, 나는 나무 사이로 불어오는 바람의 메아리와 함께 홀로 그곳에 남겨졌다. 낙엽들이 공원 입구로 쓸려와 내 발밑에서 회오리쳤다. 나는 녹슨 쇠사슬로 굳게 닫힌 입구의 쇠창살에 가까이 다가가 내부를 자세히 들여다보았다. 달빛이 돌계단을 굽어보는 용의 윤곽을 핥고 있었다. 어두운 물체가 아주 천천히 계단을 내려오면서 물밑의 진주처럼 반짝거리는 눈으로 나를 주시하고 있었다. 검은 개였다. 개가 계단 발치에서 멈추자, 그제야 나는 놈이 혼자가 아님을 알았다. 개가 두 마리 더 가세하여 조용히 나를 지켜보고 있었다. 한 마리는 입구 옆에 있는 경비초소의 그림자를 지나 은밀하게 다가와 있었다. 세 마리 중 가장 큰 다른 개는 벽 위로 올라가더니 불과 2미터 떨어진 돌림띠에서 나를 응시했다. 숨을 쉴 때마다 드러난 송곳니 사이로 허연 입김이 새어나왔다. 나는 개들에게서 눈을 떼지 않고 등을 돌리지도 않은 채 천천히 뒷걸음쳤다. 한 걸음 한 걸음 뒤로 발을 내디디면서 입구 맞은편의 보도에 다다랐다. 다른 개 한 마리도 이미 벽을 타고 올라가서 나를 주시하고 있었다. 혹시 개들이 펄쩍 뛰어내려 덮쳐올 경우를 대비해 방어용으로 쓸 만한 돌이나 막대기가 있는지 바닥을 유심히 살폈지만, 보이는 것은 마른 낙엽이 전부였다. 만일 내가 눈을 떼거나 달리기 시작하면 개들이 쫓아올 테고, 나는 20미터도 못 가서 개들에게 물어뜯길 것이 분명했다. 세 마리 중에서 가장 큰 개가 벽 위에서 몇 발짝 앞으로 내디뎠고, 나는 그놈이 나를 덮칠 것이라고 확신했다. 세번째 개,

그러니까 내가 가장 먼저 보았고 아마도 미끼 역할을 했던 개도 다른 두 마리에게 합류하기 위해 벽의 아랫부분을 기어오르기 시작했다. 이제 끝장이구나, 나는 생각했다.

바로 그 순간 갑작스럽게 불이 켜지면서 세 마리 개의 사나운 얼굴을 비추었다. 불이 켜지자 개들은 우뚝 멈추었다. 어깨 너머로 보니 공원 입구에서 약 50미터 떨어진 곳에 솟아난 둔덕이 눈에 들어왔다. 집의 불이 켜져 있었다. 언덕 전체에서 유일한 불빛이었다. 이제 개 한 마리는 둔탁한 신음을 내면서 공원 안으로 물러갔고, 그러자 즉시 다른 개들도 그 개를 따라 공원 안으로 들어갔다.

두 번 생각할 필요도 없이 나는 집이 있는 방향으로 걸어갔다. 코렐리가 초청장에서 언급한 대로 저택은 올로트 거리와 산호세 데라 몬타냐 거리가 만나는 모퉁이에 우뚝 솟아 있었다. 그것은 날씬하고 각이 진 4층짜리 건물로 이중경사지붕을 얹은 탑 모양이었고, 마치 파수꾼처럼 발치 아래 귀신이 나올 것 같은 공원과 도시를 굽어보고 있었다.

집은 가파른 비탈길의 끝에 있었고, 현관 앞에 몇 단의 돌계단이 있었다. 유리창은 황금색 불빛의 후광을 내뿜고 있었다. 돌계단을 올라가면서 나는 3층 난간에 기대어 있는 누군가의 실루엣을 알아보았다. 그 실루엣은 자신이 쳐놓은 줄에 붙어 있는 거미처럼 꼼짝도 하지 않았다. 나는 계단을 끝까지 올라가 헐떡거리는 숨을 가라앉히기 위해 걸음을 멈추었다. 살짝 열린 문 틈으로 한 줄기 빛이 새어나와 내 발을 비추었다. 나는 천천히 다가가 문 앞에서 걸음을 멈추었다. 집안에서 죽은 꽃 냄새가 풍겨나왔다. 손마디로 문을 두드리자 문이 안쪽으로 몇 센티미터쯤 더 열렸다. 내 앞에는 현관홀과 집 안쪽으로 향하는 긴 복도가 있었다. 집안 어딘가에서 반복적으로 딱딱거리는 소리가 들려왔다. 바람이 불 때 덧문이 창문을 때리는 듯한 그 소리는 심장의 고동소리를 떠올리게 했다. 현관홀로 몇 발짝 내디디자 왼쪽에서 탑으로 올라가는 계단이 보였다. 아이의 것처럼 가볍고 날렵한 발걸음이 마지막 단을 올라가는 소리가 들린 듯했다.

"안녕하세요?" 나는 집안에 있는 사람을 불렀다.

내 목소리의 메아리가 복도로 채 사라지기 전에, 집안의 어느 곳에서 울리던 딱딱거리는 소리가 멈추었다. 절대적인 침묵이 내 주변을 감쌌고, 차가운 공기가 얼굴을 스쳤다.

"코렐리 씨? 마르틴입니다. 다비드 마르틴……"

대답이 없어 나는 집 안쪽으로 향하는 복도로 발을 들여놓았다. 벽은 서로 다른 크기의 초상 사진들로 뒤덮여 있었다. 인물들의 자세와 옷으로 보아 대부분 찍은 지 이십 년에서 삼십 년은 된 것 같았다. 액자마다 아래쪽에 사진 속 주인공의 이름과 사진이 찍힌 해가 적힌 표찰이 붙어 있었다. 나는 과거로부터 나를 지켜보고 있는 그 얼굴들을 자세히 살폈다. 어린아이, 늙은이, 귀부인과 신사. 모두가 소리 없이 무언가를 말하는 것 같았고, 눈에는 슬픔의 그림자가 담겨 있었다. 모두 피가 얼어붙을 만큼 무언가를 갈망하는 눈초리로 카메라를 노려보고 있었다.

"사진에 관심 있습니까, 친구 마르틴?" 내 옆에서 어느 목소리가 말했다.

나는 소스라치게 놀라 뒤를 돌아보았다. 안드레아스 코렐리가 우수에 잠긴 미소를 지으며 내 옆에서 사진들을 쳐다보고 있었다. 나는 그가 다가오는 것을 보지도, 소리를 듣지도 못했다. 그래서 그가 미소를 지어 보이자 온몸에 소름이 돋았다.

"오지 않을 줄 알았습니다."

"나도 올 생각이 없었습니다."

"그럼 우리 두 사람 다 잘못 생각한 걸 기념하기 위해 포도주 한 잔을 제안하죠."

나는 그를 따라 큰 창문이 도시를 향해 나 있는 커다란 거실로 갔다. 코렐리는 안락의자에 앉으라고 손짓하더니, 테이블 위에 놓인 유리병을 집어 잔 두 개에 술을 따랐다. 그러고서 내게 하나를 내밀고 맞은편 안락의자에 앉았다.

나는 포도주를 맛보았다. 훌륭했다. 거의 단숨에 잔을 비우자, 이내 따뜻한 기운이 목을 타고 내려가며 긴장이 풀렸다. 코렐리는 자기 잔에 담긴 포도주 향기를 맡았고, 차분하면서도 다정한 미소를 지으며 나를 응시했다.

"당신이 옳았습니다." 내가 말했다.

"보통 그렇지요." 코렐리가 대답했다. "하지만 그런 습관이 내게 만족감을 선사하는 경우는 드뭅니다. 가끔 나는 내가 착각했다는 확신보다 나를 즐겁게 해주는 것은 없다고 생각하지요."

"그건 쉽게 해결할 수 있습니다. 내게 방법을 물어보세요. 나는 항상 착각하거든요."

"아니요, 당신은 그런 사람이 아닙니다. 내가 보기에 당신은 나처럼 사물을 아주 분명하게 보고, 또 그런 것에 그다지 만족감을 느끼지 못하는 것 같습니다."

그의 말을 들으면서 나는 그 순간 내게 만족감을 줄 수 있는 것이 있다면 오직 이 세상 전체에 불을 지르고 나도 그 불과 함께 타버리는 것뿐이라는 생각이 들었다. 내 생각을 읽기라도 한 것처럼 코렐리는 이를 드러내며 웃고 고개를 끄덕였다.

"내가 도와줄 수 있어요."

나는 무의식중에 그의 시선을 피하면서 그의 옷깃에 달린 천사가 새겨진 작은 은브로치에 정신을 집중했다.

"예쁜 브로치군요." 나는 그것을 가리키면서 말했다.

"우리 가족의 기념품이지요." 코렐리가 대답했다.

이제 그 정도면 그날 밤 대화를 나누기에 필요한 인사와 사담은 충분한 것 같다는 생각이 들었다.

"코렐리 씨, 내가 여기서 지금 뭘 하는 겁니까?"

코렐리의 눈이 그의 잔에서 천천히 찰랑거리고 있던 포도주와 똑같은 색깔로 빛났다.

"아주 간단합니다. 마침내 이곳이 당신이 있을 장소라는 것을 깨달았기 때문에 이곳에 있는 거지요. 일 년 전 내가 한 제안 때문에 이곳에 있는 겁니다. 제안을 받을 당시에는 수락할 준비가 되어 있지 않았지만 그걸 잊지는 않았지요. 나는 당신이야말로 내가 찾는 사람이라고 계속 생각하고 있고, 그래서 다른 사람을 찾지 않고 열두 달을 기다리기로 한 겁니다."

"당신은 그 제안이라는 것이 무엇인지 결코 자세히 설명하지 않았습니다." 내가 기억을 떠올리고 말했다.

"사실상 세부적인 내용을 전부 말한 것이나 마찬가지입니다."

"당신을 위해 책을 쓰면서 일 년을 일하면 십만 프랑을 준다는 것 말인가요?"

"바로 그겁니다. 많은 사람은 그게 핵심이라고 생각할 겁니다. 하지만 당신은 아니군요."

"당신은 내가 당신을 위해 쓸 책이 어떤 것인지 설명을 들으면, 심지어 돈을 받지 못해도 제안을 받아들일 거라고 했습니다."

코렐리는 고개를 끄덕였다.

"기억력이 아주 훌륭하군요."

"코렐리 씨, 내 기억력은 아주 뛰어납니다. 그래서 당신이 펴낸 그 어떤 책도 보지 못했고 듣지 못했으며 그것에 관해 누가 말하는 것도 들어본 적이 없다는 것까지 기억하고 있습니다."

"내 신용을 의심하는 건가요?"

갈망과 탐욕이 내 마음을 갉아먹고 있었지만 나는 그런 감정을 부정하며 애써 감추었다. 내가 짐짓 무관심한 척하려고 노력하면 노력할수록 이 발행인의 약속에 내가 더욱 유혹당하고 있다는 느낌이 들었다.

"당신의 동기가 궁금한 겁니다." 나는 그렇게 지적했다.

"그렇겠지요."

"어찌되었든 나는 바리도와 에스코비야스 출판사와 독점계약을 맺었고, 앞으로 오 년 동안 그 계약이 유효하다는 사실을 상기

시켜주고 싶습니다. 실제로 얼마 전에 그들로부터 아주 흥미로운 방문을 받았습니다. 아주 유능해 보이는 변호사를 대동했지요. 그러나 오 년은 너무나 긴 시간이기에 그다지 문제될 것은 없다고 생각합니다. 그럼에도 분명한 것은 내게 남은 시간이 얼마 없다는 사실입니다."

"변호사 문제는 걱정하지 마세요. 내 변호사들은 그 곪아터진 두 작자의 변호사보다 훨씬 유능합니다. 결코 재판에서 지는 법이 없습니다. 그러니 법적인 문제와 소송은 내게 맡겨두세요."

그 말을 하면서 그는 웃었다. 그런 태도를 보자 나는 뤼미에르 출판사의 법적인 자문위원들과는 절대로 맞닥뜨리지 않는 편이 좋겠다고 생각했다.

"그 말을 믿겠습니다. 그렇다면 이제 제안의 세부사항, 그러니까 핵심이 무엇인지 이야기해야 할 것 같습니다."

"이걸 쉽게 말할 방법은 없습니다. 그러니 빙 돌리지 않고 단도직입적으로 하는 게 좋을 것 같군요."

"그렇게 하시죠."

코렐리는 앞으로 약간 고개를 숙이더니 내 눈을 뚫어지게 쳐다보았다.

"마르틴, 나는 당신에게 하나의 종교를 만들어달라고 부탁하고 싶습니다."

처음에 나는 잘못 들은 건가 싶었다.

"뭐라고요?"

코렐리의 깊이를 알 수 없는 눈이 내게 머물러 있었다.

"나를 위해 종교를 만들어달라고 말했습니다."

나는 한참 동안 말을 꺼내지 못한 채 그를 응시했다.

"지금 날 놀리고 있군요."

코렐리는 포도주를 흐뭇하게 맛보면서 고개를 가로저었다.

"당신의 모든 재능을 한데 모아 일 년 동안 육체와 영혼을 모두 바쳐 당신이 만들 수 있는 가장 위대한 이야기, 그러니까 종교를 만드는 작업을 해주기 바랍니다."

"제정신이 아니군요. 그게 바로 당신의 제안인가요? 그게 바로 내가 써주길 바라는 책입니까?"

코렐리는 차분하게 고개를 끄덕였다.

"그렇다면 작가를 잘못 골랐습니다. 나는 종교에 관해 아는 게 하나도 없습니다."

"그건 걱정하지 마십시오. 종교는 내가 알고 있으니 말입니다. 내가 찾는 건 신학자가 아닙니다. 나는 소설가를 찾는 겁니다. 종교가 뭔지 압니까, 마르틴?"

"나는 주기도문조차 제대로 외지 못합니다."

"그건 아름답고 완성도가 뛰어난 문장이지요. 그것의 시적인 측면을 떼어놓고 생각하자면, 종교는 하나의 문화나 사회를 통제할 믿음과 가치, 규칙의 체계를 만들기 위해 전설과 신화, 혹은 모든 종류의 문학적 형식을 빌려 표현되는 도덕적 규약입니다."

"아멘." 나는 이렇게 대답했다.

"문학이나 그 어떤 의사소통 행위에서와 마찬가지로 효력을 발휘하는 것은 형식이지 내용이 아닙니다." 코렐리가 계속해서 말했다.

"당신은 지금 하나의 교리가 하나의 허구적인 이야기라고 말하고 있습니다."

"모든 게 꾸며낸 이야기지요, 마르틴. 우리가 믿는 것, 아는 것, 기억하는 것, 심지어 우리가 꿈꾸는 것 모두가 그렇습니다. 모든 게 이야기, 즉 감정적인 내용을 전달하는 사건과 인물이 연속적으로 나타나 만들어내는 서사입니다. 믿는다는 것은 곧 받아들이는 것입니다. 다시 말해 우리에게 들려주는 이야기를 받아들이는 행위지요. 우리는 단지 이야기될 수 있는 것만을 진실로 받아들입니다. 자, 이런 생각에 끌리지 않는다고 말하지는 않겠지요?"

"전혀 끌리지 않습니다."

"사람들이 그것 때문에 죽을 수도, 살 수도 있는 이야기를 만들고 싶지 않습니까? 그것 때문에 타인을 죽이기도 하고 죽임을 당하기도 하며, 자기 자신을 희생하기도 하고 자신에게 저주를 내리기도 하며, 영혼을 바칠 수 있는 그런 이야기에 매혹을 못 느낍니까? 너무나 강렬해 허구를 초월해 결국 만천하에 인정받는 진실이 되어버리는 그런 이야기를 만드는 것보다 더 도전적인 일이 소설가에게 있습니까?"

우리는 몇 초 동안 아무 말도 없이 서로 쳐다보았다.

"내 대답이 뭔지는 알고 있을 것 같은데요." 내가 마침내 말했다.

코렐리가 미소 지었다.

"알고 있어요. 하지만 아직도 당신 대답을 모르는 사람은 바로 당신 같군요."

"초대해줘서 고맙습니다, 코렐리 씨. 포도주와 멋진 대화도 감사드립니다. 아주 도발적이었습니다. 하지만 그 이야기를 털어놓는 상대가 누구인지 두 눈 똑바로 뜨고 보셔야 할 겁니다. 선생님 의도에 맞는 일을 할 사람을 구하길, 그리고 그 책이 대성공을 거두길 바랍니다."

나는 자리에서 일어나 그곳을 떠나려고 했다.

"마르틴, 당신을 기다리는 곳이 있나요?"

나는 대답하지 않았지만, 발길을 멈추었다.

"그 어떤 속박도 없이 건강하고 부유하게 살면서 많은 것을 누릴 수 있었는데, 그러지 못했다는 걸 알고 분노를 느끼지 않습니까?" 코렐리가 내 뒤에서 말했다. "그런 기회를 남에게 빼앗겼는데 분노를 느끼지 않습니까?"

나는 천천히 뒤로 돌았다.

"당신이 원하는 모든 게 현실이 될 수 있는데, 그깟 일 년이란 세월이 중요합니까? 당신이 충만한 삶을 오랫동안 살 수 있도록 약속하는데, 그깟 일 년이 뭐가 중요한가요?"

전혀 중요하지 않아, 나는 나도 모르게 마음속으로 말했다. 전혀.

"그게 당신 약속입니까?"

"당신이 원하는 값을 제안하세요. 세상에 불을 지르고 그 불과 함께 타버리고 싶은가요? 우리 함께 그렇게 해봅시다. 당신이 대가를 정해요. 당신이 가장 원하는 게 무엇이든지, 난 그걸 줄 만반의 준비가 되어 있어요."

"나도 내가 가장 원하는 게 뭔지 모릅니다."

"알고 있을 겁니다."

발행인은 미소를 지으며 내게 윙크했다. 자리에서 일어난 그는 램프가 있는 서랍장으로 가서 첫번째 서랍을 열고 양피지 봉투를 꺼냈다. 그리고 내게 내밀었지만, 나는 받아들지 않았다. 그는 그걸 우리 사이의 테이블 위에 올려놓고 아무 말도 하지 않은 채 다시 의자에 앉았다. 열려 있는 봉투 안에는 백 프랑짜리 지폐가 여러 다발 들어 있는 것 같았다. 엄청난 돈이었다.

"그런 엄청난 돈이 서랍 안에 있는데 문을 열어놓습니까?" 내가 물었다.

"세어봐도 좋아요. 부족한 것 같다면, 원하는 액수를 말하세요. 이미 얘기했듯이, 나는 당신과 돈 문제로 다툴 생각이 없어요."

나는 한참 동안 그 엄청난 돈다발을 바라보다가 결국은 제안을 거부했다. 적어도 나는 그걸 보았다. 그건 진짜였다. 그의 제안도, 가난과 절망에 빠져 있던 그 순간에 나를 일깨운 허영심도 모두 진짜였다.

"받아들일 수 없습니다." 나는 말했다.

"이게 더러운 돈이라고 생각합니까?"

"모든 돈은 더럽습니다. 깨끗하면 아무도 원하지 않겠죠. 하지만 그건 문제가 되지 않습니다."

"그렇다면 뭐가 문제지요?"

"당신의 제안을 받아들일 수 없기에 받아들이지 못하는 겁니다. 설령 내가 원하더라도 받아들일 수 없습니다."

코렐리는 내 말을 깊이 생각했다.

"왜 그런지 이유를 물어봐도 괜찮습니까?"

"지금 나는 죽어가는 몸입니다, 코렐리 씨. 내 목숨은 고작 몇 주밖에 남아 있지 않습니다. 아니, 며칠뿐일지도 모릅니다. 그래서 당신에게 줄 것이 하나도 없습니다."

코렐리는 시선을 떨어뜨리더니 한참 동안 침묵에 잠겼다. 나는 바람이 창문을 할퀴면서 집 위로 기어올라가는 소리를 들었다.

"몰랐다고는 하지 마십시오." 내가 덧붙였다.

"눈치는 채고 있었습니다."

코렐리는 내게 눈길을 주지 않은 채 앉아 있었다.

"당신을 위해 그런 책을 쓸 수 있는 작가는 많습니다, 코렐리 씨. 제안에 감사드립니다. 당신이 생각하는 것 이상으로 고맙게 여기고 있습니다. 그럼, 안녕히 계십시오."

나는 현관으로 향했다.

"당신이 병을 이겨낼 수 있도록 도와준다면 어떻게 하겠습니까?" 그가 말했다.

나는 복도 한복판에서 걸음을 멈추고 뒤를 돌아보았다. 코렐리가 겨우 두 뼘 정도 떨어진 곳에서 나를 뚫어지게 바라보고 있었다. 복도에서 처음 보았을 때보다 더 키가 큰 것 같았다. 그리고 눈은 그때보다 더 어둡고 컸다. 그의 눈동자에 비친 내 모습이 보였다. 그의 눈동자가 커질수록 나는 점점 더 작아지고 있었다.

"내 모습을 보니 걱정됩니까, 마르틴?"

나는 침을 꿀꺽 삼켰다.

"그렇습니다." 나는 솔직하게 말했다.

"그럼 거실로 돌아가서 앉도록 합시다. 더 설명할 기회를 주세요. 그렇게 한다고 손해날 건 없지 않나요?"

"그럴 것 같습니다."

그는 조심스럽게 내 팔에 손을 올려놓았다. 그의 손가락은 길고 창백했다.

"나를 두려워할 필요는 전혀 없어요. 나는 당신 친구입니다."

그의 손길에 기운이 솟았다. 나는 다시 그를 따라 거실로 돌아가서 어른의 말을 기다리는 아이처럼 순순히 자리에 앉았다. 코렐리는 안락의자 옆에서 무릎을 굽히더니, 내 눈에 시선을 고정했다. 그는 내 손을 힘주어 잡았다.

"살고 싶습니까?"

대답하고 싶었지만, 적당한 말을 찾을 수 없었다. 순간 목이 메고 눈에는 눈물이 가득 고였다. 그때까지 내가 앞으로도 계속 숨쉬기를 얼마나 갈망하고 있었는지, 앞으로도 계속 매일 아침 눈뜨기를, 거리로 나가 돌을 밟고 하늘을 보기를 얼마나 바라고 있었는지, 특히 얼마나 기억을 간직하고 싶어했는지 깨달았다.

나는 고개를 끄덕였다.

"내가 도와줄게요, 마르틴. 그저 날 믿으라고 부탁하고 싶군요. 내 제안을 받아들여요. 그러면 내가 당신을 돕겠습니다. 당신이 가장 원하는 걸 주겠습니다. 그게 바로 내 약속입니다."

나는 다시 고개를 끄덕였다.

"받아들이겠습니다."

코렐리는 미소 짓더니 내 위로 몸을 숙여 뺨에 입을 맞추었다.

입술은 얼음장처럼 차가웠다.

"친구여, 당신과 나는 함께 위대한 일을 하게 될 겁니다, 두고 봐요." 그가 조그만 소리로 말했다.

그는 내게 손수건을 건네주며 눈물을 닦으라고 했다. 나는 낯선 사람 앞에서 소리 없이 울면서도 전혀 창피함을 느끼지 못한 채 눈물을 닦았다. 아버지가 돌아가신 이후 그런 적은 처음이었다.

"당신은 지금 피로에 지쳐 있어요, 마르틴. 그냥 여기서 밤을 보내는 게 좋을 것 같군요. 이 집에는 방이 넘쳐나니까 전혀 문제 없어요. 장담하는데, 내일이면 훨씬 좋아질 것이고 모든 것이 더 선명하게 보일 겁니다."

나는 코렐리의 말이 옳다는 것을 알면서도 어깨를 으쓱했다. 제대로 일어날 수가 없었고, 그 순간 깊은 잠에 빠지기만을 바랐다. 세계의 모든 의자 역사에서 가장 편안하고 안락한 그 의자에서 일어날 기운이 없었다.

"괜찮다면 여기에 있고 싶습니다."

"물론 괜찮지요. 그럼 편히 쉬도록 방해하지 않겠습니다. 곧 훨씬 몸이 좋아질 겁니다. 정말로 약속하지요."

코렐리는 서랍장으로 다가가서 가스램프를 껐다. 거실은 푸른 어둠 속으로 가라앉았다. 그러자 눈꺼풀이 무겁게 내려오고 무언가에 취한 느낌이 머릿속을 가득 메웠다. 하지만 거실을 가로질러 어둠 속으로 사라지는 코렐리의 희미한 그림자는 볼 수 있었다. 나는 눈을 감았고, 창문 뒤에서는 바람의 속삭임이 들려왔다.

25

나는 집이 천천히 가라앉는 꿈을 꾸었다. 처음에는 작고 검은 눈물방울이 보도블록의 틈새와 벽, 지붕의 돋을새김, 램프의 표면과 자물쇠 구멍에서 솟아나기 시작했다. 수은방울처럼 느리면서도 무겁게 흐르던 그 차가운 액체는 점차 바닥을 흥건하게 적시더니 벽을 타고 올라갔다. 나는 그 물이 내 발을 덮더니 점점 빠르게 몸을 타고 올라오는 것을 느꼈다. 나는 의자에 가만히 앉아 그 물이 내 목까지 뒤덮고, 불과 몇 초 사이에 지붕까지 이르는 것을 지켜보고 있었다. 나는 물위를 둥둥 떠다니는 것을 느끼며 창문 뒤로 너울거리는 창백한 불빛을 보았다. 그것들은 축축한 어둠 속을 떠다니는 인간들의 모습이기도 했다. 그들이 물살을 따라 흘러가다가 나를 향해 손을 뻗곤 했지만 나는 도와줄 수 없었고, 물살은 돌이킬 수 없이 그들을 휩쓸어갔다. 코렐리의 십만 프랑이 내 주변을 떠다니면서 종이물고기처럼 펄럭거렸다. 거실을 지나 끝에 있는 닫힌 문으로 다가가보니 한줄기 빛이 자물쇠 구멍에서 새어 나오고 있었다. 나는 문을 열고 계단을 보았다. 나는 그 계단을 따라 집의 가장 깊은 곳을 향해 내려갔다.

계단 끝에는 타원형의 방이 펼쳐져 있고, 그 중심에 사람들이 둥글게 모여 있었다. 내가 그곳에 있다는 것을 눈치챈 그들이 뒤를 돌아보았고, 나는 그들이 흰옷 차림에 마스크를 쓰고 장갑을 끼고 있다는 사실을 알았다. 흰색의 강렬한 빛이 수술대인 듯한 것을 불태우듯이 내리쬐고 있었다. 얼굴에 아무런 표정도, 심지어 눈도 없는 남자가 수술도구가 담긴 트레이를 정리하고 있었다. 그들 중 하나가 내게 손을 내밀며 가까이 오라고 했다. 다가가니 그들이 내 머리와 몸을 붙들어 수술대 위에 올려놓는 것이 느껴졌다. 강렬한 빛 때문에 눈이 부셨지만, 모든 사람이 똑같이 트리아스 박사의 얼굴을 하고 있다는 것을 알 수 있었다. 나는 아무 말 없이 빙긋 웃었다. 한 의사가 손에 든 주사기를 내 목에 찔러넣었다. 아픔은 전혀 느껴지지 않았다. 정신이 멍해지면서 따스한 기운이 온몸으로 번지는 편안한 느낌뿐이었다. 두 명의 의사가 내 머리를 고정장치에 올려놓고서 끝에 패드를 씌운 금속판과 연결된 나사 머리를 조이기 시작했다. 그들이 내 팔과 다리를 가죽끈으로 묶는 느낌이 들었다. 나는 아무 저항도 하지 않았다. 머리부터 발끝까지 온몸이 옴짝달싹 못하게 되자 한 의사가 자기와 똑같이 생긴 의사에게 메스를 건넸고, 메스를 받은 의사는 내 위로 고개를 숙였다. 누군가가 내 손을 붙잡고 그대로 있는 것이 느껴졌다. 다정하게 나를 바라보는 그 사람은 어린아이였다. 아버지가 살해되었던 날의 나와 똑같이 생긴 아이.

나는 축축한 어둠 속에서 내려오는 메스 날을 보았고, 그 금속이 내 이마를 가르는 것을 느꼈다. 그러나 전혀 아프지 않았다. 절개 부위에서 무언가가 솟구치는 느낌이었고, 검은 구름이 천천히 상처에서 흘러나와 물속으로 번지는 것을 보았다. 피는 마치 연기처럼 빛을 향해 소용돌이치며 솟아오르면서 이리저리 뒤틀렸다. 내게 웃으면서 있는 힘껏 손을 잡고 있던 아이를 쳐다보았다. 그때 나는 눈치챘다. 무언가가 내 안에서 움직이고 있었다. 조금 전까지만 해도 핀셋처럼 내 머리를 꽉 죄고 있던 무언가였다. 나는 무언가가 떨어져나오는 것을 느꼈다. 골수까지 파고든 커다란 바늘을 핀셋으로 뽑아내는 것 같았다. 돌연한 공포를 느껴 일어나려고 했지만 꼼짝할 수 없었다. 아이는 나를 뚫어지게 바라보면서 고개를 끄덕였다. 정신을 잃거나 차리거나 둘 중 하나라고 생각한 바로 그때 그것을, 수술대 위에서 불빛을 받은 그것을 보았다. 검고 가는 실 두 가닥이 내 상처 부위에서 모습을 드러내더니 피부 위를 기고 있었다. 주먹만한 거미였다. 내 얼굴을 가로지르던 거미가 수술대에서 뛰어내리기 전에 의사가 메스로 꿰찔렀다. 그러고는 그걸 들어 불빛에 비추어 내게 보여주었다. 거미는 발버둥치면서 불빛 아래 피를 흘리고 있었다. 등껍질을 뒤덮은 흰 얼룩은 펼쳐진 날개의 실루엣이었다. 천사였다. 잠시 후 거미의 다리는 축 늘어졌고 몸통에서도 기운이 빠졌다. 거미는 아직 허공에 떠 있었고, 아이가 손을 들어 만지려고 하자 부서져 가루가 되고 말았다. 의사들은 나를 묶고 있던 끈을 풀어주고 두개골을 조이던 고정장치도 풀었다. 의사들의 도움으로 나는 수술대에서 일어나 손으로 이마를 만졌다. 상처는 아물고 있었다. 다시 주변을 둘러보자 그곳에는 나뿐이었다.

수술대의 전등은 꺼졌고 방은 어둠에 잠겼다. 나는 계단이 있는 곳으로 되돌아와 다시 거실로 올라갔다. 새벽빛이 들어와 물속을 떠다니는 수많은 입자를 포획했다. 피곤했다. 평생 이렇게 피곤했던 적은 없었다. 발을 질질 끌고 안락의자가 있는 곳으로 와서 털썩 주저앉았다. 내 몸은 서서히 허물어져내렸고, 마침내 편안한 자세로 앉게 되자 길게 뻗은 조그만 거품들이 천장에서 맴돌기 시작했다. 작은 공기층이 높은 곳에 만들어져 수면이 내려가고 있다는 것을 알았다. 젤라틴처럼 끈끈하고 반짝이던 물은 창문 틈으로 콸콸 빠져나가고 있었다. 마치 집이 심해에서 떠오르는 잠수함인 것만 같았다. 나는 의자에 웅크린 채 무중력상태에서 마음이 편안해지는 것을 느꼈고, 절대로 그 느낌에서 벗어나고 싶지 않았다. 그래서 눈을 감고 주변에서 속삭이는 물소리를 들었다. 눈을 뜨자 높은 곳에서 아주 천천히 떨어지는 물방울이 보였다. 떨어지는 도중에 언제든 멈춰버릴 눈물 같았다. 피곤했다. 너무 피곤했다. 그저 깊은 잠에 빠지고 싶을 뿐이었다.

후텁지근한 정오의 강렬한 햇빛을 받으며 나는 눈을 떴다. 햇빛이 창문에서 먼지처럼 떨어지고 있었다. 가장 먼저 알아챈 것은 십만 프랑이 테이블 위에 그대로 놓여 있다는 사실이었다. 나는 일어나 창가로 다가갔다. 커튼을 젖히자 눈부신 햇살이 거실로 몰려들어왔다. 바르셀로나는 변함없이 그곳에 있었고, 마치 더운 날의 신기루처럼 너울거리고 있었다. 바로 그때 나는 귓가에서 윙윙거리던 소리, 그러니까 대낮의 소음이 숨겨주던 그 소리가 완전히 사라졌다는 것을 알았다. 강렬한 침묵의 소리가 들려왔다. 투명한 물처럼 순수한 침묵이었다. 그런 상태를 경험한 적이 있었는지 기억조차 할 수 없었다. 나는 나 자신의 웃음소리를 들었다. 그리고 손을 이마로 가져가 만져보았다. 머리를 옥죄는 압박은 전혀 느껴지지 않았다. 내 눈은 맑았고, 마치 오감이 방금 깨어난 것만 같았다. 격자천장과 기둥의 오래된 나무 냄새도 맡을 수 있었다. 거울을 찾아보았지만 거실에는 하나도 없었다. 그래서 욕실이나 거울이 있을 만한 다른 방을 찾아나섰다. 내가 낯선 사람의 몸으로 잠에서 깬 것이 아니며, 내가 느낀 피부와 뼈들이 다 내 것임을 확인하고 싶었다. 집안의 모든 문이 잠겨 있었다. 나는 1층을 전부 돌아다녔지만, 단 하나의 문도 열 수 없었다. 그래서 다시 거실로 돌아왔다. 꿈속에서 지하실로 내려가는 문이 있던 곳에는 무한히 넓은 호수 위로 드러난 바위에 앉아 있는 천사의 모습을 담은 그림이 걸려 있었다. 위층으로 올라가는 계단으로 향했지만, 첫번째 층계참에 이르자마자 걸음을 멈추었다. 빛이 사라지는 공간 너머로 통과할 수 없이 무거운 어둠이 자리잡은 것 같았다.

"코렐리 씨?" 나는 불렀다.

내 목소리는 아주 단단한 무언가에 부딪힌 것처럼 아무 반향도 남기지 않고 사라졌다. 나는 거실로 돌아와 테이블 위에 놓인 돈을 뚫어져라 보았다. 십만 프랑. 나는 그 돈을 집어 무게를 가늠해보았다. 그리고 그 지폐 다발을 쓸어보고 주머니에 넣고는 다시 현관으로 통하는 복도로 향했다. 수십 개의 사진 속 얼굴들이 마치 무언가를 약속하듯이 강렬하게 나를 응시하고 있었다. 나는 그들과 시선을 마주치지 않으려고 애쓰면서 현관으로 향했지만, 집 밖으로 나오기 직전에 모든 액자 중 딱 하나가 사진도 표찰도 없이 비어 있다는 것을 알았다. 달콤한 양피지 냄새 같은 것이 내 손가락에서 풍겨오고 있었다. 지폐 냄새였다. 나는 현관문을 열고 대낮의 햇빛이 비치는 곳으로 나왔다. 문이 등뒤에서 육중한 소리를 내며 닫혔다. 나는 고개를 돌려 그 집을 바라보았다. 하늘이 파랗고 태양빛이 찬란한 화창하고 맑은 날과는 상관없이 집은 조용히, 그리고 어둡게 그곳에 있었다. 시계를 보니 오후 한시가 지나 있었다. 그 낡은 안락의자에 앉은 채 열두 시간 이상을 깨지도 않고 내리 잤던 것이다. 그러나 내 평생 그처럼 몸이 가뿐한 적은 없었다. 나는 얼굴에 미소를 띠며 언덕길을 내려가 다시 도시를 향해 걸었다. 그리고 오랜만에, 아니, 아마도 평생 처음으로 세상이 나에게 미소 짓고 있다고 확신했다.

2부

영원의 빛

1

나는 이 도시 전체에서 가장 영향력 있는 전당 중 하나를 찾아가 경의를 표하는 것으로 살아 있는 자들의 세상으로 돌아온 것을 기념했다. 그곳은 바로 폰타네야 거리에 있는 스페인식민은행 중앙 지점이었다. 십만 프랑을 보자 지점장과 회계감사관, 그리고 모든 창구직원과 회계직원이 환호성을 질렀고, 성인처럼 헌신적인 사랑으로 충성하는 최고의 고객들만을 위한 드높은 제단으로 나를 데려갔다. 은행 업무를 매듭짓자 나는 요한계시록의 사악한 기사와 맞서기로 하고서 우르키나오나광장의 신문가판대로 갔다. 그리고 〈기업의 소리〉 한가운데를 펼쳐 한때 내가 담당했던 사회면 기사를 찾아보았다. 기사 제목들에서는 바실리오 씨의 노련한 솜씨가 여전히 풍겨나왔고, 마치 시간이 거의 흐르지 않은 것처럼 기사를 작성한 기자들의 이름을 거의 모두 알아볼 수 있었다. 육 년 동안 이어진 프리모 데 리베라 장군의 온화한 독재가 도시에 개운치 못하고 유독하나마 평온을 가져다주었지만, 범죄와 끔찍스러운 사건을 다루는 사회면에는 그리 좋지 못한 현상이었다. 폭탄 폭발이나 총격전 같은 소식만 간혹 신문에 날 뿐이었다. 악명 높은 '불꽃의 장미' 바르셀로나는 이제 언제 터질지 모르는 압력솥과 비슷해지고 있었다. 신문을 덮고 잔돈을 받으려는 순간 그걸 보았다. 각기 다른 네 사건을 조명한 사회면 마지막 페이지의 1단짜리 짤막한 기사였다.

라발 지구에서 한밤중 화재

1명 사망, 2명 중태

주안 마르크 우게트/바르셀로나, 편집부

금요일 새벽 앙헬스광장 6번지에 있는 바리도와 에스코비야스 출판사 사무실에서 커다란 화재가 일어났다. 이 화재로 출판사 대표 호세 바리도 씨가 사망했으며, 동업자 호세 루이스 로페스 에스코비야스 씨와 두 대표를 구하려다 불길에 휩싸인 직원 라몬 구스만 씨가 중태에 빠졌다. 소방관들은 사무실 보수공사에 사용한 화학물질이 연소하여 화재가 발생한 것으로 추정하고 있으나, 화재가 일어나기 얼마 전 한 남자가 사무실에서 나가는 것을 보았다는 현장의 증언에 근거해 현재로서는 다른 원인 때문일 가능성도 배제하고 있지 않다. 희생자들은 클리니코병원으로 이송되었고, 도착 당시 한 사람은 이미 사망했으며 다른 두 사람은 현재까지도 생명이 위험한 상태다.

나는 가능한 한 빨리 화재현장으로 달려갔다. 람블라스 거리에서부터 탄내가 풍겼고, 이웃 주민들과 구경꾼들이 건물 앞 광장에 모여 있었다. 입구에 수북이 쌓인 잿더미에서 흰 연기가 가느다랗게 솟아오르고 있었다. 폐허에서 얼마 남지 않은 것이라도 구해내려 애쓰는 몇몇 출판사 직원들을 알아볼 수 있었다. 시커멓게 타버린 책 상자, 화마에 물어뜯긴 가구가 거리에 너저분하게 쌓여 있었다. 건물 정면은 새까맣게 그을렸고, 창문은 불길의 공격을 이기지 못해 모두 산산조각나 있었다. 나는 둥글게 모인 구경꾼들 사이를 뚫고서 안으로 들어갔다. 고약한 냄새가 코를 찔렀고 심지어 숨도 제대로 쉴 수 없었다. 자기 물건을 구해내려고 안간힘을 쓰던 직원들이 나를 알아보고 고개 숙여 인사했다.

"마르틴 씨…… 엄청난 재앙이에요." 그들은 모두 이렇게 중얼거렸다.

나는 안내창구가 있던 곳을 지나 바리도의 사무실로 향했다. 불길은 카펫을 모두 집어삼키고 가구를 모조리 시뻘건 숯불로 만들어버린 상태였다. 격자천장 한쪽 구석이 무너져내리면서 생겨난 공간을 통해 뒤뜰에서 빛이 들어왔다. 응접실에는 수많은 재가 반짝이며 떠다녔고, 의자 하나만이 기적적으로 화염에서 살아남았을 뿐이었다. 응접실 중앙에 있는 그 의자에 '독물'이 앉아서 시선을 떨어뜨린 채 울고 있었다. 내가 그 앞에 무릎을 굽히자 그녀는 날 알아보고 눈물 사이로 미소를 지었다.

"괜찮아요?" 내가 물었다.

그녀는 고개를 끄덕였다.

"나보고 집에 가라고 했어요. 너무 늦었고, 다음날 할일이 많으니 가서 쉬라고요. 우리는 이달 회계를 마감하는 중이었는데…… 일 분만 더 남아 있었어도……"

"무슨 일이 있었던 거지요, 에르미니아?"

"다들 늦게까지 일하고 있었어요. 거의 밤 열두시가 되었을 때 바리도 씨가 내게 그만 퇴근하라고 했어요. 대표님들은 한 신사와 약속이 있어서 기다리고 있었는데……"

"밤 열두시요? 어떤 신사죠?"

"외국인이었던 것 같아요. 무슨 제안과 관련된 것 같은데, 정확히는 잘 모르겠어요. 나도 기꺼이 남아 있을 작정이었지만, 너무 늦은 시간이었고 바리도 씨가 퇴근하라고 하는 바람에……"

"에르미니아, 그 신사 이름 기억해요?"

'독물'은 의아하다는 듯 나를 쳐다보았다.

"내가 기억하는 건 오늘 아침에 왔던 형사에게 모두 말했어요. 그 사람이 당신도 찾았어요."

"형사가요? 나를 찾았다고요?"

"경찰은 모든 사람과 말하고 있으니까요."

"물론 그렇겠지요."

'독물'은 내 생각을 읽으려는 것처럼 미심쩍은 눈초리로 나를 뚫어지게 바라보았다.

"그가 목숨을 구할지는 아무도 몰라요." 에스코비야스를 두고 하는 말이었다. "모든 게 사라졌어요. 문서고 계약서고…… 모두. 이제 이 출판사는 끝났어요."

"유감이에요, 에르미니아."

그러자 그녀의 입술에 악의에 찬 일그러진 미소가 새겨졌다.

"유감이라고요? 당신이 원하던 게 바로 이런 거 아니었나요?"

"어떻게 그런 생각을 할 수 있습니까?"

'독물'은 의혹어린 눈초리로 나를 바라보았다.

"이제 당신은 자유의 몸이에요."

내가 에르미니아의 팔을 토닥이려고 했지만, 그녀는 내 존재가 두려운 듯 일어나 한 발짝 뒤로 물러섰다.

"에르미니아……"

"인제 그만 가요." 그녀가 말했다.

연기가 모락모락 솟아오르는 폐허 속에 에르미니아를 남겨두고 거리로 나오자, 잿더미를 뒤지는 몇 명의 아이들이 보였다. 그중 한 아이는 잿더미 사이에서 책을 한 권 꺼내 호기심과 경멸이 뒤섞인 표정으로 살펴보고 있었다. 표지는 화염 때문에 망가지고 모서리가 시커멓게 그을렸지만 책의 나머지 부분은 온전히 남아 있었다. 나는 책등에 인쇄된 글씨를 보고 그게 『저주받은 자들의 도시』의 한 권이라는 사실을 알았다.

"마르틴 씨?"

돌아보니 공기를 떠다니는 끈적하고 습한 열기와 전혀 어울리지 않는 싸구려 양복을 입은 세 사람을 보았다. 책임자로 보이는 사람이 한 발짝 앞으로 나서더니 내게 따뜻한 미소를 지었다. 경험 많은 장사치의 미소와 진배없었다. 체격과 성질이 수압기와 비슷해 보이는 다른 두 사람은 노골적인 적개심에 불타는 시선으로 나를 쳐다보았다.

"마르틴 씨, 나는 형사 빅토르 그란데스고 이쪽은 내 동료들, 수사와 치안 팀에 근무하는 마르코스와 카스텔로입니다. 몇 분만 할애해주시면 너무나 감사하겠습니다."

"물론 그래야지요." 나는 대답했다.

빅토르 그란데스는 사회면에서 일하던 시절에 들어본 적이 있는 이름이었다. 비달이 몇몇 칼럼에서 그에 대한 칭찬을 아끼지 않았고, 무엇보다 기억나는 것은 빅토르 그란데스를 수사팀의 미래라고 평가했던 글이었다. 이전 세대보다 훨씬 체계적인 교육을 받고 강철처럼 강인하고 청렴결백한 엘리트 전문가로 이루어진 새로운 세대가 올 것을 증명하는 든든한 인재가 바로 그라는 것이었다. 여기에 사용된 형용사와 과장은 내가 아니라 비달의 것이다. 그란데스 형사는 그후로 승진을 거듭했을 것이고, 그가 그곳에 있다는 것은 수사팀이 바리도와 에스코비야스 출판사 화재 사건을 중대하고 심각하게 여기고 있다는 신호였다.

"괜찮으시다면 방해 없이 이야기를 나눌 수 있도록 카페라도 가는 게 어떻겠습니까?" 그란데스는 공무원 특유의 미소를 전혀 누그러뜨리지 않고 말했다.

"좋을 대로 하십시오."

그란데스는 나를 독토르 도우 거리와 핀토르 포르투니 거리가 만나는 길모퉁이의 조그만 카페로 안내했다. 마르코스와 카스텔로는 잠시도 한눈을 팔지 않은 채 우리를 뒤따라 걸어왔다. 그란데스가 담배를 권했지만 거절하자 담뱃갑을 다시 넣었고, 카페에 도착할 때까지 입을 떼지 않았다. 카페에서는 세 사람이 안쪽 테이블로 나를 호송하다시피 데려가 나를 에워싸는 식으로 자리를 잡았다. 나를 어둡고 축축한 감옥으로 데려갔더라도 그보다는 화기애애하지 않을까 싶었다.

"마르틴 씨, 오늘 새벽에 일어난 일은 이미 알고 있겠지요."

"신문에서 읽은 내용만요. 그리고 '독물'에게 들은 것만……"

"독물이라고요?"

"미안합니다. 사장실 비서인 에르미니아 두아소 양이요."

마르코스와 카스텔로는 서로 심상치 않은 시선을 교환했다. 그란데스는 미소를 지었다.

"재미있는 별명이군요. 마르틴 씨, 질문에 답해주십시오. 어젯밤 어디 계셨습니까?"

빌어먹을 정도로 순진하게도 나는 그 말에 흠칫 놀랐다.

"그냥 통상적으로 하는 질문입니다." 그란데스가 말했다. "최근에 희생자들과 관계가 있었을 모든 사람의 소재를 확인하고 있습니다. 직원, 조달인, 가족, 친척, 지인……"

"친구와 함께 있었습니다."

나는 입을 열자마자 단어를 잘못 선택했다는 것을 알았고, 그란데스는 그걸 놓치지 않았다.

"친구라고요?"

"친구라기보다는 일과 관련된 사람입니다. 출판사 발행인이죠.

어젯밤에 그 사람과 만나기로 약속이 있었습니다."

"언제까지 함께 있었는지 말해주실 수 있습니까?"

"아주 늦게까지 있었습니다. 사실대로 말하자면, 그의 집에서 밤을 보냈습니다."

"알겠습니다. 그런데 일과 관련된 사람이라고요? 이름이 뭡니까?"

"코렐리입니다. 안드레아스 코렐리요. 프랑스 출판사 발행인입니다."

그란데스는 그 이름을 수첩에 적었다.

"성을 보면 이탈리아 사람 같은데요." 그가 말했다.

"사실 그의 국적이 어디인지는 나도 정확하게 알지 못합니다."

"충분히 그럴 수 있습니다. 국적이 어디건 간에 이 코렐리라는 사람이 어젯밤에 당신과 함께 있었다는 것을 밝혀줄 수 있을까요?"

나는 어깨를 으쓱했다.

"그럴 수 있을 거라고 생각합니다."

"생각한다고요?"

"아니, 그럴 거라고 확신합니다. 그러지 않을 이유가 있겠습니까?"

"글쎄요, 나는 모르지요. 마르틴 씨. 그가 그러지 않을 수 있을 거라 생각하는 이유라도 있습니까?"

"아닙니다."

"그럼 이 이야기는 이쯤 해두겠습니다."

마르코스와 카스텔로는 우리가 자리에 앉은 이후부터 내 입에서 거짓말만 들은 것처럼 나를 쳐다보았다.

"마지막으로 불특정 국적의 이 발행인과 어젯밤 가졌던 모임의 성격에 관해 밝혀주실 수 있습니까?"

"코렐리 씨가 한 가지 제안을 하기 위해 약속을 청했습니다."

"어떤 성격의 제안입니까?"

"일과 관련된 제안입니다."

"알겠습니다. 아마도 책을 써달라는 제안이었겠지요?"

"맞습니다."

"그럼 한 가지만 더 물어보지요. 일과 관련된 만남 이후 계약 상대방의 집에 남아 밤을 보내는 게 일반적인 일입니까?"

"아닙니다."

"하지만 당신은 이 발행인의 집에 남아서 밤을 보냈고요."

"몸이 좋지 않았고, 그런 상태로는 도저히 집까지 갈 수 없을 것으로 판단했습니다."

"저녁을 먹은 게 좋지 않았던 건가요?"

"최근 건강에 심각한 문제가 있었습니다."

그란데스는 안쓰럽다는 표정으로 고개를 끄덕였다.

"구토증과 두통이 심해서……" 나는 설명을 덧붙였다.

"그런데 이제는 훨씬 좋아졌다고 생각해도 되겠습니까?"

"그렇습니다, 훨씬 좋아졌습니다."

"축하합니다. 분명한 것은 지금 당신이 그 누구라도 부러워할 모습이라는 사실입니다. 그렇지 않나?"

카스텔로와 마르코스는 천천히 고개를 끄덕였다.

"누구라도 당신이 커다란 짐을 벗었다고 말할 겁니다." 형사가 지적했다.

"무슨 소린지 모르겠군요."

"구토증과 두통 같은 성가신 짐 말입니다."

그란데스는 상대방이 조바심을 내도록 능수능란하게 연기하고 있었다.

"당신의 직업세계에 관해 자세한 것을 몰라 미안합니다, 마르틴 씨. 하지만 두 발행인과 계약서에 서명을 하지 않았습니까? 앞으로 육 년 뒤에 그 시효가 만료되는 것으로 알고 있습니다."

"오 년입니다."

"바리도와 에스코비야스 출판사와 독점 계약을 한다, 그러니까 그 출판사만을 위해 글을 쓴다는 조건 아닙니까?"

"계약서에는 그렇게 적혀 있습니다."

"그렇다면 당신 계약서에 따르면 경쟁 출판사의 제안을 받아들일 수 없는데, 그 제안에 대해 논의한 이유는 무엇입니까?"

"그건 그냥 대화였습니다. 그 이상은 아닙니다."

"하지만 결국 그 신사의 집에서 밤까지 보내게 되었고요."

"내 계약서는 제삼자와 말하는 것까지 금지하지 않습니다. 우리집 밖에서 밤을 보내지 말라는 조항도 없습니다. 나는 내가 원하는 곳에서 잘 수 있고, 내가 원하는 누구와도 대화를 할 수 있는 자유의 몸입니다."

"물론이지요. 그렇지 않다는 애기가 아닙니다. 하지만 그 점을 명확히 밝혀주셔서 감사합니다."

"명확히 밝혀야 할 사항이 또 있나요?"

"사소만 사항 하나만 더 묻겠습니다. 바리도 씨가 이미 사망한 상황에, 그런 일이 벌어지면 안 되겠지만 에스코비야스 씨가 중태에서 회복되지 못하고 역시 세상을 떠난다면 출판사는 없어질 테고 따라서 당신과의 계약도 무효가 됩니다. 내 말이 틀립니까?"

"확실하게는 모르겠습니다. 그 회사가 어떤 체제로 구성되어 있는지는 나도 정확하게 모릅니다."

"하지만 그럴 가능성이 있겠지요, 아닙니까?"

"그럴 수 있습니다. 출판사 변호사에게 물어봐야 할 것 같습니다."

"사실 이미 물어봤습니다. 변호사는 그 누구도 원하지 않는 일이 일어나서, 그러니까 에스코비야스 씨가 세상을 떠난다면 그렇게 될 것이라고 확인해주었습니다."

"그러니까 답을 이미 아시는군요."

"그러면 당신은 완전히 자유의 몸이 되어 다른 출판사 발행인의 제안을 받아들일 수 있습니다. 그 발행인 이름이……"

"……코렐리입니다."

"이미 그 제안을 받아들이셨습니까?"

"그것이 화재의 원인과 무슨 상관이 있는지 물어봐도 될까요?" 난 그에게 쏘아붙였다.

"아무 상관도 없습니다. 그냥 궁금해서요."

"그게 전부입니까?" 내가 물었다.

그란데스는 동료들을 바라본 다음 나를 쳐다보았다.

"나로서는 그렇습니다."

나는 일어나려는 자세를 취했다. 세 경찰은 꼼짝도 하지 않고 의자에 앉아 있었다.

"마르틴 씨, 잊어버리기 전에……" 그란데스가 말했다. "일주일 전 바리도와 에스코비야스 씨가 앞서 언급한 변호사를 대동하고 플라사데르스 거리 30번지의 당신 집으로 찾아갔다는 사실을 기억하는지 확인해줄 수 있습니까?"

"그런 일이 있었습니다."

"인사차 방문했었나요, 아니면 특별한 용건이 있었던 건가요?"

"내가 몇 달간 다른 계획에 전념하기 위해 연기해놓은 일련의 책 작업을 다시 시작해달라는 바람을 밝히기 위해 왔더군요."

"당신이 판단하기에 대화가 정중하고 온화한 분위기에서 이루어졌습니까?"

"목소리를 높인 사람이 있었는지는 기억나지 않습니다."

"당신이 그들에게 어떻게 대답했는지 기억하십니까? 정확하게 '일주일 내로 당신들이 끝장날 겁니다'라고 했습니다. 물론 목소리를 높이지는 않고요."

나는 한숨을 내쉬었다.

"그렇습니다." 나는 인정했다.

"그게 무슨 의미입니까?"

"화가 나서 머릿속에 떠오른 대로 그냥 지껄인 것입니다, 형사님. 진심이 아니었습니다. 종종 자신이 의도하지 않은 말을 내뱉는 때도 있는 법입니다."

"솔직하게 말씀해주어서 고맙습니다, 마르틴 씨. 많은 도움이 되었습니다. 그럼 좋은 하루 보내십시오."

그곳을 나오는데 등뒤에 비수처럼 꽂히는 세 사람의 시선이 느껴졌다. 그리고 형사가 던진 각각의 질문에 전부 거짓말로 대답했다면, 그토록 죄책감이 들지는 않았을 것이라고 확신했다.

2

빅토르 그란데스와 그가 수행원으로 데리고 다니는 두 바실리스크*와의 만남은 씁쓰름한 뒷맛을 남겼지만, 아직 어색하기만 한 몸으로 햇빛을 받으며 거리를 걷자 그 느낌은 미처 100미터도 가지 않아 사라지고 말았다. 이제 몸 상태가 좋아진 나는 두통도 구토감도 없었고, 귀에서 윙윙거리는 소리도 사라졌고, 머리가 빠개지는 듯한 통증도 느끼지 않으며, 식은땀도 흘리지 않고 피로도 느끼지 않는 사람이었다. 불과 스물네 시간 전만 해도 내가 죽을 것이라는 확신에 사로잡혀 질식할 지경이었지만 이제는 그런 기억조차 희미했다. 내 안의 무언가가 간밤의 비극, 그러니까 바리도의 죽음과 살 가망이 희박해 죽은 것이나 다름없는 에스코비야스를 포함한 일련의 불행에 슬퍼하고 애도를 표해야 한다고 말했

* 눈을 보거나 입김을 쐬기만 해도 사람이 죽는다는 전설의 뱀.

지만, 내 의식과 나는 그 사건에 더없이 쾌적한 무관심 이상의 것을 느낄 수 없었다. 7월의 그날 아침 람블라스 거리는 축제 분위기였고, 나는 그 축제의 왕자였다.

길을 걷다가 나는 셈페레 씨를 찾아가 깜짝 놀라게 해줘야겠다는 마음을 먹고 산타아나 거리로 향했다. 서점에 들어갔을 때 아버지 셈페레 씨는 계산대 뒤에서 계산을 맞춰보고 있었고 아들은 사다리에 올라가 책장을 정리하고 있었다. 나에게 다정하고 정중한 미소를 짓는 그를 보며 나는 순간 그가 나를 알아보지 못했음을 깨달았다. 잠시 후 그는 얼굴에서 미소가 지워졌고 너무 놀라 입을 크게 벌린 채 계산대를 돌아나와 나를 껴안았다.

"마르틴? 자네 맞지? 오 하느님…… 오 성모님…… 완전히 몰라보겠어! 자네 때문에 얼마나 걱정했는지 몰라. 여러 번 집으로 찾아갔는데 아무 대답도 없어서. 그래서 병원과 경찰서를 돌아다니면서 자네를 찾고 있었어."

그의 아들은 사다리 위에서 나를 바라보며 도저히 믿기지 않는다는 표정을 지었다. 불과 일주일 전만 해도 그들이 나를 폭력이 판치는 제5구의 시체보관소에 있는 송장처럼 보았다는 사실이 별수없이 떠올랐다.

"너무 놀라게 해서 죄송합니다. 일 때문에 며칠 집을 비웠어요."

"그런데 어떻게 된 일인가? 내 말대로 의사를 찾아간 거지?"

나는 고개를 끄덕였다.

"별일 아니었어요. 긴장해서 혈압이 높아졌던 거였어요. 며칠 동안 강장제를 먹었더니 다시 새사람이 되었습니다."

"도대체 그 강장제 이름이 뭔지 말해주게. 나도 듬뿍 먹어야겠어…… 이런 모습으로 자네를 다시 보게 되어 너무나 안심이 되고 기뻐!"

그런 행복감은 그날의 소식이 화제에 오르면서 순식간에 사라졌다.

"바리도와 에스코비야스 일은 들었어?" 서점 주인이 물었다.

"거기서 오는 길이에요. 믿을 수가 없어요."

"누가 믿을 수 있겠나. 안됐다는 마음이 안 드는 것도 아니지만, 뭔가…… 자네는 그쪽하고 법적인 문제가 어떻게 되는지 말해보게. 이제 어떻게 되는 거지? 너무 노골적이고 경우에 맞지 않는 걸 물어서 미안하네."

"사실은 저도 잘 모르겠습니다. 두 공동출자자가 출판사 소유주였던 것 같아요. 아마 상속인이 있을 것 같은데, 두 사람 다 세상을 떠나면 회사가 자동으로 없어질 가능성도 배제할 수 없습니다. 그러면 그들과 제 관계도 자연히 소멸하는 거고요. 저는 그렇게 믿고 있습니다."

"이런 말을 해서는 안 되지만, 만일 에스코비야스 역시 사망하면 자네는 자유의 몸이 된다는 소리군."

나는 고개를 끄덕였다.

"그들에게는 안됐지만 자네한테는 잘된 일이니 거참……" 서점 주인이 조그만 소리로 말했다.

"하느님 뜻대로 되겠지요." 나는 대답했다.

셈페레 씨는 고개를 끄덕였지만 무언가 꺼림칙한 듯 화제를 바꾸고 싶은 눈치였다.

"어쨌거나 자네가 이곳을 들른 게 내게는 잘된 일이야. 부탁하고 싶은 게 하나 있거든."

"무슨 부탁이든지 편하게 하십시오."

"미리 알려주는데, 별로 마음에 들지 않을 거야."

"제가 좋아할 일이라면 그건 부탁이 아니라 기쁨이지요. 하지만 선생님을 위한 부탁이라면 얼마든지 기쁜 마음으로 들어드리겠습니다."

"사실 나를 위한 건 아니야. 얘기해볼 테니 자네가 결정하게. 마음의 부담은 느끼지 말고. 알았지?"

셈페레 씨가 계산대에 기대 이야기할 자세를 취하자 그 가게에 깃든 어린 시절의 추억이 가득 떠올랐다.

"어느 여자아이에 관한 일이야. 이사벨라라는 아이. 열일곱 살 정도 되었는데, 아주 영리해. 항상 이곳을 들르고, 그러면 난 책을 빌려줘. 나한테 작가가 되고 싶다고 하더군."

"어디서 많이 들어본 이야기인데요." 내가 말했다.

"그런데 일주일 전에 자기가 쓴 단편소설 하나를 두고 갔어. 길지는 않고, 이삼십 장 분량. 내 의견을 말해달라더군."

"그런데요?"

셈페레 씨는 마치 일급 비밀문서 내용을 발설하는 것처럼 목소리를 낮추었다.

"아주 대단해. 최근 이십 년간 출판되었던 99퍼센트의 책들보다 더 훌륭해."

"제 책이 나머지 1퍼센트에 속했으면 좋겠네요. 아니면 자부심이 짓밟히고 뒤통수를 맞은 기분일 것 같아요."

"내가 하려는 얘기가 바로 그거야. 이사벨라는 자네를 우러러보고 있어."

"저를 우러러본다고요? 저를요?"

"그래, 마치 자네를 검은 성모*와 아기 예수를 합쳐놓은 존재처럼 존경하지. 이미 『저주받은 자들의 도시』는 처음부터 끝까지 열 번이나 읽었고, 내가 『천국의 계단』을 빌려줬을 때는 자기도 그런 작품을 쓸 수만 있다면 언제 죽어도 여한이 없을 거라더군."

"이거 아무래도 잘못 걸려든 것 같은데요."

"자네가 어떻게든 피할 거라는 사실은 이미 짐작하고 있었어."

"피하는 거 아니에요. 부탁이 뭔지 아직 말씀하지도 않으셨어요."

"무얼까 짐작해보게."

난 한숨을 내쉬었다. 그러자 셈페레 씨는 혀를 찼다.

"아까도 말했듯이, 별로 자네 마음에 들지 않을 거야."

"다른 걸 부탁하시면 안 될까요?"

"그 아이와 대화만 좀 해주게. 용기와 조언을 주고…… 그 아이 말을 듣고, 몇 작품 읽은 다음 지도를 해주게. 그리 힘든 일은 아닐 거라고 생각해. 그 아이는 총알처럼 머리가 빨리 돌아가. 아

---

* 카탈루냐 몬세라트 수도원에 있는 성모상.

마 자네도 아주 좋아하게 될 거야. 아주 친해질 수도 있고. 그 아이를 자네 조수로 쓸 수도 있어."

"저는 조수가 필요 없어요. 모르는 사람이라면 더더욱이요."

"바보 같은 소리는 그쯤 하게. 게다가 자네가 이미 알고 있는 아이야. 아니, 적어도 그 아이가 말하기로는 그래. 자기는 몇 년 전부터 자네를 알고 있는데, 틀림없이 자네는 자기를 기억 못할 거라고. 보아하니 그 아이의 축복받은 부모들은 문학이 그 아이에게 지옥행을 선고하거나 아니면 그애를 하느님을 믿지 않는 독신녀로 만들어버릴 것이라고 확신하나봐. 그래서 수녀원에 집어넣어 수녀로 만들지, 아니면 어느 바보 같은 놈과 결혼시켜서 여덟 아이의 엄마로 영원히 프라이팬과 냄비 사이에 가두어버릴지 결정을 못 내리고 있어. 자네가 그 아이를 구해내기 위해 아무것도 하지 않는다면, 그애를 죽이는 꼴이 되는 거야."

"과장하지 마세요, 셈페레 씨."

"이것 보게, 자네에게 이타심이란 마치 사르다나*를 추는 것처럼 전혀 어울리지 않는다는 사실은 나도 알고 있어. 그래서 부탁하지 않으려고 했다고. 그런데 그 아이가 여기 와서 지성과 의욕이 불타는 그 조그만 눈으로 나를 바라볼 때마다 그 아이를 기다리는 미래가 떠올라. 그러면 마음이 찢어질 것 같다네. 내가 가르쳐줄 수 있는 건 이미 모두 가르쳐주었어. 하나를 가르쳐주면 열을 아는 아이야, 마르틴. 그애를 보면 떠오르는 사람이 누구냐 하

---

* 둥글게 모여 단체로 추는 카탈루냐 지방의 춤.

면, 어렸을 때의 자네라네."

나는 한숨을 쉬었다.

"이름은 이사벨라고 성은 뭐죠?"

"히스페르트야. 이사벨라 히스페르트."

"모르는 아이예요. 평생 그런 이름은 들어본 적이 없어요. 선생님에게 거짓말을 한 게 분명해요."

서점 주인은 단호하게 고개를 흔들었다.

"이사벨라는 자네가 바로 그렇게 말할 거라고 하더군."

"재능도 뛰어나고 점도 잘 치는군요. 또 뭐라고 했지요?"

"자네가 인품보다는 글이 더 훌륭할지도 모른다고 했지."

"맙소사! 정말 천사 같은 아이군요."

"그 아이에게 자네를 만나러 가라고 해도 좋겠나? 부담은 갖지 말게."

나는 결국 항복하면서 좋다고 말했다. 셈페레 씨는 승리자처럼 웃으며 포옹으로 협정을 마무리지으려고 했다. 하지만 나는 늙은 서점 주인이 나를 좋은 사람으로 여기려는 자신의 임무를 완수하기 전에 슬쩍 몸을 뺐다.

"후회하지 않을 거야, 마르틴." 그 말을 들으면서 나는 문으로 나왔다.

3

집에 도착하니 빅토르 그란데스가 대문 앞 계단에 앉아 차분히 담배를 맛보고 있었다. 나를 보자 오후 첫 공연의 인기배우처럼 우아하게 웃는 모습이 인사차 찾아온 옛친구 같았다. 내가 옆에 앉자 그는 열린 담뱃갑을 내밀었다. '지탄'이라는 상표라는 걸 알아볼 수 있었다. 난 그 담배를 받았다.

"헨젤과 그레텔은 어디에 있습니까?"

"마르코스와 카스텔로는 올 수 없었습니다. 비밀정보를 받고서 피해자들의 지인을 잡으러 푸에블로세코로 갔지요. 아마도 그 작자의 기억을 되살리려면 이런저런 추궁이 좀 필요할 겁니다."

"불쌍한 사람."

"내가 당신을 만나러 올 것이라고 했더라면, 틀림없이 관심을 보였을 겁니다. 두 사람은 당신을 아주 마음에 들어했거든요."

"첫눈에 반한 모양이군요. 나도 이미 눈치챘습니다. 그런데 내가 뭘 해드리면 됩니까, 형사님? 저 위에서 커피 한잔 마시자고 청해도 되겠습니까?"

"사적 공간을 침범하고 싶지는 않습니다, 마르틴 씨. 사실 다른 매체를 통해 알기 전에 직접 소식을 전해주고 싶어서 온 겁니다."

"무슨 소식이지요?"

"에스코비야스가 클리니코병원에서 오늘 이른 오후에 죽었습니다."

"맙소사! 몰랐습니다." 내가 말했다.

그란데스는 어깨를 으쓱하더니 잠시 아무 말도 하지 않고 담배만 피웠다.

"그럴 것 같았습니다. 우리가 손쓸 수 있는 게 전혀 없었습니다."

"화재 원인에 대해서는 뭔가 알아내셨습니까?" 내가 물었다.

형사는 나를 한참 쳐다보고서 고개를 끄덕였다.

"모든 정황이 누군가가 바리도 씨에게 휘발유를 뿌리고 불을 붙였음을 보여주는 것 같습니다. 그가 공포에 질려 사무실에서 도망치려고 했을 때 불이 번졌고요. 동업자와 그를 돕기 위해 달려온 다른 직원들은 불길에 갇혀버렸습니다."

나는 침을 삼켰다. 그란데스는 차분하게 미소 지었다.

"오늘 오후 출판사의 변호사가 이야기하더군요. 당신이 서명한 계약서는 계약 당사자만 권한을 행사할 수 있기에, 발행인들이 사망한 이상 그 계약은 이제 해지되었다고요. 다만 이전에 출판된 작품에 한해서는 상속인들이 계속 권리를 행사할 수 있답니다. 아마도 당신에게 그런 사실을 서면으로 통보할 겁니다. 그러나 그전에 아는 게 좋을 것 같더군요. 당신이 언급했던 그 출판사 발행인의 제안에 관해 결정해야 할 게 있을지 모르니."

"고맙습니다."

"별말씀을요."

그란데스는 급히 담배를 빨더니 꽁초를 바닥에 던지고는 상냥한 미소를 지어 보인 뒤 자리에서 일어났다. 그리고 내 어깨를 손바닥으로 툭 치고 프린세사 거리를 향해 멀어져갔다.

"형사님?" 내가 불렀다.

그란데스는 걸음을 멈추고 뒤돌아보았다.

"혹시 지금 생각하는 게……"

형사는 피로에 지친 미소를 지어 보였다.

"몸조심하십시오, 마르틴."

나는 일찍 잠자리에 들었다가 불현듯 눈을 떴다. 이미 다음날이 된 줄 알았지만, 밤 열두시에서 불과 몇 분이 지났다는 것을 곧 확인할 수 있었다.

꿈에서 나는 사무실에 갇힌 바리도와 에스코비야스를 보았다. 불길이 그들의 옷을 타고 올라가더니 몸을 빈틈없이 뒤덮었다. 옷에 이어 피부가 조각조각 갈라져 벗겨졌고, 공포에 사로잡힌 그들의 눈은 불길에 뒤틀렸다. 그들은 두려움과 고통으로 부들부들 몸을 떨다가 마침내 잿더미 속으로 고꾸라지고 말았다. 그동안 녹아내린 초처럼 뼈에서 떨어진 살점은 내 발밑에서 연기가 피어오르는 기름 웅덩이를 이루었다. 나는 손가락에 들고 있던 성냥을 훅 불어 끄면서 기름 웅덩이에 비친 내 얼굴이 미소 짓는 것을 보았다.

나는 잠자리에서 일어나 물컵을 찾았다. 다시 잠들기는 이미 틀렸다는 생각에 서재로 올라가 책상 서랍에서 '잊힌 책들의 묘지'에서 구해낸 책을 꺼냈다. 나는 스탠드를 켜고 전등이 달린 목을 구부려 불빛이 책을 똑바로 향하게 한 뒤 첫 페이지를 펼쳐서 읽기 시작했다.

영원의 빛

D.M.

언뜻 보기에 책은 의미를 종잡을 수 없는 글귀와 기도문의 모음집 같았다. 그것은 무언가의 원고로, 한 묶음의 타이핑된 종이가 다소 무성의하게 가죽으로 장정되어 있었다. 나는 계속 읽어 내려갔고, 잠시 후 본문에 수록된 일련의 사건과 노래, 생각에 일정한 체계가 있다는 것을 직감했다. 언어는 자체적으로 리듬을 이루고 있었고, 처음에 아무런 구조나 스타일도 없어 보이던 것이 점차 최면성의 노래로 분명하게 드러나고 있었다. 그 노래는 천천히 의식 속으로 침투해 독자를 무감각과 망각의 상태로 몰고 갔다. 내용도 마찬가지였는데, 그 중심축은 제1부, 달리 표현하면 제1곡이 상당 부분 전개될 때까지 명확하게 드러나지 않았다. 시간과 공간이 제 의지대로 흐르던 시대에 쓰인 오래된 시의 형식에 따라 구성되어 있기 때문인 듯했다. 그때 나는 『영원의 빛』이라는 책을 좀더 정확히 표현하자면 일종의 사자死者의 서書라는 것을 깨달았다.

뜬구름 잡는 수수께끼와도 같은 처음 삼사십 페이지가 지나자, 갈수록 궁금증을 일으키는 기도와 간청으로 이루어진 정확하면서도 황당한 퍼즐 속으로 빨려들어가는 느낌이 들었다. 그 안에서 죽음은 괴이한 운율의 운문을 통해 여러 번에 걸쳐 파충류의 눈을 가진 하얀 천사로 묘사되었고, 어느 곳에서는 빛나는 어린아이로 그려지기도 했다. 그것은 자연과 욕망, 그리고 존재의 허약함 속에 드러나는 유일한 동시에 어디에나 존재하는 신으로 그려졌다.

D.M.이라는 수수께끼 같은 사람이 누구든 그의 운문 속에서 죽음은 모든 것을 집어삼키는 영원한 힘이었다. 천국과 지옥이 등장하는 여러 신화의 인용으로 이루어진 복잡한 실타래는 결국 하나의 결론으로 매듭지어졌다. D.M.에 따르면 이 세상에는 단 한 번의 시작과 끝만이 존재할 뿐이고, 사람들을 혼란에 빠뜨리고 그들의 약점을 시험하기 위해 여러 다른 이름으로 나타나는 단 하나의 창조주와 파괴자만 있을 뿐이며, 하나의 신만 있을 뿐이었다. 그리고 그 유일신의 진정한 얼굴은 둘로 나뉘어 있는데, 하나는 상냥하고 친절하며 자비로운 얼굴이고, 다른 하나는 잔인하고 무자비한 악마 같은 얼굴이었다.

내용을 추정할 수 있는 것은 여기까지였다. 이러한 서론 이후에는 작가가 글의 방향을 잃어버린 것 같았고, 그래서 묵시록적인 어조로 책을 가득 채운 온갖 이야기와 이미지의 의미를 판독하기란 거의 불가능했다. 몰아치는 피의 폭풍과 도시와 마을을 강타하는 불길, 군복을 입고 끝없는 들판을 돌아다니며 인명을 마구 살상하는 송장들의 군대, 갈가리 찢긴 깃발로 성채의 문에 목매여 숨진 아이들, 구제받지 못한 채 검은 바닷속을 영원히 떠도는 수천 개의 영혼, 잿더미의 구름이 가득한 하늘, 해충과 뱀이 들끓는 썩어버린 육체와 뼈의 바다. 이런 지옥과 같은 구역질나는 내용이 질리도록 이어졌다.

원고를 넘기면서 나는 병적이고 파괴된 영혼의 지도 위를 천천히 돌아다니고 있는 것만 같았다. 모든 행에 걸쳐 작가는 본인도 의식하지 못한 채 광기의 심연으로 추락하는 자신의 모습을 드러내고 있었다. 책의 마지막 3분의 1은 내가 보기에 원점으로 돌아가려는 시도, 그러니까 그의 마음속에 뚫린 터널의 미로에서 도망치기 위해 광기의 감옥에 갇혀서 내지르는 절망의 비명이었다. 그렇게 탄원의 말이 이어지는 와중에 어떤 설명도 없이 책은 도중에 뚝 끊겼다.

여기에 이르자 눈꺼풀이 내려오기 시작했다. 창문 너머 바다에서 가벼운 바람이 불어와 지붕 위의 안개를 걷어가는 것이 느껴졌다. 책을 덮으려는 순간, 나는 내 정신의 여과지에 무언가 걸려 있다는 것을 알았다. 그 책을 작성한 기계와 관계있는 것이었다. 나는 처음으로 돌아가 책을 다시 훑어보기 시작했다. 그리고 다섯번째 줄에서 첫번째 증거를 발견했다. 그곳을 시작으로 두세 줄마다 그런 증거가 나타났다. 대문자 S가 항상 오른쪽으로 약간 기운 모양이었던 것이다. 나는 서랍에서 흰 종이 한 장을 꺼내 책상 위에 놓인 언더우드 타자기에 끼웠다. 그리고 아무렇게나 떠오르는 문장을 썼다.

Suenan las campanas de Santa María del Mar.

산타마리아 델 마르 성당의 종소리가 울린다.

나는 그 종이를 꺼내 스탠드 불빛 아래서 세밀히 살펴보았다.

Suenan… de Santa María del Mar

난 깊은숨을 내쉬었다. 『영원의 빛』은 바로 그 타자기로 작성된 것이었다. 어쩌면 바로 그 책상에서 썼을지도 몰랐다.

4

다음날 아침 나는 식사를 하기 위해 산타마리아 델 마르 성당 문 맞은편에 있는 카페로 내려갔다. 보른 지구는 시장으로 향하는 짐마차들과 사람들, 그리고 가게를 여는 상인들과 도매업자들로 가득했다. 나는 야외 테이블에 앉아 밀크커피를 주문했다. 옆 테이블에 주인 없이 놓여 있던 〈라방과르디아〉 한 부를 내 테이블로 가져왔다. 여러 기사의 제목과 첫머리를 눈으로 훑는 동안 나는 누군가 성당 입구의 계단 맨 위에 앉아서 나를 몰래 지켜보고 있다는 것을 알았다. 열여섯 살이나 열일곱 살 정도 되어 보이는 여자아이로, 공책에 무언가를 적는 척하면서 살그머니 나를 훔쳐보고 있었다. 나는 차분하게 밀크커피를 음미하다가 잠시 후 손짓으로 종업원을 불렀다.

"성당 문 앞에 앉아 있는 저 아가씨 보이나요? 저 아가씨에게 내가 살 테니 먹고 싶은 걸 주문하라고 하세요."

종업원은 고개를 끄덕이고서 그녀를 향해 갔다. 누군가가 다가오는 것을 보자, 아이는 공책에 머리를 파묻고 짐짓 거기에 온 정신을 쏟고 있는 척했다. 그 모습을 보자 웃지 않을 수 없었다. 카페 종업원이 앞에 서서 헛기침을 하자 그녀는 공책에서 눈을 들어 그를 쳐다보았다. 종업원은 그녀에게 자기 임무를 설명하고 나를 가리켰다. 여자아이는 놀란 표정으로 내게 눈길을 던졌고, 나는 손을 흔들어 인사했다. 아이의 얼굴이 불덩이처럼 달아올랐다. 그녀는 자리에서 일어나 아래를 내려다보면서 종종걸음으로 내 테이블에 다가왔다.

"이사벨라니?" 내가 물었다.

여자아이는 눈을 들더니 자기 자신이 못마땅하다는 듯 한숨을 내쉬었다.

"어떻게 알았어요?" 아이가 물었다.

"초자연적인 직관이지." 내가 대답했다.

그녀는 내게 손을 내밀었고, 나는 무덤덤하게 악수했다.

"앉아도 돼요?" 이사벨라가 물었다.

아이는 내 대답을 기다리지도 않고 의자에 앉았다. 그러고는 약 삼십 초 동안 여섯 번쯤 자세를 바꾸더니 결국 처음 자세로 앉았다. 나는 별 관심이 없는 것처럼 차분하게 아이를 지켜보았다.

"마르틴 씨, 날 기억 못하시죠, 그렇죠?"

"기억해야 할 일이라도 있었어?"

"몇 년 동안 매주 칸 히스페르트에서 주문한 것을 제가 갖다주었잖아요."

순간 오랫동안 식료품점에서 물건을 가져왔던 아이의 모습이 기억에서 되살아나더니 곧 그 이미지는 흐려지고 좀더 성숙하고 살짝 더 각진 얼굴로 대체되었다. 이사벨라는 이제 부드러운 용모와 강인한 시선을 지닌 어엿한 어른이었다.

"내가 팁을 주던 아이구나." 난 이렇게 말했지만, 그 어린아이의 모습은 거의 온데간데없었다.

이사벨라는 고개를 끄덕였다.

"항상 그 동전으로 다 무얼 할까 생각했었지."

"'셈페레와 아들' 서점에서 책을 샀어요."

"미처 몰랐어……"

"지금 귀찮게 해드리고 있는 거라면, 그만 갈게요."

"아니야, 괜찮아. 뭐 마실래?"

여자아이는 고개를 가로저었다.

"셈페레 씨 말이 네가 재능이 있다던데."

이사벨라는 어깨를 으쓱하더니 믿지 못하겠다는 미소를 지어 보였다.

"보통 재능이 많을수록 자기에게 그런 재능이 있는지 의심하는 법이지." 내가 말했다. "재능이 없을수록 자기가 재능이 많다고 확신하고."

"그렇다면 나는 재능이 많겠네요." 이사벨라가 대답했다.

"재능꾼들의 클럽에 들어온 걸 환영한다. 그런데 널 위해서 내가 해줄 수 있는 게 뭐지?"

이사벨라는 깊이 숨을 내쉬었다.

"셈페레 씨는 당신이 내 원고를 읽고 의견을 주고 충고도 해줄 수 있을 거라고 했어요."

나는 아무 대답도 하지 않고 몇 초 동안 아이의 눈을 쳐다보았다. 그애 역시 눈을 깜빡거리지도 않은 채 내게 시선을 고정했다.

"그게 전부야?"

"아니요."

"그럴 것 같았어. 그럼 다음은 뭐지?"

이사벨라는 잠시 머뭇거렸다.

"내 글이 만족스럽고 내가 가능성이 있다 싶으면, 나를 조수로 써달라고 부탁하고 싶어요."

"왜 내가 조수가 필요하다고 생각한 거지?"

"내가 서류를 정리하고, 원고를 타이핑하고, 실수와 잘못된 부분을 교정할 수 있을 거라고……"

"실수와 잘못된 부분?"

"당신이 실수를 한다는 말은 아니고……"

"그렇다면 무슨 말이지?"

"별 뜻 없이 한 말이에요. 그래도 네 개의 눈이 두 개의 눈보다는 많이 보잖아요. 게다가 나는 편지를 쓰고 말을 전하고 필요한 자료도 찾을 수 있어요. 요리할 줄도 알고……"

"내 조수를 하겠다는 거니, 아니면 요리사를 하겠다는 거니?"

이사벨라는 시선을 떨어뜨렸다. 난 웃음을 참을 수 없었다. 왠지 모르게 그 이상한 아이가 아주 마음에 들었다.

"그럼 이렇게 하자. 네가 가장 잘 썼다고 생각하는 글을 골라서 스무 장을 가져와. 절대 한 장도 초과하면 안 돼. 초과분은 읽을 생각이 없거든. 그럼 내가 차분하게 읽어보고, 어떻게 생각하는지 나중에 이야기하지."

여자아이의 얼굴이 환하게 빛나면서, 딱딱하고 긴장되었던 표정이 잠시 사라졌다.

"후회하지 않을 거예요." 이사벨라가 말했다.

아이는 자리에서 일어나 초조한 눈빛으로 나를 바라보았다.

"댁으로 가져가도 괜찮아요?"

"우편함에 넣어놔. 이제 됐니?"

이사벨라는 거듭해서 고개를 끄덕였고, 총총걸음으로 초조하게 그 자리를 떠나려고 했다. 아이가 뒤돌아 뛰어가려는 순간, 난 그 아이를 불렀다.

"이사벨라?"

여자아이가 공손하게 나를 쳐다보았다. 그 눈에는 갑작스러운 불안감이 서려 있었다.

"그런데 왜 나야?" 내가 물었다. "가장 좋아하는 작가가 나라고는 하지 마. 내게 아부하라고 셈페레 씨가 알려준 달콤한 말도 하지 말고. 그랬다가는 이게 우리의 처음이자 마지막 대화가 될 거니까."

이사벨라는 잠시 머뭇거렸다. 그리고 꾸밈없는 눈빛으로 나를 쳐다보며 주저하지 않고 대답했다.

"내가 아는 유일한 작가가 당신이기 때문이에요."

이사벨라는 솔직하게 털어놓으면서 당황한 미소를 지었고, 공책을 챙겨 불안한 발걸음으로 그곳을 떠났다. 나는 그녀가 미라예르스 거리 모퉁이를 돌아 성당 뒤로 사라지는 모습을 지켜보았다.

5

한 시간 정도 지난 후에 집으로 돌아가보니 그녀가 자신의 작품인 듯한 것을 들고 앉아 기다리고 있었다. 나를 보자 자리에서 벌떡 일어나 억지로 미소를 지었다.

"우편함에 넣어두라고 했잖아." 내가 말했다.

이사벨라는 고개를 끄덕이면서 어깨를 으쓱했다.

"감사의 표시로 부모님 가게에 있는 커피를 조금 가져왔어요. 콜롬비아 커피인데, 아주 맛있어요. 커피가 우편함에 들어가지 않아서 기다리는 게 낫겠다고 생각했어요."

풋내기 소설가나 생각해낼 핑계였다. 나는 한숨을 내쉬고서 문을 열었다.

"들어와."

나는 이사벨라와 함께 계단을 올라갔다. 그녀는 애완견처럼 두세 단 뒤에서 나를 졸졸 쫓아왔다.

"항상 아침을 이렇게 오래 먹어요? 내가 상관할 일은 아니지만, 여기서 거의 사십오 분 넘게 기다리다가 문득 걱정되기 시작했어요. 그러니까 뭔가 목에 걸리지는 않았나 해서요. 평생 처음으로 진짜 작가를 만났는데, 내 망할 운명이 당신 기도로 올리브가 넘어가게 했다면 어떻게 되겠어요? 그러면 거기서 내 문학 경력도 끝나는 거잖아요." 여자아이는 속사포를 쏘아대듯이 말했다.

나는 계단 중간에서 걸음을 멈추고 있는 힘을 다해 가장 냉담한 표정을 지으며 그녀를 쳐다보았다.

"이사벨라, 우리 사이에서 모든 게 제대로 돌아가려면 아무래도 일련의 규칙을 정해야 할 것 같아. 첫번째 규칙은 질문은 내가 한다는 거야. 넌 대답만 해야 해. 내가 질문하지 않으면 너는 대답도 하지 말고, 그때그때 떠오른 말도 하지 마. 두번째 규칙은 내가 얼마나 오래 아침을 먹건, 아니면 간식을 먹건 혹은 딴전을 부리건 나는 내 마음대로 시간을 쓸 자유가 있고, 그건 전혀 논쟁거리가 되지 않는다는 거야."

"기분을 상하게 하려던 건 아니었어요. 먹은 걸 천천히 소화시키면 영감을 얻는 데 도움이 된다는 사실이 이제야 생각나네요."

"세번째 규칙은 정오 이전에는 빈정거리는 소리가 용인되지 않는다는 거야. 알겠지?"

"예, 마르틴 선생님."

"네번째 규칙은 나를 마르틴 선생님이라고 부르지 않는 거야. 내 장례식장에서도 그렇게 부르지 마. 네게는 내가 시대에 뒤떨어진 사람처럼 보일지 몰라도, 나는 아직 내가 젊다고 믿고 싶거든.

아니, 난 아직 젊어."

"그럼 어떻게 불러야 해요?"

"이름을 불러. 그냥 다비드라고."

여자아이는 고개를 끄덕였다. 나는 현관문을 열고 들어가라는 손짓을 했다. 이사벨라는 잠시 머뭇거리더니 펄쩍 뛰어 재빠르게 안으로 들어갔다.

"내가 보기에는 나이에 비해 매우 젊은 얼굴이에요, 다비드."

나는 놀란 표정으로 그녀를 쳐다보았다.

"내가 몇 살이라고 생각하는데?"

이사벨라는 나를 아래위로 살펴보면서 나이를 가늠해보았다.

"서른 살 정도 되지 않아요? 하지만 전혀 그렇게 안 보여요."

"인제 그만 입다물고 네가 가져온 액상커피로 커피나 만들어."

"부엌은 어디예요?"

"직접 찾아봐."

우리는 별실에 앉아 맛있고 향긋한 콜롬비아 커피를 함께 마셨다. 이사벨라가 가져온 스무 장의 원고를 내가 보는 동안 그녀는 커피잔을 들고서 흘낏흘낏 나를 쳐다보았다. 종이를 넘기고 눈을 들 때마다 기대감에 부푼 그녀의 눈과 마주쳤다.

"올빼미처럼 그곳에서 나를 계속 쳐다보고 있으면, 아마 읽는 데 많은 시간이 걸릴 거야."

"그럼 뭘 할까요?"

"내 조수가 되고 싶다고 하지 않았어? 그럼 보조를 해. 정리할 것을 찾아서 정리해."

이사벨라는 주변을 둘러보았다.

"모두 엉망진창인데요."

"네 능력을 보여줄 절호의 기회네."

이사벨라는 고개를 끄덕이더니 집안을 지배하는 혼돈과 무질서와 맞서 싸우기 위해 군인처럼 용감하게 떠났다. 그녀의 발걸음이 복도로 멀어져가는 소리를 들으면서 나는 계속 원고를 읽었다. 그녀가 가져온 글은 서사라고 할 것이 딱히 없었다. 도시가 내려다보이는 리베라 지구의 차가운 다락방에 틀어박힌 채 좁고 어두운 거리를 오가는 사람들을 관찰하며 지내는 여자아이의 감정과 갈망을 예민한 감수성과 정제된 단어로 서술하고 있었다. 그녀의 글이 보여주는 이미지와 슬픈 음악은 절망에 가까운 고독을 드러내고 있었다. 작품 속 여자아이는 자기 세상의 포로가 되어 하염없이 시간을 보냈고, 가끔 거울 앞에 서서는 깨진 유릿조각으로 팔과 허벅지에 상처를 냈다. 그러면 이사벨라의 소매 아래로 언뜻 보이는 것과 같은 흉터가 생겼다. 거의 끝까지 읽었을 때, 아이가 별실 문에서 나를 바라보고 있음을 알았다.

"왜? 무슨 일이야?"

"미안해요, 방해해서. 그런데 복도 끝 방에는 뭐가 있죠?"

"아무것도 없어."

"이상한 냄새가 나요."

"습기 때문일 거야."

"원하시면 내가 청소할 수도……"

"아니야. 그건 사용하는 방이 아니야. 게다가 넌 내 하녀가 아니야. 그러니 어떤 것도 청소할 필요는 없어."

"그냥 도와주고 싶어서 그런 거예요."

"날 돕고 싶다면 커피나 더 갖다줘."

"왜요? 내 작품이 졸린가요?"

"지금 몇시지, 이사벨라?"

"오전 열시는 되었을 거예요."

"그게 무슨 의미지?"

"정오 이전이니 빈정거리는 소리를 하지 말라는 것이죠." 이사벨라가 대답했다.

나는 승리의 미소를 짓고 빈 잔을 내밀었다. 그녀는 잔을 받아 들고 부엌으로 갔다.

그녀가 김이 모락모락 나는 커피를 들고 돌아왔을 때 이미 나는 마지막 페이지까지 읽은 상태였다. 이사벨라는 내 앞에 앉았다. 나는 미소를 지으면서 차분하게 훌륭한 커피를 음미했다. 여자아이는 손을 비틀고 이를 악물고는, 내가 테이블에 엎어놓은 원고를 슬쩍 보았다. 그렇게 조용히 이 분가량을 기다렸다.

"어때요?" 마침내 아이가 입을 열었다.

"아주 훌륭해."

그녀의 얼굴이 환하게 빛났다.

"내 작품이요?"

"아니, 커피가."

그러자 그녀는 상처입은 사슴 같은 눈으로 나를 보더니 원고를 가져가려고 자리에서 일어났다.

"그냥 놔둬." 내가 명령조로 말했다.

"왜요? 당신 마음에 들지 않았고, 날 불쌍한 바보라고 생각하는 게 분명한데요."

"그런 말은 하지 않았어."

"아무 말도 하지 않았지요. 그게 더 나쁜 거예요."

"이사벨라, 정말로 글쓰는 일에 투신하고 싶다면, 최소한 남들이 읽을 글을 쓰고 싶다면 종종 사람들이 너를 무시하고 욕하고 경멸해도, 심지어 거의 항상 네게 무관심을 보이더라도 익숙해져야 해. 그게 바로 이 일의 매력 중 하나야."

이사벨라는 시선을 떨어뜨리고 깊이 숨을 내쉬었다.

"난 내가 재능이 있는지 모르겠어요. 아는 거라고는 글쓰는 게 좋다는 것뿐이에요. 아니, 난 글을 꼭 써야 해요."

"거짓말."

아이는 눈을 들더니 냉혹하게 나를 쳐다보았다.

"좋아요. 난 재능이 있어요. 당신은 나한테 재능이 없다고 믿을지 모르지만, 난 그런 것 따위 상관없어요."

나는 빙긋이 웃었다.

"그게 더 마음에 드는데. 그 말에 완전히 동의해."

그러자 아이는 혼란스럽다는 표정으로 나를 바라보았다.

"내가 재능이 있다는 데 동의한다고요? 아니면 진짜 나한테 재능이 없다고 믿는다는 건가요?"

"넌 어떻게 생각해?"

"당신은 내가 가능성이 있다고 생각해요?"

"이사벨라, 난 네가 재능도 있고 의욕도 있다고 생각해. 네가 판단하는 것 이상이지만, 네가 바라는 수준에는 못 미치겠지. 재능과 의욕이 있는 사람은 많지만, 대다수가 어디에도 이르지 못해. 재능과 의욕은 단지 인생에서 뭐라도 하기 위한 시작에 불과하거든. 자연이 선사한 재능은 육상선수의 힘과 같지. 어느 정도 능력을 타고날 수 있지만, 키가 크거나 강인하거나 빠르게 태어났다는 이유만으로 누구나 육상선수가 될 수 있는 건 아니야. 육상선수나 예술가를 만드는 건 노력과 사명감과 기술이야. 처음부터 타고나는 지성은 총탄에 불과해. 그걸로 뭔가를 하려면 네 정신을 정밀조준기가 달린 무기로 만들어야 하지."

"왜 그렇게 전쟁에 비유해요?"

"모든 예술작품은 공격적이야, 이사벨라. 예술가의 삶은 작든 크든 모두 전쟁이야. 자기 자신의 한계와 맞서는 것이 첫 전투지. 네가 원하는 곳에 이르기 위해서는 먼저 야심이 있어야 하고, 그런 다음에 재능과 지식이 필요하고, 마지막으로 기회가 와야 해."

이사벨라는 내 말을 곰곰이 생각했다.

"이런 말을 모든 사람에게 하고 다니나요? 아니면 지금 방금 생각난 거예요?"

"내가 생각해낸 말이 아니야. 네가 던진 질문을 나도 누군가에게 했었는데, 그 사람이 해준 말이지. 아주 오래전 일이야. 하지만 난 하루도 빼놓지 않고 그의 말이 옳다는 걸 깨달아."

"그럼 당신 조수는 될 수 있는 건가요?"

"생각해볼게."

이사벨라는 만족한다는 듯 고개를 끄덕였다. 그녀가 앉아 있는 테이블에는 크리스티나가 두고 간 앨범이 놓여 있었다. 그녀는 아무 생각 없이 앨범의 마지막 페이지를 펼쳤고, 이삼년 전 엘리우스 저택의 문에서 찍은 비달의 새 아내 사진을 보았다. 나는 침을 꿀꺽 삼켰다. 이사벨라는 앨범을 덮고 별실을 휙 둘러보더니 다시 나에게 시선을 고정했다. 나는 초조한 마음으로 그녀를 지켜보고 있었다. 그녀는 뒤져보면 안 될 곳을 뒤지다가 갑자기 들킨 것처럼 당황스러운 미소를 지었다.

"애인이 아주 예쁘네요." 이사벨라가 말했다.

내가 노려보자 그녀의 입가에서 금세 미소가 사라졌다.

"내 애인 아니야."

"아, 그렇군요."

긴 침묵이 이어졌다.

"다섯번째 규칙은 공연히 쓸데없는 일에 참견하지 말라는 것이겠네요, 그렇죠?"

나는 대답하지 않았다. 이사벨라는 스스로 고개를 끄덕이고는 자리에서 일어났다.

"그럼 오늘은 당신을 내버려두고 더는 귀찮게 하지 않는 편이 좋을 것 같네요. 괜찮다면 내일 다시 올 테니까, 그때 시작해요."

그녀는 원고를 챙기고서 나를 향해 수줍게 미소 지었다. 나는 고개를 끄덕이는 것으로 화답했다.

이사벨라는 조심스럽게 물러나서 복도로 모습을 감추었다. 그녀의 발소리가 멀어져가더니 곧 현관문 닫히는 소리가 들렸다. 그녀가 사라지자 나는 그 집을 사로잡은 침묵의 존재를 처음으로 깨달았다.

6

핏속에 흐르는 과도한 카페인 때문인지, 아니면 정전 후의 전깃불처럼 되돌아오고자 애쓰는 의식 때문인지 모르겠지만 나는 전혀 유쾌하지 않은 생각을 계속 곱씹으면서 나머지 아침나절을 보냈다. 바리도와 에스코비야스가 사망한 화재 사건과 코렐리의 제안—이후 그의 소식을 다시 듣지 못한 터라 더욱 의심스러웠다—이, 그리고 내 서재의 네 벽 안에서 작성된 것으로 보이는 '잊힌 책들의 묘지'에서 구해낸 이상한 책이 서로 관련이 없다고 생각하기란 힘든 일이었다.

비록 초대받지는 않았지만 안드레아스 코렐리의 집을 다시 찾아가서 우리의 대화와 화재 사건이 거의 동시에 일어났다는 우연의 일치에 관해 물어봐야겠다는 생각도 들었다. 하지만 별로 내키지 않았다. 내 육감은 그 발행인이 나를 다시 만나야겠다고 마음먹으면 제 발로 찾아올 것이며, 그런 불가피한 만남을 내가 서두를 필요는 없다고 말하고 있었다. 화재 사건에 관한 수사는 이미 빅토르 그란데스 형사와 그의 두 충견인 마르코스와 카스텔로가 담당하고 있었고, 나는 그들의 유력한 용의자 목록에 최종 후보자 중 한 명으로 포함되어 있었다. 그들에게서는 최대한 멀리 떨어져 있을수록 좋았다. 이제 유일하게 실행 가능한 대안은 '잊힌 책들의 묘지'에서 구해낸 책과 탑의 집의 관계를 밝히는 일이었다. 그곳에서 살게 된 것은 우연이 아니라고 수년에 걸쳐 나 자신에게 해온 말은 이제 새로운 의미를 띠기 시작했다.

나는 탑의 집에 살았던 옛 주인들의 케케묵은 물건과 소지품 대부분을 처박아둔 장소부터 시작하기로 했다. 부엌 서랍에서 복도 맨 끝에 있는 방 열쇠를 찾아냈다. 이미 몇 년 전부터 한 번도 사용하지 않았던 열쇠로, 전기회사 직원들이 집안에 전기를 가설한 뒤 그 방에 들어가본 적이 없었다. 자물쇠에 열쇠를 집어넣자 열쇠 구멍에서 새어나오는 냉기가 손가락에 느껴졌다. 그리고 이사벨라의 말이 옳다는 사실을 확인할 수 있었다. 그 방은 죽은 꽃이나 갓 갈아엎은 흙을 떠올리게 하는 이상한 냄새를 내뿜고 있었다.

나는 문을 열고 손을 얼굴로 가져가 코를 막았다. 악취가 코를 찔렀다. 벽을 더듬어 전기 스위치를 찾아냈지만, 천장에 갓도 없이 덩그러니 걸려 있는 전등은 반응이 없었다. 복도에서 들어오는 햇빛 덕택에 오래전부터 그곳에 처박힌 채 쌓여 있던 상자와 책, 가방의 윤곽을 희미하게나마 알아볼 수 있었다. 나는 구역질을 느끼며 그 모든 것을 살펴보았다. 안쪽 벽은 오크나무로 만든 커다란 옷장이 빈틈없이 들어차 있었다. 어느 상자 앞에 무릎을 굽혀 보니 거기에는 낡은 사진들과 안경, 시계와 조그만 개인 물품들이 들어 있었다. 나는 무엇을 찾는지도 제대로 모른 채 마구 뒤적거리다 잠시 후 손을 멈추고 한숨을 내쉬었다. 만일 무언가를 확인하고자 했다면 미리 계획을 세워야만 했다. 그 방을 나가야겠다고 결심한 찰나, 옷장의 문이 등뒤에서 조금씩 열리는 소리가 들렸다. 차갑고 습한 바람이 목덜미를 스쳤다. 나는 천천히 돌아섰다. 비스듬히 열린 문 뒤로 옷장 안 옷걸이에 걸린 오래된 옷들이 보였다. 세월이 흐르면서 그 옷들은 좀이 슬고 물속의 해초처럼 흐늘거리고 있었다. 악취를 실은 그 차가운 공기는 바로 그곳에서 나오는 것이었다. 나는 일어나서 천천히 옷장으로 다가가 문을 활짝 열고서 옷걸이에 걸린 옷들을 한쪽으로 밀었다. 옷장 안의 나무는 썩어서 이미 너덜너덜 떨어지기 시작하고 있었다. 그 뒤로 보이는 회벽 같은 것에 지름이 거의 2센티미터는 되는 구멍이 뚫려 있었다. 나는 상체를 숙여 그 너머에 무엇이 있는지 들여다보았지만, 거의 절대적인 어둠에 잠겨 있었다. 그 구멍으로 스며드는 복도의 희미한 빛은 반대쪽에 한줄기 증기 같은 빛만을 투영하고 있었다. 음산했고 어둠 외에는 아무것도 보이지 않았다. 나는 눈을 가까이 갖다대고 벽 너머에 무엇이 있는지 보려고 애썼다. 하지만 그 순간 검은 거미 한 마리가 구멍에서 나타났다. 나는 화들짝 놀라서 즉시 물러났고, 거미는 급히 옷장 구석으로 기어가더니 어둠 속으로 사라졌다. 나는 옷장을 닫고 방에서 나온 뒤 열쇠로 문을 잠그고 복도에 있던 서랍장의 첫번째 칸에 보관했다. 방안에 갇혀 있던 악취는 마치 독약처럼 복도로 빠르게 번졌다. 나는 그 문을 열겠다고 생각했던 순간을 저주했고, 비록 몇 시간 동안일지라도 그 집의 심장부에서 고동치던 어둠을 잊을 수 있을 거라고 확신하면서 거리로 나왔다.

좋지 않은 생각은 항상 떼로 몰려오는 법이다. 내 집에 숨겨져 있던 암실 같은 곳을 발견했다는 사실을 축하하기 위해 나는 '셈페레와 아들' 서점으로 향했다. 서점 주인에게 메종 도레로 식사를 하러 가자고 할 작정이었다. 아버지 셈페레는 포토츠키*가 쓴 아름다운 판본의 『사라고사에서 발견된 원고』를 읽고 있었고, 내 제안은 듣는 시늉도 하지도 않았다.

"나는 속물들과 허풍쟁이들이 호들갑을 떨고 알랑거리는 목소리로 서로 치켜세우는 모습을 보고 싶지 않아. 그런 데 쓸 돈은 없네, 마르틴."

"너무 툴툴대지 마세요. 제가 사는 거예요."

셈페레 씨는 거절했다. 우리의 대화를 안쪽 방의 문가에서 듣고 있던 그의 아들이 머뭇거리며 나를 쳐다보았다.

"아드님을 데려가는 건요? 그마저 안 된다고 하지는 않으시겠죠?"

"둘 다 자기가 어떻게 돈과 시간을 낭비하고 있는지 알게 되겠

---

* 18세기 말에서 19세기 초까지 활동한 폴란드의 작가 얀 포토츠키. 현대적 의미의 여행기 장르를 개척했다.

지. 나는 여기서 그냥 책이나 읽겠네. 인생은 짧거든."

아들 셈페레는 소심함과 과묵함의 전형이었다. 우리는 어렸을 때부터 알고 지냈지만 둘이서 오 분 이상 대화를 나눈 것은 서너 번에 불과했다. 내가 아는 한 그는 딱히 나쁜 버릇이나 흠결이 없는 사람이었다. 동네의 젊은 여자들 사이에서는 황금과도 같은 총각이라고 공인받는다는 사실도 익히 알고 있었다. 아무 핑계나 대고 서점으로 발길을 돌려 창가에 서 있곤 하는 여자가 한 명 이상이었다. 그러나 셈페레 씨의 아들은 그런 사실을 알면서도 헌신적인 애정과 살포시 열린 입술이 보여주는 약속어음을 현금화하기 위해 한 발짝 앞으로 내딛는 일이 결코 없었다. 그 어떤 남자라도 그가 지닌 자본의 10분의 1만 있으면 방탕아로서 화려한 경력을 자랑할 수 있었다. 하지만 아들 셈페레는 그렇게 하지 않았고, 그래서 종종 사람들은 그에게 성인聖人이라는 칭호를 붙여주어도 마땅하다고 생각했다.

"이런 식으로 가다가 내 아들은 내 옆에 남아서 노총각이 되어버리겠어." 셈페레 씨는 종종 이렇게 한탄했다.

"중요 부위에 피가 돌도록 아드님 수프에 고추를 살짝 뿌려보신 적은 있나요? 나는 이렇게 물었다.

"비웃어도 좋네, 나는 이제 일흔 살로 접어드는데, 아직 빌어먹을 손자 하나 없어."

내가 지난번 식당을 찾았을 때 봤던 바로 그 지배인이 우리를 맞이했지만, 전과 달리 공손한 미소를 짓지도 않고 환영한다는 제스처도 없었다. 예약은 하지 않았다고 말하자 그는 나를 무시하는 것처럼 인상을 쓰면서 고개를 끄덕이더니 손가락을 탁 튕겨 종업원을 불렀다. 그 종업원은 별로 친절하지 않은 태도로 우리를 테이블에 안내했고, 주방문 옆 어둡고 시끄러운 구석에 처박힌 그곳은 내가 보기에 홀에서 가장 나쁜 자리였다. 이후 이십오 분 동안 그 누구도 우리 테이블에 가까이 오지 않았고, 심지어 메뉴판이나 물컵도 갖다주지 않았다. 종업원들은 문소리를 내고 우리 테이블을 지나치면서 우리가 그곳에 있다는 사실을 완전히 무시했다. 종업원을 부르기 위해 손을 들어봐도 소용이 없었다.

"그냥 가라는 의미가 아닐까요?" 마침내 아들 셈페레가 물었다. "나는 아무 식당에서 샌드위치나 먹어도 괜찮으니까……"

아들 셈페레가 말을 미처 마치기도 전에 나는 그들이 들어오는 걸 보았다. 비달과 그의 아내가 요란하게 축하인사를 건네는 식당 지배인과 두 종업원의 안내를 받아 그들의 전용 테이블로 향하고 있었다. 그들이 자리에 앉자 불과 이 분도 안 되어 알현이 시작되었다. 한 사람 한 사람씩 홀에 있던 손님들이 비달에게 다가가 축하인사를 건넸다. 그는 아주 우아하게 그들을 맞이하고는 얼마 후 각자의 테이블로 돌려보냈다. 상황을 눈치챈 아들 셈페레가 나를 뚫어지게 바라보았다.

"마르틴, 괜찮아요? 다른 식당으로 가는 게 어때요?"

나는 천천히 고개를 끄덕였다. 우리는 자리에서 일어나 비달의 테이블과 정반대 방향으로 식당을 빙 둘러 출구로 향했다. 식당을 떠나기 전에 지배인 앞을 지나갔지만, 그는 우리에게 눈길도 주지 않았다. 출구로 향하는 동안 나는 문틀 위에 있던 거울로 비달이 고개를 숙여 크리스티나의 입술에 키스하는 모습을 볼 수 있었다. 거리로 나오자, 아들 셈페레는 괴로운 표정을 지으며 나를 쳐다보았다.

"유감이에요, 마르틴."

"괜찮아요. 날을 잘못 선택했네요. 그뿐이에요. 괜찮다면 아버지에게 이 이야기는……"

"……한마디도 안 할게요." 그가 다짐했다.

"고마워요."

"그럴 것 없어요. 내가 보다 대중적인 곳으로 데려가도 괜찮겠어요? 카르멘 거리에 기막힌 식당이 하나 있어요."

나는 이미 식욕을 잃어버린 상태였지만, 기꺼이 동의했다.

"갑시다."

식당은 도서관 근처에 있었고, 동네 사람들을 위해 매우 저렴한 가격으로 가정식을 제공했다. 음식은 오래전 메종 도레가 개업한 이후 그곳에서 맡았던 그 어떤 냄새보다 더없이 훌륭한 냄새를 풍겼지만, 나는 거의 입에 대지 않았다. 하지만 디저트를 먹을 때가 되었을 무렵에는 혼자 이미 적포도주 한 병 반을 비운 상태였고 머리가 빙빙 돌고 있었다.

"셈페레, 하나만 말해줘요. 대체 혈통 개량을 반대하는 이유가 뭡니까? 당신처럼 근사한 얼굴에 하느님의 축복을 받은 젊고 혈기왕성한 시민이 여자들로 가득한 정원에서 그토록 점잔만 빼는 이유가 뭐예요?"

서점 주인의 아들이 웃었다.

"왜 그렇다고 생각하는 거지요?"

나는 집게손가락으로 코를 만지면서 한쪽 눈을 찡긋거렸다. 아들 셈페레는 고개를 끄덕였다.

"당신은 나를 점잖은 체하는 위선자라고 생각할지 모르지만, 난 아직 기다리는 중이라고 생각하고 싶어요."

"뭘 말이죠? 당신 물건이 작동하지 않기를요?"

"아버지처럼 말하는군요."

"현명한 사람들끼리는 생각과 말이 통하는 법이죠."

"그 이상의 무언가가 있다고 말해두지요. 그렇지 않나요?" 그가 물었다.

"그 이상의 무언가라고요?"

셈페레는 고개를 끄덕였다.

"내가 뭘 알겠어요." 내가 말했다.

"당신은 분명 알고 있어요."

"그런 게 얼마나 바람직할지 익히 알고 있겠군요."

내가 내 잔을 다시 채우려는 순간, 셈페레가 손을 붙잡았다.

"자제하세요." 그가 중얼거리듯 말했다.

"당신이 점잖은 체한다는 걸 이젠 알겠죠?"

"각자 나름대로의 성격이 있어요."

"해결 방법이 있지요. 나와 함께 지금 당장 여자 나오는 술집에 가서 즐기는 게 어때요?"

"마르틴, 내 생각에 당신은 집으로 가서 쉬는 게 좋겠어요. 내

일은 다른 날이 될 거예요."

"당신 아버지에게 내가 술에 잔뜩 취했다고 말하지 말아요. 알겠죠?"

집으로 돌아오는 길에 나는 적어도 일곱 군데의 술집에 들러 독주를 마셨다. 종업원들이 이런저런 핑계를 대면서 나를 거리로 내몰 때까지 마셨고, 그런 다음에는 내가 정박할 수 있는 새로운 항구를 찾아 100미터, 혹은 200미터를 돌아다녔다. 나는 절대로 과음을 하는 사람이 아니었지만, 그날 저녁시간이 끝나갈 무렵에는 너무 취한 나머지 내가 사는 곳조차 생각나지 않았다. 레알 광장에 있는 암보스 문도스 호스텔의 종업원 두 명이 팔을 하나씩 붙잡고서 나를 일으킨 다음 분수 앞 벤치에 앉힌 것이 기억난다. 그곳에서 나는 어둡고 깊은 잠에 빠졌다.

꿈속에서 나는 페드로의 장례식에 갔다. 핏빛으로 물든 하늘이 몬주익 공동묘지에 있는 비달 가문의 커다란 가족묘지를 둘러싼 십자가와 천사의 미로를 짓누르고 있었다. 검은 베일을 쓴 조용한 행렬이 가족묘지 입구의 검은 반원형 대리석 계단을 에워싸고 있었다. 각자 길고 커다란 흰색 초를 들었고, 백 개의 불꽃이 내뿜는 빛이 받침돌 위에서 고통과 죽음의 슬픔으로 낙담한 커다란 대리석 천사 주변을 환하게 밝히고 있었다. 그 대리석 천사 아래에는 내 스승의 무덤이 열려 있고, 그 내부에는 유리관이 놓여 있었다. 흰옷을 입은 비달의 시체는 눈을 뜬 채 유리관 속에 누워 있었고, 검은 눈물이 그의 뺨으로 흘러내렸다. 조문객 행렬을 가르고 앞으로 나서는 고인의 아내가 보였다. 크리스티나는 오열하며 관 앞에 무릎을 꿇었다. 그러자 장례에 참석한 사람들이 한 명씩 앞으로 줄지어 나와 관 위에 흑장미를 놓았다. 유리관은 사람들이 놓은 장미로 뒤덮여 고인의 얼굴만 보였다. 얼굴 없는 인부 둘이 어두운색의 끈끈한 액체가 가득한 무덤 안으로 관을 내렸다. 관은 잔뜩 고인 핏물 위에 떠 있었고, 천천히 그 피가 닫힌 관 틈새로 스며들었다. 조금씩 관을 채우던 피는 이내 비달의 시체에까지 차올랐다. 얼굴이 피에 완전히 잠기기 전에 나의 스승이 갑자기 눈을 움직여 나를 바라보았다. 검은 새 떼가 하늘로 날아올랐고, 나는 마구 내달려 죽은 자들로 가득한 무한히 커다란 도시의 오솔길 사이를 헤맸다. 오로지 멀리서 들려오는 울음소리에 의지해 출구로 향하는 방향을 잡고 어두운 그림자들의 신음과 간청에서 빠져나올 수 있었다. 내가 출구로 발길을 옮기는 동안 그 어두운 그림자들은 나를 가로막으며 제발 자신들을 데려가달라고, 영원한 어둠에서 구해달라고 간곡히 부탁했다.

두 명의 경찰이 곤봉으로 다리를 툭툭 치면서 나를 깨웠다. 이미 밤이었고, 몇 초가 지나서야 나는 그들이 경찰인지 아니면 죽음의 신이 지시한 특별임무를 수행하는 사자들인지 분명히 알 수 있었다.

“자, 술에 취했으면 집에 가서 주무시오. 알겠소?”

“알겠습니다, 대령님.”

“자, 어서 가지 않으면 감옥에 처넣겠소. 어디 거기서도 농담이 나오는지 두고 보지.”

그는 내게 똑같은 말을 반복할 필요가 없었다. 나는 있는 힘을 다해 자리에서 일어났고, 내 걸음이 나를 다시 빌어먹을 싸구려 술집으로 인도하기 전에 집에 도착할 것이라는 희망을 품고 발길을 옮기기 시작했다. 평소 같으면 십 분이나 십오 분 정도 걸렸을 거리에 그날은 거의 세 배의 시간을 썼다. 마침내 기적적으로 우리집 대문 앞에 도착했다. 그런데 무슨 저주에라도 걸린 것처럼 이사벨라의 모습이 눈에 들어왔다. 이번에는 내 저택 부지 안으로 들어와 건물 입구에 앉아서 날 기다리고 있었다.

"취하셨네요." 이사벨라가 말했다.

"그래, 그럴 거야. 진전섬망*에 빠져서 네가 한밤중에 내 집 현관문 앞에서 자고 있는 줄 알았으니 말이야."

"달리 갈 곳이 없었어요. 아버지와 말다툼을 하고 집에서 쫓겨났어요."

나는 눈을 감고 한숨을 내쉬었다. 뇌가 술과 비통함으로 엉망이 되어버린 탓에 입술로 급하게 모여들던 부정과 저주의 말에 적당한 형식을 부여할 수 없었다.

"여기 있으면 안 돼, 이사벨라."

"제발 부탁이에요. 오늘 하룻밤만 허락해줘요. 내일 하숙집을 찾아볼게요. 제발 부탁이에요, 마르틴 씨."

"목 잘린 어린양 같은 눈으로 보지 마." 나는 위협했다.

"게다가 난 당신 잘못 때문에 거리로 쫓겨난 거라고요." 그녀

* 알코올중독 환자가 음주를 중단했을 때 의식이 혼미해지는 증상.

가 덧붙였다.

"내 잘못 때문이라고? 참으로 기가 막힌 일이네. 너한테 글쓰는 재능이 있는지는 잘 모르겠지만, 뜨거운 상상력만은 넘쳐나는군. 네 아버지가 널 쫓아냈는데, 그게 왜 내 잘못 때문이라는 건지 그 빌어먹을 이유를 알 수 있을까?"

"술 취하면 말을 이상하게 하시네요."

"안 취했어. 평생 취해본 적이 없어. 그러니 내 질문에 대답해."

"아버지에게 그랬어요. 당신이 나를 조수로 데리고 있을 것이고, 이제부터 나는 문학에 전념할 것이며 따라서 가게에서 일할 수 없을 거라고요."

"뭐라고?"

"안으로 들어가도 돼요? 추워 죽겠어요. 계단에서 자는 바람에 엉덩이가 꽁꽁 얼어붙었어요."

문득 머리가 빙빙 돌고 구토가 날 지경이라는 사실을 알았다. 그래서 나는 계단 위쪽의 채광창이 발산하는 은은한 빛을 향해 눈을 들었다.

"이게 내 방탕한 삶을 뉘우치도록 하늘이 보내는 형벌입니까?"

이사벨라는 의아한 표정으로 내 시선을 좇았다.

"누구와 말하는 거예요?"

"누구와도 아니야. 그냥 혼잣말이야. 술꾼의 특권이지. 하지만 내일 아침 날이 밝으면 네 아버지와 대화를 해서 이 황당한 일에 종지부를 찍겠어."

"좋은 생각인지는 모르겠네요. 아버지가 당신을 만나면 죽여버리겠다고 다짐했거든요. 계산대 아래에 총구가 둘인 엽총을 숨겨 놓고 있어요. 아버지는 그런 사람이에요. 언젠가는 그 총으로 당나귀도 한 마리 죽였어요. 여름이고 아르헨토나 근처였는데……"

"입다물어. 단 한 마디도 더 하지 마. 조용히 해."

이사벨라는 고개를 끄덕이고는 무언가를 기다리는 눈빛으로 나를 보았다. 나는 다시 열쇠를 찾았다. 이제 그 수다스러운 아이의 헛소리에 맞서 싸울 수 없었다. 어서 침대에 쓰러져 의식을 놓아야 했고, 물론 순서상 침대에 먼저 쓰러지길 바랐다. 나는 이 분 동안 끙끙댔지만 결국 열쇠를 찾지 못했다. 마침내 이사벨라가 말없이 내 손을 치우더니 내가 이미 백 번이나 지나갔을 재킷 주머니를 뒤져 열쇠를 찾아냈다. 그녀가 열쇠를 보여주자 나는 고개를 끄덕이며 패배를 인정했다.

이사벨라는 현관문을 열고 내가 일어나도록 도와주었다. 그리고 마치 나를 거동이 불편한 사람처럼 침실까지 부축해 침대에 드러눕도록 도와주고, 머리를 베개에 올려놓고는 신발을 벗겼다. 나는 당황한 표정으로 그녀를 쳐다보았다.

"걱정하지 말아요, 바지는 내 손으로 벗기지 않을 테니까요."

그러고서 내 셔츠 칼라의 단추를 풀고 옆에 앉아 나를 지켜보았다. 그녀가 나이에 어울리지 않게 우수에 잠긴 표정으로 내게 미소 지었다.

"지금처럼 슬픈 모습은 한 번도 본 적이 없어요, 마르틴 씨. 그 여자 때문이지요, 그렇죠? 앨범 속의 여자 말이에요."

그녀는 내 손을 잡고 어루만지면서 마음을 진정시켜주었다.

"모든 건 지나가요. 내 말을 믿어요. 모든 건 지나가기 마련이에요."

마음과 달리 눈에 눈물이 고여 나는 그녀가 보지 못하게 고개를 돌렸다. 이사벨라는 협탁의 불을 끄고 어둠 속에서 내 옆에 앉아 가련한 술주정뱅이의 울음소리를 들었다. 내가 잠들 때까지 어떤 질문도 하지 않고 더이상의 의견도 내놓지 않고, 단지 다정하게 곁을 지켜주었다.

7

나는 숙취로 괴로워하며 눈을 떴다. 이마를 무언가가 짓누르는 것 같았다. 그때 콜롬비아 커피의 향기가 풍겨왔다. 이사벨라가 침대 옆 협탁에 방금 내린 커피가 담긴 포트와 빵과 치즈, 햄과 사과가 담긴 그릇을 놓아둔 것이었다. 음식을 보자 다시 토할 것 같았지만 나는 커피포트를 향해 손을 뻗었다. 내가 눈치채지 못하도록 문가에서 나를 지켜보고 있던 이사벨라는 얼른 달려와 만면에 미소를 지으며 잔에 커피를 따라주었다.

"이렇게 아주 진하게 마셔봐요. 그럼 정말 좋아질 거예요."

나는 잔을 받아들고 커피를 마셨다.

"몇시지?"

"오후 한시예요."

나는 한숨을 내뱉었다.

"너는 언제 일어났는데?"

"일곱 시간 전이요."

"뭐했어?"

"청소하고 정리했죠. 여기는 모든 게 난장판이라 제대로 청소하고 정리하려면 몇 달이 걸리겠어요." 이사벨라가 대답했다.

나는 다시 커피를 쭉 들이마셨다.

"고마워." 나는 중얼거렸다. "커피 만들어줘서. 그리고 청소하고 정리해줘서. 하지만 그럴 필요까지는 없어."

"걱정하거나 미안해할 필요는 없어요. 당신을 위해서 한 게 아니니까요. 날 위해서죠. 여기서 살게 된다면 어쩌다 어디에 기대더라도 찐득찐득한 더러운 때가 몸이 달라붙지 않을 거라고 생각하는 편이 좋으니까요."

"여기서 산다고? 그 얘기는 이미 끝났다고 생각하는데……"

목소리를 높이자, 머리가 깨질 것 같은 통증이 엄습해서 나는 제대로 말과 생각을 전할 수 없었다.

"쉿! 조용히 해요." 이사벨라가 속삭였다.

나는 휴전을 제안하듯이 고개를 끄덕였다. 지금은 이사벨라와 말싸움을 할 수 없었고, 하고 싶지도 않았다. 숙취가 가시면 나중에라도 아이를 집에 되돌려보낼 시간이 있을 것이었다. 나는 세번째 커피잔을 쭉 비우고 천천히 일어났다. 대여섯 개의 바늘이 머리를 찔러대는 것처럼 아팠다. 앓는 소리가 절로 나왔다. 이사벨라가 내 팔을 부축했다.

"난 장애인이 아니야. 혼자서도 일어날 수 있어."

이사벨라가 시험삼아 팔을 놓았고, 나는 복도로 몇 걸음 옮겼다. 이사벨라는 내가 금방이라도 고꾸라질지 모른다고 생각하는지 뒤에서 바짝 따라오고 있었다. 난 욕실 앞에서 발을 멈추었다.

"소변은 혼자서 봐도 되겠지?" 내가 물었다.

"조심해서 겨냥하세요." 아이가 중얼거렸다. "별실에 아침을 갖다놓겠어요."

"배고프지 않아."

"그래도 먹어야 해요."

"넌 내 조수니, 아니면 어머니니?"

"당신의 건강을 위해서 하는 소리예요."

나는 욕실 문을 닫고 그 안으로 몸을 숨겼다. 눈앞의 광경을 알아보는 데 몇 초가 걸렸다. 욕실이 몰라보게 달라져 있었다. 깨끗했고 반짝거렸다. 그리고 각각의 물건이 제자리에 있었다. 새 비누가 세면대 위에 놓여 있었고, 있는 줄도 몰랐던 깨끗한 수건도 보였다. 표백제 냄새도 났다.

"맙소사." 나는 중얼거렸다.

나는 수도꼭지 아래 머리를 들이밀고 이 분 동안 차가운 물로 적셨다. 그런 다음 복도로 나가 천천히 별실로 향했다. 욕실이 몰라볼 정도였다면 별실은 완전히 딴 세상이었다. 이사벨라가 유리창과 바닥을 닦고 가구와 안락의자를 정돈해놓은 상태였다. 깨끗하고 맑은 햇빛 한줄기가 유리창을 통해 들어왔고, 먼지 냄새는 온데간데없이 사라졌다. 아침식사가 안락의자 앞에 있는 탁자에서 날 기다렸고 안락의자에는 깨끗한 덮개가 씌워져 있었다. 책으로 가득한 책장은 다시 정리된 것 같았고, 유리진열장은 처음의 투명함을 되찾았다. 이사벨라가 커피잔에 다시 커피를 따랐다.

"네가 뭘 하고 있는지 나도 알지만, 아무 소용 없을 거야." 내가 말했다.

"커피를 다시 따르는 거 말인가요?"

이사벨라는 책상과 별실 구석에 수북이 쌓인 책들도 이미 정리해놓았다. 십 년 넘게 잡지에 짓눌려 있던 잡지꽂이 역시 모두 깨끗이 비워져 있었다. 겨우 일곱 시간 동안 그녀는 열성을 다해 어둠과 그늘로 얼룩진 시간의 잔재를 깨끗이 치웠고, 그러고도 웃을 여유와 기력이 남아 있었다.

"난 이전 상태가 더 마음에 들어." 내가 말했다.

"그래요. 당신과 당신이 하숙생으로 데리고 있던 바퀴벌레 수천 마리에게는 그게 더 마음에 들겠죠. 하지만 내가 속시원하게 암모니아로 그것들도 내쫓아버렸어요."

"그래서 이렇게 역겨운 냄새가 나는 거야?"

"이 역겨운 냄새는 바로 깨끗한 냄새예요." 이사벨라가 따졌다. "나에게 조금이라도 고마워해야 하는 것 아니에요?"

"감사해하고 있어."

"하지만 그런 표정이 아닌데요. 내일은 서재에 올라가서……"

"그런 생각은 하지도 마."

이사벨라는 어깨를 으쓱했지만, 그녀의 시선은 단호했다. 나는 스물네 시간 내로 내 탑의 서재도 복구 불가능할 만큼 변할 것임을 알았다.

"그건 그렇고, 오늘 아침에 현관 아래서 봉투 하나를 발견했어요. 누군가가 어젯밤에 문 아래로 넣어두었나봐요."

나는 커피잔 너머로 그녀를 쳐다보았다.

"계단 아래 대문은 잠겨 있었어." 내가 말했다.

"나도 그 생각을 했어요. 사실 너무 이상해서, 당신 이름이 적혀 있긴 하지만……"

"……편지를 열어보았군."

"그래요. 하지만 나쁜 뜻은 아니었어요."

"이사벨라, 타인의 편지를 열어보는 건 그리 예의바른 행동이 아니야. 어떤 곳에서는 구속까지도 될 수 있는 범죄행위라고."

"나도 어머니에게 그런 말을 하곤 했어요. 어머니는 항상 내 편지를 열어보거든요. 그런데 아직도 자유의 몸이에요."

"편지는 어디에 있어?"

이사벨라는 두르고 있던 앞치마 주머니에서 봉투를 하나 꺼내더니 내 시선을 피하며 내밀었다. 가장자리가 톱니무늬고 두껍고 흡수성이 좋은 아이보리색 봉투였다. 이미 망가진 봉인용 빨간 밀랍에는 천사가 새겨져 있고, 향이 나는 자줏빛 잉크로 내 이름이 적혀 있었다. 나는 봉투를 열고 접혀 있던 종이를 꺼냈다.

친애하는 다비드에게

나는 당신이 건강히 지내고 있고, 우리가 합의한 금액을 은행에 무사히 예금했으리라 믿습니다. 오늘밤 우리집에서 만나 계획을 구체적으로 논의하는 게 어떻겠습니까? 밤 열시경에 간단한 저녁식사를 준비해놓고 기다리겠습니다.

당신의 친구가.

안드레아스 코렐리

나는 종이를 다시 접어 봉투 안에 넣었다. 이사벨라는 궁금한 눈으로 나를 쳐다보고 있었다.

"좋은 소식인가요?"

"너와는 아무 상관 없는 편지야."

"코렐리가 누구죠? 당신과는 달리 필체가 아주 근사하네요."

나는 준엄하게 바라보았다.

"내가 조수가 되려면 당신이 누구와 만나는지 알아야 한다고 생각해요. 그러니까, 그들을 쫓아내야 할 경우에 대비해서요."

나는 크게 한숨을 내쉬었다.

"출판사 발행인이야."

"아주 좋은 발행인이겠네요. 편지지 좀 보세요. 봉투도 아주 훌륭해요. 그에게 무슨 책을 써주고 있지요?"

"너와는 아무 상관 없는 일이야."

"뭘 작업하고 있는지 말해주지 않으면 내가 어떻게 당신을 도와요? 아니, 대답하지 않는 편이 좋겠어요. 내가 입을 다물게요."

기적과도 같은 십 초 동안, 이사벨라는 잠자코 있었다.

"코렐리 씨는 어떤 분이세요?"

나는 차갑게 노려보았다.

"독특해."

"유유상종이네요…… 아니, 아무 말도 안 할게요."

나는 마음이 고귀한 그 여자아이를 뚫어지게 바라보면서 스스로가 더욱 비참하게 느껴졌다. 그리고 비록 그 아이에게 상처가 될지는 몰라도, 최대한 빨리 그 아이를 떼어놓을수록 우리 둘 다에게 더 좋을 거라는 사실을 깨달았다.

"왜 나를 그런 눈으로 쳐다봐요?"

"나 오늘밤에 외출할 거야, 이사벨라."

"저녁을 준비해놓을까요? 많이 늦어요?"

"밖에서 먹을 거야. 그리고 언제 돌아올지는 나도 몰라. 하지만 언제가 되든 내가 돌아왔을 때 네가 이곳에 없었으면 좋겠어. 네 물건을 챙겨 나가주면 좋겠다고. 어디로 가든지 난 관심 없어. 여기는 네가 있을 장소가 아니야. 알겠지?"

그녀의 얼굴이 창백해지고 눈에는 눈물이 괴었다. 이사벨라는 입술을 깨물더니 눈물이 흘러내린 뺨으로 미소를 지었다.

"내가 걸리적거린다는 거죠. 알겠어요."

"그리고 청소는 더 하지 마."

나는 자리에서 일어나 그녀를 별실에 남겨두고 탑에 있는 서재로 몸을 숨겼다. 창문을 열었다. 별실에서 이사벨라의 울음소리가 들려왔다. 나는 정오의 태양을 받으며 늘어져 있는 도시를 바라보다가 그 반대쪽으로 눈을 돌렸다. 엘리우스 저택을 덮은 반짝이는 기와들과 비달의 부인 크리스티나가 작은 탑의 창가에 서서 리베라 지구를 내려다보는 모습이 눈앞에 그려지는 듯했다. 어둡고 혼탁한 것이 내 가슴을 뒤덮었다. 이사벨라의 울음소리는 잊고 코렐리를 만나 그 빌어먹을 책에 관해 이야기할 순간만을 기다렸다.

나는 물속에 번지는 피처럼 석양이 도시 위로 번질 때까지 탑의 서재에 머물렀다. 그 여름의 어느 날보다 더웠던 그날 리베라 지구의 지붕들은 마치 수증기의 신기루처럼 김을 모락모락 내뿜으며 일렁였다. 나는 아래층으로 내려가 옷을 갈아입었다. 집은 침묵에 잠겨 있었고, 별실의 블라인드는 절반쯤 닫혀 있었으며, 유리창은 중앙 복도로 스며든 호박색으로 물들어 있었다.

"이사벨라?" 내가 불렀다.

아무 대답도 들리지 않았다. 나는 별실로 다가가 이미 그 아이가 떠났음을 확인했다. 그러나 그녀가 떠나기 전에 이그나티우스 B. 삼손의 전집을 정리하고 청소하면서 시간을 보냈다는 것도 알 수 있었다. 이제는 티끌 하나 없이 빛나는 진열장 안에 오랫동안 먼지만 쌓인 채 방치되어 있던 전집이었다. 이사벨라는 그중의 한 권을 꺼내 독서대 위에 중간을 펼쳐놓고 갔다. 눈에 들어오는 대로 아무 문장이나 읽어보니 마치 모든 게 너무나 단순하고 필연적이던 과거로 여행을 하는 것만 같았다.

'"시는 눈물로 쓰이고, 소설은 피로 쓰이며, 역사는 맹물로 쓰이지." 추기경은 이렇게 말하면서 촛불의 불빛을 받으며 칼날에 독을 묻혔다.'

순진함을 가장한 그 문장을 보자 나는 웃음을 참을 수 없었다. 그러면서 결코 나를 떠나지 않았던 한 가지 의문이 다시 떠올랐다. 그건 이그나티우스 B. 삼손이 절대로 자살하지 않고, 다비드 마르틴이 그의 자리를 대신 차지하지 않았다면 아마도 모든 사람에게, 특히 나에게 더 낫지 않았을까 하는 의문이었다.

8

내가 거리로 나갔을 때는 날이 이미 어둑어둑해지고 있었다. 덥고 습한 날씨 때문에 동네의 많은 주민이 불어오지도 않는 바람을 찾아 길에 의자를 내놓고 있었다. 나는 길모퉁이와 대문들 앞에 느닷없이 만들어진 인파를 피해 프란시아역으로 향했다. 그곳에서는 항상 두세 대의 택시가 손님을 기다리고 있었고, 나는 맨 앞에 있는 택시로 다가갔다. 이십오 분가량 걸려서 도시를 빠져나간 택시는 산기슭을 오르기 시작했다. 건축가 가우디가 만든 귀신 같은 숲이 있는 곳이었다. 코렐리가 지내는 저택의 불빛이 멀리서부터 보였다.

"이곳에 사는 사람이 있는 줄은 몰랐습니다." 택시 운전사가 말했다.

내가 팁을 얹어 택시비를 내자마자 그는 일 초도 허비하지 않고 전속력으로 줄행랑쳤다. 나는 대문을 두드리기 전에 잠시 시간을 두고 그 장소를 지배하는 이상한 침묵을 음미했다. 내 등뒤의 언덕을 뒤덮은 숲에서는 나뭇잎 한 장 거의 흔들리지 않았다. 하늘에는 사방으로 별들이 총총 박히고 붓으로 칠한 듯한 구름이 드리워져 있었다. 귓가에 들리는 것은 나 자신의 숨소리와 걸으며 옷이 스치는 소리, 대문으로 다가가는 내 발소리뿐이었다. 나는 노커로 문을 두드리고 기다렸다.

잠시 후 문이 열렸다. 눈과 어깨가 축 처진 사람이 내 모습을 보자 고개를 끄덕이고서 안으로 돌아오라는 신호를 했다. 옷을 보니 일종의 집사나 하인 같은 그는 어떤 소리도 내지 않았다. 나는 그를 따라 복도를 지나며 그곳 양옆에 인물 사진이 걸려 있었다는 것이 떠올랐다. 그는 복도 끝에 있는 커다란 거실로 들어가도록 나를 안내했다. 저멀리 도시 전체가 한눈에 들어오는 곳이었다. 그는 가볍게 고개를 숙여 인사한 후 나 혼자 두고서 그곳에 데려왔을 때와 마찬가지로 천천히 물러갔다. 나는 창가로 다가가 코렐리가 나타날 때까지 시간을 죽일 작정으로 레이스 커튼 사이로 밖을 내다보았다. 이 분 정도 흘렀을 때, 거실 한쪽 구석에서 누군가가 나를 지켜보고 있다는 사실을 알았다. 어둠 속에 기름램프를 켜놓고 미동도 없이 안락의자에 앉은 그는 발과 의자 팔걸이에 놓인 손만 불빛에 드러나 보였다. 나는 절대로 깜빡거리지 않는 그 눈의 광채와 이제까지와 마찬가지로 옷깃에 꽂은 천사 모양 브로치에 촛불이 반사되는 것을 보고 바로 그라는 사실을 알았다. 내가 쳐다보자마자 그는 자리에서 일어나 빠른, 너무나 빠른 걸음으로 내게 다가왔다. 그 입가에 떠오른 늑대 같은 미소를 보자 피가 얼어붙는 느낌이었다.

"그동안 잘 지냈습니까, 마르틴?"

나는 그의 미소에 화답하려고 애쓰면서 고개를 끄덕였다.

"또다시 당신을 놀라게 했군요." 그가 말했다. "미안합니다. 마실 것 좀 드릴까요? 아니면 바로 저녁식사를 할까요?"

"사실은 식욕이 별로 없습니다."

"이런 더위에서는 의심의 여지 없이 그럴 겁니다. 괜찮다면 정원에서 이야기를 나눕시다."

과묵한 집사가 모습을 드러내더니 정원으로 향하는 문을 열었다. 커피잔 받침 위에 초를 놓고 불을 밝힌 오솔길이 나왔고 그 끝에 의자 두 개가 서로 마주보는 하얀 금속 테이블이 있었다. 초의 불꽃은 전혀 흔들림 없이 똑바로 타오르고 있었다. 달이 은은한 푸른빛을 내뿜고 있었다. 나는 의자에 앉았고, 코렐리도 따라 앉았다. 그동안 집사는 유리병에 든 무언가를 두 개의 컵에 따르고 있었다. 아무래도 내가 맛볼 생각이 전혀 없는 포도주이거나 또다른 종류의 술인 것 같았다. 4분의 3 정도가 찬 달의 은은한 빛을 받자 코렐리는 더욱 젊어 보였고 얼굴은 훨씬 더 날카로웠다. 그는 나를 집어삼킬 듯이 강렬하게 쳐다보았다.

"무언가가 당신을 불안하게 만들고 있군요, 마르틴."

"당신도 이미 화재 사건을 들었겠죠."

"끔찍한 최후를 맞이했지만, 인과응보라고 할 수 있죠."

"두 사람이 그런 방식으로 죽는 게 정당하다고 생각합니까?"

"그보다 덜 잔인한 방식이었다면 괜찮았을까요? 정의란 사건을 보는 시각의 형식에 불과하지, 언제나 통용되는 가치는 아니지요. 나는 슬프지도 않은데 애써 그런 것처럼 연기하지는 않겠습니다. 당신 역시 아무리 슬퍼하려고 애를 써도 실제로는 슬프지 않을 것 같고요. 하지만 당신이 원한다면 일 분 정도 침묵의 시간을 갖지요."

"그럴 필요는 없습니다."

"물론 필요 없을 것입니다. 침묵은 딱히 쓸모 있는 말이 떠오르지 않을 때나 필요하지요. 가장 바보 같은 인간들조차 일 분 동안은 현자처럼 보이게 하니까 말입니다. 마음에 걸리는 게 또 있나요, 마르틴?"

"경찰은 내가 그 화재 사건과 관계가 있다고 여기는 것 같습니다. 당신에 관해 물어보더군요."

코렐리는 무심하게 고개를 끄덕였다.

"경찰은 자기 임무를 다해야 하고, 우리는 우리 일을 해야 합니다. 그럼 이 문제는 여기서 끝내도록 합시다. 그래도 괜찮겠지요?"

나는 천천히 고개를 끄덕였다. 코렐리가 미소 지었다.

"방금 전 당신을 기다리는 동안 우리가 간단한 문답을 나눠야 한다는 걸 깨달았어요. 가능한 한 그 대화를 빨리 마무리지어야 본론으로 들어갈 수 있을 겁니다." 그가 말했다. "당신은 믿음, 신앙을 어떻게 생각하는지부터 묻고 싶군요."

나는 잠시 생각했다.

"난 신자가 되어본 적이 없습니다. 믿거나 믿지 않는다기보다 의심하는 편이죠. 의심이 바로 내 믿음입니다."

“아주 신중하면서 아주 부르주아적이군요. 하지만 공을 경기장 바깥으로 차버리면 결코 시합에서 이길 수 없는 법입니다. 역사를 통틀어 온갖 종류의 믿음이 나타났다가 사라진 까닭은 뭐라고 생각하지요?”

“잘 모르겠습니다. 아마도 사회적, 경제적, 혹은 정치적 요인 때문이겠지요. 지금 당신은 열 살 이후로 학교에 가지 않은 사람과 말하고 있습니다. 역사는 내가 잘 아는 분야가 아닙니다.”

“역사는 생물학의 쓰레기장이지요, 마르틴.”

“그걸 가르쳐줄 때 아마 내가 학교에 가지 않았나봅니다.”

“그런 건 교실에서 가르쳐주지 않아요, 마르틴. 이성을 통해서, 그리고 현실을 주의깊게 관찰하면서 배우는 겁니다. 그건 누구도 얻고 싶어하지 않는 교훈이고, 그러니 우리 일을 잘할 수 있도록 그걸 신중히 분석하는 게 좋을 것 같군요. 사업의 모든 기회는 단순하면서도 불가피한 문제를 해결하지 못하는 타인의 무능에서 출발하는 법이니까요.”

“지금 우리가 말하는 게 종교입니까, 아니면 경제입니까?”

“그걸 뭐라고 부를지는 당신이 선택하십시오.”

“내가 제대로 이해하고 있는지 모르겠지만, 지금 당신은 믿음, 그러니까 신화나 이데올로기 혹은 초자연적 전설을 믿는 행위는 생물학적 결과라고 말하는 것 같습니다.”

“그 이상도 그 이하도 아니지요.”

“종교 서적을 내는 발행인의 생각치고는 너무 냉소적인 관점이군요.” 내가 지적했다.

"냉철한 전문 직업인의 관점이지요." 코렐리가 의미심장하게 덧붙였다. "인간이 무언가를 믿는 것은 숨을 쉬는 것이나 마찬가지입니다. 생존하기 위해서지요."

"그게 당신 이론인가요?"

"이론이 아니라 통계입니다."

"지구에 사는 사람 중에서 적어도 4분의 3은 동조하지 않을 거라는 생각이 불현듯 머리를 스칩니다." 내가 말했다.

"물론이지요. 내 의견에 동의한다면 애초에 무언가를 믿을 가능성이 없다는 뜻입니다. 그 누구도 자신의 생물학적 요구에 의해 믿을 필요를 느끼지 못하는 것을 진정으로 받아들일 수는 없습니다."

"그렇다면 기만당한 채 사는 게 우리의 본성이라는 겁니까?"

"살아남는 게 우리의 본성이지요. 믿음은 우리가 다른 방식으로는 설명할 수 없는 존재의 여러 측면에 대한 본능적인 대답입니다. 그게 우리가 감지하는 우주의 도덕적 공백이든, 죽음의 필연성이든, 사물의 기원에 대한 신비든, 우리 삶의 의미든, 그런 의미의 부재든 말입니다. 그것들은 기본적이며 극히 단순한 문제들이지만 우리 자신의 한계로 인해 명확하게 대답하지 못하고, 그런 이유로 우리는 일종의 방어책으로 감정적 대답을 만들어내는 겁니다. 단순하고 순수한 생물학이지요."

"당신 말에 따르면, 모든 믿음이나 이상은 허상에 지나지 않는군요."

"현실에 대한 모든 해석이나 견해는 필연적으로 허상입니다.

이 경우 문제는 인간이 도덕 없는 우주에 버려진 도덕적인 동물이며 유한한 생명을 선고받은 존재이고, 자신이 속한 종의 자연적 주기를 영원히 반복하는 것 이외에는 의미가 없는 동물이라는 점이지요. 적어도 인간은 기나긴 현실을 견디는 게 불가능합니다. 우리는 인생 대부분을 꿈을 꾸며 보냅니다. 특히 깨어 있을 때 그렇지요. 다시 말하지만, 단순한 생물학입니다."

나는 한숨을 내쉬었다.

"그러니까 당신은 나더러 순진한 사람들이 무릎을 꿇을 우화를, 그들이 빛을 보았다고, 믿어도 좋은 무언가가 있다고, 그것을 위해 살고, 죽고, 심지어 살인도 할 수 있는 무언가가 있다고 설득할 우화를 만들어달라는 것이군요."

"바로 그겁니다. 어쨌거나 아직 어떤 형태로도 만들어지지 않은 것을 만들어달라는 게 아닙니다. 단지 목마른 사람들에게 마실 물을 줄 수 있도록 도와달라는 것이지요."

"칭송받아 마땅한 고결한 제안이군요." 나는 비꼬았다.

"아니지요. 단순히 상업적인 제안입니다. 자연은 커다란 자유시장이지요. 공급과 수요의 법칙은 분자의 운동이나 마찬가지입니다."

"아무래도 이 일을 하려면 지식인을 찾으셔야 할 것 같습니다. 분자의 운동이 되었든 상업적 제안이 되었든, 지식인 대부분이 평생 십만 프랑이라는 큰돈은 분명 본 적도 없을 겁니다. 그래서 제안하신 액수의 일부로도 그들은 영혼을 팔거나, 기꺼이 영혼을 만들어낼 수 있겠죠."

그의 눈에서 금속성의 차가운 빛이 흘러나와서 나는 코렐리 특유의 신랄한 연설이 또다시 이어지겠거니 생각했다. 나는 스페인 식민은행 계좌의 잔고를 떠올리며 십만 프랑이라면 미사 설교든 장황한 훈계든 들을 가치가 있다고 마음속으로 생각했다.

"지식인이란 보통 특별한 지성을 지닌 사람이 아닙니다." 코렐리가 자기 생각을 말했다. "자신의 능력 속에서 감지되는 천부적 무능을 보상하기 위해 그럴듯한 말로 스스로를 꾸며낼 뿐이지요. 이런 점에서 누군가가 자랑하는 걸 보면 그에게 부족한 것이 뭔지 안다는 옛말은 너무나 정확하다고 할 수 있습니다. 지식인에게는 그게 일용할 양식인 셈입니다. 무능한 사람은 전문가라고 자신을 소개하지요. 잔인한 사람은 자비롭다고, 죄인은 성인이라고, 고리대금업자는 자선사업가라고, 좀생이는 애국자라고, 거만한 사람은 겸손하다고, 저속한 사람은 우아하다고, 멍청한 사람은 똑똑하다고 자신을 소개합니다. 다시 말하지만, 모든 건 자연이 만들어낸 결과물입니다. 자연이란 시인들이 노래하는 요정과는 상당한 거리가 있습니다. 자연은 자신이 낳은 피조물들을 생존을 위해 잡아먹는 잔인하고 탐욕스러운 어머니죠."

코렐리와 그의 잔인한 생물학적 시학을 견디고 있자니 토할 것만 같았다. 그 발행인의 말에서 새어나오는 분노와 격한 감정 때문에 나는 언짢고 거북했다. 과연 그가 나 자신을 포함해 역겹고 경멸스럽게 여기지 않을 대상이 우주에 있을지 궁금해졌다.

"종려주일에 학교와 교구를 돌아다니면서 영감을 주는 감격적인 설교를 하셔야겠네요. 놀랄 만한 성공을 거둘 겁니다." 내가 제안했다.

코렐리는 차갑게 코웃음을 쳤다.

"말 돌리지 마십시오. 내가 원하는 건 지식인의 대척점에 있는 사람입니다. 다시 말하면, 현명한 사람을 원합니다. 그리고 그런 사람을 이미 찾았지요."

"과찬이십니다."

"더 좋은 건 내가 당신에게 돈을 준다는 것이지요. 그래요, 이 갈보 같은 세상에서는 돈이 유일하게 진실된 칭찬입니다. 수표 뒷면에 인쇄된 것이 아닌 이상 훈장 같은 건 절대 받지 마세요. 그걸 수여하는 사람에게만 득이 되니까요. 그리고 당신에게 이미 돈을 지급했으니 내 지시를 따라주기 바랍니다. 당신이 시간을 허비하게 할 생각은 추호도 없다는 말을 믿어주기 바랍니다. 당신이 내 돈을 받고 고용된 기간 동안 당신 시간은 내 시간이기도 하니까요."

그의 말투는 다정했지만, 눈빛은 날카로웠고 그 어떤 모호함도 없었다.

"오 분에 한 번씩 그런 사실을 일깨워줄 필요는 없습니다."

"너무 집요하게 말해서 미안합니다, 마르틴. 변죽만 울리면서 당신을 어지럽게 만드는 건, 부차적인 문제들을 가능한 한 빨리 제거하기 위해서라고 말하고 싶군요. 내가 당신에게 원하는 것은 내용이 아니라 형식입니다. 내용이야 언제나 똑같고, 인간이 존재할 때부터 항상 있던 것이지요. 그건 일련번호처럼 당신 마음속에 각인되어 있습니다. 내가 원하는 건 우리 모두가 던지는 질문에 대답할 현명하고 그럴듯한 방법을 찾아달라는 것입니다. 그리고 인간의 영혼을 읽어내는 당신만의 관점을 통해서, 당신의 솜씨와 능력을 발휘해서 그 대답을 구성해달라는 것입니다. 인간의 영혼을 일깨울 수 있는 이야기를 내게 달라는 겁니다."

"그 이상은……"

"그 이하도 아닙니다."

"당신은 지금 인간의 감정을 조종하라고 말하는 겁니다. 단순하고 명확하고 이성적인 설명으로 설득하는 게 더 쉽지 않겠습니까?"

"아니요. 이성을 통해 획득한 믿음이나 개념이 아닌 이상 그에 관해 이성적인 대화를 시작하기란 불가능합니다. 신이건 인종이건 애국심이건 마찬가지입니다. 그래서 단순한 수사적 설명보다 더 강력한 무언가가 필요한 겁니다. 나는 예술의 힘, 그리고 연출의 힘이 필요합니다. 노랫말은 우리가 충분히 이해할 수 있지만, 그걸 믿고 믿지 않고는 바로 음악에 달려 있습니다."

나는 그런 헛소리를 체하는 일 없이 모두 소화하려고 애썼다.

"걱정하지 마십시오. 오늘은 더이상 연설을 하지 않을 테니." 코렐리가 잠깐 말을 멈췄다가 다시 시작했다. "이제 실질적인 작업 이야기를 하지요. 당신과 나는 대략 보름에 한 번씩 만나는 게 좋겠습니다. 그때마다 어디까지 진척되었는지 알려주고, 그동안 했던 작업을 보여주십시오. 수정할 것이 있거나 내 의견이 필요하면 따로 말씀드리겠습니다. 이 작업은 열두 달 동안, 혹은 이 일을 완료하는 데 필요한 시간만큼 계속될 것입니다. 그 기간이 끝나면 당신은 내게 그동안 쌓인 모든 작업과 서류를 양도하십시오. 그 문서들의 유일한 저작권자이자 소유자는 바로 나입니다. 그러니 하나도 빠짐없이 제출해야 합니다. 당신 이름은 기록물의 저자로 오르지 않을 것이고, 당신은 원고를 제출한 후에 저자로서 권리를 주장하지 않을 것이며, 사석에서나 공개석상에서 그 누구와도 이 계약의 내용을 발설하지 않겠다고 약속해야 합니다. 그 대가로 당신은 십만 프랑을 선금으로 받게 되는데, 그 액수는 이미 지급되었습니다. 그리고 작업이 완료되면, 즉 작업이 내 마음에 든다면 추가 수당으로 오만 프랑을 더 지급할 것입니다."

나는 침을 삼켰다. 사람은 주머니에서 달콤한 돈의 소리를 듣고 나서야 비로소 마음속에 숨어 있던 탐욕을 깨닫는 법이다.

"서면으로 계약을 공식화하고 싶지 않습니까?"

"우리의 계약은 명예를 건 계약입니다. 당신의 명예와 나의 명예 말입니다. 이미 계약은 체결되었습니다. 명예를 건 계약은 파기될 수 없지요. 그 계약을 맺은 사람이 파괴되지 않는 한 말입니다." 코렐리의 말투를 들으니 피로 서명하는 한이 있어도 서류를 작성하는 게 나을 것 같았다. "의문사항 있습니까?"

"예. 왜 그래야 하지요?"

"무슨 말인지 알아들을 수가 없군요, 마르틴."

"그 자료를 뭐라고 불러야 할지는 모르겠지만, 그걸 왜 원하는 겁니까? 그걸로 무엇을 할 생각이죠?"

"이제 와서 양심의 문제를 따지는 겁니까, 마르틴?"

"어쩌면 당신은 나를 원칙이 없는 사람이라고 여길지도 모릅니다. 하지만 당신이 제안하는 작업에 참여하는 이상, 그 목표가 무엇인지 알고 싶습니다. 난 그럴 권리가 있다고 생각합니다."

코렐리는 미소를 짓고서 내 손 위에 손을 포갰다. 대리석처럼 차갑고 반들반들한 그의 피부가 닿자, 오싹한 기운이 느껴졌다.

"그건 당신이 살고 싶어하기 때문입니다."

"어딘지 모르게 위협적으로 들리는군요."

"그저 당신이 이미 알고 있는 사실을 상기시켜드리는 우정어린 조언으로 받아주십시오. 당신은 살고 싶기 때문에 나를 도울 것입니다. 그리고 목숨을 구할 수만 있다면 그 값이 얼마건 어떤 결과가 나오건 상관하지 않기 때문에 나를 도울 것입니다. 알다시피 당신은 얼마 전까지 죽음의 문턱에 있었지만 이제 앞으로 영원처럼 긴 세월 동안 목숨을 부지할 기회를 얻었기 때문입니다. 당신은 인간이기 때문에 나를 도울 것입니다. 그리고 당신은 비록 인정하고 싶어하지 않지만, 믿음이 있기 때문입니다."

나는 그의 손에서 내 손을 빼고서 그가 의자에서 일어나 정원 끝으로 가는 모습을 지켜보았다.

"걱정하지 마십시오, 마르틴. 모든 게 잘될 겁니다. 내 말 들어요." 코렐리는 마치 아이를 달래는 아버지처럼 온화한 투로 말했다.

"이제 가도 됩니까?"

"물론이지요. 필요 이상으로 붙잡아놓고 싶지는 않습니다. 대화를 나누게 되어 즐거웠어요. 이제 가도 좋습니다. 그리고 우리가 나눴던 모든 이야기를 깊이 생각해보십시오. 그걸 모두 소화하고 나면 진정한 대답을 찾게 될 거라는 사실을 깨달을 것입니다.

우리는 인생의 길을 시작하는 순간 이미 모든 것을 알고 있지요. 삶에서 중요한 것들은 새로 배우는 게 아닙니다. 단지 기억 속에서 되살리는 것뿐입니다."

그는 자리에서 일어나 정원 끝에서 기다리고 있던 과묵한 집사에게 신호를 보냈다.

"자동차로 집까지 모셔다드릴 것입니다. 그럼 보름 후에 만납시다."

"여기에서 말입니까?"

"그건 신께서 알려주실 것입니다." 그는 재미있는 농담이라도 한 것처럼 입술을 핥았다.

집사는 가까이 다가오더니 내게 따라오라는 몸짓을 해 보였다. 코렐리는 고개를 끄덕이고 다시 의자에 앉았다. 그의 시선은 다시 멍하니 도시를 향하고 있었다.

9

저택의 문 앞에서 기다리고 있는 그건 구태여 부르자면 자동차였지만, 흔히 볼 수 있는 종류가 아니라 수집가들이나 가질 만한 물건이었다. 그걸 보자 나는 마법에 걸린 호화마차, 혹은 바퀴 달린 성당이 떠올랐다. 과학적으로 설계된 유선형 차체는 크롬으로 도금되어 있었고, 은으로 만든 천사가 뱃머리 장식처럼 엔진 덮개 위에 붙어 있었다. 다시 말하면, 그건 롤스로이스였다. 집사가 내게 문을 열어주고서 고개를 숙였다. 차에 오르고 보니 자동차 실내라기보다는 호텔 객실 같은 느낌이었다. 내가 뒷좌석에 기대자마자 집사는 시동을 걸고 언덕 아래로 출발했다.

"주소를 아십니까?" 내가 물었다.

유리칸막이 너머로 어두운 모습의 운전사는 가볍게 고개를 끄덕였다. 금속 마차는 땅을 스쳐지나가는 것처럼 부드럽게 나아갔다. 우리는 나른한 고요 속에서 자동차를 타고 바르셀로나를 가로질렀다. 차창 너머로 마치 물에 잠긴 절벽처럼 차례로 줄지어 지나가는 거리와 건물이 보였다. 검은색 롤스로이스가 코메르시오 거리를 돌아 보른 대로로 접어들 무렵 시간은 이미 자정이 지나 있었다. 자동차는 플라사데르스 거리 입구에서 멈추었다. 길이 너무 좁아 들어갈 수가 없었다. 운전사는 차에서 내리더니 깍듯이 고개를 숙이며 문을 열어주었다. 그러고는 내가 길에 내려서자 문을 닫고 말 한 마디 없이 다시 차에 올라탔다. 나는 그가 떠나는 모습을 보았고, 검은 자동차의 윤곽이 어둠의 베일 속에서 사라질 때까지 시선을 고정했다. 그리고 내가 도대체 무슨 짓을 했던 것인지 나 자신에게 물으면서도 대답하지 않으려고 노력했다. 그렇게 나는 세상 전체가 도망칠 구석 없는 감옥이라고 느끼면서 우리 집으로 발길을 옮겼다.

집으로 들어가 나는 곧장 서재로 향했다. 그리고 사방의 창문을 모두 열어 뜨겁고 습한 바람을 거실 안으로 들였다. 동네의 몇몇 건물에서는 사람들이 매트리스와 시트를 옥상에 올려다놓고 그 위에 드러누워 숨막히는 더위를 피해 잠을 이루려 애쓰고 있었다. 저멀리 파랄렐로 지구에서는 커다란 굴뚝 세 개가 화장터의 굴뚝처럼 높게 솟아 하얀 잿더미의 망토를 펼치고 있었고, 유릿가루 같은 그 재가 바르셀로나의 하늘 위로 넓게 번져가고 있었다. 더 가까운 곳에서는 라 메르세 성당의 원형 지붕에서 자비의 성모 석상이 하늘로 날아가는 자세를 취하고 있었다. 그 석상을 보자 롤스로이스의 천사와 코렐리의 옷깃에서 항상 반짝이는 천사가 떠올랐다. 마치 바르셀로나가 오랜 침묵 끝에 다시 내게 말을 걸며 자신의 비밀을 털어놓는 것만 같았다.

바로 그때 그녀를 보았다. 모스카스 거리라고 불리는 오래된 건물들 사이의 허름하고 좁은 골목 입구의 층계에 웅크리고 있었다. 이사벨라였다. 그곳에서 얼마나 시간을 보냈을까 궁금했지만, 그건 이제 내가 관여할 일이 아니라고 스스로를 타일렀다. 그런데 창문을 닫고 책상으로 돌아가려는 순간, 그곳에 그녀 말고 다른 누군가가 있다는 사실을 알아차렸다. 두 사람의 형체가 골목 끝에서 천천히, 아마도 지나치게 천천히 그녀에게 접근하고 있었다. 나는 한숨을 내쉬면서 그들이 그냥 지나가기를 바랐지만 그들은 내 희망대로 따라주지 않았다. 둘 중 하나가 반대편에 버티고 서더니 좁은 골목의 출구를 막아버렸고, 다른 하나는 아이 앞에 무릎을 꿇고 그녀를 향해 팔을 뻗었다. 아이가 움직였다. 곧 두 사람은 이사벨라를 덮쳤고, 나는 그녀의 비명을 들었다.

거의 일 분도 채 걸리지 않아 그곳에 이르렀을 때는 두 남자 중 하나가 이사벨라의 팔을 움켜잡고 있었고, 다른 하나는 치마를 걷어올린 상태였다. 아이의 얼굴에 공포가 아로새겨져 있었다. 두번째 작자가 아이의 목에 잭나이프를 들이댄 채 너털웃음을 터뜨리면서 그녀의 허벅지를 벌리고 있었다. 상처에서는 세 줄기의 피가 흘러나오고 있었다. 주변을 둘러보니 돌무더기가 담긴 두 개의 상자와 자갈 한 더미, 그리고 버려진 건축자재들이 벽에 기대어 있었다. 되는대로 무언가를 움켜쥐고 보니 50센티미터 정도 되는 단단하고 무거운 쇠몽둥이였다. 내 존재를 가장 먼저 눈치챈 것은 잭나이프를 들고 있던 작자였다. 나는 한 발짝 앞으로 내디디면서 쇠몽둥이를 휘둘렀다. 그의 시선이 쇠몽둥이에서 내게로 옮겨왔고, 나는 그의 입술에서 미소가 지워지고 있다는 사실을 알았다. 다른 작자가 뒤돌아 쇠몽둥이를 높이 쳐들고서 자신을 향해 다가오는 나를 보았다. 내 고갯짓 한 번에 그는 이사벨라를 놓아주고 급히 자기 동료 뒤에 자리를 잡았다.

"자, 가자!" 그가 속삭였다.

다른 작자는 그의 말을 무시했다. 그는 손에 잭나이프를 든 채 눈에 불을 켜면서 나를 노려보았다.

"개자식, 왜 쓸데없이 남의 일에 참견하는 거야?"

나는 무기를 든 작자에게 눈을 떼지 않은 채 팔을 잡아 이사벨라를 바닥에서 일으켰다. 그리고 내 주머니에서 열쇠를 찾아 내밀었다.

"집으로 가." 내가 말했다. "내 말대로 해."

이사벨라는 잠시 머뭇거렸지만, 플라사데르스를 향해 골목길을 마구 뛰어가는 그녀의 발소리가 들렸다. 잭나이프를 든 작자는 그녀가 떠나는 것을 보더니 분노의 미소를 지었다.

"이 빌어먹을 개자식, 가만두지 않겠어."

그에게 협박을 실행에 옮길 의지와 능력이 있다는 건 의심의 여지가 없었지만 시선을 보니 내 상대는 아주 바보가 아닌 듯했다. 그가 아직 나를 공격하지 않은 것은 내가 들고 있는 쇠몽둥이가 얼마나 무거울지 가늠해보고 있었고, 무엇보다 내가 몽둥이를 휘두를 힘과 용기와 시간이 있다면 그가 내 몸에 칼날을 박아넣기 전에 자기 머리가 먼저 박살날지도 모른다고 생각하고 있기 때문이 분명했다.

"자, 덤벼봐." 내가 먼저 싸움을 걸었다.

그는 몇 초 동안 나를 뚫어져라 쳐다보더니 웃었다. 함께 있던 작자는 안도의 한숨을 내쉬었다. 그는 칼날을 접어서 안으로 넣고 내 발에 침을 뱉었다. 그리고 왔던 방향의 어둠을 향해 멀어져갔고, 그의 동료는 충견처럼 그 뒤를 총총걸음으로 뒤쫓아갔다.

이사벨라는 탑의 집 현관 층계참에 웅크리고 앉아 있었다. 벌벌 떨면서 양손으로 열쇠를 움켜쥔 모습이었다. 그녀는 내가 들어오는 것을 보자 벌떡 일어났다.

"의사를 부를까?"

이사벨라는 고개를 가로저었다.

"정말이야?"

"나를 어떻게도 못했어요." 그녀는 눈물을 삼키면서 중얼거렸다.

"내가 보긴 아닌데."

"나에게 아무 짓도 안 했다고요, 알았어요?" 그녀가 대드는 투로 말했다.

"알았어." 내가 말했다.

계단을 올라가는 동안 그녀를 부축해주려고 했지만, 그녀는 내 손길을 뿌리쳤다.

집안으로 들어가서는 그녀를 욕실로 데려가 불을 켜주었다.

"갈아입을 깨끗한 옷 있어?"

이사벨라는 가지고 있던 손가방을 보여주며 고개를 끄덕였다.

"자, 그럼 내가 저녁을 준비할 테니 씻어."

"지금 어떻게 배가 고프겠어요?"

"그런데 난 배고프거든."

이사벨라는 아랫입술을 깨물었다.

"사실 나도……"

"그럼 더는 이 문제로 왈가왈부하지 말자." 내가 말했다.

나는 욕실 문을 닫고 물소리가 들리길 기다렸다. 그런 다음 부엌으로 가서 물을 끓였다. 이사벨라가 전날 아침에 가져왔던 쌀과 베이컨, 몇 가지 채소가 남아 있었다. 나는 그것들로 대충 요리를 하고 이사벨라가 욕실에서 나올 때까지 거의 반시간을 기다리면서 포도주를 반병 가까이 비워버렸다. 벽 너머에서 그녀가 분노를 참지 못해 울음을 터뜨리는 소리가 들렸다. 눈이 벌게져서 부엌문 앞에 나타난 그녀는 그 어느 때보다도 어린 소녀 같았다.

"지금도 배가 고픈지 잘 모르겠어요." 그녀가 중얼거렸다.

"자, 앉아서 먹도록 해."

우리는 부엌 한가운데 있는 조그만 식탁에 앉았다. 이사벨라는 내가 갖다준 밥과 이것저것 넣어서 만든 음식을 약간 의심스러운 눈으로 바라보았다.

"먹어." 내가 명령했다.

그녀는 마지못해 한 숟가락 떠서 입으로 가져갔다.

"맛있네요." 그녀가 말했다.

나는 그녀의 잔에 포도주를 반 따르고 나머지를 물로 채웠다.

"아버지는 내게 포도주를 못 마시게 하세요."

"난 네 아버지가 아니야."

우리는 아무 말 없이 시선만 주고받으며 저녁을 먹었다. 이사벨라는 그릇을 비우고 내가 잘라준 빵 한 조각도 급히 먹어치우더니 쑥스러운 듯 미소 지었다. 진짜 놀라운 일은 아직 닥치지 않았다는 것을 깨닫지 못하고 있었다. 나는 그녀를 침실 문까지 데려다주고서 불을 켰다.

"조금이라도 자도록 노력해봐." 내가 말했다. "필요한 게 있으면 벽을 두드려. 옆방에 있을 테니까."

이사벨라는 고개를 끄덕거렸다.

"요전날 밤에 이미 코 고는 소리를 들었어요."

"나는 코 안 골아."

"그럼 수도관에서 나는 소리인가보네요. 아니면 근처에서 누가 곰을 키우든가요."

"한 마디만 더하면 다시 거리로 내쫓아버리겠어."

이사벨라는 웃으면서 고개를 끄덕였다.

"고마워요." 그녀가 속삭였다. "부탁이니 문은 꼭 닫지 마세요. 살짝 열어두세요."

"그럼 잘 자." 나는 이렇게 말하면서 불을 끄고 이사벨라를 어둠 속에 남겨놓았다.

나중에, 그러니까 내 침실에서 옷을 벗으면서 뺨에 검은 눈물처럼 짙은 흔적이 묻어 있다는 걸 알았다. 나는 거울로 다가가서 비춰보며 손가락으로 문질렀다. 말라붙은 피였다. 그제야 나는 내가 기진맥진한 상태이며 온몸이 욱신거린다는 사실을 깨달았다.

10

다음날 아침, 이사벨라가 잠에서 깨기 전에 나는 미라에르스 거리에서 그녀의 가족이 운영하는 식료품점으로 갔다. 날이 밝은 지 얼마 되지 않아서인지 셔터가 반쯤만 열려 있었다. 나는 가게 안으로 들어갔다. 두 명의 젊은이가 계산대 위에 차 상자와 다른 물건들을 쌓아놓고 있었다.

“아직 안 열었습니다.” 한 청년이 말했다.

“아닌 거 같은데요. 난 주인을 만나러 왔습니다.”

기다리는 동안 나는 배은망덕한 상속녀 이사벨라의 가족 상점을 자세히 살펴보았다. 안락한 삶을 보장하는 그런 가게를 거부하고 문학이라는 가난 앞에 무릎을 꿇다니 이사벨라는 너무도 순진했다. 가게는 이 세상의 방방곡곡에서 가져온 멋진 물건들로 가득한 조그만 시장과 다름없었다. 잼, 사탕, 차가 눈에 띄었고 커피와 향신료, 통조림도 있었다. 과일과 절인 육류도 있었고, 초콜릿과

훈제햄도 보였다. 주머니가 두툼한 사람들에게는 푸짐한 음식의 천국이었다. 이사벨라의 아버지이며 그 점포의 책임자인 오돈 씨가 파란색 가운 차림으로 나타났다. 그는 카이저수염을 길렀고 곧 심장마비를 일으킬 것처럼 위태로울 정도의 근심에 잠긴 표정이었다. 나는 예의를 갖춘 인사말은 생략하기로 했다.

"따님이 말하길, 당신은 총구가 둘인 엽총을 가지고 있다더군요. 그걸로 나를 죽이겠다고 다짐했다던데요." 내가 양팔을 벌리면서 말했다. "자, 어디 한번 해보시죠."

"이 뻔뻔한 놈은 도대체 뭐야?"

"딸 하나 못 챙기는 한심한 아버지 때문에 젊은 여자를 제집에서 재운 뻔뻔한 놈입니다."

분노가 얼굴에서 사라지더니 가게 주인은 비굴하고 괴로운 미소를 지었다.

"마르틴 씨인가요? 미처 몰라봤습니다…… 우리 아이는 어떻게 지내나요?"

나는 한숨을 내쉬었다.

"우리집에서 건강하게 아무 일 없이 잘 지내고 있습니다. 마치 사냥개처럼 편히 자고 있지요. 하지만 명예와 순결은 한 치의 손상도 입지 않았습니다."

가게 주인은 안심하면서 두 번이나 연달아 성호를 그었다.

"정말 감사합니다. 당신에게 하느님의 축복이 내리길 빕니다."

"감사합니다. 그런데 부탁을 하나 하고 싶습니다. 오늘 중으로 반드시 그 아이를 데리러 오십시오. 그러지 않으면 엽총이나 다른 것으로 당신 얼굴을 박살내버리겠습니다."

"엽총이라고요?" 가게 주인은 당황한 표정으로 중얼거렸다.

안쪽 방을 가린 커튼 뒤에서 체구가 작은 그의 아내가 초조한 눈빛으로 우리를 몰래 살펴보고 있었다. 나는 본능적으로 총격이 오가는 일은 없을 것임을 깨달았다. 오돈 씨는 금방이라도 허물어질 듯이 숨을 몰아쉬었다.

"마르틴 씨, 그렇게 할 수만 있다면 얼마나 좋겠습니까. 하지만 그 아이는 여기에 있으려고 하지 않아요." 그가 씁쓸한 얼굴로 반론했다.

나는 가게 주인이 이사벨라의 말처럼 못된 사람이 아니라는 것을 알고 비아냥거린 것을 후회했다.

"당신이 아이를 집에서 내쫓은 게 아닙니까?"

그 말에 오돈 씨는 상처받은 듯이 눈을 휘둥그레 떴다. 그의 아내가 달려나와 남편의 손을 잡았다.

"그래요, 말다툼이 있었지요. 우리 둘 다 해서는 안 될 말을 했습니다. 하지만 그 아이 성질이 보통이 아니라…… 집을 나가겠다고, 이제 절대로 자기를 못 볼 거라고 으름장을 놨어요. 아이의 어머니는 거의 심장이 멈출 뻔했습니다. 나는 아이에게 목소리를 높였고, 정 그러면 수녀원에 집어넣겠다고 했지요."

"열일곱 살짜리 여자아이를 설득하는 데 더할 나위 없이 적절한 말이군요." 내가 지적했다.

"가장 먼저 머리에 떠오른 게 그거라……" 가게 주인이 말했다. "내가 어떻게 그 아이를 수녀원에 집어넣겠습니까?"

"지금까지 본 바로는 헌병 연대 병력이 총동원되어 도와주어야만 가능한 일입니다."

"그 아이가 당신에게 어떤 말을 했는지 난 모릅니다, 마르틴 씨. 하지만 그 말을 믿지 마십시오. 우리는 잘나고 세련된 사람이 아니지만 그렇다고 괴물도 아닙니다. 이제는 그 아이를 어떻게 다뤄야 할지 나도 모르겠습니다. 나는 아이가 반항을 한다고 허리띠를 빼 휘둘러서 억지로 말을 듣게 만드는 사람이 아닙니다. 여기 있는 내 아내는 고양이에게도 소리를 지르지 못하는 사람이에요. 그 아이 성격이 어쩌다 그렇게 되었는지 알 수가 없어요. 아마도 책을 너무 많이 읽어서 그런 것 같습니다. 수녀님들이 경고하신 대로 되지 않았습니까. 이미 하늘로 가신 우리 아버지도 그런 말씀을 하셨지요. 여자들이 마음껏 읽고 쓰는 법을 배우는 날, 이 세상은 통치할 수 없는 곳이 될 거라고요."

"아버님은 위대한 사상가이시군요. 하지만 그건 당신뿐 아니라 내 문제도 해결해주지 못합니다."

"우리가 뭘 할 수 있겠습니까? 마르틴 씨, 이사벨라는 우리와 함께 있으려고 하지 않습니다. 우리가 무식쟁이며 자기를 이해하지 못하고, 이 가게에서 자기를 썩힌다면서…… 그 아이를 이해할 수만 있다면 얼마나 좋겠습니까! 나는 일곱 살 때부터 이 가게에서 해 뜰 때부터 해 질 때까지 일했고, 내가 이해하는 유일한 것은 이 험악한 세상이 저 높은 곳을 꿈꾸는 어린 여자아이에게는 추호의 동정도 베풀지 않는다는 사실입니다." 가게 주인은 나무통에 기대면서 설명했다. "내가 가장 두려운 것은, 만일 그 아이를 강제로 데려왔다가는 정말로 집을 나가서 막돼먹은 놈팡이 손에 떨어질까봐…… 그건 정말로 생각하고 싶지도 않습니다."

"사실이에요." 약간의 이탈리아 억양이 있는 그의 아내가 덧붙였다. "그 아이는 우리 마음을 너무나 아프게 했어요. 하지만 집을 나간 건 이번이 처음이 아니에요. 천생 나폴리 사람인 우리 어머니를 빼닮아서……"

"아, 장모님……" 장모의 기억만 떠올려도 두려워 질리는 듯 오돈 씨는 말끝을 흐렸다.

"이사벨라가 당신 집에서 며칠 지내면서 당신 일을 도와줄 거라고 했을 때 우리는 마음이 놓였어요." 이사벨라의 어머니가 말을 이었다. "당신은 좋은 사람이고, 사실상 거리 두 개만 건너면 되는 곳에서 지내는 거니까요. 당신이라면 틀림없이 그 아이가 집으로 돌아오도록 설득할 방법을 알고 있을 거예요."

도대체 이사벨라가 나에 관해 뭐라고 이야기했기에 그들은 내가 물위를 걷는 것 같은 기적을 행할 수 있다고 믿는지 궁금했다.

"바로 어젯밤 여기서 돌 던지면 닿을 거리에서 집으로 돌아가던 일꾼 둘이 몽둥이로 흠씬 두드려맞는 사건이 일어났어요. 어쩜 그런 일이 다 있는지. 쇠몽둥이로 개 패듯이 팼나봐요. 소문을 듣기로 한 사람은 목숨이 위태롭고, 다른 한 사람은 평생 손발을 제대로 못 쓸지도 모른다나봐요." 그녀의 어머니가 말했다. "도대체 지금 세상이 어떻게 돌아가는 건가요?"

오돈 씨는 슬픔에 젖어 나를 쳐다보았다.

"내가 직접 찾으러 가면 아이는 또다시 집을 나갈 겁니다. 그때도 당신 같은 사람을 만나게 될지는 아무도 몰라요. 젊은 여자아이가 혼자 사는 신사의 집에 머무르는 게 바람직한 일이 아니라는 건 우리도 알고 있습니다. 하지만 적어도 당신이 정직한 사람이고, 그 아이를 보살펴줄 거라고 믿습니다."

가게 주인은 곧 울음을 터뜨릴 것 같은 표정이었다. 나는 차라리 그가 엽총을 찾으러 달려갔으면 좋겠다고 생각했다. 그 어떤 성격 급한 나폴리인 사촌이 나팔총을 들고 그 아이의 명예를 보호하겠다면서 나타날지도 모르는 일이었다. 빌어먹을!

"그 아이가 정신을 차리고 돌아올 때까지 보살펴주겠다고 약속하시지요?"

나는 깊은숨을 내쉬었다.

"약속합니다."

나는 여러 식품과 맛있는 음식을 들고 집으로 돌아왔다. 오돈씨와 그의 아내가 억지로 들려보낸 것이었다. 나는 그들에게 이사벨라가 정신을 차리고 자기가 있을 장소는 바로 가족 옆이라는 사실을 깨달을 때까지 당분간만 보살피겠다고 약속했다. 가게 주인 부부는 부양비를 지급하겠다고 고집을 부렸지만 내가 단호하게 거부했다. 내 계획은 일주일 내로 이사벨라를 제집으로 돌아가 자게 하는 것이었다. 낮 동안에는 계속 그녀를 내 조수처럼 데리고 있어야만 한대도 그럴 것이었다. 가장 높은 탑은 무너진 셈이다.

집에 들어오니 그녀는 부엌의 식탁에 앉아 있었다. 전날 밤 사용한 그릇들을 모두 설거지해놓고 이미 커피까지 만들어놓았으며, 성화에 나오는 성녀처럼 옷을 입고 머리도 빗은 상태였다. 어리석음이라고는 눈 씻고도 찾아볼 수 없는 이사벨라는 이미 내가 어디에서 오는 길인지 아주 잘 알고 있었으며, 버려진 개에 맞먹는 시선으로 무장하고서 고분고분하게 미소 지었다. 나는 오돈 씨가 선물한 맛있는 것들을 조리대에 놓고서 그녀를 쳐다보았다.

"아버지가 엽총으로 당신을 쏘지 않았나요?"

"탄알이 떨어져서 대신 이 모든 잼과 만체고 치즈를 던졌어."

이사벨라는 입술을 깨물고서 짐짓 심각한 표정을 지었다.

"그러니까 네 성격은 할머니를 닮았군."

"외할머니예요." 그녀가 확인해주었다. "동네에서는 베수비오* 라고 부르지요."

"음, 적절한 별명이군."

"내가 외할머니와 조금 닮았대요. 고집불통이란 점에서요."

그건 굳이 판사의 판결 없이도 알겠군, 나는 생각했다.

"네 부모님은 좋은 분들이셔, 이사벨라. 너나 그분들이나 서로 이해를 못하는 게 문제지."

이사벨라는 아무 말도 하지 않았다. 그녀는 나에게 커피 한 잔을 따라주고 내 판결을 기다렸다. 나에게는 두 개의 선택지가 있었다. 하나는 그녀를 거리로 내쫓아서 가게 주인 부부를 졸도시키는 것이고, 다른 하나는 마음을 단단히 먹고 인내심으로 무장해 이틀이나 사흘 정도 버티는 것이었다. 내 안에서 가장 냉소적이고 가장 야박한 면모를 끌어내 사십팔 시간을 보내면 분명 그 젊은

---

* 나폴리에 위치한 활화산.

아가씨의 강철 같은 결정도 산산이 부서져 그녀를 어머니의 치마폭으로 돌려보낼 수 있을 것이었다. 그러면 그녀는 무릎을 꿇고서 부모에게 용서를 구하고 집에서 살게 해달라고 빌 것이다.

"잠시 이곳에 머물러도 좋아……"

"고마워요!"

"너무 성급히 고마워할 필요는 없어. 두 가지 조건을 지켜야 하니까. 하나는 매일 잠시 가게에 들러서 부모님에게 인사하고 네가 잘 지내고 있다고 알려드리는 거야. 두번째는 내 말에 절대복종하고 이 집의 규칙을 따라야 한다는 거야."

집안의 가장이 말하는 것 같긴 해도 너무 소극적이었다. 나는 엄한 표정을 유지하고 말투도 약간 무겁게 하기로 마음먹었다.

"이 집의 규칙이 뭐죠?" 이사벨라가 궁금해했다.

"기본적으로, 뭐든 나 좋을 대로 한다는 거다."

"좋아요."

"그럼 합의된 걸로 하겠어."

이사벨라는 식탁을 돌아와 감사의 뜻으로 나를 껴안았다. 열일곱 살짜리의 육체가 닿자 그 체온과 단단한 몸매가 느껴졌다. 나는 살며시 그녀의 팔을 떼어내 최소한 1미터는 떨어뜨려놓았다.

"첫번째 규칙은, 여기는 『작은 아씨들』의 세계가 아니니 서로 껴안거나 툭하면 울거나 하지 않는 거야."

"말씀하시는 대로 할게요."

"그게 바로 우리의 공동생활을 위한 이 집의 좌우명이야. 내가 말하는 대로 한다."

이사벨라는 웃으면서 서둘러 복도로 향했다.

"어디 가는 거야?"

"당신 서재를 청소하고 정리해야죠. 지금처럼 놔둘 생각은 아니죠, 그렇죠?"

11

나는 생각할 수 있는 곳을 찾아야 했다. 내 새 조수의 집안일에 대한 자부심과 집안을 청결히 해야 한다는 강박에서 피할 수 있는 곳이어야 했다. 그래서 카르멘 거리에 있는 도서관으로 갔다. 중세 때 요양병원으로 사용되었던 곳으로 고딕 스타일의 아치가 늘어선 네이브*에 자리잡고 있었다. 나는 교황의 무덤 냄새가 풍기는 책들에 둘러싸여 낮시간을 보내면서 눈알이 책상 위로 떨어져 도서관 바닥에서 뒹굴기 일보 직전까지 신화와 종교사에 관해 읽었다. 쉬지 않고 몇 시간 동안 책을 읽은 후 내린 결론은 내가 그 주제에 관해 쓰인 모든 책을 섭렵하기는커녕 책의 성전이라는 그 아치 아래에서 발견할 수 있는 것들의 극히 일부만 겨우 살펴보았을 뿐이라는 것이었다. 다음날, 그리고 그다음날도 다시 도서관에

* 성당 건축에서 입구부터 안쪽까지 통하는 중앙의 넓은 공간.

오기로 했다. 적어도 일주일은 오롯이 바쳐 신과 기적과 예언, 성인과 유령과 계시와 신비에 관한 책들을 읽고 또 읽어서 내 생각의 가마솥을 부글부글 끓어오르게 할 연료를 제공하겠다고 마음먹었다. 크리스티나와 페드로 씨, 그리고 그들의 결혼생활을 생각하는 것만 아니면 그 무엇이라도 할 작정이었다.

이미 열성적인 조수가 있었기에 나는 이 도시에서 종교를 가르칠 때 사용하는 모든 교과서와 교리문답서를 구해 각각의 요약본을 작성하라는 지시를 내렸다. 이사벨라는 왈가왈부하지 않았지만 이맛살을 찌푸렸다.

"노아의 방주부터 빵과 물고기의 기적에 이르기까지, 아이들에게 어떻게 가르치는지 모든 것을 하나도 빠짐없이 알고 싶어." 내가 설명했다.

"왜 알고 싶은 거예요?"

"난 본래가 그런 사람이고, 아주 호기심이 많기 때문이야."

"〈내 생명의 어린 주 예수〉*를 다시 쓸 자료를 수집하는 건가요?"

"아니. 수녀 중위**의 모험을 소설로 쓸 계획이야. 너는 내 말대로만 해. 이러쿵저러쿵 토 달지 말고. 아니면 네 부모님 가게로 돌려보내서 마르멜루 젤리나 듬뿍 팔게 하겠어."

---

* 주로 어린아이들이 외는 기도문.

** 17세기 초 스페인의 수녀 카탈리나 데 에라우소. 수녀원에서 탈출해 남장을 하고 군인으로 활동한 전설적인 인물.

"당신은 폭군이에요."

"우리가 서로를 잘 알아가고 있어서 얼마나 기쁜지 모르겠어."

"코렐리라는 발행인에게 써줄 책과 관련있는 거예요?"

"그럴 수도 있지."

"베스트셀러가 될 가능성은 전혀 없다는 냄새가 풍기네요."

"네가 그걸 어떻게 알아?"

"당신이 생각하는 것보다 난 더 많은 걸 알아요. 그런 표정 짓지 마세요. 당신을 도우려는 것뿐이니까요. 아니면 전업작가를 그만두고 카페나 전전하는 딜레탕트가 되려고 결심했나요?"

"지금은 유모 역할을 하느라 몹시 바빠."

"누가 누구의 유모인지 따져보자고 하지는 않겠어요. 그건 이미 내가 이긴 싸움이니까요."

"그럼 아가씨는 어떤 논쟁을 원하시나요?"

"상업예술 대 도덕적 교훈을 담은 우둔한 책이요."

"이사벨라, 내 사랑하는 작은 베수비오 화산아. 상업예술은 말이야…… 아, 예술이라는 이름에 걸맞은 모든 예술은 결국 상업적일 수밖에 없는데, 어쨌든 우둔함은 대부분 그걸 바라보는 사람의 시선에 달려 있어."

"지금 나보고 우둔하다는 건가요?"

"내 지시를 따르라는 거야. 내가 시키는 것을 해. 그게 전부야. 이제 입은 그만 다물고."

나는 문 쪽을 가리켰고, 이사벨라는 눈을 부릅뜨더니 복도로 가면서 내게 들리지 않는 소리로 뭐라고 중얼댔다.

이사벨라가 요약할 교과서와 여러 개의 교리문답서를 찾느라 학교와 서점을 돌아다니는 동안, 나는 깊은 신학 지식을 익히기 위해 카르멘 거리의 도서관으로 달려갔다. 그건 한마디로 엄청난 분량의 커피와 극기로 이루어진 작업이었다. 그 이상한 창작을 위해 소비한 첫 칠 일은 의문만을 가중했을 뿐 그 무엇도 분명하게 밝혀주지 않았다. 내가 얻은 얼마 안 되는 확신 중 하나는, 자신이 신성함과 인간과 신에 관해 글을 쓰도록 부름받았다고 느꼈던 대부분 작가는 박학하고 그 분야에 정통한 학자들이며 최고 수준의 독실한 신자들이었음이 틀림없지만 작가로서는 꼴불견이었다는 사실이다. 그들의 책을 넘겨보아야 했던 가련한 독자들은 한 문장 한 문장 읽을 때마다 따분함에 지쳐 혼수상태에 빠지지 않도록 기도를 해야 했을 것이다.

이 주제에 관한 수천 페이지를 읽고 살아남은 끝에, 나는 문자로 인쇄된 모든 역사 속에서 목록에 포함된 수백 개의 종교적 믿음은 서로 너무나 엇비슷하다는 인상을 받기 시작했다. 처음에는 이런 인상을 나의 무지나 적절한 자료의 부족 탓으로 돌렸지만 탐정소설 수십 편의 줄거리를 훑어보고 있는 것 같다는 생각은 떨쳐버릴 수가 없었다. 살인범은 제각기 달랐지만 이야기가 작동하는 방식은 기본적으로 항상 똑같았다. 신에 관한 것이건, 국민과 인종의 역사나 그 형성에 관한 것이건 여러 신화와 전설은 구성된 방식이 다를 뿐 항상 똑같은 조각으로 이루어진, 서로 차이가 거의 없는 퍼즐들처럼 보이기 시작했다.

이틀째 되던 날부터 나는 이미 책임사서 에울랄리아와 친구가 되었다. 그녀는 자기가 관리하는 수많은 종이의 바다 사이에서 내게 필요한 책과 글을 골라주었으며, 가끔 구석의 내 책상으로 찾아와 더 필요한 것은 없느냐고 물었다. 내 또래인 듯한 그녀는 재치가 넘쳐흘렀는데 그것은 종종 다소 무례한 독설의 형태로 표출되었다.

"성인 열전을 많이 읽으시네요, 선생님. 중년의 나이에 접어드시는 것 같은데, 이제라도 복사가 되려고 결심하신 건가요?"

"그냥 자료를 찾는 겁니다."

"아, 다들 그렇게 말하지요."

사서의 농담과 기발한 재치는 돈으로 환산할 수 없는 위안이 되었고, 덕분에 나는 돌처럼 딱딱하게 쓰인 책들로부터 내 목숨을 구하고 자료 찾기라는 순례여행을 계속할 수 있었다. 에울랄리아는 시간이 날 때마다 내 책상으로 와서 그 모든 횡설수설을 정리하는 데 도움을 주었다. 거기에는 아버지와 아들, 순수한 어머니와 성녀, 배신과 개종, 예언과 순교한 예언자, 하늘이나 천국에서 보낸 사절, 우주를 구하기 위해 태어난 아이, 머리카락이 쭈뼛서는 모습에 보통 동물의 형상을 한 저주스러운 존재, 인종적으로 수용 가능한 모습을 하고 선의 매개자로 일하는 천상의 존재, 그리고 운명의 끔찍한 시험을 치러야 하는 영웅의 이야기가 넘쳐났다. 지상의 삶은 항상 일종의 간이역으로 간주되었고, 타고난 운명과 자신이 속한 집단의 규칙에 순응할 것이 권장되었다. 육신의 삶에서 모자랐던 모든 것이 풍성하게 넘쳐흐르는 천국에 가면 합당한 보상을 받을 수 있기 때문이었다.

목요일 점심 휴식시간에 에울랄리아는 내 책상으로 다가와서 내가 기도서를 읽는 것 말고 종종 식사도 하느냐고 물었다. 나는 그녀에게 카사 레오폴도에서 점심을 먹자고 청했다. 도서관 근처에 개업한 지 얼마 안 되는 업소였다. 우리가 맛있는 소꼬리 스튜를 음미하는 동안 그녀는 그곳의 책임사서를 맡은 지 이 년 되었으며, 이 년 넘게 작업중인 소설 한 권을 아직 마무리 못했는데 중심 무대는 카르멘 거리의 도서관이고 소재는 그 안에서 일어나는 일련의 이상한 범죄라고 말해주었다.

"몇 년 전에 이그나티우스 B. 삼손이 썼던 소설과 비슷하게 쓰고 싶어요." 에울랄리아가 말했다. "들어본 적 있어요?"

"어렴풋이요." 내가 대답했다.

에울랄리아는 자기 책을 진척시킬 방법을 찾지 못하고 있었고, 나는 약간 음산한 어조를 채택하라고 제안했다. 그리고 고통받는 유령에 씐 비밀의 책을 이야기의 중심축에 놓고 초자연적인 내용을 담은 부차적 줄거리를 곁들이라고 충고했다.

"이그나티우스 B.가 당신이었다면 아마 그렇게 했을 겁니다." 내가 말했다.

"천사와 악마에 관해 그토록 많이 읽는 이유가 뭐지요? 당신이 참회하고 있는 전직 신학도라는 말 따위는 하지 않겠지요?"

"다양한 종교와 신화의 기원이 어떤 공통점이 있는지 확인하고 있어요." 내가 설명했다.

"그래서 지금까지 뭘 알아냈나요?"

"거의 아무것도 알아내지 못했습니다. 괜한 넋두리로 당신을 따분하게 만들고 싶진 않아요."

"따분해하지 않을 테니 말해봐요."

나는 어깨를 으쓱했다.

"좋아요. 지금까지 알아낸 것 중 가장 흥미로운 건 대부분 신앙이 그 진위 여부와 관계없이 역사적 사실로 간주되는 하나의 사건, 혹은 인물에서 출발하고 있다는 사실이에요. 그러다 사회운동으로 매우 빠르게 발전해 그것을 받아들이는 사람들의 정치적, 경제적 사회적 상황에 영향을 받고 형태를 잡아가지요. 아직 잠들지 않았나요?"

에울랄리아는 고개를 끄덕였다.

"각각의 교리를 중심으로 발전되는 신화는 많은 부분이, 그러니까 전례의식부터 규칙과 금기에 이르기까지 모든 게 그 믿음이 발전되는 동안 탄생한 관료주의에서 파생된 것이지 그 믿음의 근원으로 여겨지는 초자연적 사실로부터 유래한 게 아니에요. 상식과 민담의 혼합이라고 할 수 있는 대다수의 단순하고 천진난만한 일화들은 시간이 지나면서 공격적인 색채를 띠게 되는데, 이는 사후에 관리자의 손으로 그 원칙이 해석되고 심지어 왜곡된 결과입니다. 내가 보기에는 관료적이고 위계적인 측면이 바로 믿음의 진화에서 핵심 요소입니다. 처음에는 모든 사람에게 진실이 드러나지만, 곧 자기들에게만 진실을 해석하고 관리하며 필요한 경우 공동의 이익이라는 명분으로 진실을 바꿀 수도 있는 의무와 권력이 있다고 주장하는 사람들이 등장합니다. 그리고 그런 목표를 이루기 위해 그들은 강력하고 잠재적으로 억압적인 조직을 설립하지요. 생물학은 이러한 현상이 모든 사회적 동물의 공통된 속성이라는 것을 알려주는데, 이런 현상은 머지않아 교리를 통제와 정치투쟁의 수단으로 변모시킵니다. 분열과 전쟁과 불화가 불가피해지는 겁니다. 그리고 언제건 말씀은 육신이 되고, 육신은 피를 흘리는 거지요."

내가 점점 코렐리처럼 말하고 있다는 느낌이 들었다. 한숨이 나왔다. 에울랄리아는 희미하게 미소를 띠면서 멋쩍은 눈길로 나를 지켜보고 있었다.

"그게 당신이 찾는 건가요? 피를 찾는 거예요?"

"배움을 구하다보니 피도 찾은 것이지, 그 반대는 아닙니다."

"정말 그런지 확신이 안 서네요."

"당신은 수녀회에서 운영하는 학교에 다닌 것 같군요."

"다마스 네그라스 학교에서 팔 년을 공부했어요."

"수녀회 학교에 다니는 여학생들이 가장 어둡고 은밀하며 입밖에 낼 수 없는 욕망을 품고 있다는데, 그게 사실인가요?"

"그런 걸 발견하면 당신도 아주 좋아할 거라는 데 내기를 걸죠."

"가진 돈 전부 '그렇다'에 걸어요."

"그 추잡한 영혼들을 위한 단기 속성 신학 과정에서 또 무엇을 배웠나요?"

"그것 말고는 딱히 없습니다. 나는 그렇게 첫번째 결론을 내리면서 불쾌한 감정을 느꼈습니다. 너무 모순적이고 진부해서요. 천사들의 성감대에 관한 백과사전이나 안내서까지 탐독하지 않아도 이 모든 것은 어느 정도 자명한 사실이라고 생각했으니까요. 아마도 내가 내 편견 이상의 것은 이해할 수 없는 사람이거나, 애초에 더 이해할 것이 없기 때문일 겁니다. 문제의 요점은 아마도 잠시 멈춰서 왜라는 의문을 던지지 않고, 무작정 믿거나 믿지 않는 데 있는 것 같습니다. 내 궤변이 그럴싸한가요? 여전히 인상적이에요?"

"소름이 돋는 것 같아요. 어두운 욕망을 품었던 여학생 시절에 당신을 알지 못했던 게 유감이네요."

"말에 가시가 있네요, 에울랄리아."

사서는 깔깔거리고 웃으면서 내 눈을 한참 쳐다보았다.

"말해봐요, 이그나티우스 B.. 도대체 누가 그토록 심하게 당신 마음을 부숴버렸나요?"

"책뿐만 아니라 다른 것도 읽을 줄 아는군요."

우리는 식당 안을 오가는 종업원들을 지켜보면서 몇 분 동안 테이블에 앉아 있었다.

"부서진 마음의 가장 좋은 점이 뭔지 알아요?" 사서가 물었다.

나는 고개를 가로저었다.

"마음은 딱 한 번만 진정으로 부서질 수 있다는 거지요. 이후로는 긁힌 자국밖에 나지 않아요."

"당신 책에 그 말을 쓰세요."

나는 그녀의 약혼반지를 가리켰다.

"그 바보천치가 누군지는 모르겠지만, 자기가 이 세상에서 가장 큰 행운을 거머쥔 남자라는 사실을 알았으면 좋겠네요."

에울랄리아는 조금 슬픈 미소를 지으면서 고개를 끄덕였다. 우리는 도서관으로 돌아와 각자 자신의 자리로 돌아갔다. 그녀는 사서 책상으로, 나는 열람실 구석에 있는 책상으로. 그리고 다음날 그녀와 작별을 고했다. 영원한 진실이나 계시에 관해 더는 한 줄도 읽을 수 없다고, 읽지 않을 거라고 결심했던 것이다. 도서관으로 가는 길에 나는 람블라스 거리의 노점에서 백장미 한 송이를 사서 그녀의 텅 빈 책상 위에 놓아두었다. 그녀는 복도에서 책 정리를 하고 있었다.

"날 버리는 건가요, 이렇게 빨리?" 그녀가 나를 보자 말했다. "이제 그럼 누가 나를 치켜세워주나요?"

"그러지 않을 남자가 있겠어요?"

그녀는 출구까지 나를 배웅했고, 옛 요양병원의 정원으로 내려가는 계단 꼭대기에서 나와 악수를 했다. 나는 계단을 내려가다 걸음을 멈추고 뒤돌아보았다. 그녀가 계단 꼭대기에 그대로 남아 나를 지켜보고 있었다.

"행운을 빌어요, 이그나티우스 B.. 찾고 있는 걸 꼭 발견했으면 좋겠어요."

12

별실 테이블에서 이사벨라와 함께 저녁을 먹으며 나는 새 조수가 나를 곁눈질로 쳐다보고 있다는 걸 알아챘다.

"수프 싫어요? 건드리지도 않네요……" 아이가 입을 열었다.

나는 테이블 위에서 손도 닿지 않은 채 차갑게 식어버린 그릇을 보았다. 그리고 수프를 한 숟가락 떠서 세상에서 가장 훌륭한 진미를 맛보는 척했다.

"아주 훌륭해." 내가 말했다.

"도서관에서 돌아온 이후 한마디도 안 했어요." 이사벨라가 덧붙였다.

"더 불평할 거 있어?"

이사벨라는 기분 나쁜 듯 시선을 딴 데로 돌렸다. 나는 내키지 않았지만 차가운 수프를 먹었다. 대화를 나누지 않기 위한 구실이었다.

"왜 그렇게 슬픈 표정이에요? 그 여자 때문에 그래요?"

나는 수프를 먹다 말고 그릇에 숟가락을 놓았다.

그리고 아무 대답도 하지 않은 채, 숟가락으로 수프를 저었다. 이사벨라는 내게서 눈을 떼지 않은 채였다.

"그 여자 이름은 크리스티나야." 내가 말했다. "난 슬프지 않고. 그녀 덕분에 행복해. 내 최고의 친구와 결혼했고 아주 행복하게 지낼 거거든."

"그렇다면 나는 시바의 여왕이겠네요."

"아니, 넌 공연한 참견쟁이야."

"그러니까 훨씬 낫네요. 짓궂어도 사실을 말하니까."

"그럼 이런 말도 괜찮을지 한번 들어봐. 지금 당장 네 방으로 꺼져. 그리고 날 제발 가만히 놔둬."

그녀는 웃으려고 했지만, 내가 그녀에게 손을 뻗었을 때 그 눈에는 이미 눈물이 가득 고여 있었다. 그녀는 내 접시와 자기 접시를 들고서 부엌 쪽으로 도망쳤다. 개수대에 접시가 떨어지는 소리가 들렸고, 그로부터 몇 초 후에 그녀의 방 문이 쾅 닫히는 소리가 들렸다. 나는 한숨을 내쉬고 잔에 남아 있던 포도주를 마셨다. 이사벨라의 부모님 가게에서 가져온 최상급 포도주였다. 잠시 후 나는 그녀의 침실로 다가가 손마디로 부드럽게 문을 두드렸다. 아무 대답도 돌아오지 않았지만, 방안에서 그녀가 흐느끼는 소리는 들을 수 있었다. 내가 문을 열려고 했지만, 이사벨라가 안에서 잠가 놓은 터였다.

난 서재로 올라갔다. 이사벨라의 손길이 닿은 서재는 신선한 꽃향기가 풍겼고, 초호화 여객선의 침실처럼 보였다. 이사벨라는 이미 책을 전부 정리해놓았고, 먼지를 떨어냈으며, 모든 걸 반짝거리도록 닦아놓아서 뭐가 뭔지 알아볼 수 없을 지경이었다. 오래된 언더우드 타자기는 조각작품처럼 보였고 자판의 글자들도 다시 어려움 없이 읽을 수 있었다. 책상에는 깔끔하게 정돈된 서류뭉치와 함께 여러 신학 교과서와 교리문답서의 요약본이 놓여 있었고, 그 옆에 그날 온 편지들이 있었다. 커피잔 받침에는 두 개의 시가가 향긋한 냄새를 풍기고 있었다. 마카누도 상표였다. 카리브해에서 생산된 훌륭한 제품으로, 이사벨라의 아버지가 담배공사에서 일하는 지인에게 남몰래 건네받은 것이었다. 나는 하나를 들고 불을 붙였다. 맛이 강했다. 따스한 시가 연기 속에 한 인간이 마음 편하게 죽고자 할 때 원할 수 있는 모든 향기와 독이 있다고 느낄 정도였다. 나는 책상에 앉아 그날의 편지들을 훑어보았다. 한 통만 제외하곤 모두 무시해버렸다. 그것은 황토색 양피지로 만들어진 봉투였으며, 어디서나 알아볼 수 있는 필체로 글씨가 적혀 있었다. 내 새로운 발행인이자 고용주인 안드레아스 코렐리의 서신은 일요일 오후 서너시에 바르셀로나 항구를 가로지르는 새 케이블카의 가장 높은 탑에서 만날 것을 지시하고 있었다.

강철과 전선이 뒤엉킨 산세바스티안 탑은 100미터 높이로 솟아 있어서 쳐다만 보아도 현기증이 났다. 케이블카는 바르셀로나 전역을 엉망으로 만들어놓은 동시에 경이로운 물건으로 가득 채운 만국박람회를 기념하기 위해 바로 그해에 개통된 것이었다. 케이블카는 그 첫번째 탑부터 에펠탑이 떠오르는 거대한 중앙조망대까지 항구의 내항을 가로질렀고, 가장 높은 탑이자 두번째 구간의 시작점인 그곳에서 출발하여 허공에 매달린 채 만국박람회의 심장부가 위치한 몬주익산에 도착했다. 경이로운 기술로 말미암아 그때까지 비행기와 날개가 긴 새, 우박만 볼 수 있었던 도시의 경관을 사람들도 보게 되었지만, 내 관점으로는 인간과 갈매기가 대기의 똑같은 공간을 함께 사용하는 건 생각할 수도 없는 일이었다. 탑으로 올라가는 승강기에 발을 들여놓자마자 위가 조그만 구슬만하게 쪼그라드는 듯했다. 올라가는 시간이 한없이 길게 느껴졌고, 흔들거리는 그 양철상자는 순 구토 연습장 같았다.

코렐리는 항구의 내항과 도시 전체가 내다보이는 창문 중 하나를 바라보고 있었다. 그의 시선은 물위를 미끄러져가는 돛과 돛대의 수채화에 고정되어 있었다. 그는 하얀 실크정장 차림으로 각설탕 하나를 만지작거리다가 늑대처럼 게걸스럽게 먹어치웠다. 내가 목청을 가다듬자 고용주는 뒤를 돌아보면서 흐뭇하게 미소 지었다.

"아주 멋진 경치라고 생각하지 않습니까?" 코렐리가 물었다.

나는 백지장처럼 하얘진 얼굴로 고개를 끄덕였다.

"너무 높아서 놀랐습니까?"

"난 지상의 동물입니다." 나는 창문에서 적당한 거리를 유지하면서 대답했다.

"내가 왕복 케이블카 표를 끊어놓았습니다." 그가 알려주었다.

"생각해주셔서 감사합니다."

나는 케이블카 탑승 통로까지 그를 뒤따라갔다. 그곳에서 출발한 케이블카는 거의 100미터 높이에 매달린 채 끔찍할 정도로 긴 듯한 시간을 이동했다.

"한 주일 동안 어떻게 보냈습니까, 마르틴?"

"책을 읽으면서 보냈습니다."

그는 나를 잠시 바라보았다.

"그 따분한 표정을 보건대, 알렉상드르 뒤마의 작품을 읽은 것 같지는 않군요."

"비듬으로 뒤덮인 학자들의 전집과 그들의 딱딱한 글을 읽었습니다."

"아, 지식인들의 책을 읽었군요. 당신이 내게 계약하라고 추천한 부류요. 그런데 왜 별로 할말이 없을수록 그토록 최대한 잘난 척하면서 화려하게 글을 쓰는 것일까요?" 코렐리가 물었다. "세상 사람들을 속이기 위한 걸까요, 아니면 자기 자신을 속이기 위한 걸까요?"

"아마도 두 가지 다일 겁니다."

내 고용주는 내게 승차권을 주고 먼저 타라는 신호를 보냈다. 나는 케이블카의 문을 열어 붙잡고 있던 직원에게 표를 내밀고 내키지 않았지만 안으로 들어갔다. 가능한 한 유리창에서 멀리 떨어져 가운데에 있기로 마음먹었다. 코렐리는 흥분한 아이처럼 입가에 미소를 띠고 있었다.

"아마도 당신 문제의 일부는 당신이 어떤 원본 자체가 아닌 그에 대한 논평만 읽어서일지도 모릅니다. 흔한 실수이지만, 무언가 유용한 것을 배우려고 할 때는 치명적인 법이지요." 코렐리가 지적했다.

케이블카의 문이 닫히고 갑자기 쿵 소리가 나더니 우리는 궤도에 진입했다. 나는 금속 손잡이를 꽉 움켜잡고 깊은숨을 내쉬었다.

"학자들과 이론가들은 당신이 우러르는 성인이 아닌가보군요." 내가 말했다.

"난 그 누구도 우러르지 않습니다, 마르틴. 특히 스스로 성인입네 하거나 자기들끼리 성인 대접을 해주는 자들은 더욱 믿지 않지요. 이론은 무능한 자들의 습속이라고 할 수 있어요. 나는 당신에게 백과사전의 저자들이나 비평에 눈을 돌리지 말고 원전을 직접 보라고 권하고 싶군요. 그런데 성경은 읽었습니까?"

나는 잠시 머뭇거렸다. 케이블카는 이제 허공으로 나왔다. 나는 바닥을 내려다보았다.

"이곳저곳을 띄엄띄엄 읽어본 것 같습니다." 내가 중얼거렸다.

"띄엄띄엄 읽어본 것 같다라. 거의 모든 사람이 그렇게 생각하지요. 중대한 실수입니다. 모든 사람은 성경을 읽어야 합니다. 그리고 또다시 읽어야 하지요. 신자건 아니건 그런 건 상관없습니다. 나는 적어도 매년 한 번씩 성경을 다시 읽어요. 내가 가장 좋아하는 책입니다."

"당신은 신자입니까, 아니면 회의론자입니까?" 내가 물었다.

"나는 전문가지요. 그건 당신도 마찬가지입니다. 우리가 무엇을 믿거나 믿지 않는 건 우리 작업과는 상관없지요. 믿는 것이든 믿지 않는 것이든 겁쟁이의 행위입니다. 아느냐 알지 못하느냐가 중요할 뿐입니다."

"그렇다면 나는 아무것도 모른다는 걸 고백합니다."

"그 길로 계속 가십시오. 그러면 위대한 철학자의 길을 발견하게 될 것입니다. 그리고 그 길에서 성경을 처음부터 끝까지 읽으십시오. 그것은 역사상 가장 위대한 이야기 중 하나입니다. 하지만 신의 말과 그것으로 먹고사는 기도서 산업을 혼동하는 실수는 범하지 마십시오."

그 발행인과 더 많은 시간을 보낼수록 나는 더욱 그를 이해할 수 없었다.

"좀 혼란스럽네요. 전설과 우화에 관해 말하고 있었는데, 이제는 나더러 성경을 신의 말로 여기라는 겁니까?"

초조함과 짜증의 그림자가 그의 시선을 가렸다.

"비유적인 의미로 한 말입니다. 신은 협잡꾼이 아닙니다. 말이란 인간들 사이에서만 통용되는 화폐죠."

그는 가장 초보적인 것조차 이해하지 못하는 어린아이에게 따귀를 때리고 싶은 마음을 참기 위해 웃듯이 나에게 미소 지었다. 그를 지켜보면서 나는 내 발행인이 언제 진지하게 말하고 언제 농담을 하는 것인지 분간할 수 없다는 사실을 깨달았다. 그건 섭정 군주의 보수를 지급하는 대가로 그가 내게 바라는 그 황당한 계획의 목표를 짐작하는 것만큼이나 불가능한 일이었다. 어쨌거나 케이블카는 강풍을 맞는 나무의 사과처럼 바람에 흔들거렸다. 내 평생 그 순간만큼 아이작 뉴턴을 떠올린 적은 없었다.

"당신은 겁쟁이군요, 마르틴. 이 기구는 완벽할 정도로 안전합니다."

"다시 땅을 밟게 되면 그 말을 믿겠습니다."

우리는 전체 구간의 중간지점에 이르고 있었다. 커다란 세관 건물 근처의 부둣가에 우뚝 솟아 있는 산하이메 탑이었다.

"여기서 내려도 괜찮겠습니까?" 내가 물었다.

코렐리는 어깨를 으쓱하더니 마지못해 고개를 끄덕거렸다. 나는 그 탑의 승강기를 타고 땅에 닿는 소리를 들을 때까지 마음 편히 숨을 쉬지 못했다. 우리는 부둣가로 나와 바다와 몬주익산이 바라보이는 벤치 하나를 발견하고 그곳에 앉아 높은 곳에서 케이블카가 날아가는 모습을 지켜보았다. 나는 안도의 한숨을 쉬었고, 코렐리는 사뭇 아쉬운 표정이었다.

"당신의 첫인상은 어땠는지 말해주십시오. 요즘 강도 높은 연구와 독서를 통해 생각한 것을 말입니다."

나는 그 기간에 내가 배웠다고 생각했던 것, 아니 잊어버렸다고 생각했던 것을 요약하기 시작했다. 발행인은 주의깊게 들으면서 고개를 끄덕였고, 어떤 손짓을 하기도 했다. 신화와 인간의 믿음에 대한 내 평가 보고가 끝나자 코렐리는 긍정적으로 말했다.

"아주 훌륭하게 종합한 것 같군요. 속담처럼 헛간에서 바늘을 찾지는 못했지만, 수북이 쌓인 지푸라기 더미에서 정말로 중요한 것은 그 빌어먹을 바늘이며 나머지는 당나귀 먹이밖에 되지 않는다는 사실을 이해했습니다. 당나귀 얘기가 나왔으니 말인데, 우화에 관심이 있나요?"

"어렸을 때 두어 달쯤 이솝이 되었으면 했습니다."

"우리는 모두 위대한 희망을 도중에 포기하지요."

"어렸을 때 당신은 뭐가 되고 싶었나요, 코렐리 씨?"

"신이지요."

재규어 같은 그의 미소가 단칼에 내 미소를 지워버렸다.

"마르틴, 우화는 아마도 인간이 만들어낸 가장 흥미로운 문학적 메커니즘 중 하나일 것입니다. 우화가 우리에게 무엇을 알려주는지 아나요?"

"도덕적인 교훈인가요?"

"아니요. 우화가 우리에게 알려주는 것은 인간은 대가의 강론이나 이론적 담론이 아닌 서사, 즉 이야기를 통해 사상과 개념을 습득하고 흡수한다는 사실입니다. 위대한 종교서라면 무엇이든 이와 똑같은 것을 우리에게 가르쳐줍니다. 그것들은 모두 삶에 맞서 장애물을 극복하는 인물들의 이야기, 수많은 사건과 의외의 새로운 사실을 통해 영적으로 풍부해지는 여행을 떠나는 사람들의 이야기입니다. 모든 성스러운 책은 무엇보다 위대한 이야기이며, 그 줄거리는 인간 본성의 기본 요소들을 다루고, 그런 요소를 특정한 도덕적 맥락이나 초자연적 교리의 틀에 위치시키지요. 나는 당신이 논문이나 연설문, 그리고 논평이나 평론을 읽으면서 비참하게 일주일을 보내기를 바랐어요. 그것들에서 하나도 배울 것이 없다는 사실을 당신 스스로 깨우치게 하기 위함이었지요. 그것들은 사실 선의나 악의를 품고 무언가를 이해하려는, 하지만 보통 실패로 그치고 마는 시도에 불과하지요. 이제 강의식 대화는 끝났습니다. 오늘부터는 그림 형제의 이야기와 아이스킬로스의 비극,

그리고 라마야나나 켈트족의 전설을 읽기 바랍니다. 읽고 싶은 걸 읽으십시오. 그런 작품들이 어떻게 작동하는지 분석하고 그것들의 정수를 파악해서 왜 감정적인 반응을 일으키는지 알아내기 바랍니다. 또한 나는 당신이 도덕적 교훈이 아니라 서사의 법칙을 배웠으면 합니다. 이삼 주 내로 당신의 것, 그러니까 당신 이야기의 도입부를 가져오기 바랍니다. 그리고 내가 당신을 믿을 수 있게 해주면 좋겠군요."

"나는 우리가 전문가들이고, 무언가를 믿는 죄는 범할 수 없다고 생각했습니다."

코렐리는 이를 드러내면서 웃었다.

"오로지 죄인만 개종시킬 수 있지, 성인은 결코 바꿔놓을 수 없는 법이지요."

13

나는 독서를 하고 이사벨라와 다투면서 시간을 보냈다. 오랫동안 나는 혼자서 고독하게 살았고, 남들이 과소평가할지라도 나름의 체계가 있는 독신남의 무정부상태에 익숙해져 있었다. 그래서 집에 계속 머무는 여자의 존재는, 그녀가 비록 다루기 힘들고 변덕스러운 십대 아이라 해도 미묘하지만 체계적인 방식으로 내 습관과 버릇을 파괴하기 시작했다. 나는 잘 통제된 무질서를 믿었지만, 이사벨라는 그렇지 않았다. 나는 집안의 혼란 속에서도 물건들이 제자리에 있다고 믿었지만, 이사벨라는 믿지 않았다. 나는 고독과 침묵을 믿었지만, 이사벨라는 믿지 않았다. 고작 이틀이 지났을 뿐인데 나는 내 집에서 그 어떤 것도 찾아낼 수 없다는 사실을 깨달았다. 레터나이프나 컵 혹은 신발 한 켤레를 찾을 때도 도대체 하느님이 그녀에게 그 물건들을 어디에 숨기도록 영감을 주었는지 물어야 했다.

"난 아무것도 숨기지 않아요. 단지 물건을 제자리에 놓을 뿐이에요. 이건 숨기는 것과 달라요."

그녀를 목 졸라 죽이고 싶다는 충동을 여섯 번쯤 느끼지 않고 지나가는 날이 하루도 없었다. 내가 사색하기 위해 마음의 평화와 고요를 찾아 서재에 있으면, 잠시 후 이사벨라가 웃는 얼굴로 찻잔이나 먹을 것을 들고 올라와 모습을 드러내곤 했다. 그러고는 서재를 빙빙 돌면서 창문을 내다보고는 책상을 정리하기 시작했다. 그런 다음에는 이 위에서 그토록 조용히, 그리고 알 수 없는 모습으로 무얼 하는 거냐고 내게 물었다. 나는 열일곱 살 여자아이들의 언어 능력이 대단히 뛰어나며, 그래서 그들의 뇌가 이십 초마다 그 능력을 연마하도록 충동질한다는 사실을 깨달았다. 사흘째 되던 날 나는 그녀에게 애인, 그것도 가능하면 귀가 안 들리는 애인을 찾아줄 필요가 있겠다고 결론을 내렸다.

"이사벨라, 너처럼 우아하고 매력적인 여자아이가 어떻게 좋다고 따라다니는 남자애들이 없을 수 있어?"

"나 좋다고 따라다니는 남자애들이 없다고 누가 그러던가요?"

"네 마음에 드는 애 없어?"

"내 또래 남자아이들은 따분해요. 할 얘기도 없고, 게다가 그중 반은 바보 같아요."

나는 나이를 먹어도 그런 건 전혀 개선되지 않는다고 말하려다가, 그 아이의 환상을 깨뜨리고 싶지는 않아 그만두었다.

"그럼 몇 살쯤 되는 남자가 좋은데?"

"나이가 많은 남자들이요. 당신처럼 말이에요."

"내가 나이들어 보여?"

"음, 어쨌든 싱싱한 젊은이라고 할 수는 없잖아요."

괜히 자존심에 타격을 입기보다 그녀가 나를 놀리는 것이려니 생각하는 편이 나았다. 나는 약간 비아냥거리는 것으로 위기를 벗어나기로 했다.

"좋은 소식은 젊은 여자애들이 나이든 남자들을 좋아한다는 것이고, 나쁜 소식은 나이든 남자들, 특히 침을 질질 흘리는 늙은 남자들이 젊은 여자애들을 좋아한다는 사실이지."

"나도 알아요. 내가 세상물정 모르는 코흘리개라고 생각하지는 마세요."

이사벨라는 머리를 굴리는 표정으로 나를 지켜보더니 짓궂은 미소를 지었다. 자, 곧 반격이 시작되겠군, 나는 생각했다.

"당신도 젊은 여자를 좋아하나요?"

나는 그녀가 질문을 던지기도 전에 이미 대답을 준비해놓은 터였다. 나는 선생님처럼 차분한 말투로, 그러니까 지리학 교수처럼 말했다.

"네 나이 때는 좋아했었지. 일반적으로 나는 내 또래 여자아이가 좋아."

"당신 또래면 여자아이가 아니라 아가씨지요. 아니, 정확히 말하면 이미 여사님."

"자, 쓸데없는 논쟁은 여기서 끝내자. 그런데 아래층에는 할일이 없니?"

"없어요."

"그럼 글을 써. 난 설거지나 하고 물건이나 정리하라고 너를 여기 데리고 있는 게 아니야. 네가 글쓰는 법을 배우고 싶어했고, 그걸로 널 도와줄 유일한 바보가 나라고 해서 널 데리고 있는 거야."

"화낼 필요는 없잖아요. 하지만 영감이 떠오르지 않아요."

"영감이란 팔꿈치를 책상에 붙이고 엉덩이를 의자에서 떼지 않은 채 땀을 흘리기 시작할 때 비로소 오는 거야. 한 가지 주제나 생각을 골라서 머리가 아플 때까지 쥐어짜내. 그게 영감이라는 거야."

"주제는 이미 생각해놨어요."

"다행이군."

"당신에 관해 쓸 거예요."

체스판을 사이에 둔 맞수처럼 우리 둘의 시선이 마주치면서 긴 침묵이 흘렀다.

"왜?"

"아주 흥미로운 사람처럼 보여서요. 이상하기도 하고요."

"또 나이도 많지."

"그리고 예민하지요. 거의 내 또래 남자아이처럼요."

나는 의지와 달리 이사벨라와 함께 지내는 것에, 그녀의 가시 돋친 말과 그녀가 우리집으로 들여온 빛에 익숙해지기 시작했다. 이 상황이 계속된다면 내가 가장 두려워했던 것이 현실이 되어 우리는 결국 친한 친구가 될지도 몰랐다.

"그럼 당신은 이미 쓸 주제가 있어서 지금 그 모든 책을 참고하는 건가요?"

나는 의뢰받은 일에 관해 최대한 말을 아끼기로 마음먹었다.

"아직 자료를 수집하는 단계야."

"자료를 수집한다고요? 그게 정확히 뭘 하는 건데요?"

"기본적으로 필요한 것을 배우고 한 주제의 핵심에 도달하기 위해, 그리고 그 주제의 감정적 진실에 이르기 위해 수천 페이지를 읽는 거야. 그런 다음에는 배운 걸 모두 잊어버리고 백지상태에서 다시 시작하는 거지."

이사벨라는 한숨을 내쉬었다.

"감정적 진실이 뭐죠?"

"소설 속 진정성이지."

"그럼 소설을 쓰려면 정직하고 착한 사람이 되어야 하나요?"

"아니. 요령이 있어야 해. 감정적 진실이란 도덕적 자질이 아니라 기술이야."

"과학자 같은 말이네요." 이사벨라가 투덜댔다.

"문학, 적어도 훌륭한 문학은 예술적인 피가 흐르는 과학이야. 건축이나 음악처럼."

"난 그게 예술가에게서 어느 순간 저절로 돋아나는 거라고 생각했어요."

"그렇게 저절로 돋아나는 건 음모陰毛와 사마귀뿐이야."

이사벨라는 그런 뜻밖의 진실에 그다지 관심을 보이지 않았다.

"날 맥빠지게 만들어서 집으로 돌아가게 하려고 그러는 거 알아요."

"그런 행운을 감히 바랄 리가."

"당신은 이 세상에서 가장 나쁜 선생이에요."

"학생이 선생을 만드는 거지, 반대로 선생이 학생을 만드는 게 아니야."

"당신과는 도저히 토론이 안 돼요. 온갖 수사학적 기법을 모두 알고 있으니까요. 그건 공평하지 않아요."

"이 세상에 공평한 건 아무것도 없어. 우리가 바랄 수 있는 건 기껏해야 논리가 통하는 것뿐이지. 공명정대는 온통 떡갈나무처럼 건강한 이 세상에서 좀처럼 찾기 힘든 희귀한 질병일 뿐이야."

"아멘. 그런데 나이가 들면 그렇게 되나요? 당신처럼 그 어느 것도 믿지 못하게 되는 거냐고요."

"아니. 늙어가면서 대부분 사람은 젊을 때나 마찬가지로 어리석은 것을 믿어. 일반적으로 나이가 들수록 더욱 믿지. 내가 흐름을 거스르는 건 삐딱한 사람이라서일 수 있어."

"너무 장담하지 마세요. 난 나이가 들어도 계속 무언가를 믿을 거예요." 이사벨라가 반박했다.

"행운을 빌어."

"게다가 난 당신을 믿어요."

내가 그녀를 쳐다보았고, 그녀도 내게서 눈을 떼지 않았다.

"그건 네가 날 몰라서 하는 소리야."

"그건 당신 생각이고요. 당신은 당신 생각처럼 그리 신비의 베일에 싸인 사람이 아니에요."

"난 그런 사람인 척한 적 없어."

"당신 성격이 더럽다는 걸 좋게 표현해준 거예요. 나도 그럴싸한 수사법 몇 개는 구사할 줄 안다고요."

"그건 수사법이 아니야. 빈정대는 거지. 둘은 달라."

"당신은 논쟁에서 항상 이겨야 하는 성격인가요?"

"내가 쉽게 이길 수 있는 상황이라면, 그렇지."

"그런데 그 사람은, 그러니까 당신의 고용주……"

"코렐리 말이야?"

"그래요, 코렐리. 그는 당신이 쉽게 이기게 해주나요?"

"아니. 코렐리는 나보다 수사학적 기법을 훨씬 많이 알아."

"그런 것 같았어요. 당신은 그 사람을 믿어요?"

"왜 그런 질문을 하는 거지?"

"글쎄요. 그런데 그를 믿어요?"

"믿지 말아야 할 이유라도 있어?"

이사벨라는 어깨를 으쓱했다.

"구체적으로 당신에게 부탁한 게 뭐지요? 내게 말해주지 않을 거예요?"

"이미 말했잖아. 자기 출판사에서 낼 책을 써달래."

"소설이요?"

"정확히 그렇지는 않아. 그보다는 우화야. 전설이지."

"아동 서적인가요?"

"그렇다고 봐야지."

"그걸 쓸 작정이에요?"

"돈을 많이 주거든."

이사벨라는 이맛살을 찌푸렸다.

"그래서 쓰는 거예요? 돈을 많이 주면 글을 써주나요?"

"가끔은 그렇지."

"이번에는요?"

"이번에는 내가 그 책을 꼭 써야 해서 써주려는 거야."

"그에게 빚을 졌어요?"

"그렇다고 할 수 있지."

이사벨라는 그 문제를 곱씹었다. 무슨 말을 하려다가, 다시 생각에 잠기더니 입술을 깨물었다. 그러다 순진한 미소를 지으면서 천사 같은 시선을 내게 던졌다. 그녀는 그런 표정을 지으며 눈 한 번 깜짝하는 것으로 화제를 바꿀 수 있는 능력의 소유자였다.

"나도 글을 써주는 대가로 돈을 받으면 좋겠어요." 그녀가 소망을 밝혔다.

"글쓰는 사람이라면 누구나 바라는 걸 거야. 하지만 누구나 그럴 수 있는 건 아니지."

"어떻게 해야 그렇게 될까요?"

"우선 별실로 내려가 종이를 집고……"

"……팔꿈치를 단단히 붙이고 머리가 아플 때까지 쥐어짜내는 거요. 알았어요."

그녀는 머뭇거리면서 내 눈을 쳐다보았다. 그녀가 우리집에 머문 지도 벌써 일주일 반이 지났지만, 나는 여전히 그녀를 집으로 돌려보낼 기색을 보이지 않았다. 아마 이사벨라는 내가 도대체 언제 그렇게 할 것인지, 아니면 왜 아직도 그렇게 하지 않는지 스스로에게 묻고 있을 것이었다. 나 역시 그런 질문을 나 자신에게 던졌지만 그 어떤 해답도 찾지 못했다.

"나는 당신 조수가 된 게 마음에 들어요. 비록 당신이 그런 인간이라도요." 마침내 이사벨라가 말했다.

아이는 마치 자기 인생이 나의 다정한 말 한마디에 달린 것처럼 나를 쳐다보았다. 나는 유혹에 굴복하고 말았다. 좋은 말이란 그 어떤 희생도 요구하지 않고 실제의 친절한 행위보다 더 감사를 받는 공허한 선행이다.

"이사벨라, 나 역시 네가 내 조수가 되어서 좋아. 비록 내가 이런 인간이라도 말이야. 그리고 네가 내 조수가 될 필요가 없고 내게서 더 배울 게 없어지면 더욱더 좋겠어."

"내가 가능성이 있다고 생각해요?"

"그건 의심의 여지가 없어. 십 년 내로 너는 스승이 될 거고, 난 제자가 될 거야." 나는 아직도 배신의 맛이 가시지 않는 그 말을 그대로 따라 했다.

"거짓말쟁이." 그녀는 내 뺨에 달콤하게 입맞추고는, 계단을 뛰어내려갔다.

14

오후에 나는 이사벨라를 위해 별실에 갖다놓은 책상에 그녀가 흰 종이와 마주하도록 놔두고서, 페르난도 거리에 있는 구스타보 바르셀로의 서점으로 갔다. 읽기 좋게 편집된 근사한 성경을 사기 위해서였다. 집에 있는 신약과 구약 합본은 뒷면이 비치는 박엽지에 아주 작은 글자로 인쇄되어 있어서 읽다보면 신에 대한 열정과 영감보다는 편두통이 생길 것 같았다. 바르셀로는 무엇보다 성경책과 기독교의 외경을 꾸준히 수집한 사람이었다. 그의 서점 뒤쪽 한편에는 엄청나게 다양한 복음서와 성인과 복자의 회고록, 온갖 종류의 종교 서적이 구비되어 있었다.

내가 서점으로 들어오는 것을 보자 종업원 한 명이 안쪽 사무실로 달려가 주인에게 알렸다. 바르셀로는 행복한 표정을 지으며 사무실에서 모습을 드러냈다.

"오, 이 눈을 찬미하나이다. 이미 셈페레가 당신이 다시 태어났다고 말해주었지. 그래도 이건 역사에 남을 만한 일이오. 자네 옆에 있으니 발렌티노는 과수원에서 일하다 막 도착한 사람처럼 보이는군. 도대체 어디에 있었소?"

"여기저기요." 내가 대답했다.

"비달의 결혼식 피로연을 제외한 모든 곳에 있었나보군. 자네가 안 와서 섭섭했네."

"정말 그러셨는지 의심되네요."

서점 주인은 내가 그 얘기를 하고 싶지 않다는 것은 말하지 않아도 이해할 수 있다는 듯이 고개를 끄덕였다.

"차 한잔 들겠나?"

"두 잔까지도 마시겠습니다. 그리고 성경 한 권이 필요합니다. 가능하면 읽기 편한 것으로 주십시오."

"그건 전혀 문제가 아니네." 서점 주인이 말했다. "달마우!"

그의 부름에 종업원 한 명이 정중한 태도로 다가왔다.

"달마우, 여기 내 친구 마르틴이 화려하게 장식된 글자로 인쇄된 것이 아니라 읽기 편한 성경이 필요하네. 내가 생각하는 건 토레스 아마트*의 1825년산인데. 어떤가?"

바르셀로 서점의 특징 중 하나가 바로 향내와 맛, 농도와 수확 연도로 분류하는 고급 포도주처럼 책에 관해 말한다는 것이었다.

"훌륭하신 선택입니다, 바르셀로 씨. 그런데 저 같으면 그 이후에 개정된 판본을 권할 것 같습니다."

---

* 18세기 말 19세기 초 스페인의 주교로, 라틴어 성경을 스페인어로 번역했다.

"1860년산인가?"

"1893년산입니다."

"물론 그래야지. 결정되었네. 그 성경을 내 친구 마르틴에게 포장해주고, 우리 서점에서 선물하는 것으로 처리하게."

"안 됩니다." 내가 반대했다.

"자네 같은 무신론자에게 하느님의 말씀에 대한 대가로 돈을 받으면, 그날로 여지없이 번개를 맞을 것이네. 그렇게 되어도 마땅하지."

달마우는 내 성경을 찾으러 급히 달려갔고, 나는 바르셀로를 따라 그의 사무실로 들어갔다. 그곳에서 서점 주인은 차 두 잔을 따르고 담배함에서 시가 하나를 꺼내 건네주었다. 나는 그것을 받아 바르셀로가 내민 촛불로 불을 붙였다.

"마카누도인가요?"

"자네 입맛이 고급이 되어가는군. 사람은 나쁜 취미가 있어야 해. 돈이 많이 드는 취미일수록 더욱더 좋지. 안 그러면 나이들었을 때 뉘우칠 죄도 없지 않겠는가?. 말이 나온 김에, 나도 함께 피우겠네. 될 대로 되라지!"

기막힌 시가의 연기구름이 뭉게뭉게 피어올라 우리를 뒤덮었다.

"몇 달 전 파리에 갔어. 자네가 오래전에 친구 셈페레에게 언급했던 내용을 확인해볼 기회가 있었네." 바르셀로가 설명했다.

"뤼미에르출판사에 관한 겁니까?"

"그렇다네. 좀더 알아볼 수 있었다면 좋았을 텐데, 유감스럽게도 그 출판사가 문을 닫은 후에는 아무도 그곳의 카탈로그를 입수

하지 못한 모양이야. 그래서 많은 걸 알아낼 수는 없었네."

"닫았다고요? 언제요?"

"내 기억이 틀리지 않는다면 1914년이네."

"무언가 오류가 있는 것 같습니다."

"그게 생제르맹 대로에 있는 뤼미에르출판사라면, 아니."

"바로 그 출판사입니다."

"이보게, 사실 자네를 만나면 하나도 잊지 않고 그대로 말해주려고 모든 걸 적어놓았지."

바르셀로는 책상 서랍에서 조그만 수첩 하나를 꺼냈다.

"여기 있네. '뤼미에르출판사. 로마와 파리, 런던과 베를린에 지점을 둔 종교 서적 출판사. 설립자이자 발행인은 안드레아스 코렐리. 파리 첫 사무실 개설 시기, 1881년.'"

"있을 수 없는 일이에요." 내가 중얼거렸다.

바르셀로는 어깨를 으쓱했다.

"음, 어쩌면 내가 실수를 했을 수도 있지만……"

"혹시 사무실은 직접 찾아가보셨나요?"

"사실 찾아가보려고 했네. 내 호텔이 팡테옹 맞은편에 있어서 아주 가까웠지. 그 출판사의 옛 사무실은 생자크 거리와 생미셸 대로 사이의 생제르맹 대로 남쪽 구역에 있었어."

"그런데요?"

"건물은 비어 있고 주변에 담이 쳐져 있었어. 화재나 그 비슷한 사건이 있었던 것처럼 보였네. 멀쩡하게 남아 있던 유일한 건 문의 노커였는데, 천사 모양의 정말로 훌륭한 작품이었지. 청동으로 만들어진 것 같았어. 그 노커를 가져오고 싶었는데 말이야. 하지만 경비원이 나를 곁눈질로 보고 있었고 외교 문제를 일으킬 용기도 없어서. 프랑스가 우리를 다시 침략하겠다고 결심하면 큰일나지 않겠는가."

"크게 보면 아마 그게 우리에게 도움이 될지도 모르겠습니다."

"듣고 보니 그렇긴 한데…… 하던 얘기로 다시 돌아가서, 건물의 상태를 확인한 다음 옆에 있는 카페에 들어가 물어보니, 이십오 년 넘게 그 상태였다더군."

"혹시 그 발행인에 관해서는 알아보셨나요?"

"코렐리 말인가? 내가 확인한 바로는, 아직 쉰 살도 되지 않았던 때 일을 그만두기로 하고 출판사 문을 닫았지. 프랑스 남부 뤼베롱 지역의 어느 마을로 이사했고, 그로부터 얼마 후에 세상을 떠났다고 알고 있네. 사람들 얘기가 독사에 물려서 죽었대. 살모사였다네. 은퇴하고 프로방스로 가면 그렇게 되는 거야."

"죽은 게 확실한가요?"

"그의 옛 적수이자 경쟁자였던 페르 콜리니가 그의 부고를 보여주었네. 마치 우승 트로피나 되는 것처럼 액자에 넣어 보관하고 있었지. 매일 그걸 바라보면서 그 빌어먹을 작자가 죽어서 묻혔다는 사실을 떠올린다는군. 프랑스어로는 훨씬 더 예쁘고 음악적으로 들렸지만, 어쨌든 내용은 바로 그거였어."

"혹시 콜리니가 코렐리에게 아들이 있다는 말은 하지 않았나요?"

"그는 코렐리라는 자에 관해 그리 말하고 싶지 않은 눈치였네.

어떻게든 나와의 대화를 피하려 했지. 보아하니 코렐리가 그의 출판사 전속작가 중 한 명을 빼갔던 모양이야. 랑베르라는 작가였지."

"무슨 일이 있었답니까?"

"이 문제에서 가장 흥미로운 점은 콜리니가 코렐리를 한 번도 만난 적이 없다는 사실이야. 그와의 모든 접촉은 오로지 업무상의 서신을 통해서 이루어졌어. 내가 볼 때 문제의 핵심은 므슈 랑베르가 콜리니에게 등을 돌리고서 뤼미에르출판사에 책을 써주기로 계약을 맺었다는 거야. 원래 콜리니와 독점계약을 맺고 있었는데. 랑베르는 구제불능의 마약중독자였고 리볼리 거리를 전부 뒤덮을 정도의 엄청난 빚을 지고 있었다네. 콜리니 말로는 코렐리가 그에게 천문학적인 액수를 제시했고, 죽어가던 그 가련한 인간은 자식들에게 돈을 남겨주기 위해 제안을 받아들인 것 같다고 하더군."

"써주기로 했다는 건 어떤 종류의 책인가요?"

"종교적 내용의 책이었네. 콜리니가 제목을 말해줬는데, 당시 유행하던 무슨 라틴어 문구라 지금은 잘 기억이 나지 않아. 자네도 알겠지만 종교 서적이나 기도서는 뭐든 다 똑같이 들리지. 『세상의 영광과 평화』거나 그 비슷한 것이었다네."

"그 책과 랑베르는 어떻게 되었습니까?"

"여기서 문제가 복잡해지네. 그 불쌍한 랑베르는 광기에 사로잡힌 상태에서 원고를 불태우려 했고, 바로 그 출판사 사무실에서 자기 몸에 불을 붙였어. 많은 사람은 마약 때문에 그의 정신이 완전히 망가졌다고 믿지만, 콜리니는 코렐리가 그를 자살하도록 몰아붙인 게 아닐까 의심하고 있다네."

"그럴 이유라도 있습니까?"

"그걸 누가 알겠나? 어쩌면 그에게 약속했던 액수를 모두 지급하고 싶지 않았는지도 모르지. 아니면 모든 게 콜리니의 상상인지도 모르고. 그는 일 년 열두 달 동안 보졸레 포도주를 즐기는 사람이니까. 아닌 게 아니라 그는 랑베르가 독점계약에서 벗어나도록 코렐리가 자기를 죽이려고 했으며, 자기가 계약을 취소하고 작가를 마음대로 떠날 수 있게 해주자 비로소 가만히 놔두었다고 말했네."

"그런데 콜리니는 코렐리를 한 번도 만난 적이 없다고 하지 않았나요?"

"내 말이 그 말이야. 나는 콜리니가 정신이 나가서 헛소리를 했다고 생각하네. 그의 아파트를 찾아갔을 때 크리스마스 용품을 파는 가게에서보다 더 많은 그리스도 수난상과 성모상, 성인의 초상을 보았어. 그가 제정신이 아니라는 인상을 받았지. 나와 헤어지면서 그는 코렐리와 멀리 떨어져 있는 게 좋다고 충고했다네."

"하지만 그가 코렐리는 죽었다고 했다면서요?"

"내가 뭐랬나."

나는 입을 다물었다. 바르셀로는 곤혹스러운 시선으로 나를 쳐다보았다.

"내가 확인한 내용이 자네에게는 그다지 놀라운 소식이 아닌가 보군."

나는 그 문제가 중요하지 않은 것처럼 태연한 미소를 살며시 지었다.

"그 반대입니다. 일부러 시간을 내 알아봐주셔서 진심으로 감사드립니다."

"천만에. 자네도 알다시피, 이런저런 걸 찾아 파리를 돌아다니는 건 그 자체로 즐거운 일이라네."

바르셀로는 수첩에서 자료를 적어놓은 페이지를 찢더니 내게 내밀었다.

"도움이 되었으면 좋겠네. 여기 내가 알아볼 수 있었던 게 모두 적혀 있네."

나는 자리에서 일어나 악수를 했다. 그의 배웅을 받으며 나와 보니 서점 출구에서 달마우가 이미 내가 가지고 갈 책을 준비해놓고 있었다.

"원한다면 보는 각도에 따라 눈을 감았다 뜨는 아기 예수 성화도 있네. 어린양들에게 둘러싸인 성모화도 있는데, 특정 방향에서 보면 볼이 토실토실한 천사로 변해. 입체사진 기술의 기적이지."

"지금은 하느님께서 계시한 말씀만으로 충분할 것 같습니다."

"아멘."

내 기운을 북돋아주려는 서점 주인의 노력은 감사했지만, 그곳을 나오면서부터 냉랭한 불안감이 엄습하기 시작했다. 거리도, 내 운명도 자꾸만 발이 빠져드는 모래 위에 놓인 것만 같았다.

15

집으로 돌아오는 길에 나는 아르헨테리아 거리의 문구점 진열창 앞에서 걸음을 멈추었다. 모직천 위에서 빛나는 작은 상자 안에 펜촉 몇 개와 상아 펜대, 그리고 펜대와 잘 어울리는 뮤즈인지 요정이 조각된 흰 잉크병이 들어 있었다. 마치 수천, 아니 수만 장의 원고를 쓰다 피를 토한 어느 러시아 작가의 책상에서 훔쳐온 것처럼 어느 정도 멜로드라마의 분위기를 풍기는 세트였다. 이사벨라는 부러울 만큼 우아하고 멋진 발레와 같은 필체로 글씨를 썼다. 그녀의 양심처럼 깨끗하고 순수한 필체였다. 그래서 그 펜 세트가 그녀에게 아주 잘 어울릴 것 같았다. 나는 문구점으로 들어가 직원에게 그 세트를 보여달라고 부탁했다. 펜촉이 금으로 도금되어 있어 가격이 꽤 나갔다. 하지만 내 어린 조수가 약간의 예의를 갖추어 다정하고 끈기 있게 내게 헌신하는 것에 비하면 아무것도 아니라고 판단했다. 그래서 반짝거리는 자줏빛 종이로 포장하고 호화마차처럼 커다란 리본을 달아달라고 부탁했다.

집에 도착했을 때 나는 손에 선물을 들고 나타나는 사람만이 느끼는 이기적인 만족감을 누릴 준비가 되어 있었다. 헌신적으로 주인을 기다리는 것 말고는 할일이 없는 충직한 애완동물 같은 이사벨라를 부르려고 했지만, 현관문을 열고 눈앞에 펼쳐진 광경을 보자 아무 소리도 나오지 않았다. 마치 터널처럼 어둠에 잠긴 복도 끝 방문이 열려 있었고, 누렇고 깜빡거리는 불빛이 바닥을 비추고 있었다.

"이사벨라?" 나는 바짝 마른 입술로 그녀를 불렀다.

"여기에 있어요."

그녀의 목소리는 방 안쪽에서 들려오고 있었다. 나는 선물상자를 현관 테이블에 놔두고 그곳으로 향했다. 그리고 문가에 서서 안을 들여다보았다. 이사벨라는 긴 컵에 초를 넣어두고 방바닥에 앉아서 문학에 다음가는 그녀의 소명인 작업에 여념이 없었다. 그러니까 타인의 가구에 있는 물건들을 정돈하고 있었던 것이다.

"여길 어떻게 들어왔어?"

그녀는 생글거리는 얼굴로 나를 쳐다보고는 어깨를 으쓱했다.

"별실에 있었는데 무슨 소리가 났어요. 당신이 집에 돌아온 줄 알고 복도로 나가보니 방문이 열려 있더라고요. 그리고 당신이 그 문은 잠겨 있다고 말했다는 사실이 떠올랐어요."

"여기서 나와. 네가 이 방에 안 들어왔으면 좋겠어. 아주 습기가 많아."

"바보 같은 소리 하지 마세요. 여기 할일이 얼마나 많은지 보세요. 자, 어서 봐요. 내가 찾아낸 것 좀 보라고요."

나는 머뭇거렸다.

"자, 어서 들어와요."

나는 안으로 들어가 그녀 옆에 무릎을 꿇었다. 이사벨라는 상자와 물건을 종류별로 나누어놓은 상태였다. 책, 장난감, 사진, 옷, 신발, 안경. 나는 우려 섞인 표정으로 그 모든 물건을 바라보았다. 이사벨라는 솔로몬왕의 보물을 발견하기라도 한 것처럼 행복해했다.

"전부 당신 거예요?"

나는 고개를 가로저었다.

"이전 주인 것들이야."

"아는 사람이에요?"

"아니. 내가 이사왔을 때 이미 오랫동안 여기에 있었어."

이사벨라는 편지 상자를 들더니 마치 재판의 증거물처럼 내게 보여주었다.

"그 주인의 이름이 무엇인지 알아냈어요."

"그럴 리가……"

이사벨라는 미소 지었다. 탐정처럼 열심히 뒤진 끝에 무언가를 찾아냈다는 기쁨에 젖어 있음이 분명했다.

"마를라스카예요." 그녀가 단정적으로 말했다. "디에고 마를라스카. 흥미롭지 않아요?"

"뭐가?"

"그 사람 이름 머리글자가 당신과 똑같이 D.M.이잖아요."

"우연의 일치에 불과해. 이 도시에 나하고 머리글자가 똑같은 사람은 수만 명쯤 될걸."

이사벨라는 내게 윙크를 했다. 그 어느 때보다 즐거운 표정이었다.

"내가 찾아낸 것 좀 보세요."

이사벨라가 찾아낸 양철상자에는 과거의 오래된 사진과 옛 바르셀로나의 엽서가 가득 들어 있었다. 대부분 1888년 만국박람회가 개최된 이후 허물어졌던 시우다델라공원의 전시관, 무너진 커다란 저택과 당대의 정장을 입은 행인으로 가득한 대로, 호화마차와 내 어린 시절의 색채를 띤 기념사진이었다. 이미 사라져버린 얼굴들과 시선들이 사진 속에서 삼십 년 세월을 뛰어넘어 나를 바라보고 있었다. 그중의 여러 장에 찍힌 어느 배우의 얼굴이 눈에 익었다. 내가 어렸을 때는 유명했지만 이미 오래전에 잊힌 배우였다. 이사벨라는 조용히 나를 지켜보고 있었다.

"이 여자 알아요?" 이사벨라가 물었다.

"아무래도 이레네 사비노라는 여자 같아. 파랄렐로 지구의 극장가에서 어느 정도 명성을 누리던 배우였어. 이미 오래전 일이야. 네가 태어나기도 전."

"그럼 이걸 보세요."

이사벨라는 사진 한 장을 내밀었다. 이레네 사비노가 창문에 기대고 있는 모습이었다. 그 창문이 우리집 탑 꼭대기의 내 서재 창문이라는 걸 알아보기는 그리 어렵지 않았다.

"흥미롭지요, 그렇죠?" 이사벨라가 물었다. "그녀가 여기에 살았던 것 같지 않아요?"

나는 어깨를 으쓱했다.

"디에고 마를라스카라는 사람의 애인이었을 수도……"

"어쨌거나 우리가 관심을 둘 문제는 아닌 것 같군."

"가끔 당신이라는 사람은 얼마나 따분한지."

이사벨라는 사진들을 상자에 돌려놓았다. 순간 그녀의 손에서 한 장이 미끄러져서 내 발밑에 떨어졌다. 나는 그 사진을 주워들고 살펴보았다. 거기에는 화려한 검은 옷을 입은 이레네 사비노가 파티복 차림의 사람들과 함께 포즈를 취하고 있었다. 나는 그곳이 승마클럽의 대연회장이라는 것을 알아보았다. 딱히 관심을 불러일으킬 만한 구석이 없는 평범한 파티 사진이었다. 하지만 계단 위에 서 있는 백발의 어느 신사가 아주 희미하게 눈에 띄었다. 안드레아스 코렐리였다.

"얼굴이 백지장처럼 하얘졌어요." 이사벨라가 말했다.

그녀는 내 손에서 사진을 빼앗더니 말없이 살펴보았다. 나는 자리에서 일어나 이사벨라에게 방에서 나가라는 손짓을 했다.

"다시는 여기 들어오지 마." 나는 맥없는 소리로 말했다.

"왜요?"

나는 이사벨라가 방에서 나갈 때까지 기다렸다가 문을 닫았다. 이사벨라는 정신 나간 사람을 쳐다보듯이 나를 바라보았다.

"내일 당장 자선단체 수녀들에게 연락해서 여기 와서 이거 다 가져가라고 해. 원하지 않는 건 버리라고 하고."

"하지만……"

"내 말에 토 달지 마."

나는 그녀와 시선을 마주치고 싶지 않아서 서재로 올라가는 계단으로 향했다. 이사벨라는 복도에서 나를 지켜보고 있었다.

"그 사람이 누군데요, 마르틴?"

"아무도 아니야." 나는 조그만 소리로 중얼거렸다. "아무도 아니야."

16

나는 서재로 올라갔다. 하늘에 달도 없고 별도 없는 칠흑 같은 밤이었다. 창문을 활짝 열고 어둠에 잠긴 도시를 바라보기 위해 밖으로 머리를 내밀었다. 바람도 거의 불지 않았고 땀이 피부를 물어뜯었다. 나는 창턱에 앉아 이사벨라가 며칠 전 책상에 놔두었던 두번째 시가에 불을 붙였다. 그러면서 시원한 산들바람이 불어오거나, 수많은 상투적인 주제보다 더 그럴싸한 생각이 떠오르기를 기다렸다. 그래야만 고용주에게 위탁받은 일을 착수할 수 있을 것이기 때문이었다. 그때 아래층에서 이사벨라의 침실 겉창 열리는 소리가 들렸다. 사각형의 불빛이 정원 위로 떨어졌고 그 안에서 그녀의 실루엣이 뚜렷이 나타났다. 창가로 다가온 이사벨라는 내가 보고 있다는 사실을 눈치채지 못한 채 바깥의 어둠을 쳐다보았다. 나는 그녀가 천천히 옷을 벗는 모습을 지켜보았다. 또 그녀가 옷장의 거울로 다가가 자기 몸을 살펴보면서 손가락으로 배를 어루만지고 허벅지와 팔 안쪽의 상처를 매만지는 걸 보았다. 그녀는 피로에 지친 시선 이외에는 아무것도 걸치지 않은 채 한참 동안 자기 몸을 응시하다 불을 껐다.

나는 책상으로 돌아와 고용주의 책을 쓰기 위해 수집해놓은 메모와 자료 더미 앞에 앉아 초고를 검토했다. 글 속에서는 예언자들이 엄청난 시련을 겪고 살아남은 후 신비로운 신의 계시가 담긴 진실과 함께 돌아왔다. 또 신을 믿지 않는 사악한 제국의 탄압을 받아 가난하지만 영혼이 순수한 가족의 대문 앞에 아기 구세주들이 버려졌으며, 자신의 운명과 세상의 법칙을 받아들이고 정정당당하게 행동하는 사람들에게는 내세의 천국이 약속되었다. 그리고 때마침 생각하는 법에 눈뜬 유약한 영장류는 자신들이 우주의 외딴 구석에 버려진 운명이라는 것을 깨닫고 허영심이나 절망감에 사로잡혀 천국과 지옥에서 자신들의 보잘것없는 사소한 과오에 지대한 관심을 보일 것이라고 맹목적으로 믿기에 이르렀으며, 게으른 신들은 인간의 형상을 한 채 그 같은 수백만의 영장류의 양심을 텔레파시로 감시하는 일 이외에는 그다지 하는 일이 없었다.

나는 고용주가 내게서 보았던 것이 바로 이것이었을까 자문했다. 즉 아이들을 잠들게 하거나 절망에 빠진 비참한 사람으로 하여금 살인의 윤리에 동의하는 신들의 영원한 축복을 받는다는 조건으로 이웃을 살해하도록 종용할 마약 같은 이야기를 거리낌없이 꾸며내는 정신, 돈이라면 물불 가리지 않는 정신 말이다. 며칠 전에 약속을 정하는 고용주의 또다른 서한이 도착했다. 그것은 내 작업의 진행상황을 보고받기 위한 자리였다. 스스로 양심의 가책을 느끼는 데도 넌더리가 났지만, 약속시각까지 스물네 시간도 채 남지 않아 이런 식이라면 머리에 의문과 의혹만 가득한 채 빈손으로 그를 만나게 되겠다는 생각이 들었다. 별다른 방법이 없었기에, 나는 오랫동안 비슷한 상황일 때면 늘 해왔던 일을 했다. 언더우드 타자기에 종이를 끼우고, 마치 박자를 기다리는 피아니스트처럼 자판에 손을 올려놓은 것이다. 그리고 무엇이 나오는지 보기 위해 머리를 쥐어짜기 시작했다.

17

"흥미롭습니다." 열번째이자 마지막 페이지를 읽은 후 고용주가이 말했다. "특이해요. 하지만 흥미롭군요."

우리는 시우다델라공원에서 만나 움브라클레*의 황금빛 그늘 속 벤치에 앉아 있었다. 둥근 천장의 격자창으로 스며든 햇빛은 희미한 황금빛으로 부드러워졌고, 우리를 둘러싼 식물원은 그 묘하고 환한 어둠에 빛과 그림자를 아로새기고 있었다. 나는 담배에 불을 붙이고 내 손가락에서 소용돌이쳐 올라가는 푸른 연기를 바라보았다.

"당신 입에서 특이하다는 말이 나오니 불안합니다." 내가 지적했다.

"통속적이라는 뜻의 반대로 특이하다고 한 겁니다." 코렐리가

---

* 열대의 음지식물을 모아놓은 식물원.

설명했다.

“그런데 부족한 게 있다면요?”

“마르틴, 그런 건 없어요. 나는 당신이 흥미롭고 많은 가능성이 잠재된 길을 발견했다고 믿습니다.”

소설가에게 누군가가 그가 쓴 글이 흥미롭고 많은 가능성이 잠재되어 있다고 말하면, 그것은 일이 잘못되어가고 있다는 징조다. 코렐리는 내 불안감을 읽은 것 같았다.

“문제를 다른 각도에서 접근했군요. 신화를 다룬 참고문헌 대신 보다 거친 원본 자료에서 출발했습니다. 평화의 메시아 대신 전쟁의 메시아라는 생각을 어디서 얻었는지 물어봐도 됩니까?”

“당신이 생물학 이야기를 하지 않았습니까.”

“우리가 알고 싶어하는 모든 것은 자연이라는 위대한 책에 적혀 있지요. 명석한 두뇌와 의욕만 있다면 읽을 수 있습니다.” 코렐리도 동의했다.

“내가 참고했던 어느 책은 남성의 생식력이 열일곱 살 때 최고점에 이른다고 설명하더군요. 여성은 그보다 늦은 나이에 최고점에 도달해 그 수준을 유지하고요. 그리고 어떤 유전자를 받아들여 번식할지 결정하는 일종의 감식관이자 판관으로 행동합니다. 반면에 남성은 단지 제안을 할 수 있을 뿐이며 여성보다 생식력이 훨씬 빨리 고갈됩니다. 남성의 생식력이 최고점에 도달하는 나이는 바로 그의 호전성이 최고점에 있을 때입니다. 따라서 청년은 완벽한 병사입니다. 그는 공격성이 매우 높지만, 그것을 분석하고 어떻게 조절해야 하는지 판단할 능력은 거의 없거나 전혀 없습니다. 역사를 통해 살펴보면 우리 사회는 그 비축된 공격성을 이용하는 법을 찾아냈으며, 십대 청년들을 병사, 즉 총알받이로 만들어서 이웃 국가를 정복하거나 그들이 공격해올 때 국가를 지키도록 했습니다. 우리의 주인공은 하늘이 보낸 특사이되, 무기를 들고 일어나 강철의 일격으로 진실을 해방하는 청년 사절이라는 생각이 뇌리를 스치더군요."

"역사와 생물학을 혼합하기로 했나요, 마르틴?"

"당신 얘기를 듣고 그 둘이 하나라는 걸 이해한 것 같습니다."

코렐리는 미소를 지었다. 본인은 의식하고 있는지 모르겠지만 미소를 지을 때면 그는 굶주린 늑대처럼 보였다. 나는 침을 삼키고서 소름 돋는 그의 표정을 애써 무시했다.

"생각해보니 대부분의 위대한 종교는 역사적으로 그 종교를 채택하는 사회가 젊고 가난한 인구의 비율이 높은 순간에 시작되거나 가장 널리 전파되고 가장 큰 영향력을 미쳤더군요. 인구의 70퍼센트가 열여덟 살 이하이고 그중 반이 공격성과 생식적 충동이 혈관에서 들끓는 십대 청년인 사회가 신앙을 받아들이고 절정에 이르게 할 수 있는 비옥한 들판이라는 것을 알았습니다."

"일종의 단순화네요. 하지만 당신이 어디로 가고 있는지 알겠습니다, 마르틴."

"그건 나도 알고 있습니다. 하지만 일단 개략적인 개념이 잡히자 이것저것 따질 것 없이 핵심으로 직진해 전사 메시아를 중심으로 신화를 만들어보자 싶더군요. 적들, 다시 말해 자신의 교리를 받아들이지 않거나 복종하길 거부하는 모든 자들의 정치적, 인종적 신조로부터 자신의 민족과 유전자, 여자들과 노인들을 구해내는 피와 분노의 전사 메시아 말입니다."

"그럼 성인 남자들은 어떻게 할 작정입니까?"

"성인 남자에게는 좌절감에 호소하면서 다가갈 생각입니다. 나이를 먹고 젊은 시절의 환상이나 꿈, 욕망을 포기하게 되면서 그들은 자기가 세상과 남들의 희생자라는 생각이 갈수록 강해집니다. 우리는 항상 우리의 불행이나 실패의 책임을 전가할 사람을 찾습니다. 바로 배척하고 싶은 사람을 찾는 것이지요. 그런 분노와 피해의식을 그대로 품어주는 교리를 포용하는 행위는 그들에게 힘과 용기를 줍니다. 그러면 성인 남자는 자기를 집단의 일부로 느끼고, 공동체를 통해 자신의 잃어버린 욕망과 갈망을 고양시킵니다."

"그럴 수도 있겠네요." 코렐리가 동의했다. "그럼 죽음에 관한 도상이나 깃발, 문장紋章은 어떤 역할을 합니까? 역효과만 낳는 비생산적인 것으로 생각하지는 않습니까?"

"아니요. 그것들은 핵심적인 역할을 합니다. 신부복이 신부를 만든다고들 하지만, 무엇보다 신도를 만드는 법이지요."

"그럼 인류의 반인 여자들에 관해서는 무어라 말할 겁니까? 유감이지만, 상당 비율의 여자들이 깃발이나 문장을 믿는 사회는 보기 드물지요. 보이스카우트의 심리학은 남자아이들에게나 적용됩니다."

"극히 예외가 있긴 하지만, 조직화된 모든 종교는 집단 내의 여자들을 굴복시키고 억압하며 부정하는 것을 중추로 삼습니다. 여성은 권위나 독립적인 것과는 거리가 먼데다 연약하고 수동적이고 모성을 중시하는 존재라는 역할을 받아들여야 하지요. 그러지 않으면 혹독한 대가를 치르게 됩니다. 상징들 속에서는 명예를 누릴 자리를 차지할 수 있지만 사회적 위계에서는 그렇지 못하지요. 종교와 전쟁은 남성들의 몫입니다. 게다가 여성은 종종 자기 자신의 예속을 도모하는 공범자이자 실행자가 되어버립니다."

"그럼 노인들은 어떻습니까?"

"늙는다는 것은 뭐든 쉽사리 믿게 하는 윤활유지요. 죽음이 문을 두드리면 인간의 회의론은 창문으로 펄쩍 뛰어 도망칩니다. 심장이 멎을 듯한 상황을 한번 맞닥뜨리면 심지어 동화 속 빨간 모자 소녀까지도 믿게 됩니다."

코렐리는 웃었다.

"조심하십시오, 마르틴. 내가 보기에 당신은 나보다 더 냉소적으로 되고 있어요."

나는 어렵고 깐깐한 교수의 칭찬을 듣기 위해 안달하는 유순한 학생처럼 그를 쳐다보았다. 코렐리는 내 무릎을 손바닥으로 탁 치고는 흐뭇한 표정으로 고개를 끄덕였다.

"마음에 듭니다. 그 모든 향취가 마음에 들어요. 더 많은 시간을 줄 테니 이 문제를 계속해서 생각하고 적절한 형식을 찾길 바랍니다. 그럼 이 주나 삼 주 후에 만나기로 하지요. 약속날짜 며칠 전에 통보하겠습니다."

"이 도시를 떠날 계획입니까?"

"출판사 일 때문에 앞으로 며칠 출장을 떠나야 할 것 같습니다.

그래도 매우 흡족한 마음으로 가게 되어 기쁩니다. 훌륭한 작업이었어요. 내가 이상적인 후보를 발견했다는 건 진작 알고 있었지요."

고용주는 자리에서 일어나더니 내게 손을 내밀었다. 나는 바지 한쪽에 손을 흥건하게 적신 땀을 닦고 그와 악수를 했다.

"그동안 당신의 부재가 더없이 크게 다가올 것 같습니다." 나는 말했다.

"마음에도 없는 소리는 그만두십시오, 마르틴. 당신은 지금까지 아주 완벽히 잘하고 있습니다."

나는 그가 온실의 어둠 속으로 떠나가는 것을 보았다. 그의 발걸음이 울리는 메아리가 그림자 속으로 사라졌다. 나는 그곳에 한참 동안 그대로 머물며 고용주가 낚싯바늘을 물었는지, 내가 드리운 거짓말 덩어리를 삼켰는지 나 자신에게 물었다. 확신하건대 나는 그가 듣고 싶어하는 것을 정확하게 이야기했다. 그랬을 것이라고 굳게 믿었다. 그리고 그렇게 줄줄이 꿴 엄청난 거짓말에 그가 잠시나마 흡족해했으며 자신이 고용한 하인, 즉 좌절한 불행한 소설가가 이제 마음을 고쳐먹고 그의 계획을 충실히 따르고 있다고 확신했을 것이라 여겼다. 지금 내가 처한 상황을 확인할 시간을 벌 수만 있다면 뭐든 시도해볼 가치가 있을 것이었다. 자리에서 일어나 온실을 나갈 때도 나는 여전히 손을 떨고 있었다.

18

탐정소설을 수년간 써온 경험 덕택에 나는 수사를 시작하는 방법에 관한 일련의 기본 원칙을 알고 있었다. 그 원칙 중의 하나는 로맨스를 포함해 비교적 구성이 탄탄한 소설 대부분은 돈냄새와 부동산 소유권을 중심으로 태어나고 죽는다는 것이었다. 온실에서 나와 나는 콘세호 데 시엔토 거리에 있는 등기소로 발길을 옮겼다. 그리고 우리집의 매매와 관련된 등기부 열람을 신청했다. 등기소 서고에 보관된 자료들에는 가장 고상한 철학자들의 전집에 버금갈 만큼, 아니, 오히려 그보다 더 풍부하게 삶의 현실에 대한 필수 정보가 담겨 있는 법이다.

출발은 플라사데르스 거리 30번지에 있는 부동산을 내가 임대하기까지의 기록을 열람하는 것이었다. 그 과정에서 1911년 스페인식민은행이 소유권을 인수하기 전 우리집의 역사를 추적하는데 필요한 사항들을 발견했다. 집은 이전 주인이 죽으면서 마를라스카 가족이 상속받은 듯했고, 가족은 자산의 일부로 집을 은행에 압류당했다. S. 발레라라는 변호사의 이름도 언급되어 있었는데, 그는 소송 동안 가족의 대리인으로 활동한 사람이었다. 또다시 과거로 건너뛰자 1902년에 디에고 마를라스카 폰힐루피 씨가 베르나베 마소트 이 카바예라는 사람에게 그 부동산을 사들인 자료가 나왔다. 나는 변호사와 계약에 참여한 사람들의 이름부터 해당 날짜까지 모두 쪽지에 적었다. 직원 한 사람이 큰 소리로 등기소 닫을 시간이 십오 분 남았다고 알려주었고, 나는 떠날 준비를 했다. 그전에 급히 구엘공원 옆에 있는 안드레아스 코렐리의 주택 소유권 상태를 열람했다. 십오 분이 흐르도록 조사는 소기의 성과를 거두지 못했고, 등기부에서 눈을 들자 등기소 직원의 잿빛 시선과 마주쳤다. 무척이나 여윈 그는 콧수염부터 머리카락까지 젤을 발라 번들번들했고, 자신의 일을 발판삼아 다른 이들의 삶을 방해하는 사람 특유의 호전적이며 냉담한 분위기를 풍겼다.

"죄송합니다. 부동산 소유권을 못 찾겠네요." 내가 말했다.

"그렇다면 그런 부동산이 없거나 당신이 찾을 줄 모르기 때문입니다. 오늘은 이미 시간이 끝났습니다."

그의 다정함과 유능함에 나는 내가 지을 수 있는 최고의 미소를 지으며 화답했다.

"전문가인 당신의 도움을 받으면 찾을 수 있을지도 모릅니다." 내가 부탁했다.

그는 역겹다는 시선을 던지고는 내 손에서 등기부를 낚아챘다.

"내일 다시 오십시오."

다음 기착지는 그곳에서 거리 몇 개만 건너면 나오는 마요르카 거리의 웅장한 변호사협회 건물이었다. 나는 크리스털 샹들리에가 길게 늘어져 있고, 파랄렐로 지구의 배우 같은 자태를 뽐내는 정의의 여신 조각상이 서 있는 계단을 올라갔다. 쥐새끼처럼 생긴 조그만 체구의 남자가 다정한 미소를 지으며 비서실에서 나를 맞이하며 무엇을 도와주면 되겠느냐고 물었다.

"변호사를 찾습니다."

"제대로 찾아오셨습니다. 아주 처치가 곤란할 지경입니다. 매일 갈수록 더 많은 변호사가 배출되니까요. 마치 토끼처럼 불어납니다."

"그게 현대사회지요. 내가 찾는 사람은 발레라입니다. S. 발레라."

작은 체구의 남자는 뭐라고 중얼거리면서 서류보관소의 미로 속으로 모습을 감추었다. 나는 접수대에 기대어 기다리면서 법의 무게가 또렷하게 느껴지는 실내 장식품을 살펴보았다. 오 분 후 남자가 서류철을 들고 돌아왔다.

"발레라라는 성을 가진 사람이 열 명입니다. 두 명의 이름이 S로 시작되지요. 한 사람은 세바스티안이고 다른 한 사람은 소폰시오입니다."

"소폰시오라고요?"

"당신은 아주 젊어서 잘 모를 겁니다. 예전에 그건 실력을 보증하는 이름이었고, 그래서 법조계에서 일하는 사람에게는 둘도 없이 적당했지요. 그런데 찰스턴*이 유행하면서 이런 명성도 모두 망가졌습니다."

"소폰시오 씨는 아직 살아 있습니까?"

"서류 기록과 그분의 협회비 납부가 중단된 시점으로 보면, 소폰시오 발레라 이 메나초는 1919년 주님의 영광스러운 품으로 가셨습니다. 모든 사람은 죽게 되어 있지요. 세바스티안은 그의 아들입니다."

"아직 법조계에 있습니까?"

"물론이지요. 아직 일하고 있습니다. 아주 왕성하게요. 그의 주소를 원하실 것 같군요."

"어렵지 않다면 알려주십시오."

작은 체구의 남자는 조그만 메모지에 주소를 적어서 내밀었다.

"디아고날 442번지예요. 여기서 돌 던지면 닿을 거리입니다. 지금이 두시고, 이 시간에 일급 변호사들은 부유한 과부 상속인이나 직물공장 사장 혹은 화약공장 사장과 식사를 하고 있을 겁니다. 나 같으면 네시까지 기다리겠습니다."

나는 상의 주머니에 주소를 적은 쪽지를 보관했다.

"그렇게 하지요. 도와주셔서 정말 감사합니다."

"당연히 해야 할 일을 한 것뿐입니다. 그럼 하느님의 은총이 깃들기 바랍니다."

변호사 발레라를 찾아가기 전까지 남은 두 시간을 죽여야 했다. 그래서 나는 라예타나 도로까지 가는 전차를 타서 콘달 거리

---

* 1920년대 미국 사우스캐롤라이나주에 있는 찰스턴에서 시작된 사교춤.

에서 내렸다. '셈페레와 아들' 서점은 그곳에서 엎어지면 코 닿을 거리였고, 나는 경험상 셈페레 가족은 주변 가게들의 불변의 법칙을 거스르면서 점심때도 서점 문을 닫지 않는다는 사실을 알고 있었다. 나는 평소와 마찬가지로 계산대 근처에 서 있는 그를 보았다. 그는 책을 정리하는 한편 보물을 찾아 탁자들과 책장들을 살펴보는 많은 고객들을 응대하고 있었다. 나를 보자 그는 미소 지으며 다가와 인사를 건넸다. 마지막으로 보았을 때보다 더 마르고 창백한 모습이었다. 그는 내 눈에서 걱정의 기색을 읽었는지 어깨를 으쓱하더니 별 대수롭지 않은 문제라는 몸짓을 했다.

"어떤 사람에게는 넘치고, 또 어떤 사람에게는 너무 부족한 게 이 세상이야. 자네는 근사하고 건강해졌지만 보다시피 나는 뼈에 가죽만 붙어 있군." 그가 말했다.

"괜찮으세요?"

"아주 팔팔하지. 빌어먹을 협심증 때문이라네. 전혀 심각한 건 아니야. 그런데 웬일인가, 마르틴?"

"같이 점심식사를 하고 싶었습니다."

"말이라도 고맙네. 하지만 선장이 배를 두고 갈 수야 있나. 내 아들이 어느 장서가의 책들을 감정하러 사리아로 갔어. 지금 사정이 영 좋지 않아서 문을 닫고 갈 형편이 아니야."

"돈 문제로 힘드시군요."

"이건 서점이야, 마르틴. 공증인 사무실이 아닐세. 문학은 겨우 입에 풀칠이나 할 돈을 벌게 해줘. 그것마저 어려울 때도 있지만 말일세."

"도움이 필요하시면……"

셈페레는 단호하게 손을 들어 내 말을 막았다.

"날 도와주고 싶다면, 책을 사주게나."

"아시다시피 저는 선생님에게 돈으로 채 환산할 수 없는 빚을 지지 않았습까."

"그러니 그런 생각은 더더욱 하지도 말게나. 우리 걱정은 하지마, 마르틴. 그 누구도 우리를 소나무관에 넣지 않고는 여기서 끌어낼 수 없어. 그런데 건포도빵과 부르고스의 신선한 치즈로 푸짐하게 싸온 점심을 나와 나눠 먹는 건 어떤가? 그것과 몬테크리스토 백작만 있다면 백 살까지는 거뜬히 살 수 있을 걸세."

19

셈페레 씨는 음식을 거의 입에도 대지 않았다. 피로한 기색이 역력해도 미소를 지었고, 내 말에 귀기울이는 척했지만 가끔 숨쉬기도 힘들어한다는 걸 알 수 있었다.

"마르틴, 말해보게. 요즘은 무슨 책을 작업하고 있지?"

"설명하기 힘듭니다. 청탁받은 책입니다."

"소설인가?"

"정확히 소설이라고는 할 수 없습니다. 저도 어떻게 정의해야 할지 모르겠습니다."

"중요한 건 자네가 일하고 있다는 거야. 항상 나는 게으름은 영혼을 허약하게 만든다고 말했지. 두뇌를 계속 바쁘게 해야 하네. 그럴 두뇌가 없으면 최소한 손이라도 그렇게 해야 하지."

"하지만 가끔 선생님은 지나치게 일하십니다. 숨 좀 돌리시는 게 어때요? 여기서 쉬지 않고 일하신 게 몇 년째죠?"

셈페레 씨는 주위를 둘러보았다.

"마르틴, 이곳은 내 삶이야. 내가 어디로 가겠나? 양지에 있는 공원 벤치로 가서 비둘기에게 먹이나 주고 류머티즘에 걸렸다고 불평만 늘어놓겠나? 그러면 나는 십 분 내로 죽고 말 걸세. 내가 있을 장소는 여기야. 내 아들이 서점 운영을 맡겠다고 생각할지는 모르지만, 아직은 준비가 되어 있지 않아."

"하지만 열심히 일해요. 좋은 사람이고요."

"우리끼리 하는 말이지만, 너무 좋은 사람이지. 가끔 나는 그애를 보면서 내가 죽는 날이면 어떻게 될까 생각한다네. 녀석이 과연 잘해나갈 수 있을까……"

"모든 부모는 그렇게 생각해요, 셈페레 씨."

"자네 부모도 그랬나? 미안하네, 내 말은……"

"괜찮습니다. 아버지는 본인 문제만으로도 벅차서 제가 일으킬 문제까지 생각할 겨를이 없었어요. 하지만 분명 아드님은 선생님이 생각하는 것보다 훨씬 경험이 풍부합니다."

셈페레 씨는 확신이 없는 눈으로 나를 쳐다보았다.

"그애에게 부족하다고 생각하는 게 뭔지 아나?"

"교활함인가요?"

"여자야."

"수많은 여자가 그를 사모하면서 진열창에 가득 모여드는데, 본인이 마음만 먹으면 얼마든지 구할 수 있을 겁니다."

"나는 진정한 여자를 말하는 것이네. 남자를 남자답게 만들어주는 그런 여자 말이야."

"아직 젊습니다. 몇 년 더 즐기도록 놔두세요."

"그것도 괜찮지. 본인이 즐기기만 한다면. 그 나이 때 내게 여자 팬이 그렇게 많았다면 나는 아마 추기경처럼 많은 죄를 지었을 거야."

"하느님은 이가 없는 사람에게 빵을 주지요."

"이, 그게 바로 그애에게 부족한 것이네. 물겠다는 의욕이 없지."

보아하니 서점 주인은 무언가를 꾸미고 있는 것 같았다. 그는 나를 보면서 미소 지었다.

"어쩌면 자네가 그애를 도와줄 수도……"

"제가요?"

"자네는 세상을 잘 알잖나, 마르틴. 그런 얼굴은 하지 말게. 자네가 힘써준다면 내 아들에게 훌륭한 여자를 찾아줄 수 있을 거야. 이미 근사한 얼굴은 있으니 나머지를 자네가 가르쳐주게."

나는 아무 말도 할 수 없었다.

"날 도와주지 않을 작정인가?" 서점 주인이 물었다. "자네가 도와줄 건 바로 그거야."

"제가 말한 건 돈이었어요."

"내가 말하는 건 내 아들이고. 그 아이는 이 서점의 미래야. 내 인생의 전부이기도 하지."

나는 한숨을 내쉬었다. 셈페레 씨가 내 손을 잡더니, 그에게 얼마 남지 않은 힘을 꽉 주었다.

"기꺼이 목숨을 바쳐도 아깝지 않은 그런 여자와 내 아들이 가정을 이루는 모습을 보고 싶네. 그런 것도 못 보고 세상을 떠나게 하지 않겠다고 약속해주게. 손자를 보게 해주겠다고도."

"이런 부탁을 받을 줄 알았다면, 노베다데스* 카페에서 점심을 먹었을 겁니다."

셈페레 씨가 살며시 웃었다.

"가끔 자네가 내 아들이라면 좋겠다고 생각한다네, 마르틴."

나는 서점 주인을 쳐다보았다. 그 어느 때보다 허약하고 늙어 보였다. 내가 어린 시절 여기서 보았던 강인하고 당당한 모습은 온데간데없고 그런 사람의 그림자만 남아 있었다. 온 세상이 무너져내리는 느낌이었다. 나는 그에게 다가가서, 그를 알았던 모든 세월 동안 한 번도 하지 않았던 행동을 나도 모르게 했다. 검버섯이 듬성듬성 피고 얼마 안 되는 희끄무레한 머리카락이 내려온 이마에 입을 맞췄던 것이다.

"약속하는 거지?"

"약속합니다." 나는 출구로 가면서 말했다.

* 스페인어로 '새로운 소식'이라는 뜻.

20

발레라 법률사무소는 그라시아 대로의 모퉁이에서 얼마 떨어지지 않은 디아고날 대로 442번지의 초현대식 건물 펜트하우스에 자리잡고 있었다. 어떤 말로도 완벽히 표현되지 않는 그 건물은 거대한 괘종시계와 해적선의 혼합물이나 마찬가지였고, 거대하고 웅장한 프랑스창과 초록색 지붕창으로 꾸며져 있었다. 이 세상 다른 곳에서였다면 바로크와 비잔틴 스타일의 그 건축물은 세계의 7대 불가사의 중 하나이거나 악마의 산물, 그러니까 저세상의 영혼을 소유한 어느 미친 예술가의 작품이라고 선포되기에 충분했다. 하지만 비슷한 건물들이 우후죽순처럼 솟아난 바르셀로나의 엔산체 지구에서는 그리 대단한 것이 아니었다.

정문으로 들어가자 승강기가 눈에 들어왔다. 마치 커다란 거미가 줄로 뽑아낸 성당의 문 같은 모습이었다. 수위가 문을 열어주고 나를 그 이상한 캡슐에 가두자 승강기가 계단 중앙 구간으로 올라가기 시작했다. 딱딱한 인상의 비서가 세공된 오크나무문을 열어주고 들어오라며 손짓했다. 나는 내 이름을 말한 뒤 약속을 미리 잡진 않았지만 리베라 지구의 부동산 매매와 관련된 일로 왔다고 밝혔다. 침착하고 냉정한 그녀의 눈에서 무언가가 바뀌었다.

"탑의 집 말씀이신가요?" 비서가 물었다.

나는 고개를 끄덕였다. 그녀는 나를 텅 빈 사무실로 안내해 들어가라고 말했다. 나는 직감적으로 그곳은 공식 대기실이 아니라는 것을 알았다.

"잠깐만 기다리세요, 마르틴 씨. 여기 계신다고 변호사님에게 전하겠습니다."

나는 그 사무실에서 사십오 분을 보냈다. 그곳은 책이 가득 꽂힌 책장으로 둘러싸여 있었고, 책들은 책등에 '1888-1889, B.C.A. 제2권, 제1부' 같은 제목이 새겨져 있는데다 크기는 묘비만해서 읽고 싶은 충동을 일으키기에 충분했다. 디아고날 대로 쪽으로 커다란 창문이 나 있어서 도시 전체를 조망할 수 있었다. 가구에서는 돈을 처바른 오래된 고급목재 냄새가 풍겼고 카펫과 가죽소파는 영국 클럽의 분위기를 자아냈다. 책상에 놓인 여러 개의 스탠드 중 하나를 들어보니 적어도 30킬로그램은 나갈 것 같았다. 아직 불을 피워본 흔적도 없는 벽난로 위에는 커다란 유화가 걸려 있었는데 위풍당당하고 자신감 넘치는 사람의 초상화였다. 입에 올리기에도 황송한 소폰시오 발레라 이 메나초가 틀림없었다. 이 거구의 유식한 변호사는 늙은 사자의 갈기 같은 구레나룻과 콧수염을 자랑했고, 뜨거운 강철 같은 눈빛으로 저세상에서 사형선고를 내리는 것처럼 엄숙하고 진지하게 그 사무실을 구석까지 장악하고 있었다.

"그림은 말이 없지만, 잠시 바라보고 있으면 언제라도 곧 입을 열 것 같은 느낌이 들지요." 뒤에서 누군가의 목소리가 들렸다.

그가 들어오는 소리는 듣지 못한 터였다. 세바스티안 발레라는 몸가짐이 차분한 사람이었다. 마치 인생의 대부분을 아버지의 그늘에서 벗어나려고 애쓰며 보냈고 쉰 살이 넘은 지금은 그런 노력을 하기에도 지쳐버린 사람처럼 보였다. 그의 시선은 지적이고 예리했고, 왕녀들이나 진정으로 몸값이 높은 변호사들의 전유물인 우아하고 섬세한 표정과 조화를 이루고 있었다. 그가 손을 내밀어 우리는 악수를 했다.

"기다리게 해서 미안합니다. 하지만 예상치 못한 방문이라." 그는 내게 앉으라는 손짓을 하면서 말했다.

"아닙니다, 약속도 없이 찾아와 제가 죄송하지요. 시간을 내 맞이해주셔서 감사드립니다."

발레라는 일 분 일 초의 비용을 알고 그 값을 매길 줄 아는 사람만이 지을 수 있는 미소를 지었다.

"비서가 말하길 성함이 다비드 마르틴이시라고요. 작가 다비드 마르틴 씨인가요?"

나는 너무나 놀란 표정을 지었고, 그것은 대답으로 충분했다.

"우리 가문은 다들 훌륭한 독자입니다." 그가 설명했다. "무얼 도와드릴까요?"

"부동산 매매에 관해 상의하러 왔습니다. 플라사데르스 거리에 있는……”

“탑의 집을 말하는 겁니까?” 변호사가 예의바른 투로 내 말을 잘랐다.

“그렇습니다.”

“그 집을 알고 있습니까?” 그가 물었다.

“그 집에 살고 있습니다.”

발레라는 미소를 거두지 않은 채 한참 동안 나를 바라보았다. 그러더니 의자에서 몸을 똑바로 펴고 딱딱하고 긴장된 자세를 취했다.

“당신이 현재 소유주입니까?”

“사실 저는 임차인 자격으로 그곳에 살고 있습니다.”

“알고 싶은 게 무엇입니까, 마르틴 씨?”

“가능한지 모르겠지만, 스페인식민은행이 본 가옥을 매입하게 된 자세한 경위와 옛 소유주에 관한 약간의 정보를 부탁하고 싶습니다.”

“디에고 마를라스카 씨라……” 변호사가 혼잣말로 중얼거렸다. “왜 관심을 두게 되었는지 물어봐도 괜찮겠습니까?”

“견강부회처럼 들릴 겁니다. 최근 저택을 정리하던 중에 옛 소유주의 것으로 보이는 일련의 물건을 발견했습니다.”

변호사는 미간을 찌푸렸다.

“물건이요?”

“한 권의 책입니다. 아니, 더 정확하게 말하자면 원고입니다.”

“마를라스카 씨는 훌륭한 문학 애호가였습니다. 사실 그는 법학을 비롯해 역사와 여타 주제들에 관해 수많은 책을 썼죠. 아주 박식한 학자였어요. 말년에 그의 명성을 더럽히려고 한 사람들이 있긴 했지만, 훌륭하신 분이었습니다."

변호사는 내 얼굴에서 이상한 낌새를 눈치챘다.

"마를라스카 씨가 세상을 떠난 정황을 잘 모르는 것 같군요."

"그렇습니다. 잘 모릅니다."

발레라는 계속해서 말을 해야 할지, 아니면 그만두어야 할지 깊이 생각하는 것처럼 한숨을 길게 내쉬었다.

"이것에 관해, 그리고 이레네 사비노에 관해서는 글로 쓰지 않을 거지요?"

"예, 쓸 생각이 없습니다."

"믿어도 됩니까?"

나는 고개를 끄덕였다.

발레라는 어깨를 으쓱했다.

"하기야, 이미 말해진 것 외에 더 할말도 없겠지만요." 변호사가 말했다. 나보다 자기 자신에게 하는 말 같았다.

변호사는 잠시 아버지의 초상화를 본 다음 나를 쳐다보았다.

"디에고 마를라스카는 아버지의 동료이자 최고의 친구였습니다. 두 사람이 함께 이 법률사무소를 개설했지요. 마를라스카 씨는 매우 똑똑한 사람이었습니다. 하지만 안타깝게도 복잡한 사람이었으며 오랫동안 우울증에 시달렸습니다. 그리고 마침내 아버지와 관계를 끊게 되었지요. 마를라스카는 변호사 일을 그만두고 그가 가장 큰 소명의식을 느끼던 글쓰기에 전념했습니다. 사람들

말이, 거의 모든 변호사가 일을 그만두고 작가가 되길 남몰래 소망한다고……"

"……수입을 비교하기 전까지는 그렇지요."

"그런데 디에고 씨는 당시 어느 정도 인기를 누리던 배우와 우정을 나누었습니다. 이레네 사비노였지요. 디에고 씨는 그녀에게 연극 대본을 써주고 싶어했어요. 그 이상의 관계는 아니었습니다. 마를라스카 씨는 신사였고, 한 번도 아내를 배신하지 않았습니다. 그러나 사람들이 어떤지는 당신도 잘 알 겁니다. 근거 없는 소문과 험담과 질투가 난무했지요. 그렇게 디에고 씨가 이레네 사비노와 부적절한 로맨스를 즐기고 있다는 소문이 났습니다. 그의 아내는 결코 그를 용서하지 않았고, 부부는 헤어졌습니다. 상심에 빠진 마를라스카 씨는 탑의 집을 사들여 이사했습니다. 불행하게도 그곳에서 산 지 일 년도 되지 않아 불행한 사고로 세상을 떠났습니다."

"어떤 종류의 사고였습니까?"

"물에 빠져 숨졌습니다. 비극이었지요."

발레라는 눈을 아래로 떨어뜨리고는 한숨을 쉬듯이 말했다.

"그의 죽음이 스캔들로 이어졌고요?"

"독설가들이 있었다고 말할 수 있겠죠. 그들은 마를라스카 씨가 이레네 사비노에게 버림받자 그 고통을 참지 못해 자살했다고 생각했습니다."

"정말로 그랬습니까?"

발레라는 안경을 벗더니 눈을 비볐다.

"사실대로 말하자면, 나도 모릅니다. 알지 못할뿐더러 관심도 없습니다. 이미 지나간 일이니까요."

"그럼 이레네 사비노는 어떻게 되었습니까?"

발레라는 다시 안경을 썼다.

"당신의 관심은 마를라스카 씨와 부동산 매매에만 국한되어 있다고 생각했는데요."

"그냥 궁금해서 그럽니다. 마를라스카 씨의 개인 물품 중에서 이레네 사비노의 사진 여러 장과 그녀가 마를라스카 씨에게 쓴 편지도 발견해서……"

"이러는 저의가 뭡니까?" 발레라가 불쑥 물었다. "돈을 원하는 겁니까?"

"아닙니다."

"그럼 다행입니다. 아무도 그 물건에 돈을 내지는 않을 테니까요. 이제 이 문제에 관심을 보이는 사람은 아무도 없습니다. 내 말 알아듣겠습니까?"

"물론입니다, 발레라 씨. 당신을 난처하게 만들거나 부적절한 암시를 하려는 의도는 없었습니다. 제 질문으로 기분이 상하셨다면 미안합니다."

변호사는 미소를 짓고서 대화는 이제 끝났다는 듯이 품위 있게 한숨을 내쉬었다.

"괜찮습니다. 오히려 그렇게 생각한 나를 용서해주십시오."

나는 변호사가 화해의 분위기를 조성하려는 틈을 이용해서 가장 부드럽고 달콤한 표정을 지었다.

"어쩌면 고인의 아내 알리시아 마를라스카 부인께서는……"

발레라는 안락의자에 더 깊숙이 몸을 묻었다. 몹시 불편해하는 게 분명했다.

"마르틴 씨. 내 말 오해하지 않기 바랍니다. 하지만 가족 변호사로서 내 임무 중 일부는 그들의 비밀을 지켜주는 겁니다. 그 이유는 너무도 명확하지요. 이미 오랜 시간이 흘렀지만, 이제 와서 공연히 과거의 오래된 상처를 헤집고 싶지 않습니다."

"잘 알겠습니다."

변호사는 딱딱한 표정으로 나를 지켜보았다.

"그런데 책을 한 권 발견했다고요?" 그가 물었다.

"그렇습니다만…… 원고입니다. 별로 중요한 게 아닐지도 모릅니다."

"그럴 겁니다. 그런데 무엇에 관한 작품입니까?"

"말하자면 신학입니다."

발레라는 고개를 끄덕였다.

"뜻밖입니까?" 내가 물었다.

"아니요. 오히려 정반대입니다. 디에고 씨는 종교사의 권위자였지요. 현명하고 박식한 사람이었습니다. 그 분야에서는 아직도 큰 애정을 가지고 그를 기억합니다. 자, 그럼 구체적으로 부동산 매매의 어떤 걸 알고 싶으십니까?"

"이미 상당한 도움을 주셨습니다. 시간을 더 빼앗고 싶지는 않습니다."

변호사는 안도하면서 고개를 끄덕였다.

"그 집이 문제인 거죠, 아닌가요?" 그가 물었다.

"아주 이상한 집이죠." 내가 동의했다.

"젊었을 때 딱 한 번 가본 적이 있습니다. 디에고 씨가 그 집을 사고서 얼마 후였지요."

"그가 그 집을 사들인 이유를 아십니까?"

"젊었을 때부터 그 집에 매력을 느꼈고, 그곳에서 살면 좋을 거라 생각했다고 항상 그러더군요. 디에고 씨는 그런 취향이 있는 사람이었지요. 가끔 단순한 꿈을 위해서라면 모든 걸 바칠 수도 있는 젊은 청년 같았습니다."

나는 아무 말도 하지 않았다.

"괜찮습니까?"

"예, 아주 괜찮습니다. 그런데 마를라스카 씨에게 그 집을 판 소유주에 관해서는 아는 게 있습니까? 베르나베 마소트라는 사람이었지요?"

"아메리카에서 돈을 많이 번 사람이었지요. 그 집에서 한 시간이나 머물렀을까 싶네요. 쿠바에서 귀국하며 그 집을 사서 오랫동안 비워두었습니다. 이유는 드러나지 않았고요. 본인은 아레니스데 마르에 지은 저택에서 살았습니다. 이후 탑의 집을 헐값에 팔았고, 그 집에 관해 아무것도 알고 싶어하지 않았습니다."

"그럼 그 이전 소유주는 누구였지요?"

"사제가 살았다고 들었던 기억이 납니다. 예수회 신부였지요. 하지만 확실하지는 않습니다. 디에고 씨의 일을 전담한 변호사는 우리 아버지였는데, 디에고 씨가 세상을 떠나자 모든 서류를 파기했습니다."

"왜 그랬을까요?"

"조금 전 말했던 이유 때문이지요. 쓸데없는 소문이 퍼지는 걸 피하고 친구의 기억을 지키고자 그랬을 겁니다. 사실 내게도 그것에 관해서는 한마디도 하지 않으셨습니다. 자신의 행동을 일일이 설명하는 그런 분이 아니기도 했고요. 아마도 이유가 있었겠지요. 의심할 여지 없이 충분한 이유가 있었을 겁니다. 디에고 씨는 동업자이기도 했지만, 아주 친한 친구였습니다. 그래서 아버지는 그 모든 일에 무척 괴로워하셨습니다."

"그 예수회 신부는 누구였습니까?"

"아마 규율을 지키지 않아 교단과 문제가 있었던 사람 같습니다. 법사法師 신토 베르다게르*의 친구였고, 아무래도 그들이 몇몇 문제에 연루되어 있었던 것 같습니다. 그게 뭔지 아실지도 모르겠지만."

"엑소시즘이군요."

"험담입니다."

"교단에서 축출된 예수회 신부가 어떻게 그런 집을 살 수 있었을까요?"

발레라는 다시 어깨를 으쓱했고, 나는 이제 대화가 막바지에 이르렀다고 짐작했다.

"마르틴 씨, 더 도와드리고 싶지만 어떻게 해야 도움이 될지 모

* 하신토 베르다게르. '신토'는 '하신토'의 별칭이다.

르겠습니다. 이건 진심입니다."

"시간 내주셔서 감사합니다, 발레라 씨."

변호사는 고개를 끄덕이더니 책상 위에 있는 벨을 눌렀다. 나를 맞이했던 비서가 문에 모습을 드러냈다. 발레라가 손을 내밀었고 나는 그와 악수를 했다.

"마르틴 씨가 이제 가셔야 한다고 하네요. 마르가리타, 배웅해 드리세요."

비서는 고개를 끄덕이고는 나를 안내했다. 사무실에서 나가기 전에 나는 뒤돌아 변호사를 바라보았다. 그는 아버지의 초상화 아래서 맥이 빠져 있었다. 나는 마르가리타를 따라 문까지 갔고, 그녀가 바로 문을 닫으려는 순간 돌아서서 가장 순진한 미소를 지어 보였다.

"미안해요. 발레라 변호사님이 마를라스카 부인의 주소를 말씀해주셨는데, 지금 돌이켜보려니 정확한 번지수가 기억나지 않네요……"

마르가리타는 한숨을 내쉬었다. 가능한 한 빨리 나와 헤어지고 싶은 눈치였다.

"13번지예요. 발비드레라 국도 13번지요."

"맞아요!"

"그럼 안녕히 가세요." 마르가리타가 말했다.

내가 그녀의 인사에 답하기도 전에 문이 내 코앞에서 성묘聖墓처럼 근엄하고 육중하게 닫혔다.

21

탑의 집으로 돌아왔을 때, 나는 오랜 세월 동안 나의 안식처이자 감옥이었던 곳을 다른 눈으로 보게 되었다. 나는 마치 돌과 그림자로 이루어진 짐승의 주둥이에 들어가는 기분으로 대문에 들어선 뒤 그 창자로 들어가듯이 정원 계단을 올라 현관문을 열었다. 어둠 속에 모습을 감춘 길고 어두운 복도 앞에서 처음으로 그곳이 의심스럽고 사악한 영혼의 입구 같다는 생각이 들었다. 집 안쪽에서 나를 향해 다가오는 이사벨라의 모습이 보였다. 별실에서 들어오는 석양의 자줏빛 광채가 그녀의 윤곽을 조금씩 드러내주었다. 나는 현관문을 닫고 응접실의 불을 켰다.

이사벨라는 세련된 아가씨처럼 옷을 입고 머리는 묶어 틀어올린 모습이었다. 그리고 화장을 한 탓에 열 살은 더 들어 보였다.

"아주 아름답고 우아하네." 내가 차갑게 말했다.

"거의 당신 또래 여자 같아요, 그렇죠? 이 옷 마음에 들어요?"

"어디서 꺼낸 거야?"

"안쪽 방에 있는 가방에 들어 있었어요. 이레네 사비노의 옷 같아요. 어때요? 근사하지 않아요?"

"싹 가져갈 사람을 부르라고 했잖아."

"그렇게 했어요. 오늘 아침 교구에 가서 물어봤는데, 그 어떤 것도 가지러 올 수 없대요. 기증을 하고 싶다면 우리보고 가져오래요."

나는 아무 말도 하지 않고 그녀를 쳐다보았다.

"정말이에요." 이사벨라가 대답했다.

"그 옷 지금 당장 벗어서 원래 있었던 곳에 갖다놔. 그리고 얼굴 씻어. 꼭……"

"길거리 여자 같다고요?" 이사벨라가 내가 하려던 말을 대신 했다.

하지만 나는 한숨을 내쉬며 고개를 가로저었다.

"아니야. 절대 그런 여자처럼 보이지 않아, 이사벨라."

"그래요. 그래서 당신이 나를 별로 좋아하지 않는 거고요." 그녀는 뒤돌아서면서 중얼거리더니 자기 방으로 향했다.

"이사벨라." 내가 불렀다.

하지만 그녀는 들은 척도 하지 않고 방으로 들어갔다.

"이사벨라." 나는 목소리를 높여 다시 불렀다.

그녀는 적개심에 불타는 눈으로 나를 쳐다보더니 문을 쾅 닫았다. 그녀의 침실에서 물건들을 움직이는 소리가 들려와 나는 가까이 다가가 손마디로 문을 두드렸다. 아무 대답도 없었다. 다시 문을 두드렸지만 역시 대답이 없었다. 나는 문을 열었다. 그녀는 자기가 가져왔던 물건들을 모두 모아 가방에 넣고 있었다.

"뭐하는 거야?" 내가 물었다.

"갈 거예요. 그게 지금 내가 하려는 거예요. 내가 가면 당신 혼자 마음 편하게 지내요. 아니, 뒤숭숭할지도 모르죠. 당신 속은 그 누구도 모르니까요."

"어디로 가는지 물어봐도 돼?"

"그게 당신과 무슨 상관이죠? 그건 수사적 질문인가요, 아니면 비아냥거리는 건가요? 물론 당신은 관심도 없겠지만, 나는 바보 천치라 그걸 구별 못하거든요."

"이사벨라, 잠깐만 기다려……"

"이 옷이라면 걱정하지 말아요. 지금 벗을 테니까요. 그리고 펜촉은 당신이 되돌려주세요. 한 번도 사용하지 않았고 내 마음에 들지도 않으니까요. 유치원 다니는 여자애들이나 좋아할 유치한 것이거든요."

나는 그녀에게 다가가서 어깨에 손을 올려놓았다. 그러자 그녀는 뱀과 닿은 것처럼 화들짝 놀라면서 내 손을 치워버렸다.

"내 몸에 손대지 말아요."

나는 아무 말 없이 문가로 물러났다. 이사벨라의 손과 입술이 부들부들 떨리고 있었다.

"이사벨라, 미안해. 제발 용서해줘. 기분 상하게 하고 싶지 않았어."

그녀는 눈에 눈물을 가득 머금은 채 씁쓸한 미소를 지으며 나를 쳐다보았다.

"내가 여기에 온 뒤로 당신은 내게 무례하게 굴면서 나를 아무것도 모르는 불쌍한 바보 취급 하는 것 말고 다른 건 하나도 하지 않았어요."

"미안해." 나는 다시 용서를 빌었다. "자, 그것들 그냥 놔둬. 가지 마."

"왜요?"

"내가 부탁하니까. 제발 부탁이야."

"내가 연민과 동정을 원했다면 다른 곳에서 찾았겠죠."

"연민도 아니고 동정도 아니야. 네가 나에게 그런 감정을 느끼면 몰라도. 제발 부탁이니까 여기 있어줘. 바보는 바로 나야. 혼자 있고 싶지 않아. 혼자 있을 수 없어."

"참 번드르르한 말이네요. 항상 타인을 생각하는 사람 같군요. 그렇다면 강아지나 한 마리 사세요."

그녀는 가방을 침대 위에 떨어뜨리고는 나를 뚫어지게 쳐다보면서 눈물을 닦고 그동안 쌓였던 분노를 폭발시켰다. 나는 침을 꿀꺽 삼켰다.

"이왕 진실 게임을 하게 된 김에, 한마디만 해주겠어요. 당신은 영원히 혼자일 거예요. 사랑할 줄도 모르고 함께 나눌 줄도 모르니까 영원히 혼자일 거라고요. 당신은 머리카락이 쭈뼛 서는 이 집과 같아요. 흰옷을 입은 애인이 당신을 버린 것도, 모든 사람이 당신을 버린대도 전혀 이상하지 않아요. 당신은 다른 사람을 사랑하려고도 사랑받으려고도 하지 않으니까요."

나는 맥없이 그녀를 쳐다보았다. 어디에서 날아왔는지 모를 주먹으로 한 방 얻어맞은 것 같았다. 할말을 찾았지만, 제대로 입 밖에 내지도 못한 채 속으로만 웅얼거릴 뿐이었다.

"정말로 펜 세트가 마음에 안 들어?" 마침내 나는 말을 꺼냈다.

이사벨라는 지친 표정으로 눈을 치켜떴다.

"매 맞은 개 같은 표정 짓지 말아요. 내가 바보일지는 몰라도, 당신이 생각하는 만큼 아주 바보는 아니에요."

나는 문틀에 기댄 채 잠자코 있었다. 이사벨라는 의심과 동정이 뒤섞인 눈으로 나를 쳐다보고 있었다.

"당신 여자친구, 그러니까 사진에 있는 여자를 두고 그런 말을 하려는 생각은 없었어요. 미안해요." 그녀가 작은 소리로 중얼거렸다.

"미안해할 필요 없어. 그건 사실이거든."

나는 눈을 아래로 떨어뜨리고서 방에서 나왔다. 그리고 서재에 틀어박혀 어둡고 안개에 파묻힌 도시를 쳐다보았다. 잠시 후 계단에서 머뭇거리는 그녀의 발소리가 들렸다.

"거기 위에 있어요?" 그녀가 불렀다.

"응."

이사벨라가 서재로 들어왔다. 그녀는 이미 옷을 갈아입고 얼굴의 눈물 자국을 닦아낸 상태였다. 그녀는 내게 미소 지었고, 나도 그 미소에 화답했다.

"당신은 왜 그래요?" 그녀가 물었다.

나는 어깨를 으쓱했다. 이사벨라는 가까이 다가오더니 내 옆에 있는 창문턱에 앉았다. 우리는 어떤 말도 할 필요를 느끼지 못한 채 구시가지의 지붕 위로 드리운 침묵과 어둠의 멋진 광경을 즐겼다. 잠시 후 이사벨라가 살짝 웃으면서 나를 쳐다보았다.

"우리 아버지가 선물한 시가 하나에 불을 붙여서 반씩 피우면 어때요?"

"그런 말은 입에 올리지도 마."

이사벨라는 긴 침묵 속으로 빠져들었다. 가끔 아주 잠깐씩 나를 보고 웃었다. 그녀를 곁눈질로 쳐다보며 나는 그녀를 보는 것만으로도 이 개같은 세상에 무언가 좋고 바른 것이 남아 있다는 것을, 운이 따라준다면 내 안에도 그런 것이 남아 있다는 사실을 더 쉽게 믿을 수 있다는 걸 깨달았다.

"떠나지 않을 거지?" 내가 물었다.

"그래야 할 멋진 이유를 대봐요. 아주 솔직한 것으로. 그러니까 당신 경우에는 아주 이기적인 이유가 되겠지요. 거짓말로 날 속일 생각은 하지 말아요. 그러면 지금 당장 여기서 나갈 테니까요."

그녀는 방어적인 눈길로 보호막을 치면서 나의 치렛말을 기다렸다. 문득 내가 거짓말을 하고 싶지도 않고 할 수도 없는 유일한 사람이 그녀라는 생각이 들었다. 나는 시선을 떨어뜨리면서 진실을 말해버렸다. 하지만 그것은 나 자신이 큰 소리로 진실을 듣기 위한 것에 불과했다.

"그건 내게 남은 유일한 친구가 바로 너이기 때문이야."

그녀의 딱딱한 표정이 물거품처럼 사라졌고, 그 눈에서 연민을 보기 전에 나는 시선을 딴 데로 돌렸다.

"셈페레 씨와 또다른 잘난 체하는 인간인 바르셀로는 당신 친구가 아닌가요?"

"나에게 감히 진실을 말해줄 수 있는 사람은 네가 유일해."

"당신 친구이자 고용주는 진실을 말해주지 않나요?"

"쓰러진 사람한테 발길질까지 하지는 마. 고용주는 내 친구가 아니야. 난 그가 평생 한 번이라도 진실을 말했을 거라고 생각하지 않아."

이사벨라는 날 찬찬히 뜯어보았다.

"그렇죠? 난 당신이 그를 믿지 않는다는 사실을 이미 알고 있었어요. 첫날부터 당신 얼굴에 쓰여 있었다고요."

나는 기품을 되찾으려고 노력했지만, 냉소적인 말이 나올 뿐이었다.

"네 재주 목록에 인상 읽기를 추가한 거야?"

"당신의 인상을 읽는 데는 그 어떤 재주도 필요 없어요." 이사벨라가 반격을 가했다. "그건 『엄지손가락 톰』을 읽는 거나 마찬가지니까."

"존경하는 점쟁이님, 제 얼굴에서 무얼 더 읽으실 수 있나요?"

"두려움을 느끼고 있네요."

나는 억지로 빙긋 웃었다.

"두려움을 느끼는 걸 창피해하지 말아요. 두려워한다는 건 상식이 있다는 신호예요. 그 무엇에도 두려움을 느끼지 않는 사람은 바보천치뿐이지요. 어느 책에서 읽은 거예요."

"겁쟁이 백서인가?"

"그게 남자로서 당신 자존심에 상처를 입힌다고 생각하면 굳이 인정할 필요 없어요. 남자들은 고집의 크기가 곧 은밀한 그곳의 크기라고 믿는다는 걸 알아요."

"그것도 책에서 읽었어?"

"아니요. 내가 스스로 터득한 거예요."

나는 명백한 증거 앞에 항복하면서 손을 떨어뜨렸다.

"좋아, 내가 막연한 불안감을 느낀다고 인정하겠어."

"막연한 건 당신의 그 말이에요. 당신은 두려움에 질려 있어요. 인정해요."

"문제를 너무 비약하지 말자. 그냥 내가 내 발행인의 관계에 약간의 의문을 품고 있고, 그건 내 경험에 비추어볼 때 합당한 의문이라는 정도로 해두자고. 내가 아는 한 코렐리는 완벽한 신사고 업무상 우리 관계는 양쪽에게 유익하고 긍정적일 거야."

"그래서 그의 이름이 반짝거릴 때마다 당신 뱃속에서 요란한 소리가 나는군요."

나는 말대꾸할 기운도 없어서 그냥 한숨만 내쉬었다.

"네게 뭐라고 하면 좋겠어, 이사벨라?"

"그와 더는 일하지 않겠다고요."

"그럴 수는 없어."

"왜요? 그에게 받은 돈을 돌려주고 쫓아버리면 되잖아요?"

"그리 간단한 문제가 아니야."

"이유가 뭐죠? 무슨 문제에라도 휘말려 있나요?"

"그렇다고 봐야지."

"어떤 종류의 문제요?"

"지금 그걸 알아보는 중이야. 어쨌거나 내가 책임을 져야 할 유일한 사람이고, 그걸 해결해야 하는 당사자야. 네가 걱정할 필요는 하나도 없어."

이사벨라는 잠시 체념한 표정으로 나를 쳐다보았지만, 납득하는 얼굴은 아니었다.

"당신이라는 사람은 완전히 엉망이에요. 알아요?"

"조금씩 알아가고 있어."

"내가 남아 있기를 원한다면, 여기 규칙을 바꿔야 해요."

"그럼 그렇게 할게."

"계몽적 독재는 이제 끝났어요. 오늘부터 이 집은 민주주의 체제로 전환돼요."

"자유와 평등과 우애."

"우애는 차차 생각해보지요. 하지만 이제 다시는 지시와 명령, 그리고 미스터 로체스터식의 행동도 없는 거예요."

"네가 말하는 대로 할게, 미스 에어."

"그리고 헛된 꿈은 꾸지 말아요. 당신이 눈멀어도 절대 결혼해주지 않을 테니까요.*"

나는 우리의 협정을 체결하기 위해 손을 내밀었다. 그녀는 머뭇거리면서 악수한 다음 나를 껴안았다. 나는 그녀의 품에 안겨 그 머리카락에 머리를 기댔다. 열일곱 살 여자아이에게서 전해지

* 샬럿 브론테의 『제인 에어』에서 로체스터가 실명한 뒤 제인 에어와 결혼한다.

는 생명의 빛, 평온과 환대의 감촉이 느껴졌다. 나를 안아줄 여유 조차 없었던 어머니의 포옹이 그와 비슷했을 것이라 믿고 싶었다.

"친구 맞지?" 내가 중얼거리듯 물었다.

"그래요. 죽음이 우리를 갈라놓을 때까지."

22

이사벨라 왕국의 새로운 규칙들은 다음날 아침 아홉시부터 효력을 발휘하기 시작했다. 바로 그 시간에 내 조수는 부엌에 모습을 드러내 이제부터 생활이 어떻게 돌아갈지 단도직입적으로 설명했다.

"난 당신의 삶에 규칙적인 습관이 필요하다고 생각했어요. 그런 게 없으면 방향을 잃거나 방만하게 행동하니까."

"그런 표현은 어디서 배웠어?"

"당신 책에서요. 방-만, 아주 멋져요."

"운율을 맞추기에도 기가 막힌 단어지."

"말 돌리려고 하지 말아요."

낮시간 동안 우리는 각자의 원고를 작업하기로 했다. 그리고 함께 저녁을 먹고, 그녀가 그날 쓴 것들을 보여주면 함께 평하기로 했다. 나는 솔직하고 적절하게 지적할 것이고, 그녀의 기분을 위해 좋은 말만 하지는 않기로 했다. 일요일에는 작업을 쉬고 함께 영화나 연극을 보러 가거나 산책하러 나가기로 했다. 그녀는 도서관과 기록보관소에서 내가 필요한 자료를 찾는 데 도움을 주기로 했으며, 그녀 가족의 가게와 연계해 식료품을 다양하게 구비하는 일을 맡기로 했다. 나는 아침을, 그녀는 저녁을 준비하고 점심은 시간이 나는 사람이 준비하기로 했다. 집안 청소는 서로 나누어 분담하며, 나는 우리집이 정기적으로 대청소를 할 필요가 있다는 너무나도 분명한 사실을 받아들이겠다고 약속했다. 또 나는 그 어떤 상황에서도 그녀에게 애인을 찾아주려고 시도해서는 안 되며, 그녀 역시 내가 고용주를 위해 작업하는 이유를 묻거나 내가 요청하지 않는 한 이에 관해 자신의 의견을 표명하지 않기로 했다. 나머지는 그때그때 상황에 따라 정하기로 했다.

나는 커피잔을 들고 나의 패배와 무조건적인 항복을 기념하며 그녀와 잔을 부딪쳤다.

이틀도 채 되지 않아, 나는 신하가 누릴 수 있는 평화와 평온에 나를 맡겼다. 천천히, 그리고 힘들게 잠에서 깬 이사벨라가 눈도 제대로 뜨지 못한 채 너무 커서 헐렁헐렁한 내 실내화를 질질 끌고 방에서 나타날 때면 나는 이미 아침식사와 커피, 그리고 매일 다른 조간신문을 이미 준비해놓고 있었다.

규칙적인 생활은 영감의 안주인이다. 새로운 체제로 바뀐 지 사십팔 시간도 채 흐르지 않아서 나는 가장 생산적이던 시절의 규율이 돌아왔음을 깨달았다. 서재에 틀어박혀 있는 시간은 아주 빠른 속도로 종이 위에 글자가 되어 나타났고, 그 페이지 속에서 나는 얼마간 불안감이 배어 있긴 하지만 작업이 안정된 수준, 즉 생각이 머릿속에만 머무르지 않고 현실로 옮겨지는 단계에 이르렀다는 것을 알아보기 시작했다.

글은 반짝거리면서 긴장감을 잃지 않은 채 매끄럽게 풀리고 있었다. 마치 하나의 전설처럼 읽을 만한 수준이었다. 그러니까 그것은 한 민족에게 희망을 주는 예언을 중심으로 인물과 사건이 가득한, 기적과 고난의 신화적 영웅담이 되어가고 있었다. 글은 모든 백성의 영원한 원수인 교활한 적의 지배를 받는 나라를 모든 고통과 모욕에서 해방시키고 그 나라에 영광과 자부심을 되돌려줄 전사 구세주의 도래를 위해 서사적 토대를 쌓아가고 있었다. 구성은 하나의 흠도 없었고, 그 어떤 신앙이나 민족, 부족에게도 적용될 수 있는 내용이었다. 국기와 신과 선언은 항상 똑같은 카드를 내미는 카드놀이에서 사용할 수 있는 조커인 셈이었다. 작업의 성격을 고려해 나는 모든 문학작품에서 가장 현실화하기 어렵고 복잡한 장치 중 하나를 사용하기로 했다. 그것은 어떤 기교도 드러내지 않는 것이었다. 언어는 꾸밈없이 간결했으며, 목소리는 아무것도 억지로 해설하지 않고 단지 현상을 제시한다는 기조에 걸맞게 솔직하고 티 없이 맑았다. 가끔 그때까지 써놓은 것을 차근차근 읽어보면, 내가 조립하고 있는 기구들이 한 치의 오류도 없이 정확하게 작동하고 있다는 맹목적인 허영심에 사로잡혔다. 실로 오랜만에 처음으로 나는 크리스티나나 페드로 비달을 생각하지 않고 여러 시간을 온전히 보내고 있다는 사실을 깨달았다. 일이 잘 풀릴 것 같았다. 아마도 그래서, 그러니까 마침내 내가 수렁에서 빠져나오리라 생각했기 때문에, 나는 내 인생이 제대로 된 길에서 잘 나아가고 있을 때마다 했던 일을 실행에 옮겼다. 그것은 바로 모든 걸 엉망으로 만들어버리는 것이었다.

어느 날 아침식사를 마친 후 나는 점잖은 시민으로 보이는 옷을 걸치고 이사벨라에게 외출을 하겠다고 알리러 별실로 갔다. 그녀는 책상 위에서 고개를 숙이고 전날 쓴 글을 다시 읽는 중이었다.

"오늘은 안 써요?" 고개를 들지도 않고 이사벨라가 물었다.

"오늘은 사색의 날이야."

나는 그녀가 공책 옆에 펜촉과 뮤즈가 새겨진 잉크병 세트를 비치해놓았다는 사실을 알아차렸다.

"그거 유치하다고 생각하는 줄 알았는데." 내가 말했다.

"아직도 그렇게 생각해요. 하지만 난 고작 열일곱 살짜리 젊은 여자고, 그래서 유치한 것을 좋아할 수 있는 이 세상의 모든 권리를 가지고 있어요. 시가에 대한 당신의 입장과도 같죠."

오드콜로뉴 향이 그녀의 코까지 이르자 그녀는 내게 궁금하다는 시선을 던졌다. 외출복 차림인 나를 보고 그녀는 이맛살을 찌푸렸다.

"다시 탐정 노릇을 할 건가요?" 이사벨라가 물었다.

"어느 정도."

"경호원 필요하지 않아요? 왓슨 박사는요? 분별력 있는 누군가가 필요 없나요?"

"글쓰는 법을 제대로 배우기도 전에 글을 쓰지 않으려고 핑겟거리 찾는 법을 배우지는 마. 그건 전업작가의 특권이야. 그 수준에 이르기 전까지는 안 돼."

"내가 당신 조수라면 무슨 일에서든 조수를 맡아야죠."

나는 부드럽게 웃었다.

"그렇게 말하니까 생각나는데, 부탁하고 싶은 게 있어. 아, 놀라지는 마. 셈페레 씨와 관련된 일이야. 내가 알기로 그의 재정이 열악하고 서점 운영이 위태로워지고 있어."

"그럴 리가……"

"유감스럽게도 그래. 하지만 지금보다 더 나빠지도록 우리가 손놓고 있지는 않을 테니 아무 일도 일어나지 않을 거야."

"하지만 셈페레 씨는 자존심이 강해서 당신이 그러도록 가만있지 않을…… 이미 시도했군요, 맞죠?"

나는 고개를 끄덕였다.

"그래서 더 교묘하게 행동하고, 더 이단적이고 약삭빠른 방법을 써야 한다고 생각했어."

"바로 당신 전공이지요."

나는 비난의 어조를 무시하고 계속 설명했다.

"아무튼 내가 생각한 건 이래. 네가 지나가다 들른 것처럼 서점으로 찾아가 셈페레 씨에게 말하는 거야. 내가 괴물이고, 아주 지긋지긋하다고……"

"거기까지는 100퍼센트 확실하네요."

"내 말 끊지 마. 그런 말을 다 하고 나서, 내가 조수에게 형편없는 보수를 지급한다고도 말해."

"한푼도 주지 않는 건데……"

나는 인내심으로 무장하면서 한숨을 내쉬었다.

"그가 네게 안됐다고 하면, 틀림없이 그렇게 말할 텐데, 그러면 너는 곤경에 처한 어린 숙녀의 얼굴로 이렇게 털어놓도록 해. 가능하면 눈물 몇 방울 흘리면 더 좋고. 그러니까 네 아버지가 너를 집에서 쫓아냈고 수녀원에 집어넣겠다고 했다고. 그래서 너는 차라리 서점에서 수습직원으로 몇 시간씩 일하는 게 낫겠다고 생각했다고. 그러면서 네가 책을 판매한 액수의 3퍼센트를 받으면 자유 여성으로 수녀원에서 멀리 떨어진 곳에서 네 미래를 건설할 것이며, 문학을 널리 알리는 데 전념할 수 있을 거라고 말이야."

이사벨라는 눈을 흘겼다.

"3퍼센트라고요? 셈페레 씨를 도와주려는 거예요, 아니면 빈털터리로 만들려는 거예요?"

"며칠 전 밤에 입었던 그런 옷을 입도록 해. 그리고 최선을 다해 치장하고 그의 아들이 서점에 있을 때를 노려 찾아가. 보통 그는 오후에 서점에 있어."

"그 멋진 청년을 말하는 건가요?"

"셈페레 씨의 아들이 몇 명이지?"

이사벨라는 숫자를 헤아려보더니, 내 의도가 어디로 향하는지 깨닫고 화가 나서 나를 노려보았다.

"우리 아버지가 당신이 얼마나 못된 정신의 소유자인지 알았더라면 엽총을 샀을 거예요."

"내 말은, 그의 아들이 너를 보게 하라는 거야. 자기 아들이 너를 어떻게 바라보는지 아버지가 알게 하라고."

"내가 생각한 것보다 당신은 더 못된 사람이에요. 이제는 인신매매까지 할 작정이군요."

"이건 단지 기독교적 자비야. 게다가 셈페레 씨의 아들이 근사하다는 걸 먼저 인정한 사람은 바로 너야."

"아주 잘생겼지만 조금 둔한 편이죠."

"너무 과장하지 말자. 셈페레 주니어는 여자들 앞에서 너무 수줍음을 탈 뿐이야. 그게 바로 그의 장점이지. 자신의 근사한 외모와 우아함이 여자들의 마음을 사로잡는다는 걸 알면서도 자기를 통제하고 절제하는 모범적인 시민이라고. 그렇게 티 한 점 없는 바르셀로나 여자들의 순수함을 존경하고 찬양하지. 그런 게 그에게 고상하고 매력적인 분위기를 부여하는데, 그게 네 본능, 모성적 본능과 말초적 본능을 자극하지 않는다고는 말 못하겠지."

"가끔 난 당신을 증오하는 것 같아요, 마르틴 씨."

"그런 감정을 고집스럽게 유지하는 건 좋지만 내게 인간적인 자질이 부족한 것을 그 불쌍한 셈페레 씨의 외아들 탓으로 돌리지는 마. 순수하다는 측면에서 그는 성인과도 같으니까."

"우리 협정에 따르면, 당신은 내게 애인을 찾아줘선 안 돼요."

"그 누구도 네게 셈페레 씨 아들의 애인이 되라고 하지 않았어. 내게 말을 끝낼 기회를 주면, 나머지 책략에 대해 알려줄게."

"계속하세요, 라스푸틴* 씨."

"아버지 셈페레가 좋다고 말하면, 아마 틀림없이 그렇게 말할 텐데, 매일 두세 시간 정도 서점 계산대를 지키도록 해."

"어떤 옷을 입죠? 마타 하리**처럼 입을까요?"

"너를 돋보이게 해줄 품위 있고 멋진 옷을 입어. 예쁘고 도발적이지만 너무 야하지는 않을 정도로 말이야. 그런 옷이 없으면 이레네 사비노의 옷 중에서 하나를 골라. 하지만 점잖은 것이어야 해."

"나한테 기가 막히게 잘 어울리는 게 두세 벌 있어요." 이사벨라는 미리 입맛을 다시면서 지적했다.

"그럼 몸을 가장 많이 가리는 것으로 입어."

"당신은 보수적이네요. 그런데 내 문학교육은 어떻게 되는 거죠?"

"'셈페레와 아들' 서점보다 문학을 폭넓게 배울 만한 강의실이 있겠어? 그곳에서라면 명작에 둘러싸여 엄청나게 많은 걸 배울 수 있어."

"거기서 내가 뭘 하죠? 숨을 죽이고 뭐가 걸려드는지 지켜봐야 하나요?"

"그냥 하루에 몇 시간만 지키고 있으면 돼. 그런 다음 지금까지 했던 것처럼 여기서 네 일을 계속하면서 내 조언을 들으면 돼. 내 조언은 무료고 널 또다른 제인 오스틴으로 만들어줄 거야."

"그런데 당신이 생각한 묘수는 언제 나와요?"

---

* 제정러시아 말기의 파계 수도자이자 예언자. 니콜라이 2세를 조종해 폭정을 일삼았다.

** 1차세계대전 전후 독일을 위해 활동한 여자 스파이.

“내가 생각한 묘수는, 매일 내가 몇 페세타씩 줄 테니 손님에게 돈을 받아서 금고를 열 때마다 아무도 모르게 그것도 같이 집어넣는 거야.”

“그게 계획이라면……”

“너도 보다시피 전혀 못된 구석이라고는 없는 계획이야.”

이사벨라는 눈썹을 찌푸렸다.

“안 먹힐 거예요. 이상한 일이 일어나고 있다는 걸 금방 들킬걸요. 셈페레 씨는 그 누구보다도 똑똑하고 빈틈이 없어요.”

“먹힐 거야. 셈페레 씨가 이상하게 여기면 이렇게 말해. 젊고 예쁘고 상냥한 여자가 계산대에 서 있으면 손님들 인심이 훨씬 후해져서 주머니를 뒤진다고.”

“그건 당신이 자주 들르는 싸구려 술집에서나 있는 일이지, 서점에서는 안 그래요.”

“내 생각은 달라. 서점에 들어가 너처럼 매혹적인 직원을 보면 나는 최근 국가문학상을 탄 작품도 살 수 있는 사람이야.”

“그건 당신이 닭장의 횃대보다 더 더럽고 추잡한 인간이기 때문이고요.”

“또 나는, 아니 우리라고 해야 정확하겠네. 그래, 우리는 셈페레 씨에게 갚아야 할 은혜가 있어.”

“비열한 방법이네요.”

“그렇다면 내가 더 비열한 방법을 쓰지 않도록 해줘.”

모든 효과적인 설득의 기술은 우선 호기심에 호소했다가 허영심을 이용하고, 마지막으로 인정과 양심의 가책에 호소하는 것이다. 이사벨라는 시선을 떨어뜨리더니 천천히 고개를 끄덕거렸다.

"돈 많은 요정 계획은 언제 가동할 생각인가요?"

"오늘 할 일을 내일로 미루지 말자."

"오늘이요?"

"오늘 오후야."

"사실대로 말해줘요. 이건 당신 고용주가 지급하는 돈을 세탁하고 당신의 양심을, 혹은 양심이 있어야 할 자리에 들어앉은 무언가를 깨끗이 씻으려는 전략인가요?"

"너도 알다시피 내 동기는 항상 이기적이야."

"셈페레 씨가 안 된다고 하면 어떻게 되죠?"

"아들이 그곳에 있는지 확인하고, 일요일 외출복을 입고 가. 하지만 미사에 갈 때 입는 옷은 안 돼."

"정말 부끄럽고 모욕적인 계획이네요."

"하지만 너도 마음에 들잖아."

이사벨라는 마침내 고양이 같은 미소를 지었다.

"만일 아들이 갑자기 대담해져서 선을 넘기로 작정하면요?"

"장담하는데, 그 아들은 신부 앞에서 주교의 혼인증명서를 손에 들고 있지 않은 한 절대 널 건드리지 않을 거야."

"누구는 과해서 문제고, 누구는 모자라서 문제네요."

"그렇게 해줄 거지?"

"당신을 위해서요?"

"문학을 위해서."

23

밖으로 나가자 차가운 바람이 초조하게 거리를 휩쓸고 있어 소스라치게 놀랐다. 아무도 모르는 사이 바르셀로나에 가을이 찾아든 것이었다. 팔라시오광장에서 나는 강철 쥐덫처럼 텅 빈 채 기다리고 있던 전차를 탔다. 창가 좌석에 앉아 검표원에게 차비를 냈다.

"사리아까지 갑니까?" 내가 물었다.

"광장까지 갑니다."

머리를 창문에 기댄 채 기다리니 잠시 후 전차가 덜커덩하면서 출발했다. 나는 눈을 감고 꾸벅꾸벅 졸기 시작했다. 흉물스러운 기계에 올라탄 현대의 인간만이 누릴 수 있는 시간이었다. 나는 검은 뼈로 만들어진 기차를 타고 여행하는 꿈을 꾸었다. 관 모양으로 생긴 객차는 버려진 옷들이 흩뿌려진 황량한 바르셀로나를 가로질렀다. 그 옷을 입었던 몸들은 증발해버린 것만 같았다. 버려진 모자와 정장, 옷과 신발로 이루어진 툰드라가 침묵에 사로잡힌 거리를 뒤덮고 있었다. 기관차가 내뿜은 자줏빛 연기의 흔적이 하늘에 드리핑을 한 것처럼 번졌다. 흰옷을 입고 장갑을 낀 고용주가 웃는 모습으로 내 옆에 앉아 있었고, 어둡고 진득진득한 무언가가 그의 손가락 끝에서 뚝뚝 떨어지고 있었다.

"사람들에게 무슨 일이 일어난 거죠?"

"믿음을 가지십시오, 마르틴. 믿음을 갖도록 하십시오."

눈을 떴을 때 전차는 천천히 사리아광장 입구로 미끄러지듯이 들어가고 있었다. 나는 전차가 완전히 멈추기 전에 펄쩍 뛰어내려 마요르 데 사리아 거리의 오르막길로 들어섰다. 그리고 십오 분 후 목적지에 도착했다.

발비드레라 거리는 산이그나시오학교의 빨간 벽돌로 지은 성곽 뒤로 펼쳐진 어두운 숲에서 시작되었다. 그 길은 산을 향해 올라가고 있었고, 낙엽으로 뒤덮인 길 양쪽으로는 외로운 저택들이 늘어서 있었다. 낮은 구름이 산기슭으로 미끄러져 흩어지더니 이내 안개로 변했다. 나는 홀수 번지의 집들이 있는 보도를 택해 번지수를 읽으려고 애쓰며 담장과 쇠문을 둘러보았다. 저멀리 잡초가 무성한 오솔길 사이로 시커먼 어느 석조건물의 정면과 말라버린 샘이 희미하게 보였다. 삼나무가 길게 줄지어 그늘을 드리운 구간을 지나니 번지수가 11에서 15로 건너뛰었다. 잠시 당황하여 발길을 멈추고 뒤돌아 13번지를 찾아보았다. 문득 발레라 변호사의 비서가 겉보기보다 영악하고, 그래서 가짜 주소를 준 것일지도 모른다는 의심이 들기 시작했다. 바로 그때 내가 있는 그곳이 11번지와 15번지의 건물 사이로 난 좁은 통로의 입구라는 것을 알았다. 통로는 거의 50미터나 안으로 이어졌고, 그 끝에 창처럼 뾰족뾰족하고 어두운 울타리가 있었다.

나는 포석이 깔린 좁은 길로 들어서서 울타리가 있는 곳까지 다가갔다. 방치되어 울창한 정원의 식물이 옆집 담까지 타고 올라가고 있었고, 유칼립투스의 나뭇가지들은 마치 감옥의 쇠창살 사이로 애원하는 팔처럼 뾰족한 울타리 밖으로 삐져나와 있었다. 담장 일부를 덮은 나뭇잎을 손으로 치워보니 돌에 새겨진 글자와 숫자가 나타났다.

마를라스카의 집
13번지

나는 정원 둘레에 설치된 울타리를 따라가면서 그 안을 들여다보려고 했다. 20여 미터를 걸은 후 돌담에서 움푹 들어가 있는 철문 하나를 발견했다. 녹물로 뒤덮인 철판 위에 커다란 손잡이가 있었다. 문은 반쯤 열려 있었다. 어깨로 밀자 문을 통과할 때 벽에서 튀어나온 뾰족한 돌에 긁혀 옷이 찢어지지 않을 정도로 충분한 공간이 확보되었다. 대기에는 젖은 흙 냄새를 풍기는 강렬한 악취가 가득했다.

대리석 보도가 깔린 오솔길이 나무들 사이로 나 있었고, 그 길을 따라가자 흰 돌로 뒤덮인 빈터가 나타났다. 한쪽에는 문이 열린 차고가 있고, 한때 메르세데스 벤츠였지만 이제는 아무렇게나 방치된 장의차처럼 보이는 것의 잔해가 있었다. 집은 모더니즘 스타일로, 곡선으로 이루어진 4층짜리 건물이었다. 망루와 아치는 소용돌이 모양으로 배치된 지붕창들로 뒤덮여 있었다. 부조와 이무깃돌이 점점이 박힌 건물 전면에는 단도처럼 좁고 뾰족한 창문들이 나 있어 유리에 조용히 흘러가는 구름의 모습이 비쳤다. 2층의 한 창문 뒤로 사람의 얼굴 윤곽이 얼핏 보인 듯했다.

이유도 제대로 모른 채 나는 손을 들어 인사했다. 도둑 취급을 받고 싶지는 않았다. 그 사람은 그곳에서 마치 거미처럼 움직이지 않고 나를 지켜보았다. 내가 잠시 눈을 아래로 떨어뜨렸다가 다시 쳐다보았을 때는 이미 사라진 후였다.

"누구 계세요?" 내가 불렀다.

몇 초 동안 기다렸지만 아무 대답도 돌아오지 않아 천천히 집을 향해 걸어갔다. 타원형의 수영장이 건물 동쪽에 있었고, 반대쪽에는 유리온실이 튀어나와 있었다. 수영장 옆으로는 즈크천이 너덜너덜해진 의자들이 놓여 있고 덩굴손이 감긴 다이빙대가 시커먼 물 위쪽으로 뻗어 있었다. 물가로 다가가보니 수영장은 죽은 잎사귀들과 수면에서 너울거리는 수초들로 뒤덮여 있었다. 수영장 물에 비친 내 모습을 보고 있던 그때, 등뒤로 검은 형체가 느리게 다가오고 있다는 사실을 눈치챘다.

나는 뒤로 몸을 획 돌렸다. 그곳에는 불안과 의심에 가득찬 표정으로 나를 뚫어져라 쳐다보는 날카롭고 어두운 얼굴이 있었다.

"당신은 누구고 여기서 뭐하는 것입니까?"

“제 이름은 다비드 마르틴이고, 발레라 변호사가 이리로 보냈습니다.” 나는 아무렇게나 둘러댔다.

알리시아 마를라스카는 입술을 깨물었다.

“마를라스카 부인 되십니까? 알리시아 씨세요?”

“항상 오던 사람에게 무슨 일이 있는 겁니까?” 그녀가 물었다.

보아하니 마를라스카 부인은 나를 발레라 법률사무소의 수습직원으로 생각하며, 내가 서명이 필요한 서류나 변호사들이 보낸 메시지를 가져왔다고 여기는 눈치였다. 잠시 그 수습직원이라는 신원을 이용하면 어떨까도 계산했지만, 여자의 얼굴 속 무언가가 그녀는 살아오면서 너무나 많은 거짓말을 들었고 그래서 더는 하나도 받아들일 수 없다고 말해주었다.

“법률사무소에서 일하는 직원은 아닙니다, 마를라스카 부인. 제가 찾아온 것은 개인적인 일 때문입니다. 세상을 떠난 부군 디에고 씨의 옛 소유물 중 하나에 대해 조금이라도 이야기할 시간을 내주실 수 있는지 궁금합니다.”

노부인은 얼굴이 창백해져 시선을 딴 데로 돌렸다. 그녀는 지팡이를 짚고 있었고, 온실 입구에 휠체어가 보였다. 아무래도 그녀는 본인이 인정하고 싶어하는 것보다 더 많은 시간을 휠체어를 탄 채 보내는 듯했다.

“남편의 소유물은 이제 그 무엇도 남아 있지 않아요. 그런데 이름이……”

“마르틴입니다.”

“모든 걸 은행이 가져갔어요, 마르틴 씨. 발레라 씨, 그러니까 아버지 발레라의 도움 덕택에 내 이름으로 등기한 이 집을 제외한 모든 걸요. 나머지는 모두 모리배들의 손에 넘어갔죠……"

"저는 플라사데르스 거리에 있는 탑의 집을 말하는 겁니다."

노부인은 한숨을 내쉬었다. 그녀는 예순이나 예순다섯 살 정도 되어 보였다. 찬란한 아름다움은 사라졌지만, 여전히 그 잔영을 엿볼 수 있었다.

"그 집에 대해서는 잊어버리세요. 저주받은 장소니까."

"유감스럽지만 그럴 수 없습니다. 제가 그곳에 살거든요."

마를라스카 부인이 이맛살을 찌푸렸다.

"아무도 살고 있지 않을 줄 알았어요. 오랫동안 빈집이었는데."

"오래전에 제가 임대했습니다. 제가 찾아온 이유는 집을 정돈하고 수리하는 도중에 일련의 개인 소장품을 발견했기 때문인데, 아무래도 돌아가신 부군과 당신 것 같습니다."

"그 집에는 내 것이 하나도 없어요. 당신이 발견한 건 아마도 그 여자 물건일 가능성이……"

"이레네 사비노를 말씀하시는 건가요?"

알리시아 마를라스카는 씁쓸한 미소를 지었다.

"마르틴 씨, 정말로 알고 싶은 게 뭔가요? 사실대로 말해봐요. 세상을 떠난 내 남편의 옛 물건을 되돌려주려고 이곳에 온 게 아니잖아요."

우리는 아무 말 없이 서로를 쳐다보았고, 나는 어떤 대가를 치르더라도 그 여자에게 거짓말은 하고 싶지 않고 할 수도 없다는 걸 알았다.

"저는 당신 남편에게 무슨 일이 있었는지 확인하려고 노력하고 있습니다, 마를라스카 부인."

"왜 그런 일을 하는 거죠?"

"제게도 똑같은 일이 일어나고 있는 것 같아서입니다."

마를라스카의 집은 사람이 살지 않은 채 방치된 커다란 저택 특유의 버려진 가족 납골당 같은 분위기를 풍기고 있었다. 부유하고 영광을 누리던 시절과 달리, 그리고 일개 소대의 하인들이 집을 말끔하게 유지하고 광채로 가득 채우던 시절과 달리 이제 그 집은 폐허가 되어가고 있었다. 벽의 페인트가 벗겨지고 바닥의 타일은 군데군데 깨졌으며, 가구는 습기와 추위에 썩어들어가고 천장은 축 처졌으며 커다란 카펫은 낡고 색이 바랬다. 나는 노부인을 부축해 휠체어에 앉히고 그녀의 지시에 따라 서재로 휠체어를 밀고 갔다. 그곳에도 책이나 그림은 거의 남아 있지 않았다.

"생계를 유지하기 위해 물건 대부분을 팔아야 했어요." 노부인이 설명했다. "매달 사무실 부담으로 약간의 연금을 계속 보내주는 발레라 변호사가 아니었다면, 나는 오갈 데 없는 신세가 되었을 거예요."

"여기 혼자 사세요?"

노부인은 고개를 끄덕였다.

"이게 내 집이에요. 내가 행복했었던 유일한 장소지요. 물론 이미 오래전 일이지만. 나는 평생을 여기서 살았고, 여기서 죽을 거예요. 당신에게 마실 것도 권하지 않은 걸 용서해줘요. 누가 찾아온 게 하도 오래전이라 손님을 어떻게 접대해야 좋은지조차 모르겠군요. 커피나 차 마시겠어요?"

"아닙니다, 괜찮습니다."

마를라스카 부인은 웃으면서 내가 앉아 있던 안락의자를 가리켰다.

"그건 내 남편이 가장 좋아하던 안락의자예요. 항상 그곳에 앉아 아주 늦은 시간까지 벽난로 앞에서 책을 읽곤 했지요. 나는 가끔 옆에 앉아 그의 이야기를 들었고요. 그는 나에게 이야기하는 걸 좋아했어요. 적어도 그때는요. 우리는 이 집에서 아주 행복하게 지냈는데……"

"무슨 일이 있었습니까?"

노부인은 어깨를 으쓱하며 벽난로의 재를 멍하니 바라보았다.

"정말로 그 이야기를 듣고 싶어요?"

"예, 제발 부탁이니, 들려주십시오."

24

"사실대로 말하자면, 내 남편 디에고가 언제 그녀를 알게 되었는지는 나도 잘 몰라요. 단지 어느 날 지나가는 말로 그녀를 언급하기 시작했고, 이내 이레네 사비노라는 이름을 듣지 않는 날이 하루도 없게 되었어요. 그에게 그녀를 소개해준 건 다미안 로우레스라는 사람인데, 엘리사베츠 거리의 한 상점에서 강신술 모임을 이끌고 있다고 했어요. 디에고는 종교 연구가였고 참관인 자격으로 그 모임에 여러 번 참석했지요. 그즈음 이레네 사비노는 파랄렐로 지구에서 가장 인기 있는 배우 중 한 사람이었어요. 정말 아름다운 여자였습니다. 그걸 부정하진 않겠어요. 하지만 나는 그녀가 열 이상의 숫자는 셀 수 없었을 거라고 생각해요. 소문에 따르면 그녀는 보가텔 해변의 오두막집에서 태어나 어머니에 의해 소모로스트로에 버려졌고, 그래서 거지들이나 그곳에 몸을 숨기러 왔던 사람들과 뒤섞여 자랐다고 해요. 열네 살 때부터 파랄렐로와 라발 지구에 있는 카바레와 술집에서 춤을 추기 시작했고요. 하지만 춤을 춘다는 것도 그냥 하는 말이에요. 읽는 걸 배웠는지는 모르겠지만, 어쨌든 읽기 전부터 몸을 팔았을 거예요…… 한때는 라 크리오야 무도회장의 스타였지요. 아니, 사람들이 그렇게 말하더군요. 이후에는 더 고급 업소로 옮겼어요. 아마 아폴로에서 후안 코르베라를 알게 되었겠죠. 모두가 하코라고 부르는 그 사람은 그녀의 매니저였고, 아마 정부이기도 했을 거예요. 하코가 바로 이레네 사비노라는 이름과 그녀가 파리의 유명한 쇼걸과 유럽 귀족 혈통의 왕자 사이에서 태어난 숨겨둔 딸이라는 전설을 만든 장본인이지요. 그녀의 진짜 이름이 뭔지는 나도 몰라요. 애초에 이름이라는 게 있었는지도 모르겠고. 하코는 그녀를 강신술 모임에 데려갔어요. 아마도 로우레스의 제안이 있었을 거예요. 그리고 두 사람은 따분함을 떨쳐버리기 위해 그 엉터리 익살극을 보러 가는 돈 많고 한가한 작자들에게 가짜 처녀성을 팔아서 얻은 수익금을 나누었지요. 사람들 말이 그녀는 특히 커플을 잘 공략했다고 하더군요.

하코와 그의 동업자 로우레스는 이레네가 그 강신술 모임에 집착하고 있고 정말로 그런 무언극을 통해 영혼의 세계와 접촉할 수 있다고 믿고 있으리라고는 전혀 생각조차 하지 못했어요. 그녀는 어머니가 사후세계에서 자기에게 메시지를 보낸다고 믿었고, 심지어 명성을 얻고 나서도 어머니와 접촉하기 위해 강신술 모임에 계속 참석했지요. 그곳에서 내 남편 디에고를 알게 된 거예요. 아마도 모든 부부처럼 우리는 권태기를 지나고 있었겠죠. 디에고는 오래전부터 변호사를 그만두고 글쓰는 일에 전념하고 싶어했어요. 솔직하게 인정하자면, 나는 그가 필요로 하는 만큼 그의 뜻을 지지해주지 않았어요. 그 사람 뜻대로 한다면 그의 인생을 망칠 거라고 생각한 거죠. 아마도 내가 두려워하던 건 오직 집과 하인들을 비롯한 모든 걸 잃어버릴지도 모른다는 것이었겠지만…… 어쨌든 난 모든 걸 잃어버렸네요. 남편까지도. 우리가 결정적으로 헤어진 계기는 이스마엘을 잃은 것이었어요. 이스마엘은 우리 아들입니다. 디에고는 그 아이를 미치도록 좋아했어요. 아들에게 그토록 헌신적인 아버지는 한 번도 보지 못했죠. 내가 아니라 이스마엘이 그의 목숨이자 인생이었어요. 우리가 2층 침실에서 말다툼을 벌일 때였습니다. 나는 그가 글을 쓰며 시간을 허비한다고 잔소리를 하고 있었어요. 그 탓에 그의 동업자 발레라는 두 사람 몫을 감당하는 데 지친 나머지 그에게 최후통첩을 했고, 회사를 닫고 혼자 법률사무소를 열어야겠다고 생각하고 있었지요. 디에고는 자기는 어떻게 되든 상관없고 사무실 지분도 팔 생각이 있다고, 본인의 소명에 헌신하고 싶다고 말했어요. 그날 오후 이스마엘이 감쪽같이 사라졌죠. 방에도 없고 정원에서도 보이지 않았지요. 나는 아이가 다투는 소리를 듣고 너무 놀라 집을 나갔다고 생각했어요. 그러는 게 처음도 아니었고요. 몇 달 전에는 사리아광장 벤치에서 울고 있는 걸 발견한 적도 있었지요. 해 질 무렵 우리는 그 아이를 찾아 나섰어요. 그 어느 곳에서도 흔적조차 찾을 수 없었어요. 우리는 이웃집과 병원부터 여기저기를 찾아다녔어요. 그 아이를 찾으면서 온 밤을 보내고 해 뜰 무렵에 돌아온 우리는 수영장 바닥에서 그 아이의 시체를 발견했어요. 전날 오후에 익사한 것이었는데, 아이가 살려달라고 외치는 소리를 듣지 못한 거예요. 서로 큰 소리로 싸우고 있었기 때문이지요. 일곱 살이었어요. 디에고는 결코 날 용서하지 않았고, 자기 자신도 용서하지 않았어요. 이내 우리는 서로의 존재를 참고 견딜 수 없게 되었지요. 서로 쳐다보거나 건드릴 때마다 저 빌어먹을 수영장 바닥에서 죽은 아들의 시체가 보였어요. 그리고 어느 날 나는 잠에서 깨었을 때, 디에고가 날 버렸다는 사실을 알았어요. 법률사무소를 떠나 오래전부터 그를 사로잡았던 커다란 집에 살러 가버린 거예요. 그는 자기가 파리의 어느 출판사 발행인으로부터 매우 중요한 청탁을 받아 글을 쓰고 있다고, 나에게 돈 걱정은 할 필요가 없다고 말했어요. 나는 그가 이레네와 함께 있다는 것을 알았어요. 비록 그는 그런 사실을 인정하지 않았지만요. 그는 희망이 없는 사람이었어요. 자기 목숨이 얼마 남지 않았다고 확신한 거예요. 그는 자기가 병에 걸렸으며, 일종의 기생충이 자기 몸을 파먹고 있다고 생각했지요. 그는 단지 죽음에 관해서만 말했고 누구의 말도 듣지 않았어요. 나뿐만 아니라 발레라의 말도…… 단지 그의 머리를 귀신 이야기로 물들이고 이스마엘을 만나게 해준다고 약속하면서 돈을 갈취하던 이레네와 로우레스의 말만 들었지요. 언젠가 한번은 탑의 집으로 가서 문을 열어달라고 애원했지만, 그는 내가 그 집에 발을 들여놓지 못하게 했어요. 바쁘다고, 이스마엘을 구하기 위해 어떤 일을 하고 있다고 말했어요. 그래서 나는 그가 미쳐가고 있다는 사실을 깨달았지요. 그는 자기가 파리의 발행인에게 그 빌어먹을 책을 써주면 우리 아들이 죽음에서 되돌아올 것이라고 믿고 있었던 거예요. 나는 이레네와 로우레스, 그리고 하코가 공모하여 그에게, 우리에게 남아 있던 돈을 빼앗은 거라고 생각해요…… 몇 달 후 그는 죽은 채로 발견되었습니다. 당시 그는 아무도 만나지 않고 온 시간을 그 끔찍한 장소에 틀어박혀 보내고 있었지요. 경찰은 사고였다고 했지만, 난 절대로 믿지 않았어요. 하코는 어디론지 사라졌고 돈의 흔적도 온데간데없었어요. 로우레스는 아무것도 모른다고 했지요. 디에고가 미쳐서 무서웠기 때문에 몇 달 전부터 만나지 않았다더군요. 마지막으로 강신술 모임에 몇 번 참석했을 때 디에고가 저주받은 영혼의 이야기를 들려주면서 손님들을 너무나 놀라게 해서 다시는 참석 못하게 했다는 거예요. 그는 이 도시 아래 커다란 피의 호수가 있다고 말하곤 했어요. 그리고 아들이 꿈에서 자기에게 말을 했다고, 이스마엘은 자기가 다른 아이와 함께 논다고 생각하지만 그건 사실 어린아이로 변장하고 나타나 이스마엘을 사로잡은 뱀의 피부를 지닌 어둠이라고…… 그가 죽은 채 발견되었을 때는 아무도 놀라지 않았어요. 이레네는 디에고가 나 때문에 목숨을 잃었다고, 호화롭고 사치스러운 생활을 포기하지 않으려다 아들을 죽음으로 내몬 차갑고 계산적인 내가 결국 남편까지 죽게 만든 거라고 비난했지요. 그녀는 오직 자기만이 그를 진정으로 사랑한 사람이라면서 돈은 한푼도 받지 않았다고 밝혔어요. 적어도 돈 문제에 관한 한은 그녀가 사실을 말했다고 생각해요. 하코가 그녀를 이용해서 디에고를 유혹하고 그의 재산을 모두 훔쳤죠. 그리고 결정적인 순간이 되자 그녀를 버리고 돈 한푼 나누지 않고서 도망쳐버린 거예요. 경찰이, 적어도 몇몇 경찰관은 그렇게 말했어요. 그들은 문제를 복잡하게 만들길 절대로 원치 않으며, 그래서 그가 자살했다는 가설이 그들에게 매우 편리하게 작용하고 있다는 느낌이 항상 들었어요. 그러나 나는 디에고가 스스로 목숨을 끊었다고 생각하지 않아요. 그 당시에도 믿지 않았고, 지금도 믿지 않아요. 난 이레네와 하코가 그를 죽였을 거라고 믿어요. 단지 돈 때문이 아니에요. 그 이상의 무언가가 있었어요. 사건을 담당한 경찰 중 한 사람, 그러니까 살바도르라는 이름의 아주 젊은 경찰도 내 생각에 동의했어요. 리카르도 살바도르는 경찰의 공식 수사보고서 내용은 앞뒤가 맞지 않으며, 누군가가 디에고의 사망 이유를 은폐하고 있다고 주장했어요. 살바도르는 사건의 진상을 분명하게 밝히려고 고군분투했지만 결국 수사에서 배제되었죠. 그리고 시간이 흐른 뒤 경찰에서 내쫓겼어요. 하지만 그 이후에도 그는 혼자 힘으로 그 사건을 수사했어요. 가끔 나를 만나러 왔지요. 우리는 친한 사이가 되었고…… 나는 돈 한푼 없이 파산한 채 외롭게, 그리고 절망에 사로잡혀 사는 여자였어요. 발레라는 내게 재혼하라고 말했지요. 그 사람 역시 남편에게 일어났던 일이 내 잘못이라고 생각했고, 자기 주변에 홀아비 상인이 많은데 그들이 노후에 귀족적 분위기를 풍기고 근사하게 생긴 과부가 침대를 뜨겁게 달궈준다면 마다하지 않을 거라는 암시까지 했어요. 시간이 흐르자 살바도르도 나를 찾아오지 않았어요. 그를 탓하지는 않아요. 나를 도우려고 애쓰다가 자기 인생까지 망쳤으니까요. 종종 나는 내가 이 세상에서 다른 사람들을 위해 할 수 있었던 유일한 것은, 그들의 인생을 망치는 게 아니었나 생각했어요…… 오늘까지 이 이야기는 그 누구에게도 한 적이 없어요, 마르틴 씨. 충고를 하나 하자면, 제발 그 집과 나, 내 남편과 이 이야기는 잊어버려요. 그리고 멀리 떠나요. 이 도시는 저주받은 곳이에요. 여기는 저주받은 도시예요."

25

나는 기진맥진한 채 마를라스카의 집을 나와서 페드랄베스로 향하는 고독한 거리의 미로를 정처 없이 거닐었다. 하늘에는 거미줄처럼 얽히고설킨 회색 구름이 뒤덮여 태양은 거의 볼 수 없었고, 간간이 드러나는 햇빛이 수의 같은 하늘에 구멍을 내고 산비탈을 비추었다. 나는 눈으로 그 빛줄기를 따라가며 그것이 엘리우스 저택의 반짝거리는 지붕을 어루만지는 것을 보았다. 저 먼 곳에서 창문이 반짝거리고 있었다. 나는 상식 따위 무시한 채 그곳을 향해 걸었다. 가까이 다가갈수록 하늘은 어두워졌고 살을 에는 듯한 바람이 불어와 발밑의 낙엽이 회오리쳤다. 파나마 거리 입구에 도착해 발길을 멈추었다. 엘리우스 저택이 앞에 우뚝 솟아 있었다. 길을 건너 정원을 둘러싼 담으로 다가갈 용기는 차마 나지 않아서 그곳에 머물러 있었다. 얼마나 그대로 있었는지는 아무도 모를 것이다. 그곳에서 도망칠 수도 대문으로 다가가 문을 두드릴 수도 없었다. 바로 그때 그녀가 3층의 창문 앞으로 지나가는 것이 보였다. 뱃속에서 말할 수 없이 차가운 기운이 느껴졌다. 내가 그곳을 떠나려는 순간, 그녀가 뒤돌아 멈추었다. 그러고는 창문으로 다가왔고, 나는 그녀의 눈길이 내 눈에서 멈추는 것을 느낄 수 있었다. 그녀는 인사를 하려는 것처럼 손을 들었지만 손가락을 펴지는 않았다. 나는 차마 그녀를 계속 쳐다볼 용기가 나지 않아 돌아서서 거리 아래쪽으로 내려갔다. 손이 떨렸다. 그녀가 보지 못하도록 주머니에 손을 넣었다. 길모퉁이를 돌기 전에 돌아보니 그녀는 계속 거기서 나를 바라보고 있었다. 그녀를 저주하고 싶었지만 그럴 기운이 없었다.

나는 뼛속까지 추위를 느끼며 집에 도착했다. 대문을 들어서려는 순간, 우편함에 삐죽 고개를 내민 봉투 하나가 보였다. 밀랍으로 봉해진 양피지. 내 고용주의 편지였다. 발을 질질 끌면서 계단을 올라가는 동안 봉투를 열었다. 우아한 필체로 다음날 만나자는 말이 적혀 있었다. 층계참에 도착하니 문이 살며시 열려 있었다. 이사벨라가 미소 지으며 나를 기다리고 있었다.

"서재에 있다가 당신이 오는 걸 봤어요." 이사벨라가 말했다.

나는 애써 미소 지어 보였지만 그리 설득력이 없었던 것 같다. 이사벨라는 내 눈을 보자마자 걱정스러운 표정을 지었다.

"괜찮아요?"

"응. 아무 일도 없었어. 아마 추위에 좀 떨어서 그런가봐."

"콩소메를 불에 올려놓았어요. 아마 성인의 손 같은 효과가 있을 거예요. 자, 들어와요."

이사벨라는 내 팔을 붙잡고 별실까지 나를 이끌었다.

"이사벨라, 난 환자가 아니야."

그러자 그녀는 내 팔을 놓아주면서 시선을 떨어뜨렸다.

"미안해요."

나는 그 누구와도 맞서 싸울 기분이 아니었다. 고집 센 내 조수와는 더더욱. 그래서 나는 그녀가 이끄는 대로 거실의 안락의자까지 가서 더는 걸을 힘도 없는 사람처럼 털썩 주저앉았다. 이사벨라는 내 앞에 앉더니 놀란 표정으로 나를 바라보았다.

"무슨 일이 있었던 거예요?"

나는 그녀를 안심시킬 정도로 미소를 지었다.

"아무 일도 아니야. 아무 일도 없었어. 콩소메 안 갖다줄래?"

"지금 가져올게요."

그녀는 부엌을 향해 쏜살처럼 달려갔고, 곧 부엌에서 분주하게 움직이는 소리가 들려왔다. 나는 숨을 깊이 내쉬고서 이사벨라의 발소리가 가까이 다가올 때까지 눈을 감고 있었다.

그녀는 김이 무럭무럭 나는 커다란 그릇을 내밀었다.

"꼭 요강 같네." 내가 말했다.

"교양 없는 말은 그만하고 얼른 먹어요."

나는 음식냄새를 맡았다. 맛있는 냄새가 풍겨왔지만, 너무 고분고분한 태도를 보여주고는 싶지 않았다.

"냄새가 이상한데." 내가 말했다. "뭐가 들어간 거지?"

"닭냄새예요. 닭고기와 소금, 약간의 백포도주가 들었어요. 자, 얼른 먹어요."

나는 한 모금 마시고 그릇을 돌려주었다. 이사벨라는 고개를 가로저었다.

"다 먹어요."

나는 한숨을 내쉬고서 다시 한 모금을 먹었다. 내 마음과 다르게 맛은 아주 훌륭했다.

"오늘 어땠어요?" 이사벨라가 물었다.

"그럭저럭 괜찮았어. 넌?"

"지금 당신 앞에 있는 사람은 '셈페레와 아들' 서점의 새로운 스타 종업원이라고요."

"훌륭했군."

"다섯시가 되기도 전에 이미 『도리언 그레이의 초상』을 두 권 팔았고, 마드리드 출신의 아주 훌륭한 신사에게 토마시 디 람페두사의 전집 몇 세트를 팔았어요. 그 사람한테는 팁도 받았다고요. 그런 표정 짓지 말아요. 그 팁도 금고 안에 넣었으니까요."

"아들 셈페레는 뭐라고 그래?"

"뭐 그다지 중요한 이야기는 하지 않았어요. 오후 내내 멍청이처럼 보냈어요. 나를 쳐다보지 않는 척했지만 눈을 떼지 않던데요. 내가 책을 꺼내러 사다리를 올라갈 때마다 하도 엉덩이를 쳐다보는 바람에 엉덩이가 화끈거려서 제대로 앉아 있을 수도 없었다니까요. 이제 됐나요?"

나는 웃으면서 고개를 끄덕였다.

"고마워, 이사벨라."

그녀는 내 눈을 뚫어지게 쳐다보았다.

"다시 말해봐요."

"고마워, 이사벨라. 진심으로 고마워."

그녀는 얼굴을 붉히더니 시선을 다른 곳으로 돌렸다. 우리는 잠시 호젓한 침묵 속에 머무르면서 가끔은 말로 설명할 수 없는 그 동지애를 즐겼다. 내 위에는 한 방울의 콩소메도 더 들어갈 틈이 없었지만 나는 급히 다 먹고 빈 그릇을 보여주었다. 그녀는 고개를 끄덕였다.

"그 사람 보러 간 거죠? 그 여자, 그러니까 크리스티나요." 이사벨라는 이렇게 말하면서 내 눈을 피했다.

"이사벨라, 인상 읽기의 달인……"

"사실대로 말해요."

"멀리서만 봤어."

이사벨라는 조심스럽게 나를 응시했다. 무슨 말을 하고 싶은 마음이 굴뚝같지만 입 밖에 내도 좋을지 갈등하는 듯했다.

"그녀를 사랑해요?" 마침내 이사벨라가 입을 열었다.

우리는 아무 말 없이 서로를 바라보았다.

"난 그 누구도 사랑할 줄 모르는 사람이야. 너도 이미 알잖아. 난 이기주의자이고, 그게 전부야. 다른 이야기를 하자."

이사벨라는 고개를 끄덕였다. 그녀는 내 주머니에서 삐죽 튀어나온 봉투를 보고 있었다.

"고용주의 편지인가요?"

"이달의 약속을 정하는 편지야. 훌륭하신 안드레아스 코렐리 씨가 내일 아침 일곱시 푸에블로누에보의 공동묘지 입구에서 나를 만나고 싶으시대. 다른 장소는 선택하실 수 없었나보지."

"갈 생각이에요?"

"다른 방법이 있겠어?"

"오늘밤에 기차를 타고 영원히 모습을 감춰요."

"오늘 그 소리를 두 번이나 듣네. 여기에서 사라지라고."

"뭔가 이유가 있겠죠."

"그럼 문학의 재앙에서 널 구해줄 안내자와 스승은 누가 하지?"

"나도 당신과 함께 갈 거예요."

나는 미소 지으면서 그녀의 손을 잡았다.

"너와 함께라면 세상 끝이라도 갈 거야, 이사벨라."

이사벨라가 내 손을 획 뿌리치면서 기분 나쁜 얼굴로 쳐다보았다.

"놀리지 말아요."

"이사벨라, 널 놀리고 싶은 마음이 드는 날이면 내 손으로 나를 쏴버리겠어."

"그런 말은 하지도 말아요. 별로 마음에 안 들어요."

"미안해."

내 조수는 자기 책상으로 돌아가 긴 침묵 속에 파묻혔다. 나는 그녀가 그날 쓴 페이지를 다시 읽어보면서 내가 선물한 펜촉 세트로 몇몇 부분을 수정하고 문단 전체를 지워버리는 걸 지켜보았다.

"그렇게 쳐다보고 있으면 집중할 수가 없잖아요."

나는 자리에서 일어나 그녀의 책상 앞을 지나갔다.

"그럼 계속 일하도록 놔둘 테니, 저녁식사 후에 네가 쓴 걸 보여줘."

"아직 보여줄 준비가 안 됐어요. 모두 수정해서 다시 써야 해요. 그런 다음에……"

"준비가 끝나는 날은 영영 안 와, 이사벨라. 자, 점차 습관이 들어야지. 저녁 먹고 함께 읽어보자."

"내일 읽어요."

나는 항복하고 말았다.

"그래, 내일."

나는 고개를 끄덕이고서 그녀 혼자 작업할 수 있도록 별실 문을 닫는데, 나를 부르는 그녀의 목소리가 들렸다.

"다비드?"

나는 문 건너편에서 잠자코 멈춰 섰다.

"사실이 아니에요. 당신이 그 누구도 사랑할 줄 모른다는 건 사실이 아니에요."

나는 내 방으로 들어가 문을 닫았다. 그리고 침대 한쪽에 누워 몸을 웅크리고서 눈을 감았다.

26

동이 튼 후 나는 집을 나섰다. 어두운 구름이 지붕 위를 스치듯 기어가면서 거리의 색깔을 바꿔놓고 있었다. 시우다델라공원을 지날 때 첫번째 빗방울이 나뭇잎을 때리며 길 위로 떨어져 총알처럼 먼지의 소용돌이를 일으켰다. 공원 반대편에는 숲을 이룬 공장의 굴뚝들이 지평선 위로 가득차 있고, 굴뚝이 내뿜는 분탄 가루가 마치 역청의 눈물처럼 하늘에서 떨어지는 검은 빗방울 속에 녹아들었다. 나는 공동묘지의 동쪽 입구로 향하는 을씨년스러운 삼나무길을 걸었다. 아버지와 함께 수없이 걸었던 바로 그 길이었다. 고용주는 그곳에 있었다. 비가 내리는데도 침착하게 기다리는 그의 모습이 멀리서 보였다. 그는 검은 옷을 입고 공동묘지 정문을 수호하는 거대한 천사 석상 아래 있었다. 공동묘지 울타리 뒤에 있는 수백 개의 석상과 그를 구별해주는 유일한 것은 그의 눈이었지만, 내가 불과 몇 미터 앞으로 다가갈 때까지 한 번도 깜빡이지 않았다. 나는 어떻게 해야 할지 몰라 손을 들어 인사를 건넸다. 날이 추웠고 바람에서는 석회와 유황 냄새가 풍겼다.

"어쩌다 들르는 방문객들은 순진하게도 이 도시가 항상 햇볕이 내리쬐는 따뜻한 날씨라고 생각하지요." 고용주가 말했다. "그러나 나는 조만간 바르셀로나의 하늘에 혼탁하고 어두운 과거의 영혼이 모습을 드러낼 거라고 감히 말하고 싶군요."

"종교 서적 대신 관광 안내서를 내셔야 할 것 같습니다." 내가 제안했다.

"둘 다 결국은 마찬가지지요. 그동안 아무 일 없이 평안하게 지냈습니까? 작업은 좀 진전되었나요? 내게 전해줄 좋은 소식은 없습니까?"

나는 재킷에서 원고 뭉치를 꺼내 내밀었다. 우리는 공동묘지 안으로 들어가 비를 피할 곳을 찾았다. 고용주는 둥근 지붕이 덮인 오래된 가족 봉안소를 골랐다. 대리석 기둥이 지붕을 받들고 있는 그 봉안소는 얼굴이 날카롭고 손가락이 아주 긴 천사들에게 둘러싸여 있었다. 우리는 차가운 돌벤치에 앉았다. 고용주는 개를 연상시키는 미소를 던지며 윙크를 했다. 노랗게 반짝이는 그 눈동자 한복판의 검은 점에 누구라도 알 만큼 불안해하는 내 창백한 얼굴이 비쳐 보였다.

"긴장 풀어요, 마르틴. 주변 분위기에 너무 민감한 것 같군요."

고용주는 내가 가져온 글을 차분하게 읽기 시작했다.

"당신이 읽는 동안 나는 한 바퀴 둘러보고 오겠습니다." 내가 말했다.

코렐리는 글에서 눈을 떼지 않고 고개를 끄덕였다.

"도망치지는 마십시오." 그는 중얼거리듯 말했다.

나는 짐짓 느긋한 척하며 있는 힘을 다해 가능한 한 빨리 그곳에서 멀어져 공동묘지의 구불구불한 통로 사이로 모습을 감추었다. 그리고 방첨탑과 묘를 요리조리 피해 공동묘지 한가운데로 들어섰다. 묘비는 그곳에 있었다. 앞에는 화병이 놓여 있고 돌처럼 굳어진 앙상한 꽃이 꽂혀 있었다. 눈을 들어 하늘을 보고 기도하듯 두 손을 가슴에 모은 성모상이 무덤을 지키고 있었다. 비달이 장례비용을 치른 것도 모자라 장례 조합원들 사이에서 어느 정도 명성을 누리던 조각가에게 주문한 것이었다. 나는 묘비 앞에 무릎을 꿇고 정으로 새긴 글자를 뒤덮고 있던 이끼를 깨끗이 치웠다.

호세 안토니오 마르틴 클라레스

1875~1908

필리핀전쟁의 영웅

그의 조국과 친구들은 그를 영원히 잊지 않으리라

"잘 지내셨어요, 아버지?" 내가 말했다.

나는 성모상의 얼굴 위로 흘러내리는 검은 빗방울을 보고, 묘비로 떨어지는 빗방울 소리를 들었다. 그리고 몇 안 되는 유력인사의 이익을 위해 그를 죽느니만 못한 삶으로 내몰고도 그가 존재하는 줄도 몰랐던 조국과, 그가 결코 갖지 못했던 친구들의 건강과 안녕을 기원하며 미소 지었다. 나는 묘비 위에 앉아 대리석에 손을 올려놓았다.

"누가 상상이나 했겠어요, 안 그래요?"

가난 속에 살았던 아버지는 부르주아의 무덤 속에서 영원히 쉬고 있었다. 어렸을 때는 왜 신문사가 고위 성직자와 곡하는 여자들을 불러 장례식을 치러주고 비용까지 부담했는지, 왜 사탕수입업자에게나 걸맞은 무덤과 꽃에 값을 지불했는지 이해하지 못했다. 비달이 자기를 대신해서 죽은 사람의 화려한 장례식 비용을 지급한 것이라고 알려준 사람은 아무도 없었다. 그러나 나는 그가 냈을 거라고 추측했고, 하늘이 나의 스승이자 우상인 위대한 페드로 비달 씨에게 축복처럼 내려주신 무한한 자비와 인정 때문일 것이라고 여겼다.

"아버지, 아버지에게 용서를 빌고 싶어요. 여기에 날 혼자 두고 갔다는 이유로 오랫동안 아버지를 미워했어요. 아버지가 죽음을 자초했다고 생각했어요. 그래서 아버지를 보러 오지 않은 거예요. 용서해주세요."

아버지는 결코 눈물을 좋아하지 않았다. 그는 남자란 결코 다른 사람이 아니라 자기 자신을 위해서만 울어야 한다고 생각했다. 눈물을 흘리면 겁쟁이라고, 그 어떤 자비도 받을 자격이 없다고 생각했다. 나는 그를 위해 울지 않으려 했고, 다시 한번 아버지의 뜻을 거스르지 않으려고 애썼다.

"비록 글을 읽을 줄 몰랐어도 아버지가 책에서 내 이름을 봤다면 난 너무 기뻤을 거예요. 아버지 아들이 새로운 길을 개척하고 있고, 아버지는 결코 하지 못했던 일을 하게 되었다는 사실을 여기 이곳에서 아버지 눈으로 봤다면 난 너무 기뻤을 거예요. 내가 아버지를 제대로 알고, 아버지가 날 제대로 알았다면 난 너무 기뻤을 거예요. 난 아버지를 잊기 위해 아버지를 모르는 사람으로 만들었어요. 하지만 이제 바로 내가 그런 사람이 되었어요."

누가 다가오는 기척은 듣지 못했는데 머리를 들자 고용주가 불과 몇 미터 떨어진 곳에서 조용히 나를 지켜보고 있었다. 나는 자리에서 일어나 잘 훈련받은 개처럼 그에게 다가갔다. 나는 그가 그곳에 우리 아버지가 묻혀 있다는 사실을 알고 있으며, 바로 그런 이유로 그 장소에서 나를 만나자고 한 것은 아닐까 스스로에게 물었다. 내 얼굴은 펼쳐진 책처럼 쉽게 읽혔음이 틀림없었다. 고용주가 고개를 가로저으면서 내 어깨에 손을 올려놓았다.

"마르틴, 몰랐어요. 유감입니다."

나는 그에게 동지애의 문을 열 준비가 되어 있지 않았다. 그래서 뒤돌아 그의 애정과 동정이 뒤섞인 제스처에서 벗어난 뒤 눈을 꼭 감고 분노의 눈물을 애써 참았다. 나는 그를 기다리지도 않고 출구를 향해 잠자코 걷기 시작했다. 고용주는 몇 초 동안 그대로 서 있더니 마음을 정한 듯 나를 따라왔다. 그는 조용히 내 옆에서 걸었고, 그렇게 우리는 정문에 도착했다. 그곳에서 나는 발길을 멈추고 초조한 눈빛으로 그를 쳐다보았다.

"마음에 드십니까? 하실 말씀 있나요?"

고용주는 어딘지 모르게 적대적인 내 말투를 무시하고 참을성 있는 미소를 지었다.

"아주 훌륭한 작업입니다."

"하지만……"

"구태여 내 의견이 필요하다면, 사건들에 대한 목격자의 관점에서 모든 이야기를 구성한 게 제대로 정곡을 찌른 접근이라고 말하고 싶습니다. 전사 구세주의 도래를 기다리는 백성의 입장을 대변하고, 본인을 희생자로 여기는 목격자 말입니다. 그 길로 계속 나아가길 바랍니다."

"너무 인위적이거나 억지스러운 부분은 없었습니까?"

"오히려 정반대입니다. 두려움이나 위협받고 있다는 확신보다 더 믿음을 강화하는 것은 없지요. 스스로를 희생자라고 느끼면, 우리의 행동과 믿음은 아무리 문제가 많더라도 모두 정당화되는 법입니다. 우리와 반대되는 사람들, 그러니까 쉽게 말해 우리 이웃들은 우리의 동료가 되지 못하고 적으로 변합니다. 그들이 공격자가 되도록 내버려두십시오. 그래야 우리가 방어자가 되니까 말입니다. 그러면 우리를 움직이는 시기와 탐욕, 혹은 원한이나 앙심은 신성해집니다. 우리 행위에 자기방어라는 명분이 생기기 때문이지요. 악과 협박은 항상 타인에게 존재하는 것입니다. 믿음에 불을 붙이는 첫걸음이 바로 두려움입니다. 우리의 정체성이나 우리의 목숨, 혹은 우리 삶의 조건이나 우리의 신념을 잃어버릴지도 모른다는 두려움이 그것이지요. 두려움은 화약이고 증오는 심지입니다. 끝으로 교리는 불붙은 성냥에 불과하고요. 당신의 이야기에서 약간 더 보완해야 할 조그만 문제점이 있다면 여기라고 생각합니다."

"한 가지만 말해주십시오. 당신은 믿음이나 교리를 추구하는 겁니까?"

"사람들이 믿는 것만으로는 충분치 않습니다. 우리가 의도하는 것을 믿어야 합니다. 그리고 그것에 의문을 제기하지도 않고, 의문을 제기하는 사람이 누구건 그 목소리를 듣지도 않아야 합니다. 교리가 자기 정체성의 일부가 되어야 하지요. 그 교리를 의심하는 사람이 누구건 그는 우리의 적입니다. 다시 말해 악이지요. 그와 맞서고 그를 쳐부수는 건 우리의 권리이자 의무고요. 그것만이 유일한 구원의 길입니다. 즉, 살아남기 위해 믿는 겁니다."

나는 한숨을 내쉬었고, 마지못해 고개를 끄덕이며 눈을 다른 곳으로 돌렸다.

"내 말에 동의하지 않는 것 같군요, 마르틴. 그럼 당신 생각은 어떤지 말해보세요. 내 의견이 잘못되었다고 생각합니까?"

"나도 잘 모르겠습니다. 하지만 너무 위험하게 단순화시키고 있다는 생각은 듭니다. 당신의 모든 말은 증오를 만들고 끌어내기 위한 단순한 기제처럼 보입니다."

"진짜 하고 싶은 말은 위험하게가 아니라 역겹게일 테지만, 넘어가겠습니다."

"왜 믿음을 거부와 맹목적인 복종의 행위로 축소해야 하는 겁니까? 수용과 조화라는 가치를 믿을 수는 없는 겁니까?"

고용주는 재미있다는 듯이 웃었다.

"마르틴, 그 어떤 것이라도 믿을 수 있는 법이지요. 자유시장을 믿을 수도 있고, 빠진 이를 베개 밑에 놓고 자면 요정이 가져간다는 동화를 믿을 수도 있어요. 심지어 당신처럼 우리는 아무것도 믿지 않는다는 것을 믿을 수도 있습니다. 아무것도 믿지 않는 것은 가장 완고한 믿음이기도 하지요. 내 말이 맞나요?"

"고객의 말은 항상 일리가 있는 법이지요. 그 이야기에서 당신이 본 조그만 문제점이라는 게 정확히 뭡니까?"

"악한이 빠져 있어요. 우리 대부분은 스스로 의식하건 아니건 무언가나 누군가를 좋아하기보다 반대 관점을 취함으로써 우리 자신을 규정하는 법입니다. 말하자면 스스로 행동하는 것보다 남의 행동에 반발하는 게 더 쉽지요. 훌륭한 적보다 교리에 대한 믿음이나 열정을 더욱 불타오르게 하는 것은 없습니다. 현실에 있을 법하지 않은 적일수록 더 좋은 법이지요."

"난 그 역할이 추상적일수록 더 훌륭하게 작동할 것이라고 생각했습니다. 적은 믿지 않는 사람이나 이방인, 집단의 외부에 있는 사람이 될 겁니다."

"그렇지요. 하지만 좀더 구체화했으면 좋겠습니다. 관념을 증오하기란 힘든 일입니다. 그렇게 하려면 지적인 훈련이 필요하고, 과도하지 않을 정도의 강박적이고 병적인 정신이 요구되지요. 그보다는 쉽게 알아볼 수 있는 얼굴을 증오하는 게 훨씬 쉽습니다. 그러면 우리를 불편하게 만드는 모든 걸 그의 탓으로 돌릴 수 있으니까요. 반드시 개인일 필요는 없습니다. 국가나, 인종, 특정 집단을 비롯한 모든 게 될 수 있지요."

고용주의 깔끔하고 차분한 냉소주의는 나에 비할 바가 아니었다. 나는 맥없이 한숨을 내쉬었다.

"내 앞에서 모범시민인 척하지 말아주세요, 마르틴. 당신 역시 그렇게 생각할 겁니다. 이런 보드빌에는 악한이 필요합니다. 그건 누구보다 당신이 더 잘 알겠죠. 갈등 없이는 드라마가 성립되지 않는 법입니다."

"어떤 종류의 악한을 원하십니까? 침략자인 폭군인가요? 가짜 예언자? 아니면 부랑아?"

"어떤 옷을 입히느냐는 당신에게 맡겨두겠습니다. 흔히 떠올릴 수 있는 악한이라면 뭐든 괜찮습니다. 우리 악한이 수행할 기능 중 하나는 우리가 희생자 역할을 맡고 결과적으로 우리의 도덕적 우월성을 주장하도록 하는 겁니다. 스스로 인정할 수 없는 우리 안의 모든 것을, 우리가 개인적 이해에 따라 악으로 규정하는 모든 것을 그 악한에게 투사해야 합니다. 그것이 바로 바리새인*의 기본 산술입니다. 계속 말하지만, 성경을 읽어야 합니다. 당신이 찾는 모든 대답은 바로 거기에 있어요."

"읽는 중입니다."

"독실한 체하는 신자에게 당신은 아무런 죄가 없으니 마음껏 돌을 던지라고, 폭탄을 터뜨리라고 설득할 수만 있으면 충분합니다. 사실 그다지 큰 노력을 기울일 필요도 없습니다. 그런 사람은 옆에서 약간 부채질을 하고 구실만 만들어주면 넘어가기 마련이니까요. 내가 내 뜻을 잘 설명하고 있는지 모르겠군요."

"아주 멋지게 잘 설명하고 있습니다. 무쇠솥처럼 빈틈이 없는

---

* 율법을 엄격하게 지키는 유대교 분파. 일반적으로 위선과 가식의 전형으로 비판받는다.

이야기입니다."

"동의하는 그 말투가 그다지 마음에 들지 않는군요, 마르틴. 혹시 당신은 이 모든 게 당신의 도덕적 순수성이나 지적 순수성에 부합하지 않는다고 여깁니까?

"절대 아닙니다." 나는 소심하게 중얼거렸다.

"그렇다면 뭐가 마음에 걸리는 것이지요?"

"평범한 겁니다. 그러니까 당신은 허무주의자를 필요로 하는데, 내가 그런 사람이라는 확신이 없습니다."

"그 누구도 허무주의자는 아니지요. 허무주의는 단지 하나의 태도일 뿐 신조가 아닙니다. 타오르는 촛불을 허무주의자의 고환 아래 갖다대면, 당신은 그가 얼마나 빨리 존재의 빛을 보는지 확인할 수 있을 것입니다. 당신을 고민스럽게 만드는 건 그게 아닙니다."

나는 시선을 들고 고용주의 눈을 똑바로 바라보면서 내가 구사할 수 있는 가장 도전적인 어조로 말했다.

"아마도 나를 애먹이는 것은 당신이 말한 걸 모두 이해할 수는 있지만 느끼지는 못한다는 점일 겁니다."

"내가 당신에게 무언가를 느끼라고 돈을 주는 것 같습니까?"

"종종 느끼는 것과 생각하는 것은 똑같습니다. 이건 당신 생각이지, 내 생각이 아닙니다."

고용주는 연극을 하듯이 잠시 멈추고 미소 지었다. 마치 다루기 힘들고 거친 아이를 조용히 시키기 위해 치명타를 준비하는 학교 선생님 같았다.

"그럼 당신은 무얼 느끼고 있나요, 마르틴?"

그의 경멸 섞인 빈정거림에 갑자기 용기가 솟아, 나는 그의 그림자에 묻혀 몇 달 동안 쌓였던 굴욕감의 꼭지를 열었다. 그 사람 앞에만 있으면 겁먹고 그의 독기어린 말에 항상 고개를 끄덕이는 나 자신이 수치스러워 분노가 치밀었다. 나는 내 안에 있는 게 절망뿐이라고 믿고 싶었지만 내 영혼이 결국 인간에 대한 시궁창 같은 그의 이해만큼 너절하고 비참하다는 사실을 그가 증명했다는 것이 수치스러워 분노가 치밀었다. 그의 말이 항상 옳다는 것을, 특히 그런 사실을 받아들이기 가장 고통스러울 때조차 그의 말이 항상 옳다는 것을 느끼고 안다는 사실이 수치스러워 분노가 치밀었다.

"당신에게 질문을 던졌습니다, 마르틴. 당신은 무얼 느끼고 있지요?"

"지금 상태로 일을 멈추고 돈을 되돌려주는 게 낫겠다고 느끼고 있습니다. 당신이 무슨 제안을 하든 나는 그 황당한 계획의 일부가 되고 싶지 않다고 느끼고 있습니다. 특히 당신을 알게 되어 유감이라고 느낍니다."

고용주는 눈꺼풀을 떨어뜨리더니 긴 침묵 속에 빠져들었다. 그리고 뒤돌아 묘지 정문을 향해 몇 발짝 옮겼다. 나는 대리석 정원을 배경으로 드러난 그의 어두운 윤곽을, 꼼짝 않고 비를 맞고 있는 그 그림자를 주시했다. 그리고 두려움을 느꼈다. 뱃속 깊은 곳의 알 수 없는 두려움이었다. 그 침묵을 참고 견디지 않을 수만 있다면 어린아이처럼 용서를 빌고 어떤 벌이라도 달게 받고 싶었다.

그리고 역겨움을 느꼈다. 그의 존재에 대한, 무엇보다 나에 대한 역겨움이었다.

고용주는 뒤돌아 다시 내게 다가왔다. 그는 불과 몇 센티미터 떨어진 곳에서 발을 멈추더니 내 얼굴 위로 고개를 숙였다. 나는 그의 차가운 숨결을 느끼며 깊이를 알 수 없는 검은 눈동자를 멍하니 바라보았다. 이제 그의 목소리와 말투는 얼음장 같았다. 대화하고 손짓할 때마다 배어나오던 실용적이고 인위적인 인간성은 완전히 빠져 있었다.

"딱 한 번만 말하겠습니다. 당신은 당신 일을 완수할 것이고, 나는 내 일을 마칠 것입니다. 이게 유일하게 당신이 느낄 수 있고 느껴야 하는 겁니다."

나도 모르는 사이 나는 거듭 고개를 끄덕이고 있었다. 고용주는 주머니에서 원고 뭉치를 꺼내 내밀더니 내가 받기도 전에 바닥으로 떨어뜨렸다. 그러자 바람이 회오리를 일으키며 원고를 휩쓸어 갔고, 나는 공동묘지 입구를 향해 그것들이 흩어지는 광경을 보았다. 나는 급히 달려가 빗물에서 원고를 구해내려고 했지만, 몇 장은 흥건하게 빗물이 괸 곳에 떨어져 젖어버렸고 글자들이 물속에서 번지고 있었다. 나는 젖은 종이들을 모두 주워모았다. 그리고 눈을 들고서 주변을 살펴보았다. 고용주는 이미 떠나고 없었다.

27

의지할 수 있는 친한 친구의 얼굴이 필요한 때가 있다면 바로 그 순간이었다. 공동묘지 담장 위로 〈기업의 소리〉의 낡은 건물이 빠끔히 고개를 내밀고 있었다. 나는 옛 스승 바실리오 씨를 만날 수 있을 거라는 희망을 품고 그곳으로 발길을 옮겼다. 그야말로 세상의 어리석음에 물들지 않은 희귀한 영혼 중 하나였고, 그래서 항상 나에게 좋은 충고를 아끼지 않는 사람이었다. 신문사로 들어가자 나는 아직도 대부분 직원이 내가 아는 사람임을 알았다. 내가 오래전에 그곳을 나온 이후로 일 분도 시간이 흐르지 않은 것 같았다. 한편 나를 알아본 사람들은 의구심어린 시선을 보내더니 곧 인사를 피하려고 눈길을 돌렸다. 나는 편집실로 들어가 안쪽에 자리한 바실리오 씨의 사무실로 곧장 갔다. 하지만 그곳은 텅 비어 있었다.

"누굴 찾으십니까?"

뒤돌아보니 내가 어린 나이에 사환으로 일할 때 이미 늙어 보였던 편집기자 중 한 사람인 로셀이 있었다. 그는 『천국의 계단』에 관해 악의적인 서평을 쓰면서 나를 '카피라이터 편집자'라고 평가한 장본인이었다.

"로셀 씨, 마르틴입니다. 다비드 마르틴이요. 기억 안 나세요?"

로셀은 몇 초 동안 나를 자세히 살피면서 못 알아보는 척하더니 마침내 고개를 끄덕였다.

"바실리오 씨는 어디 계시죠?"

"두 달 전에 떠났어요. 〈라방과르디아〉 편집부에 있을 겁니다. 그분을 만나면 내 안부를 전해주세요."

"그렇게 하지요."

"당신 책을 혹평한 건 미안해요." 로셀은 사근사근한 미소를 지으며 말했다.

나는 무뚝뚝한 시선과 일그러진 미소, 그리고 씁쓸하게 두런대는 소리를 헤치며 편집실을 가로질렀다. 시간이 모든 걸 고쳐주지, 진실만 빼고, 라고 나는 생각했다.

반시간 후 택시가 펠라요 거리에 있는 〈라방과르디아〉 본사 정문 앞에 나를 내려주었다. 내가 일했던 신문사의 음산하고 낡은 분위기와 달리 그곳은 모두가 풍요롭고 점잖은 분위기를 내뿜고 있었다. 경비실에서 내 신원을 밝히자 어린 사환이 바실리오 씨에게 가서 손님이 찾아왔다고 알렸다. 그 사환을 보자 지미니 크리켓*처럼 보냈던 내 어린 시절이 떠올랐다. 시간이 흘렀지만 옛 스승의 사자 같은 모습은 전혀 달라진 게 없었다. 품위 있는 무대와 잘 어울리는 새로운 옷을 손에 넣은 바실리오 씨는 〈기업의 소리〉 시절과 마찬가지로 압도적인 존재감을 뽐냈다. 나를 보자 그는 기쁨으로 눈을 환하게 빛내며 특유의 강철 같은 태도를 버리고 양팔을 벌려 나를 얼싸안았다. 그곳에 사람들이 있었기 망정이지 그렇지 않았다면 갈비뼈 두세 개는 쉽게 부러뜨릴 기세였다. 그러나 기분이 좋건 아니건 바실리오 씨는 체면이 중요한 사람이었다.

"우리 점차 부르주아가 되어가는 건가요, 바실리오 선생님?"

나의 옛 상관은 자기를 둘러싼 새로운 장식품에는 큰 의미를 두지 말라는 뜻으로 어깨를 으쓱했다.

"너무 호들갑 떨지 말게."

"너무 겸손해하지 마십시오, 바실리오 선생님. 이제 왕관의 보석이 되신 거예요. 아직도 기자들을 엄하게 관리하시나요?"

바실리오 씨는 그의 불멸의 빨간 색연필을 꺼내 보여주면서 윙크를 했다.

"이제는 일주일에 네 건만 검토한다네."

"〈기업의 소리〉에 있을 때보다 두 건 적군요."

"나도 숨 돌릴 여유가 있어야지. 여기에는 엽총으로 구두점을 찍는 높으신 양반들이 있거든. 그들은 첫 문장이야말로 로그로뇨 지방의 타파스**처럼 중요하다고 믿는 사람들이지."

---

* 피노키오가 착한 아이가 되도록 인도하는 귀뚜라미.

** 스페인에서 간단한 애피타이저나 안주로 먹는 음식으로, 스페인 북부 로그로뇨 지방은 타파스로 유명하다.

그렇게 말했지만 바실리오 씨는 새로운 직장에서 매우 편안한 것이 분명했다. 심지어 얼굴도 예전보다 훨씬 더 건강해 보였다.

"내가 일자리를 줄 수 있다는 소문을 듣고 청탁하러 온 건 아니겠지." 그가 으르듯이 말했다.

"고맙습니다, 바실리오 씨. 하지만 아시다시피 저는 이미 그 세계를 떠났고, 게다가 신문사 일도 체질에 맞지 않습니다."

"그럼 이 늙은 잔소리꾼이 뭘 도와줄 수 있는지 말해보게."

"아주 오래된 사건에 관한 정보가 필요합니다. 지금 작업중인 이야기에 필요한 건데요. 마를라스카, 그러니까 디에고 마를라스카라는 유명한 변호사의 죽음과 관련된 사건이에요."

"시기는 언제인가?"

"1904년입니다."

바실리오 씨는 한숨을 내쉬었다.

"찾아봐야 알겠군. 그 이후로 비가 내려도 수천 번은 내렸네."

"그 문제를 완전히 지울 정도로 많은 비는 아닙니다." 내가 대답했다.

바실리오 씨는 내 어깨에 손을 올려놓고서는 편집실 안쪽으로 따라오라고 했다.

"걱정하지 말게. 제대로 찾아온 거니까. 훌륭한 이 신문사는 바티칸도 부러워할 만큼 문서들을 잘 보관하고 있다네. 신문에 나온 거라면 뭐든 여기서 찾을 수 있을 거야. 게다가 문서보관실 책임자는 나와 많이 친한 사람이지. 미리 알려주는데, 그에 비하면 나는 백설공주나 다름없다네. 무뚝뚝하고 성미가 고약한 사람이지만, 그런 건 신경쓰지 말게. 속마음은 비단결 같으니까."

나는 바실리오 씨를 따라 고급 목재로 만들어진 커다란 홀을 지났다. 한쪽으로 커다란 원탁과 일련의 초상화가 걸린 둥근 방이 나타났다. 초상화 속 인물들은 하나같이 귀족이었고, 엄한 표정으로 우리를 지켜보고 있었다.

"마술사들의 집회가 열리는 방이네." 바실리오 씨가 설명했다. "여기에 각 부서의 책임자들과 부주간, 그러니까 바로 이 몸과 주간이 모이지. 그리고 훌륭한 원탁의 기사들처럼 매일 오후 일곱시에 성배를 찾는다네."

"인상적이군요."

"이제부터 볼 것에 비하면 아무것도 아니지." 바실리오 씨가 윙크를 하면서 말했다. "자, 보게나."

바실리오 씨는 엄숙한 표정의 초상화 아래 서더니 벽을 뒤덮은 나무벽널을 밀었다. 그러자 벽널이 삐걱 소리를 내면서 뒤로 밀리더니 숨겨진 복도가 나타났다.

"봤지, 자, 어떤가, 마르틴? 이건 이 신문사에 있는 수많은 비밀통로 중 하나에 불과해. 보르자 가문*도 이런 설비는 갖추지 못했지."

나는 바실리오 씨를 따라 그 통로를 지났고, 반짝거리는 유리진 열장으로 둘러싸인 커다란 열람실에 도착했다. 〈라방과르디아〉 신문사의 보고라고 할 수 있는 비밀도서관이었다. 열람실 안쪽에

---

* 르네상스 시대에 두 교황을 배출한 이탈리아 귀족 가문.

푸른 유리램프 불빛 아래로 중년 남자의 모습이 보였다. 책상에 앉아 돋보기로 서류를 살펴보던 그는 우리가 들어오는 것을 보자 눈을 들었고, 미성년자나 감수성이 예민한 사람은 금방이라도 돌로 변해버릴 것 같은 시선으로 우리를 쳐다보았다.

"지하세계의 영주 호세 마리아 브로톤스를 소개하겠네. 이 성스러운 신문사의 지하묘지 책임자야." 바실리오 씨가 알려주었다.

돋보기를 놓지 않은 채 브로톤스는 스치기만 해도 녹이 슬 것 같은 눈빛으로 나를 뚫어지게 바라보았다. 나는 그에게 다가가 악수를 청했다.

"내 옛 제자인 다비드 마르틴이네."

브로톤스는 마지못해 악수하면서 바실리오 씨를 쳐다보았다.

"다비드 마르틴이라는 작가인가?"

"바로 그 사람이지."

브로톤스는 고개를 끄덕거렸다.

"그만큼 매질을 당하고도 거리로 나온 걸 보면 용기가 상당하군. 그런데 여기는 웬일인가?"

"지금 한창 조사중인 중요한 주제와 관련된 고고학적 자료에 관해 자네의 도움과 축복, 조언을 구하고 싶어하네." 바실리오 씨가 설명했다.

"그럼 피의 제물은 어디에 있지?" 브로톤스가 뜻하지 않은 질문을 던졌다.

나는 침을 삼켰다.

"제물이라고요?" 내가 물었다.

브로톤스는 나를 바보인 것처럼 쳐다보았다.

"말하자면 염소나 새끼 양, 거세된 수탉……"

나는 정신이 멍해졌다. 브로톤스는 무한과도 같은 짧은 시간 동안 눈 한 번 깜빡이지 않고 나를 응시했다. 조금 뒤 내가 어깨에 식은땀이 흘러내리고 있다는 것을 깨닫기 시작할 무렵, 문서보관실 책임자와 바실리오 씨가 폭소를 터뜨렸다. 나는 그들이 숨이 차서 헐떡이고 눈물을 닦을 때까지 나를 제물로 삼아 마음껏 웃도록 내버려두었다. 바실리오 씨는 새로운 동료에게서 자기의 쌍둥이 영혼을 발견한 게 틀림없었다.

"이리로 오게, 젊은이." 험악한 표정을 거두며 브로톤스가 말했다. "뭐가 나올지 한번 찾아보세."

28

신문사의 문서보관실은 건물 지하의 한 층에 있었다. 마치 괴물 같은 증기기관차와 번개를 만들어내는 기계가 뒤섞인 듯한, 후기 빅토리아시대 과학기술의 산물인 커다란 윤전기가 설치된 층의 아래층이었다.

"윤전기를 소개하겠네. 리바이어던으로 더 널리 알려졌지. 방심한 사람을 삼켜버린 일이 한 번 이상이라고 하니, 눈 똑바로 뜨고 조심하게나." 바실리오 씨가 말했다. "요나를 삼켜버린 고래와 비슷하지만 일단 안에 들어가면 뼈도 못 추린다는 점이 다르지."*

"너무 과장된 말씀이네요."

"그럼 마시아**의 조카라면서 거들먹거리는 그 수습기자를 며

* 리바이어던은 구약성경 〈욥기〉에 나오는 바다의 괴물, 요나는 하느님의 명령을 어기고 달아나는 도중 바다에서 폭풍을 만나 고래 뱃속에서 사흘을 지내다 기도로 구원받았다는 구약성경 속 인물이다.

칠 내로 여기 던져버리도록 하지." 브로톤스가 제안했다.

"날짜와 요일을 정하게. 그리고 카피포타***를 차려놓고 함께 축하하자고." 바실리오 씨가 동의했다.

두 사람은 철부지 학생들처럼 낄낄거리며 웃기 시작했다. 유유상종이야, 나는 생각했다.

문서보관실은 3미터 높이의 책장들이 만드는 미로와 통로로 이루어져 있었고, 최근 십오 년 동안 그 지하실에서 한 번도 나오지 않은 것처럼 창백한 직원 두 명이 브로톤스의 조수로 일하고 있었다. 그를 보자 두 직원은 주인의 명령을 기다리는 충실한 개처럼 달려왔다. 브로톤스는 내게 궁금하다는 시선을 던졌다.

"무얼 찾고 싶다고?"

"1904년에 일어난 디에고 마를라스카라는 변호사의 죽음에 관한 기사입니다. 바르셀로나 사회에서 저명한 인사였고, '발레라, 마를라스카와 센티스 법률사무소'의 공동설립자입니다."

"몇월에 일어난 일이오?"

"11월입니다."

브로톤스가 손짓하자, 두 조수는 즉시 1904년 11월에 나온 신문을 찾으러 그곳을 떠났다. 그 당시만 해도 죽음이 일상에서 중대한 사건이라 신문 대부분이 1면에 대대적으로 부고광고를 실었다. 그래서 마를라스카 정도의 인물이라면 지역신문에 단순한 사

** 20세기 초 공화주의 사상과 카탈루냐 독립을 위해 싸운 스페인의 정치인.

*** 송아지 머리와 다리로 만든 스튜.

망 소식 이상의 긴 기사가 실렸을 뿐 아니라 부고광고가 1면에 실렸으리라 추정하는 것은 무리가 아니었다. 조수들은 여러 권의 신문철을 들고 와서 커다란 책상 위에 올려놓았다. 우리는 다섯이서 일을 나눴고 추측대로 1면에서 디에고 마를라스카의 부고광고를 찾아냈다. 1904년 11월 23일자 신문이었다.

"시체가 여기 있군." 광고를 발견한 브로톤스가 말했다.

마를라스카의 부고광고만 모두 네 건이었다. 하나는 가족이 낸 것이고 다른 하나는 법률사무소, 또다른 하나는 바르셀로나의 변호사협회 것이었고 마지막은 바르셀로나의 아테네오 문화협회가 낸 것이었다.

"아주 부자였음이 틀림없군. 대여섯 번이나 죽었으니 말이야." 바실리오 씨가 지적했다.

부고광고 자체는 그다지 흥미로운 내용이 없었다. 고인의 영혼이 불멸을 누리게 해달라는 기도문, 장례식은 친인척만 참석할 것이라는 안내, 위대한 시민이자 바르셀로나 사회의 없어서는 안 될 일원이자 학자에게 바치는 거창한 수식어 등이 전부였다.

"아마도 당신 관심을 끌 내용은 이보다 이틀 전, 혹은 이후의 신문에 있을 것 같군." 브로톤스가 말했다.

우리는 변호사가 사망한 주의 신문을 살펴보기 시작했고 그와 관련된 몇몇 소식을 찾을 수 있었다. 첫번째는 고명한 변호사가 사고로 인해 사망했다는 기사로, 바실리오 씨가 그 내용을 큰 소리로 읽었다.

"엉터리 기자가 썼군." 바실리오 씨가 자기 생각을 말했다. "아무 내용도 없이 쓸데없는 문단이 세 개나 있고, 마지막에서야 사고로 죽었다고 설명하지만 어떤 사고인지는 밝히지도 않았어."

"여기에 보다 흥미로운 게 있네." 브로톤스가 말했다.

그다음날 기사는 무슨 일이 일어났는지 정확히 밝히기 위해 경찰이 관련 정황을 수사하고 있다는 내용이었다. 가장 흥미로운 것은 법의학 보고서에 따르면 죽음의 원인이 익사라는 언급이었다.

"익사라고?" 바실리오 씨가 중간에 말을 끊었다. "어떻게? 어디서?"

"그건 안 나와 있네. 아마도 사르다나를 장황하게 칭송하는 속보를 크게 실으려고 자른 것 같군. '피리 소리에 맞추어: 그 영혼과 기질'이라는 제목의 3단 기사야." 브로톤스가 지적했다.

"수사 책임자가 누구인지는 나옵니까? 내가 물었다.

"살바도르라는 사람이라는군. 리카르도 살바도르." 브로톤스가 말했다.

우리는 마를라스카의 죽음을 다룬 나머지 기사들도 살펴보았지만, 관심을 불러일으킬 만한 내용은 하나도 없이 대동소이한 내용만 반복해 늘어놓고 있었다. 발레라 법률사무소가 제공한 공식 발표와 거의 토씨 하나 다르지 않고 똑같은 말들이었다.

"무언가를 감추고 있다는 냄새가 풍기는데." 브로톤스가 지적했다.

나는 맥이 빠져 한숨을 내쉬었다. 단순한 사탕발림의 추도문이나, 사건에 대해 아무것도 밝히지 않는 공허한 뉴스 이상의 무언가를 발견할 것이라고 굳게 믿었었다.

"자네 경찰청 쪽에 친분 있는 사람이 있지 않았나?" 바실리오 씨가 물었다. "이름이 뭐지?"

"빅토르 그란데스." 브로톤스가 가르쳐주었다.

"어쩌면 그가 살바도르라는 사람과 연결해줄 수 있을 것이네."

나는 헛기침을 했고, 두 사람은 미간을 모으며 나를 쳐다보았다.

"이 일과 전혀 관련 없는, 아니 너무나 밀접하게 관련된 모종의 이유로 그란데스 형사는 되도록 끌어들이고 싶지 않습니다." 내가 말했다.

브로톤스와 바실리오 씨는 서로 눈길을 교환했다.

"알겠네. 우리 목록에서 지워야 할 사람이 또 있나?"

"마르코스와 카스텔로입니다."

"어딜 가나 친구 사귀는 자네 재능은 여전한 것 같군." 바실리오 씨가 감탄을 금치 못했다.

브로톤스는 수염을 만지작거렸다.

"너무 걱정하지 말도록 하세. 그 어떤 의심도 불러일으키지 않을 다른 방법을 찾을 수 있을 테니."

"살바도르라는 사람을 찾아주신다면 원하는 모든 걸 제물로 바치겠습니다. 돼지까지도 말입니다."

"통풍 때문에 나는 베이컨을 먹지 않네. 하지만 맛있는 시가라면 괜찮을 것 같군." 브로톤스가 동의했다.

"두 갑이면 좋겠어." 바실리오 씨가 덧붙였다.

내가 최고급의 가장 비싼 아바나 시가 두 갑을 찾아 타예레스 거리에 있는 담뱃가게로 달려가는 동안, 브로톤스는 경찰청과의 몇 번에 걸친 은밀한 통화로 살바도르가 자기 의사와는 거의 상관없이 경찰에서 옷을 벗었으며 기업가의 경호원으로 일하거나 그 도시의 여러 법률사무소에서 의뢰받은 조사를 해주고 있다는 사실을 확인했다. 내가 은인들에게 각각 한 갑씩 시가를 건네러 편집실로 돌아왔을 때 문서보관실 책임자가 쪽지 하나를 내밀었다. 거기에는 다음과 같은 주소가 적혀 있었다.

리카르도 살바도르

예오나 거리, 21번지, 꼭대기층

"감사합니다. 이 신문사의 발행인께서 선생님께 은혜를 내려주시길." 내가 말했다.

"그리고 자네가 살아생전 그런 일을 보길 바라네."

29

예오나 거리는 바르셀로나 사람들에게 '세 침대 거리'라는 이름으로 더 널리 알려진 곳이었다. 유명한 사창가를 기리는 이름에서 알 수 있듯이 그곳은 명성답게 음산하기 짝이 없는 골목길로 레알광장의 그늘에 있는 아치에서 시작하고 있었다. 낡은 건물들이 서로 포갠 것처럼 빽빽이 들어서 있고 끝없이 얽히고설킨 빨랫줄 사이로 햇볕이 스며들기도 했지만, 길에는 그런 햇볕도 닿지 않는 축축한 틈새가 이어졌다. 오래된 건물들은 외벽이 누레져서 군데군데 칠이 벗겨졌고 살인청부업자 시절*에 피로 물든 포석이 바닥을 덮고 있었다. 『저주받은 자들의 도시』에서 한 번 이상 이야기의 무대로 사용했던 그 황량한 거리는 사람들의 뇌리에서 잊

* 1910년대 중반부터 1920년대 초까지 고용주들이 살인청부업자들을 고용하여 노동자들과 맞서던 시절을 일컫는다.

혔을지언정 내게는 심지어 지금도 음모와 화약의 냄새를 풍기고 있었다. 그 어두운 주변 환경을 보자, 경찰에서 강제로 퇴역한 뒤 살바도르 형사의 삶이 호락호락하지 않았음을 짐작할 수 있었다.

21번지는 마치 부젓가락처럼 보이는 두 개의 건물 사이에 숨겨진 허름한 건물이었다. 건물 입구는 열려 있었고, 어둠의 연못이나 다름없는 곳에 나선형으로 올라가는 좁고 가파른 계단이 있었다. 끈끈하고 어두운 액체가 타일 틈 사이로 스며나와 바닥을 축축하게 적셨다. 나는 난간에서 손을 떼지 않았지만 온전히 의지하지도 않은 채 있는 힘을 다해 계단을 올라갔다. 층계참에는 문이 하나씩밖에 없었고, 건물의 규모로 보건대 모든 아파트의 넓이는 40평방미터를 넘지 않을 것 같았다. 계단통 위로 난 조그만 채광창이 건물 위층을 은은하고 환한 햇빛으로 적시고 있었다. 꼭대기 층에 도착하니 짧은 복도 끝 문이 열려 있어 흠칫 놀랐다. 손마디로 문을 두드렸지만 아무 대답도 없었다. 문 너머에는 조그만 거실이 있고, 그 거실에는 안락의자 하나와 테이블 하나, 그리고 책이 꽂혀 있는 책장 하나와 양철상자들이 보였다. 거실 옆은 부엌 겸 세탁실이었다. 감옥 같은 집에서 그나마 유일하게 축복받은 공간은 옥상과 연결된 테라스였다. 테라스 문 역시 열려 있었고, 그곳으로 구도심의 옥상에 널린 빨래와 음식 냄새를 실은 바람이 스며들고 있었다.

"계세요?" 나는 다시 문을 두드리면서 물었다.

아무 대답도 없자, 나는 테라스 문까지 들어가 옥상으로 나갔다. 사방으로 지붕과 탑, 물탱크와 피뢰침, 그리고 굴뚝이 솟아 있었다. 한 걸음 내디디려는 찰나 목덜미에 차가운 금속이 느껴지고 권총 공이치기를 찰깍 뒤로 젖히는 소리가 들렸다. 나는 손을 들고 눈썹조차 움직이지 말아야 한다는 것 이외에는 아무 생각도 할 수 없었다.

"내 이름은 다비드 마르틴입니다. 경찰에서 이곳 주소를 주었습니다. 당신이 경찰로 있던 시절 수사했던 사건에 관해 이야기를 나누고 싶습니다."

"항상 남의 집에 문도 두드리지 않고 발을 들여놓습니까, 다비드 마르틴 씨?"

"문이 열려 있었습니다. 두드렸지만 당신이 소리를 못 들었나 봅니다. 그럼 손 내려도 되겠습니까?"

"난 손 들라고 말한 적 없습니다. 무슨 사건이지요?"

"디에고 마를라스카의 사망입니다. 나는 그가 마지막으로 살았던 곳에 사는 임차인입니다. 플라사데르스 거리에 있는 탑의 집이요."

그는 침묵을 지켰다. 하지만 계속해서 단호하게 권총 방아쇠에 손가락을 올려놓은 채였다.

"살바도르 씨?" 내가 말했다.

"지금 당장 당신 머리를 이 권총으로 날려버리는 게 좋을지 아닐지 고민하고 있습니다."

"그전에 내 이야기를 듣고 싶지 않습니까?"

살바도르는 방아쇠에서 손가락을 뗐다. 나는 그가 공이치기를 제자리로 돌려놓는 소리를 듣고 천천히 뒤돌아섰다. 리카르도 살바도르는 어둡고 위압적인 면모를 지닌 사람이었다. 머리카락은 희끗희끗했고 맑고 푸른 눈은 마치 바늘처럼 날카롭고 예민했다. 나이는 어림잡아 쉰 살 정도 되어 보였다. 하지만 그 나이의 절반밖에 안 되는 남자들 중에서도 감히 그의 길을 가로막을 사람은 찾기 어려울 것 같았다. 나는 침을 삼켰다. 살바도르는 권총을 내리고 내게 등을 돌리더니 집안으로 들어갔다.

"이런 식으로 맞이해서 미안합니다." 그가 중얼거렸다.

나는 그를 뒤따라가다 조그만 부엌 입구에서 발을 멈추었다. 살바도르는 설거지통 위에 권총을 놓고는, 종이와 마분지에 불을 붙여서 그것으로 가스레인지에 불을 붙였다. 그러더니 커피 통을 꺼내고서 마시겠느냐고 묻듯이 나를 쳐다보았다.

"괜찮습니다. 고맙습니다."

"미리 알려주는데, 이 집에서 괜찮은 것이라고는 이것뿐입니다." 그가 말했다.

"그렇다면 함께 마시지요."

살바도르는 커피포트에 갈아놓은 커피 두어 숟가락을 푸짐하게 넣고 물병에서 물을 가득 따라 불에 올려놓았다.

"내 얘기를 한 사람은 누구입니까?"

"며칠 전에 디에고 마를라스카의 부인을 찾아갔습니다. 바로 그녀가 당신에 관해 말해주었습니다. 당신이 진실을 밝히려고 시도했던 유일한 사람이며, 그래서 직장까지 잃었다고요."

"그런 식으로 설명할 수도 있겠군요." 그가 말했다.

노부인을 언급하자 그의 시선이 흐트러졌다. 그 모습을 보니 그 불행한 시절 두 사람 사이에 무슨 일이 있었을까 궁금해졌다.

"어떻게 지냅니까?" 그가 물었다. "마를라스카 부인 말입니다."

"아마도 당신을 그리워하는 것 같습니다." 나는 내가 지레짐작하고 있던 것을 말했다.

살바도르는 고개를 끄덕였다. 그의 사나운 면모는 완전히 누그러져 있었다.

"그녀를 만나지 않은 지 꽤 되었습니다."

"마를라스카 부인은 그 모든 일이 벌어진 것에 대해 당신이 그녀를 탓한다고 생각합니다. 오랜 시간이 지나긴 했지만, 당신이 만나러 가면 아마 좋아할 겁니다."

"당신 말이 맞을지도 모르겠군요. 어쩌면 그녀를 찾아가야 할지도……"

"무슨 일이 있었는지 말해줄 수 있습니까?"

살바도르는 근엄한 표정을 되찾고서 고개를 끄덕였다.

"무엇을 알고 싶은 겁니까?"

"마를라스카 부인은 남편이 스스로 목숨을 끊었다는 공식 발표를 당신이 절대로 받아들이지 않았다고 설명했습니다. 그 진위가 미심쩍다고 생각했다고요."

"그건 미심쩍은 것 이상이었습니다. 어떻게 마를라스카가 죽었는지는 들었습니까?"

"사고로 죽었다는 것 이외에는 알지 못합니다."

"마를라스카는 물에 빠져 죽었습니다. 경찰 최종 보고서에 따르면 그렇지요."

"어떻게 빠져 죽었습니까?"

"물에 빠져 죽는 방법은 한 가지밖에 없습니다. 하지만 이건 차차 이야기하지요. 희한한 것은 그가 죽은 장소입니다."

"바다에서 죽었습니까?"

살바도르는 살며시 미소 지었다. 막 부글부글 끓기 시작한 커피처럼 검고 씁쓸한 미소였다. 살바도르는 커피 냄새를 맡았다.

"정말로 이 이야기를 듣고 싶은 겁니까?"

"내 평생 이것처럼 듣고 싶은 이야기는 없었습니다."

그는 커피잔을 내밀면서 나를 분석하듯이 아래위로 살폈다.

"발레라라는 개자식은 이미 찾아갔겠지요."

"마를라스카의 동업자라면 그는 이미 죽었습니다. 나는 그의 아들과 이야기했습니다."

"마찬가지로 개자식입니다. 단지 조금 덜 교활할 뿐입니다. 당신에게 무슨 이야기를 했는지는 몰라도, 그 두 사람이 합작해서 나를 경찰에서 쫓아냈고 동냥 한푼 받지 못하는 부랑자로 만들었다는 말은 분명 안 했겠죠."

"그 이야기는 잊어버렸는지 하지 않았습니다." 나는 그의 말에 동의했다.

"전혀 이상하지 않습니다."

"그럼 어떻게 마를라스카가 물에 빠져 죽었는지 말해주세요."

"바로 그 점이 사건의 흥미로운 부분입니다." 살바도르가 말했다. "마를라스카는 변호사인 동시에 작가이고 유식한 지식인이었으며, 젊었을 때는 바르셀로나 수영클럽이 크리스마스 시즌에 개최한 항구 횡단 수영대회에서 두 번이나 우승했습니다. 알고 있습니까?"

"수영대회 우승자가 어떻게 물에 빠져 죽을 수 있습니까?" 내가 물었다.

"문제는 장소입니다. 마를라스카 씨의 시체는 시우다델라공원의 저수장 건물 옥상에 있는 호수에서 발견되었습니다. 그곳이 어딘지 아십니까?"

나는 침을 꿀꺽 삼키면서 고개를 끄덕였다. 바로 내가 코렐리와 처음으로 만났던 장소였다.

"당신이 거기에 가봤다면, 물이 가득찰 때도 수심은 겨우 1미터 정도에 지나지 않는 물웅덩이나 다름없다는 것을 알 겁니다. 변호사가 죽은 채 발견되었던 날 저수조는 반 정도밖에 차 있지 않았고, 따라서 수심은 60센티미터가 채 되지 않았습니다."

"수영대회 우승자라면 그 어떤 경우에도 60센티미터 깊이의 물에서 빠져 죽지 않죠." 내가 지적했다.

"나도 그렇게 말했답니다."

"다른 의견들이 있었습니까?"

살바도르는 씁쓸하게 웃었다.

"우선 그가 익사했다는 게 의심스럽습니다. 시체를 해부한 검시관은 폐에서 물 같은 것이 발견되긴 했지만 사망원인은 심장마비라고 판단했습니다."

"이해할 수가 없습니다."

"마를라스카가 저수조에 빠졌을 때, 혹은 누군가가 그곳으로 밀었을 때 그는 불길에 휩싸여 있었습니다. 시체의 흉부와 팔과 얼굴에 3도 화상의 흔적이 있었습니다. 검시관은 그의 육체가 물과 접촉하기 전에 거의 일 분 동안 불타고 있었을 것이라는 의견을 밝혔습니다. 익사자의 옷에 남은 흔적은 천에 무언가의 용해제가 묻어 있었다는 것을 보여주었습니다. 마를라스카는 산 채로 불태워졌던 것입니다."

나는 그 모든 것을 제대로 이해하는 데 몇 초가 걸렸다.

"왜, 그리고 누가 그런 짓을 했을까요?"

"복수일까요? 아니면 그냥 무자비한 짓을 한 것일까요? 그건 당신이 선택하십시오. 내 의견은 누군가가 시간을 벌고 경찰을 혼란에 빠뜨리기 위해 마를라스카의 시체를 확인하는 데 시간이 걸리도록 수를 썼다는 것입니다."

"그게 누구일까요?"

"하코 코르베라입니다."

"이레네 사비노의 매니저 말이군요."

"그는 변호사가 스페인식민은행에 가지고 있던 개인계좌 전액을 챙겨 마를라스카가 죽은 바로 그날 사라졌습니다. 마를라스카의 아내는 전혀 존재를 몰랐던 계좌였습니다."

"십만 프랑이지요." 내가 덧붙였다.

살바도르는 당혹스러운 눈길로 나를 바라보았다.

"어떻게 알았습니까?"

"그건 중요하지 않습니다. 그런데 저수장 옥상에서 마를라스카는 뭘 하고 있었습니까? 확실히, 가기 쉬운 장소는 아닌데."

"그게 명확하게 밝혀지지 않은 또다른 점입니다. 우리는 마를라스카의 서재에서 수첩을 발견했습니다. 그곳에 그는 오후 다섯 시에 거기서 약속이 있다고 적어놓았습니다. 아니, 적어놓은 것으로 보였습니다. 수첩을 통해 알 수 있는 유일한 것은 시간과 장소, 만날 사람의 머리글자뿐이었습니다. C였지요. 아마도 코르베라를 지칭하는 것 같습니다."

"당신은 그 당시 어떤 일이 일어났다고 생각합니까?"

"나는 하코가 마를라스카를 조종하기 위해 이레네 사비노를 속였다고 믿습니다. 그게 증거들이 암시하는 방향이기도 하고요. 문제의 변호사가 강신술을 비롯해 그와 유사한 행위가 행해지는 동안 이루어진 모든 속임수에 강박적으로 집착하고 있었다는 사실은 이미 당신도 알 겁니다. 특히 아들이 죽은 후 강박은 더욱 심해졌습니다. 하코의 동업자 다미안 로우레스는 이런 세계에 깊이 간여하고 있었습니다. 아주 철저한 사기꾼이죠. 두 사람은 이레네 사비노의 도움을 받아서 마를라스카를 농락했습니다. 심령의 세계에서 아들과 만나도록 주선해주겠다고 약속한 거죠. 마를라스카는 절망에 빠져 있었고, 그래서 그 어떤 것도 믿을 태세였습니다. 그 세 명의 구더기는 하코가 변호사의 계좌에 욕심내기 전까지 그 사업을 완벽하게 조직하고 운영했습니다. 어떤 사람은 이레네 사비노에게 나쁜 의도가 없었다고, 진심으로 마를라스카를 사랑했고 그와 마찬가지로 모든 사기를 진짜라고 믿었다고 합니다. 하지만 그 가능성에 대해서 나는 그리 동의하지 않습니다. 일어난 일의 결과로 볼 때 부적절한 의견입니다. 하코는 마를라스카가 은행에 거액을 예치하고 있다는 사실을 알았고, 그를 제거한 뒤 혼란스러운 흔적을 남기고 돈을 챙겨 사라지고자 마음먹었습니다. 수첩에 적힌 약속은 사비노나 하코가 남겨놓은 거짓 단서일 수도 있습니다. 마를라스카가 적었다는 증거는 그 무엇도 없었습니다."

"마를라스카가 스페인식민은행에 보관하고 있었던 십만 프랑은 어디서 난 돈입니까?"

"마를라스카 자신이 일 년 전에 현금으로 입금한 것입니다. 그런 큰돈이 어디서 났는지는 전혀 모릅니다. 내가 분명히 아는 것은 그 예금이 마를라스카가 죽은 날 아침에 현금으로 출금되었다는 사실입니다. 변호사들은 그 돈이 신탁계좌로 송금된 것이지 사라진 것이 아니며, 마를라스카가 자신의 재무를 재조정하기로 한 것뿐이라고 말했습니다. 하지만 나는 단 하루의 아침나절 동안 자신의 재무를 재조정하기 위해 십만 프랑에 가까운 돈을 송금한 후, 오후에 산 채로 불탄 모습으로 나타날 수 있다는 말은 믿기 어렵다고 생각합니다. 나는 그 돈이 지금 어느 비밀계좌에서 썩어가고 있다고는 생각하지 않습니다. 오늘날까지도 그 돈이 하코 코르베라와 이레네 사비노의 손에 들어가지 않았다고 나를 설득하는 증거는 하나도 없습니다. 적어도 처음에는 그랬습니다. 지금은 그녀가 한푼도 받지 못한 게 아닐까 의심이 들기 때문입니다. 어쨌든 하코는 그 돈을 가지고 사라졌습니다. 영원히."

"그럼 그녀는 어떻게 되었습니까?"

"그건 하코가 로우레스와 이레네 사비노를 속였다고 생각하게 만드는 또다른 측면입니다. 마를라스카가 죽고 얼마 후 로우레스는 저승과 관련된 사업을 그만두고 프린세사 거리에 마술용품 가게를 열었습니다. 내가 알기로 가게는 아직도 그곳에 있습니다. 이레네 사비노는 몇 년 더 카바레와 술집을 전전하며 일했습니다. 시간이 흐를수록 점점 더 싸구려 업소로 자리를 옮겼죠. 내가 들은 마지막 소식은 그녀가 라발 지구에서 몸을 팔며 극도의 가난 속에서 살고 있다는 것이었습니다. 분명 그 십만 프랑 중 한푼도 그녀에게 가지 않은 것입니다. 로우레스의 경우와 마찬가지로요."

"그러면 하코는 어떻게 되었습니까?"

"가짜 이름으로 이 나라를 떠났고, 아마도 다른 곳에서 그 돈으로 편안하게 먹고살 거란 추측이 가장 그럴듯합니다."

분명한 것은 그 모든 설명이 무언가를 명확히 밝혀주는 대신 내 안에 더 많은 의문을 만들었다는 점이었다. 살바도르는 찜찜해하는 내 시선의 의미를 해석하고는 애석하다는 미소를 지었다.

"발레라와 시청에 있는 그의 친구들은 신문에 사고 이야기로만 기사가 나오게 하는 데 성공했습니다. 그는 법률사무소의 평판을 흐리지 않기 위해 멋진 장례식으로 그 문제를 해결했습니다. 사실 그들이 수임하고 있던 일 대부분은 시청이나 시의회와 관련된 것이었습니다. 그리고 마를라스카 씨가 가족과 공동설립자를 버리고 도시 한쪽의 허물어져가는 집을 구입하기로 했을 때까지 근 열두 달 동안 보여준 이상한 행동을 세인의 관심에서 지우는 데 성공했습니다. 그의 옛 공동설립자인 발레라에 따르면, 평생 그런 동네에 한 번도 발을 들여놓은 적 없던 그가 그 집을 산 것은 글을 쓰는 데 전념하기 위해서였다고 하더군요."

"마를라스카가 무얼 쓰고자 했답니까?"
"시집이나 그 비슷한 겁니다."
"당신은 그 말을 믿었습니까?"
"형사 일을 하면서 아주 이상한 것도 많이 보았지만, 소네트를 쓰기 위해 모든 것을 버리고 은거하는 돈 많은 변호사는 목록에 없습니다."
"그래서 당신은 어떻게 했지요?"
"아마 그 사건을 잊고 지시받은 대로 행동하는 게 가장 이성적이었을 겁니다."
"하지만 그러지 않았군요."
"그래요. 그건 내가 영웅이거나 바보여서가 아닙니다. 그 불쌍한 여자, 그러니까 마를라스카의 아내를 볼 때마다 속이 뒤집혔기 때문입니다. 나라에서 월급을 받아 먹고사는 입장에서 의당 해야 할 일을 하지 않고는 거울을 볼 수조차 없었습니다."
그는 자신의 보금자리인 보잘것없고 추운 공간을 가리키면서 웃었다.
"이렇게 살 거라는 걸 알았더라면 차라리 비겁자가 되는 편을 택했지 선을 넘는 행동은 하지 않았을 것입니다. 경찰 수뇌부에서 미리 경고를 주지 않았다고는 하지 않겠습니다. 죽고 묻힌 변호사는 이제 역사의 페이지로 넘어갔고, 우리는 배고픔에 죽어가는 무정부주의자들과 의심스러운 이념을 주장하는 교사들을 뒤쫓는 데 모든 노력을 기울여야 했습니다."
"묻혔다는 말이 나와서 말인데…… 디에고 마를라스카는 어디에 묻혀 있습니까?"

"아마도 산헤르바시오 공동묘지의 가족 봉안소에 있을 겁니다. 그 노부인이 사는 집에서 그리 멀지 않은 곳에 있습니다. 그런데 왜 이 사건에 그토록 관심을 보이는지 물어봐도 괜찮겠습니까? 그 탑의 집에 살면서 호기심이 생겼다는 말 따위는 하지 마십시오."

"설명하기 어렵습니다."

"친구로서 조언을 받고 싶다면, 나를 본보기로 삼아요. 그냥 사건을 이대로 덮어두십시오."

"나도 그랬으면 좋겠습니다. 그런데 이 사건이 나를 그대로 놔두지 않습니다."

살바도르는 한참 동안 나를 뚫어지게 바라보더니 고개를 끄덕거렸다. 그리고 종이를 집어 숫자를 적어주었다.

"이건 아래층에 사는 이웃의 전화번호입니다. 아주 좋은 사람들이고 이 건물 전체에서 유일하게 전화가 있는 집이기도 합니다. 이 번호로 전화를 걸어서 나를 불러달라고 해도 좋고 메시지를 남겨도 좋습니다. 에밀리오를 찾으면 됩니다. 도움이 필요해지면 주저하지 말고 전화를 거십시오. 그리고 눈을 부릅뜨고 정신을 똑바로 차리고 다녀야 합니다. 하코는 이미 오래전 이 무대에서 사라졌지만, 여전히 이 문제를 휘젓는 걸 싫어하는 사람들이 있습니다. 십만 프랑이란 아주 큰돈이니까요."

나는 그 전화번호를 받아 보관했다.

"감사합니다."

"천만에요. 어쨌거나 이제 그들이 나를 어떻게 할 방법은 없지 않겠습니까?"

"혹시 디에고 마를라스카의 사진을 가지고 있습니까? 집안을 뒤져보았지만 한 장도 발견할 수 없었습니다."

"나도 잘 모르겠습니다…… 있긴 있을 텐데…… 잠깐만 기다리십시오."

살바도르는 거실 한쪽 구석에 있는 책상으로 향했고, 종이로 가득한 양철상자에서 무언가를 꺼냈다.

"아직도 이 사건과 관련된 것을 보관하고 있군요…… 보다시피 나는 세월이 흘러도 달라진 게 없네요. 여기 있으니 보십시오. 이 사진은 마를라스카 부인이 준 것입니다."

그는 내게 사진관에서 찍은 오래된 사진 한 장을 내밀었다. 사진 속에서는 마흔 살을 넘긴 키가 크고 근사하게 생긴 남자가 벨벳을 배경으로 카메라를 보면서 웃고 있었다. 그 깨끗한 눈빛을 넋을 놓고 바라보며 나는 그런 시선 뒤에 내가 『영원의 빛』에서 발견했던 음산하고 어두운 세상이 어떻게 숨어 있을 수 있을까 자문했다.

"내가 가져가도 되겠습니까?"

살바도르는 머뭇거렸다.

"괜찮을 것 같습니다. 하지만 잃어버리지는 마십시오."

"반드시 되돌려드릴 것을 약속합니다."

"조심스럽게 행동할 것이라고 약속해주십시오. 그래야 내가 마음 편히 있을 수 있으니까요. 그러지 못해 문제가 생기면, 내게 전화를 하십시오."

나는 그에게 손을 내밀었고, 그는 내 손을 꼭 잡았다.

"약속합니다."

30

차가운 옥상에 리카르도 살바도르를 놔두고 나왔을 때는 이미 해가 뉘엿뉘엿 지기 시작하고 있었다. 레알광장으로 되돌아오니 그곳은 행인들과 이방인들의 실루엣을 붉게 물들인 먼지투성이 햇빛에 흠뻑 젖어 있었다. 나는 그 도시 전체를 통틀어 항상 나를 기꺼이 맞이해주고 보호해주는 유일한 장소로 도피하기 위해 걸음을 내디뎠다. 산타아나 거리에 도착했을 때 '셈페레와 아들' 서점은 막 문을 닫으려는 참이었다. 석양이 도시 위로 기어내려가고 있었고 하늘에는 파란색과 자주색이 뒤엉킨 틈새가 열려 있었다. 나는 진열창 앞에 멈춰 서서 아들 셈페레가 서점을 나가던 손님 한 명을 배웅하는 것을 보았다. 그는 나를 보자 미소 지으며 점잖은 성품이 잘 드러나는 수줍은 태도로 인사를 건넸다.

"마르틴, 바로 당신을 생각하고 있었어요. 잘 지내요?"

"더할 나위 없이 잘 지내고 있어요."

"얼굴에 쓰여 있네요. 자, 어서 들어와요. 커피나 한잔 마셔요."

그는 가게문을 열어주고서 내게 들어오라고 권했다. 나는 서점으로 들어가 종이 내음과 마술적인 향내를 들이마셨다. 왜 아직 그 향기를 병에 담을 생각을 아무도 하지 않았는지 이해가 되지 않았다. 아들 셈페레는 따라오라고 손짓하더니 안쪽 방에 들어가 커피포트로 커피를 만들기 시작했다.

"아버지는 어때요? 잘 지내세요? 지난번에 보니까 얼굴이 좀 안 좋던데."

아들 셈페레는 물어봐줘서 감사하다는 듯 고개를 끄덕였다. 그러고 보니 그 문제에 관해 말할 상대가 아무도 없었을지 몰랐다.

"사실대로 말하면 예전 같지 않아요. 의사가 말하길, 협심증이라 잘 살펴봐야 한대요. 그런데도 아버지는 예전보다 더 일을 많이 하겠다고 고집을 부리세요. 그래서 가끔 내가 성질을 부려야 해요. 내게 일을 맡겨놓으면 서점을 말아먹을 것처럼 보이나봐요. 오늘 아침에는 자리에서 일어나자마자 제발 오늘만은 온종일 침대에 누워서 서점으로 내려오지 마시라고 신신당부했어요. 그런데 그 말을 한 지 삼 분 만에 부엌에서 아버지를 봤어요. 신발을 신고 있더라고요. 믿어져요?"

"생각이 확고한 분이지요." 나도 동의했다.

"독불장군처럼 고집스러워요." 아들 셈페레가 대답했다. "그나마 다행인 건, 지금 도와주는 사람이 있기 망정이지 그렇지 않았더라면……"

나는 아무것도 모르는 척 놀랍다는 표정을 지었다. 준비가 제대로 되어 있지 않은 상황에서도 언제든 유용하게 써먹기 좋은 방법이었다.

"여자아이예요." 아들 셈페레가 밝혔다. "당신 조수 이사벨라요. 바로 그래서 당신을 생각하고 있었던 거예요. 그녀가 여기서 하루에 몇 시간씩 일하는데, 당신에게 폐가 되지 않았으면 좋겠네요. 사실 지금 상황이 좋지 않아서 그녀의 도움에 진심으로 감사하고 있어요. 하지만 당신이 불편하다면……"

이사벨라의 '벨라'를 음미하며 발음하는 그를 보며 나는 미소를 억눌렀다.

"아니에요, 임시로 당분간 일하는 건 괜찮아요. 사실 이사벨라는 아주 훌륭한 여자지요. 똑똑하고 열심히 일해요." 내가 말했다. "믿어도 좋을 사람이에요. 저랑 정말로 잘 지내고 있어요."

"그런데 그녀는 당신이 폭군이라고 하던데요?"

"그랬어요?"

"사실대로 말하자면, 당신에게 별명도 붙였던데요. '미스터 하이드'라고."

"아주 멋진 별명이네요. 하지만 그런 말에 귀기울이지 말아요. 당신도 여자들이란 어떤 존재인지 알고 있잖아요."

"그래요, 잘 알고 있지요." 아들 셈페레의 말투에서는 그가 비록 많은 것을 알아도 여자에 대해서는 아무것도 모른다는 사실이 분명하게 드러났다.

"이사벨라가 내 얘기를 그렇게 했군요. 당신 이야기를 내게 하지 않을 거라고는 생각하지 말아요." 나는 과감하게 말했다.

그의 얼굴에서 동요의 빛이 보였다. 나는 내 말이 그의 두꺼운 갑옷을 천천히 부식시키도록 놔두었다. 그는 내게 조심스러운 미소를 지으면서 커피잔을 내밀었고, 이류 오페레타에서도 나오지 않을 방법으로 원래 화제로 돌아갔다.

"그러니까 나에 관해 뭐라고 말하던가요?" 그는 결국 이 말을 하고 말았다.

나는 잠시 그에게 불안감을 심어주도록 뜸을 들였다.

"알고 싶어요?" 나는 잔 뒤로 미소를 감추면서 뜻밖이라는 듯 물었다.

아들 셈페레는 어깨를 으쓱했다.

"당신은 착하고 다정하지만, 약간 소심한 탓에 사람들은 당신이 진짜 어떤 사람인지 이해하지 못한대요. 그녀의 말을 그대로 인용하자면, 소심한 성격 너머에 있는 영화배우처럼 정말 매력적인 인물을 보지 못한다나요."

아들 셈페레는 침을 삼키면서 놀란 표정으로 나를 바라보았다.

"거짓말은 하지 않겠어요, 내 친구 셈페레. 사실 난 당신이 이 얘기를 꺼내 몹시 반가워요. 이미 며칠 전부터 당신에게 해주고 싶은 말이 있었는데, 어떻게 꺼내야 할지 몰랐거든요."

"무슨 말인데요?"

나는 목소리를 낮추고 그의 눈을 뚫어지게 쳐다보았다.

"우리끼리 하는 얘기지만, 이사벨라는 이곳에서 일하고 싶어해요. 그건 바로 당신을 우러러보기 때문이지요. 혹시 그녀가 당신을 사랑하고 있는 건 아닐까 싶어요."

아들 셈페레는 거의 경기를 일으킬 표정으로 나를 쳐다보았다.

"그래도 순수한 사랑 아닐까요? 그러니까 정신적인 사랑이요. 우리끼리 이해할 수 있는 말로 하자면, 디킨스의 여자 주인공처럼 말이에요. 전혀 경박스럽지 않고 유치하지도 않은 사랑이지요. 아직 어리지만 이사벨라는 다 큰 숙녀예요. 틀림없이 당신도 그건 알 거예요……"

"듣고 보니 그런 것 같군요."

"이런 말을 해도 될지 모르겠지만, 난 단지 더할 나위 없이 훌륭한 그녀의 보드라운 외모뿐 아니라 겉으로 드러나지 않는 내면의 아름다움과 착한 마음씨에 관해 말하는 거예요. 그것들은 그녀의 내면에서 기다리다 적절한 기회가 되면 나타나 한 남자를 이 세상에서 가장 행복한 사람으로 만들어주겠죠."

셈페레는 무슨 말을 해야 할지 몰랐다.

"게다가 그녀에게는 숨겨진 재능도 있어요." 내가 덧붙였다. "외국어도 잘하고, 천사처럼 피아노도 치지요. 아이작 뉴턴도 따라오지 못할 정도로 숫자에 천부적인 감각이 있어요. 게다가 요리도 엄청 잘해요. 나 좀 봐요. 그녀가 조수로 일한 이후 벌써 몇 킬로그램이나 살이 쪘는지 몰라요. 파리의 유명 레스토랑 투르 다르장도 따라오지 못할 실력으로…… 아직 모르고 있었다고 하지는 않겠죠?"

"하지만 요리를 한다는 말은 안 했어요……"

"난 그녀가 당신에게 완전히 반했다고 말하는 거예요."

"사실은……"

"이건 알아요? 그 아이는 길들여야 할 사나운 맹수 같은 분위기를 풍기지만, 사실 마음은 병적일 정도로 유순하고 소심해요. 모두 수녀들 잘못이지요. 그들은 수많은 지옥 이야기와 뜨개질 강의로 여자애들을 멍청하게 만들거든요. 이런 점에서는 자유를 마음껏 누릴 수 있는 학교가 정말 좋지요."

"하지만 내가 장담하는데, 그녀는 날 바보나 다름없이 여길 거예요." 셈페레가 말했다.

"바로 그거지요. 그건 반론의 여지가 없는 증거예요, 친구 셈페레. 여자가 남자를 바보 취급 한다는 건 생식선이 날을 세우고 있다는 의미라고요."

"정말 그런가요?"

"이건 스페인중앙은행의 신용도보다 더 믿을 만한 말이에요. 내 말 들어요. 난 이런 걸 이미 오래전에 깨달은 사람이에요."

"아버지도 그렇게 말하더군요. 그럼 내가 어떻게 해야죠?"

"음, 경우에 따라 다른데…… 당신은 그녀를 좋아하나요?"

"좋아하냐고요? 모르겠어요. 뭘 보고 그걸 아는지……"

"아주 쉬워요. 곁눈질로 그녀를 쳐다보면, 깨물고 싶은 욕망이 솟구치나요?"

"깨문다고요?"

"가령 엉덩이를 말이에요."

"마르틴 씨……"

"너무 부끄러워하지 말아요. 이건 남자들끼리 하는 이야기고, 남자들이 해적과 돼지 사이의 연결고리라는 사실은 익히 알려져 있어요. 그녀를 좋아하나요? 아닌가요?"

"이사벨라는 호감이 가는 여자예요."

"그것 말고 또 뭐가 있죠?"

"똑똑하고, 다정하고, 열심히 일해요."

"계속해봐요."

"훌륭한 기독교인인 거 같아요. 난 열심히 미사에 참석하는 사람은 아니지만……"

"말해 뭐하겠어요. 이사벨라는 주말뿐 아니라 평일에도 자주 미사에 간다니까요. 내가 말했잖아요, 그 수녀들 때문에요."

"하지만 그녀를 깨물고 싶다는 생각은 해본 적이 없어요. 정말이에요."

"내가 그 말을 하기 전까지는 그랬다는 거군요."

"그녀를 두고 그런 소리를 하는 건 예의가 아닌 것 같다고 말하고 싶군요. 아니, 그녀뿐만 아니라 그 어떤 여자라도 마찬가지예요. 당신은 창피한 줄 알아야 해요……" 아들 셈페레가 항의했다.

"모두 내 탓입니다." 나는 항복하듯이 두 손을 올리면서 말했다. "하지만 그건 중요하지 않아요. 각자는 자신의 믿음을 자기만의 방식으로 표현하니까요. 나는 경박하고 천박한 존재고, 거기서 바로 개같은 내 관점이 나오는 거지요. 하지만 황금처럼 근엄한 당신은 신비하고 심오한 감정을 지닌 사람이지요. 하지만 분명한 것은 그 아이가 당신을 우러러보고 있고, 그 감정은 상호적이라는 겁니다."

"그럴까요……"

"그런 소리는 하지 마세요. 셈페레, 있는 그대로의 사실을 받아들여요. 당신은 책임감 있고 공손한 사람이에요. 만일 나였다면…… 글쎄, 어떻게 얘기해야 할까요…… 당신은 나와 달리 한창 꽃피는 여자의 순수하고 고귀한 감정을 가지고 장난칠 사람은 아니잖아요. 내 말이 틀렸나요?"

"틀리지는 않은 거 같아요……"

"그럼 됐어요."

"뭐가 됐다는 거죠?"

"분명하지 않나요?"

"아니요."

"구애해야 할 시간이에요."

"뭐라고요?"

"그녀를 구슬려야 할 시간, 그러니까 과학적 용어를 쓴다면 사랑을 속삭여야 할 때란 말이지요. 이것 봐요, 셈페레. 기괴한 이유로 우리는 소위 문명이 지배하고 있다는 수 세기 동안 여자들을 길모퉁이에 몰아세우거나 단도직입적으로 결혼해달라고 프러포즈를 할 수 없는 상황으로 이끌려왔어요. 그러기 전에 우선 사랑을 속삭여야 합니다."

"결혼이라고요? 지금 미쳤어요?"

"내 말의 의미는, 아직 깨닫지 못했을 뿐 당신도 속으로는 이런 생각을 하고 있을 텐데, 오늘, 아니, 내일이나 모레에 당신 손이 떨리고 입에서 침이 흐르는 증상이 치료되면 이사벨라가 서점에서 일을 끝내고 돌아갈 무렵 아주 근사한 장소로 간식을 먹으러 가자고 청하라는 거지요. 그러면 아마 서로가 상대방에게 꼭 맞는 사람이라는 사실을 깨닫게 될 거예요. 가령 이 도시에서 명성이 자자한 엘스 콰트르 가츠로 가자고 해봐요. 그 카페 사람들은 인색해서 전기를 절약하기 위해 조명을 희미하게 해놓는데, 이런 경우에는 그런 조명이 분위기를 잡는 데 많은 도움이 돼요. 종업원 여자에게 연하고 흰 치즈와 꿀 한 스푼을 갖다달라고 하세요. 식욕을 돋우는 데 좋거든요. 그런 다음 마시는 즉시 머리가 핑 도는 포도주 몇 모금을 그녀에게 태연하고 침착하게 권해요. 그녀가 어느 정도 취기가 돌면 무릎에 손을 올려놓고 그동안 그 응큼한 마음속에 꼭꼭 숨겨놓은 당신의 말재주로 그녀의 혼을 쏙 빼놓는 겁니다."

"하지만 그녀에 관해서는 아무것도 모르고, 그녀가 무엇에 관심이 있는지도……"

"그녀는 당신과 똑같은 것에 관심이 있어요. 책과 문학, 이곳에 있는 이 모든 보물의 향내와 연재소설의 모험, 그리고 낭만적인 프러포즈에요. 그녀는 고독을 떨쳐버리길 원하고, 함께 마음을 나눌 사람이 없다면 이 빌어먹을 세상은 살아갈 가치가 조금도 없다는 걸 이해하기 위해 시간낭비는 하고 싶지 않다고 생각하죠. 이 정도면 중요한 건 뭔지 다 아는 셈입니다. 나머지는 일이 진행되는 와중에 스스로 알아내서 즐기면 되는 거예요."

아들 셈페레는 생각에 잠기더니, 건드리지도 않은 자기 커피잔과 주식시장에서 주식을 파는 사람처럼 힘들게 미소 짓고 있던 나를 번갈아 쳐다보았다.

"고맙다고 해야 할지, 아니면 당신을 경찰에 고발해야 할지 모르겠네요." 마침내 그가 말했다.

바로 그때 서점에서 아버지 셈페레의 무거운 발소리가 들렸다. 몇 초 후 안쪽 방에 그가 모습을 드러내 이맛살을 찌푸린 얼굴로 우리를 쳐다보았다.

"지금 뭐하는 거지? 가게는 내팽개쳐두고 축일이라도 되는 것처럼 수다를 떨고 있다니. 손님이 들어오면 어떻게 하려고? 아니면 어느 뻰뻰스러운 놈이 들어와 책을 훔쳐가면 어떻게 해?"

아들 셈페레는 한숨을 내쉬면서 눈을 크게 떴다.

"걱정하지 마세요, 셈페레 씨. 이 세상에서 그 누구도 훔쳐가지 않는 유일한 게 있다면, 그건 바로 책일 겁니다." 내가 윙크하면서 말했다.

그러자 알겠다는 공모자의 미소를 지으면서 그의 얼굴이 환하게 빛났다. 아들 셈페레는 그 틈을 타 내 발톱에서 빠져나가 서점으로 도망쳤다. 그의 아버지는 내 옆에 앉아서 아들이 입도 대지 않은 커피 향을 맡았다.

"카페인을 마시면 심장에 좋지 않다고 의사가 그러지 않던가요?"

"의사란 해부학책을 들고서도 엉덩이가 어디에 붙었는지 모르는 사람이지. 그런데 심장에 관해 무얼 알겠어?"

"하지만 선생님보다는 많이 알 겁니다." 나는 이렇게 대답하면서 그의 손에서 커피잔을 빼앗았다.

"난 황소처럼 건강한 사람이야, 마르틴."

"황소가 아니라 노새처럼 고집 센 분이시지요. 자, 어서 집으로 올라가 침대에 누우세요."

"침대에 있는 것도 젊고 괜찮은 누군가와 함께 있을 때만 가치가 있지."

"누군가와 함께 있고 싶으시다면, 내가 찾아보지요. 하지만 선생님 심장이 제대로 견딜지 모르겠습니다."

"마르틴, 내 나이가 되면 성적 충동은 파이를 맛보고 과부들의 목을 쳐다보는 정도로 쪼그라든다네. 지금 내가 신경쓰는 건 내 후손이야. 그 분야에서 약간의 진전이 있었나?"

"지금은 퇴비를 주고 씨를 뿌리는 단계입니다. 적당한 기후가 되어 무언가 수확할 수 있는지는 지켜봐야 할 것 같습니다. 이틀이나 사흘 안에 싹이 트는 걸 보면 60퍼센트에서 70퍼센트의 신뢰도가 있는 평가치를 제공할 수 있을 것 같습니다."

셈페레는 기분좋은 듯 미소 지었다.

"이사벨라를 종업원으로 일하도록 보낸 것은 정말 아주 멋진 조치였어." 그가 말했다. "하지만 우리 아들에게는 조금 어리다고 생각하지 않나?"

"솔직하게 말씀드리면, 아직 무르익지 않은 사람은 바로 아드님인 것 같습니다. 아드님이 정신을 바짝 차리고 있지 않으면 이사벨라에게 오 분 만에 산 채로 잡아먹힐 겁니다. 그가 점잖은 사람이었기에 망정이지, 그렇지 않았다면……"

"어떻게 이 고마움을 표하면 되겠나?"

"집으로 올라가서 침대에 드시면 됩니다. 자극적인 말동무가 필요하다면 『포르투나와 하신타』를 가져가시고요."

"자네 말이 맞네. 베니토 페레스는 우리를 실망시키는 법이 없지."

"실망시키려고 해도 안 될 겁니다. 자, 어서 침대로 가십시오."

자리에서 일어난 셈페레는 너무나 힘들게 움직였고 너무나 힘들게 숨을 쉬었다. 그의 가스랑거리는 숨소리는 머리카락이 쭈뼛서도록 나를 긴장시키기에 충분했다. 팔을 붙잡아 부축하니 그의 몸이 몹시 찼다.

"너무 놀라지 말게, 마르틴. 신진대사가 좀 느려져서 그래."

"오늘은 『전쟁과 평화』처럼 느린 모양입니다."

"한숨 자고 나면 다시 새사람이 된다네."

나는 서점 바로 위에 있는 아버지와 아들이 함께 사는 집까지 그를 데려다주고 그가 이불 속으로 들어가는 것까지 확인하기로 마음먹었다. 함께 계단을 올라가는 데 거의 십오 분이 걸렸다. 도중에 같은 건물에 사는 이웃과 마주쳤는데, 집으로 가는 길인 아나클레토라는 다정한 교사로 카스페의 예수회 학교에서 언어와 문학을 가르치는 사람이었다.

"친구 셈페레, 오늘의 삶은 어땠소?"

"몹시 험했네, 아나클레토."

그 교사의 도움으로 나는 셈페레 씨를 2층으로 데려갈 수 있었다. 셈페레 씨는 거의 내 목에 매달리다시피 했다.

"미안하지만 나는 이만 쉬러 가겠네. 오늘 내가 학생으로 데리고 있는 그 원숭이떼와 싸우면서 긴 시간을 보낸 통에 너무 피곤해.” 교사가 말했다. “내가 장담하는데, 이 나라는 한 세대도 지나기 전에 분열되고 말 것이네. 쥐들처럼 서로서로 잡아먹을 거야.”

셈페레 씨는 내게 손짓했다. 아나클레토의 말에 너무 신경쓰지 말라는 뜻이었다.

“좋은 사람이지.” 그가 중얼거렸다. “하지만 모든 걸 과장해.”

그 집에 들어서자 나는 손에 『위대한 유산』을 들고 피투성이가 되어 도착했던 그 머나먼 옛날의 어느 아침을 떠올렸다. 그날 셈페레 씨는 나를 안아서 자기 집으로 올라갔고, 내게 따뜻한 코코아 한 잔을 타주었다. 의사를 기다리는 그는 다정한 말로 나를 안심시켜주고 수건에 따뜻한 물을 적셔 내 몸에 묻은 피를 닦아주었다. 그때까지 내가 그 누구에게서도 느껴보지 못했던 자상함이었다. 그 당시 셈페레 씨는 강인하고 튼튼한 사람이었고, 나는 모든 면에서 그가 거인처럼 느껴졌다. 그의 도움이 없었다면 나는 그 가난한 시절을 견뎌내지 못했을 것이었다. 내가 팔로 부축해 침대에 눕히고 담요 두 장을 덮어주는 지금 그에게는 그런 힘이 거의, 아니 전혀 남아 있지 않았다. 나는 곁에 앉아서 뭐라고 해야 할지 몰라 그의 손만 꼭 잡았다.

“이보게, 우리 둘 다 막달레나처럼 울음을 터뜨릴 것 같다면, 자네는 이만 가는 편이 좋겠네.” 그가 말했다.

“몸조심하세요. 내 말 듣고 있죠?”

“아주 소중하게 내 몸을 보살필 테니, 너무 걱정하지 말게.”

나는 고개를 끄덕이고서 현관으로 향했다.

“마르틴?”

나는 현관을 나가려다 말고 뒤돌았다. 내가 치아 몇 개와 함께 상당한 순진함을 잃어버렸던 그날 아침처럼 셈페레 씨가 나를 걱정어린 눈길로 바라보고 있었다. 그가 내게 무슨 일이 일어나고 있는 거냐고 묻기 전에 나는 얼른 그곳을 나왔다.

31

이사벨라가 내게서 배운 전업작가의 첫번째 기지 중의 하나는 할일을 나중으로 미루는 방법과 그 실천이었다. 이 분야의 노련한 전문가라면 연필심을 뾰족하게 깎는 것부터 백일몽의 목록을 작성하는 것까지 다른 모든 일이 책상에 앉아 머리를 쥐어짜는 행동보다 우선한다는 것을 알고 있다. 이사벨라는 이 기본적인 교훈을 서서히 몸으로 배워 흡수했다. 집에 도착하자 나는 그녀가 책상에 앉아 있는 대신 부엌에 있다는 것을 알았다. 이사벨라는 냄새와 모양으로 보아 몇 시간 동안 공들여 만든 듯한 음식을 다듬으면서 저녁식사에 마지막 손질을 가하고 있었다.

"무언가 축하할 일이 있나?" 내가 물었다.

"당신의 얼굴을 보니 그렇지는 않을 것 같네요."

"이게 무슨 냄새지?"

"구운 배와 초콜릿 소스로 요리한 오리예요. 당신의 요리책에서 찾아낸 메뉴요."

"나 요리책은 한 권도 없는데."

이사벨라는 자리에서 일어나더니 가죽으로 장정된 책 한 권을 가져와 식탁 위에 올려놓았다. 미셸 아라공이라는 작가가 쓴 『최고의 프랑스 요리 101가지』였다.

"그건 당신 생각이고요. 서재의 책장 두번째 칸에서 별의별 책을 다 발견했어요. 심지어 페레스아과도 박사가 쓴 결혼 위생 안내서도 있더라니까요. 아주 선정적인 그림과 함께 '하느님의 고안에 따라 여성은 육체적 욕망을 모르며, 여성의 정신적, 감정적 성취는 출산과 가사라는 자연적인 일을 통해 승화된다' 따위의 글도 적혀 있었어요. 그곳에 솔로몬왕의 보물이 있더군요."

"책장의 두번째칸에서 뭘 찾고 있었는지 물어봐도 될까?"

"영감이지요. 결국은 발견했고요."

"하지만 문학이 아니라 요리의 영감을 발견했잖아. 영감을 받든 아니든 너는 매일 글을 쓰기로 나와 약속했어."

"슬럼프에 빠졌어요. 내게 여러 가지 일을 시키고, 티 없는 아들 셈페레와 술책을 꾸며서 나를 끌어들인 당신 잘못이에요."

"너를 미칠 듯이 사랑하고 있는 남자를 비웃는 게 잘하는 일이라고 생각해?"

"뭐라고요?"

"이미 들었잖아. 아들 셈페레는 네가 그의 잠을 훔쳤다고 내게 고백했어. 말 그대로 온종일 너만 생각하는 바람에 잠도 제대로 못 자고 먹지도 못하고, 오줌도 못 누고 있어."

"당신은 지금 헛소리를 하고 있고요."

"헛소리하는 사람은 가련한 셈페레야. 네가 그를 봤어야 하는데. 괴로운 고통과 번민에서 해방될 수 있도록 내가 그를 총으로 쏴주고 싶을 지경이었다니까."

"나한테는 전혀 눈길도 안 주던데요." 이사벨라가 따졌다.

"그건 어떻게 자기 마음을 열어야 하는지 모르고, 감정을 담을 적절한 말을 찾지 못해서야. 우리 남자들은 모두 그래. 무식하고 원시적이지."

"내가 갈도스의 『국민 일화집』 전집을 정리하면서 순서를 틀렸을 때는 아주 적절한 말을 찾아서 잔소리만 잘하더니."

"둘은 같지 않아. 하나는 관리 차원이고, 다른 하나는 열정의 언어니까."

"바보 같은 말은 그만해요."

"존경하는 내 조수님, 사랑에 바보 같은 말이란 없어. 그건 그렇고, 저녁식사를 할 거야, 말 거야?"

이사벨라는 자신이 요리한 진수성찬에 걸맞은 식탁을 차렸다. 내가 한 번도 보지 못했던 그릇과 식기 세트, 잔이 준비되어 있었다.

"이렇게 좋은 그릇과 식기 세트가 있는데 왜 쓰지 않는지 모르겠네요. 다 세탁실 옆방 상자에 들어 있었어요." 이사벨라가 말했다. "그런 것도 모른 걸 보면 남자는 남자네요."

나는 나이프를 들어 이사벨라가 놓아둔 초의 불빛에 자세히 비춰보았다. 그 식기들이 디에고 마를라스카의 것이라는 사실을 깨닫자 식욕이 뚝 떨어졌다.

"왜 그래요?" 이사벨라가 물었다.

나는 고개를 가로저었다. 내 조수는 음식을 담은 접시를 갖다 주고서 기대감에 부풀어 나를 쳐다보고 있었다. 나는 음식을 맛보고 웃으면서 고개를 끄덕였다.

"아주 훌륭해." 내가 말했다.

"약간 질긴 것 같아요. 요리책에서 약한 불에 구워야 한다고 했는데, 얼마나 오래 구워야 하는지는 모르겠어요. 그런데 당신 주방의 레인지는 불길이 훨훨 타오르거나 아니면 아예 꺼져버려요. 중간이라는 게 존재하지 않는다고요."

"아주 훌륭해." 나는 이 말을 반복하고는, 배가 고프지도 않은데 음식을 먹었다.

이사벨라는 나를 곁눈으로 쳐다보고 있었다. 우리는 아무 말도 하지 않고 저녁식사를 계속했다. 우리를 둘러싼 소리는 식기와 접시가 부딪치는 소리뿐이었다.

"아들 셈페레에 관한 말이 정말인가요?"

나는 그릇에서 눈을 들지 않은 채 고개를 끄덕였다.

"나에 대해서 또 뭐라고 했죠?"

"네가 고전적인 아름다움을 지니고 있으며 똑똑하고 매우 여성스럽다고 했어. 그 친구가 워낙 젠체하잖아. 두 사람 사이에 정신적인 연결관계가 있다는 느낌이 든다는 말도 하더군."

이사벨라는 무시무시한 시선으로 나를 노려보았다.

"당신이 지어낸 이야기가 아니라고 맹세할 수 있어요?" 이사벨라가 물었다.

나는 오른손을 요리책 위에 놓고 왼손을 들었다.

"『최고의 프랑스 요리 101가지』에 한 손을 얹고서 맹세하지." 내가 분명하게 밝혔다.

"보통 맹세할 때는 다른 손을 얹어요."

나는 손을 바꾸고서 엄숙한 표정으로 똑같은 몸짓을 했다. 이사벨라는 한숨을 내쉬었다.

"그럼 내가 어떻게 해야죠?"

"나도 몰라. 사랑에 빠진 연인들은 무얼 하지? 산책하러 나가거나 춤을 추고……"

"하지만 난 그 사람을 사랑하지 않아요."

나는 그녀가 나를 고집스럽게 쳐다보거나 말거나 오리고기 요리를 계속 음미했다. 잠시 후 이사벨라가 테이블을 손으로 쳤다.

"나 좀 봐요. 이게 다 당신 잘못이에요."

나는 조심스럽게 식기를 내려놓고서 냅킨으로 입을 닦고 그녀를 쳐다보았다.

"내가 어떻게 해야 하느냐고요." 이사벨라가 다시 물었다.

"경우에 따라 달라. 그런데 셈페레가 마음에 들긴 해?"

그녀의 얼굴에 머뭇거림의 구름이 스쳐지나갔다.

"모르겠어요. 우선 나보다 나이가 좀 많잖아요."

"사실상 내 나이지." 내가 지적했다. "기껏해야 한두 살 더 먹었어. 많이 잡아서 세 살."

"아니면 네다섯 살이요."

나는 한숨을 내쉬었다.

"지금 한창 청춘이야. 그리고 너는 나이 많은 사람이 좋다면서."

"비웃지 말아요."

"이사벨라, 내가 너한테 이러쿵저러쿵 조언할 입장은 아니지만……"

"정말 좋은 소식이네요."

"끝까지 들어봐. 내가 하고 싶은 말은 이건 아들 셈페레와 너 사이의 일이라는 거야. 만일 내 조언을 바란다면, 나는 그에게 기회를 주라고 말하고 싶어. 그 이상은 아니야. 혹시 며칠 내로 그가 첫발을 내딛기로 결심하고 무언가 제안하면, 그러니까 가령 간식을 먹으러 가자고 하면 그 청을 받아들이도록 해. 아마도 그러면 둘은 대화하기 시작할 것이고, 서로를 잘 알게 되어 마침내는 훌륭한 친구가 될 거야. 안 그럴 수도 있지만. 그래도 나는 셈페레가 착한 사람이고 그가 네게 보이는 관심은 진심이라고 생각해. 그리고 감히 말하는데, 조금 생각해보면 너 역시 마음속으로는 그에게 무언가 느끼고 있다는 걸 알게 될 거야."

"당신은 망상으로 가득차 있어요."

"하지만 셈페레는 아니야. 그가 네게 느끼는 애정과 존경심을 모르는 체하는 건 인색한 행동이라고 생각해. 넌 인색한 사람이 아니고."

"이건 감정에 호소해 협박하는 행동이에요."

"아니야. 이건 인생이야."

이사벨라는 나를 죽일 듯이 노려보았다. 나는 그녀에게 미소지었다.

“우선 저녁식사부터 끝마치도록 하지요.” 그녀는 명령조로 말했다.

나는 서둘러 식사를 했다. 그릇에 남은 소스까지 빵에 묻혀 하나도 남김없이 먹고 만족스러운 한숨을 내쉬었다.

“디저트로는 뭐가 있지?”

저녁식사 후에 나는 이사벨라가 사색에 잠겨 자신의 의심과 걱정에 관해 고민하도록 서고에 놔두고서, 탑에 있는 서재로 올라갔다. 나는 살바도르가 빌려준 디에고 마를라스카의 사진을 꺼내 책상 스탠드 아래에 두었다. 그리고 즉시 고용주의 책을 쓰기 위해 차곡차곡 쌓아놓았던 공책과 원고와 메모지로 이루어진 조그만 더미를 쳐다보았다. 디에고 마를라스카의 식기 세트의 냉기가 아직 손에 남아 있는 덕분에 그곳에 앉아 리베라 지구의 지붕들 위로 나와 똑같은 광경을 지켜보고 있었을 그의 모습을 그다지 어렵지 않게 상상할 수 있었다. 나는 손에 집히는 대로 내가 쓴 원고 한 장을 들어서 읽기 시작했다. 단어들과 구절들을 바로 알아볼 수 있었다. 내가 쓴 것이었기 때문이다. 하지만 그 글의 자양분이 되었던 혼탁한 정신은 그 어느 때보다도 더욱 멀게 느껴졌다. 나는 그 종이를 바닥에 떨어뜨리고 눈을 들었다. 그러자 창문 유리에 비친 내 모습이 보였다. 도시 전체를 뒤덮은 파란 어둠을 배경으로 한 낯선 사내의 모습이었다. 나는 그날 밤 작업을 할 수 없을 것이며, 고용주에게 보여줄 글은 단 한 단락도 쓰지 못할 것임을 알았다. 나는 책상의 불을 끄고 어둠 속에 앉아 바람이 창문을 긁어대는 소리를 들었다. 그리고 디에고 마를라스카가 불길에 휩싸여 옥상 호수로 급히 뛰어들었을 때 마지막 기포가 그의 입술에서 새어나오고 얼음장처럼 차가운 액체가 폐에 가득차는 광경을 상상했다.

나는 서재의 안락의자에 웅크린 채 뻐근한 몸으로 새벽이 밝아올 무렵 눈을 떴다. 자리에서 일어나니 관절 두세 군데가 삐거덕거렸다. 몸을 질질 끌고 가서 창문을 활짝 여니 구도심의 지붕들이 서리를 맞아 반짝거렸고, 바르셀로나 위로는 자줏빛 하늘이 펼쳐져 있었다. 산타마리아 델 마르 성당의 종소리가 울리자 검은 날개를 단 구름이 비둘기집에서 공중으로 날아올랐다. 살을 에는 찬바람이 항구의 냄새와 동네의 굴뚝에서 새어나오는 석탄재의 냄새를 실어왔다.

나는 아래층으로 내려가 커피를 만들기 위해 부엌으로 갔다. 부엌 선반을 보자 어안이 벙벙해졌다. 이사벨라가 우리집에서 지내게 된 이후, 찬장은 람블라 데 카탈루냐에 있는 킬레스 식품점과 같았다. 이사벨라 아버지의 식료품점에 있던 이국적인 수입품이 줄지어 있는 사이로 초콜릿을 바른 영국 과자 한 상자가 눈에 띄어 그걸 맛보기로 마음먹었다. 반시간 후 핏줄에 설탕과 카페인이 주입되어 뇌가 작동하기 시작했고, 나는 내 존재를 좀더 복잡하게 만들면서 하루를 시작하겠다는 멋진 생각을 하게 되었다. 가게들이 열기 시작하는 시간에 맞춰 프린세사 거리에 있는 마술용품점을 찾아가기로 작정했던 것이다.

"웬일로 이 시간에 일어났어요?"

내 양심의 목소리인 이사벨라가 부엌문 가에서 나를 지켜보고 있었다.

"과자 먹으려고."

이사벨라는 식탁에 앉아 커피를 잔에 따랐다. 밤새 눈을 붙이지 못한 모습이었다.

"아버지 말이, 그게 왕대비가 가장 좋아하는 상표래요."

"그래서 그렇게 아름다우시구나."

이사벨라는 과자 하나를 집어 아무 생각 없이 깨물었다.

"네가 할 일은 생각해봤어? 그러니까 셈페레와……"

이사벨라가 독기어린 시선으로 나를 바라보았다.

"당신은 오늘 뭐할 작정이에요? 틀림없이 좋은 일은 절대 아니겠죠."

"두어 군데 심부름을 보낼 작정이야."

"아, 알겠어요."

"이제 알겠다는 소리야, 아니면 이미 알고 있었다는 말이야?"

이사벨라는 잔을 식탁에 놓고는 간단한 취조를 하는 자세로 나를 뚫어지게 쳐다보았다.

"왜 그 사람, 그러니까 당신 고용주와 하는 일에 대해서는 내게 한마디도 하지 않는 거죠?"

"여러 이유가 있지만, 무엇보다 너를 위해서야."

"나를 위해서라고요? 물론 그렇겠죠. 어리석게도 내가 그 생각을 못했네요. 그런데 말이 나왔으니 말인데, 어제 당신 친구, 그러니까 형사가 이곳을 찾아왔어요."

"그란데스 말이야? 혼자 왔어?"

"아니요. 사냥개 같은 얼굴에 몸은 옷장처럼 커다란 두 명의 덩치와 함께 왔어요."

마르코스와 카스텔로가 우리집 대문 앞에 있었다고 생각하니 뱃속에 뭔가가 얹히는 느낌이었다.

"그란데스가 왜 왔대?"

"왜 왔는지는 말 안 했어요."

"그럼 뭐라고 했어?"

"내가 누구냐고 물었어요."

"그래서 어떻게 대답했는데."

"당신 애인이라고 했지요."

"아주 훌륭하게 대답했군."

"뭐, 그 거구 중 하나는 내 대답이 재미있었나봐."

이사벨라는 다시 과자 하나를 집더니 두 번 깨물어 입에 넣었다. 그리고 내가 곁눈으로 자기를 보고 있다는 걸 알아채자 즉시 씹는 것을 멈추었다.

"뭐 못할 말이라도 했나요?" 그녀는 입으로 과자 부스러기를 뿜어내며 물었다.

32

구름에서 한줄기 흐릿한 햇빛이 새어나와 프린세사 거리의 마술용품점 전면을 장식한 빨간 페인트를 비추었다. 잘 세공된 나무 차양 아래 유리문 너머로 어두운 가게 내부의 윤곽이 희미하게 보였다. 검은 벨벳커튼으로 둘러싸인 진열창에는 가면과 빅토리아 시대의 취향이 느껴지는 기발한 물건들, 즉 마술 카드와 가짜 단도, 마술 서적과 반짝거리는 유리병이 들어 있었다. 유리병에는 무지갯빛 액체가 담겨 있었는데, 라틴어로 적힌 상표가 붙어 있고 알바세테*에서 밀봉한 것 같았다. 입구의 조그만 종이 울리면서 내가 들어왔다는 것을 알렸다. 안쪽 계산대에는 지키는 사람이 없었다. 나는 진기한 물건들이 수집된 가게를 살펴보면서 잠시 기다렸다. 나를 제외한 가게 전체를 비추는 거울에서 내 얼굴을 찾고

* 스페인 동남부의 도시.

있을 때 곁눈으로 안쪽 방의 커튼 뒤 체구가 작은 사람이 보였다.

"흥미로운 속임수지요?" 흰 머리카락에 눈매가 매서운 작은 남자가 말했다.

나는 고개를 끄덕거렸다.

"어떻게 작동하는 거지요?"

"아직 나도 모릅니다. 이틀 전에 이스탄불의 마술 거울 제작자가 보낸 거예요. 그걸 만든 사람은 굴절 반전이라고 부르더군요."

"눈에 보이는 것과 실제는 다르다는 말이 떠오르는군요." 내가 지적했다.

"마술만은 그렇지 않지요. 그런데 무엇을 도와드릴까요?"

"당신이 다미안 로우레스입니까?"

작은 체구의 남자는 전혀 동요하지 않은 채 천천히 고개를 끄덕였다. 나는 그가 쾌활한 웃음을 입술에 띠고 있는 것을 알았지만, 그의 거울처럼 눈에 보이는 것과 실제는 달랐다. 그의 시선은 차갑고 빈틈이 없었다.

"누가 이 가게를 추천하더군요."

"그토록 다정한 사람이 누구인지 물어봐도 될까요?"

"리카르도 살바도르입니다."

그의 얼굴에서 억지로 짓고 있던 다정한 미소가 지워졌다.

"그가 아직도 살아 있는지 몰랐군요. 최근 이십오 년 동안 본 적이 없습니다."

"그럼 이레네 사비노는 봤습니까?"

로우레스는 한숨을 내쉬면서 고개를 저었다. 그는 계산대를 돌아 출입구로 가더니 '영업 종료' 표지판을 내걸고 문을 잠갔다.

"당신은 누구지요?"

"내 이름은 마르틴입니다. 디에고 마를라스카 씨의 죽음을 둘러싼 상황을 밝히고 있죠. 듣자 하니 그분과 친분이 있으셨다고요."

"내가 아는 한, 그 사건은 이미 오래전에 모두 밝혀졌습니다. 마를라스카 씨는 자살했습니다."

"제가 이해하는 것과는 다르군요."

"그 경찰이 당신에게 어떤 이야기를 해주었는지는 모르겠지만 원한은 기억에 영향을 끼치는 법입니다, 마르틴 씨. 살바도르는 경찰에 있을 당시 아무런 증거도 없이 그것이 음모라고 세상에 퍼뜨리려 했습니다. 그가 고인의 아내 침대를 따뜻하게 해주고 있었고, 그런 상황에서 영웅이 되려고 했다는 건 이미 모두가 아는 사실이죠. 익히 예상할 수 있듯이 상관들이 그에게 규정을 따르라고 지시했고, 말을 듣지 않자 마침내 경찰에서 내쫓은 것입니다."

"그는 진실을 은폐하려는 시도가 있었다고 믿고 있던데요."

로우레스는 웃었다.

"진실이라…… 웃기지 마세요. 그들이 덮으려고 했던 것은 스캔들입니다. 발레라와 마를라스카 법률사무소는 이 도시에서 일어나는 거의 모든 비밀스러운 모략에 연루되어 있습니다. 그런 이야기가 들춰지는 것은 누구도 원하지 않았지요.

마를라스카는 이미 사회적 지위와 직장, 결혼생활을 포기한 상태였습니다. 그러고서 그 집에 틀어박혔는데, 거기서 무엇을 할 작정이었는지는 하느님만 아실 겁니다. 하지만 바보가 아닌 이상 그 누구도 좋게 끝나지는 않을 거란 걸 짐작할 수 있었습니다."

"그렇지만 당신과 당신의 동업자 하코는 강신술 모임에서 저세상과 접촉할 수 있게 해주겠다는 약속으로 마를라스카의 광기를 이용해 이익을 챙겼고……"

"나는 무엇도 그에게 약속하지 않았습니다. 강신술 모임은 그냥 유흥이었습니다. 모든 사람이 그걸 알고 있었습니다. 그의 죽음을 내 탓으로 돌리려고 하지 마십시오. 나는 정직하게 돈을 벌어 먹고사는 사람이었을 뿐입니다."

"그럼 당신 동료 하코는요?"

"나는 내 일에만 책임이 있습니다. 하코가 했을지도 모르는 일은 내 책임이 아닙니다."

"그렇다면 그가 무언가를 했다는 말이군요."

"무슨 말을 듣고 싶은 겁니까? 살바도르가 주장하듯이 비밀계좌에 있는 돈을 그가 차지했다는 말입니까? 그가 마를라스카를 죽였고 우리 모두를 속였다는 말입니까?"

"그게 사실이 아닙니까?"

로우레스는 한참 동안 나를 쳐다보았다.

"나도 모릅니다. 마를라스카가 죽은 날 이후 하코를 만난 적이 없습니다. 내가 알고 있는 건 살바도르와 다른 경찰들에게 모두 말했습니다. 거짓말은 한마디도 하지 않았습니다. 하코가 무슨 짓을 저질렀다고 하더라도 나는 전혀 몰랐고, 그 돈의 일부를 받지도 않았습니다."

"이레네 사비노는 어땠습니까?"

"이레네는 마를라스카를 사랑했습니다. 그녀는 그에게 해가 될 만한 그 어떤 음모도 꾸미지 않았을 겁니다."

"그녀가 어떻게 되었는지 알고 있습니까? 아직 살아 있습니까?"

"아마도 그럴 겁니다. 라발 지구의 세탁소에서 일한다는 소문을 들었습니다. 이레네는 착한 여자입니다. 너무 착하다고 해야지요. 그래서 결국 그렇게 된 겁니다. 그녀는 그런 것들을 믿었습니다. 진심으로 믿었죠."

"그럼 마를라스카는요? 그 세계에서 무엇을 찾고 있었습니까?"

"마를라스카는 무언가에 개입되어 있었습니다. 그게 무엇인지는 내게 묻지 마십시오. 나나 하코가 그에게 팔지 않았고 팔 수도 없었던 것입니다. 내가 알고 있는 건 언젠가 이레네에게 들은 내용이 전부입니다. 아마도 마를라스카는 누구를 만났던 것 같습니다. 내가 모르는 사람이었습니다. 그때나 지금이나 이 분야에 있는 사람이라면 다 알고 있는데 말입니다. 내 말 믿어주십시오. 그가 무언가를 하면 죽은 사람들 사이에서 아들 이스마엘을 되찾을 수 있다고 그 사람이 그에게 약속했다고 합니다. 하지만 그 무언가가 무엇인지 난 모릅니다."

"이레네는 그 사람이 누군지 말하지 않았습니까?"

"그녀는 한 번도 그 사람을 보지 못했습니다. 마를라스카가 만나도록 허락하지 않았다더군요. 그러나 그녀는 그가 두려워하고 있다는 걸 알았습니다."

"무엇을 두려워한 거죠?"

로우레스는 혀를 찼다.

"마를라스카는 자기가 저주받았다고 생각했습니다."

"좀더 분명하게 설명해주십시오."

"이미 말하지 않았습니까. 그는 환자였습니다. 그는 무언가가 자기 안에 들어왔다고 확신하고 있었습니다."

"무언가요?"

"영혼이지요. 아니면 기생충인지도 모릅니다. 그런데 이런 일을 하다보면, 정확하게 제정신이라고 할 수 없는 사람을 많이 알게 됩니다. 그들에게는 신상의 비극이 일어납니다. 애인을 잃어버리거나 재산을 잃어버리고 곤경에 빠집니다. 뇌는 인간의 육체 중 가장 허약한 기관입니다. 마를라스카 씨는 제정신이 아니었습니다. 오 분만 이야기를 나눠보면 그 누구든 알 수 있었습니다. 그래서 나를 찾아온 겁니다."

"그리고 당신은 그가 듣고 싶어하는 이야기를 해주었군요."

"아닙니다. 나는 그에게 진실을 말해주었습니다."

"그 진실이 무엇입니까?"

"내가 아는 유일한 것이지요. 내가 보기에 그 사람은 심각할 정도로 정신이 이상했고, 그래서 나는 그를 이용하려 하지 않았습니다. 그런 일들은 항상 좋지 않게 끝나거든요. 이런 사업에서는 무엇이 자기에게 이로운지 아는 사람이라면 절대로 넘지 말아야 할 선이라는 게 있습니다. 그냥 즐거움을 찾거나 저세상에서 약간의 감동과 위로를 구하려고 오는 사람은 기꺼이 맞이하면서 봉사에 대한 대가를 받습니다. 하지만 이성을 잃어버리기 직전의 사람이 오면 집으로 돌려보냅니다. 이건 그 어떤 것과도 마찬가지로 그냥 구경거리일 뿐입니다. 여기서 필요로 하는 건 구경꾼이지 세상의 이치를 깨친 사람이 아닙니다."

"아주 훌륭한 직업윤리군요. 그럼 마를라스카에게는 뭐라고 말했습니까?"

"그 모든 게 사기이며 허황한 이야기라고 했습니다. 나는 사랑하는 사람을 잃었거나 애인이나 친구, 혹은 부모가 저세상에서 자기를 기다린다고 믿고 싶은 불쌍한 사람들에게 강신술 모임을 열어주고 돈을 버는 광대에 불과하다고 말했습니다. 그리고 저세상에는 아무것도 없으며 그곳은 그냥 커다란 빈 곳일 뿐이라고, 우리가 가진 모든 것은 이 세상에 있다고 말했습니다. 정령이나 귀신 같은 건 잊어버리고 가족에게 돌아가라고 충고했습니다."

"그가 당신 말을 믿던가요?"

"아니라고 분명히 말할 수 있습니다. 그는 강신술 모임에 오지 않고 다른 곳에서 도움을 찾았습니다."

"그게 어디입니까?"

"이레네는 비록 파랄렐로 지구에서 춤을 추고 연기를 하면서 명성을 얻었지만 보가텔 해변의 허름한 동네에서 자랐고 여전히 그곳 사람이었습니다. 그녀는 자기가 마를라스카를 소모로스트로의 마녀라는 여자에게 데려갔고, 마를라스카에게 빚을 지운 사람에게서 그를 지켜달라고 부탁했다고 하더군요."

"이레네가 그 사람 이름은 말했습니까?"

"말을 했는지 몰라도 기억은 나지 않습니다. 이미 말했다시피 그들은 강신술 모임에 이미 발길을 끊었습니다."

"혹시 안드레아스 코렐리 아닙니까?"

"그 이름은 한 번도 들어본 적이 없습니다."

"이레네 사비노는 어디 가면 만날 수 있습니까?"

"이미 내가 알고 있는 건 모두 말했습니다." 로우레스가 짜증스레 대답했다.

"마지막으로 한 가지만 더 질문하고 가겠습니다."

"그 말이 사실인지 한번 봅시다."

"마를라스카가 『영원의 빛』이라는 책을 언급하는 걸 들은 적이 있습니까?"

로우레스는 고개를 가로저으면서 이마를 찌푸렸다.

"도와주셔서 감사합니다."

"천만에요. 가능하면 다시는 이곳에 오지 마십시오."

나는 고개를 끄덕이고서 출구로 향했다. 로우레스는 의심스러운 눈으로 나를 지켜보고 있었다.

"잠깐만요." 내가 안쪽 방의 문턱을 넘으려는 찰나 그가 나를 불렀다.

나는 뒤돌아섰다. 작은 체구의 남자가 머뭇거리면서 나를 쳐다보았다.

"『영원의 빛』은 엘리사베츠의 상점에서 열렸던 강신술 모임에 가끔씩 사용한 일종의 종교 서적이었다는 기억이 납니다. 비슷비슷한 조그만 책자들을 모아놓았는데 그중 하나였습니다. 아마도 내세협회의 마술 서적 도서관에서 빌려온 것 같습니다. 당신이 말한 게 이 책인지는 나도 모르겠군요."

"내용은 기억납니까?"

"그 책을 잘 알고 있던 사람은 내 동업자 하코입니다. 그가 강신술 모임을 이끌던 장본인이니까요. 하지만 내가 기억하기로 『영원의 빛』은 죽음과 '새벽의 아들', 즉 '빛의 운반자'에 관한 시였습니다."

"'빛의 운반자'라고요?"

로우레스는 미소 지었다.

"루시퍼 말입니다."

33

거리로 나와 나는 이제 무엇을 해야 하는지 스스로에게 물으면서 집으로 발길을 옮겼다. 몬카다 거리 입구로 다가가는 순간 그가 보였다. 빅토르 그란데스 형사가 벽에 기대어 시가를 음미하면서 내게 미소 짓고 있었다. 그는 손을 들어 내게 인사를 건넸고, 나는 그가 있는 쪽으로 길을 건넜다.

"당신이 마술에 관심이 있는지 몰랐습니다, 마르틴."

"나도 당신이 나를 추적하고 있는지 몰랐습니다, 형사님."

"당신을 추적하는 게 아닙니다. 그저 당신은 좀처럼 만날 수 없는 사람이고, 그래서 산이 내게 오지 않으면 내가 산을 향해 가야겠다고 마음먹었을 뿐이지요. 오 분만 시간 내줄 수 있습니까? 뭐 좀 마시도록 합시다. 경찰청에서 사는 겁니다."

"이번에는…… 경호원들을 대동하지 않았습니까?"

"마르코스와 카스텔로는 경찰서에 남아 서류 작업을 하고 있습니다. 하지만 내가 당신을 만나러 온다고 말했다면 틀림없이 자진해서 따라왔겠죠."

우리는 중세의 오래된 저택들이 늘어선 골목길을 거쳐 엘샴파네트 카페까지 내려왔고 카페 안쪽에 자리를 잡았다. 종업원은 표백제 냄새를 풍기는 행주를 든 채 우리를 쳐다보았고, 그란데스는 맥주 두 잔과 만체고 치즈를 안주로 시켰다. 맥주와 안주가 나오자 형사가 먹으라고 권했지만 나는 사양했다.

"괜찮겠습니까? 이 시간만 되면 나는 배가 고파 죽을 지경이라서요."

"맛있게 드십시오."

그란데스는 치즈 덩이를 삼키고 눈을 감은 채 입술을 핥았다.

"어제 내가 댁에 들렀다는 소식은 못 들었나요?"

"조금 늦게 전해들었습니다."

"이해할 만합니다. 그런데 그 여자아이, 정말 예쁘더군요. 이름이 뭐지요?"

"이사벨라입니다."

"이 세상에는 정말 파렴치한 인간들이 있지요. 정말이지 부럽습니다. 그 아이는 몇 살입니까?"

나는 못마땅한 시선을 던졌다. 형사는 기분좋게 웃었다.

"내 소식통에 따르면 당신이 최근에 수사관처럼 행동하고 있다더군요. 우리 전문 직업인들의 직장을 빼앗을 참인가요?"

"그 소식통 이름이 뭡니까?"

"아니, 거물급 정보원이라고 하는 편이 맞을 것 같군요. 내 상관 하나가 발레라 변호사와 아주 친하거든요."

"그가 당신에게도 돈을 줍니까?"

"아직은 아니지요. 당신도 잘 알다시피, 나는 구닥다리 경찰일 뿐입니다. 명예라느니 어쩌니 하는 잡스러운 것들을 믿는."

"안타깝군요."

"그럼 이제 그 불쌍한 리카르도 살바도르가 어떻게 지내고 있는지 말해주겠습니까? 그 이름을 들은 지 벌써 이십 년은 되었다는 사실은 아십니까? 다들 그가 죽었을 줄 알고 있지요."

"너무 성급한 진단이군요."

"어떻게 지내고 있습니까?"

"혼자, 배신당하고 잊힌 채 지내고 있지요."

형사는 천천히 고개를 끄덕였다.

"그 사람을 보니 이 직업의 미래가 어떤지 생각하게 되지 않습니까?"

"당신의 경우는 다를 거라고 확신합니다. 이 년 정도만 지나면 가장 높은 수사책임자로 승진할 것 같습니다. 성체축일에 군대 사열을 받는 장성들과 주교들의 손에 입을 맞추는 당신 모습이 눈에 선하네요. 아마 마흔다섯 살도 되기 전에 경찰청장이 될 것 같습니다."

그란데스는 나의 비아냥거리는 어조를 무시하면서 쌀쌀맞게 고개를 끄덕였다.

"손에 입을 맞춘다는 소리가 나왔으니 말인데, 당신 친구 비달 소식은 들었습니까?"

그란데스는 소매에 에이스 카드를 숨기지 않고는 절대 대화를 시작하지 않는 사람이었다. 그는 나의 불안한 모습을 음미하면서 미소를 띤 채 나를 쳐다보았다.

"무슨 소식이 있습니까?" 내가 중얼거렸다.

"사람들 말이, 며칠 전 밤에 그의 아내가 자살 시도를 했다더군요."

"크리스티나가 말입니까?"

"그렇습니다. 당신도 그녀를 잘 알고……"

나는 나도 모르는 사이에 손을 떨며 자리에서 일어났다.

"진정하십시오. 비달의 부인은 괜찮습니다. 그저 놀랐을 뿐입니다. 아편을 너무 과도하게 복용해서…… 그건 그렇고, 좀 앉으십시오, 마르틴."

나는 앉았다. 위장이 못에 찔려 움츠러드는 것 같았다.

"그게 언제였지요?"

"이틀인가 사흘 전이었지요."

나는 며칠 전에 엘리우스 저택의 창문에서 크리스티나가 손을 흔들며 내게 인사했던 모습을 생생하게 떠올렸다. 그때 나는 그녀의 시선을 피해 등을 돌리고 도망쳤다.

"마르틴?" 형사는 나를 부르며 내가 넋이 나갔다고 생각했는지 내 눈앞으로 손을 휘저었다.

"네?"

형사는 정말로 걱정스러운 눈초리로 나를 쳐다보았다.

"나에게 할 이야기 없습니까? 나를 믿지 않는다는 건 이미 알지만, 당신을 도와주고 싶어요."

"아직도 내가 바리도와 그의 동업자를 죽인 범인이라고 믿습니까?"

그란데스는 고개를 가로저었다.

"난 절대로 그렇게 믿지 않지만, 다른 사람들은 그렇게 믿으려고 하지요."

"그렇다면 왜 나를 수사하는 겁니까?"

"자, 마음을 가라앉히십시오. 난 당신을 수사하는 게 아닙니다, 마르틴. 절대로 당신을 수사한 적이 없습니다. 내가 수사하는 날에는 당신도 알게 될 겁니다. 지금으로서는 주시만 하고 있습니다. 당신이 마음에 들고, 당신이 문제에 휘말릴까 걱정이 되니까요. 나를 믿고, 무슨 일이 일어나고 있는지 털어놓는 게 어떻겠습니까?"

우리의 시선이 마주쳤고, 순간적으로 나는 그에게 모든 걸 이야기하고 싶은 유혹을 느꼈다. 어디서부터 시작해야 할지 알았다면 아마도 그렇게 했을 것이다.

"아무 일도 일어나고 있지 않습니다, 형사님."

그란데스는 알았다고 말하면서 유감스러운 표정으로, 아니, 어쩌면 실망한 표정으로 나를 쳐다보았다. 그는 급히 맥주를 마시고 테이블 위에 동전 몇 개를 올려놓았다. 그리고 내 등을 손바닥으로 탁 치더니 자리에서 일어났다.

"조심하십시오, 마르틴. 당신이 발을 딛는 곳이 어딘지 잘 살펴보란 말입니다. 모두가 나처럼 당신을 생각해주지는 않을 겁니다."

"명심하겠습니다."

거의 정오가 다 되어 나는 집으로 돌아왔다. 형사가 해준 이야기가 한시도 뇌리에서 떨쳐지지 않았다. 탑의 집에 도착하자, 나는 내 영혼조차 무거워 감당할 수 없는 사람처럼 천천히 계단을 올라 현관문을 열었다. 이사벨라가 나와서 대화를 하려고 들면 어쩌나 걱정이 앞섰다. 집은 침묵 속에 잠겨 있었다. 나는 복도를 따라서 안쪽 별실로 갔고, 그곳에서 그녀를 보았다. 가슴에 책을 펼쳐놓고 소파에 앉아 잠들어 있었다. 내가 예전에 쓴 소설 중 하나였다. 웃지 않을 수 없었다. 그 가을에 실내의 기온은 현저히 떨어져 있었고, 나는 이사벨라가 감기에 걸리는 게 아닌지 내심 걱정되었다. 잠시 후 나는 그녀가 집안을 돌아다닐 때 가끔 어깨에 두르는 양모숄을 찾아 살짝 덮어주기 위해 그녀의 방으로 향했다. 문은 열려 있었다. 비록 내 집이었지만 이사벨라가 그곳을 차지한 이후 나는 그 침실에 들어가본 적이 없었고, 그래서인지 막상 들어가려니 마음이 불편했다. 의자 위에 다소곳이 접힌 커다란 숄이 보여 그것을 가져가려고 안으로 들어섰다. 방은 이사벨라의 달콤한 레몬향을 풍기고 있었다. 침대는 아직 흐트러진 채였고, 나는 침대시트와 담요를 반듯하게 펴기 위해 몸을 숙였다. 내가 가사를 돌보면 조수는 분명 내 도덕적 범주에 후한 점수를 줄 것이었다.

바로 그때 매트리스와 침대 갈빗살 사이에 무언가가 끼어 있다는 걸 알았다. 구겨진 침대시트 아래로 종이 끝이 삐죽 고개를 내밀고 있었다. 잡아당겨보니 그건 종이 뭉치였다. 그걸 완전하게 꺼내서 손에 들었다. 스무 개가 넘는 파란 종이봉투가 리본으로 매여 있었다. 나는 한기가 엄습하는 것을 느끼면서도 내심 그 감각을 부정했다. 리본을 풀고 봉투 하나를 집었다. 내 이름과 주소가 적혀 있었다. 발신인은 크리스티나라고만 적혀 있었다.

나는 문을 등진 채 침대에 앉아 편지를 하나하나 모두 살펴보았다. 첫번째 편지는 이미 몇 주일 전에 쓴 것이었고, 마지막은 사흘 전에 쓴 것이었다. 모든 봉투는 개봉되어 있었다. 나는 눈을 감았고, 편지가 손에서 떨어지는 걸 느꼈다. 그리고 내 뒤에서, 그러니까 문가에 누군가 가만히 서서 숨쉬는 소리를 들었다.

"미안해요." 이사벨라가 속삭였다.

그녀는 천천히 다가와 무릎을 꿇고서 편지를 하나씩 주웠다. 전부 줍자 그녀는 상처입은 눈빛으로 그것들을 내게 내밀었다.

"당신을 지켜주려고 그런 거예요." 그녀가 말했다.

그녀는 눈물이 그렁그렁한 눈으로 내 어깨에 손을 올려놓았다.

"나가." 내가 말했다.

나는 그녀를 밀치며 자리에서 일어났다. 이사벨라는 바닥으로 넘어지면서, 무언가가 안에서 그녀를 태우는 듯 고통스러운 소리를 냈다.

"이 집에서 나가."

나는 내 등뒤로 문을 닫는 수고도 하지 않고 집에서 나왔다. 거리에 나서자 이상하고 낯선 건물들과 얼굴과 마주쳤다. 나는 추위와 저주의 숨결로 도시를 때리기 시작한 비바람에 아랑곳하지 않고 무작정 길을 걷기 시작했다.

34

전차는 도시의 경계가 되는 언덕 기슭에 세워진 베예스과르드 탑* 입구 앞에 멈추었다. 나는 빗속에서 전차의 전조등을 받아 누렇게 빛나는 오솔길을 따라 산헤르바시오 공동묘지의 정문을 향해 걸었다. 50미터쯤 가니 대리석 요새 같은 공동묘지의 담장이 나타났고, 그 위로 폭풍의 색깔을 띤 석상 한 무리가 모습을 드러냈다. 공동묘지 입구 앞에 초소 하나가 있었는데, 거기서 외투를 걸친 경비원이 화롯불에 손을 쬐고 있었다. 빗속을 헤치고 나타난 나를 보자 그는 놀라서 벌떡 일어섰다. 그리고 잠시 나를 꼼꼼히 살펴본 후 초소 문을 열었다.

"마를라스카 가족의 봉안소를 찾고 있습니다."

---

* 피게레스 저택이라고도 불리며, 가우디가 아라곤의 왕 마르틴의 영지에 중세풍으로 세운 저택이다.

"삼십 분 내로 어두워질 겁니다. 내일 다시 오는 게 좋을 것 같은데요."

"그곳의 위치를 빨리 알려주실수록 제가 더 빨리 여길 떠날 겁니다."

경비원은 목록을 살펴보고서 벽에 걸린 공동묘지 지도의 한 지점을 손가락으로 짚어 위치를 알려주었다. 나는 고맙다는 말도 하지 않고 서둘러 그곳을 나왔다.

공동묘지 담장 안에는 개인의 묘지들과 가족묘들이 서로 밀치듯 빼곡하게 들어차 있었지만, 대리석 받침돌이 떠받치고 있는 그 봉안소를 찾는 것은 그리 어렵지 않았다. 모더니즘 스타일의 봉안소는 원형극장처럼 두 개의 커다란 계단으로 이루어진 아치 모양을 그렸고 계단은 기둥이 줄지어 선 회랑으로 올라가고 있었다. 그리고 회랑 내부에는 양옆으로 묘비가 세워진 방들이 늘어서 있었다. 회랑은 둥근 지붕으로 덮여 있었고 지붕 꼭대기에는 검게 변한 대리석 석상 하나가 세워져 있었다. 석상의 얼굴은 베일에 가려져 있었지만, 봉안소 가까이 다가가자 마치 그 저승의 보초가 고개를 돌리면서 방문객을 계속 감시하는 것만 같았다. 나는 한 계단을 선택해 올라갔고 회랑 입구에 도착해 걸음을 멈추고 뒤돌아보았다. 도시의 불빛이 빗속에 희미하게 보였다.

나는 회랑 안으로 들어갔다. 십자고상을 품에 안고 기도하는 여자의 석상이 가운데에 세워져 있었다. 그녀의 얼굴은 훼손된 상태였고, 누가 눈과 입술을 검은색으로 칠해놓아서 마치 늑대 같은 모습이었다. 봉안소가 훼손된 흔적은 그것만이 아니었다. 묘비들에는 무언가 뾰족한 것으로 긁힌 자국이 남아 있었고, 어떤 것들은 음란한 그림이 그려져 있거나 어둠 속에서는 거의 알아보기 힘든 글자가 적혀 있기도 했다. 디에고 마를라스카의 무덤은 안쪽에 있었다. 나는 그곳으로 다가가 묘비 위에 한 손을 올려놓았다. 그리고 살바도르가 건네주었던 사진을 꺼내 자세히 살펴보았다.

바로 그때 봉안소로 올라오는 계단에서 발소리가 들렸다. 나는 급히 사진을 외투에 넣고 입구를 쳐다보았다. 그러자 발소리가 멈추었고, 빗물이 대리석 위로 떨어지는 소리 이외에는 아무 소리도 들리지 않았다. 나는 천천히 입구로 다가가서 고개를 빠끔히 내밀고 내다보았다. 어느 실루엣이 등을 보인 채 멀리 도시를 응시하고 있었다. 머리에 숄을 두르고 흰옷을 입은 여자였다. 그녀가 천천히 뒤돌아 나를 바라보고 미소 지었다. 그 많은 세월이 지났지만 나는 즉시 그녀가 누구인지 알아보았다. 이레네 사비노였다. 나는 그녀를 향해 한 발짝 내디디고서야 내 등뒤에 또다른 누군가가 있다는 사실을 깨달았다. 그가 내 목덜미를 강하게 내리쳤고, 그 순간 충격으로 눈앞이 하얗게 번쩍였다. 무릎이 꺾이며 주저앉는 느낌이 들었다. 조금 뒤 나는 흥건하게 빗물이 고인 대리석 위로 쓰러졌다. 빗속에서 어두운 실루엣이 모습을 드러냈다. 이레네가 내 옆에 무릎을 꿇고 앉았다. 그녀의 손이 내 머리를 감싸고 얻어맞은 부위를 어루만지는 것이 느껴졌다. 손가락은 피로 물들어 있었다. 그녀는 그 손가락으로 내 얼굴을 쓰다듬었다. 내가 의식을 잃기 전에 마지막으로 본 것은 이레네가 면도칼을 꺼내 천천히 날을 펼치고 그것을 내게 갖다댈 때 은색의 빗방울이 칼날을 타고 미끄러지는 광경이었다.

나는 기름램프의 환한 불빛에 눈이 부셔 눈을 떴다. 아무런 표정도 없는 경비원의 얼굴이 나를 지켜보고 있었다. 나는 눈을 깜빡여보려고 했지만, 심한 통증이 목덜미부터 머리를 가로질렀다.

"살아 있습니까?" 경비원이 말했다. 정말 묻는 것인지, 아니면 그냥 의례적으로 하는 말인지 알 수 없었다.

"예." 나는 앓는 소리를 냈다. "나를 구덩이에 파묻을 생각은 참아주십시오."

경비원은 내가 몸을 일으키도록 도와주었다. 1센티미터 움직일 때마다 머리가 깨질 것 같은 통증이 엄습했다.

"무슨 일이 있었습니까?"

"그건 당신이 알겠지요. 이미 한 시간 전에 문을 닫았어야 했는데 당신이 초소로 돌아오지 않아서 무슨 일인지 알아보려고 내가 이곳까지 온 겁니다. 그리고 이곳에서 곤히 잠들어 있는 당신을 발견한 거죠."

"여자는요?"

"무슨 여자요?"

"두 사람이었습니다."

"여자가 둘이었다고요?"

나는 고개를 흔들며 한숨을 내쉬었다.

"일어나고 싶은데 좀 도와주시겠습니까?"

경비원의 도움으로 나는 간신히 일어설 수 있었다. 바로 그때 화끈거리는 통증이 느껴졌고, 셔츠의 단추가 풀려 있다는 걸 알았다. 슬쩍 베인 듯한 여러 줄의 상처가 가슴을 가로지르고 있었다.

"이봐요, 당신 꼴이 영 말이 아니군요……"

나는 외투를 여미면서 안쪽 주머니를 더듬었다. 마를라스카의 사진은 사라지고 없었다.

"초소에 전화가 있습니까?"

"당연하죠. 아주 멋들어진 증기탕 안에 있습니다."

"베예스과르드 탑까지만 갈 수 있도록 도와주시겠습니까? 그곳에서 차를 불러야겠습니다."

경비원은 투덜대고는 내 팔을 부축했다.

"그러게 내일 다시 오라니까요." 하는 수 없다는 표정을 지으면서 그가 말했다.

35

마침내 탑의 집에 도착했을 때는 자정이 되기 몇 분 전이었다. 문을 열자마자 나는 이사벨라가 떠나버렸다는 걸 알았다. 복도에서 울리는 내 발소리가 평소와는 다르게 들렸다. 불을 꺼둔 채 어둠에 잠긴 집안으로 들어가 그녀가 사용했던 침실을 들여다보았다. 이사벨라는 방을 청소하고 정돈해두었다. 침대시트와 담요는 깨끗하게 개켜 의자 위에 놓았고, 매트리스에는 아무것도 없었다. 공기 중에는 아직 그녀의 향내가 떠다니고 있었다. 나는 별실로 가서 내 조수가 사용했던 책상에 앉았다. 컵에는 이사벨라가 잘 깎아놓은 연필이 깔끔하게 꽂혀 있었다. 아무것도 적지 않은 백지 한 뭉치가 서류정리함에 가지런히 놓여 있고 내가 선물했던 펜촉 세트는 책상 끝에 놓여 있었다. 집은 그 어느 때보다 텅 빈 것 같았다.

화장실에서 젖은 옷을 벗고 목덜미에 소독용 알코올을 바른 뒤

붕대를 감았다. 통증은 무지근하게 지끈거리는 정도로 잦아들었고 전체적인 느낌은 심한 숙취와 비슷했다. 가슴에 새겨진 면도칼 자국은 거울 속에서 마치 펜으로 그린 선처럼 보였다. 아주 깨끗하고 가볍게 베인 자국이었지만 몹시 따끔거렸다. 나는 알코올로 상처를 닦으며 곪지 않기를 바랐다.

나는 침대로 들어가 담요 두세 장을 목까지 끌어올려 덮었다. 몸에서 아프지 않은 부분은 추위와 비에 노출되어 아무 감각도 느끼지 못할 만큼 마비된 곳들뿐이었다. 나는 몸이 따뜻해지길 기다리면서 차가운 적막의 소리를 들었다. 공허와 부재의 침묵이 집을 질식시키고 있었다. 떠나기 전에 이사벨라는 협탁 위에 크리스티나의 편지가 들어 있는 봉투 더미를 놓아두었다. 나는 손을 뻗어 잡히는 대로 편지를 꺼냈다. 이 주 전에 작성된 것이었다.

사랑하는 다비드에게

시간이 흐르고, 나는 당신에게 계속 편지를 써. 아마도 당신은 답장하지 않는 편을 택한 것 같네. 내 편지를 열어보았는지도 모르겠지만. 나는 이제 이 편지들을 나를 위해 쓰는 것이라고 생각하기 시작했어. 내 고독을 잠재우고 잠시라도 당신과 가까이 있다고 믿고 싶어서야. 매일 당신은 어떻게 지낼까, 당신은 무엇을 하고 있을까 생각해.

가끔 나는 당신이 돌아오지 않을 작정으로 바르셀로나를 떠났다고, 이방인들로 둘러싸인 곳에서 내가 결코 알지 못할 새로운 삶을 시작했다고 상상해. 또 어떤 때는 당신이 아직도 나를 미워한다고, 내 편지를 찢어버리고 나라는 사람을 애초에 몰랐으면 좋았으리라고 바랄지도 모른다고 생각해. 당신을 탓하진 않아. 참 이상하지, 당신이 앞에 있으면 말할 용기가 나지 않는데, 이 종잇조각 앞에 혼자 있으면 너무도 쉽게 이야기를 털어놓을 수 있다는 게.

내게는 모든 게 쉽지 않아. 페드로는 더없이 다정하고 더없이 나를 이해해줘. 그래서 가끔은 나를 행복하게 해주려는 그 인내심과 의지에 화가 치밀기도 해. 그런 게 나를 그 무엇보다도 비참하게 만들거든. 페드로는 내 마음이 차갑고 텅 비어 있다는 걸, 나는 그 누구의 사랑을 받을 자격도 없다는 걸 내게 일깨워주었어. 그는 거의 온종일 나와 함께 지내. 날 한시도 혼자 두려고 하지 않아.

나는 매일 그와 함께 웃고 같은 침대를 써. 그가 내게 자기를 사랑하느냐고 물으면, 나는 그렇다고 대답해. 그러나 그의 눈에 비친 진실을 볼 때면 난 죽고 싶어. 그는 절대로 나를 탓하지 않아. 그는 당신 이야기를 많이 해. 당신을 그리워해. 그리움이 너무도 깊어서, 가끔은 이 세상에서 그가 가장 사랑하는 사람은 당신이라는 생각도 들어. 나는 그가 최악의 동반자와 함께 나이들어가는 걸 보고 있어. 당신이 나를 용서해주길 바라진 않지만, 내가 이 세상에서 원하는 게 있다면 그건 당신이 그를 용서하는 거야. 당신이 그와 친구로 지내고 그와 함께 있는 걸 피할 정도로 나는 값어치 있는 여자가 아니야.

어제 당신 책을 한 권 읽었어. 페드로는 당신 책을 모두 갖고 있고, 나는 그것들을 하나씩 읽고 있어. 그게 내가 당신과 함께 있다고 느낄 수 있는 유일한 방법이거든. 어제 읽은 건 유랑 서커스단에 버려진 두 개의 망가진 인형에 대한 슬프고도 이상한 이야기였어. 하룻밤 동안 생명을 얻지만 새벽이 되면 죽어갈 것이라는 사실을 알고 있는 인형들. 그 이야기를 읽으면서 그건 우리 이야기라는 생각이 들었어.

몇 주 전에 당신을 만나는 꿈을 꾸었어. 우리는 거리에서 마주쳤는데, 당신은 나를 기억하지 못했지. 내게 미소 지으며 이름이 뭐냐고 물었어. 나에 대해서 하나도 모르고 있었어. 나를 미워하지도 않았어. 매일 밤 페드로 옆에서 잠들며 나는 눈을 감고 같은 꿈을 꾸게 해달라고 천국에, 혹은 지옥을 향해 기도해.

내일, 아니면 모레, 다시 편지를 써서 당신을 사랑한다고 말할게. 비록 당신에게는 아무런 의미가 없을지 몰라도.

크리스티나

더는 읽을 수가 없어 편지를 바닥에 떨어뜨리고 말았다. 내일은 다른 날이 될 거야, 나는 스스로에게 말했다. 그보다 더 나쁜 날이 되기란 참으로 어려웠기 때문이다. 기쁨이 이제 시작된 것에 불과하다는 사실은 거의 상상조차 하지 못했다. 두어 시간쯤 푹 잤을까, 나는 느닷없이 잠에서 깨어났다. 새벽이었다. 누군가가 우리집 문을 힘껏 두드리고 있었다. 나는 너무나 놀란 나머지 멍한 채 어둠 속에서 잠시 그대로 있다가 전등 스위치를 찾았다. 다시 문 두드리는 소리가 들렸다. 나는 불을 켜고 침대에서 나가 현관으로 다가갔다. 그리고 문구멍을 들여다보았다. 층계참의 어둠 속에 세 사람이 있었다. 그란데스 형사와 그의 뒤에 선 마르코스와 카스텔로였다. 세 사람이 문구멍을 뚫어지게 들여다보고 있었다. 나는 문을 열기 전에 두어 번 깊은숨을 들이마시고 내쉬었다.

"안녕하십니까, 마르틴. 늦은 시간에 찾아와 미안합니다."

"지금 몇시인 줄 아십니까?"

"이 개자식아, 엉덩이를 움직일 시간이다." 마르코스가 중얼거리자, 카스텔로가 아주 날카로운 미소를 지었다. 너무나 날카로워서 그것으로 면도를 할 수도 있을 정도였다.

그란데스는 두 사람을 못마땅한 듯이 노려보더니 한숨을 내쉬었다.

"새벽 세시가 조금 넘었지요." 그가 말했다. "들어가도 되겠습니까?"

나는 불쾌하게 한숨을 내쉬면서도 어쩔 수 없이 길을 터주었다. 형사는 부하들에게 층계참에서 기다리라는 신호를 보냈다. 마르코스와 카스텔로는 마지못해 동의하며 소름끼치는 눈으로 나를 쳐다보았다. 나는 그들의 면전에서 문을 쾅 닫았다.

"저 두 사람을 대할 때는 좀더 신중해야 할 겁니다." 그란데스는 이렇게 말하면서 마음대로 복도로 들어갔다.

"자, 내 집이라 생각하시고 편히 계시죠……" 내가 말했다.

나는 침실로 돌아가 눈에 가장 먼저 띈 옷을 아무렇게나 입었다. 빨래를 하려고 의자 위에 걸쳐놓은 옷이었다. 복도로 나왔지만 어디에도 그란데스의 흔적이 없었다.

나는 복도를 지나 별실로 갔다. 그는 그곳에서 창문 너머 슬래브 지붕 위로 기어가는 낮은 구름을 쳐다보고 있었다.

"애인은 어디에 있죠?" 그가 물었다.

"그녀의 집에 있습니다."

그란데스는 웃으면서 뒤로 돌았다.

"현명한 사람이군요. 여자들에게 숙식을 제공하지 않으니 말입니다." 그가 말하면서 안락의자를 가리켰다. "앉으십시오."

나는 의자에 털썩 주저앉았다. 그란데스는 그대로 서서 나를 뚫어지게 바라보았다.

"왜 그러죠?" 마침내 내가 물었다.

"얼굴이 좋지 않군요. 혹시 싸움이라도 했습니까?"

"넘어졌습니다."

"알겠습니다. 나는 오늘 당신이 프린세사 거리에 있는 다미안 로우레스 소유의 마술용품점에 갔다고 알고 있습니다."

"오늘 점심때 내가 거기서 나오는 걸 보셨죠. 그런데 왜 오신 겁니까?"

그란데스는 나를 차갑게 노려보았다.

"외투를 입고 목도리를 두르십시오. 아니, 뭐든 걸치십시오. 몹시 춥습니다. 그리고 경찰서로 갑시다."

"왜 그러시죠?"

"내가 시키는 대로 하십시오."

경찰차가 보른 대로에서 우리를 기다리고 있었다. 마르코스와 카스텔로는 나를 거칠게 차 안으로 밀어넣더니 양옆에 자리를 잡고서 나를 짓눌렀다.

"편안하죠?" 카스텔로가 팔꿈치로 내 갈비뼈를 찌르며 물었다.

형사는 조수석에 탔다. 누런 안개에 파묻힌 인적 없는 라예타나 도로를 지나가는 오 분 동안 아무도 입술을 떼지 않았다. 중앙 경찰서에 도착하자 그란데스는 차에서 내리더니 나를 기다리지도 않고 경찰서 안으로 들어갔다. 마르코스와 카스텔로가 내 뼈를 으스러뜨리기라도 할 듯이 양쪽에서 팔을 하나씩 붙잡더니 나를 질질 끌고서 계단과 복도와 유치장의 미로를 지나갔다. 우리가 도착한 곳은 창문 하나 없이 땀냄새와 지린내가 진동하는 방이었다. 가운데에 좀이 슨 탁자 한 개와 부서진 의자 두 개가 있었다. 갓도 없는 알전등이 천장에 걸려 있었고, 바닥면은 한가운데를 가로지르는 하수구 철망 양옆으로 약간 경사져 있었다. 소름이 끼칠 정도로 추웠다. 내가 상황을 미처 파악하기도 전에 뒤에서 문이 쾅 닫혔다. 그러더니 멀어져가는 발소리가 들렸다. 나는 그 지하감방을 열두 번쯤 돈 다음 삐걱거리는 의자에 앉았다. 이후 한 시간 동안 내 숨소리와 의자가 삐걱거리는 소리, 그리고 어디서 나는지 모를 빗물 떨어지는 소리의 메아리 외에는 그 어떤 소리도 들을 수 없었다.

영원과도 같았던 한 시간이 지난 후 발소리가 가까워지더니 잠시 후 문이 열렸다. 마르코스가 고개를 내밀고 웃으면서 방을 들여다보았다. 그런 다음 문을 잡고 그란데스에게 길을 내주었다. 그란데스는 들어와 나를 쳐다보지도 않은 채 탁자 맞은편 의자로 가서 앉았다. 그리고 문 쪽을 향해 고개를 끄덕이자 마르코스가 허공으로 내게 키스를 보내는 시늉을 하며 눈을 찡긋거리고는 문을 닫았다. 형사는 삼십 초 정도 후에 내 눈을 쳐다보았다.

"내게 강한 인상을 주려는 거라면, 이미 목적을 달성했습니다, 형사님."

그는 비아냥거리는 내 말은 들은 척도 하지 않고 마치 나를 생전 처음 본 사람처럼 뚫어지게 바라보았다.

"다미안 로우레스에 관해 무엇을 알고 있지요?" 그가 물었다.

나는 어깨를 으쓱했다.

"그리 많지는 않습니다. 마술용품점의 주인이라는 것 정도입니다. 사실 며칠 전까지만 해도, 그러니까 리카르도 살바도르에게 그에 관해 듣기 전까지만 해도 그 사람이 누구인지 전혀 몰랐습니다. 오늘, 아니면 어제겠죠. 지금이 몇시인지 잘 모르겠군요. 어제 나는 내가 사는 집의 옛 주인에 관한 정보를 찾기 위해 그를 만나러 갔습니다. 살바도르는 로우레스와 옛 주인이……"

"마를라스카요."

"그래요, 디에고 마를라스카요. 살바도르는 로우레스와 디에고가 오래전에 친분이 있었다고 말해주었습니다. 나는 그에게 몇 가지 질문을 했고, 그는 그가 말해줄 수 있는 것, 그러니까 그가 알고 있는 것을 바탕으로 대답해주었습니다. 그 외에는 별게 없습니다."

그란데스는 거듭해서 고개를 끄덕였다.

"당신 이야기는 그렇다는 거죠?"

"그럼 당신 이야기는 뭡니까? 우리 한번 비교해보지요. 그러면 이 빌어먹을 구린내가 풍기는 지하실에서 한밤중에 꽁꽁 얼어가면서 내가 도대체 왜 이러고 있는지 깨달을 테니까."

"목소리 높이지 마십시오, 마르틴."

"미안합니다, 형사님. 하지만 적어도 내가 여기서 뭘 하는 중인지 들을 권리는 있다고 생각합니다."

"그러면 여기서 당신이 뭘 하고 있는지 말해주겠습니다. 세 시간 전 로우레스 씨 가게 건물에 사는 어느 주민이 밤늦게 집으로 돌아오고 있었지요. 그런데 가게문이 열려 있고 불도 환하게 켜져 있는 것을 보았습니다. 이상하게 여긴 그는 가게 안으로 들어갔고, 주인의 얼굴도 보이지 않고 불러도 아무 대답이 없자 안쪽 방으로 들어가보았지요. 거기서 피 웅덩이 안의 의자에 그가 손발이 철삿줄로 꽁꽁 묶여 있는 것을 발견했습니다."

그란데스는 한참 말을 멈추고 눈으로 나를 꿰뚫을 듯 보았다. 무언가가 더 있을 것이었다. 그란데스는 결정적인 한 방을 항상 마지막에 남겨놓는 사람이었다.

"죽었습니까?"

그란데스는 고개를 끄덕거렸다.

"아주 잔인하게 죽었습니다. 누군가가 그의 눈을 후벼파고 가위로 혀를 잘랐습니다. 검시관은 대략 반시간 만에 그가 자신의 피에 기도가 막혀 죽었을 것으로 추정하고 있습니다."

나는 제대로 숨도 쉴 수 없었다. 그란데스는 내 주변을 서성거렸다. 그러다 내 뒤에서 멈춰 섰고, 나는 그가 담배에 불을 붙이는 소리를 들었다.

"그 멍은 어쩌다 든 것입니까? 최근에 생긴 것 같은데."

"빗물에 미끄러지는 바람에 목덜미를 부딪쳤습니다."

"날 바보 취급하지 마십시오, 마르틴. 그러면 당신에게 불리합니다. 잠시 마르코스와 카스텔로에게 맡길까요? 그들이 예의범절을 가르쳐줄 것입니다."

"알았습니다. 맞은 겁니다."

"누가 때렸죠?"

"모릅니다."

"이 대화가 지겨워지기 시작합니다, 마르틴."

"그렇다면 나는 어떨지 생각해보십시오."

그란데스는 다시 내 앞에 앉아서 화해의 미소를 지었다.

"내가 그 사람의 죽음과 관련있다고 생각하는 건 아니겠지요?"

"그래요, 마르틴. 그렇게 생각하진 않아요. 내가 생각하는 건 당신이 내게 진실을 이야기하지 않고 있으며, 이 불쌍하고 가련한 사람의 죽음이 어떤 방식으로든 당신의 방문과 관련있다는 것입니다. 바리도와 에스코비야스의 죽음처럼 말입니다."

"왜 그런 생각을 하시는 겁니까?"

"직감이라고 하는 편이 좋을 것 같군요."

"내가 알고 있는 것은 이미 말했습니다."

"이미 경고했듯이, 나를 바보 취급하지 마십시오, 마르틴. 마르코스와 카스텔로가 저 밖에서 당신과 대화할 기회만을 기다리고 있습니다. 그들과 단란하게 이야기하고 싶나요?"

"아닙니다."

"그렇다면 당신을 이곳에서 꺼내 침대시트의 온기가 가시기 전에 집으로 돌려보내도록 날 도와주십시오."

"무슨 말을 듣고 싶은 겁니까?"

"말하자면 진실입니다."

나는 화가 나 의자를 뒤를 밀어버리고서 자리에서 일어났다. 온몸이 얼어붙을 것 같고 머리는 폭발할 것 같은 느낌이었다. 나는 탁자 주변을 빙빙 돌면서 돌을 던지듯이 말을 뱉어냈다.

"진실이라고요? 그럼 진실을 말해드리지요. 진실은 나도 뭐가 진실인지 모른다는 겁니다. 뭐라고 해야 할지 모르겠네요. 내가 왜 로우레스를 만나러 갔는지, 왜 살바도르를 만났는지 나도 모르겠습니다. 내가 무얼 찾고 있는 건지, 그리고 내게 무슨 일이 벌어지고 있는 건지도 모르겠습니다. 이게 진실입니다."

그란데스는 태연하게 나를 주시하고 있었다.

"인제 그만 돌고 자리에 앉으십시오. 현기증 납니다."

"싫습니다."

"마르틴, 간단하게 말하겠습니다. 나는 내가 당신을 도울 수 있도록 나를 도와달라고 부탁하는 겁니다."

"당신이 아무리 원하더라도 나를 도울 수는 없을 겁니다."

"그렇다면 누가 도울 수 있습니까?"

나는 다시 의자에 주저앉았다.

"나도 모르겠어요……" 난 중얼거렸다.

형사의 눈에서 일종의 연민 혹은 아마도 피로감 같은 것이 보이는 듯했다.

"이보시오, 마르틴. 다시 시작하겠습니다. 당신 스타일대로 합시다. 내게 이야기를 들려주십시오. 처음부터 시작합시다."

나는 아무 말 없이 그를 쳐다보았다.

"마르틴, 당신이 내 마음에 든다고 해서 내가 내 일을 하지 않을 거라고 생각하지는 마십시오."

"당신이 해야 할 일을 하십시오. 원한다면 헨젤과 그레텔을 부르시고."

그 순간 그의 얼굴에서 뭔가 불안해하는 낌새가 보였다. 복도에서 발소리가 다가오고 있었고, 직감적으로 나는 형사가 그 소리를 전혀 기대하지 않았다는 걸 알았다. 몇 마디 말이 들리고 그란데스가 초조한 표정으로 문으로 다가갔다. 그가 문을 손마디로 세 번 두드리자, 보초를 서고 있던 마르코스가 문을 열어주었다. 낙타가죽으로 만든 외투와 그에 잘 어울리는 양복을 입은 사람이 지하의 방으로 들어와 몹시 불쾌한 얼굴로 주변을 살펴보고는 내게 무한히 다정한 미소를 보냈다. 그러면서 전혀 서두르지 않고 장갑을 벗었다. 그를 보고 나는 깜짝 놀랐다. 발레라 변호사였다.

"괜찮습니까, 마르틴 씨?" 그가 물었다.

나는 고개를 끄덕였다. 그러자 변호사는 형사를 데리고 방 한쪽 구석으로 갔다. 그들이 두런거리는 소리가 내게도 들려왔다. 그란데스는 분노를 억누르는 듯한 몸짓을 했다. 발레라는 차갑게 그를 쳐다보더니 고개를 가로저었다. 대화는 일 분가량 계속되었다. 마침내 그란데스가 한숨을 내쉬고 양손을 내렸다.

"목도리 두르십시오, 마르틴 씨. 이곳에서 나갑시다." 발레라가 말했다. "형사는 하고 싶은 질문을 다 했습니다."

그의 뒤에서 그란데스는 입술을 깨물며 눈으로 마르코스를 호되게 야단쳤고, 마르코스는 어깨를 으쓱했다. 다정하고 노련한 미소를 거두지 않은 채 발레라는 내 팔을 잡고 취조실에서 나를 데려나갔다.

“저 형사들이 당신을 법에 따라 다루었을 거라고 믿습니다, 마르틴 씨.”

“맞습니다.” 나는 머뭇거리며 말했다.

“잠깐!” 우리 뒤에서 그란데스가 불렀다.

발레라는 발길을 멈추더니 손짓으로 내게 조용히 하라는 지시를 하고 뒤돌아섰다.

“마르틴 씨에게 궁금한 게 있다면 우리 사무실로 질문을 보내주십시오. 그러면 기꺼이 최선을 다해 답변해드리지요. 그리고 이곳에 마르틴 씨를 억류할 중차대한 이유가 없다면, 오늘은 이만 당신이 좋은 밤을 보내기를 바라며 당신의 친절함에 감사인사를 남기면서 물러가고자 합니다. 당신 상관들에게 당신의 태도를 좋게 이야기해주겠습니다. 특히 살가도 경감에게요. 당신도 잘 알다시피, 그는 나와 무척 친한 친구지요.”

마르코스 경사는 우리를 향해 앞으로 뛰쳐나오려 했지만 그란데스 형사가 저지했다. 나는 발레라가 다시 팔을 잡고 나를 끌어당기기 전에 그와 마지막으로 시선을 마주쳤다.

“꾸물대지 마십시오.” 그가 나지막이 중얼거렸다.

우리는 양옆에 흐릿한 조명이 켜진 긴 복도를 지나 계단을 올라갔다. 그러자 다시 긴 복도가 나왔고, 그 복도를 따라가자 1층 현관으로 향하는 문이 나왔다. 밖으로 나오니 메르세데스 벤츠 한 대가 시동을 건 채 우리를 기다리고 있었다. 발레라를 보자마자 운전사가 우리에게 차문을 열어주었다. 나는 차 안으로 들어가 좌석에 편하게 앉았다. 자동차에는 난방장치가 갖추어져 있었고, 가죽시트는 따뜻하게 데워져 있었다. 발레라는 내 옆에 앉더니 운전석과 뒷좌석을 분리하는 유리벽을 탁탁 치면서 출발하라고 지시했다. 자동차는 출발하자마자 라예타나 도로의 1차선으로 진입했고, 발레라는 마치 별일 없었던 것처럼 웃으면서 우리가 지나갈 때마다 잡초가 쓰러지듯 양옆으로 갈라지는 안개를 가리켰다.

"별로 유쾌하지 않은 밤이군요, 그렇죠?" 그가 태평한 목소리로 물었다.

"어디로 가는 것이죠?"

"물론 당신 집이지요. 호텔이나 딴 데로 가고 싶다면……"

"아닙니다. 괜찮습니다."

자동차는 천천히 라예타나 도로를 내려갔다. 발레라는 무심하게 인적 하나 없는 거리를 바라보았다.

"여기서 무얼 하시는 겁니까?" 마침내 내가 물었다.

"내가 무얼 하는 것처럼 보입니까? 당신을 대리하고, 당신의 이익을 지켜주고 있지요."

"운전사에게 차를 세우라고 해주십시오." 내가 말했다.

운전사는 백미러로 발레라의 시선을 살폈다. 발레라는 계속 가라는 뜻으로 고개를 살래살래 저었다.

"바보 같은 소리는 하지 마십시오, 마르틴 씨. 너무 늦었고, 몹시 춥습니다. 내가 집까지 데려다주겠습니다."

"걸어가고 싶습니다."

"사리에 맞게 생각하십시오."

"누가 당신을 보냈습니까?"

발레라는 한숨을 내쉬고서 눈을 비볐다.

"당신은 좋은 친구들이 있어요, 마르틴. 인생을 살아가면서 좋은 친구를 사귀는 것은 매우 중요합니다. 특히 그들과 어떻게 해야 관계를 유지할 수 있는지 아는 게 중요하죠." 발레라가 말했다. "자기가 쓸데없는 고집을 부리며 잘못된 길로 가고 있다는 걸 제때 아는 것만큼이나요."

"잘못된 길이라면, 이를테면 발비드레라 국도 13번지에 있는 마를라스카의 집으로 가는 걸 말씀하시는 겁니까?"

발레라는 다루기 힘든 아이를 다정스럽게 나무라듯이 내게 차분하게 미소 지었다.

"마르틴 씨, 그 집과 이 문제에서 멀리 떨어질수록 당신에게 이로울 것이라고 한 내 말을 믿으십시오. 부디 이 충고만이라도 받아들이십시오."

운전사는 콜론 대로로 접어들었고, 코메르시오 거리를 지나며 보른 대로 입구를 찾으려고 했다. 커다란 시장터에 고기와 생선, 얼음과 향신료를 실은 짐마차들이 모여들기 시작하고 있었다. 우리가 가는 길에 네 명의 젊은이가 속살이 드러나도록 도살된 송아지 몸통을 내리면서 피와 수증기의 흔적을 남겼고 그 냄새가 공기를 타고 날아왔다.

"당신이 사는 곳은 볼 게 많은 그림 같은 동네군요, 마르틴 씨."

운전사는 플라사데르스 입구에 멈추더니 차에서 내려 우리에게 문을 열어주었다. 변호사는 나와 함께 차에서 내렸다.

"집 앞까지 바래다드리지요." 그가 말했다.

"누가 보면 연인 사이인 줄 알겠군요."

우리는 어둠으로 뒤덮인 좁은 골목길로 들어서서 집으로 향했다. 대문 앞에 도착하자, 변호사는 직업적인 예의를 갖추어 내게 손을 내밀었다.

"그곳에서 날 꺼내주어 고맙습니다."

"나에게 고마워할 필요 없습니다." 발레라는 이렇게 대답하면서 외투 안주머니에서 봉투 하나를 꺼냈다.

우리 머리 위 담장에 걸린 가로등에서 떨어지는 희미한 빛 속에서도 밀랍에 찍힌 천사의 봉인을 알아볼 수 있었다. 발레라는 내게 봉투를 내밀고 마지막으로 고개를 끄덕이면서 그를 기다리는 자동차로 돌아갔다. 나는 문을 열고 현관 앞 층계참까지 계단을 올라갔다. 집안으로 들어가서는 곧장 서재로 향해 봉투를 책상 위에 올려놓았다. 편지를 개봉해서 접힌 종이를 조심스럽게 꺼내보니 고용주의 필체로 글이 적혀 있었다.

마르틴에게

이 편지를 받는 순간 당신의 건강과 사기가 좋은 상태이기를 희망하며, 또한 그러리라 확신하고 있습니다. 내가 이 도시에 잠시 들를 일이 생겼습니다. 그래서 이번주 금요일 저녁 일곱시에 승마클럽 당구장에서 당신을 만나 우리 계획이 어떻게 진행되고 있는지 들을 수 있으면 좋겠습니다.

그럼 그때까지 잘 지내십시오.

나는 다시 종이를 접고, 조심스럽게 봉투 안에 집어넣었다. 그러고는 성냥불을 켜서 봉투 한쪽 끝을 잡고 불 가까이 가져갔다. 나는 봉투가 불타는 것을 보았다. 밀랍은 자줏빛 눈물이 되어 떨어지더니 책상 위로 퍼졌고, 내 손가락은 재로 뒤덮였다.

"빌어먹을! 지옥이나 가라지." 나는 이렇게 중얼거렸다. 그러는 동안 그 어느 때보다도 어두운 밤이 창문 뒤로 서서히 무너지고 있었다.

36

나는 서재의 안락의자에 앉아 오지 않는 새벽을 기다리다 문득 분노를 참을 수 없어져 발레라 변호사의 경고에 도전할 마음으로 거리로 나갔다. 겨울 해가 뜨기에 앞서 항상 선수 치는 살을 에는 추위가 엄습했다. 보른 대로를 건널 무렵 뒤에서 발소리가 들려오는 것 같았다. 즉시 뒤돌았지만 짐마차에서 짐을 내리던 시장의 젊은이들 이외에는 그 누구도 볼 수 없었다. 나는 가려던 길을 계속 갔다. 팔라시오광장에 도착하자 그날 첫 전차의 희미한 불빛이 보였다. 전차는 항구의 바닷물로부터 기어올라오는 안개 속에서 운행을 기다리고 있었다. 고압 전력선에서 파란 불꽃이 연달아 튀겼다. 나는 전차에 올라타 앞쪽 좌석에 앉았다. 지난번 보았던 그 검표원이 요금을 받았다. 열두 어명의 승객이 서서히 전차에 올라탔다. 모두 혼자였다. 잠시 후 전차는 덜컹거리며 출발했고, 우리는 그렇게 이동을 시작했다. 그동안 하늘에서는 검은 구름 사이로 붉은 모세관의 그물이 펼쳐지고 있었다. 시인이나 현자가 아니더라도 좋지 않은 날이 되리라는 것은 익히 짐작할 수 있었다.

사리아에 도착했을 때 태양은 이미 하늘에 떠올라 있었지만, 색깔이랄 것이 없는 회색의 죽어가는 햇빛만 비칠 뿐이었다. 나는 산기슭을 향해 그 동네의 외진 골목길로 올라갔다. 가끔 뒤에서 발소리가 들리는 것 같았지만 걸음을 멈추고 뒤돌아보면 아무도 없었다. 마침내 나는 마를라스카의 집으로 가는 통로 입구에 도착했고, 발밑에서 으스러지는 낙엽의 망토를 밟으면서 길을 헤쳐나갔다. 건물 전면의 유리창들을 자세히 살펴보며 천천히 정원을 가로질러 계단을 올라가 현관에 다다랐다. 나는 노커로 문을 세 번을 두드리고서 몇 발짝 물러났다. 일 분을 기다렸지만 아무 대답도 없어 다시 두드렸다. 문 두드리는 소리가 집안에서 메아리치다 사라졌다.

"아무도 안 계세요?" 내가 불렀다.

집을 에워싼 나무들이 내 목소리의 반향을 흡수하는 것 같았다. 나는 집 주위를 돌다가 수영장이 있는 곳까지 갔고, 이어서 유리온실로 다가갔다. 내부를 들여다볼 수 없도록 내려놓은 블라인드 때문에 창문틀에는 어둠이 드리워져 있었다. 온실 끝에 있는 유리문 옆 창문은 반쯤 열려 있었고, 그곳을 통해 유리문을 굳게 잠그고 있는 걸쇠가 보였다. 창문 틈으로 팔을 집어넣어 걸쇠를 풀자 문은 금속성의 소리를 내며 열렸다. 나는 다시 한번 뒤돌아보면서 아무도 없다는 것을 확인하고 안으로 들어갔다.

어둠이 눈에 익자, 내부의 윤곽이 어렴풋이 보이기 시작했다. 나는 창문으로 다가가 블라인드를 반쯤 열어 빛을 안으로 들였다. 햇빛이 부챗살처럼 어둠을 가로지르면서 내부의 실루엣을 또렷이 드러냈다.

"아무도 안 계세요?" 내가 말했다.

내 목소리는 마치 바닥 없는 우물에 빠진 동전처럼 집안 내부에 파묻혔다. 온실 끝으로 가보니 세공된 나무아치가 어두운 복도로 이어져 있었다. 그 복도 측면에는 그림들이 걸려 있었지만, 벽이 벨벳으로 덮인 탓에 거의 보이지 않았다. 복도 끝에는 모자이크 바닥으로 된 원형의 큰 거실이 있었다. 벽에는 색색의 에나멜 유리로 그림이 그려져 있는데, 한쪽 팔을 뻗어 불꽃처럼 생긴 손가락으로 무언가를 가리키는 하얀 천사의 모습이었다. 커다란 돌계단이 거실을 감싸듯 나선형으로 위로 올라가고 있었다. 나는 계단 밑에 서서 다시 불렀다.

"안녕하세요? 마를라스카 부인?"

집은 절대적 침묵에 빠져 있었고, 어렴풋한 메아리가 내 말과 함께 사라졌다. 계단으로 2층에 올라가다가 층계참에 멈추니 거실과 벽화가 내려다보였다. 그곳에서 나는 바닥을 덮고 있는 먼지막에 새겨진 내 발자국을 볼 수 있었다. 그런데 그것 말고도 그곳을 지나간 무언가의 흔적이 눈에 띄었다. 먼지 위에 대략 두세 뼘 정도 간격으로 두 줄의 선이 죽 그어져 있고 두 선 사이로 발자국이 새겨져 있었다. 아주 커다란 발이었다. 나는 갈피를 잡지 못한 채 그 자국들을 유심히 바라보았고, 마침내 내가 보는 것이 무엇인지 깨달았다. 그것은 휠체어 자국이었고, 발자국은 휠체어를 미는 사람의 것이었다.

뒤에서 소리가 들리는 것 같아서 돌아보았다. 복도 끝에 있는 문이 약간 열린 채 가볍게 흔들거렸고 그곳에서 차가운 공기가 흘러나오고 있었다. 나는 천천히 문으로 다가가며 양쪽으로 늘어선 방들을 흘낏 쳐다보았다. 침실들이었고, 가구는 리넨과 침대시트로 덮여 있었다. 닫힌 창문들과 시커먼 어둠은 오랫동안 그 침실들이 사용되지 않았다는 것을 말해주었다. 다른 방들보다 더 큰 방, 그러니까 부부 침실은 예외였다. 그 방에 들어가니 향수와 질병의 냄새가 뒤섞인 노인 특유의 이상한 냄새가 풍겼다. 나는 그것이 마를라스카 부인의 방이리라 추측했지만, 그녀가 그곳에 있다는 표시는 그 어디에도 없었다.

침대는 깔끔하게 정리되어 있었다. 침대 맞은편에는 서랍장이 있고 그 위에 몇 장의 사진이 액자에 들어 있었다. 하나의 예외도 없이 사진마다 웃고 있는 금발의 어린아이가 있었다. 이스마엘 마를라스카였다. 어머니나 다른 아이들과 함께 멋진 포즈를 취하고 찍은 사진도 몇 장 있었다. 그러나 디에고 마를라스카의 모습이 담긴 사진은 하나도 없었다.

복도에서 문소리가 났다. 나는 다시 화들짝 놀라 사진들을 원래 자리에 놔둔 채 침실을 나왔다. 복도 끝에 있는 방문이 계속 흔들거리고 있었다. 나는 그곳으로 향했고, 방에 들어가기 전에 잠시 발걸음을 멈추었다. 그리고 깊이 숨을 들이마시고서 문을 열었다.

모두가 하얬다. 벽과 천장은 티 하나 없이 흰색으로 칠해져 있었다. 실크커튼도 흰색, 조그만 침대도 흰색 리넨으로 덮여 있었다. 카펫도 흰색이었고 책장과 옷장도 흰색이었다. 온 집안을 지배하는 어둠을 본 후라 그런지 대조적인 색깔을 보자 잠시 눈이 부셨다. 방은 마치 몽상이나 요정 동화의 환상적인 장면 속에서 그대로 가져온 것 같았다. 책장에는 장난감과 동화책이 있었다. 도자기로 만든 실제 크기의 어릿광대 하나가 화장대 앞에 앉아 거울을 보고 있었다. 천장에는 하얀 새들이 달린 모빌이 걸려 있었다. 슬쩍 보아도 귀염둥이 어린아이인 이스마엘 마를라스카의 방이라는 것을 알 수 있었지만, 죽은 사람의 침실답게 분위기가 어둡고 억눌려 있었다.

나는 침대에 앉아 한숨을 내쉬었다. 그제야 비로소 그곳에 어울리지 않는 무언가가 있다는 사실을 알았다. 우선 냄새가 그랬다. 들큼하고 역겨운 악취가 공중을 떠다니고 있었다. 나는 자리에서 일어나 주변을 살펴보았다. 서랍장 위에 검은색 초가 꽂힌 도자기 그릇이 있었는데, 초는 검은 눈물을 흘린 채 기울어져 있었다. 나는 뒤로 돌았다. 냄새는 침대머리에서 나는 것 같았다. 협탁 서랍을 열어보니 세 조각으로 동강난 십자고상이 나왔다. 악취는 더욱 가까이에서 났다. 그래서 방안을 두어 번 빙빙 돌았지만 냄새가 어디서 나는 것인지 찾아낼 수 없었다. 바로 그때 그걸 보았다. 침대 밑에 무언가가 있었다. 나는 무릎을 꿇고 침대 아래를 살펴보았다. 어린아이들이 자기 보물을 보관할 법한 양철상자가 하나 있었다. 나는 그 상자를 꺼내 침대 위에 올려놓았다. 이제 악취는 코를 찌를 듯이 더욱 분명하게 풍겼다. 나는 구역질을 참고 상자를 열었다. 안에는 심장에 바늘이 꽂힌 하얀 비둘기 한 마리가 들어 있었다. 나는 입과 코를 틀어막고 한 발짝 뒤로 물러난 다음 복도를 향해 뒷걸음쳤다. 자칼의 미소를 띤 어릿광대의 눈이 거울을 통해 나를 지켜보고 있었다. 나는 계단으로 달려갔고, 아래층으로 뛰어내려가 서재로 향하는 복도와 정원에서 내가 열어두었던 문을 찾았다. 어느 순간 내가 길을 잃었다는 것을 깨달았다. 마치 집이 복도와 방의 위치를 마음대로 뒤바꿀 수 있는 생물체처럼 나를 도망치지 못하게 붙드는 것만 같았다. 그러다 마침내 유리온실이 눈에 들어와 그 문을 향해 달려갔다. 걸쇠를 풀려고 애쓰는 동안 뒤에서 악의에 찬 웃음소리가 들려왔다. 나 말고 누가 집에 있었다. 즉시 뒤돌아보니 나를 지켜보는 어두운 실루엣이 있었다. 그는 손에 번쩍거리는 물건을 들고 있었다. 칼이었다.

걸쇠가 내 손안에서 풀렸고 나는 힘껏 문을 밀어 열었다. 너무 세게 미는 바람에 수영장을 둘러싼 대리석 타일 위로 고꾸라지고 말았다. 내 얼굴은 수면과 불과 한 뼘 거리였고, 썩은 물에서 나는 악취가 코를 찔렀다. 순간 나는 수영장 밑바닥에서 어렴풋이 보이는 어둠을 자세히 살펴보았다. 구름 사이로 환한 틈이 열리고 햇빛이 물속으로 미끄러져들어가더니 떨어진 바닥 타일들을 훑고 지나갔다. 일 초도 안 되는 사이에 벌어진 일이었다. 그때 나는 앞으로 고꾸라진 채 바닥에 처박혀 있는 휠체어를 보았다. 빛이 파고든 수영장의 가장 깊은 곳, 거기에 그녀가 있었다. 올이 풀린 흰 옷을 입은 사람의 형체처럼 보이는 것이 벽에 기대어 있는 것을 보고 나는 그게 물에 잠겨 썩어버린, 자줏빛 입술과 사파이어처럼 반짝이는 눈을 지닌 여자 인형이라고 생각했다. 악취가 풍기는 물속에서 붉은 머리카락이 천천히 흔들거리고 있었고 피부는 퍼렇게 변해 있었다. 마를라스카의 아내였다. 얼마 후 하늘에 열린 밝은 틈이 닫혔고, 물은 다시 어두운 거울이 되었다. 그 거울에는 내 얼굴과 내 뒤쪽으로 손에 칼을 쥔 채 온실 문간에서 모습을 드러낸 실루엣만 비쳤다. 나는 급히 일어나, 나무들을 지나고 관목에 얼굴과 손을 긁히면서 정원을 향해 뛰어갔다. 그렇게 쇠로 만든 대문에 도착해 골목길로 빠져나올 수 있었다. 나는 계속 뛰었고, 한 번도 발걸음을 멈추지 않았다. 마침내 발비드레라 국도에 숨을 헐떡거리며 도착하고서야 비로소 뒤돌았고, 마를라스카의 집이 세상 사람들의 눈에 띄지 않도록 다시 골목길 뒤로 모습을 감추었다는 사실을 확인했다.

37

나는 같은 전차를 타고 거리의 낙엽을 휘젓는 차가운 바람 아래로 시시각각 어두워지는 도시를 지나 집으로 돌아왔다. 팔라시오광장에서 내리자 부둣가에서 걸어오는 선원 둘이 바다에서 폭풍이 다가오고 있다고 말하는 소리가 들렸다. 어둠이 깔리기 전에 도시를 강타할 것이라는 이야기였다. 나는 눈을 들어 흩뿌려진 피처럼 바다 위로 퍼져가는 붉은 구름의 담요가 하늘을 뒤덮기 시작하는 걸 보았다. 보른 시장 주변의 거리에서 사람들은 급히 서둘러 문과 창문을 단단히 잠갔고, 가게 주인들은 아직 폐점시간도 되지 않았는데 문을 닫았으며, 아이들은 팔을 십자가처럼 벌리고 멀리서 들려오는 천둥의 굉음을 비웃으며 바람을 맞고 놀기 위해 거리로 뛰쳐나오고 있었다. 가로등이 깜빡거리고 번갯불의 섬광이 건물 정면을 하얀빛으로 감쌌다. 나는 탑의 집 대문으로 발길을 재촉해 급히 계단을 올라갔다. 폭풍이 가까이 다가오면서 벽 너머로도 그 소리가 느껴졌다.

집안은 몹시 추웠다. 안으로 들어오자 복도에서 내 입김이 보일 정도였다. 나는 오래된 석탄난로가 있는 방으로 곧장 갔다. 내가 그곳에 산 이래로 네다섯 번밖에 사용하지 않았던 난로였다. 나는 오래되고 건조한 신문뭉치를 넣고 석탄에 불을 붙였다. 별실 벽난로에도 불을 붙이고서 그 앞 바닥에 앉아 불길을 쳐다보았다. 손이 떨리고 있었다. 추워서인지 무서워서인지 알 수 없었다. 나는 집안이 따스해지길 기다리면서 하늘 위로 번개가 남기는 하얀 빛의 그물을 보았다.

비는 저녁이 될 때까지도 내리지 않았다. 하지만 일단 내리기 시작하자 장막을 이룬 듯한 성난 물방울이 쏟아졌고 불과 몇 분도 안 되어 사위가 칠흑처럼 변했다. 온 힘을 다해 벽과 유리창을 때려대는 검은 비의 망토 아래서 지붕과 골목길마다 빗물이 넘쳐흘렀다. 석탄난로와 벽난로 덕택에 점차로 집안의 온도는 올라갔지만 나는 여전히 추위를 느꼈다. 담요를 찾아 침실로 갔다. 그리고 옷장을 열어 아래쪽의 커다란 서랍 두 칸을 휘젓기 시작했다. 안쪽 깊은 곳에 아버지가 물려준 상자가 숨겨져 있었다. 나는 그걸 꺼내 침대에 놓았다.

상자를 열고 아버지의 오래된 권총을 응시했다. 그건 아버지가 내게 남겨준 유품의 전부였다. 나는 권총을 어루만지면서 둘째손가락으로 방아쇠를 당겨보았다. 그리고 탄창을 열어 이중상자 밑칸에 있던 탄약상자에서 총알을 여섯 개 꺼내 탄창에 넣었다. 그런 다음 상자를 협탁에 놓아두고 권총과 담요를 챙겨 별실로 갔다. 그곳에서 나는 안락의자에 털썩 주저앉아 담요를 두르고 권총을 가슴에 댄 채 창유리 뒤로 성난 폭풍을 멍하니 쳐다보았다. 벽난로 선반에 있는 시계에서 소리가 들렸다. 승마클럽 당구장에서 고용주와 만날 시간이 기껏해야 반시간 남았다는 사실은 구태여 시계를 보지 않아도 알 수 있었다.

나는 눈을 감고 빗물이 넘치는 황량한 도시의 거리를 돌아다니는 그를 상상했다. 또 자동차 뒷좌석에 앉은 그와 어둠 속에서 빛나는 그의 황금빛 눈동자를, 폭풍을 헤치면서 길을 여는 롤스로이스 보닛 위 은으로 만든 천사를 상상했다. 그리고 숨도 쉬지 않고 미소도 그 어떤 표정도 짓지 않은 채 석상처럼 꼼짝하지 않는 그를 떠올렸다. 잠시 후 장작 타는 소리와 빗물이 유리창을 때리는 소리를 들으며 손에는 무기를 쥔 채 나는 약속장소에 가지 못하리라는 확신과 함께 잠들었다.

자정이 지나고 조금 뒤, 나는 눈을 떴다. 벽난로가 거의 꺼져 별실은 어둠에 잠겨 있고, 마지막 불덩이를 급히 모두 태워버리려고 안달하는 파란 불꽃만이 너울거리고 있었다. 비는 계속 줄기차게 내리고 있었다. 권총은 아직도 내 손에 있었고, 체온에 데워져 따스했다. 나는 눈도 거의 껌뻑거리지 않고 잠시 안락의자에 기댄 채 그대로 있었다. 문 두드리는 소리를 듣기도 전에 이미 문 앞에 누군가가 있다는 사실을 알았다.

나는 담요를 치우고 자리에서 일어났다. 다시 문 두드리는 소리가 들렸다. 현관문을 손마디로 두드리는 소리였다. 나는 손에 무기를 쥐고 자리에서 일어나 복도로 나갔다. 또다시 문 두드리는 소리가 났다. 나는 문을 향해 몇 발짝 내디딘 뒤 멈추었다. 어둠에 잠긴 층계참에서 반짝이는 천사를 옷깃에 달고 미소 짓는 그의 모습이 머릿속에 그려졌다. 나는 권총의 공이치기를 뒤로 당겼다. 또다시 손으로 문을 두드리는 소리가 났다. 불을 켜려고 했지만 전기가 나가 있었다. 그래서 문에 이를 때까지 계속해서 앞으로 나아갔다. 그리고 문구멍 덮개를 젖히고서 밖을 내다보려 했지만, 그럴 용기가 나지 않았다. 그렇게 그곳에 나는 거의 숨도 쉬지 못한 채 가만히 서서 권총을 높이 들고 문을 겨냥했다.

"가시오." 나는 소리쳤지만, 기운 빠진 목소리였다.

그때 문 바깥쪽에서 울음소리가 들려와 나는 권총을 아래로 내렸다. 어둠을 향해 문을 열자 그곳에 그녀가 있었다. 옷이 흠뻑 젖은 채 덜덜 떨고 있었다. 피부는 얼어붙은 것처럼 차가웠다. 나를 보자 그녀는 내 품에 쓰러지다시피 허물어졌다. 나는 급히 그녀를 붙잡았고, 무슨 말을 할지 몰라서 그저 힘껏 껴안았다. 그러자 그녀는 희미한 미소를 지어 보였고, 자신의 뺨으로 가져간 내 손에 입을 맞추며 눈을 감았다.

"용서해줘." 크리스티나가 작은 소리로 중얼거리듯 말했다.

그녀는 눈을 떠 상처입고 갈가리 찢긴 시선으로 나를 바라보았다. 지옥에 가서도 잊지 못할 시선이었다. 나는 그녀에게 미소 지었다.

"집에 온 걸 환영해."

38

나는 촛불 아래서 그녀의 옷을 벗겼다. 길거리에 고인 물이 흥건한 신발을 벗기고, 흠뻑 젖은 옷과 올이 나간 스타킹을 벗겼다. 그리고 깨끗한 수건으로 머리카락과 몸을 닦아주었다. 그녀를 침대에 눕히고 온기를 전해주기 위해 내가 옆에 누워 꽉 껴안았을 때도 그녀는 추워서 덜덜 떨고 있었다. 우리는 아무 말 없이 한참 동안 그렇게 빗소리만 듣고 있었다. 나는 내 손 아래서 그녀의 몸이 조금씩 따스해지는 것을 느꼈다. 곤한 숨소리가 들려오기 시작하고 있었다. 그녀가 잠들었다고 생각했을 무렵, 어둠 속에서 그녀의 말이 들렸다.

"당신 친구가 나를 만나러 왔었어."

"이사벨라야."

"당신에게 보낸 내 편지를 숨겼다고 말해주었어. 나쁜 마음으로 그런 건 아니라고. 당신을 위해 한 일이라고 생각하던데, 그녀가 옳았을지도 몰라."

나는 그녀 위로 몸을 숙여 그녀의 눈을 찾았다. 그리고 그녀의 입술을 어루만졌다. 집에 들어온 후 처음으로 그녀가 희미하게 웃었다.

"당신이 나를 잊었다고 생각했어." 크리스티나가 말했다.

"그러려고 노력했어."

그녀의 얼굴에는 피로감이 그대로 드러났다. 그녀를 보지 못했던 몇 달 동안 피부에 주름이 새겨지고 시선에는 좌절과 공허함이 깃들어 있었다.

"이제 우리는 젊지 않아." 그녀가 내 생각을 읽은 듯 말했다.

"당신과 내가 언제 젊은 적이 있었어?"

나는 담요를 한쪽으로 치우고 하얀 침대시트 위에 누운 그녀의 벌거벗은 몸을 바라보았다. 그리고 그녀의 목과 가슴을 애무하면서 손가락으로 피부를 스치듯이 어루만졌다. 그녀의 배에 동그라미를 그렸고, 골반 아래 희미하게 모습을 드러낸 뼈 주위에 선을 그었다. 그리고 양쪽 허벅지 사이 거의 투명해 보이는 음모를 건드리며 장난쳤다.

크리스티나는 희망이 꺾인 미소를 지은 채 눈을 살며시 뜨고서 아무 말 없이 나를 응시했다.

"이제 우리 어쩌지?" 그녀가 물었다.

나는 그녀 위로 고개를 숙이고 입술에 키스했다. 그러자 그녀는 나를 꽉 껴안았고, 우리는 천천히 촛불이 꺼져가는 동안 그렇게 누워 있었다.

"무슨 수가 떠오르겠지." 그녀가 속삭였다.

새벽이 조금 지난 뒤 나는 잠에서 깨었고 침대에 나 혼자라는 것을 알았다. 황급히 일어나 크리스티나가 한밤중에 다시 떠나지 않았을까 걱정했다. 그때 그녀의 옷과 신발이 아직 의자 위에 있는 것을 보고 깊은 안도의 한숨을 내쉬었다. 그녀는 담요를 두른 채 벽난로 앞 바닥에 앉아 있었다. 시뻘겋게 불타는 나무통이 푸른 불꽃을 내뿜고 있었다. 나는 그녀의 곁에 앉아 목에 키스했다.

"잠이 안 와서." 그녀는 불길에 시선을 고정한 채 말했다.

"날 깨우지 그랬어."

"차마 그럴 수 없었어. 몇 달 만에 처음으로 깊이 잠든 것 같은 얼굴이었어. 그래서 집을 둘러보았어."

"어땠어?"

"이 집은 늘 슬픔이 따라다녀." 그녀가 말했다. "불태우는 게 어떨까?"

"그럼 우리는 어디서 살지?"

"지금 우리라고 했어?"

"그러면 안 돼?"

"이제 당신이 더는 동화를 쓰지 않는다고 생각했어."

"그건 자전거 타기랑 같아. 한번 배우면……"

크리스티나는 나를 한참 동안 바라보았다.

"복도 끝 저 방에는 뭐가 있지?"

"아무것도 없어. 낡은 잡동사니뿐이야."

"열쇠로 잠겨 있던데."

"보고 싶어?"

그녀는 고개를 가로저었다.

"이건 그냥 집일 뿐이야. 돌무더기와 기억덩어리가 있는 곳. 그 이상은 아니야."

크리스티나는 고개를 끄덕였지만, 별로 동의하지 않는 표정이었다.

"우리, 떠나는 게 어때?" 그녀가 물었다.

"어디로?"

"멀리."

나는 웃지 않을 수 없었지만, 그녀는 웃음을 보이지 않았다.

"얼마나 멀리?" 내가 물었다.

"우리가 누군지 아무도 모르고 아무도 우리에게 관심을 보이지 않을 만큼 멀리."

"그게 당신이 원하는 거야?" 내가 물었다.

"당신은 그러고 싶지 않아?"

나는 잠시 머뭇거렸다.

"그럼 페드로는?" 나는 이렇게 물었지만, 말이 목에 걸려 제대로 나오지 않았다.

그녀는 어깨에 덮고 있던 담요를 떨어뜨리고 도전적인 시선으로 나를 쳐다보았다.

"나랑 자는 데 그 사람 허락이 필요해?"

나는 혀를 깨물었다. 크리스티나는 눈에 눈물을 가득 머금고서 나를 바라보고 있었다.

"미안해." 그녀가 중얼거렸다. "난 그런 말을 할 자격이 없어."

내가 바닥에서 담요를 들어 덮어주려고 했지만 그녀는 한쪽으로 몸을 틀어 거부했다.

"페드로는 날 버렸어." 그녀가 기운 없는 목소리로 말했다. "내가 떠나기를 바라면서 어제 리츠로 갔어. 내가 자기를 사랑하지 않는 걸 안다고, 일종의 보답으로, 혹은 동정 때문에 자기와 결혼했다는 걸 안다고 했어. 그러면서 자기는 내 동정이 필요하지 않고, 내가 자기를 사랑하는 척하면서 매일 곁에 있는 건 자기에게 해가 된다고 말했어. 내가 뭘 하든지 자기는 나를 영원히 사랑할 것이고, 그래서 다시는 나를 보고 싶지 않다고."

그녀의 손이 떨리고 있었다.

"그는 온 마음을 다해 나를 사랑했지만, 나는 그를 불행하게 만들었을 뿐이야." 그녀가 혼잣말처럼 말했다.

그녀는 눈을 감고 고통의 가면을 쓴 양 얼굴을 일그러뜨렸다. 잠시 후 그녀는 깊은 신음을 내면서 주먹으로 자기 얼굴과 몸을 마구 때리기 시작했다. 나는 그녀에게 달려들어 그러지 못하도록 팔로 그녀를 꽉 안았다. 크리스티나는 몸부림치면서 마구 소리쳤다. 나는 그녀를 바닥에 누른 채 손으로 단단히 붙잡았다. 그녀는 기운이 빠져 천천히 굴복했다. 그녀의 얼굴은 눈물과 침 범벅이었고 눈은 시뻘게져 있었다. 우리는 거의 반시간 동안 그렇게 있었다. 마침내 그녀의 몸에서 긴장이 풀리고 그녀가 긴 침묵 속으로 빠져드는 것이 느껴졌다. 나는 그녀에게 담요를 덮어주고 내 눈물을 숨기며 뒤에서 그녀를 껴안았다.

"그래, 멀리 가자." 나는 그녀가 내 말을 듣는지, 이해는 하는지 알지도 못한 채 그녀의 귀에 대고 중얼거렸다. "우리가 누군지 아무도 모르고, 아무도 우리에게 관심을 보이지 않을 머나먼 곳으로 가자. 약속할게."

크리스티나는 고개를 옆으로 기울이고는 나를 쳐다보았다. 마치 영혼이 망치를 얻어맞고 망가진 것처럼 멍한 표정이었다. 나는 힘껏 그녀를 껴안고 이마에 입을 맞추었다. 유리창 너머에서는 비가 계속 거세게 내렸고, 우리는 죽어버린 여명의 칙칙하고 창백한 햇빛에 사로잡혀 있었다. 나는 처음으로 우리가 침몰하고 있다고 생각했다.

39

바로 그날 아침 나는 고용주에게 의뢰받은 작업을 그만두었다. 크리스티나가 자는 동안, 나는 서재로 올라가 그 계획과 관련된 글과 메모를 모두 벽 옆에 있던 낡은 가방에 넣었다. 처음에는 모두 불살라버려야겠다는 충동을 느꼈지만, 그 정도의 용기는 나지 않았다. 나는 평생을 살아오면서 내가 가는 길에 남겨놓은 글을 모두 내 삶의 일부라고 느꼈다. 평범한 사람은 세상에 아이들을 탄생시킨다. 그러나 우리 소설가들은 책을 탄생시킨다. 우리는 책 안에 우리의 삶을 남겨놓도록 선고받은 사람들이지만, 책들은 그런 운명에 감사하는 법이 거의 없다. 우리는 우리가 쓰는 글 속에서 죽을 운명이며, 가끔은 그 글이 우리 목숨을 앗아가게 하기도 한다. 내가 이 빌어먹을 세상으로 데려온 종이와 잉크로 만들어진 모든 이상한 피조물 중에서도 그것은, 그러니까 고용주와의 약속을 지키기 위해 돈을 받고 만든 그 물건은 의심할 여지 없이 가장 기괴한 것이었다. 그 글이 적힌 종이는 불에 태워지는 것 이외에 다른 가치가 없었다. 하지만 그것들은 내 피붙이와도 같았고, 그래서 파괴할 용기가 나지 않았다. 나는 그것들을 그 가방 속에 처박아두고 비탄에 잠겨 서재를 나왔다. 나의 비겁함도, 내가 그 어둠의 원고를 자식처럼 여긴다는 개운치 못한 느낌도 창피해서 고개를 들 수 없었다. 아마도 내 고용주는 이런 아이러니한 상황까지 미리 계산해두었을지 몰랐다. 하지만 나는 구역질이 나올 것만 같았다.

크리스티나는 오후 늦게까지 잠을 잤다. 나는 그 틈을 이용해 시장 옆에 있는 식료품점으로 가서 우유와 빵과 치즈를 샀다. 비는 마침내 그쳤지만 길에는 물이 흥건했고 옷 사이로 스며들어 뼛속까지 시리게 만드는 습기는 차가운 먼지처럼 공중에서 만져질 정도였다. 가게에서 순서를 기다리는 동안 누군가가 나를 지켜보고 있다는 느낌이 들었다. 다시 거리로 나와 보른 대로를 건너면서 뒤돌아보자 다섯 살이 채 되지 않은 듯한 어린아이가 나를 쫓아오고 있었다. 나는 발걸음을 멈추고 그 아이를 쳐다보았다. 아이도 멈추더니 나를 똑바로 바라보았다.

"무서워하지 마." 내가 말했다. "이리 가까이 와보렴."

아이는 몇 발짝 다가오더니 약 2미터 앞에 멈추었다. 거의 햇빛을 보지 못한 것처럼 피부가 창백하다못해 파랄 정도였다. 아이는 검은 옷을 입고 반짝거리는 새 에나멜 구두를 신고 있었다. 눈은 검은색이었고 흰자위가 보이지 않을 정도로 눈동자가 컸다.

"이름이 뭐니?" 내가 물었다.

아이는 웃으면서 손가락으로 나를 가리켰다. 아이가 있는 쪽을 향해 내가 한 발짝 내디디려는 순간, 아이는 마구 내달려 보른 대로로 사라졌다.

집으로 돌아오니 대문에 봉투 하나가 끼어 있었다. 천사가 새겨진 붉은 밀랍에 아직도 온기가 남아 있었지만 주변에는 아무도 보이지 않았다. 나는 안으로 들어가 이중으로 문을 잠갔다. 그리고 계단 밑에 서서 봉투를 열었다.

사랑하는 친구에게

당신이 어젯밤 우리의 약속장소에 올 수 없었던 것에 대해 몹시 유감을 표하고 싶군요. 당신이 잘 지내고 있으며, 어떤 심상치 않은 상황에 처했거나 사고를 당하지 않았기를 바랍니다. 이번에 당신과 함께 즐거운 시간을 보낼 수 없었던 것은 안타깝지만, 나와 만날 수 없었던 이유가 무엇이든 그 문제를 이른 시일 안에 좋게 해결하기를 바랍니다. 그리고 다음번은 우리가 만나기에 더욱 적절한 기회가 되길 바라고 있습니다. 나는 며칠간 이 도시를 비워야 하지만 돌아오는 대로 연락을 취할 겁니다. 우리의 공동 계획에 진전이 있기를 바라면서, 당신의 친구가 평소처럼 다정하게 안부를 전합니다.

안드레아스 코렐리

나는 주먹으로 편지를 움켜쥐고는 주머니에 집어넣었다. 그리고 살며시 집안으로 들어가 부드럽게 문을 닫았다. 나는 침실을 들여다보고 크리스티나가 계속 자고 있는 것을 확인했다. 그런 다음 부엌으로 가서 커피와 간단한 점심을 준비하기 시작했다. 몇 분 후 뒤에서 크리스티나의 발소리가 들렸다. 그녀는 허벅지까지 내려오는 내 낡은 스웨터를 걸치고 문가에서 나를 바라보고 있었다. 헝클어진 머리에 눈은 통통 부어 있었고, 세게 따귀를 맞은 것처럼 입술과 광대뼈에는 시퍼렇게 멍든 자국이 있었다. 그녀는 내 시선을 피했다.

"미안해." 그녀가 나지막이 중얼거렸다.

"배고파?" 내가 물었다.

그녀는 고개를 가로저었지만, 나는 못 본 척하고서 식탁을 가리키며 앉으라고 했다. 설탕을 넣은 밀크커피 한 잔과 갓 구운 빵 한 조각, 치즈와 약간의 햄을 주었다. 하지만 그녀는 건드리려고도 하지 않았다.

"조금이라도 먹어봐." 내가 제안했다.

그녀는 마지못해 치즈를 깨작거리며 먹더니 희미하게 미소를 지었다.

"맛있네." 그녀가 말했다.

"먹으면 몸이 훨씬 좋아질 거야."

우리는 아무 말 없이 식사했다. 놀랍게도 크리스티나는 그릇의 절반을 비웠다. 그리고 커피잔 뒤로 얼굴을 가리더니 곁눈질로 나를 쳐다보았다.

"당신이 원한다면, 오늘 떠날게." 마침내 그녀가 말했다. "걱정하지 마. 페드로가 준 돈도 있고……"

"난 당신이 아무데도 가지 않았으면 좋겠어. 다시는 다른 곳으로 떠나지 않았으면 좋겠다고. 내 말 듣고 있어?"

"난 훌륭한 동반자가 아니야, 다비드."

"그건 나도 마찬가지야."

"정말로, 진심으로 말한 거야? 멀리 떠나자는 거?"

나는 고개를 끄덕였다.

"우리 아버지는 항상 말씀하셨어. 인생은 두번째 기회를 주지 않는다고."

"첫번째 기회를 결코 손에 넣지 못했던 사람에게만 두번째 기회가 주어지지. 사실 다른 누군가가 제대로 쓸 줄 몰라서 얻게 된 중고 기회라고 할 수 있지만, 없는 것보다야 낫잖아."

그녀는 희미하게 웃었다.

"함께 산책하러 나가." 이내 그녀가 말했다.

"어디로 가고 싶어?"

"바르셀로나에 작별인사를 하고 싶어."

40

오후 서너시가 되자, 폭풍이 남겨놓았던 구름 망토 아래로 태양이 모습을 보였다. 빗물로 반짝이는 거리는 황갈색 하늘을 반사하는 거울이 되어 있었고 사람들은 그 거울 위를 걸어다녔다. 나는 콜럼버스의 석상이 안개 속에서 모습을 드러낸 람블라스 거리 입구까지 그녀와 걸어간 것을 기억한다. 우리는 아무 말 없이 걸었고, 눈앞의 광경이 마치 신기루라도 되는 듯이, 그리고 이미 텅 비고 잊힌 도시인 것처럼 건물 정면과 사람들을 쳐다보았다. 바르셀로나가 그날 오후처럼 아름다우면서도 슬퍼 보인 적은 없었다. 해가 지기 시작하자 우리는 '셈페레와 아들' 서점으로 갔다. 우리는 아무도 우리를 볼 수 없는 거리 맞은편의 어느 건물 입구에 서 있었다. 오래된 서점의 진열창은 축축하면서도 반짝반짝 빛나는 보도로 한줄기 빛을 내보내고 있었다. 서점 안에서는 사다리에 올라서서 책장의 가장 높은 선반에 책을 정리하고 있는 이사벨라의 모습이 보였다. 그동안 아들 셈페레는 계산대 뒤에서 회계장부를 점검하는 척하면서 곁눈질로 그녀의 복사뼈를 쳐다보고 있는 것 같았다. 한쪽 구석에 앉아 있던 늙고 피로에 지친 셈페레 씨는 슬픈 미소를 지으며 두 사람을 지켜보고 있었다.

"이곳은 내가 인생에서 가장 좋았던 것의 대부분을 발견했던 곳이야." 나는 멍하니 말했다. "이곳에는 작별인사를 하고 싶지 않아."

우리가 탑의 집으로 돌아왔을 때는 이미 어두워져 있었다. 집 안에 들어오자 나가기 전에 켜놓았던 불의 따스한 온기가 우리를 맞이했다. 크리스티나는 복도로 앞장서서 가더니 아무 말도 하지 않은 채 옷을 벗어 바닥에 흔적을 남겼다. 그녀는 침대에 누워 나를 기다리고 있었다. 나는 그녀 옆에 누웠고 그녀가 내 손을 이끌도록 놔두었다. 그녀를 애무하면서 나는 그녀의 근육이 피부 아래서 팽팽해지는 것을 보았다. 그녀의 눈에서는 부드러움이라고는 찾아볼 수 없었고 어서 따뜻해지고 싶다는 열망만이 가득했다. 나는 그녀의 몸에 내 몸을 맡기고 성난 듯이 그녀를 공격했다. 그러는 동안 내 피부에서 그녀의 손톱을 느낄 수 있었다. 나는 산소가 부족한 것처럼 고통과 삶에 대한 갈망으로 신음하는 그녀의 목소리를 들었다. 마침내 우리는 땀범벅이 된 채 기진맥진하여 나란히 누웠다. 크리스티나가 내 어깨에 머리를 기대면서 내 눈을 찾았다.

"당신 친구가 당신이 골치 아픈 일에 말려들었다던데."

"이사벨라가?"

"당신 때문에 몹시 걱정하고 있었어."

"이사벨라는 자기가 내 엄마라도 된다고 믿고 있어."

"그래서 당신을 걱정하는 건 아닌 것 같아."

나는 그녀의 눈을 피했다.

"그녀는 당신이 어느 외국 출판사 발행인의 청탁을 받아 새로운 책을 작업하고 있다고 말해주었어. 그 사람을 고용주라고 부르던데. 그가 당신에게 엄청난 돈을 줬는데, 당신은 그 돈을 받은 것에 죄책감을 느끼고 있대. 그리고 당신은 그 사람, 그러니까 고용주를 두려워하고 있는데, 뭔가 석연치 않은 점이 있다고도 했어."

나는 화가 치밀어 한숨을 내쉬었다.

"그것 말고 이사벨라가 또 무슨 얘기를 했지?"

"나머지는 우리끼리의 비밀로 간직하기로 했어." 그녀는 내게 한쪽 눈을 찡긋하면서 대답했다. "혹시 거짓말이야?"

"거짓말이라기보다 그녀의 생각일 뿐이야."

"무엇에 관한 책인데?"

"어린아이들을 위한 동화야."

"당신은 그렇게 대답할 거라고 이사벨라가 이미 말해줬어."

"이사벨라가 다 알려주었는데, 왜 내게 묻는 거지?"

크리스티나는 호된 눈으로 날 바라보았다.

"당신이 걱정하지 않도록, 그리고 이사벨라가 걱정하지 않도록 그 책 작업은 그만두기로 했어. 이젠 다 끝난 일이야." 내가 확고한 말투로 대답했다.

"언제 결심했어?"

"오늘 아침에, 당신이 자는 동안에."

크리스티나는 미간을 찌푸리면서 회의적인 표정을 지었다.

"그 사람, 그러니까 고용주는 그 사실을 알고 있어?"

"아직 말하지 않았어. 하지만 익히 짐작하리라 생각해. 그렇지 않다면, 곧 알게 될 거야."

"그럼 돈을 되돌려줄 거야?"

"그 사람은 돈 따위는 전혀 관심 없을걸."

크리스티나는 오랜 침묵 속으로 빠져들었다.

"내가 읽어봐도 돼?" 마침내 그녀가 물었다.

"아니."

"왜 안 되는데?"

"초고라서 시작도 없고 끝도 없어. 그저 수많은 생각을 아무렇게나 적어놓은 메모랄까, 서로 연결도 되지 않는 파편들이거든. 이해할 수 있는 것들이 아니야. 지루할 거야."

"그래도 읽어보고 싶어."

"왜?"

"당신이 쓴 글이니까. 페드로는 한 작가를 진정으로 아는 유일한 방법은 그가 남겨놓는 잉크의 흔적을 통해서라고, 우리가 본다고 믿는 사람은 허상일 뿐인 캐릭터에 불과하고 진실은 허구 속에 숨겨져 있다고 항상 말했어."

"아마도 어느 엽서에서 읽은 말이겠지."

"사실 당신 책에서 따온 거야. 난 그걸 알고 있어. 나 역시 그 책을 읽었으니까."

"다른 데서 가져왔다고 그게 헛소리라는 사실이 변하는 건 아니야."

"난 그 말이 옳다고 생각해."

"그럼 진실이겠지."

"그럼 읽게 해줄 거야?"

"아니."

우리는 부엌 식탁에 마주앉아서 가끔 서로를 쳐다보며 그날 아침에 먹다 남은 빵과 치즈로 저녁식사를 했다. 크리스티나는 식욕도 없이 씹으면서, 손으로 뜯은 빵을 등잔불에 갖다대고서 유심히 살펴보다 입으로 가져갔다.

"내일 정오에 프란시아역에서 파리로 가는 기차가 있어." 그녀가 말했다. "너무 서두르는 걸까?"

나는 당장이라도 안드레아스 코렐리가 계단을 올라와 문을 두드리는 광경을 머리에서 떨쳐버릴 수 없었다.

"그렇지 않은 것 같아." 내가 동의했다.

"뤽상부르공원 앞에 조그만 호텔을 알고 있어. 한 달씩 방을 빌려주는 곳이야. 약간 비싸긴 하지만……" 그녀가 덧붙였다.

어떻게 그 호텔을 아느냐고는 물어보고 싶지 않았다.

"가격은 상관없어. 하지만 난 프랑스어를 할 줄 몰라." 내가 말했다.

"내가 할 줄 알아."

나는 시선을 아래로 떨어뜨렸다.

"내 눈을 봐, 다비드."

나는 억지로 눈을 들었다.

"내가 떠나길 원한다면……"

나는 다시 한번 부인했다. 그녀는 내 손을 잡고 자기 입술로 가져갔다.

"모든 게 다 잘될 거야. 두고 봐." 그녀는 말했다. "난 알아. 이게 내 인생에서 처음으로 좋은 결과를 낳을 거란 사실을."

나는 그녀를 쳐다보았다. 눈에 눈물을 머금은 채 어둠 속에 있는 갈가리 찢긴 여자. 나는 그녀가 평생 결코 가지지 못했던 것을 그녀에게 되돌려주는 것 말고는 이 세상에서 그 무엇도 바라지 않았다.

우리는 두 개의 담요를 덮고서 별실 소파에 늘어져 활활 타오르는 불을 쳐다보았다. 나는 크리스티나의 머리카락을 어루만지면서, 그리고 그것이 내 청춘을 묻어버렸던 감옥 같은 그 집에서 보내는 마지막 밤이 되리라 생각하면서 잠들었다. 그리고 꿈을 꾸었다. 바늘이 거꾸로 도는 시계들로 가득한 바르셀로나의 거리를 마구 뛰어다니는 꿈이었다. 내가 지나갈 때마다 골목길과 대로가 제멋대로 방향을 바꾸는 터널처럼 살아 있는 미로가 되어 앞으로 나아가려는 내 모든 시도를 비웃었다. 마침내 뜨거운 금속 표면처럼 하늘에서 활활 타는 정오의 태양 아래 나는 프란시아역에 도착할 수 있었고, 기차가 서서히 움직이는 플랫폼을 향해 전속력으로 뛰었다. 뒤쫓아 뛰었지만 기차 속도가 나보다 빨랐고, 모든 노력에도 불구하고 손끝으로 기차를 스치는 것 외에는 아무 소득도 없었다. 나는 숨을 쉴 수 없을 때까지 계속 달렸고, 플랫폼 끝에 다다라 허공으로 떨어지고 말았다. 눈을 들었을 때는 이미 때가 늦은 뒤였다. 기차는 저멀리 사라지고 있었고, 마지막 칸 차창에서 크리스티나의 얼굴이 나를 바라보고 있었다.

나는 눈을 뜨고 크리스티나가 그곳에 없다는 것을 알았다. 벽난로의 불은 불씨도 보이지 않게 거의 남김없이 타서 한 줌의 재로 변해 있었다. 일어나 창문을 내다보았다. 날이 밝아오고 있었다. 나는 얼굴을 유리창에 갖다대고 서재 창문에 빛이 깜박거리는 것을 보았다. 나는 탑으로 올라가는 달팽이 모양 계단으로 향했다. 구릿빛 광채가 계단 위로 쏟아지고 있었다. 나는 천천히 올라가 서재에 이르러 입구에서 발을 멈추었다. 크리스티나가 등을 돌리고 바닥에 앉아 있었다. 벽 옆에 있던 가방이 열려 있었다. 크리스티나는 고용주를 위해 쓴 원고가 든 파일을 손에 들고 그것을 묶고 있던 리본도 이미 풀고 있었다.

내 발소리에 그녀가 멈칫했다.

"여기서 뭐하는 거야?" 나는 목소리에서 불안을 감추려고 애쓰며 물었다.

크리스티나는 뒤돌아 미소를 지었다.

"그냥 보는 거야."

그녀의 눈길이 내 시선을 따라오더니 자기 손에 들고 있는 파일에 이르렀다. 그러자 그녀는 짓궂은 표정을 지었다.

"이 안에 뭐가 있는데?"

"아무것도 없어. 메모와 초고뿐이야. 관심을 보일 만한 건 전혀 아니야……"

"거짓말쟁이. 우리 내기해. 이건 당신이 작업하던 책이야." 그녀는 이렇게 말하면서 리본을 풀기 시작했다. "읽고 싶어 죽겠어……"

"읽지 말았으면 좋겠어." 나는 최선을 다해 편한 투로 말했다.

크리스티나는 이맛살을 찌푸렸다. 나는 그 순간을 이용해 그녀 앞에 무릎을 꿇고 조심스럽게 그 파일을 빼앗았다.

"왜 그래, 다비드?"

"아니야, 아무것도 아니야." 나는 입술에 바보 같은 미소를 띠면서 말했다.

나는 다시 파일을 끈으로 묶고 가방 안에 되돌려놓았다.

"잠그지는 않고?" 크리스티나가 물었다.

나는 핑계를 댈 준비를 하고 뒤로 돌았지만, 크리스티나는 이미 계단을 내려가 사라진 후였다. 나는 안도의 한숨을 내쉬면서 가방을 닫았다.

크리스티나는 아래층 침실에 있었다. 잠시 그녀는 마치 낯선 사람인 것처럼 나를 바라보았다. 나는 침실에 들어가지 못한 채 문가에 서 있었다.

"미안해." 내가 말을 시작했다.

"용서를 구할 필요는 없어." 그녀가 대답했다. "내가 쓸데없이 남 일에 참견하지 말았어야 했는데."

"그런 거 아니야."

그녀는 영하의 기온처럼 차가운 미소를 던지고 무심한 손짓으로 공기를 갈랐다.

"괜찮아."

나는 고개를 끄덕이면서 두번째 라운드를 다음으로 미뤘다.

"프란시아역의 매표창구가 곧 열릴 거야." 내가 말했다. "창구를 여는 시간에 맞춰 그곳으로 가서 오늘 정오에 출발하는 기차표를 살 생각이야. 그런 다음 은행에 가서 돈을 찾을 거고."

크리스티나는 고개만 끄덕였다.

"좋은 생각이네."

"그동안 손가방에 옷가지를 챙기는 게 어때? 나는 길어봐야 두 시간이면 돌아올 거야."

크리스티나는 희미하게 미소 지었다.

"여기 있을게."

나는 그녀에게 다가가 그녀의 얼굴을 손으로 감쌌다.

"내일 밤이면 우리는 파리에 있을 거야." 내가 말했다. 그리고 이마에 입을 맞추고 그곳을 떠났다.

41

프란시아역의 대합실 바닥은 거울처럼 반짝여 천장에 걸린 커다란 시계가 비치고 있었다. 시곗바늘은 아침 일곱시 삼십오분을 가리키고 있었지만 매표창구는 여전히 닫혀 있었다. 커다란 빗자루와 주체할 수 없는 흥으로 무장한 수위가 민요 가락을 휘파람으로 불면서 절뚝거리는 다리가 허락하는 한 엉덩이를 흔들며 바닥에 윤을 내고 있었다. 달리 할일이 없어서 나는 그를 유심히 지켜보았다. 그는 마치 그곳이 바티칸의 시스티나성당이나 되는 것처럼 바닥의 일부를 청소할 수 있다는 기쁨을 만끽하며 얼굴에서 한시도 미소를 지우지 않았다. 그런 기쁨과 미소만 남겨놓은 채 세상에 모든 것을 빼앗기는 바람에 완전히 짜부라든 것처럼 아주 왜소한 사람이었다. 로비에는 그를 제외하곤 아무도 없었고, 마침내 그는 내가 자기를 지켜보고 있다는 사실을 알았다. 다섯번째로 바닥을 가로지르던 그는 대합실 가장자리에 있던 나무벤치 중 하나인 내 감시초소 앞에 이르자 일을 멈추고는 양손을 대걸레에 기댄 채 나를 빤히 쳐다보았다.

"결코 제때 여는 법이 없습니다." 그가 매표창구를 가리키면서 설명했다.

"그렇다면 왜 일곱시에 연다는 안내를 붙여놓는 겁니까?"

왜소한 체구의 수위는 어깨를 으쓱하더니, 철학적인 표정을 지으며 한숨을 내쉬었다.

"글쎄요. 기차 시간표도 붙여놓지만, 이곳에서 십오 년을 일하는 동안 단 한 번도 기차가 예정된 시간에 도착하거나 출발하는 걸 보지 못했어요." 그가 설명했다.

수위는 조용히 청소를 계속했고, 오 분 후 나는 매표창구가 열리는 소리를 들었다. 나는 그곳으로 다가가 직원에게 미소를 지었다.

"일곱시에 열 줄 알았습니다." 내가 말했다.

"안내판에는 그렇게 적혀 있지요. 그런데 뭘 원하십니까?"

"점심때 떠나는 파리행 기차 일등석 두 장을 주십시오."

"오늘입니까?"

"큰 문제가 없다면 그렇게 부탁합니다."

그는 두 장의 차표를 발급하느라 거의 십오 분을 소요했다. 그리고 그 훌륭한 작업을 끝내자 마지못해 표를 창구에 떨어뜨렸다.

"한시입니다. 4번 플랫폼이요. 늦지 마십시오."

내가 찻값을 내고도 창구 앞을 떠나지 않자 직원은 적대적이고 궁금하다는 시선으로 나를 쳐다보았다.

"더 필요한 게 있습니까?"

나는 그에게 미소를 짓고서 고개를 저었다. 그러자 그는 그 기회를 이용해 내 코앞에서 매표소 창문을 닫아버렸다. 나는 몸을 돌려 수위의 청소 덕택에 티 하나 없이 반짝이는 로비를 가로질렀다. 수위는 멀리서 내게 손을 흔들며 "좋은 여행 되시길" 하고 기원해주었다.

폰타네야 거리에 있는 스페인식민은행 중앙 지점은 종교적인 사원을 연상시키기에 충분한 공간이었다. 거대한 현관을 지나자 회중석이 있는 중앙홀이 나왔고, 중앙홀 양쪽으로는 석상들이 놓여 있었다. 중앙홀은 죽 늘어선 창구까지 뻗어 있었고, 창구들은 마치 제단처럼 보였다. 그 한 줄의 창구 양편으로는 고해소나 예배소처럼 참나무책상과 장군이나 앉을 법한 안락의자가 있었다. 깔끔하게 차려입고 예의바른 미소로 무장한 감독관들과 직원들이 그곳에 앉아 근무하고 있었다. 나는 현금으로 사천 프랑을 찾고, 파리의 라스파이 대로와 렌 거리 교차로에 있는 그 은행 파리 지점에서 어떻게 돈을 인출하는지 설명을 들었다. 크리스티나가 말했던 호텔에서 가까운 곳이었다. 나는 그런 엄청난 액수의 현금을 가지고 거리를 돌아다니는 무분별한 행동은 자제하라는 직원의 충고를 한 귀로 흘린 채, 약간의 거금을 주머니에 넣고 직원과 헤어졌다.

태양은 행운의 색을 띠고 푸른 하늘 높이 솟아 있었고, 깨끗한 산들바람은 바다의 냄새를 실어오고 있었다. 나는 엄청난 짐을 덜어버린 것처럼 가벼운 발걸음으로 걸으며 도시가 그 어떤 원한도 없이 나를 놔주기로 했다고 생각하기 시작했다. 보른 대로에서 걸음을 멈추고 크리스티나에게 선물할 꽃을 샀다. 빨간 리본으로 묶은 백장미였다. 탑의 집에 이르러 계단을 두 단씩 성큼성큼 올라갔다. 나는 입술에 미소를 띤 채 그날이 내가 영영 잃어버렸다고 생각했던 인생의 첫날이 될 것이라고 확신했다. 막 문을 열려는 찰나였다. 열쇠를 자물쇠 구멍에 넣자마자 문이 스르르 밀렸다. 애초에 열려 있었던 것이다.

나는 문을 안으로 밀고 현관으로 들어갔다. 집은 침묵에 휩싸여 있었다.

"크리스티나?"

나는 꽃을 현관 선반에 놓고서 침실을 들여다보았다. 크리스티나는 그곳에 없었다. 복도를 지나 별실로 들어갔지만 그녀가 있다는 낌새는 전혀 없었다. 나는 서재로 올라가는 계단으로 가서 큰 소리로 불렀다.

"크리스티나?"

메아리가 목소리를 내게 되돌려주었다. 나는 어깨를 으쓱하고는 별실 서고의 진열창 중 하나에 놓인 시계를 보았다. 아침 아홉 시가 다 되어 있었다. 나는 크리스티나가 무언가를 구하러 거리로 내려갔을 것이며, 페드랄베스에 살면서 문이나 자물쇠 문제는 하인들에게 맡겨두는 나쁜 습관에 물든 바람에 나가면서 문을 잠그지 않았으리라고 추측했다. 나는 별실 소파에 앉아 그녀를 기다리기로 마음먹었다. 햇빛이 창문으로 들어오고 있었다. 절로 몸을 맡기고 싶어지는 깨끗하고 반짝거리는 겨울 햇빛이었다. 눈을 감고 무얼 가져가야 할지 생각하려 애썼다. 그 모든 물건에 둘러싸여 반평생을 살았고 이제 그것들과 작별해야 할 시간이었지만, 꼭 필요한 것이 무엇인지 간단한 목록조차 만들 수 없었다. 따사로운 햇볕과 따스한 희망 아래 누워서 나는 나도 모르게 조금씩 편안하게 잠들고 있었다.

눈을 떠서 서고의 시계를 쳐다보았다. 오후 열두시 반이었다. 기차 출발시각이 겨우 삼십 분밖에 남지 않았다. 나는 벌떡 자리에서 일어나 침실로 달려갔다.

"크리스티나?"

이번에는 집안을 모두 돌아보았다. 방마다 들여다보며 결국 서재에 이르렀다. 아무도 없었지만, 공기 중에서 이상한 냄새가 났다. 성냥이었다. 창문으로 스며든 햇빛에 허공을 떠다니는 은은한 푸른 연기의 가느다란 줄기가 보였다. 나는 서재로 들어갔고, 바닥에서 불타버린 성냥 두 개를 발견했다. 갑자기 날카로운 불안감이 엄습해 가방 앞에 무릎을 꿇고 앉았다. 그리고 가방을 열어보고 안도의 한숨을 내쉬었다. 원고가 들어 있는 파일은 그곳에 그대로 있었다. 가방을 닫으려는 순간, 한 가지를 눈치챘다. 파일을 묶어둔 빨간 리본이 헝클어져 있었다. 나는 파일을 들고 펼쳤다. 페이지들을 살펴보아도 사라진 종이는 하나도 없었다. 나는 다시 파일을 덮었다. 이번에는 리본을 이중으로 맨 다음 원래 있었던 위치에 넣어두었다. 나는 가방을 닫고 다시 아래층으로 내려왔다.

그리고 별실에 있는 의자에 앉아 현관문으로 향하는 긴 복도를 보면서 기다릴 준비를 했다. 그렇게 몇 분이 무한할 정도로 잔인하게 흘러갔다.

나는 무슨 일이 일어났는지 천천히 깨닫게 되었다. 믿고 기다려보자는 소망은 점차 쓰라린 고통과 원한으로 변해갔다. 산타마리아 델 마르 성당의 종이 두시를 알리는 소리가 들렸다. 파리행 기차는 이미 역을 떠났을 테지만, 크리스티나는 아직도 돌아오지 않은 터였다. 그때 나는 그녀가 떠났다는 사실을, 우리가 함께 나누었던 그 짧은 시간은 신기루에 불과했던 것임을 깨달았다. 나는 유리창 너머로 그 찬란한 날을 쳐다보았다. 이제는 행운의 빛깔이 아니었다. 나는 그녀가 페드로 비달의 품안에서 보호받기 위해 엘리우스 저택으로 돌아갔을 것이라고 상상했다. 그러자 핏속에 독처럼 서서히 퍼지는 분노가 느껴졌고, 나는 황당한 희망을 품었던 나 자신을 비웃었다. 나는 한 발짝도 내디딜 기력이 없어서 가만히 앉아 석양과 더불어 어두워지는 도시와 바닥으로 길게 드리우는 그림자만 바라보고 있었다. 그러다 자리에서 일어나 창가로 다가가서 창문을 활짝 열고 밖을 내다보았다. 수직으로 떨어지기에 충분한 높이가 눈에 들어왔다. 뼈가 으스러지기에, 그 뼈들이 비수가 되어 내 몸을 관통하기에, 정원에 피 웅덩이를 만들고 그 가운데서 숨지기에 충분한 거리였다. 나는 내가 상상하는 것처럼 과연 그토록 고통이 심할까, 아니면 충격이 감각을 잠재워 단번에 효과적으로 빨리 죽음을 맞이할 수 있을까 생각했다.

그때 문 두드리는 소리가 들렸다. 한 번, 두 번, 세 번, 계속해서 집요하게 들려왔다. 나는 여전히 상념에 빠져 얼이 빠진 채 뒤돌아보았다. 다시 문 두드리는 소리가 들렸다. 아래에서 누군가가 현관문을 두드리고 있었다. 심장이 쿵쿵 뛰기 시작했다. 크리스티나가 돌아왔으며, 돌아오는 도중에 무슨 일이 생겨 그녀의 발길을 붙잡았던 거라고 확신하면서 계단을 뛰어내려갔다. 그러면서 또한 그녀를 의심했던 나의 천하고 야비한 감정은 그 어떤 말로도 정당화될 수 없으며, 어쨌거나 그날은 약속된 새로운 삶을 사는 첫날이라고 확신했다. 나는 현관으로 내려가 문을 열었다. 그곳에, 어둠 속에 흰옷을 입은 그녀가 있었다. 그녀를 껴안으려고 했지만 그 눈에 눈물을 가득하다는 사실을 알았고, 그 여자는 크리스티나가 아님을 깨달았다.

"다비드." 이사벨라가 제대로 나오지 않는 목소리로 중얼거렸다. "셈페레 씨가 돌아가셨어요."

3부

천사의 게임

1

우리가 서점에 도착했을 때는 이미 날이 어두워져 있었고, '셈페레와 아들' 서점 문 앞의 황금색 불빛이 푸른 어둠을 깨뜨리고 있었다. 그곳에는 백여 명의 사람이 손에 촛불을 들고 모여 있었다. 몇 명은 조용히 흐느꼈고, 어떤 사람들은 할말을 잃고 서로 바라보기만 했다. 그들 중에서 나는 몇 사람의 얼굴을 알아보았다. 셈페레 씨의 친구이자 고객이었으며, 늙은 서점 주인이 책을 선물했던 사람들, 그와 더불어 독서를 시작했던 독자들이었다. 부고가 동네로 퍼져가면서 셈페레 씨가 죽었다는 소식을 믿을 수 없었던 다른 독자들과 친구들이 속속 모여들고 있었다.

불이 켜진 서점 안에서는 구스타보 바르셀로 씨가 제대로 서 있기도 힘들어 보이는 어느 젊은이를 힘껏 껴안고 있었다. 나는 이사벨라에게 손을 붙들려 서점 안으로 들어섰을 때에야 그가 셈페레 씨의 아들이라는 사실을 알았다. 내가 들어오는 것을 보자,

바르셀로는 눈을 들더니 음울한 미소를 지어 보였다. 나는 그의 품에 안겨 울고 있는 서점 주인의 아들에게 다가가 인사를 건넬 엄두가 나지 않았다. 그에게 가까이 가서 어깨에 손을 올려놓은 사람은 이사벨라였다. 고개를 뒤로 돌리는 아들 셈페레의 얼굴은 슬픔으로 퀭해진 모습이었다. 이사벨라는 그를 의자로 데려가서 앉도록 도와주었고, 서점 주인의 아들은 망가진 인형처럼 털썩 주저앉았다. 이사벨라가 옆에서 무릎을 굽히더니 그를 껴안았다. 그 순간의 이사벨라만큼 누군가가 자랑스러운 적은 없었다. 내가 보기에 그녀는 이제 소녀가 아니라, 그곳에 있는 그 누구보다도 더 강인하고 현명한 어른 같았다.

바르셀로가 내게 다가와 떨리는 손을 내밀었다. 나는 그의 손을 잡았다.

"불과 두 시간 전에 말이야." 그가 쉰 목소리로 설명했다. "그가 잠시 서점에 혼자 남아 있었는데, 아들이 돌아왔을 때…… 누군가와 말다툼을 하고 있었다더군…… 무슨 일인지는 나도 모르겠네. 의사는 심장 문제 때문이라고 했다더군."

나는 침을 꿀꺽 삼켰다.

"그분은 지금 어디 계시지요?"

바르셀로는 고갯짓으로 안쪽 방을 가리켰다. 나는 고개를 끄덕이고서 그곳으로 향했다. 들어가기 전에 심호흡을 하고 두 주먹을 꽉 쥐었다. 문가를 지나자 그가 보였다. 양손을 겹쳐 배에 올려놓은 채 탁자 위에 누워 있었다. 피부가 흰 종이처럼 창백했고 마분지로 만든 듯한 얼굴은 움푹 꺼져 있었다. 눈은 아직 뜬 상태였다.

문득 숨을 쉴 수 없이 갑갑했고 무언가가 엄청난 힘으로 내 복부를 강타하는 것 같았다. 나는 탁자에 기대어 숨을 깊이 쉬고 그의 위로 고개를 숙이고서 눈꺼풀을 내려주었다. 그런 다음 차가운 그의 뺨을 어루만지고, 주변을, 그가 만들었던 종이와 꿈의 세상을 둘러보았다. 셈페레 씨가 그의 책들과 친구들과 어울려 계속해서 그곳에 있을 것이라 믿고 싶었다. 뒤에서 발소리가 들려와 돌아보니 바르셀로가 검은 옷을 입고 어두운 표정을 지은 두 사람과 함께 다가오고 있었다. 그들이 누구인지는 굳이 묻지 않아도 뻔했다.

"장의사에서 온 사람들이네." 바르셀로가 말했다.

두 사람은 그 직업의 예의에 맞게 근엄하고 무겁게 고개를 끄덕이면서 인사했고, 시체를 살펴보기 위해 가까이 다가갔다. 그중 키가 크고 삐쩍 마른 사람이 즉석에서 어림잡아 키를 산정하고 동료에게 무언가를 지시했다. 그러자 그 동료는 알았다면서 조그만 수첩에 지시사항을 받아적었다.

"특별한 일이 생기지 않는 한, 장례는 내일 오후 동부 묘지에서 치러질 걸세." 바르셀로가 말했다. "자네도 보다시피 아들이 너무나 망연자실해 있어서 내가 이 일을 맡기로 했네. 이런 상황에는 빠르면 빠를수록……"

"고맙습니다, 구스타보 선생님."

서점 주인은 자기의 옛친구에게 다시 눈길을 주고는 눈물을 흘리며 미소 지었다.

"이 늙은이가 우리만 남겨놓았으니, 이제 어떻게 해야 하나?" 그가 말했다.

"저도 잘 모르겠습니다……"

장의사 직원 하나가 무슨 할말이 있는지 조심스럽게 목청을 가다듬었다.

"괜찮으시다면, 제 동료와 저는 이제 관을 찾으러……"

"걱정하지 마시고 할일을 하십시오." 내가 그의 말을 잘랐다.

"마지막 의식에서 특별히 원하시는 게 있습니까?"

나는 그의 말을 이해하지 못한 채 쳐다보았다.

"돌아가신 분은 종교가 있으셨습니까?"

"셈페레 씨는 책들을 믿었습니다." 내가 말했다.

"알겠습니다." 그는 물러나면서 대답했다.

내가 바르셀로를 쳐다보자 그는 어깨를 으쓱했다.

"아들에게 물어보는 게 좋겠네요." 내가 덧붙였다.

나는 서점 매장으로 돌아갔다. 아들 셈페레 곁에 있던 이사벨라가 궁금하다는 눈길을 던지면서 다가왔고, 나는 알고 싶은 내용이 무엇인지 속삭였다.

"셈페레 씨는 여기 옆에 있는 교구, 그러니까 산타아나성당 주임신부와 친한 사이였어요. 대교구의 높으신 분들은 오래전부터 그를 말 안 듣는 반골로 여겨서 쫓아내고 싶어했지만, 그가 너무나 늙어서 죽기를 기다리는 편을 택했다는 소문이 돌아요. 사실상 그 신부를 어떻게 할 수가 없었던 거예요."

"그가 바로 우리에게 필요한 사람이야." 내가 말했다.

"그럼 내가 그 신부와 얘기해보겠어요." 이사벨라가 대답했다.

나는 아들 셈페레를 가리켰다.

"좀 어때?"

이사벨라는 내 눈을 쳐다보았다.

"당신은요?"

"난 괜찮아." 나는 거짓말을 했다. "오늘밤 누가 아들 셈페레와 함께 남아 있을 거지?"

"내가요." 그녀는 전혀 주저하지 않고 말했다.

나는 알았다며 고개를 끄덕이고는 그녀의 뺨에 입을 맞추고서 안쪽 방으로 되돌아왔다. 그곳에서 바르셀로는 옛친구 옆에 앉아 있었고, 두 장의사 직원이 이것저것 치수를 재고 신발과 옷에 관해 상의하는 동안 브랜디 두 잔을 따라 하나를 내게 내밀었다. 나는 그의 옆에 앉았다.

"친구 셈페레의 건강을 위해! 우리에게 사는 법을 가르쳐주지는 않았지만 읽는 법을 가르쳐준 셈페레를 위해 마시세." 그가 말했다.

우리는 건배하고 아무 말 없이 마셨다. 그대로 앉아서 기다리자 장의사 직원들이 셈페레 씨가 묻힐 때 사용할 관과 그가 입을 옷을 가지고 돌아왔다.

"괜찮으시다면, 이 일은 저희가 맡겠습니다." 보다 영리해 보이던 사람이 제안했다. 나는 고개를 끄덕였다. 서점 매장으로 나가기 전에 나는 그동안 한 번도 집어들지 않았던 낡고 오래된 『위대한 유산』을 들어서 셈페레 씨의 손에 쥐여주었다.

"여행길을 이 책과 함께하세요." 내가 말했다.

십오 분 후 장의사 직원들이 관을 꺼내 서점 한가운데에 마련한 커다란 탁자 위에 올려놓았다. 거리에는 수많은 사람이 몰려들어 깊은 침묵을 지키며 기다리고 있었다. 나는 출입구로 다가가서 문을 열었다. '셈페레와 아들' 서점의 친구들이 한 명씩 가게 안으로 들어와 셈페레 씨를 조문했다. 몇몇은 눈물을 참지 못하고 울음을 터뜨렸고, 그런 광경을 보자 이사벨라는 서점 주인 아들의 손을 잡고 건물 위층의 집으로 데려갔다. 그가 아버지와 평생을 함께 살았던 곳이었다. 바르셀로와 나는 사람들이 셈페레와 작별하러 오는 동안 그곳에 남아 있었다. 가장 가까운 지인 몇몇은 끝까지 자리를 지켰다. 조문은 밤새도록 이어졌다. 바르셀로는 새벽 다섯시까지 있었고, 나는 이사벨라가 집에서 내려올 때까지 그곳에 남아 있었다. 날이 밝고 얼마 안 되었을 때였다. 그녀가 내려와서 내게 집으로 돌아가 옷을 갈아입고 샤워라도 하라고 말했다.

나는 가련한 셈페레 씨를 쳐다보고서 빙긋이 웃었다. 서점 문 앞을 지나더라도 다시는 계산대 뒤에 있는 그의 모습을 보지 못할 것이라는 사실이 믿어지지 않았다. 처음으로 서점을 찾았을 때가 떠올랐다. 내가 아주 어렸을 때였다. 당시 서점 주인은 키도 크고 굉장히 튼튼해 보였다. 그 누구도 파괴할 수 없는 불멸의 사람처럼 보였다. 그리고 이 세상에서 가장 현명한 사람처럼 보였다.

"어서 집으로 가요." 이사벨라가 속삭였다.

"왜 가야 하는 거지?"

"제발 부탁이에요……"

그녀는 거리까지 배웅해주고서 나를 껴안았다.

"당신이 그를 얼마나 사랑했는지, 그가 당신에게 어떤 의미였는지 잘 알아요." 그녀가 말했다.

아무도 몰라, 나는 생각했다. 그건 아무도 알 수 없었다. 하지만 나는 고개를 끄덕이고는 그녀의 뺨에 입을 맞추고서 아무런 목적지도 없이 무작정 걷기 시작했다. 그렇게 그 어느 때보다 텅 비어 보이던 거리를 거닐었고, 발길을 멈추지 않고 계속 걸으면 내가 알고 있다고 믿었던 세상이 이제 더는 그곳에 없다는 사실을 의식하지 못할 것이라고 믿었다.

2

수많은 사람이 공동묘지 정문 앞에 모여서 운구 마차가 도착하기를 기다리고 있었다. 아무도 감히 입을 떼지 못했다. 멀리서 바닷소리가 들려오고 있었고, 공동묘지 뒤쪽으로 펼쳐진 공장지대를 향해 미끄러지는 화물열차의 메아리도 들려왔다. 날씨는 쌀쌀했고 가느다란 눈발이 바람 속에 흩날렸다. 오후 세시가 조금 지나자 삼나무와 오래된 창고들이 양쪽으로 줄지어 선 이카리아 대로에 검은 말들이 끄는 운구 마차가 모습을 드러냈다. 셈페레의 아들과 이사벨라는 마차에 함께 타고 있었다. 구스타보 바르셀로를 포함해 바르셀로나 서적상 조합에서 나온 여섯 명의 조합원이 어깨에 관을 메고서 공동묘지 경내로 들어왔다. 사람들은 그들을 뒤따라 조용한 행렬을 이루면서, 마치 수은판처럼 너울거리던 얇게 깔린 구름의 망토 아래 묘지 사이로 난 통로와 무덤들 사이를 지나갔다. 누군가가 서점 주인의 아들이 하룻밤 사이에 십오 년은 더 늙은 것 같다고 말하는 소리가 들려왔다. '셈페레 씨'는 이제 서점의 새로운 책임자인 아들 셈페레를 지칭하는 말이 되어 있었다. 지난 네 세대 동안 산타아나 거리를 지킨 그 매혹적인 가게는 한 번도 이름을 바꾸지 않고 항상 셈페레 씨라는 사람의 지휘 아래 운영되었다. 지금 옆에서 팔을 잡고 부축하는 이사벨라가 없었다면 아마도 그는 줄이 끊어진 꼭두각시 인형처럼 그 자리에 주저앉고 말 것 같았다.

고인과 동년배인 경험 많고 노련한 산타아나성당의 주임신부가 무덤 앞에서 기다리고 있었다. 묘비는 아무런 장식도 없이 수수해 거의 눈에 띄지 않을 정도였다. 운구를 맡은 여섯 명의 서적상 조합원이 무덤 앞에 관을 내려놓았다. 바르셀로는 나를 보자 고갯짓으로 인사를 건넸다. 나는 겁을 먹어서인지 아니면 존경심 때문인지 뒤에 남아 있는 편을 택했다. 그곳에서는 약 30미터 떨어져 있는 내 아버지의 무덤이 보였다. 장례 인파가 관 주위로 둘러서자 주임신부가 눈을 들어 살며시 미소 지었다.

"사십 년 가까이 친구로 지내며 셈페레 씨와 내가 하느님과 인생의 신비에 관해 이야기한 것은 단 한 번이었습니다. 오늘 우리는 셈페레 씨가 그의 아내와 영원히 함께 누워 있도록 이곳으로 그를 데려왔습니다. 거의 아무도 모르는 사실이지만 내 친구 셈페레는 아내 디아나의 장례식 이후 한 번도 성당에 발을 들여놓지 않았습니다. 바로 그 이유로 모든 사람이 그를 무신론자라고 여기지만 그는 믿음으로 충만한 사람이었습니다. 그는 친구들을 믿었고, 사물들의 진실을 믿었습니다. 자신은 감히 이름을 붙이거나 정체를 규정할 수 없던 무언가 또한 믿었으며, 그런 일을 하라고 신부들이 있는 거라고 말했지요. 셈페레 씨는 우리가 모두 무언가의 일부를 이루고 있다고, 우리가 이 세상을 떠나더라도 기억과 소망은 절대로 사라지지 않고 우리 자리를 이어받을 사람들의 기억과 소망이 된다고 믿었습니다. 그는 우리가 우리의 모습과 비슷하게 하느님을 창조한 것인지, 아니면 하느님이 스스로 무엇을 하는지도 모르는 채 자신의 모습대로 우리를 만드셨는지 알지 못했습니다. 하지만 그는 하느님, 혹은 우리를 이곳으로 데려온 분이 우리의 말과 행동 하나하나에 살아 계신다고 믿었으며, 우리를 단순한 진흙 이상의 무엇으로 만드는 모든 것에 바로 그분이 계신다고 믿었습니다. 셈페레 씨는 하느님이 적게든 많게든 책 속에 살아 계신다고 믿었으며, 그래서 책들을 나누고, 보호하고, 우리의 기억과 소망처럼 그 책들이 절대로 사라지지 않도록 지키는 데 평생을 바쳤습니다. 그는 책을 읽고 그 책대로 살아갈 사람이 한 명이라도 있다면 하느님의 일부, 혹은 생명의 일부가 남는 것이라고 믿었을 뿐만 아니라 나 역시 그렇게 믿게 했습니다. 나는 내 친구가 우리의 기도와 찬송으로 그와 작별하는 걸 좋아하지 않으리라 생각합니다. 나는 오늘 여기 그와 작별하러 모인 친구들이 결코 그를 잊지 않을 것이라는 사실을 아는 것만으로도 그는 기뻐했을 것임을 알고 있습니다. 나는 비록 늙은 셈페레가 기대하지 않을지라도 우리의 하느님께서는 우리의 사랑하는 친구를 기꺼이 맞이하여 곁에 두실 것을 의심하지 않습니다. 그는 오늘 여기 모인 모두의 마음속에 항상 살아 있을 것이며, 언젠가 그 덕택에 책의 마술을 발견한 모든 사람, 심지어 그를 알지 못했더라도 장차 그의 조그만 서점 문을 열고 들어올 모든 사람의 마음속에 영원히 살아 있을 겁니다. 그는 항상 바로 그곳에서 이야기가 막 시작되었다고 말했습니다. 친구 셈페레가 이제 주님의 평화 속에 편안히 잠들기 바랍니다. 그리고 그의 기억을 기리고 그를 알게 해준 특권에 감사할 기회를 우리 모두에게 허락해주시길 주님께 바라겠습니다."

주임신부가 말을 끝내고 몇 발짝 뒤로 물러나 관에 성수를 뿌리고 축복을 내리면서 시선을 아래로 떨어뜨리자 무한한 침묵이 공동묘지 경내를 휘감았다. 장의사 책임자가 신호를 보내자 매장 인부들이 앞으로 나와 관을 밧줄로 매고 구덩이 아래로 천천히 내리기 시작했다. 나는 관이 바닥에 닿을 때 나던 소리와 사람들이 애써서 참던 흐느낌을 기억한다. 나는 한 발짝도 앞으로 내디딜 힘이 없어 뒤쪽에 그대로 서서 매장 인부들이 무덤을 덮고 대리석 묘비를 세우는 것을 지켜보았다. 그의 아내 디아나가 이십육 년 전부터 누워 있던 무덤의 묘비에서는 단지 셈페레라는 이름만 읽을 수 있었다.

장례 행렬이 공동묘지 정문을 향해 천천히 물러났다. 정문에 이르자 그들은 무리를 이루어 흩어졌지만 어디로 가야 할지는 아무도 몰랐다. 그 누구도 불쌍한 셈페레 씨를 뒤로한 채 그곳을 떠나고 싶지 않았기 때문이었다. 바르셀로와 이사벨라는 서점 주인의 아들 양쪽에 나란히 서서 그를 데려갔다. 나는 계속 그곳에 남아 있었고, 모든 사람이 떠난 뒤에야 비로소 용기를 내 셈페레 씨의 무덤으로 다가갔다. 나는 무릎을 꿇고서 대리석 위에 손을 얹었다.

"조만간 만나요." 나는 이렇게 중얼거렸다.

가까이 다가오는 발소리가 들려왔다. 누구인지 보기도 전에 바로 그 사람임을 알았다. 나는 일어나 등을 돌렸다. 페드로 비달이 그때껏 보지 못했던 가장 슬픈 미소를 지으며 내게 손을 내밀고 있었다.

"악수하지 않을 건가?" 그가 물었다.

나는 그의 손을 잡지 않았고, 몇 초 후 비달은 알았다는 듯이 고개를 끄덕이면서 손을 거두었다.

"여기서 뭘 하시는 겁니까?" 나는 비아냥거리듯이 들이댔다.

"셈페레는 내 친구이기도 했네." 비달이 대답했다.

"그렇군요. 그런데 혼자 오셨습니까?"

비달은 무슨 말인지 이해하지 못하겠다는 눈으로 나를 쳐다보았다.

"어디에 있습니까?" 내가 물었다.

"누굴 말하는 건가?"

나는 씁쓸한 미소를 지었다. 우리를 보고 바르셀로가 걱정스러운 표정으로 가까이 다가오고 있었다.

"이제는 무슨 약속을 하면서 그녀를 산 겁니까?"

비달의 시선이 굳어졌다.

"잘 알지도 못하면서 함부로 말하지 말게, 다비드."

나는 얼굴에 와닿는 그의 숨결이 느껴질 정도로 그에게 바짝 다가갔다.

"어디에 있습니까?" 내가 다시 물었다.

"나도 모르네." 비달이 말했다.

"물론 그렇겠지요." 나는 시선을 딴 데로 돌리면서 말했다.

나는 묘지 정문으로 갈 준비를 하고 뒤돌았지만, 비달이 내 팔을 붙잡고서 제지했다.

"다비드, 잠깐……"

나는 내가 무슨 짓을 하고 있는지 미처 깨닫지도 못한 채 뒤돌아 있는 힘을 다해 그를 때렸다. 내 주먹에 맞자 그는 뒤로 나동그라졌다. 나는 손에서 피를 보았고, 급히 다가오는 발소리를 들었다. 몇 개의 팔이 나를 붙잡고 비달에게서 떼어놓았다.

"맙소사, 이게 무슨 짓인가, 마르틴……" 바르셀로가 말했다.

서점 주인은 비달 옆에 무릎을 꿇었다. 비달은 입에 피가 가득한 채 숨을 헐떡이고 있었다. 바르셀로가 그의 머리를 받치고서 분노의 시선으로 나를 쳐다보았다. 나는 전속력으로 그곳을 떠났고, 우리의 싸움을 보려고 발길을 멈추었던 몇몇 조문객을 지나쳤다. 나는 그들의 얼굴을 쳐다볼 엄두조차 나지 않았다.

3

나는 집에 틀어박혀 먹을 것도 거의 입에 대지 않고 지금이 몇 시든 잠을 자면서 며칠을 보냈다. 밤마다 별실 벽난로 앞에 앉아서 침묵의 소리를 들으면서, 그리고 크리스티나가 돌아올 것이라고 믿으면서 그녀의 발소리가 문 앞에서 들리길 기다렸다. 나는 그녀가 셈페레 씨의 사망 소식을 알면 내 곁으로 돌아올 것이라고 믿었다. 단지 유감을 표하기 위해서일지라도 당시에는 그것으로 족했다. 서점 주인이 죽은 지 일주일이 다 되어갈 때는 이미 크리스티나가 돌아오지 않을 것임을 알았고 다시 서재로 올라가기 시작했다. 가방에서 고용주를 위해 쓴 원고를 꺼내 다시 읽으면서 각각의 구절과 문단을 음미했다. 그러자 다시 구토감과 음울한 만족감이 엄습했다. 처음에는 엄청난 돈 같았던 십만 프랑을 떠올리며 나는 속으로 미소를 지었고 그 빌어먹을 자식이 나를 너무 값싸게 매수했다고 생각했다. 그런 허영심이 씁쓸한 내 심장을 감쌌고, 고통이 내 양심의 문을 닫아버렸다. 교만스럽게도 나는 내 전임자인 디에고 마를라스카의 『영원의 빛』을 다시 읽고 그것을 벽난로에 넣어 불살라버렸다. 그가 실패한 곳에서 나는 성공할 작정이었다. 그가 길을 잃었던 곳에서 나는 미로의 출구를 찾을 작정이었다.

칠 일째 되는 날, 다시 작업을 시작했다. 나는 자정이 될 때까지 기다렸다가 책상 앞에 앉았다. 낡은 언더우드 타자기에는 깨끗한 백지가 한 장 끼워져 있고 창문 너머로는 검은 도시가 보였다. 마치 영혼의 감옥에서 성을 내며 기다리고 있었던 것처럼 단어와 이미지가 내 손에서 마구 솟구쳐나왔다. 아무 생각도 아무 거리낌도 없이 종이는 단어로 가득 채워졌다. 오로지 내 감각과 생각을 우롱하고 망쳐버리고 싶다는 의지 이외에는 아무것도 없었다. 고용주나 그의 보상, 그의 요구는 이미 안중에 없었다. 나는 평생 처음으로 그 누구도 아닌 바로 나를 위해 글을 썼다. 이 세상에 불을 지르고 그 불과 함께 타버리기 위해 글을 쓰고 있었다. 매일 밤 지쳐 쓰러질 때까지 작업했다. 손가락에서 피가 나고 고열로 눈앞이 흐려질 때까지 나는 타자기의 자판을 두드렸다.

시간감각을 이미 잃어버린 1월의 어느 날 아침, 문 두드리는 소리가 들렸다. 나는 침대에 누워 크리스티나의 옛날 사진을 멍하니 쳐다보고 있었다. 어린 크리스티나가 반짝이는 바다로 뻗은 잔교에서 정체를 알 수 없는 사람의 손을 잡고 걷고 있는 사진이었다. 나는 그 사진이 내게 남아 있는 유일하게 좋은 것이고, 모든 미스터리의 열쇠라고 생각했다. 문 두드리는 소리는 한참 동안 이어졌지만 무시했다. 그러다 그녀의 목소리를 들었고, 나는 그녀가 물러나지 않을 것임을 알았다.

"당장 문 열지 못해요? 당신 거기 있는 거 알아요. 문 열어줄 때까지 안 갈 거예요. 아니면 내가 문을 부숴버릴지도 몰라요."

내가 문을 열어주자 이사벨라는 한 발짝 뒤로 물러서더니 경악스러운 표정으로 나를 쳐다보았다.

"나 맞아, 이사벨라."

이사벨라는 나를 한쪽으로 밀치더니 곧장 별실로 가서 창문을 활짝 연 다음 욕실로 가서 욕조에 물을 채우기 시작했다. 그리고 내 팔을 잡고서 나를 그곳까지 끌다시피 데려가 욕조 모서리에 앉히고 손가락으로 내 눈꺼풀을 들어올린 다음, 고개를 설레설레 저으면서 내 눈을 쳐다보았다. 그리고 아무 말도 없이 내 셔츠를 벗기기 시작했다.

"이사벨라, 이럴 기분 아니야."

"이 상처는 뭐예요? 왜 낸 거죠?"

"그냥 긁혔을 뿐이야."

"의사에게 가봤으면 좋겠어요."

"싫어."

"나한테 싫다는 따위의 말은 하지 말아요." 그녀는 아주 단호하게 대답했다. "이제 욕조로 들어가서 물과 비누로 깨끗이 몸을 씻고 수염을 깎아요. 당신 스스로 목욕을 할지, 아니면 내가 목욕을 시켜줄지, 둘 중에 하나를 선택해요. 내가 주저할 거라는 생각은 하지 말아요."

나는 웃었다.

"알았어."

"내가 시키는 대로 해요. 당신이 목욕하는 동안 의사를 데려올게요."

내가 뭐라고 말하려 했지만, 그녀가 손을 번쩍 들어 가로막았다.

"한마디도 하지 말아요. 당신만 고통스럽다고 생각한다면 그건 착각이에요. 당신은 당신이 개처럼 죽어도 상관없을지 몰라도, 그걸 아무렇지 않게 여길 수 없는 사람들이 있다는 걸 기억하는 최소한의 예의는 갖추라고요. 왜 그런지는 나도 모르지만."

"이사벨라……"

"물에 들어가요. 그전에 바지와 팬티부터 벗고요."

"나도 어떻게 목욕하는지 알아."

"물론 그러시겠죠."

이사벨라가 의사를 찾으러 간 동안 나는 그녀의 명령에 복종해 차가운 물과 비누의 세례를 받았다. 장례식 이후 한 번도 면도를 하지 않았더니 거울 속에 비친 나는 영락없이 늑대 같은 모습이었다. 눈에는 붉은 핏줄이 불거져 있고 피부는 창백해서 병자 같았다. 나는 깨끗한 옷으로 갈아입고 별실에서 기다렸다. 이사벨라는 의사를 대동하고서 이십 분 후에 돌아왔다. 동네에서 언젠가 본 적이 있는 것 같은 의사였다.

"이 사람이 환자예요. 무슨 말을 하더라도 신경쓰지 마세요. 툭하면 거짓말을 하거든요." 이사벨라가 설명했다.

의사는 나를 흘낏 쳐다보고 내 적대감이 어느 정도인지 살폈다.

"자, 시작하시죠." 내가 먼저 말을 꺼냈다. "나는 없다고 생각하세요."

의사는 정밀측량을 하듯이 섬세한 의식을 시작했다. 여러 번 청진기를 갖다대고, 눈동자와 입을 검사하고, 알 수 없는 질문을 던지고, 은근히 곁눈질을 하는 등 의학의 기초를 이루는 동작들이었다. 이레네 사비노가 가슴에 면도칼로 그었던 상처를 살펴본 뒤에는 한쪽 눈썹을 찌푸리면서 나를 쳐다보았다.

"이건 뭐지요?"

"설명하려면 깁니다."

"당신이 한 겁니까?"

나는 아니라고 대답했다.

"연고를 주겠습니다. 하지만 흉터는 남을 것 같네요."

"그게 목적이었던 것 같습니다."

의사는 정밀검사를 계속했다. 나는 문가에서 걱정스러운 표정으로 지켜보는 이사벨라에게서 눈을 떼지 않은 채 순순히 모든 진료에 응했다. 그러면서 내가 그녀를 몹시 그리워했으며, 그녀가 함께 있어주는 시간이 얼마나 소중했는지 깨달았다.

"얼마나 놀랐다고요." 그녀가 꾸짖듯이 중얼거렸다.

의사는 내 손끝의 피부가 거의 벗겨진 것을 보고 이맛살을 찌푸렸다. 그러고는 손가락 하나하나에 붕대를 감으면서 작은 소리로 물었다.

"언제부터 먹지 않은 거지요?"

나는 어깨를 으쓱했다. 의사는 이사벨라와 시선을 교환했다.

"그리 놀라거나 불안해할 정도는 아닙니다. 하지만 아무리 늦어도 내일 진료실에서 보았으면 좋겠군요."

"그럴 수 없을 것 같습니다, 선생님." 내가 말했다.

"내일 찾아갈게요." 이사벨라가 약속했다.

"그사이 따뜻한 음식을 좀 먹으라고 권하고 싶군요. 우선 콩소메를 먹고, 그다음 고체로 된 음식을 드십시오. 물을 많이 마시되 커피나 자극적인 것은 절대로 안 됩니다. 특히 휴식을 취하는 게 중요합니다. 그리고 약간의 신선한 공기와 햇볕을 쐬도록 하세요. 하지만 무리해서는 안 됩니다. 지금 당신은 전형적인 영양결핍과 탈수현상을 보이며, 빈혈 초기입니다."

이사벨라는 한숨을 내쉬었다.

"그리 심각한 건 아니군요." 내가 말했다.

의사는 머뭇거리면서 나를 쳐다보고는 자리에서 일어났다.

"내일 오후 네시에 진료실로 오십시오. 여기에서는 자세히 진찰할 도구도 없고 그럴 조건도 아니니까 말입니다."

그는 왕진가방을 닫고 정중하게 작별인사를 했다. 이사벨라가 문까지 그를 배웅했고, 나는 두 사람이 이 분 동안 층계참에서 두런거리는 소리를 들었다. 나는 다시 옷을 입고 착한 환자처럼 침대에 앉아 기다렸다. 문이 닫히고 이어서 의사가 계단을 내려가는 발소리가 들렸다. 나는 이사벨라가 침실로 들어오기 전에 잠시 현관에서 뜸을 들이고 있다는 것을 알았다. 마침내 그녀가 침실에 모습을 드러냈을 때 나는 미소 지으며 맞이했다.

"먹을 걸 준비할게요."

"먹고 싶지 않아."

"그러거나 말거나 상관없어요. 당신은 먹어야 하고, 그런 다음 함께 나가서 신선한 공기를 마실 거예요. 토 달지 말아요."

이사벨라는 내게 콩소메를 만들어주었다. 나는 억지로 빵조각을 콩소메에 넣어 적시고 돌을 씹는 것 같았지만 다정한 표정으로 삼켰다. 그릇을 깨끗하게 비운 뒤에는 내내 옆에서 하사처럼 나를 감시하던 이사벨라에게 보여주었다. 즉시 그녀는 나를 침실로 데려가더니 옷장에서 외투를 찾았다. 그리고 내게 장갑을 끼워주고 목도리를 두르게 한 다음, 문으로 밀쳤다. 밖으로 나왔을 때는 찬 바람이 불고 있었지만 하늘에는 석양빛이 거리를 호박색으로 물들이고 있었다. 그녀는 나와 팔짱을 끼고 걷기 시작했다.

"꼭 약혼자들 같네." 내가 말했다.

"아주 재치 있는 말이네요."

우리는 시우다델라공원까지 걸었고, 움브라클레를 둘러싼 정원으로 들어갔다. 커다란 분수가 있는 곳에 이르러 우리는 벤치에 앉았다.

"고마워." 내가 나지막이 속삭였다.

이사벨라는 대답하지 않았다.

"너는 요새 어떻게 지내냐고 물어보지도 않았네." 내가 말을 꺼냈다.

"새삼스러운 일도 아니잖아요."

"어떻게 지내고 있어?"

이사벨라는 어깨를 으쓱했다.

"부모님은 내가 집에 돌아간 후부터 아주 좋아해요. 당신이 좋은 영향을 주었대요. 만일 정말로 당신이 어떤 사람인지 안다면…… 사실 우리 관계는 더욱 좋아졌어요. 하지만 부모님과 많은 시간을 보내는 건 아니에요. 나는 거의 모든 시간을 서점에서 보내요."

"그럼 셈페레는? 아버지 일은 잘 이겨내고 있어?"

"그다지 잘 지내지는 못해요."

"그럼 너와의 관계는 어때?"

"그는 좋은 사람이에요." 그녀가 말했다.

이사벨라는 한참 동안 침묵을 지키더니 고개를 숙였다.

"내게 청혼했어요." 그녀가 말했다. "이틀 전에 엘스 콰트르 가츠에서요."

나는 그녀의 차분한 옆모습을 바라보았다. 내가 기대했던 사춘기 소녀의 순진함은 이제 사라지고 없었다. 아니, 그런 건 애초에 없었는지도 모르는 일이었다.

"그래서?" 마침내 내가 물었다.

"생각해보겠다고 했어요."

"결혼할 작정이야?"

이사벨라의 눈은 분수를 멍하니 쳐다보고 있었다.

"가정을 꾸리고 싶고, 아이들을 갖고 싶대요…… 서점 위에 있는 집에서 함께 살고, 자기가 빚은 지고 있지만 서점을 함께 성공적으로 이끌어가자고요."

"그래, 넌 아직 젊으니까……"

그녀는 고개를 돌려 내 눈을 쳐다보았다.

"그를 사랑해?"

그녀는 더없이 슬픈 미소를 지었다.

"내가 뭘 알겠어요. 그가 나를 사랑한다고 생각하는 것만큼은 아니지만, 어느 정도는 그렇다고 생각해요."

"가끔 사람은 어려운 상황에 처하면 사랑과 동정을 혼동할 수 있어." 내가 말했다.

"내 걱정일랑 하지 마세요."

"그저 조금만 더 시간을 갖고 생각해보라고 부탁하고 싶어."

우리는 이제 말이 필요하지 않은 무한한 공감의 비호를 받으며 서로를 쳐다보았고, 나는 그녀를 껴안았다.

"우리는 친구죠?"

"죽음이 우리를 갈라놓을 때까지."

4

집으로 돌아오면서 우리는 우유와 빵을 사려고 코메르시오 거리의 식료품점에서 잠시 발길을 멈추었다. 이사벨라는 아버지에게 고급 식료품을 주문해서 갖다달라고 할 것이며, 그것들을 모두 먹어치우는 게 좋을 것이라고 말했다.

"서점은 어떻게 되어가고 있어?" 내가 물었다.

"매상이 굉장히 떨어졌어요. 사람들이 그곳에 오면 불쌍한 셈페레 씨가 떠올라 슬퍼져서 그런 것 같아요. 사실 수익을 따져보면 그다지 좋지 않은 게 분명해요."

"수익이 어떤데?"

"최저 수준이에요. 내가 거기서 일하는 몇 주 동안 장부를 살펴봤는데, 주님의 영광 안에 계실 셈페레 씨는 정말이지 구제불능이었어요. 돈을 낼 능력이 없는 사람들에게는 책을 거저 주었더라고요. 빌려주기도 했는데 제대로 돌려받지 못했고요. 게다가 못 팔걸 알면서도 전집들을 사들였어요. 원래 주인들이 그걸 불태우거나 버리겠다고 위협한다는 이유로요. 또 돈 한푼 없는 엉터리 시인들을 먹여 살렸지요. 나머지는 어땠을지 익히 상상할 수 있을 거예요."

"빚쟁이들은 나타나지 않았어?"

"매일 평균 두 명 정도가 찾아왔어요. 은행 고지서나 독촉장은 덤이고요. 그나마 좋은 소식은 제안이 끊이지 않는다는 거예요."

"구매 제안?"

"두 명의 빅* 베이컨 제조업자가 가게에 몹시 관심을 보이고 있어요."

"아들 셈페레는 뭐래?"

"돼지는 버릴 게 하나도 없다나요. 사실 그는 현실감각이 없어요. 우리가 잘해나갈 테니 믿음을 가지래요."

"넌 그렇게 믿지 않아?"

"난 숫자를 믿어요. 계산해보면 두 달 안에 서점 진열창이 소시지로 가득찰 거라는 결론이 나와요."

"우리가 해결책을 찾아보자고."

이사벨라는 미소 지었다.

"당신이 그 말을 하길 기다렸어요. 갚을 빚 얘기가 나왔으니 말인데, 이제는 그 고용주를 위해 작업하지 않는다고 말해줘요."

나는 텅 빈 깨끗한 손을 보여주었다.

---

* 카탈루냐에서 가장 큰 소시지회사.

"나는 다시 자유인이 되었어."

그녀는 탑의 집 계단까지 나를 데려다주었다. 그런데 헤어지려는 순간, 그녀가 머뭇거리는 걸 보았다.

"왜 그래?" 내가 물었다.

"이런 이야기는 하지 않으려고 했는데…… 하지만 다른 사람을 통해서 아는 것보다는 내 입으로 듣는 게 좋을 것 같아요. 셈페레 씨에 관한 거예요."

우리는 안으로 들어가 별실 벽난로 앞에 앉았다. 이사벨라는 장작을 두어 개 넣어 꺼져가는 불씨를 되살렸다. 마를라스카가 쓴 『영원의 빛』의 재가 여전히 그곳에 있었고, 내 옛 조수는 액자에 담아놓을 수도 있을 것 같은 시선을 내게 던졌다.

"셈페레 씨에 관한 이야기라는 게 뭐야?"

"같은 건물에 사는 이웃 아나클레토 씨가 알려준 거예요. 셈페레 씨가 세상을 떠난 그날 오후에 서점에서 누군가와 다투는 걸 보았대요. 그는 집으로 돌아오는 길이었는데, 두 사람 목소리가 길에서도 들렸대요."

"누구와 말다툼을 하고 있었는데?"

"여자였어요. 꽤 나이든 여자요. 아나클레토 씨 말이 그곳에서 한 번도 본 적은 없는 것 같은데, 어딘지 모르게 눈에 익는다고 했어요. 아나클레토는 말을 부풀리는 걸 설탕 입힌 아몬드보다 더 좋아하는 사람이니 완전히 믿을 수는 없지만요."

"왜 말다툼했는지는 들었어?"

"두 사람이 당신 이야기를 하고 있는 것 같았대요."

"내 이야기를?"

이사벨라는 고개를 끄덕였다.

"그의 아들은 주문받은 책을 갖다주러 카누다 거리로 잠시 나가 있었어요. 십 분, 길어야 십오 분은 넘지 않았을 거예요. 돌아왔을 때 아버지가 계산대 뒤 바닥에 쓰러져 있는 걸 발견했고요. 아직 숨은 쉬고 있었지만 몸이 차가웠대요. 의사가 도착했을 때는 이미 너무 늦어서……"

나는 온 세상이 무너지는 것 같은 기분이었다.

"괜히 말했나봐요……" 이사벨라가 중얼거렸다.

"아니야, 잘한 일이야. 그 여자에 관해 아나클레토 씨가 더 말한 건 없어?"

"두 사람이 말다툼하는 것만 들었대요. 무슨 책에 관한 것 같았다고 했어요. 그녀가 사고 싶어하는데, 셈페레 씨는 안 팔려고 했대요."

"그런데 왜 내 이름이 나온 거지? 이해가 되지 않아."

"당신 책이었기 때문이에요. 『천국의 계단』이요. 소장 목적으로 셈페레 씨가 유일하게 한 권 보관하고 있던 것이라 판매용이 아니었는데……"

말할 수 없는 확신이 날 엄습했다.

"그럼 책은 어떻게……?" 내가 입을 열었다.

"……이제 그곳에 없어요. 사라졌어요." 이사벨라가 내 말을 마무리했다. "내가 장부를 확인해보았어요. 셈페레 씨는 자기가 파는 모든 책을 그곳에 적어놓았거든요. 날짜와 가격을 포함해 모두요. 하지만 그 책은 기록이 없었어요."

"그의 아들은 이런 사실을 알아?"

"아니요. 이 얘기는 당신 말고 그 누구에게도 하지 않았어요. 나는 아직도 그날 오후 서점에서 무슨 일이 일어났는지 이해하려고 애쓰고 있어요. 왜 그랬는지도요. 어쩌면 당신이 알지도 모른다고 생각했는데……"

"그 여자가 강제로 그 책을 가져가려 했고, 싸우는 도중에 셈페레 씨는 심장마비를 일으킨 거야. 그게 바로 일어난 일이야." 내가 말했다. "모든 게 빌어먹을 내 책 때문이고."

나는 속이 뒤집힐 것만 같았다.

"그것 말고도 더 있어요." 이사벨라가 말했다.

"뭐지?"

"그로부터 며칠 후에 계단에서 아나클레토 씨를 만났는데, 왜 자기가 그 여자를 알고 있는 것 같았는지 이제 이유를 알겠대요. 정확히 언제인지까지는 떠오르지 않지만 아무튼 과거에, 그러니까 오래전에 극장에서 보았던 것 같다고 말했어요."

"극장에서?"

이사벨라는 그렇다면서 고개를 끄덕였다.

나는 오랫동안 침묵을 지켰다. 이사벨라는 불안한 얼굴로 나를 바라보았다.

"이제 당신을 여기에 두고 가면 내 마음이 편하지 않을 것 같아요. 이런 말을 하지 말았어야 했는데……"

"아니야. 잘한 거야. 난 괜찮아. 정말이야."

이사벨라는 고개를 가로저었다.

"오늘밤 함께 있을게요."

"그러다가 네 평판이 나빠지면 어떻게 하려고?"

"지금 위험한 건 당신 평판이에요. 잠시 부모님 집에 가서 서점에 전화를 걸어 알려야겠어요."

"그럴 필요 없어, 이사벨라."

"당신이 지금은 20세기라는 사실을 받아들이고 이 음침한 건물에 전화를 놓았다면 그럴 필요가 없겠죠. 십오 분 내로 돌아올게요. 이걸로 더는 왈가왈부하지 말아요."

이사벨라가 없는 동안, 나는 옛친구 셈페레 씨의 죽음에 꺼림칙한 구석이 있다고 분명히 확신하게 되었다. 문득 늙은 서점 주인이 항상 책에는 영혼이, 그러니까 그 책을 쓴 사람의 영혼과 그 책을 읽고 꿈꾼 사람들의 영혼이 깃들어 있다고 항상 내게 말했다는 사실이 떠올랐다. 그러자 그가 마지막 순간까지 나를 보호하기 위해 싸웠다는 사실을, 내 영혼이 쓰여 있다고 믿었던 종잇조각과 잉크를 구하기 위해 자신을 희생했다는 사실을 깨달았다. 부모님의 식료품점에서 맛있는 것이 가득한 쇼핑백을 들고 돌아왔을 때 이사벨라는 나를 쳐다보는 것만으로 모든 것을 알아챘다.

"당신 그 여자를 아는 거죠." 그녀가 말했다. "셈페레 씨를 죽인 여자……"

"그런 것 같아. 이레네 사비노 같아."

"우리가 안쪽 방에서 찾았던 옛날 사진들 속 여자 아닌가요?

그 배우요."

나는 고개를 끄덕였다.

"그런데 그녀가 왜 그 책을 원했을까요?"

"나도 모르겠어."

나중에, 그러니까 칸 히스페르트에서 가져온 푸짐한 음식으로 저녁을 먹은 후 우리는 벽난로 앞에 있는 커다란 안락의자에 앉았다. 의자는 두 사람이 앉고도 남았고, 함께 불을 쳐다보는 동안 이사벨라는 내 어깨에 머리를 기댔다.

"어느 날 밤에 아들을 갖는 꿈을 꾸었어요." 그녀가 말했다. "그 아이가 나를 부르는데, 나는 그 목소리를 듣지도 못하고 아이가 있는 곳으로 갈 수도 없는 꿈이었어요. 나는 몹시 추운 곳에 갇혀서 옴짝달싹할 수 없었거든요. 그 아이는 나를 불렀지만, 나는 그 곁으로 갈 수 없었어요."

"그건 그냥 꿈일 뿐이야." 내가 말했다.

"그런데 너무 생생했어요."

"아마도 넌 그 이야기를 써야 할 것 같네." 내가 얘기했다.

이사벨라는 고개를 좌우로 흔들었다.

"이야기를 쓰는 것에 관해 이 생각 저 생각을 해봤어요. 그리고 삶을 글로 쓰기보다 그냥 삶을 살기로 결심했어요. 기분 나쁘게 받아들이지는 말아요."

"현명한 결정 같아."

"그럼 당신은요? 삶을 살 건가요?"

"난 이미 삶을 너무나 많이 살았다는 생각이 들어."

"그럼 그 여자는요? 크리스티나요."

나는 깊은 한숨을 내쉬었다.

"크리스티나는 떠났어. 남편에게 돌아갔어. 또다른 현명한 결정이지."

이사벨라는 몸을 떼더니 나를 쳐다보면서 눈썹을 찌푸렸다.

"왜 그래?"

"당신이 착각하는 것 같아요."

"뭘?"

"언젠가 구스타보 바르셀로 씨가 서점으로 와서 같이 당신 이야기를 했어요. 그분이 크리스티나의 남편을 봤대요. 그러니까……"

"페드로 비달."

"그래요, 그 사람이요. 그가 바르셀로 씨에게 크리스티나는 당신과 함께 떠났으며, 자기는 거의 한 달, 아니 그보다 오랫동안 그녀를 보지도 못했고 소식을 듣지도 못했다고 말했대요. 그래서 나도 그녀가 여기에 당신과 없는 걸 보고 무척 의아했지만 감히 물어볼 엄두를 내지……"

"틀림없이 바르셀로가 그렇게 말했어?"

이사벨라는 고개를 끄덕였다.

"그런데 내가 뭐라고 잘못 말한 거 있나요?" 이사벨라가 놀라면서 물었다.

"그런 거 아니야."

"당신이 안 하는 이야기가 있는 것 같은데……"

"크리스티나는 이곳에 없어. 셈페레 씨가 세상을 떠난 날부터 없었어."

"그럼 어디에 있어요?"

"나도 몰라."

우리는 벽난로의 불 앞에 있는 안락의자에 웅크린 채 점차 침묵 속으로 빠져들었다. 깊은 새벽이 되어 이사벨라는 잠들었다. 나는 팔로 그녀를 감싼 다음 눈을 감고 그녀가 말한 모든 걸 곱씹으면서 의미를 찾으려고 애썼다. 첫 햇살이 별실 창문을 환하게 밝혔을 때 나는 눈을 떴고, 이사벨라가 이미 잠에서 깨어 나를 쳐다보고 있다는 것을 알았다.

"잘 잤어?" 내가 말했다.

"생각하고 있었어요." 그녀가 대답했다.

"뭘?"

"셈페레 씨 아들의 청혼을 받아들이면 어떨까."

"확신이 있는 거야?"

"아니요." 그녀가 웃었다.

"네 부모님은 뭐라고 말할 것 같은데?"

"별로 탐탁지 않아하겠지만 시간이 흐르면 괜찮아질 거예요. 아마도 내 짝으로 책을 파는 사람보다는 소시지나 순대를 파는 돈 많은 장사꾼을 더 좋아하시겠죠. 하지만 현실을 받아들여야죠."

"서점 주인보다 더 나쁜 남편감도 있어." 내가 지적했다.

이사벨라는 고개를 끄덕였다.

"맞아요. 작가를 만날 수도 있었는데 말이에요."

우리는 한참 동안 서로를 쳐다보았다. 마침내 이사벨라가 안락의자에서 일어나 외투를 걸치고서 뒤돌아 단추를 채웠다.

"가야 해요." 그녀가 말했다.

"함께 있어줘서 고마워." 내가 대답했다.

"그녀를 놓치지 말아요." 이사벨라가 말했다. "그녀가 어디에 있든지 찾아내요. 그리고 거짓말일지라도 그녀를 사랑한다고 말해요. 여자들은 그런 말을 좋아해요."

바로 그때 그녀는 돌아서더니 고개를 숙여 자기 입술로 내 입술을 스쳤다. 그리고 힘껏 내 손을 잡고는 잘 있으라는 말도 없이 떠나갔다.

5

나는 그 주의 나머지 기간 동안 온 바르셀로나를 돌아다니면서 지난 한 달 사이 크리스티나를 보았을지 모르는 사람들을 찾았다. 그녀와 함께 갔던 장소들을 찾아갔고 비달이 즐겨 가던 카페와 고급 상점을 다 돌아다녀보았지만 모두 허사였다. 찾아가는 곳마다 크리스티나가 우리집에 남겨둔 앨범 속 사진을 보여주면서 최근에 이 사람을 본 적이 있는지 물었다. 그녀를 알아보고 언젠가 비달과 함께 있는 것을 보았다고 기억하는 사람도 있었다. 어떤 사람은 심지어 그녀의 이름도 기억했다. 하지만 최근 몇 주 동안 그녀를 본 사람은 아무도 없었다. 그녀를 찾아다닌 지 나흘째 되던 날, 나는 내가 기차표를 사러 갔던 그날 아침 크리스티나가 탑의 집을 나가 지상에서 증발한 것이 아닐까 의심하기 시작했다.

문득 비달 가족이 오페라하우스 뒤쪽 산파우 거리에 있는 에스파냐호텔에 방 하나를 영구적으로 예약해놓고 있다는 사실이 떠올랐다. 밤에 시작되는 오페라 공연을 보고 새벽에 페드랄베스로 돌아가고 싶지 않거나 돌아가는 것이 불편할 때 사용하고 즐길 수 있도록 준비해놓은 것이었다. 나는 적어도 영광의 시절에 비달과 그의 아버지가 아가씨들이나 유부녀들과 즐기기 위해 그 방을 사용했던 것이 분명하다고 생각하고 있었다. 지체 높은 가문 출신이건 아니건 간에 여자들이 페드랄베스에 있는 가문의 공식 주거지에 모습을 드러내면 그다지 바람직하지 않은 소문이 날 수 있기 때문이었다. 내가 카르멘 부인의 하숙집에서 살던 시절, 여자가 두려워하지 않는 장소에서 옷을 벗기고 싶으면 그 방을 사용해도 좋다는 말을 비달에게 한 번 이상 들었다. 크리스티나가 그 방의 존재를 알고 있더라도 그곳을 피난처로 선택했을 것 같지는 않았지만, 그곳은 내 목록에 남은 마지막 장소였고 또다른 가능성은 생각할 수 없었다. 에스파냐호텔에 도착했을 때는 해가 뉘엿뉘엿 지고 있었다. 나는 내가 비달 씨의 친구라고 으스대면서 지배인과 이야기하고 싶다고 부탁했다. 얼음장처럼 차갑고 신중한 신사였던 지배인은 크리스티나의 사진을 보자마자 정중하게 웃으면서 비달 씨의 '다른' 직원들이 이미 몇 주 전에 그녀에 관해 물어보았으며 그들에게도 같은 대답을 해주었다고 말했다. 호텔에서는 그 부인을 한 번도 본 적이 없다는 대답이었다. 나는 그의 차가운 호의에 고맙다고 인사하고 패배자처럼 출구를 향해 터덜터덜 걸음을 옮겼다.

식당으로 향하는 유리문을 지나려는 순간, 한쪽에서 익숙한 얼굴이 언뜻 보였다. 어느 테이블에 바로 내 고용주가 앉아 있었다.

그 식당의 유일한 손님이었다. 그는 커피에 넣는 각설탕처럼 보이는 것을 음미하고 있었다. 나는 전속력으로 움직여 그에게 모습을 보이지 않으려고 했지만 그가 뒤로 돌더니 환하게 웃으며 내게 손을 흔들어 인사했다. 나는 내 운명을 저주하며 그의 인사에 답했다. 고용주는 내게 자기 테이블로 오라는 신호를 보냈다. 나는 문으로 발을 질질 끌고 가서 식당 안으로 들어갔다.

"여기서 만나다니 뜻밖이군요. 정말 기분이 좋습니다, 친구. 바로 지금 당신을 생각하고 있었습니다." 코렐리가 말했다.

나는 마지못해 그와 악수를 했다.

"이 도시에 있는지 몰랐습니다." 내가 넌지시 말했다.

"예정보다 일찍 돌아왔어요. 뭘 좀 들지 않겠습니까?"

나는 고개를 가로저었다. 그가 내게 자기 테이블에 앉으라는 손짓을 했고, 난 그의 지시에 순순히 따랐다. 언제나처럼 고용주는 검은 순모로 만든 스리피스 정장을 입고 빨간 실크넥타이를 매고 있었다. 여느 때와 마찬가지로 흠잡을 데 없이 완벽한 모습이었지만, 뭔가가 빠져 있다는 느낌이 들었다. 그리고 몇 초 후 이유를 알 수 있었다. 옷깃에 천사 브로치가 없었다. 코렐리는 내 시선을 따라가더니 고개를 끄덕였다.

"유감스럽게도 잃어버렸습니다. 어디서 그랬는지 모르겠어요." 그가 설명했다.

"아주 비싼 게 아니었어야 할 텐데요."

"그 물건의 가치는 순전히 감정적인 것이지요. 그런데 이제 중요한 이야기를 해봅시다. 어떻게 지내고 있습니까, 친구? 때때로

의견의 일치를 보지 못했지만, 난 우리 대화가 몹시 그리웠어요. 좋은 대화 상대를 찾기가 그리 쉬운 일은 아니었습니다."

"나를 너무 과대평가하는 것 같습니다, 코렐리 씨."

"천만에요."

잠시 침묵이 흘렀다. 바닥이 보이지 않는 그 시선만이 나와 함께했을 뿐이었다. 나는 그가 특유의 진부한 소리를 늘어놓을 때가 더 낫다고 생각했다. 잠자코 있을 때면 그의 얼굴이 바뀌는 것 같았고 그의 주변 공기는 더욱더 짙어졌다.

"여기에 묵으십니까?" 나는 침묵을 깨기 위해 물었다.

"아니에요. 나는 계속 구엘공원 옆에 있는 집에 살고 있습니다. 오늘 오후에 친구와 약속을 했는데, 늦는 것 같군요. 어떤 사람들은 한심스러울 정도로 약속을 지키지 않는답니다."

"감히 당신을 기다리게 만드는 사람은 그리 많지 않을 텐데요, 코렐리 씨."

고용주는 내 눈을 쳐다보았다.

"그리 많지는 않지요. 사실 지금 떠오르는 유일한 사람은 바로 당신입니다."

고용주는 각설탕 하나를 집어서 커피잔에 떨어뜨렸다. 그런 다음 두번째와 세번째 각설탕을 이어 넣었다. 그는 커피맛을 음미하고는 네번째 각설탕을 넣고서 잔을 저었다. 그러더니 다섯번째 각설탕을 입술로 가져갔다.

"난 설탕을 아주 좋아합니다." 그가 말했다.

"충분히 짐작하고 있었습니다."

"우리의 계획에 대해서는 아무 말도 하지 않을 참인가요, 친구?" 그가 단도직입적으로 말했다. "혹시 문제가 생겼습니까?"

나는 침을 삼켰다.

"거의 끝났습니다." 내가 말했다.

고용주의 얼굴에 환한 미소가 떠올랐지만, 나는 애써 그 미소를 피했다.

"이거야말로 정말 좋은 소식이군요. 언제 원고를 받아볼 수 있겠습니까?"

"보름 정도 있으면 됩니다. 아직 수정할 것이 남았습니다. 다듬고 끝마무리도 해야 합니다."

"날짜를 정할 수 있겠습니까?"

"원하신다면……"

"이달 23일 금요일은 어떤가요? 저녁을 먹으며 우리 계획의 성공을 축하하고 싶은데, 제안을 받아들이겠습니까?"

1월 23일 금요일은 정확하게 이 주 후였다.

"좋습니다." 내가 동의했다.

"그럼 확정된 것으로 하겠습니다."

그는 건배라도 하듯이 설탕이 넘쳐흐르는 커피잔을 들었고 그걸 단숨에 마셔버렸다.

"그런데 당신은 어쩐 일입니까?" 그가 불쑥 물었다. "무슨 일로 여기에 온 거지요?"

"사람을 찾고 있었습니다."

"내가 아는 사람인가요?"

"아닙니다."
"찾았습니까?"
"아닙니다."
고용주는 천천히 고개를 끄덕이면서 나의 침묵을 음미했다.
"당신은 원치 않는데 내가 붙잡고 있다는 인상이 듭니다, 친구."
"조금 피곤할 뿐입니다."
"그렇다면 더는 시간을 빼앗고 싶지 않군요. 나는 당신과 함께 있는 게 즐겁지만, 어쩌면 당신은 나와 함께 있는 게 그리 달갑지 않을 수도 있다는 사실을 종종 잊어버린답니다."
나는 유순하게 웃으면서 그 기회를 이용해 자리에서 일어났다. 그의 눈동자에 비친 내 모습을 보았다. 어두운 우물에 빠져 옴짝달싹 못하는 창백한 인형 같았다.
"그럼 그동안 잘 지내십시오, 마르틴."
"그러지요."
나는 고개를 끄덕이면서 그와 헤어져 출구로 향했다. 그곳에서 멀어지는 동안 나는 그가 또다른 각설탕을 입으로 가져가 이로 으깨버리는 소리를 들을 수 있었다.

람블라스로 향하는 길에 나는 오페라하우스의 차양이 환하게 불을 밝히고 있고 제복 차림의 운전사가 딸린 차들이 보도 옆에 길게 한 줄로 늘어서서 대기중인 것을 보았다. 광고판을 보니 상연중인 작품은 모차르트의 오페라 〈여자는 다 그래〉였고, 나는 비달이 저택을 비우고 공연을 보러 오지 않았을까 생각했다. 거리 한

가운데 둥그렇게 모여 있는 운전사들을 유심히 살펴보니 머지않아 펩을 찾아낼 수 있었다. 나는 그에게 가까이 오라고 손짓했다.

"여기서 뭐하는 거예요, 마르틴 씨?"

"어디에 계시지?"

"저 안에서 공연을 보고 계십니다."

"페드로 씨를 말하는 게 아니야. 크리스티나, 비달의 아내에 관해 묻는 거야. 지금 그녀는 어디에 있지?"

불쌍한 펩은 침을 삼켰다.

그는 비달이 이미 몇 주 동안 그녀의 소재를 확인하려고 애쓰고 있으며, 가문의 수장인 비달의 아버지는 심지어 그녀를 찾아오라고 경찰서의 여러 경찰관에게 돈까지 찔러주었다고 설명했다.

"처음에 비달 씨는 그녀가 당신과 함께인 줄 알았는데……"

"전화나 편지, 전보가 오지도 않았어?"

"전혀요, 마르틴 씨. 맹세할 수 있어요. 우리 모두 몹시 걱정하고 있어요. 그리고 선생님은…… 제가 그분을 알게 된 이후 그런 모습은 한 번도 보지 못했어요. 오늘밤이 아가씨가 떠난 이후 처음으로 하는 외출이에요. 아니, 아가씨가 아니라 사모님……"

"엘리우스 저택을 떠나기 전에, 무슨 말이든 좋으니 크리스티나가 뭐라고 했는지 기억해?"

"그게……" 펩이 거의 속삭이듯이 목소리를 낮춰 말했다. "선생님과 말다툼하는 소리를 들었어요. 사모님은 슬픈 얼굴이었어요. 많은 시간을 혼자 보냈고요. 편지를 써서 매일 레이나 엘리센다 대로에 있는 우체국에 가서 부치곤 했어요."

"혹시 너하고 단둘이 이야기한 적은 없고?"

"집을 떠나기 전에 어느 날 선생님이 제게 사모님을 의사에게 데려가라고 부탁했어요."

"아팠어?"

"잠을 주무시지 못했어요. 의사 선생님이 아편팅크를 처방해주셨어요."

"가는 길에는 무슨 말을 했지?"

펩은 어깨를 으쓱했다.

"사모님이 당신에 관해 물었어요. 당신에 관해 아는 게 있는지, 혹시 본 적이 있는지요."

"그 이외에는 아무 말도 없었어?"

"아주 슬퍼 보였어요. 울음을 터뜨리시길래 무슨 일이 있었느냐고 물었더니, 아버지 마누엘 씨가 무척이나 보고 싶다고……"

그때 나는 깨달았고, 진작 그 생각을 하지 못했던 스스로를 저주했다. 펩은 이상한 표정으로 나를 쳐다보며 왜 웃느냐고 물었다.

"사모님이 어디에 계시는지 아는 거죠?" 그가 물었다.

"그런 것 같아." 내가 작은 소리로 대답했다.

그때 거리에서 어떤 목소리가 들린 듯했고 오페라하우스의 로비에 나타난 친숙한 그림자가 보였다. 비달은 1막조차 참고 보지 못했던 것이다. 곧 펩은 주인의 부름에 답하기 위해 돌아갔고, 그가 숨으라고 말하기도 전에 이미 나는 밤 속으로 사라졌다.

6

멀리서 보아도 좋지 않은 소식이 있음이 분명했다. 푸른 밤 속 시뻘건 담뱃불, 시커먼 벽에 기댄 그림자들, 탑의 집 대문을 감시하는 세 사람의 소용돌이처럼 퍼져나가는 입김을 보면 의심의 여지가 없었다. 빅토르 그란데스 형사는 두 사냥개 마르코스와 카스텔로를 대동하고 나를 환영할 태세를 갖추고 있었다. 그들이 이미 사리아에 있는 저택 수영장 바닥에서 알리시아 마를라스카의 시체를 발견했으며, 그들의 블랙리스트에서 내 이름이 몇 단계 올랐다는 사실은 그리 어렵지 않게 짐작할 수 있었다. 멀리서 그들을 보자마자 나는 발걸음을 멈추고 거리의 어둠 속으로 모습을 감추었다. 그리고 잠시 그들을 주시하면서 불과 50미터 떨어진 곳에 있지만 그들이 내 존재를 눈치채지 못했다는 사실을 확인했다. 건물 정면에 있는 가로등의 희미한 빛 덕분에 그란데스의 얼굴을 알아볼 수 있었다. 나는 거리에 흘러넘치는 어둠의 비호를 받으며 천천히 뒷걸음질로 첫번째 골목길에 들어가 리베라 지구의 아치와 헝클어진 실타래 같은 통로 속으로 모습을 감추었다.

십 분 후 프란시아역 입구에 도착했다. 매표창구는 이미 닫혀 있었지만, 아직 유리와 강철로 이루어진 커다란 둥근 지붕 아래로 몇 대의 열차가 줄지어 정차해 있는 걸 볼 수 있었다. 시간표를 보니 걱정했던 대로 다음날까지 출발이 예정된 열차는 없었다. 집으로 돌아가 그란데스와 그의 동료들을 만나는 위험을 감수할 수는 없었다. 이번에 경찰서로 끌려가면 꼼짝없이 그곳에 붙들려 있을 것이며, 발레라 변호사가 그 어떤 훌륭한 방법을 써도 지난번처럼 쉽게 나를 꺼낼 수는 없을 것이었다.

나는 팔라시오광장의 주식거래소 건물 앞에 있는 허름한 호텔에서 밤을 보내기로 마음먹었다. 탐욕과 형편없는 계산 실력 때문에 쫄딱 망한 전직 투기꾼들의 살아 있는 시체들이 비참하게 살고 있다는 전설이 떠도는 곳이었다. 내가 그 악명 높은 소굴을 택한 것은 파르카이*조차 나를 찾아 그곳까지 오지는 않으리라 생각했기 때문이었다. 나는 안토니오 미란다라는 이름으로 숙박부를 적고 숙박비를 미리 냈다. 연체동물처럼 흐느적거리는 프런트 직원이 열쇠와 함께 표백제 냄새를 풍기고 이미 사용한 것 같은 엘시드 캄페아도르 상표의 비누 하나를 내밀었다. 그는 프런트와 수건 보관함과 기념품 가게를 겸하는 그 경비실에 온종일 붙박여 있는

* 고대 로마신화에 나오는 세 자매. 각각 인간의 운명의 실을 짜고, 잡아 늘리고, 가위로 자른다.

것 같았다. 그가 여자를 원하면 '외눈박이'라는 별명의 종업원이 가정방문에서 돌아오는 대로 보내줄 수 있다고 알려주었다.

"그녀와 하고 나면 새사람이 된 기분일 겁니다." 그가 자신 있게 말했다.

나는 요통이 슬슬 시작되는 것 같다는 핑계를 대면서 그 제안을 거절하고 인사를 남기고서 계단으로 올라갔다. 방은 석관 크기였고 모습도 석관과 흡사했다. 한번 눈으로 슬쩍 보고서 나는 침대시트 속으로 들어가 그 안에 들러붙어 있을 무언가와 몸을 부대끼는 대신, 허름한 침대 위에 그냥 옷을 입은 채 드러눕기로 마음먹었다. 나는 옷장에서 찾아낸 올 풀린 담요를 덮었다. 냄새를 맡아보니 적어도 나프탈렌냄새는 풍겼다. 불을 끄고 나는 은행에 십만 프랑을 저축해놓은 사람만이 누릴 수 있는 스위트룸에 있는 상상을 하려고 애썼다. 밤새도록 거의 잠을 이루지 못했다.

오전이 반쯤 지날 무렵 호텔을 나와 역으로 향했다. 그 소굴에서 잘 수 없었던 잠을 기차 안에서 보충하겠다는 희망을 품고 일등석 표를 샀다. 출발하려면 아직 이십 분이 남아 있다는 것을 확인하고 공중전화부스가 늘어선 곳으로 발길을 옮겼다. 나는 교환수에게 리카르도 살바도르가 주었던 번호, 그러니까 아래층에 사는 이웃의 전화번호를 전달했다.

"에밀리오 씨 좀 바꿔주시겠습니까?"

"납니다."

"내 이름은 다비드 마르틴입니다. 리카르도 살바도르의 친구지요. 급한 일이 생기면 이 번호로 전화를 하라고 했습니다."

"아…… 잠깐만 기다려주실 수 있습니까? 그에게 전화가 왔다고 알리겠습니다."

나는 기차역의 시계를 보았다.

"물론이지요, 기다리겠습니다. 고맙습니다."

삼 분 정도가 지나서 가까이 다가오는 발소리가 났고, 리카르도 살바도르의 목소리가 들려오자 비로소 마음이 놓였다.

"마르틴? 별일 없나요?"

"예."

"다행입니다. 로우레스 사건은 신문에서 봤습니다. 당신이 몹시 걱정되더군요. 그런데 지금 어디에 있습니까?"

"살바도르 씨, 시간이 많이 없습니다. 나는 이 도시를 떠나야 합니다."

"괜찮은 거 맞지요?"

"예. 내 말 잘 들으십시오. 알리시아 마를라스카가 죽었습니다."

"그 노부인 말입니까? 죽었다고요?"

긴 침묵이 흘렀다. 살바도르는 흐느끼는 것 같았고, 나는 그런 소식을 그토록 신중하지 못하게 전한 나 자신에게 욕을 퍼부었다.

"아직 전화 끊지 않았습니까?"

"예."

"당신에게 아주 조심하라고 알려주기 위해 전화를 걸었습니다. 이레네 사비노는 살아 있고 나를 뒤쫓고 있습니다. 누군가가 그녀와 함께 있습니다. 아마도 하코라는 생각이 듭니다."

"하코 코르베라라고요?"

"누구인지는 확실히 모릅니다. 내가 그들을 뒤쫓고 있다는 사실을 알고 나와 이야기한 모든 사람의 입을 영원히 다물게 하려는 것 같습니다. 내 생각에는 당신 말이 옳은 것 같아서……"

"그런데 왜 지금 하코가 돌아오려는 것이지요?" 살바도르가 물었다. "아무래도 말이 안 됩니다."

"나도 모릅니다. 지금 나는 떠나야 합니다. 단지 당신에게 미리 경고하고 싶었을 뿐입니다."

"내 걱정은 하지 마십시오. 빌어먹을 그 개자식이 찾아온다면, 난 이미 준비가 되었습니다. 지난 이십오 년 동안이나 그 자식을 기다리고 있습니다."

역장이 호루라기를 불면서 기차의 출발을 예고했다.

"아무도 믿지 마십시오. 내 말 들려요? 이 도시로 돌아오는 즉시 연락을 취하겠습니다."

"전화해줘서 고마워요, 마르틴. 당신도 몸조심하십시오."

7

내가 객차에 몸을 싣고 좌석에 털썩 주저앉자 기차는 플랫폼을 미끄러지듯 출발했다. 나는 난방장치에서 나오는 온기와 부드러운 진동에 몸을 맡겼다. 기차는 도시를 에워싼 공장과 굴뚝의 숲을 가로지르며 도시를 뒤덮은 자줏빛 수의에서 빠져나오고 있었다. 사용하지 않는 철길에 버려진 기차들과 격납고들로 가득한 황무지가 서서히 모습을 감추면서, 저택들과 망루들로 인해 왕관을 쓴 것처럼 보이는 광활한 들판과 언덕, 그리고 숲과 강이 나타나기 시작했다. 이륜 짐마차들과 마을들이 안개에 싸인 둑에서 모습을 드러냈다. 조그만 역이 휙휙 지나갔고, 종루들과 농가들은 멀리서 신기루를 그리고 있었다.

그렇게 기차를 타고 달리다 어느 순간 잠이 들었고, 깨었을 때는 이미 풍경이 완전히 바뀌어 있었다. 기차는 가파른 계곡과 호수와 개울 사이로 우뚝 솟은 커다란 암석들을 지났고, 끝이 보이지 않는 산맥의 둘레를 덮은 거대한 숲의 언저리를 따라 달렸다. 잠시 후 산과 바위 사이를 뚫고 지나가는 터널들은 커다란 계곡 속으로 사라지고 곧이어 끝없이 펼쳐진 평원이 나타났다. 여러 무리의 야생마들이 눈 위를 뛰어다니고 있었고, 저멀리 돌집으로 이루어진 조그만 마을들이 희미하게 보였다. 반대편에는 피레네산맥의 산봉우리들이 솟아 있었고, 눈 덮인 산기슭은 황혼의 호박색으로 물들어 있었다. 앞에 보이는 언덕 위에는 집들과 건물들이 뒤섞여 옹기종기 모여 있었다. 차장이 객실에 모습을 보이고는 내게 미소를 지었다.

"다음 역이 푸이그세르다입니다." 그가 알려주었다.

기차는 폭풍처럼 내뿜는 증기로 플랫폼을 가득 메우며 멈추었다. 나는 기차에서 내렸고, 전기 냄새가 풍기는 안개에 포위되어 있음을 알았다. 잠시 후 역장의 종소리가 들리고 기차가 다시 출발하는 소리가 들려왔다. 객차가 한 량씩 철길을 미끄러져갈 때마다 주위 역사의 풍경이 신기루처럼 서서히 모습을 드러냈다. 플랫폼에는 나 혼자뿐이었다. 가는 눈발이 말할 수 없이 천천히 내리고 있었다. 서쪽을 보니 붉은 태양이 둥근 구름 지붕 아래로 살짝 모습을 드러내며 눈 덮인 지역을 시뻘건 불덩이처럼 물들이고 있었다. 역장 사무실로 다가가 창문을 두드리자, 역장이 눈을 들고 문을 열어주면서 나를 무심한 눈으로 쳐다보았다.

"산안토니오 별장이라는 곳으로 어떻게 가는지 알려주실 수 있습니까?"

역장은 한쪽 눈썹을 찌푸렸다.

"요양원 말입니까?"

"그렇습니다."

역장은 이방인에게 어떻게 방향을 알려주면 좋을지 잠시 고심하는 눈치였다. 그리고 이런저런 몸짓과 손짓을 하고 인상을 쓴 다음, 다음과 같이 개략적으로 설명했다.

"마을을 지나야 합니다. 성당이 있는 광장을 지나 호수가 있는 곳까지 가십시오. 호수 한쪽에 커다란 집들이 양편에 늘어선 대로가 있을 겁니다. 그 길을 따라가면 리골리사 대로가 나오는데, 그곳 모퉁이에 커다란 정원으로 둘러싸인 3층짜리 큰 건물이 있습니다. 그곳이 바로 요양원입니다."

"머물 만한 숙박시설이 있는 곳도 아십니까?"

"길을 가다보면 라고호텔 앞을 지날 겁니다. 거기로 가서 세바스가 보냈다고 하십시오."

"고맙습니다."

"행운을 빌겠습니다……"

나는 눈 덮인 마을의 인적 드문 거리를 가로지르면서 성당 종탑이 보이는 곳을 찾았다. 길을 가다가 몇몇 마을 사람들과 마주쳤는데, 그들은 고개를 끄덕이면서 인사를 건네고 나를 곁눈질로 흘끔거렸다. 광장에 도착하자 숯을 실은 마차에서 젊은이 둘이 짐을 내리고 있었다. 그들에게 호수로 가는 길을 물어 이 분 정도 걷자 차갑고 하얀 호수를 에워싼 길로 접어들었다. 뾰족한 탑이 있는 당당한 모습의 커다란 저택들이 호수를 둘러싸고 있었고, 벤치와 나무가 푯말처럼 서 있는 산책로가 커다란 빙판 주위를 리본처럼 두르고 있었으며 빙판 안에는 노를 젓는 조그만 배가 갇혀 있었다. 나는 빙판 가장자리로 가서 잠시 걸음을 멈추고 발아래로 펼쳐진 꽁꽁 얼어붙은 호수를 바라보았다. 빙판은 두께가 한 뼘은 족히 되는 듯했고, 몇몇 지점은 투명한 유리처럼 반짝여 그 아래로 흐르는 검은 물이 보였다.

라고호텔은 진한 붉은색으로 칠해진 2층짜리 건물로 호수의 발치에 있었다. 길을 계속 가기 전에 나는 이틀 동안 묵을 방을 예약하려고 호텔로 들어가 선금을 지급했다. 관리인은 내게 호텔이 거의 텅 비어 있으니 마음대로 방을 골라도 좋다고 알려주었다.

"101호에서는 새벽에 호수 위로 펼쳐지는 기막힌 장관을 구경할 수 있습니다." 그가 제안했다. "하지만 손님이 북쪽을 원하신다면 물론……"

"당신이 골라주십시오." 나는 매우 아름다운 석양의 풍경에 관심을 보이지 않고 그의 말을 잘랐다.

"그렇다면 101호로 하십시오. 여름 시즌에는 신혼부부들이 가장 선호하는 방입니다."

그는 신혼부부 스위트룸으로 애용된다는 그 방의 열쇠를 내밀면서 식당의 저녁식사시간을 알려주었다. 나는 나중에 돌아올 것이라 말하고 여기서 산안토니오 별장이 머냐고 물었다. 관리인은 역장에게서 보았던 것과 똑같은 표정을 짓고 다정한 미소를 보이더니 고개를 가로저었다.

"아주 가깝습니다. 십 분 거리지요. 이 거리 끝에 있는 산책로를 따라가십시오. 그 길 끝에 그곳이 보일 겁니다. 길을 잃어버릴 염려는 안 해도 됩니다."

십 분 후 나는 눈에 뒤덮인 낙엽이 흩뿌려진 커다란 정원 입구 앞에 서 있었다. 그 너머로 우뚝 서 있는 산안토니오 별장은 마치 음침한 보초처럼 창문이 내뿜는 황금빛 베일로 둘러싸여 있었다. 나는 정원을 지나면서 심장이 마구 뛰는 것을 느꼈다. 살을 에는 것처럼 추운 날씨에도 손에 땀이 배어났다. 나는 현관으로 향하는 계단을 올라갔다. 현관은 바닥 타일이 체스판처럼 깔려 있고 한쪽 끝에 계단이 있었다. 거기서 나는 간호사 복장을 한 젊은 여자를 보았다. 그녀는 덜덜 떠는 남자의 손을 붙잡고 있었는데, 그 남자는 마치 한순간에 자신의 모든 삶이 무언가에 붙들린 것처럼 두 개의 층계 사이에서 영원히 오도 가도 못하는 것 같았다.

"안녕하세요?" 내 오른쪽에서 누군가가 말했다.

검은 눈이 근엄하게 빛나고 동정이라고는 전혀 없어 보이는 표정의 여자였다. 그리고 나쁜 소식을 기다리는 것만 배운 사람처럼 무거운 분위기를 풍기고 있었다. 나이는 쉰 살 정도 되어 보였고, 노인을 데리고 가던 젊은 간호사와 똑같은 제복을 입고 있었지만 온몸으로 권위와 직책의 냄새를 발산하고 있었다.

"안녕하세요. 크리스티나 사니에르라는 사람을 찾고 있습니다. 이곳에 묵고 있다고 믿을 만한 이유가 있어서……"

그녀는 눈 한 번 깜빡이지 않고 나를 뚫어지게 바라보았다.

"여기에는 그 누구도 묵지 않습니다. 여기는 호텔도 아니고 하숙집도 아닙니다."

"미안합니다. 나는 이 사람을 찾아 멀리서 왔습니다……"

"미안해하실 필요 없습니다." 간호사가 말했다. "그 여자의 가족이나 친척 되십니까?"

"내 이름은 다비드 마르틴입니다. 크리스티나 사니에르가 여기에 있지요? 제발 부탁합니다……"

간호사의 표정이 부드러워졌다. 그러더니 어렴풋이 다정한 미소를 지으며 고개를 끄덕였다. 나는 깊이 숨을 들이마셨다.

"나는 테레사라고 합니다. 야간당직 수간호사지요. 따라오시겠어요, 마르틴 씨? 산후안 박사의 사무실까지 안내해드리죠."

"사니에르 양은요? 만날 수 있습니까?"

그러자 간호사는 희미하면서도 헤아릴 수 없는 미소를 다시 지었다.

"자, 가시죠."

방은 푸른색으로 칠해진 네 개의 벽 속에 갇힌, 창문도 없는 사각형 공간이었다. 천장에 달린 두 개의 등이 차가운 금속성의 불빛을 내뿜고 있었다. 방안에 있는 것이라고는 빈 책상과 의자 두 개뿐이었다. 공기 중에 소독약냄새가 났으며 방안은 쌀쌀했다. 간호사는 거기를 사무실이라고 했지만 혼자 의자에 앉아 십 분을 기다리는 동안 그곳이 감방이나 다름없다는 생각이 들었다. 문이 닫혀 있는데도 사람들의 목소리가 들렸고, 가끔 벽 너머에서 고립된 누군가의 비명도 들려왔다. 그렇게 얼마나 보냈는지 시간감각을 잃어버리기 시작할 무렵 문이 열리고 서른 살에서 마흔 살 사이로 보이는 흰 가운 차림의 남자가 들어왔다. 얼굴에는 그 공간을 가득 채운 공기처럼 차가운 미소가 감돌았다. 나는 그가 산후안 박사일 거라고 생각했다. 그는 책상을 돌아가 내 맞은편 의자에 앉더니 다음 책상에 두 손을 올려놓고 잠시 나를 궁금하다는 표정으로 쳐다본 뒤에 입술을 뗐다.

"오랜 여행을 한 직후라 당연히 피곤하시겠지요. 하지만 우선 왜 페드로 비달 씨가 이곳에 오지 않은 건지 그 이유를 알고 싶습니다." 그가 마침내 말했다.

"올 수가 없었습니다."

의사는 눈도 깜빡거리지 않고 나를 지켜보면서 기다렸다. 시선은 차가웠고, 그의 행동은 남의 말을 건성으로 흘려듣는 게 아니라 경청하는 사람의 전형이었다.

"사니에르 양을 만날 수 있습니까?"

"당신이 내게 진실을 말해주고, 당신이 여기서 찾고자 하는 바가 무엇인지 내가 파악하기 전까지는 그 누구도 만날 수 없습니다."

나는 한숨을 내쉬면서 알았다고 대답했다. 거짓말을 늘어놓기 위해 150킬로미터를 달려온 것은 아니었기 때문이다.

"내 이름은 마르틴, 다비드 마르틴입니다. 크리스티나 사니에르의 친구입니다."

"여기에서는 그녀를 비달 부인이라고 부릅니다."

"당신들이 어떻게 부르든 상관없습니다. 나는 그녀를 만나고 싶습니다. 지금 당장이요."

의사는 한숨을 내쉬었다.

"당신이 작가입니까?"

나는 조바심을 내며 일어섰다.

"여기는 도대체 뭐하는 곳입니까? 왜 내가 그녀를 만날 수 없다는 것입니까?"

"부탁이니, 앉으십시오."

의사는 의자를 가리키고서 내가 다시 자리에 앉을 때까지 기다렸다.

"마지막으로 그녀를 보았거나 그녀와 이야기했을 때가 언제인지 물어봐도 되겠습니까?"

"대략 한 달이 조금 넘었을 겁니다." 나는 대답했다. "왜 그러시죠?"

"당신 다음에 그녀를 보았거나 그녀와 이야기했을 사람이 누구인지는 알고 있습니까?"

"아니요. 모릅니다. 그런데 무슨 일이 있는 겁니까?"

의사는 오른손을 입술로 가져가더니, 어떻게 말해야 할지 신중하게 고민했다.

"마르틴 씨, 아무래도 나쁜 소식을 드려야 할 것 같습니다."

나는 위장 입구에 무언가가 얹힌 듯한 느낌이었다.

"무슨 일이 있었던 겁니까?"

의사는 아무 대답 없이 나를 쳐다보았고, 나는 처음으로 그의 눈빛에서 망설임을 보았다.

"나도 모릅니다." 그가 말했다.

우리는 양쪽으로 철문이 늘어선 그리 길지 않은 복도를 지났다. 산후안 박사가 열쇠 뭉치를 손에 들고 앞장섰다. 우리가 지나갈 때마다 문 뒤에서 무언가를 속삭이는 숨죽인 웃음소리와 울음소리가 들려오는 것 같았다. 방은 복도 끝에 있었다. 의사는 문을 열고 문가에 서더니 아무런 표정 없이 나를 바라보았다.

"십오 분입니다." 그가 말했다.

나는 방안으로 들어갔고, 등뒤에서 의사가 문 닫는 소리를 들었다. 내 앞에는 천장이 높고 벽이 하얀 병실이 있었다. 반짝이는 타일 바닥에 하얀 벽이 반사되고 있었다. 한쪽에는 얇은 거즈커튼으로 둘러싸인 텅 빈 철제 침대가 놓여 있었다. 커다란 창문이 눈 덮인 정원과 나무를 향해 나 있고, 저멀리 호수가 희미하게 보였다. 나는 몇 발짝 안으로 내디뎌서야 그녀의 모습을 볼 수 있었다.

그녀는 흰색 나이트가운을 입고 머리카락을 하나로 땋은 채 창문 앞 안락의자에 앉아 있었다. 나는 안락의자를 돌아가 그녀를 보았다. 그녀의 눈은 전혀 움직임이 없었다. 곁에서 무릎을 굽히고 다시 바라보았지만, 깜짝하지도 않았다. 내가 손을 그녀의 손에 올려놓았지만 온몸의 근육이 미동도 없었다. 그제야 나는 그녀가 팔목부터 팔꿈치까지 붕대로 감겨 있고 몸통은 끈으로 안락의자에 묶여 있다는 것을 알았다. 나는 그녀의 얼굴로 떨어지는 눈물을 닦아주면서 그 뺨을 어루만졌다.

"크리스티나." 내가 중얼거렸다.

그녀의 시선은 그 어느 곳도 바라보고 있지 않았다. 내가 있다는 것도 아랑곳하지 않았다. 나는 의자를 하나 가져와서 그녀 앞에 앉았다.

"나야, 다비드." 내가 다시 조그만 소리로 말했다.

거의 십오 분 동안 내 손으로 그녀의 손을 잡은 채 그렇게 우리는 침묵 속에 머물렀다. 그녀의 눈은 엉뚱한 곳을 바라보고 있었고, 내 말은 그녀에게서 아무런 대답도 끌어내지 못했다. 어느 순간 문이 다시 열리는 소리가 들렸고, 나는 누군가가 조심스럽게 내 팔을 잡고 끌어당기는 것을 느꼈다. 산후안 박사였다. 나는 저항 없이 순순히 복도로 나왔다. 의사는 문을 닫고서 나를 그 차가운 사무실로 다시 데려갔다. 나는 의자에 털썩 주저앉아 한마디도 하지 못한 채 그를 멍하니 바라보았다.

"잠시 혼자 있게 해드릴까요?" 의사가 물었다.

나는 고개를 끄덕였다. 의사가 나가며 문소리가 났다. 오른손을 보니 떨리고 있었다. 그래서 주먹을 불끈 쥐었다. 이제는 방안에서 한기도 거의 느껴지지 않고 벽으로 스며드는 비명과 목소리도 들을 수 없었다. 단지 제대로 숨을 쉴 수 없으며, 그곳에서 나가야 한다는 사실만 알 뿐이었다.

8

나는 라고호텔의 식당에서 산후안 박사를 만났다. 나는 벽난로 앞에 앉았고 내 앞에는 음식 그릇이 놓여 있었지만 입도 대지 않았다. 식당에는 텅 빈 테이블 사이를 돌아다니면서 마른행주로 식탁보 위에 놓인 식기 세트를 닦는 종업원 여자 한 명을 제외하곤 아무도 없었다. 창문 뒤로는 이미 해가 졌고, 마치 푸른 유리입자 같은 눈이 천천히 내리고 있었다. 내 테이블로 의사가 다가와서 살며시 미소 지었다.

"여기에 오면 만날 수 있을 줄 알았습니다." 그가 말했다. "외지 사람들은 모두 이곳에 묵거든요. 십 년 전 이곳에 도착했을 때 나도 첫날밤을 이곳에서 보냈지요. 어떤 방을 주었습니까?"

"호수가 내다보여 신혼부부들이 가장 선호하는 방이라고 하더군요."

"믿지 마십시오. 어떤 방을 주든 항상 그렇게들 말합니다."

요양원에서 나와 흰 가운을 입지 않아서인지 산후안 박사는 더 다정하고 느긋해 보였다.
"가운을 입지 않아서 못 알아볼 뻔했습니다." 내가 말했다.
"의학은 군대와 같습니다. 사제복을 입지 않으면 사제가 아닌 것과 마찬가지예요." 그가 대답했다. "좀 어떻습니까?"
"괜찮습니다. 이보다 더한 날도 많았습니다."
"알겠습니다. 당신을 찾으러 사무실로 돌아갔는데, 안 계시더군요."
"바람 좀 쐬고 싶어서요."
"알겠습니다. 하지만 난 당신이 그다지 충격받을 성격이 아니길 기대했습니다."
"왜죠?"
"내가 당신을 필요로 하기 때문입니다. 아니, 정확하게 말하자면 당신을 필요로 하는 사람은 크리스티나입니다."
나는 침을 삼켰다.
"나를 겁쟁이라고 생각하겠군요." 내가 말했다.
의사는 고개를 가로저었다.
"그렇게 보낸 지 얼마나 되었습니까?"
"몇 주 되었습니다. 그녀가 여기에 도착한 이후부터라고 생각하면 됩니다. 시간이 흐를수록 악화되더군요."
"자기가 어디에 있는지는 알고 있습니까?"
의사는 어깨를 으쓱했다.
"그건 나도 모르겠습니다."

"무슨 일이 있었던 겁니까?"

산후안 박사는 한숨을 내쉬었다.

"사 주 전에 그리 멀지 않은 곳에서 그녀를 발견했습니다. 마을 공동묘지였는데, 아버지의 묘석 위에 쓰러져 있었습니다. 저체온이었고 헛소리를 하고 있었다더군요. 그녀를 이곳 요양원으로 데려온 것은 경찰 한 명이 그녀를 알아보았기 때문입니다. 지난해 아버지를 찾아와서 몇 달을 여기서 보냈을 때 그녀를 보았던 겁니다. 많은 마을 사람들이 그녀를 알고 있었습니다. 우리는 그녀를 입원시키고 이틀 동안 관찰했습니다. 탈수증을 겪는 것으로 봐서 아마도 며칠 동안 잠을 자지 못했던 것 같습니다. 가끔 정신을 차렸는데, 의식이 돌아올 때면 당신 이야기를 했습니다. 당신이 커다란 위험에 처해 있다고요. 그리고 그 누구에게도, 남편이나 그 어떤 사람에게도 자기가 여기에 있다는 사실을 알리지 않겠다고 내게 맹세하라고 했어요. 자기가 스스로 알릴 수 있을 때까지는 말입니다."

"아무리 그래도 왜 이런 일을 비달 씨에게 알리지 않은 겁니까?"

"알릴 수도 있었지만…… 아마 당신은 황당하다고 생각할 겁니다."

"뭔데요?"

"나는 그녀가 도망치고 있다고 확신했고, 그녀를 돕는 게 내 의무라고 생각했습니다."

"누구에게서 도망친다는 거죠?"

"그건 확실치 않습니다." 그는 모호한 표정을 지으며 말했다.

"박사님, 지금 내게 숨기고 이야기하지 않는 게 뭡니까?"

"난 그저 의사입니다. 내가 이해할 수 없는 것들이 있습니다."

"그게 뭡니까?"

산후안 박사는 초조한 미소를 지었다.

"크리스티나는 무언가가, 혹은 누군가가 자기 안으로 들어와 자기를 파괴하려 한다고 믿고 있습니다."

"누가요?"

"내가 아는 것이라고는 그녀는 그게 당신과 관련되어 있다고 믿으며, 그 사람 혹은 그것이 그녀를 두렵게 한다는 사실입니다. 그래서 당신을 제외한 그 누구도 그녀를 도와줄 수 없다고 생각합니다. 그런 이유로 비달 씨에게 연락을 취하지 않았습니다. 연락하는 게 내 의무였겠지만 말입니다. 그러나 조만간 당신이 나타나리란 것을 난 알고 있었습니다."

그는 동정과 경멸이 기이하게 뒤섞인 표정으로 나를 쳐다보았다.

"그녀는 내게도 소중한 사람입니다, 마르틴 씨. 크리스티나가 이곳에서 아버지를 병문안하면서 보냈던 몇 달 동안…… 우리는 좋은 친구가 되었습니다. 아마 당신에게 내 이야기는 하지 않았겠죠. 할 이유도 없었을 겁니다. 그녀에게는 매우 힘든 시절이었습니다. 그녀는 내게 많은 것을 털어놓았고, 나도 그녀에게 그랬습니다. 난 그 누구에게도 말하지 않았던 것들을 그녀에게 말했습니다. 사실 그녀에게 청혼도 했습니다. 보시면 알겠지만, 이곳 의사들 역시 조금 제정신이 아닙니다. 물론 그녀는 내 청혼을 거절했습니다. 그런데 왜 이런 이야기를 전부 당신에게 하고 있는지 나도 모르겠습니다."

"그런데 정상으로 돌아올까요, 박사님? 회복 가능성이……"

산후안 박사는 슬픈 미소를 지으면서 벽난로의 불로 시선을 돌렸다.

"그렇게 되길 바랍니다." 그가 대답했다.

"그녀를 데려가고 싶습니다."

그러자 의사가 눈썹을 치켜올렸다.

"데려간다고요? 어디로 말입니까?"

"집으로요."

"마르틴 씨. 솔직하게 말하겠습니다. 환자를 데려갈 수 있는 사람은 환자의 친족이거나 남편입니다. 그것이 최소한의 법적인 필요조건입니다. 하지만 당신은 친족도 남편도 아닙니다. 그게 아니라도 크리스티나는 지금 그 어떤 곳으로도 갈 수 있는 상태가 아닙니다."

"의자에 팔이 묶인 채 거의 마취된 상태로 이 낡은 저택에 처박혀 있는 게 더 낫다는 말입니까? 다시 청혼을 했다고는 하지 마십시오."

의사는 나를 한참 동안 바라보면서 내 말로 인해 분명하게 느꼈을 모욕을 애써 견디고 있었다.

"마르틴 씨, 나는 당신이 여기에 와서 기쁩니다. 우리 두 사람이 함께 크리스티나를 도울 수 있을 겁니다. 당신이 있으면 그녀가 무언가를 피해 숨어든 그 장소에서 나올 수 있을 겁니다. 난 그렇게 믿습니다. 그건 그녀가 최근 보름 동안 유일하게 발음했던 단어가 당신 이름이기 때문입니다. 그녀에게 무슨 일이 일어났든지, 나는 그게 당신과 관계된 일일 거라고 생각합니다."

의사는 내게서 무언가를 기다리듯이 나를 쳐다보았다. 모든 의문에 대답이 될 무언가를 기대하는 표정이었다.

"난 그녀가 날 버렸다고 생각했습니다." 내가 말을 시작했다. "우리는 모든 걸 버리고 떠날 예정이었습니다. 나는 잠시 기차표를 사고 간단한 볼일을 보러 나갔습니다. 밖에 있었던 시간은 아무리 길어도 한 시간 반을 넘지 않았을 겁니다. 그런데 집에 돌아오니 크리스티나는 이미 떠나고 없었습니다."

"그녀가 떠나기 전에 무슨 일이 있었습니까? 혹시 말다툼하지는 않았습니까?"

나는 입술을 깨물었다.

"말다툼이라고 할 정도는 아니었습니다."

"그럼 무슨 일이었죠?"

"그녀가 내 작업과 관련된 종이를 쳐다보고 있는데 내가 불쑥 들이닥쳤습니다. 그녀는 내가 자기를 믿지 못한다고 생각해서 기분이 상한 듯했습니다."

"중요한 것이었습니까?"

"아니요. 그냥 원고, 그러니까 초고였습니다."

"어떤 종류의 원고였는지 물어봐도 될까요?"

나는 잠시 머뭇거렸다.

"우화입니다."

"아이들을 위한 것입니까?"

"가족들을 위한 것이라고 말할 수 있습니다."

"알겠습니다."

"아니요, 당신은 내 말을 제대로 이해하지 못했습니다. 말다툼은 없었습니다. 크리스티나는 내가 그 원고를 보지 못하게 해서 약간 기분이 상했습니다. 하지만 그 이상은 없었습니다. 그녀를 집에 두고 나갈 때 그녀는 아무 일도 없었던 듯이 짐을 꾸리고 있었습니다. 그 원고는 그리 중요한 게 아닙니다."

의사는 납득했다기보다 그냥 예의상 고개를 끄덕였다.

"당신이 밖에 있는 동안 누군가가 집으로 찾아왔을 가능성은 없습니까?"

"그녀가 거기에 있다는 사실을 아는 사람은 나 말고 없었습니다."

"당신이 돌아오기 전에 그녀가 집에서 나가기로 한 이유가 무엇인지 혹시 짚이는 게 있습니까?"

"없습니다. 그걸 물어보는 이유가 뭡니까?"

"큰 의미는 없습니다, 마르틴 씨. 당신이 그녀를 마지막 보았던 시점과 그녀가 여기에 나타났던 시점 사이에 무슨 일이 있었는지 확인해보려는 겁니다."

"그녀가 자기 안에 누가, 아니면 무엇이 들어왔는지는 말했습니까?"

"그건 그냥 말하자면 그렇다는 겁니다, 마르틴 씨. 크리스티나 안에는 그 어떤 것도 들어가지 않았습니다. 정신적 상처를 경험한 환자들이 세상을 떠난 가족이나 상상 속 인물이 현실에 존재한다고 느끼는 경우는 자주 있습니다. 심지어 자신의 정신 속으로 피신해서 외부와의 문을 닫는 일도 있습니다. 그건 감정적 대응, 즉 받아들이기 어려운 감정이나 느낌으로부터 자신을 지키려는 행동 방식입니다. 그러니 지금 그런 걱정은 할 필요 없습니다. 우리에게 필요하고 도움이 될 만한 사실은 만일 그녀에게 지금 중요한 사람이 있다면 바로 당신이라는 점입니다. 그녀가 내게 말한 것과 우리 사이에 비밀로 하기로 했던 내용, 그리고 내가 최근 몇 주 동안 지켜본 바에 따르면 크리스티나는 당신을 사랑합니다, 마르틴 씨. 그 누구보다도 당신을 사랑합니다. 그건 그녀가 결코 나를 사랑하지 않으리라는 것만큼 분명한 사실입니다. 그래서 당신에게 도와달라고 청하는 겁니다. 두려움이나 원망으로 눈을 가리지 말고 나를 도와주십시오. 우리 두 사람은 원하는 게 같습니다. 그러니까 크리스티나가 이곳에서 나갈 수 있게 되길 바라고 있다는 겁니다."

나는 창피함을 느끼며 고개를 끄덕였다.

"내가 심한 말을 했다면 용서해주시길……"

의사는 손을 들어 내 말을 가로막고 자리에서 일어나 외투를 입었다. 그가 내게 손을 내밀었고, 나는 그와 악수를 했다.

"내일 기다리겠습니다." 그가 말했다.

"고맙습니다, 박사님."

"그녀 곁으로 와준 당신에게 내가 고맙다고 말하고 싶습니다."

다음날 아침, 해가 얼어붙은 호수 위로 고개를 들기 시작할 무렵 나는 호텔을 나왔다. 한 무리의 아이들이 얼음에 갇혀 옴짝달싹 못하는 조그만 배를 맞히려고 돌을 던지면서 호숫가에서 놀고 있었다. 이미 눈은 그쳤고 멀리 하얀 산들이 보였으며, 커다란 구름이 수증기로 지어진 거대한 도시처럼 하늘을 미끄러져가고 있었다. 나는 오전 아홉시가 되기 조금 전 산안토니오 별장 요양원에 도착했다. 산후안 박사는 크리스티나와 함께 정원에서 나를 기다리고 있었다. 그들은 햇볕을 쬐며 앉아 있었고, 박사가 크리스티나에게 말하면서 그녀의 손을 꼭 붙잡고 있었다. 그녀는 거의 그를 쳐다보고 있지 않았다. 정원을 가로지르는 나를 보자 의사는 가까이 오라고 손짓했다. 크리스티나 앞에 이미 의자가 하나 놓여 있었다. 나는 거기에 앉아 그녀를 바라보았다. 그녀의 눈에 내 눈이 비쳤지만 시선에는 초점이 없었다.

"크리스티나, 누가 왔는지 봐요." 의사가 말했다.

나는 크리스티나의 손을 잡고 그녀에게 다가갔다.

"말을 걸어봐요." 의사가 말했다.

나는 고개를 끄덕였지만, 그녀의 멍한 시선을 바라보면서 무슨 말을 해야 할지 몰랐다. 의사는 자리에서 일어서더니 우리 두 사람만 있게 해주었다. 나는 그가 간호사 여자에게 우리에게서 눈을 떼지 말라고 지시하고 건물 안으로 사라지는 것을 보았다. 나는 간호사가 있다는 것을 무시하고서 크리스티나의 의자로 가까이 다가가 이마로 흘러내린 머리카락을 쓸어올려주었다. 그러자 그녀가 살포시 웃었다.

"나 기억해?" 내가 물었다.

그녀의 눈동자에서 내 모습이 보였지만, 그녀가 나를 보고 있는지, 내 목소리를 듣고 있는지는 알 수 없었다.

"의사는 당신이 곧 회복할 것이고 우리가 집으로 돌아갈 수 있을 거래. 당신이 원하는 곳이면 어디든 갈 수 있을 거라고 했어. 나는 탑의 집을 두고 당신이 원했던 것처럼 아주 멀리 떠나겠다고 생각했어. 아무도 우리를 모르고, 아무도 우리가 누군지, 어디에서 왔는지 관심을 보이지 않을 곳으로 말이야."

그녀는 손에 낀 양털 장갑으로 팔에 감은 붕대를 가리고 있었다. 몸무게가 줄어 야위었고 피부에는 깊은 주름이 생겼으며 입술은 부르트고 눈은 생기를 잃어 시들시들했다. 내가 할 수 있는 것이라고는 미소를 지어 보이며 그녀의 얼굴과 이마를 어루만지고, 쉬지 않고 얘기하면서 그녀가 너무 보고 싶었고 그녀를 찾아 온갖 곳을 돌아다녔고 알려주는 것이 전부였다. 그렇게 두 시간을 보냈을 무렵, 의사가 간호사와 함께 돌아와 그녀를 안으로 데려갔다. 나는 정원에 그대로 우두커니 앉아 있었다. 어디로 가야 할지 몰랐다. 그때 다시 산후안 박사가 문에 모습을 보이더니 내게 다가와 옆에 있는 의자에 앉았다.

"한마디도 하지 않았습니다." 내가 말했다. "내가 여기에 있는 것조차 모르는 것 같았습니다……"

"잘못 생각하시는 겁니다." 그가 대답했다. "이 과정은 매우 천천히 진행됩니다. 하지만 당신이 이곳에 있는 게 그녀에게 도움이 된다고, 아주 많은 도움이 된다고 자신합니다."

나는 그 빈약한 위로와 동정어린 거짓말에 고개를 끄덕였다.

"내일 다시 시도해보지요." 그가 말했다.

겨우 낮 열두시였다.

"내일까지 난 뭘 하죠?" 내가 물었다.

"당신은 작가 아닙니까? 글을 쓰십시오. 그녀를 위한 글을 쓰십시오."

9

나는 호숫가를 따라 걸어 호텔로 돌아왔다. 관리인이 내게 마을의 유일한 서점이 어디에 있는지 알려주었고, 나는 거기서 종이와 기억도 할 수 없는 시절부터 그곳에 비치되어 있었을 만년필 하나를 샀다. 그렇게 펜과 종이로 무장하고 방에 틀어박혔다. 테이블을 창문 앞으로 옮겨놓고 프런트에는 커피를 가득 담은 보온병을 하나 가져다달라고 부탁했다. 종이에 글을 쓰기 전 거의 한 시간 동안 호수와 저 먼 곳의 산을 바라보았다. 그러자 크리스티나가 주었던 오래된 사진이 떠올랐다. 어느 여자아이가 바다를 향해 뻗은 나무잔교로 가는 모습이 찍힌 사진이었다. 그 수수께끼 같은 순간은 그녀의 기억에서 영원히 지워졌다. 나는 내가 그 잔교로 들어가고 있다고, 그녀를 뒤따라가고 있다고 상상했다. 그러자 단어들이 천천히, 하지만 밀물처럼 밀려들기 시작해 짧은 이야기의 틀이 어렴풋이 드러났다. 나는 크리스티나가 절대로 기억할 수 없었던 이야기를 쓰게 될 것임을 알았다. 어떻게 어린 소녀가 낯선 사람의 손에 이끌려 그 반짝거리는 물위로 걷게 되었는가 하는 이야기. 나는 존재하지 않았던 기억, 도둑맞은 삶의 기억을 이야기로 쓸 작정이었다. 문장들 사이에서 모습을 드러낸 이미지와 햇빛 때문에 나는 우리 두 사람을 존재하게 해주었던 어두컴컴한 옛 바르셀로나로 다시 돌아갔다. 그렇게 해가 질 때까지, 그리고 보온병에 커피가 한 방울도 남지 않을 때까지 글을 썼다. 마침내 얼어붙은 호수가 푸른 달빛을 받아 환하게 빛났고 눈과 손이 아파오기 시작했다. 나는 만년필을 놓고 테이블에서 종이를 치웠다. 관리인이 저녁을 먹으러 내려올지 묻기 위해 문 두드리는 소리도 듣지 못했다. 나는 깊은 잠에 빠져들었고, 이번만은 내가 쓴 글도 치유의 힘이 있다는 사실을 꿈꾸고 또 믿었다.

똑같이 판에 박힌 일과에 맞추어 나흘을 보냈다. 새벽에 잠에서 깨어나 객실 발코니로 나가 발밑의 호수를 붉은색으로 물들이는 태양을 바라보았다. 그리고 아침 여덟시 반경 요양원에 도착하여, 김이 무럭무럭 나는 커피잔을 손에 들고 정원을 바라보며 입구 계단에 앉아 있는 산후안 박사를 만났다.

"잠을 안 자는 겁니까?" 나는 그에게 묻곤 했다.

"그건 당신이나 나나 마찬가지인 것 같은데요." 그는 이렇게 대답하곤 했다.

아홉시경 의사는 나와 함께 크리스티나의 방으로 가서 문을 열어주고 우리가 단둘이 있게 자리를 피해주었다. 그녀는 항상 창문을 마주보는 안락의자에 앉아 있었고, 나는 의자 하나를 가까이 가져가서 그녀의 손을 잡았다. 그녀는 나의 존재를 거의 인식하지 못했다. 그런 다음 내가 전날 밤 그녀를 위해 쓴 글을 읽기 시작했다. 매일 처음부터 다시 읽었다. 가끔 읽는 것을 멈추고 눈을 들어 보면 놀랍게도 그녀의 입술에 미소가 떠올라 있었다. 저물녘에 의사가 돌아와서 그만 가라고 할 때까지 그렇게 온종일 그녀와 함께 보냈다. 그런 다음 눈 덮인 황량한 거리로 나가 호텔까지 발을 질질 끌며 돌아가 대충 저녁을 먹었고, 내 방으로 올라가 피로에 지쳐 나가떨어질 때까지 계속 글을 썼다. 그렇게 시간이 가는 줄도 모르게 하루하루가 흘렀다.

닷새째 되는 날 아침, 나는 그전까지와 마찬가지로 크리스티나의 방으로 들어갔다. 그런데 그녀가 앉아 나를 기다리던 안락의자가 텅 비어 있었다. 놀란 나는 주변을 살펴보고 바닥에 웅크린 그녀를 발견했다. 구석에서 몸을 오그린 채 무릎을 껴안고 있었고, 얼굴에는 눈물이 가득했다. 그런데 나를 보자 미소를 지었고, 나는 그녀가 나를 알아보았다는 것을 깨달았다. 나는 그녀 옆에 무릎을 꿇고 그녀를 껴안았다. 내 얼굴에서 그녀의 숨결을 느끼고 한줄기 가느다란 빛이 그녀의 눈으로 되돌아온 것을 본 그 짧은 순간보다 더 행복한 때는 아마 없었을 것이다.

"어디에 있었어?" 그녀가 물었다.

그날 오후 산후안 박사는 한 시간 동안 그녀를 데리고 산책할 수 있도록 허락해주었다. 우리는 호수까지 걸어가 그곳 벤치에 앉았다. 그녀는 자기가 꾸었던 꿈과 어두컴컴한 미로의 도시에서 살았던 어느 여자아이의 이야기를 들려주었다. 그 도시의 거리와 건물은 생명이 있는 존재였고 그곳 주민의 영혼을 먹으며 살아가고 있었다. 그녀에게 지난 며칠 동안 읽어주었던 이야기와 마찬가지로, 꿈속에서 그 여자아이는 도시에서 도망쳐 무한한 바다 위로 뻗어나간 잔교에 도착했다. 그곳에서 그녀는 이름도 없고 얼굴도 없는 어느 낯선 사람의 손을 잡고 걷고 있었다. 그 사람이 그녀를 구해주었고, 이제는 누군가가 그녀를 기다리고 있는 곳으로, 그러니까 물위로 뻗어나간 나무잔교의 끝까지 그녀와 함께 가고 있었다. 하지만 그녀는 자기를 기다리는 사람이 누구인지 결코 볼 수 없었다. 내가 읽어주던 이야기와 마찬가지로 그녀의 꿈은 완성된 것이 아니었기 때문이었다.

산안토니오 별장과 산후안 박사에 대한 크리스티나의 기억은 모호했다. 그녀는 박사가 청혼한 것이 바로 지난주인 줄 알았다고 말하면서 얼굴을 붉혔다. 시간과 공간이 그녀의 눈에서 혼란스럽게 뒤섞이고 있었다. 가끔은 아버지가 요양원 병실에 입원해 있으며 자기는 병문안을 왔다고 믿었다. 바로 다음에는 자기가 어떻게 그곳에 왔는지 기억하지 못했고, 때로는 그에 대해 아예 궁금해하지도 않았다. 내가 기차표를 사러 나갔다는 사실은 기억했으며 종종 그녀가 사라졌던 그날 아침을 마치 하루 전인 것처럼 말했다. 또 나를 비달과 혼동해 용서를 빌기도 했다. 어떤 때는 두려움에 사로잡혀 얼굴이 어두워졌으며 마구 몸을 떨기도 했다.

"가까이 다가오고 있어." 그녀는 이렇게 말하곤 했다. "난 떠나야 해. 그가 당신을 보기 전에 떠나야 해."

그러면 그녀는 내가 있는 것도 아랑곳하지 않고 세상에도 등을 돌린 채 긴 침묵 속으로 빠져들었다. 마치 도달할 수 없는 먼 곳으로 무언가가 그녀를 끌고 가는 것 같았다. 며칠이 지나자 크리스티나의 정신이 이상해졌다는 확신이 내 마음속 깊이 스며들기 시작했다. 첫 순간의 희망은 이제 씁쓸함으로 물들었고, 밤이 되어 감방 같은 호텔방으로 되돌아오면 내가 잊었다고 생각했던 어둠과 증오의 심연이 마음속에서 다시 열리는 것을 종종 느꼈다. 환자들을 대할 때처럼 집요하고 끈기 있게 나를 관찰하던 산후안 박사는 곧 어떤 일이 일어날지 알려주었다.

"희망을 잃지 말아야 합니다." 그는 말했다. "우리는 커다란 진전을 이루고 있습니다. 믿음을 가지십시오."

나는 알았다면서 순순히 고개를 끄덕이고 매일 요양원으로 돌아와 크리스티나를 호수까지 데려갔다. 그러면서 그녀가 기억하는 꿈속 이야기를 들었는데, 이미 수십 번이나 반복했지만 정작 그녀 자신은 매일 새롭게 발견한 것인 양 얘기했다. 매일 그녀는 내게 어디에 있었느냐고, 왜 자기를 찾으러 오지 않았느냐고, 왜 자기를 혼자 놔두었느냐고 물었다. 매일 그녀는 보이지 않는 자신의 우리에서 나를 쳐다보며 안아달라고 했다. 매일 작별할 때면 내게 자기를 사랑하느냐고 물었고, 나는 항상 똑같이 대답했다.

"영원히 당신을 사랑할 거야. 영원히."

어느 날 밤 나는 방문을 두드리는 소리에 잠에서 깨었다. 새벽

세시였다. 어리둥절하여 문까지 발을 질질 끌며 나갔고, 문간에서 요양원의 간호사 여자를 보았다.

"산후안 박사님께서 와주십사 부탁하셨습니다."

"무슨 일이 있는 거죠?"

십 분 후 나는 산안토니오 별장의 문으로 들어가고 있었다. 정원에서부터 비명을 들을 수 있었다. 크리스티나가 자기 병실의 문을 안에서 걸어잠근 것이었다. 일주일 동안 한숨도 자지 못한 표정의 산후안 박사와 두 명의 남자 간호사가 문을 억지로 열려고 애쓰고 있었다. 병실 안에서는 크리스티나가 소리치며 벽을 마구 두드리고 가구를 쓰러뜨리면서 눈에 보이는 모든 걸 부수는 소리가 들려왔다.

"크리스티나가 누구와 함께 있는 거죠?" 나는 아연실색한 얼굴로 물었다.

"다른 사람은 아무도 없습니다." 의사가 대답했다.

"하지만 누군가에게 말을 하고 있는데……" 내가 따지듯이 말했다.

"혼자 있습니다."

경비원이 커다란 금속 지렛대를 들고 급히 도착했다.

"이것밖에 못 찾았습니다." 그가 말했다.

의사는 고개를 끄덕였고, 경비원은 지렛대를 문틈에 끼워넣고 힘을 주기 시작했다.

"그런데 어떻게 문을 안에서 잠글 수 있었지요?" 내가 물었다.

"나도 모르겠어요……"

내 시선을 피하는 의사의 얼굴에서 나는 처음으로 공포를 읽은 것 같았다. 경비원이 지렛대로 문을 열려는 순간, 문 반대편이 갑자기 조용해졌다.

"크리스티나?" 의사가 불렀다.

아무 대답도 없었다. 마침내 문이 삐걱거리더니 갑자기 안쪽으로 열렸다. 나는 의사를 따라 어둠에 잠긴 병실로 들어갔다. 창문은 열려 있었고, 차가운 바람이 방안을 가득 메우고 있었다. 의자와 탁자와 안락의자는 쓰러져 있었다. 벽은 검은 페인트처럼 보이는 것으로 불규칙하게 얼룩져 있었다. 피였다. 크리스티나의 흔적은 없었다.

남자 간호사들이 발코니로 달려가 정원을 살피면서 눈 위의 발자국을 찾았다. 의사는 크리스티나를 찾아 여기저기를 둘러보았다. 바로 그때 화장실에서 웃음소리가 들려왔다. 나는 가까이 다가가서 문을 열었다. 바닥은 유릿조각으로 뒤덮여 있었다. 크리스티나는 마치 망가진 인형처럼 철제 욕조에 기댄 채 바닥에 앉아 있었다. 유릿조각에 찔리고 모서리에 베여 손과 팔에서 피가 흐르고 있었다. 그녀가 주먹으로 깨버린 거울의 틈에서는 아직도 그녀의 피가 흘러내리고 있었다. 나는 그녀를 안고 눈을 쳐다보았다. 그녀가 웃었다.

"그를 못 들어오게 한 거야." 크리스티나가 말했다.

"누구 말이야?"

"그는 내가 잊기를 바랐지만, 어쨌든 나는 그를 못 들어오게 했어." 그녀가 똑같은 말을 반복했다.

의사는 내 옆에 무릎을 꿇고서 크리스티나의 몸을 뒤덮은 상처와 벤 부분을 살펴보았다.

"제발 지금은 그냥 두세요." 의사가 나를 그녀에게서 떼어놓으며 중얼거렸다.

간호사 한 명이 들것을 가지러 달려갔다. 나는 크리스티나를 눕히도록 도와주고, 진찰실로 가는 동안 그녀의 손을 꼭 잡았다. 진찰실에 도착해 산후안 박사가 진정제를 주사하자 불과 몇 초도 안 되어 그녀는 깊은 잠에 빠졌다. 나는 곁에 남아서 그녀의 시선이 텅 빈 거울이 될 때까지 하염없이 그 눈을 바라보았다. 여자 간호사 하나가 내게 팔짱을 끼더니 진찰실 밖으로 데리고 나갔다. 나는 소독약냄새를 풍기는 어두운 복도 한가운데에 손과 옷에 피를 묻힌 채 그대로 서 있다가 벽에 기대었고, 나도 모르게 몸이 바닥으로 천천히 무너져내렸다.

크리스티나는 다음날 잠을 깼다. 그녀는 침대에 가죽끈으로 묶여 있었고, 천장에 매달려 누런 불빛을 토해내는 전구 하나 말고는 다른 빛도 없고 창문도 없는 방안에 감금되어 있었다. 나는 구석에 있는 의자에 앉아 얼마나 시간이 흘렀는지도 모른 채 그녀를 지켜보면서 밤을 지새웠다. 그녀는 갑자기 눈을 떴고, 자기 팔을 뒤덮은 상처가 따끔거리는지 고통스러운 표정을 지었다.

"다비드?" 그녀가 불렀다.

"여기 있어." 내가 대답했다.

나는 침대로 다가가서 그녀가 내 얼굴과 그녀를 위해 연습했던 내 창백한 미소를 볼 수 있도록 몸을 숙였다.

"움직일 수가 없어."

"지금 끈으로 묶여 있어. 당신을 위해서야. 의사가 오면 풀어줄 거야."

"당신이 풀어줘."

"안 돼. 그럴 수 있는 사람은 의사라……"

"부탁이야." 그녀가 애원했다.

"크리스티나, 그렇게 있는 편이……"

"제발 부탁이야."

그녀의 시선에는 고통과 공포가 서려 있었지만, 내가 그동안 그곳을 매일 방문하면서 보아왔던 그 어느 때보다 제정신에 가까운 모습이었다. 나는 그녀의 어깨와 가슴을 가로지르는 맨 위의 끈 두 개를 풀고 그녀의 얼굴을 어루만졌다. 그녀는 떨고 있었다.

"추워?"

그녀는 고개를 가로저었다.

"의사 부를까?"

그녀는 다시 고개를 저었다.

"다비드, 날 바라봐."

나는 침대 모서리에 앉아 그녀의 눈을 보았다.

"그걸 없애버려야 해."

"무슨 말인지 모르겠어."

"그걸 없애버려야 해."

"그게 뭔데?"

"책."

"크리스티나, 의사에게 알리는 게 좋을 것 같아……"

"아니야. 내 말 잘 들어."

그녀는 내 손을 힘껏 붙잡았다.

"당신이 기차표를 구하러 나갔던 그날 아침, 기억나지? 난 다시 당신 서재로 올라가서 가방을 열었어."

나는 한숨을 쉬었다.

"그 원고를 찾아서 읽기 시작했어."

"그건 그냥 우화에 불과해, 크리스티나……"

"거짓말하지 마. 난 그걸 읽었어, 다비드. 적어도 그걸 없애야 한다는 걸 알 정도로는 충분하게……"

"지금은 그런 것 따위로 걱정하지 마. 당신에게 이미 그 원고를 포기했다고 말했잖아."

"하지만 그 원고는 당신을 포기하지 않았어. 내가 그걸 불태워 버리려고 했는데……"

그 말에 나는 순간적으로 그녀의 손을 놓았고, 서재 바닥에서 발견했던 타버린 성냥을 떠올리면서 차가운 분노를 억눌렀다.

"태워버리려고 했다고?"

"하지만 그럴 수가 없었어." 그녀가 웅얼거렸다. "집에 누군가가 있었어."

"집에는 아무도 없었어, 크리스티나. 아무도."

"성냥에 불을 붙여서 원고에 가까이 갖다댔을 때, 내 뒤에 그가 있는 걸 느꼈어. 나는 목덜미를 맞고 쓰러졌어."

"누가 당신을 때렸다고?"

"꼭 하루의 햇빛이 물러나서 다시 들어오지 못하는 것처럼 모든 게 아주 어두웠어. 뒤돌아보았지만 모든 게 어둠에 잠겨 있었어. 단지 그의 눈만 보였어. 늑대의 눈과 비슷했어."

"크리스티나……"

"그가 내 손에서 원고를 빼앗아서 다시 가방에 넣었어."

"크리스티나, 당신 지금 상태가 안 좋아. 의사를 불러서……"

"내 말을 듣지 않는구나."

나는 미소 지으며 그녀의 이마에 입을 맞추었다.

"물론 당신 말 듣고 있어. 하지만 집에 아무도 없었는데……"

그녀는 눈을 감고 고개를 한쪽으로 돌리더니, 내 말이 그녀의 창자로 파고들어 휘젓는 비수인 것처럼 신음했다.

"의사에게 알려야 할 것 같아……"

나는 고개를 숙여 그녀에게 입을 맞춘 후 일어났다. 그리고 등에서 그녀의 시선을 느끼며 문으로 다가갔다.

"겁쟁이." 그녀가 말했다.

내가 산후안 박사와 함께 방으로 되돌아왔을 때 크리스티나는 이미 마지막 끈을 풀어버린 상태였고, 하얀 타일 바닥 위에 피 묻은 발자국을 남기며 비틀비틀 문을 향해 가고 있었다. 우리 두 사람은 그녀를 붙들고 다시 침대에 눕혔다. 크리스티나는 우리의 피가 얼어붙을 정도로 비명을 지르고 분노하면서 몸부림쳤다. 소란스러운 소리에 의무실 직원이 상황을 인지했다. 경비원 한 명이 우리를 도와 그녀를 제지했고, 그동안 의사는 다시 끈으로 그녀를 묶었다. 그녀가 몸을 움직일 수 없게 되자 의사는 나를 엄한 눈으로 쳐다보았다.

"다시 진정제를 놓겠습니다. 당신은 여기 남아 크리스티나를 지키십시오. 하지만 또다시 끈을 풀겠다는 생각은 하지 마십시오."

나는 잠시 그녀와 단둘이 남아서 그녀를 진정시키려고 애썼다. 크리스티나는 계속해서 끈을 풀려고 안간힘을 썼다. 나는 그녀의 얼굴을 잡고 그녀의 시선을 포착하려고 노력했다.

"크리스티나, 제발……"

그녀는 내 얼굴에 침을 뱉었다.

"가버려."

의사는 여자 간호사와 함께 병실로 돌아왔다. 간호사는 주사기와 붕대, 그리고 누런 용액이 든 유리병 하나가 놓인 철제 트레이를 들고 있었다.

"나가십시오." 의사가 내게 지시했다.

나는 문가로 물러났다. 간호사가 크리스티나를 붙잡아 몸을 눌렀고 의사는 팔에 진정제를 주사했다. 크리스티나는 찢어지는 목소리로 비명을 질렀다. 나는 귀를 막고 복도로 나왔다.

겁쟁이, 나는 생각했다. 나는 겁쟁이야.

10

산안토니오 별장 요양원 저편으로는 양쪽으로 나무가 늘어서 있고 개천을 따라 마을로부터 멀어지는 길이 하나 있었다. 라고호텔의 식당에 걸린 지도에서는 '연인들의 산책로'라는 달콤한 이름으로 표현된 길이었다. 나는 그날 오후 요양원에서 나와 연애보다는 고독을 더 연상시키는 그 어두운 오솔길을 걷기로 했다. 거의 삼십 분을 걸었지만 누구와도 마주치지 않았다. 그렇게 나는 마을을 뒤로하고 산안토니오 별장의 각진 윤곽이 보이는 곳까지 갔다. 호수를 둘러싼 커다란 저택들은 오려낸 판지 그림이 수평선에 떠 있는 것처럼 조그맣게 보였다. 나는 산책로를 점점이 수놓은 벤치 중 하나에 앉아 세르다냐 계곡 맞은편으로 지는 해를 바라보았다. 그곳에서 약 200미터 떨어진 곳에 눈 덮인 들판 한가운데 외로이 서 있는 조그만 예배당이 희미하게 보였다. 나는 무언가에 홀린 듯 자리에서 일어나 그 건물을 향해 눈밭을 걷기 시작했다. 10여미터 앞까지 다가갔을 때 예배당에 문이 없다는 것을 알았다. 건물은 화마에 희생되었고, 자재였던 돌은 불길로 인해 시커메져 있었다. 나는 과거 입구로 사용되었을 계단을 올라갔다. 예배당 안으로 몇 발짝 내디뎌보니 잿더미 사이로 불타버린 장의자와 지붕에서 떨어진 각재들의 잔해가 보였다. 잡초가 이미 내부를 완전히 잠식하고 제단으로 사용되었을 곳까지 기어오르고 있었다. 석양빛이 돌벽의 좁은 창문으로 스며들고 있었다. 나는 제단 앞 장의자의 불타지 않은 나무 부분에 앉아서 화마가 삼켜버린 둥근 천장의 틈 사이로 바람이 수군대는 소리를 들었다. 눈을 들고 나의 오랜 친구 셈페레 씨가 신, 혹은 책에 대해 간직했던 믿음의 한 조각만이라도 내게 있기를 바랐다. 그러면 상대가 신이건 악마건 상관없으니 내게 다시 기회를 주어 크리스티나를 그곳에서 꺼낼 수 있도록 도와달라고 빌 수 있었을 것이었다.

"제발 부탁입니다." 나는 눈물을 삼키면서 중얼거렸다.

나는 씁쓸한 미소를 지었다. 이미 패배한 사람이 이제껏 한 번도 믿지 않았던 신에게 하찮은 것이라도 좋으니 도와달라고 애걸복걸하는 꼴이 우스웠다. 나는 주변을 둘러보았다. 폐허와 잿더미로 변해 공허와 고독으로 가득찬 신의 집이 눈에 들어왔다. 바로 그날 밤 기적이 일어나지 않더라도, 신의 축복이 없더라도 나는 내가 그녀에게 돌아갈 것임을 알았다. 그녀를 그곳에서 데려가기로, 그녀를 잠자는 미녀로 만든 비겁하고 쉽게 사랑에 빠지는 그 의사의 손에서 떼어내기로 마음먹었다. 그 누구도 그녀에게 다시는 손대지 못하도록 요양원에 불을 지를 작정이었다. 나는 그녀를 집으로 데려가 그녀와 함께 죽을 작정이었다. 증오와 분노가 내가 가는 길을 환하게 밝혀줄 것이었다.

해가 질 무렵 나는 낡은 예배당을 떠났다. 그리고 달빛이 환하게 비치는 은빛 들판을 지나 어둠 속에 어렴풋이 보이는 개천을 따라 나무가 늘어선 오솔길로 되돌아갔다. 산안토니오 별장과 호수 주변의 탑과 지붕창으로 이루어진 성채들의 불빛이 멀리서 보일 때까지 그 길을 따라 걸었다. 요양원에 도착했지만 정문의 노커를 두드리는 대신 담을 뛰어넘어 어둠 속으로 살금살금 기어서 정원을 가로질렀다. 건물을 빙 돌아 뒷문 중 하나로 다가갔다. 안에서 자물쇠가 채워져 있었지만 잠시도 주저하지 않고 팔꿈치로 유리창을 깨어 부수고는 손잡이를 돌렸다. 그런 다음 여러 목소리와 두런대는 소리를 들으며, 그리고 주방에서 올라오는 콩소메 냄새를 맡으며 복도로 들어갔다. 그렇게 복도를 가로질러 훌륭한 의사가 크리스티나를 가두어놓은 복도 끝 병실에 도착했다. 의심의 여지 없이 그 의사는 약품과 끈을 이용해 그녀를 영원히 드러누운 잠자는 미녀로 만들겠다는 공상에 빠져 있을 것이었다.

잠겨 있으리라는 예상과 달리 상처로 인해 무지근한 통증을 느끼던 내 손 아래서 문손잡이는 순순히 돌아갔다. 나는 문을 밀고 병실 안으로 들어갔다. 가장 먼저 깨달은 것은 얼굴 앞에서 떠다니는 내 입김이 보인다는 사실이었다. 그런 다음 피 묻은 발자국이 하얀 타일 바닥에 가득하다는 것을 알았다. 정원을 향해 난 창문이 활짝 열려 커튼이 바람에 휘날리고 있었다. 침대는 텅 비어 있었다. 나는 침대로 다가가 의사와 남자 간호사들이 크리스티나를 묶어 맸던 가죽끈 하나를 집었다. 마치 종이로 만든 것처럼 깨끗하게 잘려 있었다. 정원으로 나가보니 눈 위로 붉은 발자국이 빛나며 담으로 이어졌다. 나는 그곳까지 가서 정원을 에워싼 돌담을 만졌다. 피가 묻어 있었다. 나는 담을 기어올라 반대쪽으로 뛰어내렸다. 발자국이 우왕좌왕하면서도 마을 쪽으로 멀어지고 있었다. 그때 내가 마구 달렸던 기억이 난다.

눈 위에 찍힌 발자국을 따라 호수를 에워싼 공원에 다다랐다. 보름달이 커다란 얼음판을 환하게 비추고 있었다. 바로 거기서 그녀를 보았다. 그녀는 절뚝거리면서 피 묻은 발자국을 뒤에 남기고는 얼어붙은 호수 위로 천천히 들어가고 있었다. 그녀의 나이트가운 자락이 가벼운 바람에 펄럭였다. 내가 호숫가에 도착했을 때 크리스티나는 이미 호수 중앙을 향해 30미터가량 들어가 있었다. 내가 그녀의 이름을 소리 높여 부르자 그녀는 발길을 멈추었다. 그리고 천천히 뒤돌았고, 나는 그녀가 웃는 모습을 보았다. 그러는 동안 그녀의 발밑으로 거미줄 모양의 금이 짜이고 있었다. 나는 얼음판으로 뛰어들었고, 발을 내디딜 때마다 얼어붙은 표면이 깨지는 소리가 들렸다. 하지만 나는 그녀를 향해 뛰었다. 크리스티나는 가만히 서서 나를 바라보고 있었다. 그녀의 발밑으로 검은 모세혈관처럼 금이 번져가고 있었다. 발밑의 얼음이 부서지면서 나는 앞으로 고꾸라졌다.

"사랑해." 그녀의 목소리가 들렸다.

나는 그녀를 향해 기어갔지만, 내 손 아래서 거미줄 같은 금이

번져가며 그녀를 에워쌌다. 우리 사이는 이제 불과 몇 미터 거리였다. 바로 그때 그녀의 발밑에서 얼음 깨지는 소리가 들렸다. 즉시 커다란 검은 입이 그녀의 발밑으로 열리며 역청의 우물처럼 그녀를 삼켜버렸다. 그녀가 수면 아래로 사라지자마자 얼음판은 다시 하나로 합쳐져 크리스티나가 추락한 구멍을 메워버렸다. 그녀의 몸은 호수의 물살에 휩쓸려 얼음판 밑으로 2미터가량 미끄러졌다. 나는 그녀가 갇힌 곳까지 기어가서 있는 힘을 다해 얼음을 두드렸다. 물살에 머리카락이 너울거리는 투명한 얼음판 아래서 크리스티나는 눈을 부릅뜬 채 나를 뚫어지게 바라보았다. 나는 손이 부서져라 미친듯이 얼음을 두드렸지만 허사였다. 크리스티나는 결코 내게서 눈을 떼지 않았다. 그녀가 얼음판에 손을 대고서 미소 지었다. 이미 마지막 거품이 그녀의 입술에서 새어나오고 있었고, 마지막을 알리듯 그녀의 눈동자가 커졌다. 그리고 잠시 후 그녀는 천천히 어둠 속으로 영영 가라앉기 시작했다.

11

나는 내 짐을 챙기러 방으로 돌아가지 않았다. 호수를 감싼 숲에 숨어서 나는 의사와 두 명의 경찰이 호텔로 달려와 창문 너머로 관리인과 말하는 모습을 보았다. 황량한 거리의 어둠에 몸을 숨긴 채 나는 마을을 가로질러 안개에 묻힌 역사에 도착했다. 플랫폼에서 기다리고 있는 기차의 윤곽이 두 개의 가스등 불빛에 희미하게 보였다. 역 끝의 빨간 정지신호가 시커먼 기차의 뼈대를 물들이고 있었다. 차문은 닫혀 있었고 철길과 선로전환기 위에는 얼음이 젤라틴 방울처럼 대롱대롱 매달려 있었다. 객차들은 어둠 속에 묻혀 있고 창문에는 서리가 끼어 있었다. 역장 사무실에서는 불빛이 보이지 않았다. 아직 기차가 출발하려면 몇 시간이 남아 있어 역은 황량하고 썰렁했다.

객차 하나로 다가가서 시험삼아 문을 열어보았지만 안에서 잠겨 있었다. 나는 철길로 내려와 열차 주위를 빙 돌았다. 어둠을 틈

타 승무원실과 마지막 객차 사이 연결대로 기어올라가서 객차로 통하는 문이 열리는지 시도해보았다. 이번에는 잠겨 있지 않았다. 나는 객차 안으로 들어가 어둠 속을 뚫고 칸칸이 나뉜 객실들 중 하나로 들어간 뒤 안에서 문을 잠갔다. 그리고 추위에 덜덜 떨면서 좌석에 털썩 주저앉았다. 얼음 밑에서 나를 바라보는 크리스티나의 시선과 다시 마주칠 것이 두려워 차마 눈을 감을 수 없었다. 그렇게 몇 분, 아니 몇 시간이 흘렀다. 그리고 어느 순간 왜 내가 몸을 숨기는 것이며 왜 아무 감정도 느껴지지 않는지 나 자신에게 물었다.

나는 그 텅 빈 곳에 들어박혀 가만히 기다렸다. 도망자처럼 숨어서 추위에 금속과 나무가 수축하며 내는 수천 개의 신음을 듣고 있었다. 창문 뒤 어둠을 뚫어져라 바라보는 사이 마침내 회중전등 불빛이 객차의 벽을 스쳤고 플랫폼에서 사람 목소리가 들렸다. 김이 서린 유리창을 손가락으로 약간 문질러보니 기관사 한 명과 두 역무원이 열차 앞쪽으로 가는 것이 보였다. 10여 미터 떨어진 곳에서는 내가 의사와 함께 호텔에서 보았던 예의 두 경찰과 역장이 대화를 나누고 있었다. 조금 뒤 그가 고개를 끄덕이면서 열쇠 뭉치를 꺼내고 경찰과 함께 기차로 다가왔다. 나는 다시 칸막이 객실에 몸을 숨겼다. 몇 초 후 열쇠 소리와 객차 문이 삐걱거리며 열리는 소리가 들렸다. 열차 끝에서 다가오는 몇 개의 발소리가 났다. 나는 걸쇠를 풀어 칸막이 객실 문을 열어두고 좌석 아래 누워 벽 쪽으로 바짝 붙었다. 경찰들의 발소리가 가까워졌다. 그들이 들고 있던 전등의 푸른 불빛이 칸막이 객실 유리창으로 미끄러졌다. 그들의 걸음이 내가 숨은 칸막이 앞에 멈춰 나는 숨을 죽였다. 그들은 이제 아무 말도 하지 않았다. 칸막이 객실의 문이 열리는 소리가 들렸고, 이내 군화가 내 얼굴에서 두 뼘 정도 떨어진 곳을 지나갔다. 경찰 하나가 그곳에 몇 초간 머물러 있더니 이윽고 나가면서 문을 닫았다. 그들의 발소리가 객차 저편으로 멀어져갔다.

나는 그곳에서 꼼짝도 하지 않았다. 이 분 후 덜걱덜걱하는 소리와 함께 히터 구멍으로 따스한 바람이 나와 내 얼굴을 어루만졌다. 한 시간 후 여명의 첫 햇빛이 창가를 스쳤다. 나는 숨은 곳에서 나와 밖을 바라보았다. 혼자이거나 짝을 이룬 승객들이 가방을 들고 짐꾸러미를 끌면서 플랫폼을 지나다니고 있었다. 기관차에 시동 걸리는 소리가 객실 벽과 바닥에서 느껴졌다. 몇 분 지나자 승객들이 기차로 올라오기 시작했고, 검표원이 조명을 켰다. 나는 다시 창가 좌석에 앉아 칸막이 객실 앞을 지나가는 몇몇 승객들과 인사를 주고받았다. 역사의 커다란 시계가 오전 여덟시를 알리자 기차는 서서히 미끄러지면서 역사를 빠져나가기 시작했다. 그제야 나는 눈을 감았다. 멀리서 저주의 메아리를 울려대는 성당 종소리가 들려왔다.

돌아가는 길에 기차는 걸핏하면 운행이 지체되었다. 기차 위로 전력 케이블이 떨어지기도 했고, 그래서 1월 23일 금요일 저녁때가 되어서야 바르셀로나에 도착했다. 도시를 뒤덮은 진홍빛 하늘에 검은 연기가 거미줄처럼 번지고 있었다. 갑자기 겨울이 물러난 것처럼 후텁지근했고 하수구 철망에서 더럽고 축축한 기운이 솟아오르는 것 같았다. 탑의 집 대문을 열자 바닥에 흰 봉투가 떨어져 있었다. 편지를 봉한 빨간 밀랍이 눈에 들어왔지만 나는 봉투를 집어들지 않았다. 그 안에 무엇이 들어 있는지는 뻔했다. 고용주가 구엘공원 옆 저택에서 그날 밤 원고를 건네받기 위해 나와 한 약속을 재차 확인하는 통지가 분명했다. 나는 어둠 속에 잠긴 계단을 올라가 현관문을 열고 불도 켜지 않고 곧장 서재로 갔다. 창문으로 다가가 불타는 하늘이 줄줄 흘려보내는 지옥의 광채 속 서재를 바라보았다. 그녀가 이야기한 대로 가방 앞에 무릎을 꿇고 있는 그녀를, 가방을 열면서 원고가 든 파일을 꺼내는 그녀를 상상했다. 그걸 없애야 한다는 확신에 차 그 빌어먹을 글을 읽고 있는 그녀를 상상했다. 그리고 성냥에 불을 붙여 그 종이에 갖다대는 그녀를 상상했다.

집에 누군가가 있었어.

나는 마치 뒤에서 그녀의 행동을 염탐하는 것처럼 가방으로 다가가 몇 발짝 떨어진 곳에서 멈추었다. 그리고 몸을 숙여 가방을 열었다. 원고는 그 자리에서 얌전히 나를 기다리고 있었다. 나는 손을 뻗어 손가락으로 파일을 스쳤다가 이내 그걸 어루만졌다. 바로 그때 그것을 보았다. 은으로 만든 그것의 윤곽이 저수지 밑바닥에 잠긴 진주처럼 가방 밑바닥에서 반짝이고 있었다. 나는 그것을 손가락으로 집어 핏빛 하늘 아래 자세히 살폈다. 천사 브로치였다.

"개새끼." 나도 모르게 욕이 튀어나왔다.

나는 옷장 안쪽에서 아버지의 옛날 권총이 든 상자를 꺼내고 탄창을 열어 탄알이 장전된 걸 확인했다. 탄약상자에 남아 있던 나머지 총알은 외투 왼쪽 주머니에 넣었다. 그리고 권총을 헝겊으로 감싸서 오른쪽 주머니에 넣었다. 집에서 나가기 전 잠시 현관에 걸린 거울에서 나를 바라보는 낯선 이를 뚫어지게 노려보았다. 그리고 내 핏줄에서 불타오르는 차분한 증오와 함께, 미소를 띠며 밤거리로 나섰다.

12

안드레아스 코렐리의 집은 붉은 구름의 망토를 찌르며 언덕에 우뚝 솟아 있었고 집 뒤로는 구엘공원의 그림자 숲이 너울거렸다. 미풍에 나뭇가지가 살랑살랑 흔들리며 나뭇잎들이 어둠 속 뱀처럼 쉿쉿 소리를 내고 있었다. 나는 입구 앞에서 걸음을 멈추고 집의 정면을 자세히 살폈다. 건물 전체에 켜진 불이라고는 하나도 없었다. 창의 덧문은 전부 닫혀 있었다. 뒤에서 내 발걸음을 따라오며 공원의 담장 근처를 서성거리는 개들의 숨소리가 들렸다. 나는 주머니에서 권총을 꺼내고 공원 입구 울타리를 향해 돌아섰다. 흐느적거리는 그림자처럼 어둠 속에서 나를 응시하는 개들의 윤곽이 어슴푸레하게 보였다.

나는 현관으로 다가가 노커로 문을 세게 세 번 두드렸다. 누군가 그 소리에 응답할 것이라는 기대는 없었다. 자물쇠를 권총으로 날려버릴 수도 있었지만 그럴 필요가 없었다. 문은 열려 있었다.

빗장의 걸쇠가 풀릴 때까지 청동손잡이를 돌리자 오크나무로 만든 문은 제 무게에 밀려 힘없이 안쪽으로 천천히 미끄러졌다. 내 앞에는 가는 모래처럼 반짝이는 먼지가 바닥을 뒤덮은 긴 복도가 펼쳐져 있었다. 나는 몇 발짝 안으로 들어가 현관 옆 계단으로 다가갔다. 계단은 나선형으로 올라가 그림자 속으로 모습을 감추었다. 거실로 향하는 복도로 나아가니 벽을 뒤덮은 액자의 오래된 사진 속에서 수십 개의 시선이 나를 뒤쫓았다. 내 발소리와 숨소리를 제외하면 아무 소리도 들리지 않았다. 나는 복도 끝에 이르러 걸음을 멈추었다. 창의 덧문으로 체로 친 듯한 붉은 밤빛이 스며들었다. 나는 권총을 높이 들고 거실로 들어가 눈이 어둠에 적응할 때까지 기다렸다. 가구들은 내가 기억하는 것과 똑같은 위치에 그대로 있었지만, 빛이 부족한 상태에서도 그것들이 오래되고 먼지로 뒤덮여 있음을 알 수 있었다. 폐허였다. 커튼은 너덜너덜하게 올이 풀린 채였고 벽에 칠한 페인트는 비늘처럼 벗겨져 있었다. 나는 덧문을 열어 약간의 빛을 들이기 위해 창문으로 향했다. 그런데 발코니로부터 2미터가량 떨어진 곳에서 그곳에 나 혼자가 아니라는 사실을 깨달았다. 나는 기겁한 채 걸음을 멈추고 뒤로 천천히 돌았다.

예전처럼 거실 한쪽 구석 의자에 앉아 있는 사람의 실루엣이 똑똑히 보였다. 창의 덧문에서 들어오는 붉은빛이 반짝이는 구두와 옷의 윤곽을 드러냈다. 얼굴은 완전히 어둠에 가려져 있었지만 나는 그가 나를 바라보고 있다는 것을, 그리고 미소 짓고 있다는 사실을 알았다. 나는 권총을 들어 그를 겨냥했다.

"난 당신이 무슨 짓을 했는지 알고 있어." 내가 말했다.

코렐리는 손가락 하나 움직이지 않았다. 온몸이 마치 거미처럼 미동도 없었다. 나는 권총으로 그의 얼굴을 겨누면서 앞으로 한 발짝 내디뎠다. 어둠 속에서 한숨소리가 들리는 것 같았다. 그 순간 그의 눈에서 붉은빛이 반짝였고, 나는 그가 날 덮칠 것이라고 확신했다. 나는 방아쇠를 당겼다. 팔을 망치로 후려치는 듯한 반동이 느껴졌다. 총구에서는 푸른 연기구름이 피어올랐다. 그러자 코렐리의 손 하나가 안락의자 팔걸이에서 떨어져 흔들거렸다. 그의 손톱이 바닥을 스치자 나는 다시 총을 발사했다. 총알은 그의 가슴에 명중했고, 옷에 구멍이 뚫리면서 뽀얀 연기가 피어올랐다. 나는 양손으로 권총을 쥐고 한 발짝 더 앞으로 내딛지 못한 채 안락의자에서 움직이지 않는 실루엣을 살펴보았다. 팔의 흔들림이 천천히 멈추더니 몸은 힘없이 허물어졌고, 잘 다듬은 그의 긴 손톱이 단단한 오크나무에 박혔다. 아무 소리도 나지 않았다. 한 발은 얼굴에, 다른 한 발은 가슴에 총을 맞은 육체도 아무런 기척이 없었다. 코렐리가 앉아 있는 안락의자에 시선을 고정한 채 몇 걸음 물러나 발로 쾅 차서 창문을 열었다. 기둥 같은 희뿌연 빛이 창턱부터 구석까지 스며들어 고용주의 육체와 얼굴을 환하게 비추었다. 나는 침을 삼키려고 했지만 입속이 온통 메말라 있었다. 첫번째 총탄은 양미간 사이에 구멍을 뚫었고 두번째 총탄은 옷깃에 구멍을 냈다. 피는 한 방울도 흐른 자국이 없었다. 대신 모래시계의 메마른 모래알처럼 가늘고 반짝이는 먼지만 새어나와 옷 주름 사이로 흘러내리고 있었다. 그의 눈은 빛나고 있었고, 입술은 빈정거리는 미소를 띤 채 얼어붙어 있었다. 그건 인형이었다.

나는 권총을 내리고 아직도 손을 떨며 천천히 다가갔다. 그 기괴한 인형 쪽으로 몸을 숙여, 천천히 그 얼굴에 손을 가져갔다. 언제라도 그 유리눈이 움직일 수 있으며 손톱이 길게 자란 그 손들이 내 목을 감싸쥐려 들지 모른다는 생각에 두려웠다. 나는 손가락으로 그 뺨을 쓸어보았다. 에나멜을 칠한 나무였다. 씁쓸한 웃음이 절로 터져나왔다. 역시 고용주가 할 만한 짓이었다. 다시 한번 나는 그 비아냥거리는 익살스러운 얼굴을 마주보고 권총 그립으로 꼭두각시 인형을 때려 한쪽으로 쓰러뜨렸다. 인형이 바닥에 쓰러지는 것을 보고 이번에는 발로 걷어찼다. 그러자 나무틀이 변형되고 뒤틀려 발과 팔이 도저히 불가능한 자세로 꺾였다. 나는 몇 발짝 뒤로 물러나 주변을 둘러보았다. 벽에 천사의 얼굴을 그린 커다란 그림이 걸려 있어 힘껏 당겨서 떼어버렸다. 그림 뒤에는 지하실로 연결되는 문이 있었다. 그 집에서 잠든 밤에 보았던 문이었다. 자물쇠가 채워져 있는지 확인하니 문은 열려 있었다. 나는 어둠의 심연으로 내려가는 계단을 뚫어지게 살펴보다 서랍장으로 갔다. 우리가 처음 그 집에서 만났을 때 코렐리가 십만 프랑을 그곳에 보관해두었다는 기억이 났다. 서랍장을 뒤져보니 어느 칸에서 양초와 성냥이 들어 있는 양철상자 하나가 나왔다. 내가 꼭두각시 인형을 발견했던 것처럼 그 상자도 발견하길 바라며 고용주가 거기에 넣어둔 것이 아닐까 싶어 잠시 망설여졌다. 나는 양초 하나에 불을 붙이고 거실을 가로질러 문으로 갔다. 그리고 쓰러진 인형을 마지막으로 바라본 뒤 촛불을 높이 들고 오른손으로 권총을 굳게 쥔 채 내려가기 시작했다. 한 단 한 단 내려갈 때마다 걸음을 멈추고 뒤돌아보았다. 지하의 방에 이르자 나는 촛불을 든 팔을 가능한 한 멀리 내뻗어 반원을 그렸다. 수술대와 가스등부터 수술기구가 놓인 트레이까지 모든 게 그대로였지만, 하나같이 오래된 먼지와 거미줄로 뒤덮인 채였다. 하지만 그것 말고도 무언가가 더 있었다. 벽에 기대어 있는 또다른 것들이 희미하게 윤곽을 드러냈다. 고용주의 실루엣처럼 그것들 역시 꼼짝하지 않았다. 나는 촛불을 수술대 위에 놓고 힘없이 벽에 기대어 있는 그 육체들을 향해 다가갔다. 그중에는 이곳을 찾아왔던 날 밤 날 접대했던 하인과 정원에서 코렐리와 저녁시간을 보낸 후 나를 집으로 데려다주었던 운전사가 있었다. 누군지 알아볼 수 없는 사람들도 있었다. 그중 얼굴을 가린 채 벽에 기대 있는 하나를 총신 끝으로 밀면서 약간 돌려보았다. 잠시 후 내가 바라보고 있는 것이 나 자신이라는 사실을 알았다. 등골이 오싹했다. 나를 본뜬 그 인형은 얼굴이 반쪽뿐이었고 다른 반쪽은 아직 만들어지지 않은 상태였다. 그 얼굴을 짓밟으려는 순간, 계단 위에서 어린아이의 웃음소리가 들렸다. 숨을 참고 있으니 둔탁하게 삐걱거리는 소리가 들려왔다. 나는 1층으로 급히 계단을 뛰어올라갔다. 고용주 모습의 인형이 방금 전 쓰러졌던 자리에 없었다. 어느 발자국이 복도를 향해 멀어져가고 있었다. 나는 권총의 공이치기를 내리고 현관으로 향하는 복도까지 그 흔적을 좇아갔다. 복도 입구에서 발을 멈추고 무기를 들었다. 발자국은 복도 한가운데서 끊겨 있었다. 나는 어둠 속에서 고용주가 어디에 숨었는지 찾았지만 그 어디에도 흔적이 없었다. 복도 끝에 있는 현관문은 아직 열려 있었다. 나는 천천히 발자국이 멈춘 곳까지 나아갔다. 그리고 몇 초 후에 깨달았다. 벽의 초상들 사이에 있었다고 기억하는 빈자리가 이제 사라지고 없었던 것이다. 대신 그 자리에는 새로운 액자가 걸려 있었다. 액자 속 사진에는 흰옷을 입고 카메라 렌즈를 멍하니 쳐다보고 있는 크리스티나가 있었다. 그 집에 있는 섬뜩한 일련의 사진들과 같은 카메라로 찍은 것 같았다. 사진 속 그녀는 혼자가 아니었다. 두 개의 팔이 그녀를 감싸 부축하고 있었고, 팔의 주인은 카메라를 쳐다보며 웃고 있었다. 안드레아스 코렐리였다.

13

나는 언덕을 내려와 그라시아 지구의 얽히고설킨 어두운 거리들로 향했다. 문을 연 카페 하나가 있고 동네 사람들이 모여서 핏대를 세워가며 축구나 정치 이야기를 떠들어대고 있었다. 어떤 것에 대해 말하는지는 분간하기가 어려웠다. 그들을 피해 소음과 담배연기 구름을 가로질러 카운터로 가니 바텐더가 어딘지 모르게 적의가 깃든 시선으로 나를 쳐다보았다. 아무래도 낯선 사람은 항상 그런 눈으로 대하는 듯했고, 그에게 낯선 사람이란 그 점포에서 두 블록 이상 떨어진 곳에 사는 모두일 것이었다.

"전화를 쓰고 싶습니다." 내가 말했다.

"전화는 손님들만 쓸 수 있습니다."

"그럼 코냑 한 잔을 주십시오. 그리고 전화를 빌려주십시오."

바텐더는 술잔을 하나 들더니 가게 안쪽의 화장실이라는 표지판 아래 있는 복도를 가리켰다. 그 복도 끝에 전화부스와 유사한 것이 보였다. 화장실 입구 옆이라 강렬한 암모니아 냄새가 코를 찌르는데다 카페 안의 시끄러운 소리도 그대로 들렸다. 나는 수화기를 들고 전화가 연결되기를 기다렸다. 몇 초 후 전화회사의 교환수가 응답했다.

"디아고날 대로 442번지의 발레라 법률사무소와 통화하고 싶습니다."

교환수가 번호를 찾아 연결하는 데는 약 이 분이 걸렸다. 그동안 나는 한 손으로 수화기를 들고 다른 한 손으로는 왼쪽 귀를 막고서 기다렸다. 마침내 교환수가 발레라 사무실과 연결중이라고 말했고, 몇 초 후 나는 발레라 변호사의 비서 목소리를 들을 수 있었다.

"미안합니다. 발레라 변호사님은 지금 사무실에 없습니다."

"아주 중요한 일입니다. 마르틴이 전화했다고 해주십시오. 다비드 마르틴입니다. 사느냐 죽느냐의 문제입니다."

"당신이 누구인지는 나도 알고 있습니다, 마르틴 씨. 미안합니다만 변호사님을 바꿔드릴 수 없습니다. 여기에 없으니까요. 지금은 밤 아홉시 반이고, 벌써 한참 전에 퇴근하셨습니다."

"그러면 집주소를 주십시오."

"그건 알려드릴 수 없습니다, 마르틴 씨. 죄송합니다. 변호사님과 통화하고 싶다면 내일 아침에……"

나는 전화를 끊고 다시 교환수가 연결되기를 기다렸다. 이번에는 리카르도 살바도르에게 받은 전화번호를 불러주었다. 그의 이웃이 전화를 받았고, 위층으로 올라가 그 전직 경찰관이 집에 있는지 알아보겠다고 말했다. 잠시 후 살바도르가 전화를 받았다.

"마르틴? 당신, 별일 없나요? 지금 바르셀로나에 있습니까?"

"방금 도착했습니다."

"아주 조심해야 합니다. 경찰이 당신을 찾고 있어요. 여기로 찾아와 당신과 알리시아 마를라스카에 관해 물었습니다."

"빅토르 그란데스입니까?"

"아마 그런 것 같아요. 두 거구와 함께 왔는데, 아주 맘에 들지 않더군요. 아마도 로우레스와 마를라스카 부인의 죽음을 당신에게 뒤집어씌우려는 것 같아요. 방심하지도 주의를 게을리하지도 말아야 합니다. 틀림없이 당신을 감시하고 있을 겁니다. 괜찮다면 이리로 와도 좋아요."

"고맙습니다, 살바도르 씨. 생각해보겠습니다. 하지만 당신을 이 문제에 끌어들이고 싶지는 않습니다."

"당신이 알아서 하십시오. 하지만 절대로 경계를 늦추지 말아요. 하코가 돌아왔다는 당신 말이 옳은 것 같아요. 나도 그 이유는 모르겠지만, 그는 돌아왔어요. 혹시 무슨 계획이라도 있습니까?"

"지금은 발레라 변호사와 접촉해보려고 합니다. 내가 생각하기에 이 사건의 중심에는 마를라스카가 일해주던 발행인이 있고, 발레라는 진실을 아는 유일한 사람입니다."

살바도르는 잠시 침묵을 지켰다.

"내가 함께 가줄까요?"

"그럴 필요까지는 없을 것 같습니다. 발레라와 이야기를 나눈 다음 다시 전화하겠습니다."

"좋을 대로 하십시오. 그런데 무기는 있습니까?"

"예."

"그렇다니 다행이군요."

"살바도르 씨…… 로우레스는 내게 마를라스카가 찾아갔던 소모로스트로의 어느 여자에 관해 말했습니다. 이레네 사비노를 통해 알게 된 사람이라고요."

"소모로스트로의 마녀요."

"그녀에 관해 알고 있는 게 있습니까?"

"그리 많이는 아니에요. 그 발행인과 마찬가지로 현실에 존재하는 사람이라고는 믿지 않습니다. 지금 당신이 걱정해야 할 사람은 하코와 경찰이에요."

"명심하겠습니다."

"무언가 알게 되면 즉시 연락을 주십시오, 알았지요?"

"그렇게 하겠습니다. 고맙습니다."

나는 전화를 끊고 계산대 앞을 지나면서 바에 그대로 놓인 술과 통화에 대한 값으로 동전 몇 개를 올려놓았다.

이십 분 후 나는 디아고날 대로 442번지 앞에서 환하게 불이 켜진 건물 꼭대기층을 바라보았다. 발레라의 사무실이었다. 관리실이 닫혀 있었지만 나는 문을 두드렸다. 관리인이 모습을 드러내 그다지 친절하지 않은 표정으로 다가왔다. 그가 나를 쫓아내기 위해 문을 약간 열자마자 밀치고서 나는 안으로 들어갔다. 그가 마구 따지면서 투덜대도 개의치 않고 곧장 승강기로 갔다. 관리인이 내 팔을 붙잡고 멈춰 세우려 했지만, 내가 독살스러운 눈으로 쳐다보자 결국 고집을 꺾고 마음을 고쳐먹었다.

발레라의 비서가 승강기 문을 열었고, 놀란 표정은 이내 공포에 질린 얼굴로 바뀌었다. 면전에서 문을 닫지 못하도록 승강기의 열린 공간에 내 발을 끼운 다음 그녀의 허락도 없이 법률사무소로 들어가자 그녀는 더욱 두려움에 사로잡혔다.

"변호사에게 내가 왔다고 전해요." 내가 말했다. "지금 당장."

비서는 창백한 얼굴로 나를 쳐다보았다.

"발레라 변호사님은 안 계시는데……"

나는 그녀의 팔을 잡고 변호사 사무실로 밀어버렸다. 그곳은 불이 환하게 켜져 있었지만 발레라의 흔적은 없었다. 비서는 공포에 질려 흐느꼈고, 나는 내 손가락이 그녀의 팔을 너무 세게 붙들고 있다는 사실을 깨달았다. 내가 팔을 놓자 그녀는 몇 발짝 뒷걸음쳐 부들부들 떨었다. 나는 한숨을 내쉬고서 안심하라는 손짓을 해 보였지만 오히려 그러다 바지 허리춤에 꽂아둔 권총만 드러냈을 뿐이었다.

"제발 부탁이에요, 마르틴 씨…… 맹세코, 발레라 씨는 여기 없어요."

"믿겠습니다. 그러니 진정하시죠. 나는 단지 그와 이야기를 하고 싶을 뿐입니다. 다른 용무는 없습니다."

비서는 고개를 끄덕였고, 나는 살며시 미소를 지어 보였다.

"전화기를 들고 그의 집에 전화를 걸어주면 고맙겠군요." 내가 지시했다.

비서는 수화기를 들고 교환수에게 변호사의 전화번호를 불러주었다. 상대편에서 전화를 받자 그녀는 수화기를 내게 내밀었다.

"안녕하십니까?" 내가 먼저 인사했다.

"마르틴, 뜻밖이지만 그다지 유쾌하지는 않군요." 발레라가 말했다. "지금 내 직원을 공포에 떨게 하는 것 말고, 내 사무실에서 뭘 하고 있는지 알 수 있겠습니까?"

"귀찮게 해서 미안합니다, 변호사님. 하지만 당신의 고객 안드레아스 코렐리가 어디에 있는지 급히 찾아야 합니다. 당신만이 나를 도와줄 수 있습니다."

긴 침묵이 흘렀다.

"뭔가 착각하나본데요, 마르틴 씨. 난 도와줄 수 없습니다."

"이 문제를 원만히 해결할 수 있다고 믿었는데요, 발레라 씨."

"무슨 소린지 모르겠습니다, 마르틴 씨. 나는 코렐리라는 사람을 모릅니다."

"뭐라고요?"

"나는 그를 보지도 못했고, 그와 얘기를 나눈 적도 없습니다. 그러니 그가 어디에 있는지도 알 수가 없지요."

"내 기억으로는 그가 당신에게 보수를 지급해 나를 경찰서에서 꺼냈는데요."

"약 보름 전에 그가 수표를 동봉해 편지 한 통을 보냈습니다. 당신이 자기 파트너고 그란데스 형사에게 끈질긴 괴롭힘을 당하고 있으니, 필요한 경우 당신을 변호해줄 것을 우리에게 위임했습니다. 그 편지와 함께 봉투가 하나 들어 있었는데, 그걸 당신에게 전해주라는 요청도 했습니다. 나는 단지 수표를 받았을 뿐이고,

경찰서에 있는 지인들에게 만일 당신이 그곳에 끌려오면 연락을 달라고 부탁해두었습니다. 그래서 그렇게 된 겁니다. 당신도 기억하다시피 나는 내 임무를 완수했죠. 당신을 풀어주지 않으면 몹시 성가신 일을 당할 거라고 그란데스를 협박하면서 당신을 경찰서에서 꺼내주었습니다. 우리가 한 일에 불평할 수는 없을 거라고 생각합니다."

이번에는 내가 침묵을 지켰다.

"내 말을 믿지 못하겠으면 마르가리타 양에게 그 편지를 보여달라고 하십시오." 발레라가 덧붙였다.

"당신 아버지와는 관계가 없습니까?" 내가 물었다.

"우리 아버지요?"

"당신 아버지와 마를라스카는 코렐리와 거래가 있었습니다. 그는 무언가를 분명히 알았을 것이고……"

"내가 장담하는데 아버지는 코렐리라는 사람과 그 어떤 직접적인 거래도 없었습니다. 코렐리가 쓴 편지가 있는지는 모르겠지만, 만일 있다면 모든 서신은 고인이 되신 마를라스카 씨가 손수 관리했을 겁니다. 우리 사무소 문서보관실에는 그에 관한 어떤 흔적도 없으니까요. 당신이 물어보았으니 말인데, 사실 아버지는 코렐리라는 사람의 존재에 의문을 품었습니다. 특히 마를라스카 씨가 세상을 떠나기 전 몇 달 동안, 그러니까 마를라스카 씨가 그 여자와 모종의 관계를 맺기 시작했을 때 그랬습니다."

"여자요?"

"쇼걸 말입니다."

"이레네 사비노입니까?"

그가 분노의 한숨을 내쉬는 소리가 들렸다.

"죽기 전에 마를라스카 씨는 우리 법률사무소가 관리하고 보호하도록 신탁금을 위임했고, 그 돈에서 후안 코르베라와 마리아 안토니아 사나우하라는 명의의 계좌에 일정액을 지급하도록 했습니다."

하코와 이레네 사비노겠군, 나는 생각했다.

"신탁금이 얼마였습니까?"

"외환 저축이었지요. 아마도 십만 프랑 정도 되었던 걸로 기억합니다."

"마를라스카가 그 돈이 어디서 났는지는 말했습니까?"

"여기는 법률사무소지 탐정 사무실이 아닙니다. 법률사무소는 마를라스카 씨가 자신의 의지로 정한 지시사항을 따를 뿐이지, 그에 대한 의문을 품지 않습니다."

"다른 지시사항은 남기지 않았습니까?"

"특별한 것은 없었습니다. 우리 사무소와도 그들의 가족과도 관련없는 제삼자들에게 돈을 지급하라는 단순한 것뿐이었습니다."

"지시사항 중에서 구체적으로 기억나는 건 없습니까?"

"아버지는 사무실 직원들이 뭐랄까, 말하자면 곤란한 정보에 접근하지 못하도록 손수 이 일을 처리하셨습니다."

"옛 동업자가 미지의 인물들에게 돈을 넘기려고 하는데 당신 아버지는 이상하게 생각하지 않았습니까?"

"물론 이상하게 여겼지요. 그것뿐만 아니라 많은 게 이상하다고 생각하셨습니다."

"그 돈을 어디로 보냈는지는 기억합니까?"

"그걸 어떻게 기억하겠습니까? 지금으로부터 못해도 이십오 년 전 일입니다."

"노력해보십시오." 내가 말했다. "마르가리타 양을 위해서 말입니다."

비서는 공포에 질린 시선으로 나를 쳐다보았고, 나는 윙크로 화답했다.

"그녀에게 손가락 하나도 댈 생각은 하지 마십시오." 발레라가 협박조로 말했다.

"그럴 빌미를 주지 마십시오." 내가 잘라 말했다. "자, 이제 좀 기억납니까? 새롭게 떠오르는 것이 있나요?"

"아버지의 개인 비망록을 찾아봐야겠군요. 그 방법밖에는 없습니다."

"그건 어디에 있습니까?"

"여기, 아버지 서류 중에 있습니다. 하지만 적어도 몇 시간은 걸릴……"

나는 전화를 끊고 이미 울음을 터뜨린 발레라의 비서를 뚫어지게 바라보았다. 나는 손수건을 내밀고서 그녀의 어깨를 손바닥으로 툭 쳤다.

"자, 무서워하지 말아요. 난 이제 곧 갈 겁니다. 내가 원하는 건 단지 그와 이야기하는 것이었다는 사실을 이제 알겠죠?"

그녀는 두려움에 질려 고개를 끄덕이면서도 권총에서 눈을 떼지 않았다. 나는 외투를 여미고 그녀에게 살며시 웃었다.

"마지막으로 한 가지만 더 부탁하지요."

그녀는 최악의 일이 일어날지 모른다는 두려움에 눈을 크게 떴다.

"변호사님의 집주소를 적어주십시오. 날 속일 생각은 하지 않는 게 좋을 겁니다. 거짓말을 한다면, 내가 타고난 이 다정함은 관리실에 남겨두고 다시 돌아올 테니 말입니다."

그곳에서 나오기 전에 나는 마르가리타 양에게 전화 연결선이 어디에 있는지 확인하고 그 선을 잘라버렸다. 그렇게 그녀가 발레라에게 전화를 걸어 내가 정중하게 그를 방문할 것이라고 알려주거나, 경찰에 전화를 걸어 우리의 짧은 만남에 관해 알리려는 유혹을 느끼지 않도록 배려해주었다.

14

발레라 변호사는 히로나 거리와 아우시아스 마르치 거리가 만나는 길모퉁이의 북유럽 성 같은 분위기를 풍기는 거대한 저택에 살고 있었다. 그 엄청난 집은 아마 사무실과 함께 아버지에게 물려받았으며, 집을 떠받치는 각각의 돌은 그런 대저택에 발을 들여놓는 것을 꿈도 꾸지 못했을 바르셀로나 사람들이 수 세대에 걸쳐 피와 힘을 쏟아 만들었을 것이었다. 내가 마르가리타 양의 부탁으로 변호사에게 전달할 사무실 서류를 가져왔다고 말하자 경비원은 잠시 머뭇거리다가 집으로 올라가도록 해주었다. 나는 의심의 눈초리를 받으며 서두르지 않고 계단을 올라갔다. 현관 앞 층계참은 그곳에서 멀지 않은 리베라 지구의 옛 동네에서 내가 어린 시절 보았던 대부분 주택보다 훨씬 넓었다. 현관에는 청동으로 만든 주먹 모양 노커가 달려 있었다. 노커를 잡자마자 나는 문이 열려 있다는 걸 알았다. 나는 부드럽게 문을 밀고 내부를 살펴보았다.

현관 입구는 폭이 3미터가량 되는 복도로 이어졌고, 푸른색 벨벳으로 덮인 벽에는 그림이 가득 걸려 있었다. 나는 등뒤로 현관문을 닫고 복도 끝에서 어렴풋이 보이는 따스한 어둠을 살펴보았다. 나지막한 음악이 허공을 떠다니고 있었다. 우아하고 우수에 잠긴 듯한 피아노의 탄식. 엔리케 그라나도스의 음악이었다.

"발레라 씨?" 내가 불렀다. "마르틴입니다."

아무 대답도 들리지 않아 나는 천천히 복도에 들어서서 그 슬픈 선율을 따라갔다. 성인과 성녀의 조각상이 서 있는 아치형 벽감과 그림들 사이로 나아갔다. 복도는 작은 레이스 커튼이 달린 여러 개의 아치로 이루어져 있었고, 나는 커튼을 하나씩 걷으며 복도 끝에 이르렀다. 그곳에 어둠에 잠긴 커다란 방이 있었다. 바닥에서 천장까지 책장으로 뒤덮인 사각형의 공간이었다. 방 안쪽으로는 큰 문이 반쯤 열려 있고 그 너머로는 벽난로의 불빛을 받은 어둠이 주황색으로 물들어 깜빡거리고 있었다.

"발레라 씨?" 나는 다시 목소리를 높여 그를 불렀다.

절반쯤 닫힌 문에서 희미한 실루엣이 벽난로의 불빛을 받으며 모습을 드러냈다. 반짝이는 두 눈이 조심스럽게 나를 쳐다보았다. 셰퍼드처럼 생겼지만 털이 온통 하얀 개가 나를 향해 천천히 다가왔다. 나는 그 자리에 멈춰서 천천히 외투의 단추를 풀고 권총을 찾았다. 개는 내 발치에 멈추더니 나를 쳐다보면서 앓는 소리를 냈다. 내가 머리를 쓰다듬자 내 손가락을 핥았다. 그런 다음 뒤돌더니 벽난로의 불빛이 반짝이는 문으로 다가갔다. 그리고 문가에서 멈추고 다시 나를 쳐다보았다. 나는 개를 뒤따라갔다.

안으로 들어서자 커다란 벽난로가 타고 있는 서재가 나왔다. 불꽃이 내뿜는 빛 이외에는 그 어떤 빛도 없었고, 불빛을 받아 흔들리는 그림자들이 벽과 천장으로 기어오르고 있었다. 서재 한가운데에는 테이블이 하나 있었고, 음악은 그 위에 놓인 축음기에서 흘러나오고 있었다. 벽난로 앞에 문 쪽으로 등을 진 커다란 가죽 소파가 있었다. 개는 그 소파로 다가가더니 다시 뒤돌아 나를 쳐다보았다. 나는 소파 팔걸이 위에 놓인 손이 충분히 보이는 거리까지 다가갔다. 그 손에는 불붙은 담배가 들려 있었고, 담배는 깨끗하게 솟아오르는 푸른 연기를 뿜어내고 있었다.

"발레라 씨? 마르틴입니다. 문이 열려 있어서……"

개는 가죽소파 아래에 엎드려 계속해서 나를 뚫어지게 바라보았다. 나는 천천히 다가가 소파 앞으로 돌아갔다. 발레라 변호사가 눈을 뜬 채 입가에 살짝 미소를 지으며 벽난로 앞에 앉아 있었다. 스리피스 정장 차림으로 한 손으로는 무릎 위에 놓인 가죽으로 정장한 공책 하나를 잡고 있었다. 나는 그의 앞에 서서 눈을 쳐다보았다. 눈은 조금도 깜빡이지 않았다. 그때 나는 뺨으로 서서히 흘러내리는 붉은 눈물, 즉 피눈물을 보았다. 나는 그의 앞에 무릎을 구부리고서 그가 잡고 있던 공책을 집어들었다. 개는 쓸쓸한 눈으로 나를 바라보고 있었다. 난 개의 머리를 쓰다듬어주었다.

"미안해." 내가 중얼거렸다.

공책에는 손으로 쓴 글씨가 적혀 있었다. 날짜별로 메모를 적고 한 줄씩 띄워놓은 일종의 일지 같았다. 발레라는 그 공책의 중간을 펼쳐놓고 있었고, 페이지 시작 부분을 보니 1904년 11월 23일에 해당하는 메모였다.

> 지급 기록(04년 11월 23일/No. 356-a) D.M. 신탁계정에서 7,500페세타 송금. D.M.이 제공한 주소로 마르셀이 보냄(직접). 옛 공동묘지 뒤쪽 샛길—'사나브레와 아들' 석재공장.

나는 그 글을 여러 번 읽으면서 의미를 캐내려고 노력했다. 그 샛길은 나 역시 〈기업의 소리〉 편집실에서 일하던 시절에 알던 길이었다. 푸에블로누에보 공동묘지의 담장 뒤에 처박힌 조그만 뒷골목으로 비석과 장례용 조각품을 제작하는 공장이 즐비했으며, 보가텔 해변과 바다까지 펼쳐진 빈민촌 동네인 소모로스트로를 관통하는 짧은 개천 하나가 끝나는 곳이었다. 무슨 이유인지는 몰라도 마를라스카는 상당액을 그중 한 공장에 지급하라는 지시를 내렸던 것이다.

그날에 해당하는 페이지에는 마를라스카와 관련된 또다른 메모가 있었는데, 하코와 이레네 사비노에게 지급이 시작되었다는 내용이었다.

> D.M. 신탁계정에서 스페인식민은행(페르난도 거리 지점)으로 송금. 계좌번호: 008965-2564-1. 후안 코르베라-마리아 안토니아 사나우하. 첫 달 지급액: 7,000페세타. 지불 계획을 세울 것.

나는 계속 페이지를 넘겼다. 대부분의 메모는 사무실과 관련된 지급 비용이거나 소소한 운영경비였다. 잘 파악하기 어려운 메모로 가득한 여러 페이지를 넘긴 후에야 마를라스카가 언급된 또다른 메모를 발견할 수 있었다. 다시 마르셀이라는 사람을 통해 직접 현금을 지급한다는 내용이었다. 마르셀은 아마도 사무실 조수 중 한 명인 것 같았다.

> 지급 기록(04년 12월 29일/No. 379-a). D.M. 신탁계정에서 15,000페세타 송금. 마르셀을 통해 직접 전달. 보가텔 해변 건널목 옆. 9시. 접촉 인물이 자신의 신분을 밝힐 예정.

소모로스트로의 마녀군, 나는 생각했다. 디에고 마를라스카는 사망 후 동료를 통해 상당한 액수의 돈을 나누어주고 있었다. 그것은 하코가 돈을 가지고 도망쳤으리라는 살바도르의 의심과 모순되는 부분이었다. 마를라스카는 그에게 직접 찾아가 지급할 것을 지시했고, 돈은 법률사무소의 보호와 감독을 받는 신탁재산으로 묶어두었던 것이다. 또다른 두 개의 지급 메모는 마를라스카가 죽기 얼마 전에 장례 석재공장과 소모로스트로의 미지의 인물과 모종의 거래를 맺었고, 그 거래란 막대한 액수의 돈이 오가는 형태의 것이었음을 보여주고 있었다. 나는 그 어느 때보다 혼란스러운 채로 공책을 덮었다.

그 장소를 떠나려는 찰나, 뒤돌아보니 석류색 벨벳이 덮인 서재 벽 중 하나에 산뜻하게 액자에 넣은 사진들이 잔뜩 걸려 있었다. 나는 가까이 다가가 가문의 수장 발레라의 엄하고 당당한 얼굴을 알아보았다. 아직도 아들의 사무실을 장악하고 있는 유화에서 본 얼굴과 똑같았다. 대부분의 사진은 도시의 지도자나 귀족과 함께 찍은 것이었으며, 여러 사교모임이나 시민행사 때 촬영한 것으로 보였다. 열두어 개의 사진을 훑어만 봐도 나이든 변호사 옆에서 웃으며 포즈를 취하고 있는 사람들은 익히 알려진 인사들이며 '발레라, 마를라스카와 센티스 법률사무소'가 바르셀로나라는 기계를 가동하는 데 없어서는 안 될 중요한 톱니바퀴라는 사실을 확인할 수 있었다. 몇몇 사진에는 아들 발레라도 찍혀 있었는데, 지금보다 훨씬 젊지만 충분히 알아볼 수 있었다. 그는 항상 아버지의 그림자에 가려진 시선을 띠고서 사진의 배경 쪽에 자리잡고 있었다.

나는 그를 보기도 전에 느꼈다. 발레라와 아들이 찍힌 사진이었다. 사무실 아래인 디아고날 대로 442번지의 건물 입구에서 찍은 것이었다. 그들과 함께 키가 훤칠하고 눈에 띄는 신사 한 사람이 있었다. 그곳에 걸린 다른 많은 사진에서도 보이는 얼굴이었는데, 항상 발레라의 옆에 있었다. 디에고 마를라스카였다. 나는 그 흐릿한 시선에 관심을 집중했다. 차분하고 날카로운 표정을 지은 그 얼굴이 이십오 년 전 스냅사진 속에서 나를 바라보고 있었다. 내 고용주와 마찬가지로 그는 그날로부터 단 하루도 더 늙지 않았다. 나는 내 순진함을 깨닫고 씁쓸하게 웃었다. 그 얼굴은 내 친구인 전직 경찰이 건네주었던 사진에 있던 것과는 다른 얼굴이었다.

내가 리카르도 살바도르라고 알고 있던 사람은 다름 아닌 디에고 마를라스카였다.

15

발레라 가족의 저택을 나왔을 때 계단은 어둠에 묻혀 있었다. 나는 손으로 더듬으면서 현관으로 나아갔다. 문을 열자 거리의 가로등이 집안에 푸른 불빛의 사각형을 만들었고 그 끝에서 관리인과 눈이 마주쳤다. 나는 그곳을 나와 신속하게 트라팔가르 거리로 향했다. 푸에블로누에보 공동묘지 정문으로 가는 야간전차가 출발하는 곳이었다. 〈기업의 소리〉에서 야간근무를 서기 위해 출근하던 아버지를 따라 수없이 많은 밤에 탔던 바로 그 전차였다.

나는 사람이 거의 없는 전차의 앞쪽에 앉았다. 푸에블로누에보에 가까워지면서 전차는 점점 깜깜한 거리가 뒤얽힌 구간으로 들어섰다. 거리는 증기에 감춰진 거대한 웅덩이들로 뒤덮여 있었다. 가로등은 거의 찾아볼 수 없었으며, 전차 불빛이 마치 터널을 지나가는 횃불처럼 주변을 밝혀주고 있었다. 마침내 공동묘지 정문이 눈에 들어왔다. 하늘의 둥근 지붕에 붉은색과 검은색을 주입하는 공장과 굴뚝의 끝없는 지평선 위로 십자가와 조각상의 윤곽이 떠 있었다. 굶주린 한 무리의 개가 공동묘지를 지키는 두 개의 커다란 천사 석상 아래 어슬렁거리고 있었다. 개들은 잠시 꼼짝도 하지 않은 채 자칼처럼 눈을 번쩍이며 전차의 헤드라이트를 바라보다가 이내 어둠 속으로 뿔뿔이 흩어졌다.

나는 전차가 채 멈추기도 전에 뛰어내려 공동묘지의 담장을 따라 걷기 시작했다. 안개 속 배처럼 멀어지는 기차를 뒤로하고 발길을 재촉했다. 어둠 속에서 나를 쫓아오는 개들의 소리가 들렸고 냄새도 풍겨왔다. 공동묘지 뒤쪽에 이르렀을 때 어느 골목길 모퉁이에서 걸음을 멈추고 개들을 향해 무턱대고 돌을 던졌다. 그러자 날카로운 신음이 들렸고, 이내 빠른 발걸음으로 후다닥 어둠 속으로 멀어지는 소리가 들렸다. 나는 골목길로 접어들었다. 공동묘지의 담장과 한 집 건너 한 집 늘어선 장례 석재공장들 사이로 난 샛길이었다. 30미터쯤 앞에서 누렇고 먼지로 가득한 한줄기 가로등 불빛 속에 '사나브레와 아들' 간판이 흔들거리고 있었다. 나는 문으로 다가갔다. 그래봐야 쇠사슬과 녹슨 자물쇠로 잠가놓은 철책에 불과했다. 나는 총알 한 발로 박살내버렸다.

골목길 끝에서 바람이 불어오고 있었다. 겨우 100미터 떨어진 바다에서 산산이 부서지는 파도의 소금기를 머금은 바람이었다. 총성의 메아리는 그 바람에 실려 날아갔다. 나는 철책을 열고 '사나브레와 아들' 공장으로 들어갔다. 내부를 가린 검은 커튼을 젖혀 가로등 불빛이 입구로 들어오게 했다. 저편에 길고 좁은 창고가 있었다. 그곳은 어둠 속에서 꽁꽁 얼어붙은 대리석상으로 가득했는데, 전부 조각하다가 만 미완성품이었다. 나는 팔에 어린아이를 안은 천사상과 성모상, 손에 대리석 장미를 들고서 눈을 들어 하늘을 쳐다보는 하얀 귀부인, 그리고 이제야 눈의 윤곽이 어렴풋이 보이는 바윗덩어리 사이로 몇 발짝 내디뎠다. 공기 속에서 돌먼지 냄새를 맡을 수 있었다. 그 이름 없는 석상들을 제외하면 아무도 그곳에 없었다. 뒤돌아서는 찰나, 나는 그것을 보았다. 공장 안쪽에 천으로 덮인 조각품들이 있는 제단의 윤곽 뒤로 손 하나가 눈에 들어왔던 것이다. 천천히 다가갈수록 그 실루엣의 모습이 분명하게 드러났다. 나는 정면에서 멈추어 그 커다란 빛의 천사를 응시했다. 내 고용주가 옷깃에 꽂고 다니던 브로치, 내가 서재의 가방 바닥에서 발견했던 그것과 똑같은 모양이었다. 석상은 적어도 2미터 반은 되어 보였고, 얼굴을 뚫어지게 바라보니 그 특징을, 특히 미소를 알아볼 수 있었다. 석상 발밑에는 묘비가 있었다. 돌에는 이런 비문이 적혀 있었다.

다비드 마르틴

1900~1930

나는 피식 웃었다. 내 좋은 친구 디에고 마를라스카에게 인정할 것이 있다면 그것은 유머감각이 훌륭하고 남들을 깜짝 놀라게 하는 데 일가견이 있다는 것이었다. 나는 마음속으로 그가 과한 의욕으로 마음이 너무 앞선 나머지 나와의 애절한 작별을 서둘러 준비한 것이 전혀 이상하지 않다고 생각했다. 나는 비석 앞에 무릎을 꿇고서 내 이름을 어루만졌다. 가볍고 차분한 발소리가 뒤에서 들려왔다. 돌아보니 이미 아는 얼굴이 보였다. 몇 주 전 보른 대로에서 나를 뒤쫓아왔을 때와 마찬가지로 검은 옷을 입은 아이였다.

"부인께서 지금 만나주실 거예요." 아이가 말했다.

나는 고개를 끄덕여 보이고 자리에서 일어났다. 아이는 손을 내밀었고, 나는 그 손을 잡았다.

"두려워 마세요." 아이는 출구로 나를 안내하면서 말했다.

"두렵지 않아." 내가 조그만 소리로 속삭였다.

아이는 나를 골목길 끝으로 데려갔다. 그곳에서는 한 줄로 죽 늘어선 황폐한 창고들과 잡초가 무성한 폐철로에 버려진 화물열차의 잔해 뒤로 어렴풋이 해안선이 보였다. 객차들은 녹슬어 엉망이 되어 있었고, 엔진은 겨우 보일러의 뼈대만 남은 채 철길 위에서 폐차장으로 실려가길 기다리고 있었다.

저 위로 달이 둥근 납빛 구름 천장의 틈 사이로 모습을 드러냈다. 먼바다에서는 파도에 파묻힌 몇몇 화물선이 모습을 드러냈고, 보가텔 해변 앞에는 풍랑의 희생양이 되어 모래톱에 좌초된 고깃배와 연락선의 잔해가 해골처럼 쌓여 있었다. 다른 쪽으로는 성채와도 같은 어두운 공장지대 뒤로 펼쳐진 쓰레기의 담요처럼 소모로스트로의 허름한 집들이 진을 치고 있었다. 갈대와 나무를 엮어 만든 가장 앞쪽 오두막집으로부터 불과 몇 미터 떨어진 곳에서 파도가 부서지고 있었다. 도시와 바다 사이에서 무한한 인간 쓰레기장처럼 갈수록 커져가는 그 가난한 마을의 지붕들 사이로 흰 깃털

같은 연기가 기어오르고 있었다. 공기 중에는 불에 탄 쓰레기 냄새가 떠다녔다. 우리는 잊힌 그 도시의 거리로, 그러니까 훔친 벽돌과 진흙과 파도에 실려온 각재를 얼기설기 엮어맨 집들 사이로 난 좁은 길에 들어섰다. 아이는 그곳 사람들이 이상한 눈으로 쳐다보는데도 아랑곳하지 않고 동네 안쪽으로 나를 데려갔다. 일거리 없는 날품팔이꾼, 몬주익산 기슭이나 칸 투니스 공동묘지의 이름 없는 무덤들 앞 유사한 천막촌에서 쫓겨난 집시, 집 없는 아이와 노인 모두 나를 의심어린 눈초리로 지켜보았다. 지나가는 길에서는 나이를 알 수 없는 여자들이 오두막 앞에서 물을 끓이거나 양은그릇에 먹을 것을 데우고 있었다. 우리는 희끄무레한 집 앞에서 걸음을 멈추었다. 문 앞에는 할머니의 얼굴을 하고 소아마비에 걸려 한쪽 다리를 절면서 물통을 질질 끄는 어린 소녀가 있었다. 물통에서는 희뿌옇고 끈적한 것이 마구 움직이고 있었다. 바닷장어였다. 아이가 문을 가리켰다.

"여기예요."

나는 마지막으로 하늘을 바라보았다. 달은 다시 구름 사이로 숨고, 바다에서 어둠의 장막이 다가오고 있었다.

나는 그곳으로 들어갔다.

16

그녀는 기억이 그려놓은 얼굴과 열 살인지 백 살인지 가늠할 수 없는 눈을 지닌 여자였다. 조그만 난롯불 옆에 앉아 춤추는 불꽃을 바라보면서 어린아이처럼 매료되어 있었고, 한 갈래로 땋은 머리카락이 희끗희끗했다. 체구는 가냘팠고 엄격한 태도가 배어 나왔으며 동작은 군더더기 없고 침착했다. 흰옷 차림으로 실크스카프를 목에 두르고 있었다. 그녀는 내게 따뜻하게 미소 지으면서 자기 옆에 있는 의자를 권했다. 나는 의자에 앉았다. 우리는 이 분가량 아무 말도 하지 않고 불꽃이 탁탁거리는 소리와 파도 소리를 들었다. 그녀 앞에서는 시간이 멈추어버린 것 같았고, 그 집까지 나를 이끌었던 조급한 마음도 이상하게 사라져버렸다. 천천히 난롯불의 기운이 스며들자 뼛속까지 파고들었던 한기가 씻은듯이 없어졌다. 그제야 그녀는 불꽃에서 눈을 떼더니 내 손을 잡으며 입을 열었다.

"우리 어머니는 이 집에서 사십오 년을 살았지요." 그녀가 말했다. "그 당시에는 집이라고 할 수도 없었어요. 갈대와 바닷물에 휩쓸려온 쓰레기로 만든 오두막이었거든요. 심지어 어느 정도 명성을 얻고 이곳에서 나갈 기회도 있었지만, 어머니는 거부했어요. 자기가 소모로스트로를 떠나는 날은 죽는 날이라고 항상 말씀하셨지요. 여기 해변에 사는 사람들 사이에서 태어나 마지막날까지 이곳에 산 거예요. 그녀를 두고 사람들은 이러쿵저러쿵 말을 하지요. 그녀는 많은 사람 입에 오르내렸지만 정작 진짜 그녀를 알았던 사람은 거의 없어요. 많은 사람이 어머니를 두려워하고 증오했지요. 심지어 죽은 다음에도요. 내가 이 모든 이야기를 하는 것은 당신이 찾는 사람은 내가 아니라는 걸 알려주기 위해서예요. 당신이 찾는 사람, 그러니까 당신이 찾는다고 믿는 사람, 소모로스트로의 마녀라고 불리는 사람은 우리 어머니예요."

나는 당황스러운 얼굴로 그녀를 쳐다보았다.

"그럼 언제……?"

"어머니는 1905년에 돌아가셨어요." 그녀가 말했다. "여기에서 불과 몇 미터 떨어진 곳에서 살해당했습니다. 해변이었어요. 목에 칼을 맞아서……"

"유감입니다. 나는 어머님께서 아직……"

"많은 사람이 그렇게 생각해요. 믿고자 하는 소망은 죽음보다 강력한 법이지요."

"누가 죽였습니까?"

"당신은 그 답을 알고 있어요."

나는 몇 초 후에 대답했다.

"디에고 마를라스카……"

그녀가 고개를 끄덕였다.

"왜 죽였지요?"

"그녀의 입을 다물게 하기 위해서였지요. 자신의 흔적을 숨기기 위해서요."

"이해가 안 됩니다. 당신 어머니는 그를 도왔어요…… 그 대가로 그에게서 엄청난 돈을 받았고요."

"바로 그런 이유로 죽이려고 한 거지요. 그녀가 그의 비밀을 무덤으로 가져가게요."

그녀는 가벼운 미소를 지으면서 나를 바라보았다. 혼란스러워하는 내 모습이 그녀에게 즐거움을 주는 동시에 나에 대한 연민을 자극하기라도 한 것 같았다.

"어머니는 평범한 여자였어요, 마르틴 씨. 가난 속에서 자란 그녀가 가진 유일한 힘은 바로 살아남고자 하는 의지였어요. 배우지 못해서 글을 읽지도, 쓰지도 못했지만 사람들 마음만은 꿰뚫어볼 줄 알았지요. 그들이 무엇을 느끼는지, 무엇을 숨기고 무엇을 갈망하는지 알았어요. 사람들의 시선과 행동과 목소리, 걷는 모습과 몸짓에서 그걸 읽은 거죠. 그들이 무슨 말을 할지, 어떤 행동을 할지 알았어요. 그래서 많은 사람이 그녀를 마녀라고 부른 거예요. 자신에게서 보고 싶어하지 않는 걸 어머니는 볼 능력이 있었기 때문에요. 어머니는 이곳 개울물과 풀과 약간의 설탕으로 만든 사랑과 마법의 물약을 팔아 생계를 유지했어요. 방황하는 영혼들에게 그들이 믿고 싶어하는 것을 믿도록 도와주었지요. 그녀의 이름이 널리 알려지자 많은 상류층 사람이 찾아와 도와달라고 부탁하기 시작했어요. 부자들은 더욱 부자가 되고 싶어했어요. 권력자들은 더욱더 많은 권력을 갖고자 했지요. 비굴한 사람들은 성인이 된 기분을 느끼고 싶어했고, 성인들은 용기가 부족해 차마 저지를 수 없었던 죄에 대해 벌을 받고 싶어했지요. 어머니는 모든 사람의 말을 들어주고 그들에게서 돈을 받았어요. 그 돈으로 나와 우리 오빠들을 자기 고객들의 자식이 다니는 학교에 보내 공부를 시켰습니다. 우리가 이곳으로부터 멀리 떨어진 곳에서 다른 이름으로 또다른 삶을 살 수 있도록 돈을 썼어요. 어머니는 좋은 분이었어요, 마르틴 씨. 오해하시면 안 됩니다. 어머니는 결코 그 누구도 이용하지 않았고, 그들이 믿고자 하는 것 이외의 것을 믿도록 하지도 않으셨어요. 그저 인생을 통해 사람들은 살기 위해 공기를 마시듯 크고 작은 거짓말을 필요로 한다는 것을 배우신 거예요. 그래서 우리가 세상의 현실을 있는 그대로 볼 수 있다면, 단 하루라도, 그러니까 새벽부터 저물녘까지 우리 자신을 있는 그대로 볼 수 있다면 우리는 죽거나 미쳐버릴 거라고 말했어요."

"하지만……"

"만일 당신이 마법의 힘을 찾기 위해 이곳에 왔다면, 실망시켜서 미안합니다. 어머니는 마법이란 존재하지 않으며, 탐욕에 사로잡혀서건 순진해서건, 심지어 때로는 광기에 사로잡혀서건 우리가 상상하는 것 이상으로 나쁘거나 좋은 건 이 세상에 없다고 설명하셨어요."

"디에고 마를라스카에게는 그것과 다른 말을 해주고 돈을 받았습니다." 내가 반론을 제기했다. "당시 칠천 페세타는 몇 년간 남부끄럽지 않은 이름으로 좋은 학교에 다닐 수 있는 돈이었어요."

"디에고 마를라스카는 믿고자 했어요. 우리 어머니는 그렇게 하도록 그를 도와주었고요. 그게 전부입니다."

"무얼 믿고자 했나요?"

"자기 자신의 구원을 믿고자 했어요. 그는 자기가 자신과 자신을 사랑했던 사람들을 배신했다고 확신했어요. 자기가 평생을 악과 거짓의 길에 바쳤다고 믿었습니다. 어머니는 그가 인생의 어느 순간 잠시 멈춰 서서 거울에 자기 모습을 비춰보는 대부분 사람과 그리 다르지 않다고 생각했어요. 스스로 덕망이 높다고 생각하고 남을 업신여기는 사람들이 가장 비열한 족속이지요. 그러나 디에고 마를라스카는 양심적인 사람이었고, 자기가 보는 것에 만족하지 않았어요. 그래서 어머니에게 달려온 것이지요. 희망을 잃어버렸기 때문에요. 아마 이성도 함께 잃어버렸겠죠."

"마를라스카는 자기가 어떤 일을 했는지 말하던가요?"

"그림자에게 영혼을 팔았다고 했어요."

"그림자라고요?"

"그의 표현은 그랬습니다. 그의 몸과 얼굴, 그와 똑같은 목소리를 지닌 채 그를 뒤쫓는 그림자라고요."

"그게 무슨 의미였을까요?"

"죄책감과 양심의 가책은 아무 의미가 없어요. 그건 감정이나 느낌일 뿐 생각이 아니니까요."

나는 내 고용인도 그토록 분명하게 설명할 수는 없을 것이라는 생각이 머리를 스쳤다.

"그럼 당신 어머니는 그에게 무엇을 해줄 수 있었나요?" 내가 물었다.

"그를 위로하고, 약간의 평화를 찾도록 도와주기만 했어요. 디에고 마를라스카는 마법을 믿었고, 그런 이유로 어머니는 자기를 통해 그가 구원으로 향할 수 있다고 그를 설득해야 했어요. 그에게 아주 오래된 마법에 관해 이야기했죠. 그녀가 어린 시절 해변의 오두막집에 살 때 들었던 어부들 전설이었어요. 전설에 따르면 한 사람이 인생에서 방향을 잃고 죽음이 그의 영혼에 가격을 매겼다고 느낄 때 만일 그를 위해 희생하고자 하는 순수한 영혼을 찾으면 그 영혼으로 검은 마음을 가려 무작정 달려드는 죽음을 피할 수 있지요."

"순수한 영혼이라고요?"

"모든 죄악에서 해방된 영혼이요."

"그 마법은 어떤 식으로 실행됩니까?"

"물론 고통을 통해서지요."

"어떤 종류의 고통입니까?"

"피의 희생이에요. 다른 영혼과 그 영혼을 맞바꾸는 것이지요. 삶과 죽음을 맞바꾸는 거예요."

긴 침묵이 흘렀다. 해변의 파도와 오두막집 사이로 불어오는 바람의 소리만 들렸다.

"이레네는 마를라스카를 위해 눈과 심장을 빼줄 수도 있었던 사람이에요. 그만이 그녀의 유일한 존재 이유였지요. 맹목적으로 그를 사랑했고, 그 사람처럼 오직 마법을 통해서만 그가 구원받을 수 있다고 믿었어요. 처음에는 스스로 목숨을 끊어서 자신을 희생제물로 바치려고 했어요. 하지만 우리 어머니가 그러지 못하게 설득했지요. 그녀에게 그녀가 이미 알고 있는 사실을 말해주었습니다. 그녀의 영혼은 죄악에서 해방된 영혼이 아니며, 따라서 그녀의 희생은 쓸모없을 것이라고요. 그녀를 구하기 위해, 두 사람을 구하기 위해 그런 말을 했어요."

"구한다니, 무엇으로부터요?"

"그들 자신이요."

"그런데 그녀가 실수를 범해……"

"어머니도 모든 걸 볼 수는 없었던 거죠."

"그래서 마를라스카는 어떻게 했지요?"

"어머니는 그걸 절대 내게 말해주려고 하지 않았어요. 나와 오빠들이 그 일에 엮이지 않기를 바랐던 거죠. 그래서 우리를 멀리 보냈고, 스스로가 어디에서 왔으며 누구인지 잊도록 서로 다른 기숙학교에 한 사람씩 갈라놓았어요. 그러면서 이제 저주받은 사람들은 우리라고 했어요. 그리고 얼마 후 외롭게 홀로 세상을 떠났죠. 우리는 한참이 지나서야 그 사실을 알았어요. 그녀의 시체가 발견되자, 그 누구도 건드리려 하지 않고 그냥 바닷물에 실려가도록 방치했어요. 아무도 그녀의 죽음에 관해 말하려고 하지 않았어요. 하지만 나는 누가, 왜 그녀를 죽였는지 알았어요. 오늘날까지도 나는 어머니가 자기는 곧 죽을 것이며 누구의 손에 죽을 것인지도 알고 있었다고 믿어요. 알고 있었지만 아무것도 하지 않은 거예요. 그녀 역시 그 전설을 믿었기 때문이지요. 본인이 한 일을 받아들일 수 없었기에 믿은 겁니다. 그녀는 자신의 영혼을 내놓으면서 이곳에 있는 우리의 영혼을 구할 것이라고 믿었어요. 그래서 여기서 도망치려고 하지 않았던 거예요. 옛 전설에 따르면 희생되는 영혼은 반드시 배신을 저질렀던 곳, 그러니까 죽음의 눈에 붕대를 감았던 곳에 영원히 갇혀 있어야 하니까요."

"그럼 디에고 마를라스카를 구원한 영혼은 어디에 있죠?"

여자는 웃었다.

"영혼도 없고 구원도 없어요, 마르틴 씨. 그건 그냥 옛날이야기이고 쓸데없는 소리에 불과해요. 실제로 존재하는 것은 재와 기억뿐이고, 그것들이 만약 남아 있다면 아마도 마를라스카가 범죄를 저질렀던 그 장소에 있겠죠. 그가 그 이후로 자신의 운명을 비웃기 위해 감추고 있는 비밀이지요."

"탑의 집인데…… 내가 거기서 거의 십 년을 살았는데 그 집에는 아무것도 없어요."

그녀는 다시 미소를 지으면서 내 눈을 똑바로 바라보더니 나를 향해 고개를 숙이고는 내 뺨에 입을 맞추었다. 그녀의 입술은 마치 시체처럼 차가웠다. 그 숨결에서는 죽은 꽃 냄새가 풍겼다.

"아마도 당신이 봐야 할 곳을 보는 법을 몰라서일 거예요." 그녀가 내 귀에 속삭였다. "희생양으로 사로잡힌 영혼은 당신의 영혼인지도 모르죠."

그때 그녀는 목을 가리고 있던 스카프를 풀었고, 그러자 목을 가로지르는 커다란 상처가 드러났다. 이번에 그녀의 미소는 심술궂었고 눈은 잔인하고 비아냥거리는 빛으로 반짝였다.

"곧 해가 뜰 거예요. 아직 시간이 있을 때 이곳을 떠나세요." 소모로스트로의 마녀는 내게 등을 돌리더니 다시 불꽃으로 눈을 돌렸다.

검은 옷을 입은 어린아이가 문가에 나타나 손을 내밀면서 이제 내게 주어진 시간이 끝났음을 알렸다. 나는 자리에서 일어나 아이를 따라갔다. 뒤돌았을 때 나는 벽에 걸린 거울에서 내 모습을 보고 흠칫 놀랐다. 거울 속에는 난롯불 앞에 늙은 여인이 넝마를 걸치고 구부정하게 앉아 있는 실루엣이 있었다. 그녀의 어둡고 잔인한 미소가 문밖까지 나를 배웅했다.

17

날이 밝아오기 시작할 즈음 탑의 집에 도착했다. 대문의 자물쇠가 부서져 있었다. 나는 손으로 문을 밀고 정원으로 들어갔다. 문 뒤에 있는 잠금장치가 연기를 내면서 강력한 냄새를 내뿜고 있었다. 산酸이었다. 천천히 계단을 오르며 나는 층계참의 어둠 속에서 기다리고 있는 마를라스카와 마주칠 거라고, 아니면 내 등뒤에서 그가 웃고 있을 거라고 확신했다. 계단의 마지막 구간으로 접어들었을 때 현관의 열쇠 구멍 역시 산의 흔적이 분명히 남아 있음을 알았다. 자물쇠는 망가져 있었지만 완전히 못쓰게 된 것은 아니라서 열쇠를 집어넣고 거의 이 분 동안이나 용을 써야만 했다. 그 용액으로 인해 일그러져버린 열쇠를 빼서 손으로 힘껏 밀자 문이 열렸다. 현관문을 열어둔 채 나는 외투도 벗지 않고 복도로 들어갔다. 주머니에서 권총을 꺼내 탄창을 열었다. 그리고 내가 발사했던 탄알의 탄피를 빼내고 새로운 총알을 넣었다. 새벽에 집에 돌아올 때면 아버지가 했던 바로 그 행동이었다.

"살바도르?" 내가 불렀다.

내 목소리의 메아리가 집안으로 퍼졌다. 나는 권총의 공이치기를 당기고 복도를 지나 안쪽 방에 이르렀다. 문이 살며시 열려 있었다.

"살바도르?" 내가 불렀다.

나는 무기로 문을 조준하고 발로 쾅 차 열었다. 안에 마를라스카의 흔적은 없었다. 단지 벽에 기대어 쌓아놓은 낡은 물건들과 상자들뿐이었다. 벽 너머에서 새어들어오는 듯한 그 이상한 냄새가 다시 풍겼다. 나는 뒤쪽 벽을 덮고 있던 옷장으로 다가가서 문을 활짝 열고 옷걸이에 걸린 낡은 옷을 모두 꺼냈다. 벽에 난 그 구멍에서 솟아나는 차갑고 습한 바람이 얼굴을 스쳤다. 마를라스카가 그 집에 숨겨놓은 것이 무엇인지는 몰라도, 그건 그 벽 뒤에 있는 게 분명했다.

나는 주머니에 권총을 넣고 외투를 벗었다. 그리고 벽 쪽으로 가서 옷장과 벽 사이 틈으로 팔을 집어넣고 옷장 뒷부분을 잡은 다음 힘껏 끌어당겼다. 그러자 옷장이 2센티미터 정도 움직여 보다 수월하게 붙들 수 있었다. 다시 잡아당겨보았다. 이제 가구는 거의 한 뼘 정도 끌려나왔다. 나는 옷장을 계속 당겼고, 마침내 뒤쪽 벽이 모습을 드러냈다. 나는 그 틈새로 들어가 어깨로 옷장을 밀어 옆쪽 벽으로 완전히 옮겨놓았다. 그런 다음 잠시 멈추어 숨을 고르면서 벽을 살펴보았다. 방안의 나머지 부분과 달리 누런색으로 칠해져 있고 페인트 아래 다듬어지지 않은 회반죽덩어리 같은 게 보였다. 손마디로 벽을 톡톡 두드렸다. 울리는 소리를 들어 볼 때 의심의 여지가 없었다. 그건 내력벽이 아니었다. 그 너머에 무언가가 있었다. 나는 머리를 벽에 대고 귀를 기울였다. 그러자 어떤 소리가 들렸다. 복도를 통해 다가오는 발소리…… 나는 천천히 벽에서 물러나 권총을 집기 위해 의자에 걸어놓았던 외투로 손을 뻗었다. 그림자 하나가 문 앞으로 길게 늘어졌다. 나는 숨을 참았다. 그 실루엣이 천천히 방안으로 모습을 드러냈다.

"형사님……" 내가 중얼거렸다.

빅토르 그란데스가 차갑게 미소 지었다. 아마 거리의 어느 집 대문에 숨어서 몇 시간 동안 나를 기다렸을 것이었다.

"집안 가구를 재배치하고 있나요, 마르틴?"

"예, 정리하고 있습니다."

형사는 바닥에 수북이 쌓인 옷과 마구 던져진 상자, 그리고 내가 들어낸 옷장을 보며 고개만 끄덕였다.

"마르코스와 카스텔로에게는 밑에서 기다리라고 했습니다. 문을 두드리려고 했지만 당신이 이미 열어놓았길래 주인 허락도 없이 마음대로 들어왔습니다. 친구 마르틴이 나를 기다리고 있는 거라고 생각했죠."

"내가 해드릴 수 있는 일이 뭔가요, 형사님?"

"경찰서까지 함께 가주면 고맙겠습니다."

"체포되는 건가요?"

"안타깝게도 그런 것 같습니다. 순순히 따라가겠습니까? 아니면 내가 거칠게 끌고 가길 원합니까?"

"아닙니다." 내가 말했다.

"고맙습니다."

"외투를 입어도 될까요?" 내가 물었다.

그란데스는 잠시 내 눈을 바라보았다. 그러고서 외투를 집어 내가 입도록 도와주었다. 다리에서 권총의 무게가 느껴졌다. 나는 차분하게 외투 단추를 잠갔다. 방에서 나오기 전에 형사는 마지막으로 훤하게 드러난 벽을 바라본 다음 내게 복도로 나가라고 지시했다. 마르코스와 카스텔로는 이미 층계참으로 올라와 승리의 미소를 지으며 기다리고 있었다. 복도 끝에 이르자 나는 잠시 멈춰 서서 집안을 둘러보았다. 마치 그림자의 우물 속으로 침잠하는 듯한 모습이었다. 언젠가 다시 이 집을 볼 수 있을까 의문이 들었다. 카스텔로가 수갑을 꺼냈지만, 그란데스는 고개를 가로저었다.

"그건 필요 없을 거야, 그렇지 않습니까, 마르틴?"

나는 고개를 끄덕였다. 그러자 그란데스가 문을 열고 계단을 향해 부드럽지만 단호하게 나를 밀었다.

18

이번에는 극적 효과도, 끔찍스러운 무대도, 축축하고 어두운 감방의 메아리도 없었다. 방은 넓고 환했으며 천장이 높았다. 앞에 걸린 십자고상을 보니 상류층 자제들이 다니는 종교재단 학교의 교실이 떠올랐다. 경찰서 1층에 있는 그 방의 커다란 창문 너머로는 이미 라예타나 도로에서 시작된 인파와 전차의 아침 행렬을 볼 수 있었다. 방 가운데에는 두 개의 의자와 철제 책상 하나가 있었다. 아무것도 없이 휑한 방에 그것들만 덩그라니 놓여 있어서 유난히 작게 보였다. 그란데스는 책상으로 나를 안내하더니 나와 단둘이 있겠다며 마르코스와 카스텔로를 내보냈다. 두 경찰은 머뭇머뭇 꾸물거리며 명령에 따랐다. 그들이 내뿜는 분노의 냄새를 공기 중에서 맡을 수 있을 정도였다. 그란데스는 두 사람이 나가기를 기다렸다가 느긋한 표정을 지었다.

"나를 사자들에게 던져버릴 줄 알았습니다." 내가 말했다.

"앉으십시오."

나는 그의 말에 따랐다. 마르코스와 카스텔로가 물러나면서 던진 시선이 아니었다면, 그리고 철문과 창문 뒤의 쇠창살이 아니었다면 그 누구도 내가 심각한 상황에 처했다고 말할 수 없을 것 같았다. 그란데스가 책상 위에 올려놓은 따뜻한 커피가 든 보온병과 담배 한 갑, 특히 그의 차분하고 다정한 미소를 보자 비로소 확신이 들었다. 아주 분명했다. 이번에 형사는 아주 진중하게 진행하고 있었다.

그는 내 앞에 앉더니 파일을 펼치고 사진을 꺼내 책상에 한 장씩 나란히 늘어놓기 시작했다. 첫번째 사진에는 서재의 안락의자에 있는 발레라 변호사의 모습이 담겨 있었다. 그 옆에는 마를라스카 부인의 사진, 그러니까 발비드레라 국도의 집에 있는 수영장 바닥에서 건져올린 지 얼마 안 되었을 때 남아 있던 시신의 일부를 찍은 사진이 놓였다. 세번째 사진은 목이 잘린 작은 체구의 남자였다. 다미안 로우레스일 것이었다. 네번째 사진은 크리스티나 사니에르였고, 나는 그것이 페드로 비달과 결혼하던 날 찍은 것임을 알았다. 마지막 두 장은 내 옛 발행인들인 바리도와 에스코비야스가 스튜디오에서 찍은 사진이었다. 여섯 장의 사진을 가지런히 펼쳐놓은 그란데스는 헤아릴 수 없는 시선으로 나를 쳐다보았고, 이 분가량 시간이 흐르는 동안 그저 아무 말 없이 그 사진들에 대한 내 반응 혹은 무반응을 꼼꼼하게 살폈다. 그런 다음 아주 느긋하게 커피를 두 잔 따라서 한 잔을 내게 밀었다.

"우선 당신에게 모든 걸 이야기할 기회를 주고 싶습니다, 마르틴. 서두르지 말고 당신 방식대로 진술하십시오." 마침내 그가 입을 열었다.

"이야기해봐야 아무 소용도 없을 겁니다." 내가 대답했다. "아무것도 바뀌지 않을 겁니다."

"우리가 사건에 연루된 것으로 추정하는 다른 사람들이 취조받길 바랍니까? 가령 당신 조수 말입니다. 그 아이 이름이 뭐였지요? 이사벨라였던가요?"

"그 아이는 건드리지 마십시오. 아무것도 모릅니다."

"그럼 날 설득해보십시오."

나는 문을 쳐다보았다.

"이 방에서 나갈 방법은 단 한 가지밖에 없습니다, 마르틴." 형사가 열쇠를 보여주면서 말했다.

나는 다시 외투 주머니에서 권총의 무게를 느꼈다.

"어디서부터 시작할까요?"

"말하는 사람은 당신입니다. 단 하나 부탁하고 싶은 건, 진실을 말해달라는 것입니다."

"그게 뭔지는 나도 모릅니다."

"당신을 고통스럽게 하는 게 진실입니다."

두 시간 넘게 빅토르 그란데스는 단 한 번도 입술을 떼지 않았다. 그는 주의깊게 들으면서 가끔 고개를 끄덕였고, 또 어떤 때는 수첩에 몇몇 단어를 적었다. 처음에 나는 그를 쳐다보며 말했지만, 이내 그가 그곳에 있다는 사실도 잊고 내가 나 자신에게 이야기를 들려주고 있다는 사실을 깨달았다. 말들 덕분에 나는 내가 잃어버렸다고 믿었던 과거의 시간으로 떠났다. 그렇게 나는 신문사 문 앞에서 아버지가 살해된 날 밤으로 돌아갔다. 〈기업의 소리〉 편집부에서 일했던 시절을 떠올렸으며, 자정이 지날 때까지 이야기를 쓰면서 살아남았던 시절을 떠올렸고, 위대한 희망을 약속하는 안드레아스 코렐리가 서명했던 그 첫번째 편지를 생각해냈다. 그리고 저수장 건물에서 이루어진 고용주와의 첫 만남과 확실한 죽음만이 내 앞에 놓인 지평선의 전부라고 확신하던 시절을 회상했다. 나는 크리스티나와 비달에 대해서, 나를 제외한 어느 누구라도 익히 끝을 짐작할 수 있을 이야기에 관해 말했다. 또 내가 썼던 두 권의 책, 그러니까 하나는 내 이름으로 출간되었고 다른 하나는 비달의 이름으로 출간된 두 권의 책에 관해서 말했으며, 그 하찮은 희망마저 상실했던 것, 내가 평생 살아오면서 유일하게 한 좋은 일이라고 믿은 결과물을 어머니가 쓰레기통에 버리는 광경을 보았던 그날 오후에 관해서도 털어놓았다. 형사의 동정이나 이해는 바라지 않았다. 나를 그 방으로, 그 절대적 공허의 순간으로 이끌었던 사건들의 지도를 머릿속에 그려보는 것만으로 충분했다. 나는 구엘공원 옆에 있는 그 집으로 돌아갔고, 고용주에게 거절할 수 없는 제안을 받았던 그 밤으로 떠났다. 나는 내가 처음에 의심했던 내용과 탑의 집의 역사에 관해 알아보았던 것을 솔직하게 말했다. 그리고 디에고 마를라스카의 수상쩍은 죽음과 내가 휘말려든 일련의 음모에 관해서 털어놓았다. 아니, 휘말려들었다기보다 내 허영과 탐욕을 위해, 그 어떤 대가를 치르더라도 살겠다는 의지를 충족하기 위해 내 발로 그런 음모에 휘말려들어가기를 선택했던 것이었다. 살아서 이야기를 하기 위해서였다.

나는 아무것도 빠뜨리지 않았다. 단 하나 예외가 있다면 가장 중요한 것, 나 자신에게도 감히 이야기할 수 없는 것이었다. 그란데스에게 들려준 이야기에서 나는 크리스티나를 찾으러 산안토니오 별장 요양원으로 돌아갔지만 눈 속에서 사라져버린 발자국 외에는 아무것도 발견하지 못했다고 했다. 여러 차례 이야기를 반복하면 심지어 나 자신도 정말 그랬다고 믿게 될지 모르는 일이었다. 내 이야기는 그날 아침 소모로스트로의 판자촌에서 돌아와 형사가 책상 위에 펼쳐놓은 그 일련의 사진들에 내 얼굴을 추가하기로 디에고 마를라스카가 결정했음을 깨닫는 것으로 끝났다.

회상을 마치고 나는 긴 침묵 속으로 빠져들었다. 평생 그렇게 피곤한 적이 없었다. 잠을 자고 싶었고, 그 잠에서 영원히 깨고 싶지 않았다. 그란데스는 책상 맞은편에서 나를 유심히 지켜보고 있었다. 혼란스럽고 슬프고 분노가 치미는 것 같았다. 무엇보다도 멍한 표정이었다.

"무슨 말이라도 좀 해보세요." 내가 말했다.

그란데스가 한숨을 내쉬었다. 그는 이야기를 듣는 동안 한 번도 비우지 않았던 의자에서 일어나 내게 등을 돌리고 창문으로 다가갔다. 나는 외투에서 권총을 꺼내 그의 목덜미를 쏘고 그의 주머니에 있는 열쇠를 꺼내 그곳을 나가는 상상을 했다. 그러면 육십 초 내로 나는 거리에 있을 수 있었다.

"지금 우리가 이야기하고 있는 이유는, 바로 어제 푸이그세르다 경찰에서 전보가 왔기 때문입니다. 그들은 크리스티나 사니에르가 산안토니오 별장 요양원에서 실종되었다고 밝히면서 당신을 주요 혐의자로 지목하고 있습니다. 요양원 원장은 당신이 그녀를 데려가고 싶다는 희망을 내보였지만 자신이 퇴원을 반대했다고 말합니다. 이 모든 걸 알려주는 이유는 왜 우리가 여기서, 그러니까 따뜻한 커피와 담배가 있는 이 방에서 오랜 친구처럼 대화를 나누고 있는지 당신이 정확하게 알았으면 해서입니다. 우리가 여기에 있는 이유는 바르셀로나에서 제일가는 부자 중 한 사람의 아내가 실종되었고, 그녀가 어디에 있는지 아는 유일한 사람이 바로 당신이기 때문이지요. 우리가 여기에 있는 이유는 이 도시 제일의 유력인사 중 하나이자 당신 친구인 페드로 비달의 아버지가 이 사건에 관심을 보였기 때문입니다. 보아하니 당신의 오랜 지인인 그 노인네가 다정하게도 내 상관들에게 다른 건 일단 제쳐놓고 우선 필요한 정보부터 당신에게 정확히 알아내라고, 그러기 전에는 당신 털끝 하나 건드리지 말라고 부탁한 것 같습니다. 그게 아니었다면, 그리고 내가 내 방식대로 문제를 밝힐 기회를 달라고 끈질기게 주장하지 않았다면 아마도 지금쯤 당신은 캄포 데라 보타 교도소에 있을 것이고, 나를 상대하는 대신 마르코스와 카스텔로와 직접 이야기하고 있을 겁니다. 미리 알려주자면 그들은 망치로 당신 무릎을 부숴버리는 것으로 시작하지 않는다면 그야말로 시간 낭비이며 비달 부인의 목숨을 위험에 빠뜨리는 셈이라고 믿고 있지요. 그런데 내 상관들도 시간이 흐를수록 그 의견에 동조하고 있고, 내가 당신에게 우정이란 명목으로 너무 많은 시간을 준다고 생각하고 있습니다."

그란데스는 뒤로 돌더니 분노를 억누르면서 나를 쳐다보았다.

"당신은 내 얘기를 제대로 듣지 않았군요." 내가 말했다. "내가 한 얘기를 전혀 듣지 않았어요."

"아주 완벽하게 들었습니다, 마르틴. 나는 죽음에 직면한 나머지 절망에 빠진 당신이 어떻게 아무도 본 적 없고 들어본 적도 없는 그 신비스럽기 그지없는 파리의 발행인과 십만 프랑을 받는 대가로, 당신 표현을 빌리자면 새로운 종교를 만들기로 계약을 맺게 되었는지 잘 들었습니다. 그리고 사실상 당신이 사악한 흉계에 빠졌으며, 그 음모에 이십오 년 전 자신이 죽은 것으로 위장한 변호사와 그의 애인이자 몰락한 쇼걸이 개입되어 있다는 사실을 발견했다는 것을 들었습니다. 변호사가 그런 음모를 통해 도망치려 했던 운명이 이제는 당신의 운명이 되었다는 것도요. 그 운명이 당신을 저주받은 저택의 함정에 빠뜨렸으며, 그 집은 이미 전 주인인 디에고 마를라스카도 함정에 빠뜨렸다는 말을 들었습니다. 또 당신은 누군가가 당신의 뒤를 밟고 있으며 자신의 비밀을 드러낼지 모르는 사람들을 모두 살해하고 있다는 증거를 발견했는데, 당신의 말로 판단해보건대 그 누군가는 당신처럼 거의 미친 사람입니다. 그리고 베일에 싸인 그 사람은 자신이 살아 있다는 사실을 숨기기 위해 전직 경찰의 신분을 이용했을지도 모르며, 애인의 도움을 받아 일련의 범죄를 저지르고 심지어 당신도 설명할 수 없는 기이한 동기로 셈페레 씨의 죽음까지 초래했다고 말했습니다."

"이레네 사비노가 책을 훔치기 위해 셈페레 씨를 죽인 겁니다.

그 책에 내 영혼이 담겨 있다고 믿고요."

그란데스는 마치 문제의 요점을 깨달은 사람처럼 자기 이마를 손바닥으로 탁 쳤다.

"물론이지요. 난 참으로 바보 같습니다. 그게 모든 걸 설명해주는데 말이지요. 보가텔 해변의 마녀가 당신에게 밝혔던 끔찍한 비밀처럼요. 소모로스트로의 마녀라고 했던가요? 마음에 듭니다. 매우 당신 스타일입니다. 자, 내가 제대로 이해했는지 한번 들어보십시오. 마를라스카라는 사람은 자신의 영혼을 숨기고 일종의 저주를 피하기 위해 영혼 하나를 사로잡아 묶어두고 있었습니다. 자, 이건 『저주받은 자들의 도시』에서 가져온 겁니까, 아니면 방금 창작한 겁니까?"

"내가 마음대로 지어낸 것은 하나도 없습니다."

"당신이 내 입장이라고 생각해보십시오. 당신이라면 지금 당신이 한 이야기를 믿을 수 있겠습니까?"

"믿지 못할 겁니다. 하지만 나는 내가 알고 있는 걸 모두 이야기했을 뿐입니다."

"물론 그랬겠지요. 당신은 내게 구체적인 자료와 증거를 제시했습니다. 그러니 당신이 트리아스 박사를 찾아간 기록부터 스페인식민은행의 예금계좌, 푸에블로누에보의 어느 석재공장에서 당신을 기다리고 있던 당신의 비석, 심지어 당신이 고용주라고 부르는 사람과 발레라 법률사무소의 법적 관계를 확인할 수 있을 겁니다. 탐정소설을 창작해온 당신의 경험에 걸맞은 여러 사실적 세부는 말할 것도 없고요. 당신과 나의 안녕을 위해 솔직히 말하는

데, 나는 크리스티나 사니에르가 어디에 있는지를 듣고 싶었지만 당신은 그것에 관해서만은 이야기하지 않았습니다."

나는 그 순간 나를 구해줄 수 있는 유일한 것은 거짓말임을 알았다. 크리스티나에 관해 사실대로 말하는 순간, 내 목숨은 분초를 다투게 될 터였다.

"어디에 있는지 모릅니다."

"거짓말입니다."

"내가 사실대로 모든 걸 말해도 아무 소용이 없을 거라고 이미 말했습니다." 내가 대답했다.

"나는 당신을 도와주려다가 근무 태만으로 낙인찍히겠군요."

"형사님, 이게 지금 날 도와주려는 겁니까?"

"그렇습니다."

"그렇다면 내가 말한 모든 것을 확인해보십시오. 마를라스카와 이레네 사비노를 찾으십시오."

"내 상관들은 당신을 내 손에 스물네 시간 동안만 맡겼습니다. 만일 그때까지 내가 그들에게 크리스티나 사니에르를 무사히 넘기지 않는다면, 적어도 목숨을 부지한 그녀를 넘기지 않으면 이 사건에서 나를 배제하고 마르코스와 카스텔로의 손에 넘길 겁니다. 그들은 이미 오래전부터 공훈을 세울 기회를 기다려왔고, 그 기회를 절대로 놓치지 않을 겁니다."

"그렇다면 시간낭비하지 마십시오."

그란데스는 한숨을 내쉬었지만, 고개를 끄덕였다.

"지금 당신이 무슨 짓을 하고 있는지 알기 바랍니다, 마르틴."

19

빅토르 그란데스 형사가 차갑게 식은 커피가 담긴 보온병과 담배 한 갑 이외에는 동반자가 될 그 무엇도 남겨놓지 않고서 나를 그 방에 가두어놓았을 때는 어림잡아 아침 아홉시가 되었을 듯했다. 그는 부하 하나를 문에 배치했고, 무슨 일이 있어도 이곳에 아무도 발을 들이지 못하게 하라고 지시하는 그의 목소리가 들렸다. 그가 떠나고 오 분 후 누가 문을 두드리는 소리가 들리더니 문에 난 유리창에서 마르코스 경사의 얼굴이 또렷하게 윤곽을 드러냈다. 목소리는 들리지 않았지만 입술 모양으로 보아 그는 의심의 여지 없이 이렇게 말하고 있었다.

슬슬 준비하고 있어, 이 개자식아.

나는 창턱에 앉아 자신이 자유의 몸이라고 생각하면서 지나가는 사람들을 쳐다보며 나머지 오전시간을 보냈다. 나는 담배를 피웠고, 한 번 이상 내 고용주가 그러는 것을 보았던 것처럼 맛을 음미하며 각설탕을 먹었다. 정오가 되자 피로가 엄습했다. 아니면 절망의 마지막 파도가 밀려오는 것인지도 몰랐다. 어쨌건 나는 머리를 벽에 대고 바닥에 누웠고 일 분도 안 되어 잠이 들었다. 잠에서 깨어났을 때 방은 어둠에 잠겨 있었다. 이미 해가 졌고 라예타나 도로의 가로등이 내뿜는 황토색 불빛이 천장에 자동차와 전차의 그림자를 그리고 있었다. 나는 자리에서 일어났다. 차가운 바닥 때문에 온몸이 얼어붙은 것 같았다. 구석에 있는 라디에이터로 갔지만, 그것은 내 손보다 더 차갑게 얼어붙어 있었다.

바로 그 순간 등뒤에서 문이 열리는 소리를 들었다. 돌아서자 문가에서 나를 응시하는 형사의 얼굴이 보였다. 그란데스의 손짓에 그의 부하 하나가 방안의 불을 켜고서 문을 닫았다. 금속성의 강렬한 불빛이 갑자기 쏟아져 잠시 눈이 부셨다. 다시 눈을 떴을 때, 나는 형사가 나처럼 꼴이 말이 아니라는 것을 알았다.

"화장실 가고 싶습니까?"

"아닙니다. 이 상황을 이용해 나는 그냥 옷에 오줌을 싸고, 당신이 나를 무섭기 그지없는 마르코스와 카스텔로 심문관들의 방으로 보낼 경우를 대비해 연습하기로 마음먹었습니다."

"아직 유머감각을 잃어버리지 않아 다행이군요. 곧 그게 필요할 겁니다. 자, 앉으십시오."

우리는 몇 시간 전과 마찬가지의 자세를 다시 취했고, 아무 말 없이 서로를 쳐다보았다.

"당신 이야기의 세부사항들을 확인했습니다."

"그런데요?"

"어디서부터 이야기를 시작하면 좋겠습니까?"

"당신이 경찰입니다."

"가장 먼저 찾아간 곳은 문타네르 거리에 있는 트리아스 박사의 진료소입니다. 그곳은 간단했습니다. 트리아스 박사는 십이 년 전에 사망했고, 진료소는 팔 년 전부터 베르나트 요프리우라는 치과의사가 운영하고 있었습니다. 그는 당신에 관해 전혀 아는 바가 없다고 말했습니다."

"있을 수 없는 일입니다."

"잠깐 기다리십시오. 그보다 더한 게 있으니 말입니다. 그곳에서 나와 스페인식민은행 중앙 지점으로 갔습니다. 장식이 인상적이고 흠잡을 데 없는 서비스를 제공하고 있더군요. 심지어 그곳에 계좌 하나를 열고 싶은 마음이 생길 만큼이요. 그곳 직원은 당신이 그 지점에 계좌를 개설한 적이 없으며, 안드레아스 코렐리라는 사람에 관해서도 들은 적이 없다고 말해주었습니다. 그리고 지금 이 순간 십만 프랑스 프랑을 외환계좌에 보유한 고객은 한 명도 없다고 확인해주었지요. 계속해도 괜찮겠습니까?"

나는 입술을 깨물며 고개를 끄덕였다.

"다음으로 찾아간 곳은 고인이 된 발레라 변호사의 법률사무소입니다. 그곳에서 나는 당신이 은행 계좌를 가지고 있다는 사실을 확인할 수 있었지만, 스페인식민은행이 아니라 사바델은행이었습니다. 그리고 그곳에서 약 육 개월 전에 이천 페세타를 법률사무소 계좌로 송금했다는 사실도 확인했습니다."

"도대체 무슨 말인지 모르겠습니다."

"아주 간단합니다. 당신은 발레라와 거래하며 이름을 숨겼습니다. 아니, 당신은 숨겼다고 믿었을 겁니다. 하지만 기가 막힌 기억력을 자랑하는 은행들은 한푼이라도 수중에서 돈이 빠져나가면 결코 잊는 법이 없지요. 솔직히 말하는데, 바로 그때 이미 나는 상황에 흥미를 느끼기 시작했고 '사나브레와 아들' 장례 석재공장을 찾아가기로 했습니다."

"천사 석상을 보지 않았다고는 하지 않겠지요……"

"보았습니다. 봤어요. 아주 인상적이더군요. 석 달 전 날짜가 적혀 있고 당신이 손수 서명한 편지만큼이나 말입니다. 당신이 그곳에 그 작업을 의뢰했던 편지요. 그리고 선량한 사나브레는 회계장부에 당신이 선지급한 영수증을 보관하고 있었습니다. 자기 일에 자부심을 느끼는 아주 멋진 사람이었지요. 그는 그것이 자신의 걸작이며, 하느님의 영감을 받아 제작했다고 말했답니다."

"이십오 년 전에 마를라스카가 그에게 지급했던 돈에 대해서는 물어봤습니까?"

"물론 그랬지요. 영수증을 보관하고 있었습니다. 가족 봉안소를 보수하고 유지하며 개조하는 작업에 대한 대가였더군요."

"마를라스카의 무덤에는 그가 아닌 딴사람이 묻혀 있습니다."

"그건 당신 주장이고요. 하지만 내가 그 무덤을 파헤치길 바란다면 더 그럴듯한 근거를 제시해야 할 겁니다. 어쨌든 당신 이야기를 재검토한 내용을 계속 말해보지요."

나는 침을 꿀꺽 삼켰다.

"이왕 거기까지 간 참에 나는 보가텔 해변으로 갔습니다. 그곳에서 푼돈으로 소모로스트로의 마녀에 관한 어마어마한 비밀을 밝혀줄 사람을 적어도 열 명은 만날 수 있었지요. 오늘 아침 당신이 이야기할 때는 당신이 만들어낸 극적인 이야기를 망치지 않으려고 입다물고 있었지만, 사실 그렇게 불리던 여자는 이미 몇 년 전에 세상을 떠났습니다. 오늘 아침에 내가 만난 노파는 아이들조차 무섭게 만들지 못하는 여자였지요. 그리고 의자에 거의 눕다시피 늘어져 있었습니다. 게다가 당신이 좋아할 것이 하나 있는데, 그녀는 말을 못하는 벙어리였습니다."

"형사님……"

"아직 얘기 끝나지 않았습니다. 당신은 내가 업무를 진지하게 수행하지 않는다고는 말하지 못할 겁니다. 나는 그곳에서 당신이 구엘공원 옆에 있다고 말한 그 저택으로 갔습니다. 그런데 그 집은 적어도 십 년 동안 버려져 있었고, 사진이나 그림은커녕 고양이 똥만 있었다고 말하게 되어 몹시 유감입니다. 자, 어떻게 생각합니까?"

나는 대답하지 않았다.

"말해보십시오, 마르틴. 입장을 바꿔 생각해보십시오. 당신이 그런 상황에 있다면 어떻게 했겠습니까?"

"거기서 그만두었을 겁니다."

"맞습니다. 하지만 난 당신이 아닙니다. 그토록 허탕을 치며 돌아다닌 후에도 나는 바보처럼 당신의 충고를 따라 그 무시무시한 이레네 사비노를 찾아보기로 했습니다."

"그 여자를 찾았습니까?"

"경찰을 좀 믿어보십시오, 마르틴. 물론 찾아냈지요. 오래전부터 살고 있던 라발 지구의 허름한 하숙집에서 몹시 가난하게 지내고 있었습니다."

"얘기는 나눠봤습니까?"

그란데스는 고개를 끄덕거렸다.

"오랫동안 나눴습니다."

"그런데요?"

"당신이 누군지 기억조차 없더군요."

"그녀가 그렇게 말했습니까?"

"여러 가지를 말했는데, 그중 하나가 그겁니다."

"다른 것들은 뭡니까?"

"엘리사베츠 거리에 있는 어느 아파트에서 로우레스가 조직한 강신술 모임에서 디에고 마를라스카를 알게 됐다고 말해주었습니다. 1903년 내세협회의 강신술 회원들이 모이던 곳이었지요. 그곳에서 아이를 잃고 당시 아무 의미도 없는 결혼생활로 엉망진창이 되어버린 남자를 만났는데 그가 자기 품으로 도피했다고 하더군요. 그리고 마를라스카는 다정한 사람이었지만 정신적으로 불안정했으며, 무언가가 자기 영혼으로 들어왔고 자기는 곧 죽을 것이라고 확신했다고 말해주었습니다. 또 죽기 전에 신탁금을 남겨놓았다고도 하더군요. 그녀가 마를라스카와 함께 살기 위해 버렸던 남자, 일명 하코라고 불리는 후안 코르베라와 그녀가 자신이 떠난 뒤에도 돈을 받을 수 있게 하기 위해서였지요. 그녀 말이, 마를라스카는 그를 엉망으로 만든 고통을 참을 수 없어 스스로 목숨을 끊었다고 하더군요. 그리고 그녀와 후안 코르베라는 마를라스카가 자비심을 베풀어 남겨둔 예금으로 살았다고 말해주었습니다. 그 돈이 떨어지자 당신이 하코라고 부르는 그 사람은 얼마 후 그녀를 버렸고, 그녀는 그가 카사라모나 공장에서 야간경비원으로 일하면서 알코올의존증으로 외롭게 홀로 죽었다고 알고 있더군요. 그러면서 자기가 마를라스카를 소모로스트로의 마녀라고 불리는 여자에게 데려간 것은 사실이라고 밝혔습니다. 그녀가 그를 위로해주고 그가 저세상에 있는 그의 아들과 재회하게 되리라고 믿게 해줄 것을 확신했기 때문이지요…… 계속 이야기해도 괜찮겠습니까?"

나는 셔츠 단추를 풀어 이레네 사비노가 내 가슴에 남겨놓은 상처를 보여주었다. 산헤르바시오 공동묘지에서 마를라스카와 그녀의 공격을 받았던 날 밤의 흔적이었다.

"육각형 별이군요. 나 좀 웃기지 마십시오, 마르틴. 당신 스스로도 그런 상처는 얼마든지 낼 수 있잖습니까. 그건 아무 의미도 없습니다. 이레네 사비노는 카데나 거리의 세탁소에서 일하면서 간신히 생계를 유지하는 불쌍하고 가련한 아낙네지, 마녀가 아닙니다."

"그럼 리카르도 살바도르에 관한 것은 알아봤습니까?"

"리카르도 살바도르는 1906년 경찰에서 쫓겨났습니다. 이 년 동안 디에고 마를라스카의 사망 사건을 헤집으면서 그의 아내와 부적절한 관계를 유지했지요. 그에 관해 마지막으로 알려진 바는 그가 새로운 삶을 시작하기 위해 아메리카로 짐을 싸서 떠나기로 했다는 것입니다."

나는 그런 엄청난 거짓말 앞에서 웃지 않을 수 없었다.

"형사님, 아직도 모르겠습니까? 당신은 마를라스카가 내게 펼쳐놓은 것과 똑같은 덫에 빠지고 있다는 걸 모르시겠냐고요."

그란데스는 유감스러운 표정으로 나를 응시했다.

"지금 무슨 일이 일어나고 있는지 모르는 사람은 바로 당신입니다, 마르틴. 시간이 흐르고 있는데 당신은 크리스티나 사니에르에게 무슨 짓을 했는지 말하는 대신 꼭 『저주받은 자들의 도시』에서 따온 듯한 이야기로 나를 집요하게 설득하고 있습니다. 여기에는 단 하나의 덫밖에 없습니다. 바로 당신이 당신 자신에게 펼친 덫이지요. 사실대로 내게 말하지 않으면, 시간이 흐를수록 여기서 나가기는 더욱 힘들어집니다."

그란데스는 두어 번 내 눈앞으로 손을 휘저었다. 마치 아직 내가 제대로 자기를 바라보고 있는지 확인하려는 것 같았다.

"아닙니까? 아무것도 할말이 없습니까? 마음대로 하십시오. 어쨌거나 오늘 내가 돌아다녔던 이야기를 끝마치겠습니다. 이레네 사비노를 방문한 후, 사실 나는 피곤해서 잠시 경찰서로 돌아왔지요. 그때까지만 해도 푸이그세르다 경찰에 전화를 걸 시간과 의욕이 있었습니다. 그곳에서는 크리스티나 사니에르가 실종되었던 날 그녀가 입원해 있던 병실에서 당신이 나오는 걸 봤다고 확인해주었습니다. 또한 당신이 짐을 챙기러 호텔로 오지 않았으며, 요양원 원장으로부터 당신이 환자를 묶었던 끈을 잘랐다는 말을 들었다고 했습니다. 그래서 나는 당신의 옛친구 페드로 비달에게 전화를 걸었습니다. 경찰서까지 와주면 고맙겠다고 부탁했지요. 그 불쌍한 사람은 마음과 몸이 모두 상해 있었습니다. 마지막으로 만났던 날 당신이 그를 때렸다고 하던데요. 맞습니까?"

나는 그렇다고 했다.

"그래도 그는 개의치 않으려고 했다는 사실을 당신은 알아야 합니다. 사실상 그는 당신을 풀어주라고 나를 설득하다시피 하더군요. 이 모든 일에 이유가 있을 거라면서요. 당신이 힘든 삶을 살았고 자기 잘못으로 아버지를 잃었으며, 자기는 그것에 깊은 책임을 느끼고 있고, 그가 원하는 것은 오직 아내를 되찾는 것일 뿐 당신에게 복수를 할 마음은 전혀 없다고 말했습니다."

"이 이야기를 다 비달에게 했습니까?"

"달리 방법이 없었습니다."

나는 두 손으로 얼굴을 가렸다.

"그가 뭐라고 하던가요?" 내가 물었다.

그란데스는 어깨를 으쓱했다.

"그는 당신이 이성을 잃었다고 생각합니다. 분명 당신은 아무 죄도 짓지 않았을 것이라고 믿고 있어요. 그리고 당신이 죄를 지었건 아니건 간에 당신에게 아무 일도 일어나지 않기를 바라고 있습니다. 하지만 그의 가족은 의견이 다른 것 같습니다. 내가 보기에는 당신 친구 비달의 아버지, 그러니까 이미 말했듯이 당신을 그리 좋아하지 않는 그 사람이 분명 비밀리에 마르코스와 카스텔로에게 만일 열두 시간 내에 당신의 자백을 받아내면 보너스를 주겠다고 제안했습니다. 그들은 그에게 당신이 오전중으로 『카니구』*의 구절까지 달달 읊게 될 것이라고 장담했고요."

"당신은 어떻게 생각합니까?"

"뭐가 진실 같냐고요? 진실은 내가 페드로 비달의 말이 옳고 당신은 이성을 잃어버렸다고 믿고 싶다는 겁니다."

그 순간 나 역시 그렇게 믿기 시작했지만 그런 생각을 털어놓지는 않았다. 나는 그란데스를 쳐다보았고, 그의 표정에서 뭔가 그의 말과 합치되지 않는 것이 있다는 것을 알았다.

"나에게 밝히지 않은 게 있습니다." 내가 지적했다.

"충분한 것 이상으로 밝혔다고 하고 싶군요." 그가 대답했다.

"나에게 밝히지 않은 게 뭐지요?"

그란데스는 나를 주의깊게 쳐다보더니 참고 있던 웃음을 터뜨렸다.

"오늘 아침 당신은 셈페레 씨가 죽던 날 밤 누군가가 서점으로 찾아왔고, 그들이 다투는 소리를 주변에서 들었다고 말했죠. 그러면서 그 사람이 책을, 그러니까 당신 책을 구입하고 싶어했지만 셈페레 씨가 판매하기를 거부하자 싸움이 일어났고, 그래서 서점 주인이 심장마비를 일으킨 거라고 추정했습니다. 당신 말로는 몇 권 남지 않은 책이었지요. 아니, 거의 유일한 책이었습니다. 제목이 뭐라고요?"

"『천국의 계단』입니다."

"맞습니다. 당신이 추정하기로는 그게 바로 셈페레가 죽은 날

---

* 하신토 베르다게르가 1886년 발표한 서사시.

밤 도둑맞은 책입니다."

나는 고개를 끄덕였다. 형사는 담배를 집어 불을 붙였다. 그리고 두어 번 빨면서 맛을 보더니 꺼버렸다.

"이게 바로 내 딜레마입니다, 마르틴. 한편으로 나는 당신이 내게 수많은 거짓말을 했다고 믿고 있습니다. 당신이 나를 바보로 여겨서 그런 것들을 지어냈을 수도 있고, 아니면 이게 더 나쁜지는 잘 모르겠지만, 그런 거짓말을 너무 여러 번 반복한 나머지 당신 스스로조차 그것을 믿게 되었을 수도 있지요. 모든 증거가 당신을 지목하고 있습니다. 내게 가장 쉬운 방법은 이 사건에서 손 떼고 마르코스와 카스텔로에게 넘기는 것입니다."

"하지만……"

"하지만 사소하고 대수롭지 않은 무언가가, 내 동료들은 전혀 신경도 쓰지 않을 무언가가 눈에 들어간 먼지처럼 몹시 거치적거립니다. 그리고 당신이 내게 말한 것이 진실은 아닐지언정 거짓도 아니라고 생각하게 됩니다. 물론 내가 이 일을 하면서 지난 이십 년 동안 배웠던 것과 배치되는 말입니다만."

"나는 내가 기억하는 것을 모두 이야기했다고 자신 있게 말할 수 있습니다, 형사님. 형사님은 내 말을 믿을 수도 있고 아닐 수도 있습니다. 분명한 것은 가끔 나 자신도 그걸 믿지 못한다는 겁니다. 하지만 내가 기억하는 것은 그 이야기들입니다."

그란데스는 자리에서 일어나 책상 주위를 빙빙 돌기 시작했다.

"오늘 오후 마리아 안토니아 사나우하, 그러니까 이레네 사비노와 그녀의 방에서 이야기를 할 때 나는 당신이 누구인지 아느냐고 물었습니다. 그녀는 모른다고 대답했지요. 그래서 그녀와 마를라스카가 몇 달 동안 살았던 탑의 집에서 사는 사람이라고 설명했습니다. 그러고서 당신을 기억하느냐고 다시 물었지요. 그녀는 아니라고 대답했습니다. 조금 뒤 나는 당신이 마를라스카 집안의 봉안소를 찾아갔으며, 그곳에서 그녀를 보았다고 확신한다고 말해주었습니다. 이번에도 마찬가지로 그녀는 당신을 결코 보지 못했다고 부인했습니다. 그리고 나는 그녀의 말을 믿었습니다. 그런데 내가 떠나려는 순간, 그녀는 춥다면서 옷장을 열어 어깨에 두를 양모숄을 꺼냈습니다. 그때까지만 해도 나는 그녀의 말을 믿었지요. 그런데 그때 테이블 위에서 책 한 권을 보았습니다. 방안에 있는 유일한 책이라 관심이 갔습니다. 그녀가 내게 등을 돌린 틈을 이용해 나는 그 책을 펼쳤고, 첫 페이지에서 손글씨의 헌사를 읽었습니다."

"'한 권이 책이 소망할 수 있는 최고의 친구 셈페레 씨에게, 내게 세상의 문을 열어주고 그 문으로 들어가도록 가르쳐준 데 감사하면서.'" 나는 외우고 있던 말을 읊었다.

"서명한 사람은 다비드 마르틴이었지요." 그란데스가 덧붙였다.

형사는 내게 등을 돌린 채 창문 앞에서 멈춰 섰다.

"삼십 분 내로 그들이 당신을 데리러 올 것이며, 나는 이 사건에서 손뗄 겁니다." 그가 말했다. "당신은 마르코스 경사의 관리하에 들어갑니다. 이제 나는 당신에게 아무것도 해줄 수 없습니다. 당신의 목숨을 구할 수 있도록 내게 털어놓을 말은 더 없습니까?"

"없습니다."

"그렇다면 몇 시간 전부터 외투에 숨겨놓은 그 우스꽝스러운 권총을 꺼내십시오. 발로 발사되지 않도록 조심해서 잡아요. 그리고 저 문을 열 열쇠를 넘기지 않으면 내 머리를 날려버리겠다고 협박하십시오."

나는 문을 쳐다보았다.

"그 대신 당신에게 하나만 부탁하겠습니다. 크리스티나 사니에르가 살아 있다면, 어디에 있는지 말해주십시오."

나는 무어라 말할 용기도 내지 못한 채 시선을 아래로 떨어뜨렸다.

"당신이 그녀를 죽였습니까?"

나는 한참 동안 침묵을 지켰다.

"모릅니다."

그란데스는 내게 가까이 오더니 문 열쇠를 내밀었다.

"여기서 나가십시오, 마르틴."

나는 열쇠를 받기 전에 잠시 머뭇거렸다.

"정문으로 향하는 계단은 피하십시오. 복도로 나가면 맨 끝 왼쪽에 파란색 문이 있습니다. 안쪽으로만 열리는데, 그 문을 열면 비상계단과 연결됩니다. 계단으로 가면 뒷골목으로 이어지는 출구가 나올 겁니다."

"어떻게 감사드리면 좋을지 모르겠습니다."

"일 분이라도 시간을 허비하지 마십시오. 수사팀이 당신을 바짝 뒤쫓기 시작할 때까지 삼십 분 정도 시간이 있을 겁니다. 그 시간을 낭비하지 마십시오." 형사가 말했다.

나는 열쇠를 받아 문으로 향했다. 그곳에서 나가기 전에 잠시 뒤돌아보았다. 그란데스는 책상에 앉아서 그 어떤 표정도 없이 나를 지켜보고 있었다.

"그 천사 브로치 말입니다." 그가 자기 옷깃을 가리키면서 말했다.

"네?"

"당신을 알게 된 이후 줄곧 당신 옷깃에서 그걸 보았습니다." 그가 말했다.

20

라발 지구의 거리는 깜빡거리며 간신히 어둠을 긁어대는 가로등이 점점이 박힌 어둠의 터널이었다. 나는 그란데스 형사가 허락해준 삼십 분을 조금 넘긴 시점에 카데나 거리에 세탁소가 두 군데 있다는 것을 알았다. 첫번째 세탁소는 수증기로 반짝거리는 계단 안쪽에 있어서 동굴 같았고 자줏빛으로 염색물이 든 손과 누런 눈을 지닌 아이들만 고용하고 있었다. 커다란 두번째 세탁소는 표백제 냄새를 풍길 뿐 구질구질한 가게라 깨끗한 옷이 나오리라고는 도저히 믿어지지 않았다. 그곳을 운영하는 거구의 여자는 동전 몇 개를 쥐여주자 마리아 안토니아 사나우하가 한 주에 육 일씩 오후에 그곳에서 일한다고 주저 없이 알려주었다.

“그런데 무슨 일이지요?” 거구의 여자가 물었다.

“상속을 받았습니다. 어디로 가면 그녀를 만날 수 있는지 말해주십시오. 아주머니께도 부스러기가 떨어질지 모릅니다.”

나이 지긋한 주인은 웃음을 터뜨렸지만, 그 눈은 탐욕으로 반짝반짝 빛나고 있었다.

"마르케스 데 바르베라 거리에 있는 산타루시아 하숙집에 산다고 알고 있어요. 얼마나 받았나요?"

나는 계산대에 동전 몇 개를 떨어뜨리고 질문에는 대답하지 않은 채 그 더러운 소굴에서 나왔다.

이레네 사비노가 사는 하숙집은 무덤에서 몰래 파낸 뼈다귀와 훔친 비석으로 쌓아올린 듯한 어두운 건물 안에서 간신히 수명을 이어가고 있었다. 관리실에 있는 우편함의 금속 명판은 완전히 녹슬어 있었다. 두번째와 세번째 층 명패에는 아무것도 적혀 있지 않았고, 4층에는 '지중해 직물공장'이라는 요란한 이름의 공장이 자리잡고 있었다. 5층과 6층이 산타루시아 하숙집이었다. 한 사람이 간신히 오르내릴 수 있는 계단이 어둠 속에 묻혀 있었고, 하수구 냄새가 벽으로 스며들어 마치 식초처럼 벽에 칠한 페인트를 부식시키고 있었다. 나는 5층으로 올라가 문이 하나밖에 없는 경사진 층계참에 도착했다. 주먹으로 문을 두드리니 잠시 후 엘 그레코*의 악몽에서 빠져나온 듯한 키가 크고 비쩍 마른 남자가 문을 열어주었다.

"마리아 안토니아 사나우하를 찾습니다." 내가 말했다.

---

* 16세기 후반부터 활동한 그리스 태생의 스페인 화가. 회색빛 명암과 색채, 비정상적으로 길쭉하고 뒤틀린 인체 묘사가 특징이다.

"의사입니까?" 남자가 물었다.

나는 그를 한쪽으로 밀치고 안으로 들어갔다. 복도 양쪽으로 좁고 어두운 방들이 다닥다닥 늘어서 있었고, 복도 끝에는 옥상의 채광창이 내다보이는 커다란 창이 있었다. 하수구에서 올라오는 악취가 공간에 가득했다. 문을 열어주었던 남자는 문가에 그대로 서서 당황한 표정으로 나를 바라보고 있었다. 아무래도 하숙인인 모양이었다.

"그녀의 방이 어디죠?" 내가 물었다.

그는 꿈쩍도 하지 않은 채 조용히 나를 쳐다보았다. 내가 권총을 꺼내 보여주자 남자는 동요하는 기색도 없이 채광창 통로 옆에 있는 복도 끝 방을 가리켰다. 나는 그곳으로 향했고, 잠긴 문의 손잡이를 잡고서 억지로 열려고 몸부림치기 시작했다. 나머지 하숙인들이 이미 복도에 나와 있었다. 세상에서 잊힌 그 영혼들은 마치 수년 동안 햇빛을 스치지도 않은 것 같은 모습이었다. 카르멘 부인의 하숙집에서 가난하게 살았던 내 과거가 떠올랐고, 예전 그 하숙집은 이 비참한 연옥, 그러니까 라발 지구에 널린 싸구려 하숙집에 비하면 이제 막 문을 연 리츠호텔 같다는 생각이 들었다.

"모두 방으로 들어가시오." 내가 말했다.

아무도 내 말을 들은 것 같지가 않았다. 그래서 손을 들어 권총을 보여주자 즉시 모든 하숙인이 놀란 쥐새끼처럼 각자의 방으로 들어갔다. 슬퍼 보이는 키 큰 신사만이 예외였다. 나는 다시 방문을 뚫어지게 바라보았다.

"안에서 잠근 거예요." 신사 하숙인이 말했다. "오후 내내 틀어박혀 있어요."

씁쓸한 아몬드 같은 냄새가 문 아래로 새어나왔다. 나는 여러 번 주먹으로 문을 두드렸지만, 아무 반응도 없었다.

"주인 여자가 열쇠를 가지고 있어요." 남자가 설명했다. "잠깐만 기다리면…… 아마 그리 오래 걸리지는 않을 겁니다."

그 대답으로 나는 복도 한쪽으로 물러섰다가 온 힘을 다해 문을 향해 돌격했다. 두번째 공습에 문이 열렸다. 방안으로 들어가자마자 떫고 역겨운 악취가 코를 찔렀다.

"맙소사." 내 뒤에서 남자가 중얼거렸다.

한때 파랄렐로 지구의 스타였던 여자는 땀으로 뒤덮인 채 창백한 얼굴로 허름한 침대에 쓰러져 있었다. 입술은 까맸지만 나를 보자 살며시 웃었다. 손에 독극물이 든 병을 꼭 쥐고 있었다. 마지막 한 방울까지 모두 마신 상태였다. 피와 담즙의 냄새가 배어 있는 역겨운 숨냄새가 방안에 가득했다. 남자 하숙인은 손으로 코와 입을 막고 복도로 뒷걸음쳤다. 독극물이 그녀의 내장을 부식시키는 동안, 나는 몸부림치는 이레네 사비노를 뚫어지게 쳐다보았다. 죽음이 코앞에 다가와 있었다.

"마를라스카는 어디에 있죠?"

그녀는 고통의 눈물 사이로 나를 쳐다보았다.

"그는 이제 날 필요로 하지 않아요." 그녀가 말했다. "한 번도 날 사랑하지 않았어요."

그녀의 목소리는 갈라지고 거칠었다. 갑자기 마른기침이 그녀를 덮쳤고, 그녀는 가슴속부터 찢어지는 듯한 신음을 내뱉었다.

잠시 후 검은 액체가 잇새로 흘러나왔다. 이레네 사비노는 삶의 마지막 숨결을 붙들고서 나를 쳐다보았다. 그리고 내 손을 찾아 힘껏 쥐었다.

"당신은 저주받았어요, 그 사람처럼."

"내가 어떻게 해야 하죠?"

그녀는 천천히 고개를 가로저었다. 다시 마른기침이 그녀의 가슴을 뒤흔들었다. 눈의 모세혈관이 찢어져 피의 그물망이 눈동자를 향해 퍼져갔다.

"리카르도 살바도르는 어디에 있습니까? 마를라스카의 무덤, 그러니까 봉안소에 묻혀 있나요?"

이레네 사비노는 아니라고 고개를 저었다. 소리 없는 말 한마디가 그녀의 입술에 새겨졌다. 하코였다.

"그럼 살바도르는 어디에 있죠?"

"그는 당신이 어디에 있는지 알고 있어요. 당신을 보고 있어요. 당신을 데리러 올 거예요."

그녀는 의식이 혼미해지기 시작하는 것 같았다. 손에서 점차 힘이 빠져나가고 있었다.

"난 그를 사랑했어요." 그녀가 말했다. "좋은 사람이었어요. 좋은 사람. 그가 그 사람을 바꿔놨어요. 좋은 사람이었는데……"

갈기갈기 찢긴 육체의 소리가 그녀의 입술에서 새어나왔고, 그녀의 몸은 경련을 일으키면서 팽팽히 긴장되었다. 이레네 사비노는 내 눈을 응시한 채 죽었고, 그렇게 영원히 디에고 마를라스카의 비밀을 가져가버렸다. 이제 남은 사람은 나뿐이었다.

나는 침대시트로 그녀의 얼굴을 덮어주고 한숨을 내쉬었다. 문가에서 남자 하숙인이 십자성호를 그었다. 나는 도움이 될 만한 것이 있는지 주변을 둘러보았다. 내가 다음으로 해야 할 일이 무엇인지 알려줄 단서를 찾고 싶었다. 이레네 사비노는 길이가 4미터쯤 되고 폭이 2미터에 불과한 그 허름한 방에서 인생의 마지막을 보냈다. 창문도 없는 방이었다. 죽은 그녀가 누워 있는 철제 간이침대, 그 맞은편의 옷장, 벽에 기댄 조그만 책상이 가구의 전부였다. 침대 밑 요강과 모자상자 옆에서 가방 하나가 살며시 모습을 보였다. 책상 위에는 빵 부스러기가 담긴 그릇과 물주전자, 우편엽서처럼 보이는 것이 쌓여 있었다. 살펴보니 그건 엽서가 아니라 성인들이 그려진 카드와 장례식장이나 묘지에서 나눠주는 추도문이었다. 하얀 보자기에 싸인 책 같은 것도 있었다. 보자기를 풀어보니 내가 셈페레 씨에게 헌사를 써서 주었던 『천국의 계단』이 나왔다. 여자가 죽는 모습에 내 안에서 동정심이 일기도 했지만 그 책을 보는 순간 그런 마음도 씻은듯이 사라져버렸다. 그 빌어먹을 여자가 아무 가치도 없는 책을 빼앗기 위해 착하디착한 내 친구를 죽인 것이다. 문득 내가 서점에 처음 들어갔을 때 셈페레 씨가 해주었던 말이 떠올랐다. 모든 책에는 영혼이, 그 책을 쓴 사람의 영혼과 그 책을 읽고 꿈꾼 사람들의 영혼이 깃들어 있다는 말이었다. 셈페레 씨는 그 말을 믿고 죽었고, 나는 이레네 역시 그녀의 방식대로 그 말을 믿었다는 사실을 깨달았다.

나는 헌사를 다시 읽고 그 책을 살펴보았다. 그리고 7페이지에서 첫번째 표시를 발견했다. 갈색 선이 단어들 위에 마구 그어져 있었는데, 그녀가 몇 주 전 면도칼로 내 가슴에 그었던 것과 똑같이 육각형 별 모양이었다. 나는 그 선이 피로 그려진 것임을 알았다. 나는 다음 책장을 넘기기 시작했고, 새로운 그림들을 발견했다. 몇 개의 입술, 손 하나, 눈들이었다. 셈페레 씨는 장터의 노점에서나 볼 법한 보잘것없고 우스꽝스러운 마법 때문에 목숨을 잃은 것이다.

나는 책을 외투 안주머니에 넣고 침대 옆에 무릎을 꿇었다. 그리고 침대 밑에서 가방을 꺼내 내용물을 모조리 바닥에 쏟았다. 옷과 낡은 신발이 전부였다. 모자상자를 열어보니 가죽상자가 나왔다. 그 안에 이레네 사비노가 내 가슴에 흉터를 만든 면도칼이 들어 있었다. 불현듯 나는 어느 그림자가 바닥으로 번져가는 것을 눈치채고 권총으로 겨누면서 획 뒤로 돌았다. 키가 큰 남자 하숙인이 다소 놀란 표정으로 나를 바라보고 있었다.

"누가 당신을 찾아온 것 같아요." 그가 간단명료하게 말했다.

나는 복도로 나가 하숙집 입구로 향했다. 계단을 주시하고 있으니 위층으로 올라오는 무거운 발소리가 들렸다. 위를 올려다보는 옆얼굴이 계단 틈으로 슬쩍 보였다. 곧 두 층 아래 있는 마르코스 경사와 눈이 마주쳤다. 그가 시야 밖으로 사라졌고, 이내 빨라지는 발소리가 들렸다. 그는 혼자가 아니었다. 나는 문을 닫고 거기에 기댄 채 생각을 하려고 애썼다. 내 공범자는 침착하지만 초조한 표정으로 나를 쳐다보았다.

"이 문 말고 다른 출구가 있습니까?" 내가 물었다.

그는 없다는 뜻으로 고개를 가로저었다.

"옥상으로 나가는 문은 어디죠?"

그는 내가 방금 닫은 문을 가리켰다. 몇 초 후 나는 마르코스와 카스텔로가 그 문을 부수려고 온 힘을 다해 몸을 부딪치는 것을 느꼈다. 나는 문에서 떨어진 다음 그쪽을 향해 권총을 겨누면서 복도로 뒷걸음쳤다.

"나는 내 방에 가 있을게요." 하숙인이 말했다. "만나서 반가웠습니다."

"나도 마찬가지입니다."

나는 문을 뚫어지게 쳐다보았다. 문은 심하게 요동치고 있었다. 경첩과 자물쇠 주변의 낡은 나무에 금이 가기 시작했다. 나는 복도 안쪽으로 향해 채광창이 내다보이는 창문을 열었다. 가로 1미터, 세로 1미터 반 정도 되는 수직 통로가 어둠에 묻혀 있었다. 옥상 모서리는 창문에서 약 3미터 정도 위에 있었다. 채광창 아래로는 하수관이 녹슨 쇠고리로 벽에 고정되어 있었는데, 역겨운 습기 때문에 검은 녹물이 표면에 흩뿌려져 있었다. 뒤에서는 계속해서 몸으로 문을 넘어뜨리려는 소리가 들렸다. 나는 뒤돌아 경첩이 사실상 뜯긴 것을 확인했다. 내게 남은 시간은 불과 몇 초밖에 없는 셈이었다. 다른 대안이 없었다. 나는 창틀로 올라가 훌쩍 뛰어올랐다.

나는 손으로 하수관을 잡고 한쪽 다리로 하수관을 고정한 쇠고리를 디딜 수 있었다. 하수관 윗부분을 붙잡으려고 손을 들었지만 팔을 뻗자마자 하수관이 손안에서 부서지기 시작했다. 이미 1미터가량이 채광창 아래 구멍으로 무너져내리고 있었다. 하수관을 붙잡은 채 떨어질 찰나에 쇠고리를 고정하기 위해 벽에 박아놓은 금속을 겨우 붙들었다. 하수관을 타고 옥상으로 기어오를 수 있을 거라고 굳게 믿었었지만, 그 관은 이제 완전히 내 손이 닿을 수 없는 곳에 있었다. 두 가지 방법밖에 없었다. 하나는 복도로 되돌아가는 것이었다. 하지만 이 초도 안 되어 카스텔로와 마르코스가 안으로 들어올 게 분명했다. 다른 하나는 채광창 아래 시커먼 통로로 내려가는 것이었다. 나는 문이 건물 내벽에 힘껏 부딪치는 소리를 들었고, 온 힘을 다해 하수관을 붙잡고 천천히 내려가기 시작했다. 그러느라 왼손 피부가 상당 부분 까졌다. 1미터 반 정도 내려왔을 때 어두운 통로 위로 커다란 창문을 통해 스며든 햇빛 속에서 두 경찰의 윤곽을 보았다. 마르코스의 얼굴이 먼저 나타났다. 그는 웃었고, 나는 거기서 그가 주저 없이 나에게 총을 쏘지 않을까 생각했다. 카스텔로가 그 옆에서 모습을 드러냈다.

"여기 있어. 내가 아래층으로 갈 테니." 마르코스가 지시했다.

카스텔로는 내게서 눈을 떼지 않은 채 고개를 끄덕였다. 그들은 나를 생포하려는 것이었다. 적어도 몇 시간 동안은 살아 있는 나를 원하고 있었다. 마르코스가 달려가면서 멀어지는 발소리가 들렸다. 몇 초 사이로 불과 1미터 아래 있는 창문에서 그를 보게 될 것이 틀림없었다. 나는 아래를 내려다보았다. 3층과 2층의 창문에는 모두 불이 켜져 있었지만, 4층 창문은 어둠에 잠겨 있었다. 나는 천천히 내려갔고, 발이 다음 쇠고리에 닿는 걸 느꼈다. 4층의 어두운 창문이 내 앞에 있었고 복도는 텅 비어 있었다. 마르코스가 복도 끝에 있는 문을 두들기고 있었다. 직물공장은 이미 닫힌 시간이라 그곳에는 아무도 없었다. 문을 두들기는 소리가 멈추었고 나는 마르코스가 3층으로 내려갔음을 알았다. 위를 쳐다보니 카스텔로가 고양이처럼 입맛을 다시면서 나를 계속 주시하고 있었다.

"떨어지지 마. 널 체포한 뒤 함께 즐거운 시간을 보낼 테니까." 그가 말했다.

3층에서 목소리가 들려왔고, 그곳에 사는 사람들이 마르코스에게 문을 열어주는 듯했다. 두 번 생각할 것도 없이 나는 모을 수 있는 모든 힘을 끌어모아서 2층 창문을 향해 몸을 던졌다. 외투 소매로 얼굴과 목을 가린 채 창문을 박살내버렸고, 부서진 유릿조각이 널린 곳에 떨어졌다. 힘들게 일어나 살펴보니 짙은 얼룩이 왼쪽 팔로 번지는 것을 어둠 속에서도 알 수 있었다. 팔꿈치 위로 단도처럼 날카로운 유리파편이 보였다. 나는 손으로 그 파편을 잡아서 빼버렸다. 싸늘한 한기에 이어 격렬한 통증이 밀려왔고, 나는 무릎을 꿇으며 바닥으로 쓰러졌다. 그때 하수관을 타고 이미 내려온 카스텔로가 내가 뛰어내린 지점에서 지켜보고 있는 것이 눈에 들어왔다. 내가 무기를 꺼내기도 전에 그는 창문을 향해 펄쩍 뛰었다. 그의 손이 창틀을 잡았고, 나는 반사적으로 있는 힘을 다해 부서진 창문의 틀을 내리쳤다. 손뼈가 딱 부러지는 소리와 함께 카스텔로는 고통으로 울부짖었다. 나는 권총을 꺼내 그의 얼굴을 겨냥했지만, 그의 손은 이미 창틀에서 떨어지고 있었다. 순간 그의 눈이 공포에 질렸고, 그의 몸은 벽에 부딪히면서 아래층 창문에서 새어나오는 불빛 속에 피의 흔적을 남기며 채광창의 수직 통로 아래로 떨어졌다.

나는 복도를 따라 문을 향해 기어갔다. 팔의 상처가 지독할 정도로 욱신거렸고, 다리도 여기저기 상처를 입은 듯했다. 나는 계속 앞으로 나아갔다. 재봉틀과 실패, 커다란 천 두루마리가 놓인 테이블로 가득찬 방들이 어둠에 싸인 채 양쪽으로 늘어서 있었다. 나는 문에 도착해 손잡이에 손을 올려놓았다. 십분의 일 초도 채 지나지 않아 손가락 아래서 손잡이가 돌아가는 걸 느꼈다. 나는 손잡이를 놓았다. 마르코스가 반대편에서 억지로 문을 열기 위해 용을 쓰고 있었다. 나는 몇 발짝 뒤로 물러났다. 엄청난 굉음이 문을 뒤흔들었고, 자물쇠 일부가 불똥과 푸른 연기구름 속에서 튕겨나갔다. 마르코스는 총으로 쏴서 잠금장치를 날려버리겠다고 작정한 것이었다. 나는 첫번째 방으로 몸을 숨겼다. 팔도 다리도 없이 움직이지 않는 몸통으로 가득차 있었다. 그것들은 차곡차곡 쌓인 진열창의 마네킹이었다. 나는 어둠 속에서 반짝이는 몸통들 사이로 얼른 들어갔다. 두번째 총소리가 나고 문이 벌컥 열렸다. 화약 연기로 가득한 누런 층계참의 불빛이 실내로 들어왔다. 마르코스의 몸이 빛줄기 속에서 선명한 윤곽을 드러내고 있었다. 그의 묵직한 발소리가 복도에서 다가왔다. 그가 방문을 여는 소리가 들렸고, 나는 마네킹 뒤로 벽에 딱 붙어 숨었다. 권총을 잡은 내 손이 떨렸다.

"마르틴, 나와." 마르코스가 천천히 앞으로 나오면서 차분히 말했다. "해치지 않을 테니. 그란데스가 당신을 경찰서로 데려오라는 지시를 내렸어. 우리가 그 사람, 마를라스카를 찾았어. 그가 모든 걸 고백했어. 당신은 아무 죄도 없어. 그러니 이제 어리석은 짓은 그만둬. 자, 어서 나와. 그리고 경찰서에 가서 이야기하자고."

나는 그가 문으로 들어와 내 앞을 그냥 지나치는 걸 보았다.

"마르틴, 내 말 잘 들어. 그란데스가 오고 있어. 더는 사태를 악화시키지 않고도 이 모든 문제를 확실하게 해결할 수 있어."

나는 권총의 공이치기를 당겼다. 마르코스의 발이 멈추었다. 무언가 타일 위를 스치는 소리가 났다. 그는 벽 반대쪽 끝에 있었다. 그는 내가 그 방에 있으며, 자기 앞을 지나가지 않고는 나갈 길이 없다는 사실을 완벽하게 알고 있었다. 나는 그의 윤곽이 천천히 방문의 그림자 속으로 숨어드는 모습을 보았다. 그의 모습은 흐느적거리는 어둠 속에서 녹아버렸고, 그가 거기에 있다는 것을 보여주는 유일한 신호는 그의 눈동자뿐이었다. 그는 내게서 겨우 4미터 떨어진 거리에 있었다. 나는 벽에 기댄 채 몸을 미끄러뜨렸고, 바닥에 닿을 때까지 무릎을 구부렸다. 마르코스의 다리가 마네킹 뒤로 다가오고 있었다.

"여기에 있는 거 알아, 마르틴. 이제 애 같은 짓은 그만해."

그는 발길을 멈추더니 꼼짝하지 않았다. 그가 무릎을 굽히고서 손가락으로 내 혈흔을 문질러보는 모습이 보였다. 그는 손가락 하나를 입술로 가져갔다. 나는 그가 웃고 있을 것이라고 상상했다.

"피가 많이 나잖아, 마르틴. 의사에게 가야 해. 내가 병원까지 함께 가주겠어."

나는 침묵을 지켰다. 마르코스는 어느 테이블 앞에 멈추더니 천조각 사이에 놓여 있던 반짝이는 물건 하나를 집었다. 커다란 재단용 가위였다.

"당신 혼자 가도 좋고, 마르틴."

나는 그의 손에서 가위가 벌어졌다가 오므라들면서 날끼리 스치는 소리를 들었다. 찌르는 듯한 아픔이 팔을 쥐어뜯었고, 나는 신음을 내지 않기 위해 입술을 깨물었다. 마르코스는 내가 있는 곳으로 얼굴을 돌렸다.

"피 이야기가 나와서 말인데, 이미 우리가 당신 계집애, 그러니까 이사벨라라는 애를 데리고 있다는 사실을 알아두라고. 당신과 시작하기 전에 그녀와 잠시 시간을 가질 작정이야……"

나는 무기를 들고 그의 얼굴을 조준했다. 금속이 반짝거리면서 내가 있는 곳을 드러냈다. 마르코스는 마네킹을 쓰러뜨리고 총알을 피해 나를 덮쳤다. 몸 위에서 그의 무게가, 얼굴에서는 그의 숨냄새가 느껴졌다. 가윗날이 내 왼쪽 눈으로부터 1센티미터 떨어진 곳에서 힘껏 오므라들었다. 내가 모을 수 있는 모든 힘을 다해 이마로 그의 얼굴을 들이받자, 그는 한쪽으로 넘어졌다. 나는 무기를 들고 그의 얼굴을 겨냥했다. 마르코스는 입술이 찢어진 채 일어나서 내 눈을 뚫어져라 쳐다보았다.

"쏠 만한 배짱은 없을 텐데." 그가 중얼거렸다.

그는 내 권총에 손을 갖다대고서 웃었다. 나는 방아쇠를 당겼다. 그러자 그의 팔이 마치 커다란 망치에 맞은 듯이 뒤로 휙 젖혀졌고 총알이 그의 손을 날려버렸다. 마르코스는 손이 떨어져나간 자리에서 연기가 무럭무럭 나는 손목을 움켜잡고 바닥에 쓰러졌다. 그사이 화약에 그을린 그의 얼굴은 소리 없이 울부짖는 고통의 입술 속으로 녹아들어갔다. 나는 자리에서 일어나, 그가 자신의 오줌 웅덩이에서 피를 흘리며 죽어가도록 내버려둔 채 그곳을 떠났다.

21

어렵사리 몸을 질질 끌면서 나는 라발 지구의 골목길들을 지나 파랄렐로까지 갈 수 있었다. 아폴로극장 앞에 택시들이 줄지어 서 있었고, 나는 내 눈에 들어온 첫번째 택시에 미끄러지듯 올라탔다. 문소리에 고개를 돌린 운전사는 못마땅한 기색이 역력했다. 나는 그의 투덜거림을 무시한 채 뒷좌석에 털썩 주저앉았다.

"이봐요, 거기 뒤에서 죽을 작정은 아니겠죠?"

"내가 원하는 곳으로 빨리 데려다줄수록 내게서 빨리 해방될 겁니다."

운전사는 혼잣말로 욕을 중얼거리더니 자동차 시동을 걸었다.

"어디로 가고 싶은데요?"

나도 몰라, 나는 생각했다.

"일단 출발하십시오. 그럼 알려주겠습니다."

"어디로 출발하란 말입니까?"

"페드랄베스로 갑시다."

이십 분 후 언덕에 있는 엘리우스 저택의 불빛이 멀리서 보였다. 나는 그 불빛이 있는 곳으로 가라고 운전사에게 알려주었다. 언제쯤 나를 떼어놓을 수 있을지 조바심을 내던 운전사는 나를 저택 문 앞에 내려주고 기쁜 나머지 택시비를 받는 것도 잊을 뻔했다. 나는 대문으로 몸을 질질 끌고 가서 초인종을 누른 뒤 계단 위에 쓰러져 벽에 머리를 기댔다. 안에서 발소리가 다가오더니 어느 순간 대문이 열리고 누군가가 내 이름을 불렀다. 내 이마에 와닿는 누군가의 손이 느껴졌고 비달의 눈을 알아볼 수 있었다.

"죄송합니다, 페드로 선생님." 나는 애원하다시피 말했다. "갈 곳이 없었어요……"

그가 크게 외치는 소리가 들리더니 잠시 후 여러 손이 팔과 다리를 잡아 나를 들어올렸다. 다시 눈을 떴을 때는 페드로 씨의 침실이었다. 나는 그가 결혼생활을 했던 두 달 남짓 동안 크리스티나와 함께 썼던 바로 그 침대에 누워 있었다. 나는 한숨을 내쉬었다. 비달이 침대 발치에서 나를 지켜보고 있었다.

"지금은 아무 말도 말게." 그가 말했다. "의사가 오고 있어."

"그 사람들 말을 믿지 마세요, 페드로 선생님." 내가 신음하면서 말했다. "그들 말을 믿으면 안 돼요."

비달은 입술을 꽉 다물면서 고개를 끄덕였다.

"물론 믿지 않네."

페드로 씨는 담요를 집어 나를 덮어주었다.

"난 내려가서 의사를 기다리겠네." 그가 말했다. "자네는 여기서 푹 쉬고 있게."

잠시 후 침실로 들어오는 발소리와 목소리가 들렸다. 내 옷을 벗기는 손길이 느껴졌고, 피를 흘리는 덩굴손처럼 몸을 덮은 얼두어 개의 상처가 보였다. 곧 핀셋이 상처를 헤집으며 유릿조각을 꺼내는 것이 느껴졌다. 피부와 살점까지 함께 딸려나오는 것 같았다. 소독약의 열기와 의사가 상처를 꿰매는 바늘의 따끔함도 느껴졌다. 이제는 아프지 않았다. 그저 피로할 뿐이었다. 의사와 비달은 망가진 인형처럼 나를 고치고 꿰매고 붕대를 감은 뒤 이불을 덮어주고 머리에 베개를 받쳐주었다. 내 평생 경험해보지 못했던 보드랍고 푹신푹신한 베개였다. 나는 눈을 떠 의사의 얼굴을 보았다. 귀족적인 분위기가 물씬 풍기고 마음을 편안하게 해주는 미소를 짓는 신사였다. 그는 손에 주사기를 들고 있었다.

"그나마 다행이었소, 젊은이." 의사가 내 팔에 주삿바늘을 찌르면서 말했다.

"이건 무슨 주사죠?" 내가 중얼거렸다.

의사 옆에 비달의 얼굴이 보였다.

"자네가 편히 쉴 수 있도록 도와줄 걸세."

차가운 기운이 팔에 번지더니 이내 가슴을 뒤덮었다. 나는 검은 벨벳의 샘으로 빠졌고, 그동안 비달과 의사가 멀리서 나를 지켜보고 있었다. 세상이 점점 닫히며 마침내 한 방울의 빛으로 줄어들더니 그 빛마저 내 손에서 증발하고 말았다. 나는 무한히 따스한 화학적 평화 속으로 빠져들었고, 그 평화에서 결코 빠져나오지 않길 바랐다.

나는 얼음 아래 검은 물의 세상을 기억한다. 저 높은 곳의 차갑고 둥근 하늘을 스치며 수천 개의 먼지 다발로 부서진 달빛이 나를 밀어내는 강물 속에서 너울거리고 있었다. 그녀를 감싼 하얀 망토가 천천히 하늘거렸고 그 몸의 윤곽이 달빛을 받아 희미하게 보였다. 크리스티나가 내게 손을 뻗었고, 나는 그 차갑고 끈적끈적한 물살과 사력을 다해 싸웠다. 내 손과 그녀의 손이 불과 몇 밀리미터를 사이에 두고 가까워진 바로 그 순간, 검은 구름이 그녀 뒤로 날개를 펼치고 검은 잉크를 흩뿌리듯 그녀를 감쌌다. 검은빛의 촉수는 그녀의 팔과 목, 얼굴을 휘감더니 어둠을 향해 그녀를 힘껏 끌고 갔다.

22

나는 빅토르 그란데스 형사의 입술이 내 이름을 말하는 소리를 듣고 비로소 잠에서 깨었다. 내가 어디에 있는지도 모르는 채 벌떡 몸을 일으켜보니 말하자면 특급호텔 스위트룸과 흡사한 곳이었다. 상체를 덮은 열두어 개의 상처에서 느껴지는 호된 통증이 나를 현실로 돌려놓았다. 그곳은 엘리우스 저택에 있는 비달의 침실이었다. 오후 서너시의 햇빛이 살며시 열린 덧문 사이로 스며들었다. 벽난로에 불을 지펴놓아서 방안은 따스했다. 페드로 비달과 빅토르 그란데스의 목소리는 아래층에서 들려왔다.

무언가가 피부를 잡아당기고 찔러대 아팠지만 아랑곳하지 않고 침대에서 나왔다. 피로 얼룩진 더러운 내 옷은 안락의자 위에 아무렇게나 걸쳐져 있었다. 나는 외투를 찾았다. 권총은 여전히 주머니에 들어 있었다. 나는 공이치기를 당기고 방을 나가 목소리가 들려오는 곳을 향해 계단으로 갔다. 그리고 벽에 붙어 두어 단을 내려갔다.

"당신 부하들 일은 정말 유감입니다." 나는 비달이 말하는 소리를 들었다. "만일 다비드가 연락하거나 그의 행방을 알게 되면 즉시 연락을 취하지요."

"도와주셔서 감사합니다, 비달 씨. 이런 일로 귀찮게 해드려서 죄송합니다. 하지만 상황이 워낙 심각하니 이해해주시기 바랍니다."

"충분히 알겠습니다. 이렇게 찾아와줘서 고맙습니다."

현관으로 향하는 발소리가 들리더니 이내 문이 닫히고 정원에서 멀어져가는 발소리가 들려왔다. 아래층에서 비달이 괴로워하며 한숨을 내쉬었다. 계단을 조금 더 내려가보니 그가 현관문에 이마를 기대고 있는 모습이 보였다. 내 기척에 그는 눈을 뜨더니 돌아섰다.

그는 아무 말도 하지 않고 그저 내가 손에 들고 있는 권총만 바라보았다. 나는 그걸 계단 발치의 조그만 탁자 위에 올려놓았다.

"자, 가세. 깨끗한 옷이 있는지 한번 살펴보지." 그가 말했다.

그를 따라 들어간 커다란 옷방은 내 눈에 의상 박물관처럼 보였다. 비달의 영광스러운 시절에 보았던 값비싼 고급 옷이 모두 그곳에 있었다. 넥타이와 신발, 붉은 벨벳으로 감싼 상자에 든 커프스단추가 수십 개씩 넘쳐났다.

"전부 내가 젊었을 때 입고 쓰던 것들이네. 아마 자네에게 잘 어울릴 거야."

비달은 내게 줄 것을 골랐다. 조그만 땅뙈기 가격은 될 것 같은 셔츠, 런던에서 맞춘 스리피스 양복, 내 고용주의 옷장에 있었대도 전혀 꿀리지 않을 이탈리아제 구두였다. 비달이 생각에 잠겨 나를 지켜보는 동안 나는 아무 말 없이 옷을 입었다.

"어깨가 좀 크긴 하지만, 큰 문제는 없어 보이네." 그는 내게 사파이어가 박힌 커프스단추를 내밀면서 말했다.

"형사가 뭐라고 말했습니까?"

"모두 말해주더군."

"선생님은 그 말을 믿습니까?"

"내가 믿건 말건 그게 무슨 상관인가?"

"제게는 상관이 있습니다."

비달은 바닥부터 천장까지 거울로 된 벽에 붙은 긴 의자에 앉았다.

"자네가 크리스티나의 소재를 알고 있다던데." 그가 말했다.

나는 고개를 끄덕였다.

"살아 있나?"

나는 그의 눈을 보고 아주 천천히 고개를 끄덕였다. 비달은 내 시선을 피하면서 희미하게 미소 지었다. 그런 다음 울음을 터뜨리며 가슴 깊은 곳에서 올라오는 신음을 내뱉었다. 나는 옆에 앉아 그를 껴안았다.

"용서해주십시오, 페드로 선생님, 용서해주세요……"

나중에, 그러니까 해가 지평선 위로 지기 시작했을 때 페드로 씨는 내 낡은 옷을 불에 태웠다. 외투를 불길에 던지기 전에 그가 주머니에서 『천국의 계단』을 꺼내 내밀었다.

"작년에 자네가 쓴 두 권의 책 중에서 이게 더 좋은 것이지." 그가 말했다.

나는 벽난로에서 불타는 내 옷을 휘젓는 그를 쳐다보았다.

"언제 아셨습니까?"

비달은 어깨를 으쓱했다.

"아무리 허영에 들뜬 바보라 해도 영원히 속이기는 힘든 거야, 다비드."

나는 그의 목소리에 담긴 것이 원한인지, 아니면 오직 슬픔뿐인지 제대로 알 수 없었다.

"선생님을 돕는 길이라고 생각해서 그랬습니다."

"나도 알고 있네."

그는 부드러운 미소를 지었다.

"용서해주십시오." 내가 중얼거렸다.

"자네는 이 도시를 떠나야 해. 산세바스티안부두에 오늘 자정에 출항하는 화물선 한 척이 정박해 있네. 내가 미리 손을 써두었어. 올모 선장을 찾게. 자네를 기다리고 있을 거야. 내 차고에 있는 차를 타고 가서 차는 부둣가에 세워두게. 펩이 내일 찾으러 갈 거야. 아무와도 말을 섞지 말게. 자네 집으로 돌아가지도 마. 아마도 돈이 필요하겠지."

"돈은 충분히 있습니다." 나는 거짓말을 했다.

"돈은 결코 충분한 법이 없네. 마르세유에서 내리면 올모가 은행까지 함께 가서 오만 프랑을 건네줄 걸세."

"페드로 선생님……"

"내 말 잘 들어. 그란데스는 자네가 두 사람을 죽였다고 하는데, 그들은……"

"마르코스와 카스텔로입니다. 선생님 아버님의 부탁을 받고 일한 것으로 알고 있습니다."

비달은 고개를 가로저었다.

"아버지나 그의 변호사들은 결코 중간급 경찰을 상대하지 않아, 다비드. 그 두 사람이 어떻게 자네가 경찰서에서 나간 지 삼십 분 만에 어디에 있는지 알아냈겠나?"

싸늘한 확신이 온몸을 엄습했다.

"제 친구 빅토르 그란데스 형사를 통해서겠지요."

비달이 고개를 끄덕였다.

"그란데스는 일부러 자네가 도망치게 놔둔 거야. 경찰서 안에서 손을 더럽히고 싶지 않았거든. 자네가 그곳에서 나가자마자 그의 두 부하가 자네를 뒤쫓았지. 자네의 죽음은 '경찰서를 도망친 살인 용의자가 체포되어 저항하다 사망했다'는 내용이 정해진 전보문이나 마찬가지였네."

"과거 사회면에 종종 실리던 기사처럼요." 내가 말했다.

"세월이 흘러도 절대로 바뀌지 않는 것들이 있지, 다비드. 자네는 누구보다도 잘 알고 있을 거야."

그는 옷장을 열더니 새 외투를 내게 내밀었다. 나는 그 외투를 받아 안주머니에 책을 넣었다. 비달이 내게 미소 지었다.

"내 평생 처음으로 자네가 근사하게 차려입은 모습을 보게 되는군."

"선생님이 입으셔야 더 잘 어울립니다."

"그야 당연한 거고."

"페드로 선생님, 너무 많은 걸……"

"이제 그런 건 중요하지 않네, 다비드. 내게 아무 설명 하지 않아도 돼."

"제가 선생님께 빚진 건 단지 설명이 아니라……"

"그렇다면 그녀에 관해 말해주게."

비달은 절망에 빠진 눈으로 나를 보면서 거짓말을 해달라고 애원하고 있었다. 창밖으로 바르셀로나 전체가 훤히 내다보이는 거실에 앉아 나는 최선을 다해 거짓말을 했다. 크리스티나가 파리의 수플로 거리에 있는 조그만 다락방을 빌려 '마담 비달'이라는 이름으로 살고 있으며, 뤽상부르공원의 분수 앞에서 매일 오후 서너 시에 나를 기다리겠다고 말했다고. 그리고 그녀는 늘 그에 관해 말하며 그를 절대로 잊지 않을 것이고, 내가 그녀 곁에서 아무리 많은 시간을 보내더라도 그가 남긴 빈자리는 결코 채울 수 없을 것이라고 말했다. 페드로 씨는 고개를 끄덕이면서 하염없이 먼 곳을 바라보았다.

"그녀를 잘 보살피겠다고 내게 약속하게, 다비드. 절대로 버리지 않겠다고 약속해줘. 무슨 일이 일어나더라도 그녀 곁에 있겠다고 약속해주게."

"약속합니다, 페드로 선생님."

해질녘의 창백한 햇빛 속에서 나는 늙고 패배했으며 기억과 양심의 가책으로 병든 사람을, 과거에는 아무것도 믿지 않았지만 이제 그에게 남은 위안은 믿음뿐인 사람을 보았다.

"내가 자네에게 더 좋은 친구가 되어주었으면 좋았을 거야, 다비드."

"선생님은 제 가장 좋은 친구였습니다. 아니, 그 이상으로 좋은 분이었습니다."

비달은 팔을 뻗어 내 손을 잡았다. 그는 떨고 있었다.

"그란데스가 내게 그 사람, 그러니까 자네가 고용주라고 부르는 사람에 대해 이야기했네…… 자네가 그에게 빚을 지고 있고, 그 빚을 갚을 유일한 방법은 순수한 영혼을 내놓는 것이라고 믿고 있다던데."

"모두 바보 같은 소리입니다, 페드로 선생님. 그러니 신경쓰지 마십시오."

"나처럼 더럽고 피로에 지친 영혼은 도움이 되지 않나?"

"선생님만큼 순수한 영혼은 보지 못했습니다."

비달이 웃었다.

"나를 자네 아버지와 바꿀 수만 있다면, 기꺼이 그렇게 했을 거야, 다비드."

"선생님 심정은 충분히 알고 있습니다."

그는 자리에서 일어나 도시 위로 내려앉는 땅거미를 응시했다.

"이제 길을 떠나야만 하네." 그가 말했다. "차고로 가서 차를 한 대 골라. 자네 마음에 드는 걸로 고르도록 해. 나는 현금이 있는지 찾아보겠네."

나는 알았다고 말하면서 외투를 집어들고 정원으로 나가 차고로 향했다. 엘리우스 저택의 차고에는 국왕의 마차처럼 번쩍거리는 자동차 두 대가 있었다. 나는 좀더 작고 소박한 자동차를 선택했다. 검은색 이스파노수이사 자동차로, 차고 밖으로 두세 번도 나가지 않은 것처럼 아직 새 차 냄새를 풍기고 있었다. 나는 운전석에 앉아 시동을 걸고 차고를 나가 정원에서 기다렸다. 일 분이 지나도록 페드로 씨가 나오지 않자 나는 시동을 걸어둔 채 차에서 내렸다. 그와 작별인사를 하고, 돈 문제는 내가 알아서 해결할 테니 걱정 말라고 말할 생각으로 집안으로 들어갔다. 현관을 들어서면서 나는 안에 있는 조그만 탁자에 권총을 놔두었다는 사실을 떠올렸다. 가지러 가보니 이미 권총은 그곳에 없었다.

"페드로 선생님?"

거실 문이 반쯤 열려 있었다. 안을 들여다보니 거실 한가운데 그가 있었다. 그는 내 아버지의 권총을 가슴에 가져가더니 총구를 심장 위에 올려놓았다. 내가 그에게 달려갔지만, 굉음 같은 총소리에 내 외침은 파묻히고 말았다. 무기가 그의 손에서 떨어졌다. 벽에 기댄 그의 몸은 대리석 위로 자줏빛 흔적을 남기면서 천천히 바닥으로 미끄러졌다. 나는 그의 옆에 무릎을 꿇고서 팔로 그를 떠받쳤다. 그의 옷에 난 총알구멍에서 연기와 함께 검고 끈끈한 피가 마구 뿜어나왔다. 페드로 씨는 내 눈을 뚫어져라 쳐다보았고, 그사이 그의 미소는 피로 가득찼으며 몸은 떨림을 멈추고 화약과 고통의 냄새를 풍기며 힘없이 늘어졌다.

23

나는 자동차로 돌아와 운전석에 앉아 피 묻은 손을 운전대 위에 올려놓았다. 제대로 숨을 쉴 수 없었다. 일 분 정도 기다리고서 사이드브레이크를 풀었다. 땅거미가 붉은 수의로 하늘을 덮었고, 그 밑으로 도시의 불빛이 고동치고 있었다. 나는 엘리우스 저택을 뒤로한 채 언덕을 내려가는 거리로 출발했다. 페아르손 대로에 도착했을 때 차를 멈추고서 백미러를 살펴보니 차 한 대가 후미진 골목길에서 돌아나와 약 50미터 떨어진 곳에 자리를 잡았다. 전조등은 켜지 않았다. 빅토르 그란데스였다.

나는 페드랄베스 대로를 내려가 구엘 별장의 주랑현관을 지키는 커다란 철제 용을 지나갔다. 그란데스 형사의 차는 몇백 미터 거리를 두고 계속 나를 뒤쫓았다. 디아고날 대로에 이르자 나는 왼쪽으로 돌아서 시내 쪽으로 방향을 잡았다. 차량 통행이 뜸해 그란데스는 아무런 어려움 없이 뒤쫓아왔다. 나는 라스 코르츠 지구의 좁은 길을 이용해 그를 따돌릴 생각으로 운전대를 오른쪽으로 꺾기로 마음먹었다. 그때 그란데스 형사는 자기가 나를 쫓고 있다는 사실이 더는 비밀이 아님을 깨닫고 전조등을 환하게 밝히며 나와의 거리를 좁혔다. 이십 분 동안 우리는 전차 사이를 누비면서 쫓고 쫓겼다. 버스와 다른 차 사이로 이리저리 빠져나가도 뒤꽁무니에서는 어김없이 그란데스의 전조등이 나타났다. 잠시 후 눈앞에 몬주익산이 나타났다. 만국박람회의 커다란 궁전과 나머지 전시관들은 불과 보름 전에 폐쇄되었지만, 석양의 안개 속에서 이미 잊힌 위대한 문명의 폐허 같은 모습으로 남아 있었다. 나는 도깨비불을 내뿜는 폭포와 화려한 조명을 자랑하는 박람회 분수로 올라가는 커다란 대로에 접어들어 최대한 속도를 높였다. 올림픽 스타디움을 향해 산을 둘러싼 길을 구불구불 올라가는 동안 그란데스는 룸미러에서도 얼굴이 분명하게 보일 정도로 바짝 거리를 좁혔다. 순간 산꼭대기의 군사요새로 올라가는 도로를 택하면 어떨까 하는 유혹도 느꼈지만 그곳에는 빠져나갈 길이 없었다. 유일한 희망은 바다를 바라보는 산 반대편에서 그를 따돌린 다음 항구의 부둣가로 사라지는 것이었다. 그러기 위해서는 약간의 시간적인 틈이 필요했다. 그란데스는 이제 15미터 정도 뒤에 있었다. 미라마르 전망대의 커다란 난간이 앞에 있었고 우리의 발밑에는 도시가 펼쳐져 있었다. 나는 있는 힘을 다해 사이드브레이크를 당겨서 그란데스가 이스파노수이사 자동차와 충돌하게 했다. 그 충격으로 우리 두 사람의 차는 도로 위로 불꽃을 일으키며 거의 20미터를 미끄러졌다. 나는 브레이크를 손에서 놓고 약간 앞으로 나아갔다. 그란데스가 다시 자동차를 제어하려고 애쓰는 사이 나는 후진기어를 넣고서 최대한 가속페달을 밟았다. 내 의도가 무엇인지 그란데스가 깨달았을 때는 이미 늦은 뒤였다. 나는 이 도시에서 가장 훌륭한 경주용 자동차 생산공장의 선물인 엔진과 차체의 힘으로 그를 덮쳤다. 내가 탄 차는 그를 보호하던 엔진과 차체보다 훨씬 더 튼튼했다. 내 차와 충돌하자 그는 자동차 안에서 중심을 잃었고, 나는 그의 머리가 자동차 앞유리에 부딪혀 유리가 산산조각나는 것을 볼 수 있었다. 그의 차 엔진 덮개에서 하얀 연기가 모락모락 피어나기 시작했고 전조등은 꺼졌다. 나는 전진기어를 넣고 가속페달을 밟으며 그란데스를 남겨둔 채 미라마르 전망대로 향했다. 하지만 몇 초 후 뒷바퀴의 흙받기가 타이어와 붙을 정도로 납작하게 눌렸다는 것을, 그래서 타이어가 회전하며 금속과 마찰을 일으킨다는 사실을 알았다. 고무 타는 냄새가 차 안을 가득 메웠다. 20미터 더 앞으로 나아가자 타이어가 터졌고 차는 지그재그로 움직이더니 검은 연기구름에 휩싸이며 멈추었다. 나는 자동차를 버리고 그란데스의 차가 있는 곳으로 눈길을 돌렸다. 형사는 몸을 질질 끌고 차에서 내려 천천히 일어서고 있었다. 주변을 살펴보니 그곳에서 50미터 정도 떨어진 곳에 몬주익산부터 산세바스티안 탑까지 도시의 항구 위를 가로지르는 케이블카 정류장이 있었다. 나는 전선에 매달린 케이블카들이 석양의 붉은 빛 위로 미끄러지는 모습을 보고 즉시 그곳으로 달려갔다.

직원 하나가 건물 문을 닫으려고 준비하다가 내가 급히 뛰어오는 걸 보았다. 그는 문을 연 채 나를 기다리며 안쪽을 가리켰다.

“오늘의 마지막 운행입니다.” 그가 알려주었다. “서두르세요.”

매표소가 문을 닫으려는 찰나 나는 그날의 마지막 표를 샀고 케이블카 아래서 기다리던 네 명의 일행과 함께 탑승하기 위해 서둘렀다. 직원이 문을 열어주고 들어가라고 할 때야 비로소 그들의 의상이 눈에 들어왔다. 신부들이었다.

“이 케이블카는 만국박람회를 위해 최첨단 기술로 만들어졌으며, 그 어느 순간에도 안전을 보장합니다. 운행이 시작되면 사고를 피하고자, 혹은 만일 생길지도 모르는 자살 시도를 미연에 방지하기 위해 안전문이 닫히고 오로지 밖에서만 열 수 있습니다. 물론 우리 신부님들께서 타고 계시니 아무런 위험도……”

“젊은이.” 내가 그의 말을 끊었다. “이미 어두워지고 있으니 그 의례적인 말을 좀 빨리 하면 안 될까요?”

담당 직원은 나를 못마땅한 눈으로 쳐다보았다. 사제 한 명이 내 손에 묻은 피 얼룩을 보더니 십자성호를 그었다. 직원은 장광설을 계속 늘어놓았다.

“여러분은 항구의 바다 위로 약 70미터 상공의 바르셀로나 하늘을 이동하면서 지금까지 제비나 갈매기를 비롯해 하느님께서 날개를 주신 피조물만 감상할 수 있었던 도시 전체의 멋진 장관을 즐길 수 있습니다. 여정은 총 십 분이며, 두 번 정차합니다. 한 번은 항구의 중심 탑에서, 즉 바르셀로나의 에펠탑이라 부르고 싶은 산하이메 탑에서 정차하며 두번째이자 마지막 정류장은 산세바스티안 탑입니다. 더는 시간 끌지 않겠습니다. 승객 여러분에게 행복한 여정이 되길 바랍니다. 그리고 이른 시일 내에 바르셀로나 항구의 케이블카를 다시 찾아주시기를, 여러분과 함께할 수 있기를 소망합니다."

나는 가장 먼저 케이블카에 탑승했다. 직원은 팁을 바라며 네 사제에게 손을 내밀어 케이블카에 올라타는 것을 도와주었지만 아무도 그의 손에 팁을 쥐여주지 않았다. 실망의 빛을 감추지 못한 채 그는 케이블카의 문을 쾅 닫고 레버를 조작하기 위해 뒤돌았다. 그곳에서 빅토르 그란데스 형사가 상처를 입고도 미소를 잃지 않은 채 신분증을 손에 들고 그를 기다리고 있었다. 직원이 그에게 승강구 문을 열어주었고, 그란데스는 케이블카 안으로 들어오면서 고개 숙여 신부들에게 인사를 한 뒤 내게는 윙크를 했다. 몇 초 후 우리는 상공을 날고 있었다.

케이블카는 승강장에서 산기슭을 향해 높이 솟아올랐다. 사제들은 한쪽으로 몰려 웅성거렸다. 바르셀로나 위로 지는 석양을 즐기기 위해서이기도 했고, 나와 그란데스가 어떤 수상한 이유로 함께 타게 되었는지를 애써 무시하기 위해서이기도 했다. 형사는 천천히 내게 다가와 손에 들고 있는 무기를 보여주었다. 케이블카가 항구의 바다 위로 떠다니는 커다란 붉은 구름 속으로 들어가, 순간적으로 우리는 불타는 호수 안에 들어온 것만 같았다.

"케이블카는 타본 적이 있습니까?" 그란데스가 물었다.

나는 고개를 끄덕였다.

"내 딸아이는 무척 좋아합니다. 적어도 한 달에 한 번은 케이블카를 타러 가자고 조르죠. 약간 비싸긴 하지만, 그럴 가치는 충분합니다."

"늙은 비달에게 나를 죽이는 대가로 받은 돈만으로도 마음만 먹으면 매일 데려올 수 있겠죠. 궁금해서 물어보는 건데, 내 목숨에 얼마가 걸렸습니까?"

그란데스가 웃었다. 케이블카는 커다란 붉은 구름에서 나왔고, 우리는 내항 위에 떠 있었다. 도시의 불빛이 어두운 바다 위로 흩뿌려져 있었다.

"만오천 페세타." 그는 자기 외투 주머니에서 고개를 내민 흰 봉투를 톡톡 두드리면서 대답했다.

"그렇다면 기뻐해야겠군요. 10페세타만으로도 사람을 죽이는 판인데 말입니다. 거기에는 당신 부하들을 배신하는 값도 포함되어 있습니까?"

"기억하지 못할까봐 말해주자면, 여기에서 누군가를 죽인 사람은 당신뿐입니다."

그즈음 네 명의 신부는 너무나 놀라 경악하면서, 도시 위를 비행하는 현기증나는 장관에도 아랑곳하지 않은 채 우리를 지켜보았다. 그란데스는 그들을 힐끗 쳐다보았다.

"존경하는 우리 신부님들께 부탁드립니다. 그리 큰 수고가 되지 않는다면 저희 두 사람만 남아 속세의 문제를 논의할 수 있도록 첫번째 정류장에 도착했을 때 이 케이블카에서 내려주십사 합니다."

우리 앞에는 항구 내항의 탑이 기계의 성전에서 가져온 강철과 전선으로 만든 돔처럼 우뚝 솟아 있었다. 케이블카는 탑의 둥근 지붕 밑으로 들어가 승강장에 멈추었다. 문이 열리자 네 명의 사제는 도망치듯이 서둘러 내렸다. 그란데스는 손에 총을 쥔 채 내게 케이블카 안쪽으로 들어가라고 손짓했다. 사제 한 명이 내리면서 나를 걱정스러운 눈빛으로 바라보았다.

"걱정 말아요, 청년. 우리가 경찰에게 알리겠어요." 그는 문이 닫히기 전에 이렇게 말했다.

"주저하지 말고 그렇게 하시죠." 그란데스가 대답했다.

문에 다시 빗장이 걸리자 케이블카가 움직였다. 우리는 항구의 탑에서 나와 마지막 구간의 여정을 시작했다. 그란데스는 창가로 다가가 도시의 전경을 응시했다. 도시는 마치 빛과 안개, 성당과 저택, 골목길과 대로가 얽혀 만들어내는 그림자의 미로로 이루어진 신기루 같았다.

"저주받은 자들의 도시." 그란데스가 말했다. "먼 곳에서 볼수록 더욱 아름답죠."

"그게 내 비문입니까?"

"난 당신을 죽이지 않을 겁니다, 마르틴. 난 사람을 죽이지 않으니까요. 당신이 나 대신 처리해줄 겁니다. 나와 당신 자신을 위해서요. 내 말이 맞는다는 건 당신도 알겠죠."

그러더니 형사는 승강구의 잠금장치에 총알 세 발을 쏜 다음 발로 문을 쾅 차서 열어버렸다. 문은 허공에서 덜렁거렸고 습한 바람이 불어닥쳐 케이블카 안을 가득 메웠다.

"아무 느낌도 없을 겁니다, 마르틴. 내 말 믿어요. 부딪히면 십분의 일 초도 고통을 느끼지 않을 거예요. 즉사할 테니까. 그런 다음에는 영원한 평화를 누리는 겁니다."

나는 열린 승강구를 보았다. 70미터 상공에서의 추락이 바로 눈앞에 있었다. 산세바스티안 탑을 보니 그곳에 도착하려면 아직도 몇 분을 더 가야 했다. 그란데스가 내 생각을 읽었다.

"몇 분 내로 모든 게 끝날 겁니다, 마르틴. 내게 감사해야 할 거예요."

"정말로 내가 그 모든 사람을 죽였다고 믿습니까, 형사님?"

그란데스는 총을 올리면서 내 심장을 겨냥했다.

"글쎄요. 관심도 없습니다."

"난 우리가 친구라고 생각했습니다."

그란데스는 웃더니 조그만 소리로 중얼거렸다.

"당신은 친구가 없어요, 마르틴."

굉음 같은 총소리가 들리고, 커다란 망치에 갈비뼈를 얻어맞은 것처럼 가슴에서 충격이 느껴졌다. 나는 숨도 한 번 제대로 쉬지 못한 채 뒤로 벌렁 자빠졌다. 고통의 경련이 휘발유처럼 온몸으로 번져갔다. 그란데스는 내 다리를 붙잡고 문으로 나를 끌어당겼다. 저편에서 산세바스티안 탑의 꼭대기가 구름의 베일 사이로 모습을 드러냈다. 그란데스는 내 몸 위를 건너가더니 내 뒤에 무릎을 꿇고 문을 향해 내 어깨를 힘껏 밀었다. 다리에서 축축한 바람이 느껴졌다. 그란데스는 다시 나를 밀었고, 나는 내 허리가 케이블카 밖으로 미끄러지고 있다는 것을 알았다. 눈 깜짝할 사이에 중력가속도가 붙었다. 나는 떨어지고 있었다.

나는 경찰을 향해 팔을 뻗어 손가락으로 그의 목을 움켜쥐었다. 내 몸무게가 실리자 형사는 문가에 꼼짝없이 몸이 끼어 움직이지 못했다. 나는 온 힘을 다해 그의 기도를 움켜쥔 채 조였고 목의 핏줄을 눌렀다. 그는 한 손으로 내 손아귀에서 벗어나려고 안간힘을 쓰며 다른 손으로는 더듬더듬 무기를 찾았다. 그의 손가락이 권총 손잡이에 닿았고 이내 방아쇠를 당겼다. 총알은 내 이마를 스치고 승강구 문틀에 맞았다. 그리고 케이블카 안쪽으로 튕겼다가 그의 손바닥을 깨끗하게 관통했다. 나는 손톱을 그의 목에 더 깊숙이 찔렀고, 그의 피부가 찢어지고 있음을 알았다. 그란데스는 신음을 내뱉었다. 나는 힘껏 그를 잡아당기면서 기어올라갔고, 그렇게 다시 몸의 반 이상이 케이블카 안으로 들어갔다. 일단 벽을 붙잡을 수 있게 되었을 때 나는 그란데스를 놓아주고 한쪽으로 비켜섰다.

가슴을 더듬어보니 형사의 총알이 남긴 구멍이 있었다. 나는 외투 단추를 풀고 『천국의 계단』을 꺼냈다. 총알이 앞표지부터 거의 400페이지를 뚫고 들어가 뒤표지에서 은빛 손톱처럼 삐죽 튀어나와 있었다. 내 옆에서 그란데스는 필사적으로 자기 목을 붙잡고는 바닥에서 몸부림치고 있었다. 그의 얼굴은 검붉은 빛깔이었고 이마와 관자놀이에 팽팽한 전선처럼 핏줄이 불거져 있었다. 그는 나를 애걸하는 눈으로 쳐다보았다. 그의 눈에는 유리잔에 생긴 금처럼 거미줄 모양의 실핏줄이 번지고 있었고, 나는 내 손이 그의 기도를 으스러뜨려 어떻게 손써볼 도리도 없이 그가 질식하고 있다는 사실을 알았다.

나는 그가 천천히 죽음으로 신음하며 바닥에서 몸을 떠는 걸 지켜보았다. 그리고 그의 주머니에서 고개를 내민 흰 봉투의 모서리를 잡아당겼다. 나는 봉투를 열어서 만오천 페세타를 세었다. 내 목숨의 대가였다. 그리고 그 봉투를 외투 주머니에 넣었다. 그란데스는 바닥에서 몸을 끌며 무기를 향해 기어갔다. 나는 자리에서 일어나 그의 손이 닿지 않는 곳으로 총을 발끝으로 차버렸다. 그는 자비를 애걸하면서 내 발목을 붙잡았다.

"마를라스카는 어디에 있습니까?" 내가 물었다.

그의 목구멍이 둔탁한 신음을 뱉어냈다. 나는 그의 눈을 똑바로 바라보았고, 그가 웃고 있다는 것을 알았다. 나는 문으로 그를 밀어버렸다. 그의 몸이 거의 80미터 상공에서 레일과 전선, 톱니바퀴와 쇠막대 사이를 지나며 갈가리 찢겨 떨어지는 것을 보았을 때 이미 케이블카는 산세바스티안 탑으로 진입하고 있었다.

24

탑의 집은 어둠 속에 파묻혀 있었다. 더듬거리며 돌계단을 올라 층계참에 이르렀는데 문이 반쯤 열려 있다는 것을 알았다. 나는 손으로 문을 밀고 문가에서 어둠으로 가득한 긴 복도를 자세히 살펴보다 몇 발짝 안으로 내디뎠다. 그런 다음 꼼짝하지 않은 채 그대로 기다렸다. 손으로 벽을 더듬어 스위치를 네 번이나 켜보았지만 아무런 반응이 없었다. 오른쪽 첫번째 문은 부엌으로 통하는 문이었고, 나는 3미터를 천천히 걸어 바로 그 문 앞에서 걸음을 멈추었다. 문득 선반 어딘가에 기름램프가 있다는 사실이 떠올랐다. 그곳으로 가서 램프를 찾아냈다. 칸 히스페르트 상점에서 가져온, 아직 개봉하지도 않은 커피통들 사이에 놓여 있었다. 나는 기름램프를 식탁에 올려놓고 불을 켰다. 불빛이 부엌 벽을 노르스름한 색으로 가득 적셨다. 나는 램프를 들고 다시 복도로 나왔다.

불빛이 깜빡이는 램프를 높이 든 채 천천히 앞으로 나아갔다.

복도로 난 문에서 누군가가, 아니면 무언가가 예기치 않은 순간 갑자기 나타날지도 몰랐다. 나는 그곳에 나 혼자가 아니라는 사실을 알았다. 그렇다는 걸 직감할 수 있었다. 분노와 증오로 가득한 고약한 악취가 허공에 떠다니고 있었던 것이다. 복도 맨 끝에 이르러 마지막 침실의 문 앞에서 걸음을 멈추었다. 램프의 불빛이 벽에서 떨어져 있는 옷장 주변을 어루만졌다. 그저께 밤에 그란데스가 나를 잡으러 왔을 때 그대로 옷들이 바닥에 널브러져 있었다. 방을 나가 서재로 올라가는 나선형 계단 아래까지 나아갔다. 그리고 서재에 이를 때까지 천천히 두 발짝, 혹은 세 발짝을 옮길 때마다 뒤돌아보았다. 석양의 붉은 숨결이 창문을 통해 스며들었다. 나는 급히 가방이 놓여 있던 벽까지 서재를 가로질러가 가방을 열었다. 고용주에게 위탁받은 원고 뭉치는 이미 사라지고 없었다.

나는 다시 계단으로 향했다. 책상 앞을 지나면서 오래된 타자기 자판이 누군가가 주먹으로 마구 내리친 것처럼 엉망이 되어 있는 것을 보았다. 천천히 계단을 내려가 다시 복도를 지나가면서 별실 입구를 슬쩍 보았다. 어둠 속에서도 책이 모두 바닥에 떨어져 있고 안락의자는 가죽이 갈가리 찢겨 있는 것을 알 수 있었다. 몸을 돌려 현관문과 나 사이에 놓인 20미터 길이의 복도를 자세히 살펴보았다. 램프의 불빛으로는 그 중간까지만 알아볼 수 있었고, 그 너머로는 검은 바닷물 같은 어둠이 넘실거렸다.

들어오면서 현관문을 열어두었다는 사실이 떠올랐다. 그런데 이제 그 문은 닫혀 있었다. 2미터가량 앞으로 나아갔는데, 복도의 맨 마지막 방을 지나는 순간 무언가가 내 발길을 멈춰 세웠다. 방금 전 안으로 들어갔을 때는 눈치채지 못했던 것이었다. 문이 왼쪽으로 열려 있던데다가 그것의 존재를 알아차릴 정도로 충분히 살펴보지 않았기 때문이었다. 하지만 이제 가까이 다가가니 분명히 보였다. 십자가 모양으로 날개를 활짝 펼친 하얀 비둘기가 문 위에 못박혀 있었다. 선혈이 나무문을 타고 방울져 떨어지고 있었다.

방안으로 들어가 문 뒤를 살펴보았지만 아무도 없었다. 옷장은 여전히 한쪽으로 밀려 있었다. 벽의 틈에서 나오는 차갑고 음습한 기운이 방안에 가득했다. 나는 바닥에 램프를 내려놓고 구멍 주위를 메운 부드러운 충전재 위에 손을 올려놓았다. 손톱으로 긁어보니 손가락 아래에서 충전재가 허물어지는 느낌이 들었다. 주변을 뒤져보다 벽 구석에 겹겹이 쌓인 조그만 탁자 하나의 서랍에서 낡은 레터나이프를 발견했다. 나는 충전재에 그 칼날을 꽂고서 마구 후비기 시작했다. 두께 3센티미터가 채 되지 않는 석고는 쉽게 떨어졌다. 충전재 뒤편에는 목재가 있었다.

문이었다.

나는 레터나이프로 문 모서리를 찾았고, 천천히 문의 윤곽이 벽에서 모습을 드러냈다. 이미 그때는 집을 사악한 기운으로 가득 채우며 어둠 속에 숨어 기다리는 존재가 가까이 있다는 사실을 까마득히 잊고 있었다. 문에는 손잡이가 없었고, 부드러운 석회에 파묻혀 습기로 오랜 세월을 보낸 탓에 녹슨 자물쇠 하나뿐이었다. 레터나이프를 자물쇠에 넣어서 후벼팠지만 헛된 시도였다. 나는 발로 문을 걷어차기 시작했고, 그러자 자물쇠를 지탱하고 있던 충전재가 서서히 떨어져나갔다. 나는 레터나이프로 자물쇠의 고정장치를 제거했고, 걸쇠가 풀리자 슬쩍 미는 것만으로 문은 바닥으로 쓰러졌다.

썩은 공기가 한바탕 내부에서 훅 끼쳐오면서 내 옷과 피부를 그 냄새로 적셨다. 램프를 들고 안으로 들어가보니 깊이가 5미터, 혹은 6미터쯤 되는 사각형 공간이 나왔다. 벽은 모두 손가락으로 쓰거나 그린 듯한 그림과 글자로 뒤덮여 있었다. 선들은 하나같이 어두운 밤색이었다. 말라붙은 피였다. 처음에는 바닥에 먼지가 뒤덮여 있다고 생각했지만, 램프를 내려 불빛을 비춰보니 조그만 뼈의 잔해들이었다. 동물의 부러진 뼈가 잿더미처럼 쌓여 있었다. 천장에는 종교적 성화와 성인이나 성녀가 인쇄된 그림이 검은 끈으로 수없이 매달려 있었다. 하나같이 얼굴은 불에 그을리고 눈알이 빠져 있었다. 가시철사로 묶인 십자고상과 양철장난감 쪼가리, 유리눈이 박힌 여자 인형도 매달려 있었다. 그리고 방 안쪽에 거의 보이지 않는 그 검은 실루엣이 있었다.

구석의 벽을 마주보는 의자에 무언가가 있었다. 검은 옷을 입고 있었다. 남자였다. 손은 수갑이 채워져 뒤로 묶여 있었다. 사지는 굵은 철사로 의자에 꽉 매여 있었다. 불현듯 그때껏 느껴보지 못했던 한기가 엄습했다.

"살바도르?" 나는 간신히 말을 내뱉었다.

천천히 그를 향해 나아갔다. 그 희미한 그림자는 미동도 없었다. 나는 한 발짝 떨어진 곳에 멈추고서 그 그림자를 향해 천천히 손을 내밀었다. 손가락으로 그의 머리카락을 매만지고 어깨 위에 손을 놓았다. 그 몸을 돌리려고 할 때 손가락 아래서 무언가가 부서지는 느낌이 들었다. 몇 초 후, 속삭임이 들리는 것 같더니 시체는 재로 변해 옷과 그것을 얽어맨 철사 사이로 허물어져내렸다. 어두운 재의 구름이 수십 년 동안 그를 숨겨놓았던 감옥의 벽 안쪽에서 떠다녔다. 나는 손을 베일처럼 뒤덮은 재를 쳐다보다가 손을 얼굴로 가져가 내 피부에 리카르도 살바도르의 영혼이 남긴 유해를 발랐다. 눈을 떴을 때, 그의 간수 마를라스카가 보였다. 그는 감옥의 문가에서 고용주의 원고를 손에 들고 이글거리는 눈빛으로 기다리고 있었다.

"이 원고를 읽으면서 당신을 기다리고 있었소, 마르틴." 마를라스카가 말했다. "대단한 작품이군. 내가 당신을 대신해 이 원고를 건네면 고용주는 내게 충분한 보상을 해줄 거요. 솔직히 인정하자면, 나는 수수께끼를 풀 수 없었소. 그래서 도중에 포기하고 말았지. 고용주가 재능이 더 많은 후계자를 발견할 수 있었다니 아주 기쁘오."

"꺼져."

"미안하오, 마르틴. 내 미안한 감정을 믿어주시오. 난 당신을 존경하게 되었소." 그는 주머니에서 대리석 손잡이처럼 보이는 것을 꺼냈다. "하지만 당신을 이 방에서 나가게 해줄 수는 없소. 이제 당신이 불쌍한 살바도르의 자리를 대신할 때니까."

그가 손잡이에 있는 버튼을 누르자 양날의 칼이 어둠에서 번쩍거렸다.

그는 분노의 비명을 지르면서 내게 덤벼들었다. 칼날이 뺨에 상처를 냈고, 내가 옆으로 피하지 않았다면 왼쪽 눈도 도려냈을 것이었다. 나는 먼지와 조그만 뼈로 뒤덮인 바닥에 쓰러졌다. 마를라스카는 양손으로 칼을 붙잡고 나를 덮쳐 자신의 모든 무게를 칼날에 실었다. 칼끝이 가슴에서 불과 2센티미터 떨어진 곳까지 왔을 때 나는 오른손으로 마를라스카의 목을 가까스로 잡았다.

그가 고개를 돌려 내 손목을 물어뜯으려고 했지만, 나는 왼손 주먹으로 그의 얼굴을 강타했다. 그는 거의 눈 하나 깜짝하지 않았다. 이성과 고통을 압도하는 분노가 그를 충동질했고, 나는 그가 나를 그 밀실에서 살아나가게 두지 않을 것임을 알았다. 그는 도저히 있을 수 없는 힘으로 나를 공격했다. 피부를 찌르는 칼끝이 느껴졌다. 나는 다시 있는 힘을 다해 그를 때렸다. 내 주먹이 그의 얼굴을 강타했고 그의 코뼈가 부러지는 걸 느꼈다. 그의 피가 내 주먹에 흥건하게 묻었다. 마를라스카는 고통도 아랑곳하지 않고 다시 소리를 내지르며 칼을 내 살 속으로 1센티미터가량 찔러넣었다. 말할 수 없는 통증이 가슴을 가로질렀다. 나는 다시 그를 때리면서 손가락으로 눈구멍을 찾았지만, 마를라스카가 턱을 치켜드는 바람에 손톱은 뺨에 박힐 뿐이었다. 이번에는 손가락에 그의 이가 느껴졌다.

나는 그의 입을 주먹으로 강타하면서 입술을 찢었고 이를 여럿 부러뜨렸다. 그가 울부짖는 동시에 공격도 주춤해졌다. 내가 한쪽으로 밀쳐내자 그는 바닥으로 널브러졌다. 그의 얼굴이, 피로 얼룩진 가면이 고통으로 부들부들 떨리고 있었다. 나는 그에게서 떨어져나오며 그가 다시 일어나지 않게 해달라고 빌었다. 그러나 일초 후 그는 칼이 있는 곳까지 기어가더니 다시 몸을 일으키기 시작했다.

그는 칼을 집어들고 귀가 먹먹할 정도의 괴성을 지르며 달려들었다. 이번에는 불의의 습격으로 허를 찌르지는 못했다. 나는 램프 손잡이를 잡고 있는 힘을 다해 그가 달려오는 쪽으로 휘둘렀다. 램프가 그의 얼굴을 세차게 후려쳤고, 기름이 그의 눈과 입술, 목과 가슴으로 흘러내렸다. 즉시 불이 붙었다. 순식간에, 불과 이초도 안 되는 사이에 불의 망토가 그의 온몸을 뒤덮었다. 머리카락은 순식간에 사라져버렸다. 눈썹을 태워버리는 불길 사이로 증오가 가득한 그의 시선이 보였다. 나는 원고를 집어 그곳에서 나갔다. 마를라스카는 아직도 손에 칼을 쥔 채 그 저주받은 방 밖으로 나를 쫓아오려고 시도하다가 낡은 옷더미 위로 엎어졌다. 그 옷들에도 곧장 불이 옮겨붙었다. 불길이 솟구쳐올라 옷장의 마른 나무와 벽에 쌓여 있던 다른 가구로 번졌다. 내가 복도로 도망칠 때도 그는 여전히 팔을 벌린 채 나를 붙잡으려고 뒤따라왔다. 나는 현관문으로 달려가 그곳을 나가기 전에 걸음을 멈추고 불길에 타오르는 디에고 마를라스카를 지켜보았다. 그는 분노를 이기지 못해 벽을 두드렸고, 그의 손길이 닿자 그 벽에도 불이 붙었다. 불은 별실에 흩어져 있던 책으로 번지고 커튼을 집어삼켰다. 뱀처럼 꿈틀거리며 천장으로 번져간 불은 문틀과 창틀을 핥으며 서재의 계단으로 기어올라갔다. 내가 기억하는 마지막 광경은 그 저주받은 인간이 복도 끝에서 무릎을 꿇으며 쓰러지고, 그의 광기가 빚어낸 허황된 희망이 사라지며, 탑의 집 내부로 손써볼 도리도 없이 번지던 폭풍 같은 화염 속에서 그의 몸이 살덩이와 증오의 횃

불로 쪼그라드는 모습이었다. 나는 문을 닫고 계단을 달려내려 갔다.

몇몇 동네 사람이 탑의 집 창문에서 첫번째 불길을 보자마자 거리로 뛰쳐나와 모여 있었다. 거리 아래로 멀어지는 나에게는 아무도 관심을 두지 않았다. 잠시 후 서재의 유리창이 깨지는 소리가 들려와 고개를 뒤로 돌렸다. 화염이 포효하며 용 모양의 풍향계를 감싸는 것이 보였다. 잠시 후 나는 보른 대로를 향해 걸었다. 이웃 사람들이 위쪽을 올려다보며, 시커먼 하늘로 치솟아오르는 불길의 광채에서 눈을 떼지 못한 채 밀물처럼 밀려오고 있었다.

25

그날 밤 나는 마지막으로 '셈페레와 아들' 서점을 찾았다. '영업 마감' 표지판이 문에 걸려 있었지만 가까이 가보니 아직 내부에 불이 켜져 있었다. 이사벨라가 혼자 계산대 뒤에서 두꺼운 장부만 골똘히 바라보고 있었다. 그 표정으로 판단하자면 오래된 서점이 곧 생명의 종지부를 찍게 되리라는 것을 가히 짐작할 수 있었다. 그러나 연필을 물어뜯고 코끝을 둘째손가락으로 긁는 그녀의 모습을 보면서, 나는 그녀가 그곳에 있는 동안 그 장소는 절대로 사라지지 않을 것임을 알았다. 그녀는 나를 구한 것처럼 그곳에서 그곳을 구할 것이었다. 나는 그 순간을 깨뜨릴 용기가 나지 않았고, 내 존재를 그녀에게 들키지 않도록 몰래 지켜보면서 마음속으로 흐뭇한 미소를 지었다. 그때 내 생각을 읽기라도 한 것처럼 그녀가 눈을 들어 나를 보았다. 나는 손을 흔들어 그녀에게 인사하며 그녀의 눈에 자기도 모르는 사이 눈물이 가득 고이는 것을 보았다. 그녀는 장부를 덮고 계산대 뒤에서 달려나와 문을 열었다. 그리고 내가 그곳에 있는 걸 믿을 수 없다는 듯이 나를 바라보았다.

"그 사람 말이 당신은 도망쳤다고…… 다시는 볼 수 없을 거라고 했어요."

나는 그란데스가 그녀를 찾아왔으리라는 것을 익히 짐작할 수 있었다.

"나는 그 말을 한마디도 믿지 않았다는 걸 알아줘요." 이사벨라가 말했다. "빨리 연락을 해서……"

"시간이 별로 없어, 이사벨라."

그녀는 풀죽은 얼굴로 나를 쳐다보았다.

"정말 떠나는 거군요?"

나는 고개를 끄덕였다. 이사벨라는 침을 삼켰다.

"난 작별인사를 좋아하지 않는다고 이미 말했잖아요."

"난 너보다 더 싫어해. 그래서 작별인사를 하러 온 건 아니야. 내 것이 아닌 걸 몇 가지 되돌려주려고 온 거야."

나는 『천국의 계단』을 꺼내 그녀에게 내밀었다.

"이건 셈페레 씨의 개인 소장품이 있는 진열장에서 절대로 나와서는 안 됐어."

이사벨라는 아직도 총알이 박혀 있는 책을 받아들고 아무 말 없이 나를 보았다. 이어서 나는 만오천 페세타가 담긴 흰 봉투를 꺼냈다. 비달의 아버지가 내 죽음을 사려고 지급했던 돈이었다. 나는 그걸 계산대 위에 놓았다.

"이건 그동안 셈페레 씨가 내게 선물했던 모든 책의 값이야."

이사벨라는 봉투를 열고 놀란 표정으로 돈을 세었다.

"받아도 괜찮은지 모르겠어요……"

"미리 주는 결혼선물이라고 생각해."

"나는 최근까지도 당신이 언젠가 나를 이끌고 성당 제단으로 입장하면 좋겠다는 희망을 품고 있었죠. 대부 역할로라도요."

"그럴 수만 있다면 더없이 기쁘겠지."

"하지만 떠나야 하는군요."

"그래."

"영원히."

"잠시야."

"함께 가도 되나요?"

나는 그녀의 이마에 입을 맞추고 그녀를 꼭 안아주었다.

"내가 어디를 가든지, 넌 항상 나와 함께 있을 거야, 이사벨라. 항상."

"당신을 그리워하지 않을 거예요."

"나도 알아."

"하다못해 기차역이나 어디까지 따라가서 인사를 해도 되나요?"

나는 그녀와 작별하는 순간을 피하고 싶었지만, 너무나 오래 머뭇거렸다.

"당신이 정말로 떠난다는 걸, 그리고 내가 당신에게서 마침내 벗어났다는 걸 확실히 하기 위해서예요." 그녀가 덧붙였다.

"좋아."

우리는 람블라스 거리를 천천히 걸었고, 이사벨라는 내내 내 팔을 꼭 잡고 있었다. 아르코 델 테아트로 거리에 도착해 우리는 라발 지구로 들어가는 어두운 골목길을 향해 길을 건넜다.

"이사벨라, 오늘밤 네가 보게 되는 건 그 누구에게도 이야기하면 안 돼."

"아들 셈페레에게도요?"

나는 한숨을 내쉬었다.

"아니. 그에게는 무슨 이야기를 들려줘도 괜찮아. 우리는 그와 거의 비밀이 없는 사이잖아."

문을 열자 관리인 이사크 몽포르트가 미소를 보이며 우리가 들어갈 수 있도록 한쪽으로 비켜주었다.

"슬슬 중요한 방문이 있을 때가 되었다고 생각했죠." 그는 이사벨라에게 정중하게 인사하면서 말했다. "마르틴, 당신이 안내를 맡고 싶은 것 같은데, 맞죠?"

"괜찮으시다면……"

이사크는 고개를 끄덕이며 내게 손을 내밀었다. 나는 그와 악수했다.

"행운을 빌어요." 그가 말했다.

관리인은 나와 이사벨라만 놔둔 채 어둠을 향해 물러났다. 과거에 내 조수였고 이제는 '셈페레와 아들' 서점의 새로운 훌륭한 경영자가 된 그녀는 놀라움과 우려가 교차하는 표정을 지으면서 모든 걸 살펴보았다.

"여기는 도대체 뭐하는 곳이죠?" 그녀가 물었다.

나는 그녀의 손을 잡고 입구가 위치한 커다란 홀까지 이어지는 길을 천천히 안내했다.

"'잊힌 책들의 묘지'에 온 것을 환영해, 이사벨라."

이사벨라는 저 높은 곳에 있는 둥근 유리천장을 향해 눈을 들었고, 책들로 이루어진 성전 중심부까지 뻗은 복잡한 터널과 난간, 다리 위로 하얀 빛줄기가 교차하며 만들어내는 비현실적인 광경을 넋을 잃고 바라보았다.

"이곳은 신비로운 장소야. 성스러운 곳이지. 네가 보고 있는 각각의 책에는 모두 영혼이 깃들어 있어. 그 책을 쓴 사람의 영혼뿐만 아니라 그 책을 읽고 그 책과 함께 살고 꿈꾼 사람들의 영혼까지도. 책의 주인이 바뀔 때마다, 누군가의 시선이 그 책의 페이지를 훑을 때마다 그 책의 영혼은 커지고 강해지지. 이곳에서 이미 아무도 기억하지 않는 책들, 시간 속에서 잊혀버린 책들은 영원히 살면서 새로운 독자나 새로운 영혼의 손에 이르기를 기다려……"

이후 나는 이사벨라를 미로의 입구에서 기다리라고 하고서, 차마 없애버릴 용기를 내지 못했던 그 빌어먹을 원고를 가지고 터널 안으로 혼자 들어갔다. 분명 그 원고를 영원히 묻어둬야 하는 장소로 발걸음이 나를 이끌어주리라 확신했다. 나는 수천 번이나 모퉁이를 돌았고, 마침내 길을 잃었다고 생각하기에 이르렀다. 똑같은 길을 이미 열 번은 지나갔다는 확신이 들었을 때, 조그만 방의 입구가 나타났다. 검은 옷을 입은 사람의 시선이 결코 떠나지 않는 조그만 거울에서 나 자신의 모습을 보았던 곳이었다. 검은 가죽으로 장정된 두 개의 책등 사이로 빈 공간이 보였고, 주저 없이 그곳에 고용주의 원고를 넣었다. 그 장소를 벗어나려던 그때, 다시 책장으로 다가갔다. 그리고 감춰둔 원고 옆에 꽂힌 책을 꺼내 펼쳤다. 겨우 두어 대목 읽었을 때 등뒤에서 그 음산한 웃음소리가 다시 들렸다. 나는 그 책을 원래 있었던 곳에 놓아두고 손에 닿는 대로 아무 책이나 뽑아서 급히 훑어보았다. 이어서 다른 책과 또다른 책을 보고, 그렇게 결국 그 방에 있는 수십 권의 책을 살펴보았다. 모두 순서만 다를 뿐 똑같은 단어들로 이루어져 있었고, 똑같은 이미지들이 그림자를 드리우고 있었고, 똑같은 이야기가 마치 무한한 거울의 회랑 안에서 추는 파드되처럼 끝없이 반복되고 있었다. 『영원의 빛』이었다.

미로를 나가자 이사벨라가 계단에 앉아서 나를 기다리고 있었다. 손에는 그녀가 고른 책이 들려 있었다. 옆에 앉자 이사벨라는 내 어깨에 머리를 기댔다.

"여기로 데려와줘서 고마워요." 그녀가 말했다.

그 순간 나는 내가 다시는 그곳을 보지 못하리라는 사실을 깨달았다. 그리고 내가 그곳의 복도를 돌아다니고 그곳의 비밀에 살짝 손댈 수 있던 것을 행운으로 여기며 그곳을 꿈꾸고 기억 속에 그 장소를 아로새겨야 할 운명을 선고받았다는 것도 깨달았다. 나는 잠시 눈을 감고 그곳의 이미지가 내 마음에 영원히 각인되도록 기다렸다. 그런 다음 그곳을 다시 볼 용기도 내지 못한 채 이사벨라의 손을 잡았고, '잊힌 책들의 묘지'를 영원히 뒤로하고 입구를 향해 걸어갔다.

이사벨라는 배가 기다리는 부두까지 나를 배웅해주었다. 바로 그 도시에서, 그리고 내가 알았던 모든 것으로부터 아주 멀리 떨어진 곳으로 나를 데려갈 배였다.

"선장 이름이 뭐래요?" 이사벨라가 물었다.

"저승의 뱃사공인 카론이야."

"별로 달갑지 않은 이름이네요."

나는 마지막으로 그녀를 껴안고 아무 말 없이 그녀의 눈을 바라보았다. 그곳으로 오는 길에 우리는 이미 작별인사도 거창한 말도 하지 않기로, 무언가를 지키겠다는 약속도 하지 않기로 다짐했었다. 산타마리아 델 마르 성당에서 열두시를 알리는 종이 울려 나는 배에 올랐다. 선장 올모가 나를 반겨 맞이하며 선실까지 데려다주겠다고 자청했지만 나는 갑판에 있고 싶다고 말했다. 승무원들이 밧줄을 풀었고 배는 천천히 부두에서 멀어졌다. 나는 선미에 기대 너울거리는 빛 속에서 멀어져가는 도시를 바라보았다. 부두가 어둠 속으로 모습을 감추고 바르셀로나라는 커다란 신기루가 검은 바닷물 속에 잠길 때까지, 이사벨라는 꿈쩍도 하지 않고 그 자리에서 나만을 바라보고 있었다. 저멀리 도시의 불빛이 하나씩 꺼졌고, 나는 이미 내가 바르셀로나를 지난 기억으로 만들기 시작했음을 깨달았다.

에필로그

1945년

내가 저주받은 자들의 도시에서 영영 도망쳤던 그 밤 이후 십오 년이라는 긴 세월이 흘렀다. 오랫동안 나는 존재하지 않는 사람, 방황하는 이방인이라는 정체 외에는 어떤 이름이나 모습도 필요 없는 사람이었다. 실제로 내 이름은 백 개가 넘었고 그에 못지않게 다양한 직업을 가졌지만, 그 어느 것도 내 것은 아니었다.

나는 거대한 도시들로, 과거도 미래도 없는 사람들만 모여 있는 작은 마을들로 자취를 감추었다. 그리고 어떤 장소건 필요한 시간 이상은 머무르지 않았다. 오히려 필요한 시간이 되기 전에 아무런 통보도 없이, 두어 권의 낡은 책과 중고 옷가지만 음울한 방에 남겨두고서 다시 도망쳤다. 그런 곳에서 시간은 인정사정없었고 기억은 뜨겁게 불탔다. 내 기억은 이제 모든 것이 불확실했다. 세월은 내게 이방인의 육체로 사는 법을 가르쳐주었다. 그 이방인은 아직도 손에서 냄새가 풍기는 범죄를 자기가 정말 저질렀는지, 자기가 미친 건 아닌지 알지 못했다. 그리고 자기가 정말 돈 몇 푼을 받고 죽음을 비껴가는 대가로 한때 꿈꾸었던 불길 속 세상을 방황하며 돌아다니는 형벌을 받은 게 맞는지도 몰랐다. 이제는 죽음만이 무엇보다 달콤한 보상처럼 보인다. 나는 내 심장 위로 발사했던 형사 그란데스의 총알이 그 책을 완전히 관통한 건 아닌지, 허공에 걸려 있던 케이블카에서 죽은 사람이 바로 나는 아니었는지 스스로에게 수없이 묻곤 했다.

방황의 세월 동안 나는 고용주를 위해 썼던 종이에서 내가 예견했던 지옥이 내 발길이 닿는 곳마다 현실이 되는 것을 보았다. 수천 번이나 나는 나 자신의 그림자에서 도망쳤고, 그럴 때마다 항상 내 뒤를 바라보며 길모퉁이와 거리의 반대편, 혹은 날이 밝아오기 전 끝없는 시간 동안 내 침대의 발치에서 그 그림자를 발견하게 되리라 생각했다. 나는 그 누구에게도 나를 충분히 알 시간을 주지 않았다. 왜 내가 전혀 늙지 않는 것인지, 왜 내 얼굴에는 주름이 생기지 않는지, 왜 거울에 비친 내 모습은 이사벨라를 바르셀로나의 부두에 두고 온 그날 밤과 똑같은지, 왜 일 분도 더 늙지 않은 것인지 스스로에게 묻지 않기 위해서였다.

이 세상에서 내가 숨을 곳은 모두 바닥난 것 같은 때가 왔다. 이제 두려워 떠는 것에, 기억으로 살고 죽는 것에 너무나 지친 나머지 육지가 끝나고 바다가 시작되는 곳에서 발길을 멈추었다. 나처럼 바다가 항상 전날과 같은 모습으로 새로운 날을 맞는 곳이었다. 나는 그곳에 털썩 주저앉았다.

오늘은 내가 이곳에 도착해 이름과 직업을 되찾은 지 일 년이 되는 날이다. 나는 해변에 있는 이 낡은 오두막집을 샀다. 헛간이나 다름없는 이 집에서 나는 옛날 주인이 남겨놓은 책들과 함께 지낸다. 또 이 집에는 타자기가 한 대 있는데, 나는 그것이 내가 수백 페이지의 글을 썼던 바로 그 타자기라고 믿고 싶다. 물론 그 글을 기억하는 사람이 있을지 나는 전혀 알 수 없을 것이다. 내 창문에서는 나무로 만든 조그만 잔교가 보인다. 바다로 뻗은 그 잔교 끝에는 집을 살 때 함께 딸려온 보트가 매여 있다. 그것은 작은 보트에 불과하지만, 나는 종종 파도가 부서지는 암초가 있고 해변이 시야에서 거의 사라지는 곳까지 그 보트를 타고 나간다.

이곳에 도착하기 전까지는 한 번도 글을 쓰지 않았다. 다시 처음으로 타자기에 종이를 끼우고 손을 자판 위에 올려놓았을 때는 단 한 줄도 쓸 수 없을 것 같아서 두려웠다. 나는 해변의 오두막집에서 첫날밤을 보내는 동안 이 이야기의 첫 부분을 썼다. 과거에 흔히 그랬듯이 날이 밝아올 때까지 글을 썼다. 누구를 위해 글을 쓰고 있는지도 모른 채 썼다. 낮에는 해변을 걸어다니거나 오두막집 앞의 나무잔교에, 그러니까 하늘과 바다 사이에 놓인 널다리에 앉아 옷장에서 발견한 날짜 지난 수많은 신문을 읽었다. 그 신문에는 전쟁 이야기가, 즉 내가 고용주를 위해 꿈꾸었던 화염 속 세상의 이야기가 담겨 있었다.

그렇게 스페인내전과 이후 유럽과 세계의 전쟁 연대기를 읽으면서 이제는 더 잃을 것이 없다고 판단했다. 나는 이사벨라가 잘 지내고 있는지, 그녀가 아직도 나를 기억하고 있는지만 알고 싶었다. 아니, 그녀가 아직 살아 있는지 알고 싶었는지도 모른다. 나는 바르셀로나의 산타아나 거리에 있었던 그 옛날 '셈페레와 아들' 서점 주소로 편지를 썼다. 수신지에 제대로 도착할지도 알 수 없지만, 도착한다 해도 아마 몇 주나 몇 달이 걸릴 것이었다. 발신자 이름에는 미스터 로체스터라고 적었다. 그 편지가 이사벨라의 손에 도착한다면 그녀는 그게 누구인지 알 것이며, 그녀가 원한다면 편지를 열어보지 않은 채 나를 영원히 잊을 수 있으리라는 것을 알고 있었다.

몇 달 동안 나는 계속해서 이 이야기를 썼다. 다시 아버지의 얼굴을 보았고, 위대한 페드로 비달과 어깨를 나란히 할 날을 꿈꾸며 〈기업의 소리〉 편집실을 돌아다녔다. 크리스티나 사니에르를 다시 처음으로 만났고, 다시 탑의 집으로 들어가 디에고 마를라스카를 죽음으로 몰아간 광기에 빠져들었다. 한밤중부터 새벽이 밝아올 때까지 쉬지 않고 글을 쓰면서 나는 도시에서 도망친 이후 처음으로 살아 있다는 느낌을 받았다.

편지는 6월의 어느 날 도착했다. 내가 자는 동안 집배원이 문 밑으로 봉투를 밀어두었다. 편지의 수신인은 미스터 로체스터였고, 발신인은 '셈페레와 아들' 서점, 바르셀로나라고만 적혀 있었다. 몇 분 동안 나는 그 편지를 뜯어볼 엄두를 내지 못한 채 오두막집 안을 서성였다. 마침내 밖으로 나가 그 편지를 읽기 위해 해변에 앉았다. 편지에는 한 장의 종이와 겉봉투보다 작은 또다른 봉투가 들어 있었다. 그 낡은 봉투에는 단지 내 이름 다비드만이 적혀 있었다. 수많은 세월이 흘렀지만, 결코 잊을 수 없는 필체였다.

편지에서 아들 셈페레는 이사벨라와 자기가 헤어졌다가 다시 만나는 힘든 연애를 몇 년간 지속한 끝에 1935년 1월 18일 산타 아나 성당에서 결혼식을 올렸다고 말했다. 모든 예측과 달리 구십 대의 신부가 결혼식을 집전했다. 셈페레 씨의 장례식에서 고인을 찬미하는 추도문을 읽었던 신부였다. 그는 주교의 온갖 노력과 열망에도 불구하고 죽음과 맞서 싸우며 계속해서 모든 걸 자기 방식대로 하고 있었다. 일 년 후, 즉 스페인내전이 발발하기 며칠 전 이사벨라는 사내아이를 낳았고 아이의 이름을 다니엘 셈페레라고 붙였다. 전쟁의 끔찍스러운 나날은 모든 것을 궁핍하게 만들었고, 전쟁이 끝나고 얼마 안 되어 대지와 하늘을 영원히 해칠 저주받은 어둠의 평화 속에서 이사벨라는 콜레라에 걸렸으며, 서점 위에 있는 집에서 남편의 품에 안겨 세상을 떠났다. 그녀는 다니엘의 네번째 생일날, 이틀 낮과 이틀 밤 내내 내린 비를 맞으며 몬주익에 묻혔다. 아이가 왜 하늘이 우는 것이냐고 물었을 때 아버지는 차마 대답을 할 수 없었다고 한다.

내 이름이 적힌 봉투에는 이사벨라가 생의 마지막 순간에 썼던 편지가 들어 있었다. 그녀의 남편이 만일 내 행방을 알게 되면 그 편지를 보내주겠다고 약속한 것이었다.

사랑하는 다비드,

당신에게 이 편지를 쓰기 시작한 건 벌써 몇 년 전이지만, 아직도 끝낼 엄두가 나지 않는다는 생각이 종종 들어요. 당신을 마지막으로 본 후 많은 세월이 흘렀고, 끔찍하고 불행한 일이 많이 일어났어요. 그러나 나는 당신을 하루도 잊은 적이 없어요. 당신이 어디에 있을까, 혹시 평화를 찾았는지, 글을 쓰고 있기는 한지, 성마른 노인이 되지는 않았는지 생각해요. 그리고 누군가를 사랑하고 있는지, 혹시 우리를 기억 못하는 건 아닌지, '셈페레와 아들' 서점과 당신을 위해 일했던 최악의 조수를 다 잊은 건 아닌지도 생각해요.

어쩌면 당신은 내게 글쓰는 법을 가르쳐주지도 않고 떠나버렸을지 몰라요. 당신에게 하고 싶은 모든 말을 어디서부터 써야 할지 모르겠거든요. 나는 행복했고, 당신 덕택에 내가 사랑하고 나를 사랑하는 사람을 만났다는 사실을 알려주고 싶어요. 우리는 아이를 가졌는데, 아이 이름은 다니엘이에요. 나는 아이에게 항상 당신에 관해 말해줘요. 아이는 이 세상의 모든 책을 다 합쳐도 설명할 수 없는 인생의 의미를 내게 주었어요.

아무도 모르는 사실이지만, 가끔 아직도 나는 당신이 영영 떠나는 것을 보았던 그 부두로 가곤 해요. 그러면서 당신이 돌아올 것이라고 믿는 사람처럼 한참 동안을 혼자 앉아서 기다린답니다. 만일 당신이 돌아온다면, 그사이 많은 일이 있었지만 서점은 여전히 열려 있고, 탑의 집이 우뚝 서 있던 부지는 여전히 텅 비어 있고, 당신을 둘러싼 모든 거짓말은 잊혔다는 사실을 확인할 수 있을 거예요. 이 도시의 거리에는 영혼이 피로 물든 사람이 너무 많아서 아무도 과거를 기억하지 않으려 하고, 과거를 끄집어내야 할 때면 자기 자신을 속인다는 것도요. 거울에 비친 자기 모습을 바라볼 수 없기 때문이죠. 서점에서 우리는 당신의 책을 계속 팔고 있지만, 사람들이 눈치채지 못하도록 살그머니 팔아요. 당신의 책이 비윤리적이라고 판정되었고, 책을 읽으려는 사람보다 찢어버리고 불태워버리려는 사람이 더 많고 그들이 이 나라를 가득 메우고 있기 때문이에요. 지금은 좋지 않은 시간이 지나가고 있고, 종종 나는 더욱더 좋지 않은 시간이 다가오고 있다고 생각해요.

남편과 의사들은 내가 속고 있다고 믿지만, 나는 내게 남은 시간이 얼마 되지 않는다는 것을 알고 있어요. 내가 곧 죽을 것이며, 당신이 이 편지를 받을 때쯤이면 나는 이곳에 없을 것이라는 사실을 알아요. 그래서 당신에게 편지를 쓰고 싶었어요. 나는 아무것도 두려워하지 않는다는 걸 알려주고 싶어서요. 나의 유일한 슬픔은 내게 참된 인생의 순간들을 살게 해주었던 착한 사람과 내 아들 다니엘을 이 세상에 단둘이 남겨둬야 한다는 것뿐이에요. 내가 기대했던 세상이 아니라 당신이 말했던 세상과 더 비슷한 이곳에 말이에요.

당신에게 편지를 쓰고 싶었어요. 이 모든 일에도 불구하고 나는 살았으며, 내가 이곳에서 보낸 시간에 감사하고 있고, 당신을 알고 당신의 친구가 되었다는 사실에 매우 감사하고 있다는 사실을 알려주고 싶었어요. 당신에게 편지를 쓰고 싶었어요. 당신이 나를 기억하길 바라고, 내가 아들 다니엘을 가진 것처럼 언젠가 당신도 아이를 갖게 되면 그 아이에게 나에 대해 말해주고 당신의 말로 나를 영원히 살게 해주길 바라기 때문이에요.

사랑을 담아.

이사벨라

그 편지를 받은 지 며칠 후, 나는 해변에 있다가 내가 혼자가 아니라는 것을 깨달았다. 동틀녘의 산들바람 속에서 그의 존재가 느껴졌지만, 이제는 도망치고 싶지 않았고 도망칠 수도 없었다. 어느 날 저녁 태양이 수평선 너머로 지기를 기다리면서 글을 쓰기 위해 창가에 앉아 있을 때였다. 나는 잔교의 나무판자 위로 발소리를 들었고, 그를 보았다.

흰옷을 입은 고용주가 일고여덟 살쯤 된 여자아이의 손을 잡고 천천히 잔교를 걷고 있었다. 나는 즉시 그 모습을 알아보았다. 크리스티나가 어디서 찍었는지도 모른 채 평생 지니고 있었던 오래된 사진 속 그 장면이었다. 고용주는 잔교 끝으로 다가가더니 아이 옆에 무릎을 꿇었다. 두 사람은 끝없이 펼쳐진 바다에 황금빛으로 작열하는 태양빛이 쏟아지는 모습을 가만히 지켜보았다. 나는 오두막에서 나와 잔교를 따라 걸어갔다. 그 끝에 이르자 고용주가 고개를 돌리고 내게 미소 지어 보였다. 그 얼굴에는 위협이나 원망의 빛이 전혀 없었다. 단지 슬픔의 그림자만이 겨우 눈에 띌 뿐이었다.

"친구, 보고 싶었습니다." 그가 말했다. "우리의 대화, 심지어 사소한 말다툼까지도 그립더군요."

"내가 진 빚을 정리하러 온 것입니까?"

고용주는 빙긋 웃더니 천천히 고개를 가로저었다.

"우리는 모두 잘못을 저지르는 법이지요, 마르틴. 그리고 잘못은 내가 먼저 저질렀습니다. 당신이 가장 아끼고 사랑하는 것을 훔쳤지요. 해를 끼치려고 그랬던 것은 아닙니다. 그녀가 당신을 내게서, 그러니까 우리 일에서 멀리 떼어놓을지도 모른다는 두려움 때문에 그랬죠. 그건 내 실수였습니다. 한참이 지나서야 그런 사실을 깨달았어요. 하지만 내게 지금 있는 거라곤 시간밖에 없습니다."

나는 그를 찬찬히 살펴보았다. 나와 마찬가지로 고용주 역시 단 하루도 늙은 것 같지 않았다.

"그럼 여기는 왜 온 것입니까?"

고용주는 어깨를 으쓱했다.

"당신과 작별인사를 하러 왔습니다."

그의 시선이 손을 잡고 있던 어린 여자아이에게 멈추었다. 아이는 궁금하다는 표정으로 나를 쳐다보았다.

"이름이 뭐니?" 내가 물었다.

"크리스티나." 고용주가 말했다.

내가 여자아이의 눈을 바라보자 아이는 고개를 끄덕였다. 피가 얼어붙는 것만 같았다. 이목구비는 어렴풋이 짐작되는 정도였지만, 그 시선은 무엇과도 혼동할 수 없었다.

"크리스티나, 내 친구 다비드에게 인사해. 지금부터 넌 다비드와 함께 살게 될 거야."

나는 고용주와 서로 시선을 주고받을 뿐 아무 말도 하지 않았다. 여자아이는 수천 번 연습한 것처럼 내게 손을 내밀고 겸연쩍은 표정을 지으며 웃었다. 난 아이를 향해 몸을 숙이고서 그 손을 잡았다.

"안녕하세요." 크리스티나가 속삭였다.

"그래, 아주 잘했어, 크리스티나." 고용주가 칭찬했다. "또 할 말 없어?"

아이는 무언가 문득 떠오른 듯 고개를 끄덕였다.

"당신이 이야기를 만들어내는 사람이라는 말을 들었어요."

"그것도 최고의 이야기를 만든단다." 고용주가 덧붙였다.

"나한테도 하나 만들어줄 거예요?"

나는 잠시 머뭇거렸다. 아이가 불안한 표정으로 고용주를 쳐다보았다.

"마르틴?" 고용주가 속삭였다.

"물론이지." 마침내 내가 말했다. "네가 원하는 만큼 모두 만들어줄게."

여자아이는 환하게 웃으면서 내게 다가오더니 뺨에 입을 맞추었다.

"크리스티나, 내 친구와 작별인사를 해야 하니 저기 해변에 가서 기다리지 않을래?" 고용주가 부탁했다.

크리스티나는 고개를 끄덕이더니 천천히 멀어져가면서 걸음을 한 발짝씩 옮길 때마다 뒤돌아보고 웃었다. 내 옆에서는 고용주가 영원한 저주를 달콤하게 속삭였다.

"나는 당신이 가장 아끼고 사랑했던 것, 그러니까 내가 당신에게서 훔친 것을 돌려주기로 마음먹었습니다. 이번에는 당신이 내 입장이 되어 내가 느끼는 것을 느끼고, 단 하루도 늙지 않은 채 크리스티나가 자라는 것을 보게 하기로 마음먹었죠. 그리고 당신이 다시 크리스티나를 사랑하고, 당신 곁에서 그녀가 늙어가는 것을 지켜보고, 언젠가 당신 품안에서 그녀가 죽는 것을 보게 하기로 했습니다. 그것이 내가 당신에게 주는 축복이자 복수입니다."

나는 눈을 감고 마음속으로 그럴 수는 없다고 부정했다.

"그건 불가능합니다. 그녀는 절대로 같은 사람이 될 수 없습니다."

"그건 당신에게 달려 있습니다, 마르틴. 내가 당신에게 주는 건 백지 한 장입니다. 이 이야기는 이미 내 것이 아닙니다."

나는 멀어지는 발소리를 들었다. 다시 눈을 떴을 때 고용주는 이미 그곳에 없었다. 잔교 발치에서 크리스티나가 골똘히 나를 쳐다보고 있었다. 내가 미소를 지어 보이자 그녀는 머뭇거리며 천천히 다가왔다.

"그 사람은 어디 있어요?" 여자아이가 물었다.

"떠났어."

크리스티나는 주변을, 그러니까 양옆으로 끝없이 펼쳐진 황량한 해변을 바라보았다.

"영원히요?"

"응, 영원히."

크리스티나는 웃더니 내 옆에 앉았다.

"우리가 친구로 지내는 꿈을 꾸었어요." 여자아이가 말했다.

나는 그 아이를 바라보며 고개를 끄덕였다.

"그래, 우리는 친구야. 항상 친구였지."

크리스티나가 웃으며 내 손을 잡았다. 나는 우리 앞에서 바닷속으로 들어가는 태양을 가리켰고, 크리스티나는 눈물을 머금고서 그 태양을 지켜보았다.

"언젠가 이 장면이 다시 떠오르게 될까요?" 그 아이가 물었다.

"언젠가는 그럴 거야."

그러자 나는 그녀를 행복하게 해주고, 나로 인해 겪었던 고통을 보상해주고, 그녀에게 어떻게 주어야 하는지 결코 몰랐던 것을 되돌려주는 데 우리 두 사람에게 남아 있는 모든 시간을 쏟아부을 것임을 알았다. 이 글은 그녀의 마지막 호흡이 내 품에서 꺼지고, 파도가 부서지는 바다로 함께 나아갈 때까지 우리의 기억이 될 것이다. 나는 그녀와 함께 영원히 물속에 가라앉아 마침내 천국이나 지옥도 우리를 결코 발견할 수 없는 곳으로 도망칠 수 있으리라.

옮긴이의 말

1964년 스페인 바르셀로나에서 태어난 카를로스 루이스 사폰은 1994년 로스앤젤레스로 이주해 2020년 타계하기 전까지 그곳에 거주했다. 1993년 『안개의 왕자』로 데뷔해 스페인의 권위 있는 청소년 문학상인 에데베상을 수상했고, 연이어 청소년 소설 『한밤의 궁전』(1994), 『9월의 빛』(1995), 성인과 청소년 모두를 위한 소설 『마리나』(1999)를 출간했다. 이후 『바람의 그림자』(2001), 『천사의 게임』(2008), 『천국의 수인』(2011), 『영혼의 미로』(2016)로 이루어진 '잊힌 책들의 묘지' 4부작 시리즈를 선보였다. 이 작품들은 여러 언어로 번역되었으며 스페인 현지는 물론 특히 영어권과 독일어권에서 베스트셀러에 올라 전 세계 많은 독자의 사랑을 받았다.

십오 년에 걸쳐 발표한 '잊힌 책들의 묘지' 시리즈는 '서사예술의 찬가'라고 불릴 정도로 독자를 사로잡는 매력이 있다. 네 편의 소설은 모두 방대한 분량을 자랑하는데, 전부 합치면 스페인어 원서로 2590쪽에 달한다. 하지만 이 책들을 읽는 건 지루함이나 인내심과의 싸움이 아니라 기쁨을 만끽하는 즐거운 행위다. 네 작품은 각각 독립된 이야기인 동시에 책들의 성전인 '잊힌 책들의 묘지'로 서로 연결되며, 무엇보다 바르셀로나가 가장 중요한 공간적 배경이자 주인공이지만 그보다 더 중요한 요소는 책이라고 할 수 있다.

『천사의 게임』은 필리핀전쟁 참전용사의 아들로 외롭고 힘든 어린 시절을 보낸 젊은 작가 다비드 마르틴의 이야기를 다룬다. 아버지가 세상을 떠난 후 후원자인 페드로 비달 덕분에 지역 신문사에서 일하게 된 다비드는 긴장감 넘치는 범죄 연재물의 저자로 명성을 얻는다. 그런 다음 이그나티우스 B. 삼손이라는 필명으로 소름끼치는 고딕소설 시리즈 '저주받은 자들의 도시'를 쓰기 시작한다.

그는 뇌종양으로 자기가 죽어가고 있다는 사실을 알게 되지만, 좋든 나쁘든 세상을 바꿀 위력을 가진 소설을 쓰면 거액의 돈을 주겠다는 정체불명의 출판사 발행인 안드레아스 코렐리의 제안을 받고 이를 수락한다. 그러자 종양은 마술처럼 사라지고, 다비드는 이내 자신이 알 수 없는 목적으로 새로운 종교를 발명하기 위해 고용되었음을 깨닫는다. 한편 다비드는 '잊힌 책들의 묘지'를 방문해 일종의 사자死者의 서書인 『영원의 빛』을 손에 넣는다. 그리고 주변 사람들이 하나둘 죽어가는 가운데 다비드는 자신의 영혼을 구하기 위해 베일에 싸인 악마적 존재와 싸우고 있는 스스로를 발견한다.

이 작품에서 가장 먼저 눈에 띄는 문학적 특징은 메타픽션적 성격이다. 메타픽션은 소설을 어떻게 구상하는지부터 소재를 어떻게 읽고 해석해 활용하는가에 이르기까지 글쓰기 과정을 소설 내부에서 보여주는 형식으로, 이것은 이 작품의 구조에도 반영된다. 작품은 에필로그를 제외하고 3부로 이루어져 있는데 각각의 부는 서로 다른 창작의 순간에 해당한다. 우선 주인공 다비드는 소설을 쓰고 싶다는 욕망을 발견하고(1부), 책을 쓰는 데 전념한다(2부). 그리고 마침내 그는 자기 책의 독자가 되는데(3부), 그것이 바로 우리가 읽는 작품이다. 그렇게 이 작품은 소설의 전통적인 형식인 발단-전개-위기-절정-결말로 구성된다.

소설의 1부에서 3부까지는 십삼 년이라는 기간을, 에필로그에서는 십오 년을 건너뛴 며칠간을 다룬다. 다시 말해서 주된 이야기는 1917년에서 시작해 1930년 초에 끝나고, 에필로그는 2차세계대전이 끝나는 1945년에 위치해 바르셀로나 사회가 혼란의 절정에 있었던 시기를 소설의 주요 역사적 배경으로 삼는다. 1936년부터 삼 년에 걸친 스페인내전과 1939년부터 1945년까지의 2차세계대전 시기는 다루지 않는다. 이 격동의 기간에 대해 침묵하는 이유는 주인공이 '저주받은 자들의 도시'에서 영영 도망쳤던 그 밤 이후 긴 세월 동안 존재하지 않는 사람, 방황하는 이방인이라는 정체 이외에는 어떤 이름이나 모습도 필요 없는 사람으로, 즉 기억이 없는 사람으로 살았기 때문이다.

한편 이 작품은 바르셀로나의 몇몇 장소를 구체적으로 언급하면서 실제 현실인 듯한 인상을 준다. 특히 산타마리아 델 마르 성당, 산이그나시오학교, 구엘공원 같은 건축물이 그렇다. 소설 속 몇몇 공간은 바르셀로나의 문화적 삶을 보여주기도 한다. 가령 알미랄 바는 실제로 여러 분야의 예술가들이 모임 장소로 이용했던 곳이다. 이외에도 실존하거나 실존했던 병원, 경찰서, 기차역 역시 이 소설에 사실성을 더하는 요소다.

그런데 흥미로운 것은 소설에서 다비드는 1930년에 케이블카를 타지만, 실제로 케이블카는 1931년부터 운영되었다는 사실이다. 이는 작가적 상상을 통해 당시의 바르셀로나를 허구적으로 재창조했음을 보여주는 좋은 예다. 몇몇 비평가들은 분위기 설정이 일치하지 않으며 역사적, 지리적 문제도 있다고 지적한다. 가령 1940년대 이후 유명해진 로그로뇨 지방의 '타파스'가 언급되는 건 오류라고 비판한다. 이 작품이 역사서나 관광안내서가 아니라 소설임을 고려한다면 허구와 역사적 현실의 구별은 그리 큰 의미가 없지만, 그렇게 구별하는 것도 또다른 흥미로운 독서 방법일 수 있다는 점은 분명하다.

소설 쓰는 과정을 보여주면서 루이스 사폰은 일종의 게임을 한다. 다비드는 책을 쓰는 과제를 맡는데, 그것은 특권이 아니라 저주가 되어 작업에서 도망칠 수 없다. 이 작품 제목의 '천사'란 타락천사 혹은 루시퍼일 것이다. 그는 주인공의 목숨을 담보로 게임을 한다. 그 게임의 룰은 다비드가 특정한 원칙에 따라 책을 쓰면 치명적인 병에서 온전하게 회복되는 것이고, 따라서 목숨을 구하려면 다비드는 게임을 그만둘 수 없다. 여기서 '게임'은 독자에게 메타픽션으로 구성되는 소설 속 게임에 참여하라는 초대가 될 수도 있다.

이런 유희성과 더불어 『천사의 게임』은 고딕소설과 탐정소설의 요소를 활용해 바르셀로나의 어둡고 우울한 무대에서 전개되는 범죄 이야기를 구성하고 이것을 사랑의 드라마와 결합한다. 또한 디킨스의 『위대한 유산』에 대한 찬양과 19세기 말의 심리적 사실주의를 비롯하여 잊힌 책들을 통한 보르헤스적 패러디를 사용하면서 허영심과 종교, 죽음과 문학에 관한 이야기를 더해 독자의 상상력을 한껏 자극한다. 이런 다양한 요소를 혼합하면서 카를로스 루이스 사폰은 책을 읽는 기쁨을 만끽하게 해주고, 책과 거리를 두었던 사람들을 다시 '잊힌 책들의 묘지'로 이끈다. 다시 말해 그는 소설의 형식을 혁신한 작가는 아니지만, 『지킬 박사와 하이드 씨』를 쓴 로버트 루이스 스티븐슨이나 『드라큘라』의 브램 스토커와 같은 방식으로 독자를 유혹한 작가라고 말할 수 있다.

어떤 소설이건 우리말로 옮길 때는 항상 어려움이 따른다. 이 소설과 관련해서 어려웠던 점은 카탈루냐의 속담이나 말투가 시시각각 등장한다는 것이다. 그건 마치 『돈키호테』에 등장하는 산초의 말을 읽는 것과 비슷하다. 그러나 산초의 말은 직역해도 그다지 큰 문제가 생기지 않는 반면, 다비드나 비달 혹은 다른 작중 인물이 툭툭 던지는 속담이나 격언은 그대로 번역하면 의미가 통하지 않을 때가 많아 경우에 따라 의역하기도 했음을 밝혀둔다. 작가가 격언을 그대로 사용하지 않고 냉소적인 어조로 변형시키는 경우는 특히 더 어려웠는데, 이때는 상황에 따라 직역하거나 의미 전달에만 주력하기도 했음을 아울러 밝혀둔다.

송병선

지은이 **카를로스 루이스 사폰**
1964년 스페인 바르셀로나에서 태어났다. 1993년 첫 소설 『안개의 왕자』로 에데베상을 수상했고, 『마리나』로 바르셀로나가 배경인 미스터리를 처음 선보였다. 2001년 발표한 『바람의 그림자』에 이어 『천사의 게임』 『천국의 수인』 『영혼의 미로』로 '잊힌 책들의 묘지 4부작'을 완결했고, 시리즈는 전 세계 50개 언어로 출간되어 5000만 부 이상이 판매되는 대성공을 거두었다.

옮긴이 **송병선**
한국외국어대학교 스페인어과를 졸업하고 콜롬비아의 카로 이 쿠에르보 연구소에서 석사학위를, 하베리아나대학교에서 박사학위를 취득했다. 지은 책으로 『영화 속의 문학 읽기』 등이 있으며, 옮긴 책으로 『판탈레온과 특별 봉사대』 『염소의 축제』 『맘브루』 『이 글을 읽는 사람에게 영원한 저주를』 『도시와 개들』 『픽션들』 『알레프』 『거미 여인의 키스』 『콜레라 시대의 사랑』등이 있다. 제11회 한국문학번역상을 수상했다.

문학동네 세계문학
천사의 게임

초판 인쇄 2022년 7월 14일 | 초판 발행 2022년 7월 28일

지은이 카를로스 루이스 사폰 | 옮긴이 송병선
책임편집 박아름 | 편집 황문정 이희연 문서연
디자인 백주영 이원경 | 저작권 박지영 형소진 이영은 김하림
마케팅 정민호 이숙재 박치우 한민아 이민경 박지영 안남영 김수현 정경주
브랜딩 함유지 함근아 김희숙 박민재 박진희 정승민
제작 강신은 김동욱 임현식 | 제작처 상지사

펴낸곳 (주)문학동네 | 펴낸이 김소영
출판등록 1993년 10월 22일 제2003-000045호
주소 10881 경기도 파주시 회동길 210
전자우편 editor@munhak.com | 대표전화 031) 955-8888 | 팩스 031) 955-8855
문의전화 031) 955-3578(마케팅) 031) 955-2646(편집)
문학동네카페 http://cafe.naver.com/mhdn
인스타그램 @munhakdongne | 트위터 @munhakdongne
북클럽문학동네 http://bookclubmunhak.com

ISBN 978-89-546-8771-3 03870

www.munhak.com